DE CANADESE ONTMOETING

Eerder verschenen van Karen Swan bij Xander Uitgevers

Een Noorse winternacht (2019)
De Spaanse belofte (2020)
De Ierse erfenis (2020)
De Zweedse affaire (2021)
Het winterse avontuur (2021)
De Griekse ontsnapping (2022)
De Schotse ontdekking (2022)
Het wilde eiland (2023)
De tropische zoektocht (2023)
Het wilde eiland – Vuurlicht (2023)
De Oostenrijkse verleiding (2024)
Stormgloed (2024)
Het Franse geheim (2024)

KAREN SWAN

De Canadese ontmoeting

XANDER

MIX
Papier | Ondersteunt verantwoord bosbeheer
FSC® C104608

Uitgegeven door Xander Uitgevers
www.xanderuitgevers.nl

Oorspronkelijke titel: *Christmas Under the Stars*
Oorspronkelijke uitgever: Macmillan
Vertaling: Ireen Niessen
Omslagontwerp: ZeroMedia
Omslagbeeld: © Getty Images | Francesco Riccardo Iacomino
Auteursfoto: Alexander James
Zetwerk: Michiel Niesen, ZetProducties

Eerste druk 2024

ISBN 978 94 0162 328 5 | NUR 302

Voor Rebecca MacLeod
Niet vergeten. Intens geliefd. Zeer gemist.

PROLOOG

Zaterdag 25 maart 2017

Lucy trok de dekbedden weer omhoog, streek de kreukels glad en schudde de kussens op. De warmwaterkruiken lagen al een tijdje onder de lakens, de damp van het warme bad in de naastgelegen kamer kwam om de deur heen wolken en veroorzaakte een waas op de kleine spiegel van de toilettafel. De gasten zouden het straks vast ijskoud hebben. Buiten kreunde de wind en de ramen rammelden in hun sponningen. De storm won nu aan kracht – de pauze in de blizzards vanmiddag was slechts een korte onderbreking geweest toen het oog over hen heen trok – en ze zag de sneeuwvlokken in koortsachtige patronen dansen, als een tango van wervelende windvlagen in een sneeuwbol waar flink mee was geschud.

Ze liep door de kamer om de gordijnen dicht te trekken en wierp een korte blik op haar eigen huis aan de andere kant van de binnenplaats. Vanuit dit viersterrenperspectief zag ze hoe sjofel de kleine bungalow begon te ogen. Zelfs als je geen acht sloeg op de afvalcontainers die er langs de muur stonden, was de witte verf geleidelijk zwart aan het worden van de regen, gesmolten sneeuw en mos en vocht. In de onderste hoek van het keukenraam zat een barst, door een schoen waarmee was gegooid, als ze het zich goed herinnerde, en de potten aan weerszijden van de deur waren verwaarloosd, met nog slechts een paar deerniswekkend dunne takjes die door de sneeuw staken, overblijfselen van de hortensia's die ze de afgelopen zomer had geplant. Ze draaide zich om en nam zich voor om Tuck aan te sporen er iets aan te doen zodra de sneeuw zou zijn gesmolten. Een likje verf, een rit naar het tuincentrum en haar bescheiden woning zou er al heel anders uitzien. Heel anders voelen.

Maar hierbinnen was alles perfect, zoals het hoorde – want was dat niet de hele gedachte achter het concept 'hotel'? – en na een laatste blik achterom liep ze de gang in. De deur klikte achter haar dicht en ze glimlachte naar een Japans stel dat verderop een kamer uit kwam. Kamer 28, waar de elektrische handdoekradiator defect was.

'Goedendag, is alles naar wens bij u? Hebt u nog schone handdoeken nodig?' vroeg ze in het voorbijgaan, maar ze sloegen het aanbod beleefd af, waarschijnlijk vooral vanwege hun beperkte kennis van de Engelse taal.

Met kordate, stille stappen liep ze over het tapijt. Ze nam de personeelstrap en ging de keuken binnen, waar haar moeder in een pan pruttelende soep stond te roeren, tot verbazing van de personeelsleden die net binnenkwamen voor hun dienst. Ze hadden nauwelijks verbaasder kunnen kijken als ze haar in plaats van met opgerolde mouwen hadden aangetroffen in kousen met jarretelles. Barbara keek op toen ze dichterbij kwam. Haar wangen waren roze van onrustige opwinding, maar haar ogen stonden helder en elk haartje van haar platinablonde bob zat perfect. Altijd. Wat er ook gebeurde.

'Alles klaar?' vroeg ze.

'Alles in orde,' zei Lucy met een knikje.

'Mooi zo.' Barbara keek op haar horloge en wreef in haar handen, zoals ze altijd deed als ze gespannen was.

'Nou, ze kunnen er nu elk moment zijn...'

Lucy's telefoon ging en ze keek wie er belde. 'Hoi,' zei ze, terwijl ze opnam, zich afwendde en met een glimlach om haar lippen naar de achterdeur liep, plotseling blind voor de troosteloosheid van haar bungalow nu ze weer door het raam een blik over de binnenplaats wierp.

'Luce, met mij!' Tucks stem klonk ver weg. De verbinding haperde en ze hoorde dat hij buiten was. Het klonk alsof er achter hem lakens werden uitgeschud.

‘Waar ben je?’ riep ze, in de hoop dat hij haar boven de wind uit kon horen.

‘Op de weg terug van Bill’s.’

Lucy beet op haar lip. Natuurlijk. Elke dag werd afgesloten met een stuk of vier biertjes met de jongens. Ze ging er tenminste van uit dat het er vanavond vier waren, aangezien hij naar huis liep in deze weersomstandigheden. Hij had de sleutels van de pick-up-truck ongetwijfeld moeten afgeven in de bar. De medewerkers daar kenden hem maar al te goed.

‘Luister,’ riep hij. ‘Heb jij Mitch of Meg gesproken?’

Hij klonk buiten adem, alsof hij rende of in elk geval hard liep.

‘Niet sinds vanochtend.’

‘Shit,’ mompelde hij.

‘Hoezo?’

‘Ik kan Mitch niet bereiken op zijn mobiel en ik weet niet waar hij is. Ik dacht dat ze weer naar beneden zouden komen tijdens die korte opklaring van vanmiddag?’

‘Nou, ik heb ze niet gezien. Ze zullen nog wel in de berghut zijn.’ Ze fronste. ‘Wat is er? Is er iets mis?’

‘Er worden bergwandelaars vermist in Wilson’s Gully, maar de reddingsdienst wil er niet op uit. Er is geen zicht en het lawinegevaar is te groot. Stelletje watjes. Iedereen maakt zich zorgen. Er is een twaalfjarige jongen bij, verdomme. Twáálf.’

Lucy kromp ineen. Ze hoorde aan zijn taalgebruik dat hij beslist meer dan vier biertjes ophad. ‘Maar Tuck…’

‘Luister, ik moet ophangen. Ik moet Mitch te pakken zien te krijgen. Hij is daar maar anderhalve kilometer vandaan.’

Ze aarzelde. ‘Bedoel je dat je hém achter ze aan wilt sturen? In dit weer?’

‘Dat moet hij zelf beoordelen. Maar hij zal het willen weten. Zou ik ook willen.’

Lucy voelde haar hartslag in haar oren bonzen terwijl ze een wasbeer zag rondsnuffelen rond de vuilnisbak. Zijn vacht werd rechtop geblazen toen een nieuwe windvlaag over de binnenplaats gierde, waarna het beestje het struikgewas weer in scharrelde.

'Luce? Hoor je me?'

'Ja hoor, ja.'

'Ik ben op de weg terug, oké? Maar als ze ondertussen bellen, laat hem dan weten dat ik hem probeer te bereiken.'

'Eh, goed.'

'Dag, schatje.'

'Dag,' mompelde ze fluisterend. Haar hart klopte in haar keel en de telefoon voelde aan als een gloeiend kooltje in haar handpalm.

DEEL I

Ervoor

1

Zaterdag 18 februari 2017

De besneeuwde kloof kronkelde vlak voor hen omlaag en de punten van hun snowboards hingen al over de rand heen.

'Ik weet het niet, man, het is te link. Moet je die rotsen zien,' mompelde Tuck. 'Als we die op volle snelheid raken, zijn het net kartelmessen.'

'Mee eens.'

Tuck draaide zich om en keek naar zijn eigen spiegelbeeld in de oranje sneeuwbril van Mitch. 'Echt?'

Mitch knikte. 'Dus moeten we zorgen dat we ze niet raken.'

Tuck slikte terwijl Mitch zijn arm strekte en de koers voor hun afdaling door de kloof aanwees. 'We blijven in de schaduw op dit eerste stuk omlaag en gaan dan links langs die hoge rots, want zie je dat ijs aan de rechterkant?' Hij gebaarde naar de zes meter hoge, smalle zuil van graniet verderop. 'Waar het een beetje glinstert? Als je daar uitglijdt en de controle verliest, klap je met honderdtwintig kilometer per uur tegen de wand.' Mitch schudde zijn hoofd en klakte zachtjes met zijn tong. 'Dus we houden links. Het is aan de krappe kant.' Hij tuurde alsof hij de hellingshoek en breedte berekende die nodig waren om er heelhuids voorbij te komen, waarna hij Tuck weer aankeek en lachend knikte. Tuck kon zijn ogen achter de sneeuwbril niet zien, maar dat hoefde ook niet, want hij kende zijn vriend door en door. 'Maar het is te doen.'

Tuck keek weer omlaag en zou willen dat hij daar ook zo zeker van was. 'Is dat een scheur?' vroeg hij met een klopje op Mitch' borst terwijl hij zijn blik op de rotsen boven hen richtte.

'Waar?'

Tuck wees naar een haarbrede kier in de samengepakte sneeuw op een overhangend gedeelte tien meter lager, net voorbij de rotszuil. 'Jezus, man, die sneeuw kan op elk moment loskomen. We kunnen er zomaar onder bedolven worden.'

Mitch grijnsde. 'Alleen als je er gillend als een meisje voorbijgaat.'

Tuck liet zijn schouders hangen. Inwendig zou hij dat beslist doen…

Mitch greep hem bij zijn schouder en gaf er een kneepje in. 'Niet om lullig te doen hoor, maar er is hiervandaan geen andere weg naar beneden. We kunnen óf wachten tot de boel daar omlaagkomt, óf we sjezen erlangs en zijn weg. Het weer wordt morgen slechter en dit is waarschijnlijk onze enige mogelijkheid om deze opname te maken. Ik heb toch gezegd dat Meg me heeft laten beloven dat dit de laatste keer voor de bruiloft zou zijn? Ze zei dat ze niet wil dat ik met mijn arm of been in het gips voor het altaar sta.'

Tuck knikte, maar hij voelde zich toch onzeker. Hij kon zich met bijna ieder ander op de berg meten, maar Mitch, zijn oudste tegenstander en beste vriend, was altijd als eerste weg en als eerste beneden.

Naast hen begon Badger te janken, niet van angst maar van ongeduld. Als kruising tussen een Berner sennenhond en een Duitse herder was hij vrij groot maar slank, wat hem hier de perfecte metgezel maakte. Hij kon met indrukwekkend uithoudingsvermogen door de diepe poedersneeuw rennen, zijn tong – belachelijk roze in de witte omgeving – uit zijn bek, zijn oren gespitst en zijn staart omhoog. Mitch had hem getraind sinds hij een puppy was, en als onverhoopt het ergste zou gebeuren en de sneeuw kwam naar beneden – zelfs als er niemand in de buurt was om de signalen van de lawinepiepers in hun rugzak op te vangen – zou Badger hen uitgraven. Hij was hun kameraad en reddingslijn.

'Ben je er klaar voor, Badge?' vroeg Tuck, en hij krabde hem achter het oor met een gehandschoende vinger. 'Oké dan, vooruit maar.' Hij trok zijn handschoen uit en reikte omhoog om de camera op zijn helm aan te zetten. 'Jij ook klaar om te gaan?'

'Absoluut, maar dat wist je al, man.' Mitch grijnsde, maar zijn brede glimlach verdween meteen weer.

'Ho! Wat is dat in godsnaam?'

'Hè?' Tuck wierp een blik op zijn pols om te zien waar Mitch naar keek. 'O. Niets. Er zijn wat takken langs geschampt bij het houthakken.' Tuck trok zijn mouw omlaag en trok de handschoen weer aan. Het was min vijfentwintig graden Celsius en de wind was ook nog koud.

'Wel heel grote schrammen dan.'

Tuck schudde grijnzend zijn hoofd. 'Het waren ook heel grote blokken hout.'

Mitch keek hem zwijgend aan.

'Wat is er nou?' Tuck lachte schouderophalend.

'Oké dan,' zei Mitch met een knikje. 'Dan zie ik je beneden.'

En zonder nog te aarzelen schoot hij weg, versnelde binnen een paar seconden tot een duizelingwekkende vaart, bleef aan de linkerkant in de schaduw, waarna hij op volle snelheid links om de rotszuil heen draaide en uit het zicht verdween. Badger, die wist wat hem te doen stond, volgde een paar seconden later en wierp zich zonder angst in een soort hobbelpaardbeweging naar beneden, met een duik voorover in de sneeuw voordat hij met zijn achterpoten naar voren sprong, onvermoeibaar en onbevreesd.

'Shit,' mompelde Tuck, die een vlaag van woede voelde omdat hij hierboven nu alleen was. 'Die verrekte kloot...' Het was voor Mitch altijd een spel. Angst was hem vreemd. Tuck boog zich naar voren voordat hij er nog verder over kon nadenken, hield zijn ogen gericht op het spoor van zijn vriend, waar de sneeuw aan de rechterkant omhoog was gedrukt en door de uitbundige Badger weer vertrapt.

Hij keek bewust niet naar het vervaarlijk overhangende pak sneeuw terwijl hij voorbij de zuil door de smalle bocht roetsjte.

Dat had ook geen zin. Als het nu naar beneden zou komen, zou hij er sowieso door verpletterd worden.

Hij hield zijn adem in, zoefde door de bocht en kreeg weer zicht op Mitch, die in een zenuwslopend rechte lijn langs de gekartelde rotsen stoof. 'Ik lijk wel gek...' mopperde hij, nog vol ongeloof dat hij zich door zijn vriend had laten overhalen en dat ze dit echt deden, dat ze zich nu waagden aan de afdaling waarvan ze al sinds hun kindertijd hadden gedroomd zonder te denken dat ze er ooit de expertise, het lef of de uitrusting – hun eigen boards, hun eigen design – voor zouden hebben.

Hij raasde bliksemsnel langs de rotsen. Er hingen dolkachtige ijspegels aan, in een oogverblindend arctisch blauw. Een zwellend vliezig waas van ijs vergrootte en vervormde de rotswand, maar er was geen tijd om erbij stil te staan. Nu niet. Dit was instinct. Er was alleen maar moment.

Mitch was al verderop, in de zon, daar waar de helling was afgevlakt tot nog maar vijfenzestig graden. Hij stak een triomfantelijke vuist in de lucht terwijl hij vertraagde, met gebogen knieën en rustige draaien verder glijdend, het harde werk voorbij, beloond met endorfinen die door zijn lichaam raasden. 'Woehoe!' riep hij luidkeels uit. Badger haalde blaffend van opwinding zijn baasje in.

Tuck was er zelf ook bijna – de wanden van de kloof zouden straks wijken voor besneeuwde weiden, de berg zou weer zijn vriend worden – toen hij het hoorde, dat lage gerommel als de hoest van een oude man, terwijl Mitch' trotse jubelkreten nog rondom weerklonken.

Tuck kon zich niet omdraaien om te kijken, niet zolang hij nog in de smalle kloof was, maar hij wist zo ook wel dat er achter hem een massa van duizenden kilo's sneeuw omlaagstortte. Hij zag dat Mitch het ook hoorde, dat hij achteromkeek en dat zijn lichaam verstijfde toen hij zag wat Tuck niet kon zien.

'Fuck!' brulde Mitch, die zijn snowboard negentig graden draaide om de helling verder af te suizen. 'Wegwezen daar, Tuck!'

Tuck, die naar het geluid van zijn eigen adem luisterde tegen het steeds hardere gebulder van de lawine, hield zijn ogen op zijn vriend gericht en volgde diens bewegingen aan de linkerkant van de berghelling. Dat was een veel steiler traject dan ze hadden uitgestippeld, maar daar waren de bomen dichterbij en ze wisten allebei dat het bos de lawine misschien niet helemaal zou tegenhouden, maar wel zou vertragen. Als ze ver genoeg zouden kunnen komen…

Maar het lawaai werd luider, de sneeuwmassa nam toe in volume en snelheid. Ze haalden toeren uit die zelfs Mitch normaal gesproken te riskant zou vinden, met flinke sprongen zonder te zien wat er onder hen lag of hoe groot de afstand was, maar ze hadden geen keus. Ze moesten de grenzen van hun kunnen overschrijden, anders kwamen ze hier niet levend vandaan. Badger blafte en holde in volle vaart mee over de compactere sneeuw op de aan de wind blootgestelde helling, zodat hij er niet meer met elke sprong tot zijn buik in verdween. Hij kon Mitch dus bijhouden.

Toen werd het donkerder, en Tuck wist dat de lawine in een opwellende wolk aan kwam denderen en dat de sneeuw hem steeds dichter naderde. Hij draaide zijn lichaam om zo recht mogelijk naar beneden te kunnen suizen, maar omdat het licht door de opstuivende sneeuw deels werd geblokkeerd, kon hij nog maar weinig zien in het besneeuwde landschap, geen textuur, geen contrasten, en op deze snelheid, op onbekend terrein… Hij moest vertragen, want hij kon zonder het te weten zomaar afstevenen op een of andere miljoen jaren oude rotswand.

Hij zag Mitch en Badger niet meer. De poedersneeuw daalde nu op hem neer als de as van een vulkaan, er kletterden ijsklompjes als hagelstenen op zijn helm en de plakkerige sneeuw kwam terecht in zijn keel en neus. Hij voelde dat de achterkant van zijn board omhoogkwam door de bewegende ondergrond achter hem, waardoor hij bijna uit balans raakte. Hij verplaatste zijn gewicht naar zijn voorste been in een poging sneller te zijn toen hij ineens de bomen zag, waarvan de stammen als de benen van vriendelijke reuzen beschutting zouden bieden. Dichtbij.

Te dichtbij.

Tuck remde hard, want hij ging veel te snel voor de bochten die hij moest maken om erdoorheen te manoeuvreren, en tegen een boom knallen zou voor een menselijk lichaam weinig anders zijn dan tegen een rotswand te botsen of onder duizenden kilo's sneeuw te worden bedolven.

'Yeah!' hoorde hij Mitch joelen, ergens voor hem, maar nog buiten zijn gezichtsveld.

'Waar ben je?' schreeuwde Tuck, die, voor zover hij al wat zag, nog steeds niet achterom durfde te kijken terwijl zijn benen – nu trillend van de geleverde inspanning – het snowboard in strakke bochtjes stuurden. Ondertussen zwiepten de takken langs zijn gezicht en lichaam.

'Hier!'

Tuck volgde Mitch' stem, en Badgers vreugdevolle geblaf vertelde hem dat zij op een plek waren waar ze geen gevaar meer liepen. Tuck bleef voortgaan, zigzaggend tussen de bomen zonder te weten waar hijzélf precies was, tot hij merkte dat het gebrul van de lawine verder weg begon te klinken en hij weer schaduwen begon te zien. Hij spitste zijn oren en hield zijn ogen gericht op een zwak limoengeel schijnsel, zo'n vijftig meter verderop. Mitch' jack!

'Alles goed?' riep Tuck, het jack van zijn vriend als een boei in de mist terwijl hij recht op hem af gleed.

De twee mannen omhelsden elkaar stevig.

'Absoluut, man! Yeah! Wij zijn onverslaanbaar!' brulde Mitch, en hij sloeg hem zo hard op de rug dat Tuck nu al wist dat hij morgen blauwe plekken zou hebben. Eretekens.

Ze keken samen achterom door de bomen en de donkerte vertelde hun dat de lawine nog steeds voortrolde, een verpletterende tsunami van sneeuw.

En het mooiste was nog dat ze alles op film hadden. Ze juichten naar de hemel, jankend als wolven, net zoals ze hadden gedaan toen ze zeven waren, en elf, en vijftien, en eenentwintig… Badger begon mee te janken alsof ook hij wist wat deze jubelstemming betekende. Dat ze jong waren. Vrij waren. En lééfden.

2

Zaterdag 18 maart 2017

Meg hoorde de twee vrouwen aan de andere kant van het gordijn. Ze waren het zoals gewoonlijk niet met elkaar eens.

'Straks zeg je nog dat we ze net zo goed een slab kunnen geven,' snoof Barbara verontwaardigd.

'Onzin. Ik zie alleen niet in wat er zo smaakvol is aan servetten die als zwanen gevouwen zijn,' kaatste Dolores terug. 'Eenvoud is volgens mij het beste.'

'Hm, nou, dat laatste heeft jouw kapper in elk geval begrepen,' zei Barbara. 'Maar de Japanners vouwen hun servetten ook zo...'

Meg glimlachte hoofdschuddend om hun twistgesprek. Ze leken meer een getrouwd stel dan zij en Mitch ooit zouden worden! Ze hield haar hoofd schuin en trok de wijde rok een stukje omhoog zodat die opbolde en bekeek haar spiegelbeeld. Ze had er nog nooit zo uitgezien. Prinsessenjurk, kroontje, nou ja, tiara dan, maar dat klonk nog eens extra chic.

De kapper had haar lange kastanjebruine haar in lange zachte pijpenkrullen gestyled, met lokjes aan de zijkant die langs haar gezicht vielen. De boetiek had haar een bosje crèmekleurige zijden rozen gegeven om vast te houden. In het echt zouden het fresia's worden – de lievelingsbloemen van haar moeder – maar die waren in dit seizoen moeilijk verkrijgbaar en te duur om speciaal voor vandaag te laten komen, dus dit boeketje moest nu voldoen. Maar verder was het goed zo. De jurk paste haar nu perfect en ze was klaar voor de grote dag, vandaag over twee weken...

Ze trok het gordijn opzij, hield haar adem in en draaide rond voor Dolores en Barbara.

Beide vrouwen – knie aan knie op de met gouddraad doorstikte bank – stopten meteen met kibbelen. Barbara's handen vlogen naar haar mond, voor de verandering sprakeloos nu ze Meg zo zag. Meg, die normaal gesproken altijd een tuinbroek, bergschoenen en een fleecejack droeg.

Dolores bleef roerloos zitten, als door de bliksem getroffen, maar haar oranjebruine ogen glansden en de trekken in haar smalle, gebruinde gezicht verzachtten als boter in de zon.

'O, kind toch!' zei Barbara naar adem happend. Ze stond op en tikte haar vingertoppen tegen elkaar. 'Waar heb jij je schoonheid al die tijd verstopt?'

Meg glimlachte onzeker. 'Dus je vindt hem mooi staan? Vind je hem niet… té?' Ze friemelde aan de subtiel geschulpte halslijn die haar schouders bloot liet en haar hals mooi deed uitkomen.

'Nee, zeker niet té. Draai nog eens rond,' gebood Barbara, die met haar vinger een cirkel in de lucht tekende.

Meg gehoorzaamde en haar gezicht straalde terwijl het weelderige satijn weer opbolde en Barbara het uitwaaierde voor het extra effect. 'O, Meggy! Ik geloof dat jij de mooiste bruid bent die ik ooit heb gezien!' zei ze ademloos.

'Hé!' protesteerde Lucy luid vanachter haar eigen gordijn. 'En ik dan?'

'Nou ja, een gedeelde eerste plaats met jou natuurlijk, lieverd!' zei Barbara. Ze rolde met haar ogen naar Meg en schudde haar hoofd. 'Wat ben je daar eigenlijk aan het uitspoken trouwens? Op de dag zelf kun je er niet zo lang over doen, hoor. Het is onbeleefd om de bruid te laten wachten.'

'Dat weet ik, mam! Maar probeer zelf maar eens al deze knoopjes dicht te krijgen.'

'Serieus…' mompelde Barbara, waarna ze de paskamer in liep om te helpen.

Meg glimlachte en wendde zich tot Dolores. Ze beet op haar lip. 'En?'

Dolores stond op. Haar kortgeknipte staalgrijze steile haar en tijgerogen stonden in contrast met alle hypervrouwelijke franje en opsmuk in de boetiek. 'Als je moeder je nu kon zien...' zei ze terwijl ze Megs handen vastpakte.

Meg keek omlaag en voelde een gloeiende golf van emotie in zich opwellen. Haar beide ouders waren dood: haar moeder was overleden aan borstkanker toen Meg achttien jaar oud was, en drie jaar later stierf haar vader toen hij bij het vissen uitgleed en met zijn hoofd op een rots landde voordat hij in het water terechtkwam. Er ging nog steeds geen dag voorbij zonder een moment waarin het besef dat ze wees was haar diep raakte. Natuurlijk had ze Ronnie, haar anderhalf jaar jongere zus, met wie ze ooit een hechte band had gehad toen ze nog in Engeland woonden en Ronnie altijd geintjes uithaalde met een scheetkussen onder een zitting hier, of een nepdrol op het tapijt daar, precies op het moment dat hun moeder gasten binnenliet... Maar dat was allemaal veranderd toen ze naar Canada waren verhuisd en Ronnie er moeilijk aansluiting kon vinden, terwijl Meg op de eerste dag al vriendschap met Lucy sloot. Iets aan Ronnies bruuske, directe manier van doen en onmiskenbare intelligentie was niet in goede aarde gevallen en ze was alleen nog maar geïsoleerder geraakt toen hun moeder snel daarna zo ziek was geworden. Als hun vader was blijven leven zou ze misschien wel zijn gebleven, maar het was anders gegaan en zodra ze de kans had gekregen was ze vertrokken om geneeskunde te gaan studeren en had ze Meg achtergelaten – hoewel ze het zelf nooit zo zou zien. Nu communiceerden ze voornamelijk via likes op Instagram. Als moderne zussen.

Dolores gaf een kneepje in haar handen en keek weer op.

'Hoewel ik bijna oud genoeg was om háár moeder te zijn, waren zij en ik niet voor niets bevriend, Meg. We hadden dezelfde kijk op dingen, hetzelfde gevoel voor humor. We waren allebei dol op taco's. Maar bovenal zagen we jou door dezelfde bril, en ik weet zeker dat ze nu minstens zo trots op je zou zijn als ik ben. Dat ouwe mens heeft voor de verandering gelijk, jij bént de mooiste bruid...'

'Hé!' protesteerden Lucy en Barbara nu tegelijk, hetzij om verschillende redenen, vanachter het gordijn.

'Hoezo "ouwe"?' riep Barbara. 'Jij loopt meer dan tien jaar op me voor.'

Maar Dolores hoorde het niet. Haar aandacht was op Meg gericht. 'Wat ben je toch een prachtige jonge vrouw geworden.'

Meg zette een stap naar voren en sloeg haar armen om Dolores' hals. 'Dank je,' fluisterde ze. Dolores was dan misschien haar werkgeefster, maar ze was ook een moederfiguur voor Meg.

'Maar heb ik nou goed gezien...' Dolores zette een stap achteruit, tilde de zoom van Megs rok omhoog en onthulde een paar bruine leren bergschoenen. 'Meg!'

Meg lachte. 'Ik trek die dingen op de dag zelf echt wel aan, maar ze zitten gewoon niet lekker!' Ze wierp een fronsende blik op de pumps die op de vloer van de kleedkamer lagen.

Dolores lachte ook. 'En waag het niet om thermo-ondergoed te dragen,' grinnikte ze hoofdschuddend. 'Anders krijg ik op mijn kop van Mitch!'

Het andere gordijn werd plotseling opzijgeschoven en Lucy kwam tevoorschijn. Ze hield de voorkant van haar volle rok bevallig omhoog, trippelend als een heuse prinses. 'Tada,' zei ze glimlachend, en ze maakte een buiginkje.

'*Brava*!' riep Barbara uit, haar blonde bob glanzend onder het lamplicht.

'Luce, je ziet er schitterend uit,' verzuchtte Meg, die toekeek hoe haar bruidsmeisje een theatrale draai maakte die deed vermoeden dat ze voor de spiegel had geoefend. Haar blonde haar, eveneens door de kapper gestyled, zwierde rond en haar pijpenkrullen bleven beter in vorm dan die van Meg.

'Anders jij wel!' riep Lucy enthousiast uit. Ze omhelsde haar beste vriendin, zodat hun wijde rokken tegen elkaar ruisten.

Meg had om bijpassende jurken voor haar bruidsmeisjes gevraagd, met een geschulpte halslijn, driekwart mouwen, een volle rok en een V-taille. Het enige verschil was dat haar eigen lijfje borduursels en namaakpareltjes had en dat de bruidsmeisjesvariant paarsrood was in plaats van ivoorwit, hoewel Meg ze nog liever identiek had gezien, want ze hield er niet van om op te vallen.

'Wat hebben ze het prachtig gedaan,' zei Meg bewonderend. Er verscheen een kleine frons in haar voorhoofd toen ze zag dat Lucy's bovenste knoopjes niet dicht waren en dat de delicate stof straktrok.

'Wat is er? Ze hoeven hem heus niet zo héél veel uit te leggen,' zei Lucy defensief toen ze Meg zag kijken.

'Ach, inderdaad, dat valt wel mee...'

'Sla maar geen acht op mijn dochter,' zei Barbara met een wegwuifgebaar. 'Ze is gewoon jaloers omdat jij bent afgeslankt en zij is aangekomen.' Ze wendde zich tot Lucy. 'Ik zei toch dat je niet zoveel oreokoekjes moest eten. Echt hoor, heb je ooit eerder gehoord dat de jurk van een bruidsmeisje úítgelegd moest worden?'

Meg kromp ineen toen ze Lucy's gezichtsuitdrukking zag. Tact was niet Barbara's sterkste kant. 'Je ziet er prachtig uit,' zei ze snel. 'En die kleur is voor je gemáákt.'

'Ze hoeft zich niets te gaan verbeelden, hoor,' zei Barbara hoofdschuddend. 'En sowieso zal niemand op Lucy letten. Zij heeft haar grote dag al gehad. Dit draait om jou. Jou en Mitch.'

Meg glimlachte bij het horen van zijn naam en draaide zich weer naar de spiegel. 'Ja,' fluisterde ze. Zou hij de jurk mooi vinden? Zou hij haar erin herkennen? Misschien moest ze hem vertellen dat zij het meisje in het wit zou zijn, zo anders dan anders zag ze eruit.

'Nou, ik bén er tenminste. Hoe weet je nou of Ronnies jurk háár zal passen?' mopperde Lucy terwijl ze plaatsnam op de leuning van de bank en keek hoe Meg voor de spiegel ronddraaide, waarbij haar bergschoenen weer een moment tevoorschijn piepten bij het opzijzwieren van haar rok.

'O, Ronnies gewicht is heel stabiel,' reageerde Meg, die blij was dat haar krullen in zachtere golven begonnen te vallen. Zo zag ze er natuurlijker uit, meer als zichzelf.

'Toch is het jammer dat ze er niet bij kon zijn. Ik bedoel, het is de laatste kans om haar jurk te passen. Als ze toch om de een of andere reden aankomt of afvalt, is het te laat om er op de dag zelf nog iets aan te doen.'

Meg slaakte een zucht. Zij had precies dezelfde zorg gehad. 'Ik weet het, maar ze heeft het gewoon heel druk. Ik ben al blij dat ze komt. Het zou me niets verbazen als ze halverwege de plechtigheid wordt opgepiept.'

'Maak je geen zorgen, in dat geval ga ik dwars voor haar liggen,' zei Barbara op beschermende toon, en iedereen glimlachte om het beeld dat haar opmerking opriep. 'Op jouw grote dag is je zus erbij als bruidsmeisje en getuige. Jij krijgt de perfecte bruiloft, al wordt het mijn dood.'

'Dank je, Barbara.' Meg lachte dankbaar en boog zich naar haar toe om haar een kus op de wang te geven.

Linda, de eigenaresse van de boetiek, kwam het vertrek weer binnen met een aantal sluiers over haar arm, die deels achter haar aan sleepten. Ze legde ze neer en haastte zich naar hen toe om de jurken met haar vakkundige oog te inspecteren. 'Het trekt of plooit nergens?' mompelde ze terwijl ze met haar vinger over de naden streek en Megs halslijn bekeek, waarna ze fronste toen ze de opening van twee centimeter bovenaan Lucy's rij knoopjes zag.

'Sorry...' Lucy's wangen werden vuurrood. 'Mijn gewicht schommelt nogal.'

'Nou, daar is deze pasafspraak voor bedoeld,' antwoordde Linda met een diplomatieke glimlach. 'We kunnen dit woensdag aangepast hebben. Kun je dan nog een laatste keer langskomen?'

'Ja hoor.'

'Ik hoop dat Mitchell Sullivan beseft hoeveel geluk hij met je heeft,' zei Dolores, die weer op de bank ging zitten en Meg nog eens vol trots bekeek terwijl ze weer voor de spiegel ronddraaide.

Meg bleef maar naar haar spiegelbeeld kijken. Over precies twee weken…

'En weten jullie heel zeker dat jullie het niet overhaasten?' vroeg Barbara, die een parelmoerkleurig kammetje van een ondiepe schaal met accessoires pakte en het nonchalant bekeek. 'Jullie zijn tenslotte nog maar tien jaar bij elkaar.'

Meg rolde met haar ogen en iedereen grinnikte. Mitch en zij kenden elkaar al sinds ze zeventien waren, en iedereen in het stadje Banff had zich vanaf het moment dat ze twintig werden afgevraagd wanneer ze elkaar het jawoord zouden geven. Maar zij hadden er zelf geen haast mee gehad. Ze hadden moeten sparen voor de bruiloft, wat geen gemakkelijke opgave was geweest omdat Mitch al zijn geld in Titch Boards had gestoken, het snowboardbedrijf dat Tuck en hij hadden opgericht. Een paar jaar later was haar hele erfenis besteed aan de bouw van de berghut en aan de studio en shop van Titch in de stad.

'Nou, je bedoelt dat wel als een grapje,' zei Lucy ernstig. Haar gezicht vertrok toen Linda haar per ongeluk met een speld in haar rug prikte. 'Maar het is eigenlijk best een serieus punt. Dat jullie al een eeuwigheid samen zijn hoeft nog niet te betekenen dat jullie de rest van jullie leven met elkaar willen delen. Je moet Meg de ruimte geven om eerlijk te zijn over haar relatie met Mitch. Als die níét helemaal goed is, bedoel ik. Je hoort heel vaak over mensen die in het huwelijksbootje stappen omdat iedereen dat verwacht of omdat het nu eenmaal de volgende logische stap lijkt te zijn. En ondertussen hebben ze niet het gevoel dat ze een hand in de lucht kunnen steken en zeggen: "Wacht eens. Ik ben er toch niet zo zeker van…"'

Meg, Barbara, Dolores en Linda keken haar alle vier verbijsterd aan, waarna ze in lachen uitbarstten.

'Lucy, jij bent me er eentje, zeg,' zei Dolores, die een toostend gebaar maakte met haar glas.

'Maar...' protesteerde Lucy.

'O, *darling*, wat een giller. Meg en Mitch niet samen? Dat is een idiote gedachte! Als je ze samen ziet... Ze passen precies bij elkaar!' Barbara sloeg een arm om haar dochters middel en trok haar dicht naar zich toe. 'Bovendien ben jij niet haar getuige. Als iemand het hier met Meggy over zou moeten hebben, is het haar zus.'

'Waarom?' vroeg Lucy fel. 'Ik ken Meg beter dan zij. Ronnie is hier nooit. Ze wist niet hoe snel ze naar Toronto moest vertrekken en o, wat een verrassing! Ze kon er vanavond niet bij zijn en ze was niet op het vrijgezellenfeestje...'

Meg schraapte haar keel en hief ook haar glas om Lucy's betoog te stoppen. 'Nou, ik kan je ervan verzekeren dat ik geen enkele twijfel heb over de vraag of Mitch mijn perfecte match is. En dat zeg ik niet uit gewoonte of omdat ik me op de een of andere manier verplicht voel na al die jaren die ik in ons heb geïnvesteerd,' zei ze met een glimlach naar Lucy, want ze wist dat ze alleen maar het beste voor haar wilde. 'Ik zeg het omdat jullie de belangrijkste mensen in mijn leven zijn en ik mijn geluk graag wil delen. Jullie zijn mijn familie en ik hou van jullie. Het betekent heel veel voor me dat jullie erbij zijn als ik trouw met de man met wie ik de rest van mijn leven wil doorbrengen.'

'O!' zei Barbara met een snik en een hand op haar hart. Ze hield haar hoofd schuin en hief haar glas. 'Wij houden ook van jou, liefje.' En ze omhelsde Meg in een wolk van Chanel en luxe kasjmier van McCall. Dolores voegde zich bij hen en sloeg haar armen om die van Barbara heen.

Meg sloot haar ogen en voelde hun warmte, hun liefde. Barbara stak plotseling haar hoofd omhoog alsof ze een tochtvlaag voelde. 'En jij, Lucy! Wat sta je daar nou als een zoutpilaar? Als zelfs Dolores iets van emotie weet te tonen...'

'O, zwijg toch, mens,' mompelde Dolores met een klopje op Barbara's hand, waarop Meg giechelde.

Maar Lucy zette een stap naar voren en voegde haar armen toe aan hun overlappende, samengeweven cirkel, als de buitenste bloemblaadjes rond een knop. En in het midden stond Meg, die zich beschermd en veilig voelde, klaar voor een lang en gelukkig leven.

3

Donderdag 23 maart 2017

Het hout knisperde en spuwde om de paar minuten vonken, die oranje opgloeiden tegen het hete glas van de kacheldeurtjes voordat ze zachtjes sissend in de zwarte stilte terug neerdaalden. Badger sloeg er nauwelijks acht op vanaf zijn plek op het kleed: zo nu en dan ging er één ooglid open bij het plotselinge geluid, waarna het zich weer sloot als een zwaar rolgordijntje. Zijn harige buik was bijna te warm om aan te raken. Meg voelde de weerkaatste hitte van het vuur door haar sok heen terwijl ze zijn wollige zwart-witte vacht met haar voet streelde.

Ze liet haar hoofd achteroverleunen tegen de stoelleuning en keek weer uit het raam. Er wervelden sneeuwvlokken in pirouettes langs het glas, maar het bood allang geen fijne aanblik meer. De sneeuw lag tot over de vensterbanken opgehoopt en verduisterde de onderste ruiten, waardoor er minder licht binnenkwam terwijl het al zo donker was. De storm hing nu al twee dagen boven hen, als een geparkeerde bus, de hemel laag en zwaar, en de hoge dennenbomen waren beladen met sneeuw. Mitch' diepe voetstappen om de berghut heen markeerden elk vertwijfelde uitstapje naar de houtopslag. Ze konden vandaag weer geen van beiden op hun werk komen en het einde leek nog niet in zicht. Het leek eerder steeds erger te worden.

Ze vroeg zich af of er deze avond ergens hoog boven de wolken een spectaculaire zonsondergang was, een melange van koraaloranje en -roze die door de lucht rondzwenkte als op het aquarel van een kunstenaar. Ze herinnerde zich dat hun vriend Dave, die piloot was, ooit had gezegd dat hij het leukste aan zijn baan vond dat het aan zijn bureau altijd zonnig was. Hij mocht voor zijn werk boven de wolken zweven, zonsondergangen najagen en naar de horizon vliegen. Ze zuchtte. Zij kon de verste paal van de waslijn niet eens zien. Geen vogeltjes op een rij, wiegend in de wind.

Badger kreunde, een diep, slaperig geluid dat door haar voeten heen vibreerde. Niets doen was voor hem afmattend. Hij was er ook niet aan gewend in huis te moeten blijven, hoewel het barre weer het gemakkelijker maakte om hem binnen te houden.

'Gaat het nog een beetje, jongen?' vroeg ze hem, en ze legde haar kruiswoordpuzzel opzij om hem te aaien. 'Verveel je je?'

Hij kreunde nog eens, zwelgend in het getoonde medeleven.

'Mitch?' riep ze. 'Heb je al trek?'

Geen reactie.

'Mitch?'

Het bleef stil, dus ze stond op het punt om te gaan kijken of er iets aan de hand was – in een natuurreservaat was er niet alleen de sneeuw om rekening mee te houden, er waren ook wilde dieren – toen Mitch de kamer binnenkwam in zijn Canada Goose-parka en Sorel-boots. Hij fronste en had sneeuw in zijn haar.

'O nee,' zei ze met een zucht. 'Wat ben je nu weer kwijt?' Ze kende die blik maar al te goed. Die ging steevast vooraf aan een vraag in de trant van 'waar is...' of 'waar heb jij dit of dat gelaten...'

'De Engelse sleutel?' De stembuiging omhoog suggereerde dat ze moest weten waar die was, dat zij hem vast als laatste had gebruikt, hoewel het nog waarschijnlijker was dat hij haar ondergoed zou aantrekken.

'Als hij niet in de schuur ligt, zal-ie nog wel op de zolder liggen. Daar heb je vorige week immers de leidingen opnieuw geïsoleerd. Hoezo? Waar heb je hem voor nodig?'

'De startmotor van de sneeuwscooter is stuk. Die moet ik weer aan de gang zien te krijgen.'

'Ja, maar toch niet nu? Je kunt niets doen in deze blizzard. Ben je gek?'

Hij keek somber uit het raam naar het grenzeloze wit. 'Nou, het scheelt niet veel meer. Ik wórd nog gek als ik niet binnenkort naar de bewoonde wereld kan. We hebben nieuwe voorraad nodig, Meg. De kast is verdomme bijna leeg.'

Meg zuchtte. Hij was al een paar dagen onrustig en ze was er niet van overtuigd dat dat alleen aan het weer lag, hoewel hij nooit vrolijk werd van een lege maag en de provisiekast inderdaad leger was dan hij normaal gesproken zou zijn. Maar dat was niet alleen haar schuld. Met de paasvakantie begin volgende week in zicht had ze samen met Dolores hard gewerkt in de skiverhuurzaak, waar ze bindingen hadden afgesteld, ski's en boards gewaxt, stoklengtes bepaald en helmen opgemeten. Ze was elke ochtend om zeven uur begonnen en op sommige avonden tot tien uur doorgegaan, waardoor zij en Mitch elke avond in de stad hadden gegeten. Een paar keer hadden ze bij Lucy en Tuck thuis pizza besteld, een paar andere keren hadden ze biefstuk met patat gegeten in het steakhouse naast de studio. Het was telkens de makkelijkste keus geweest, want ze hoefden – zij hoefde – geen boodschappen te doen en, erger nog, die achter op de sneeuwscooter naar de berghut te zeulen.

Maar het bleek achteraf niet zo handig te zijn geweest. Ze hadden niet veel meer in huis dan wat basisvoorraden als tomaten, tonijn en perziken in blik, pasta en rijstnoedels, een half oudbakken brood, eieren.

'Nou, het is nog maar twee dagen zo. Ik denk dat we het wel overleven,' zei ze met een glimlach, in een poging hem met haar plagerijtje vrolijker te stemmen.

'Nee. Dit weer is voor nog eens dríé dagen voorspeld, Meg.' Zijn arm maakte een gebaar door de kamer en zijn hand wees nu naar het raam en de onverbiddelijke witheid erachter.

Het was haar beurt om te fronsen terwijl ze keek hoe de wind de sneeuw vanaf de grond omhoog liet wervelen. Nog eens drie dagen?

Maar ze glimlachte stralend en haalde nonchalant haar schouders op, vastbesloten zich niet uit het veld te laten slaan. 'Oké, dan wordt dit de week waarin we eindelijk die blikken perziken en witte bonen gaan aanbreken die we jaren geleden in de kast hebben gezet. Daarmee kan ik vast wel iets in elkaar flansen wat niet giftig of oneetbaar is.'

Mitch leek het vooruitzicht niet amusant te vinden. 'We kunnen hier niet zomaar dagen zitten wachten tot het voorbij is en we weer naar buiten kunnen, Meg.'

'O jawel,' sprak ze hem met een opgetrokken wenkbrauw tegen. 'Dat kunnen we best.' Ze zei het op luchtige toon, maar zijn gezicht stond op onweer en ze vroeg zich weer af of het alleen het winterse weer was waardoor hij zich zo opgesloten voelde. Waren het zenuwen vanwege de bruiloft? Of was het meer? Haar maag kromp samen bij de gedachte. Twijfelde hij aan hen? Aan haar?

'Luister, laat me nou gewoon de sneeuwscooter repareren, dan race ik naar de stad...'

'Waarom moet jij toch altijd rácen, Mitch?' vroeg ze met een geforceerd lachje, bang dat hij graag bij háár vandaan wilde zijn. 'Waarom kun je niet eens gewoon bij me blijven? Je hebt het hele weekend in de studio zitten editen met Tuck. Wanneer is het mijn beurt een keer? Is de hele gedachte aan het bezit van een berghut in het bos niet dat je ingesneeuwd kunt raken?' Ze trok een veelbetekenende wenkbrauw op, en Mitch reageerde weliswaar met een broeierige blik, maar niet op de gewenste manier.

'Je hebt te veel Doris Day-films gekeken. Je vindt het echt niet meer zo romantisch als we niets meer te eten hebben.'

'Oké, ik geef het op.' Met een zucht wendde ze zich van hem af. Zijn afwijzing deed pijn. 'Je hebt je blijkbaar voorgenomen om chagrijnig te zijn. Ga maar, dan kun je op iemand anders gaan vitten. Badger en ik genieten van de rust.'

Er viel een gespannen stilte en ze wist dat Mitch boos naar haar keek – omdat ze weigerde te bekvechten – waarna hij geërgerd zijn jack openritste en het over de stoelleuning gooide, waarvandaan het meteen op de grond gleed.

Badger jankte zachtjes toen de rits op de houten vloer kletterde.

'Goed dan. Dan zoek ik wel iemand op die wél met me wil praten.'

'Geweldig!' riep ze hem achterna terwijl hij zich omdraaide en naar het kleine logeerkamertje liep, waar net genoeg ruimte was voor een eenpersoonsbed, een bureau en een kledingkast. 'Waarom zou je tijd met mij doorbrengen als je ook met hén kunt praten? Want zíj begrijpen jou, toch?' riep ze honend toen hij de deur achter zich dichtsloeg. Ze bleef ernaar staren, in de wetenschap dat ze elk moment het bekende gekraak en gepiep van zijn geliefde zendapparatuur zou horen wanneer hij de amateurradio inschakelde om te kletsen met vrienden ver weg, zonder gezicht, die hij nooit zou ontmoeten. Mensen met wie hij zich kennelijk sterker verbonden voelde dan met haar, in de naastgelegen kamer.

Ze zakte achterover in haar stoel en keek weer uit het raam. De lucht – die de hele dag toch al niet licht was geweest – begon alweer donkerblauw te worden en de sneeuwbanken begonnen al halverwege het raam te reiken. Hun berghut, verborgen tussen de bomen, omringd door de steeds hogere sneeuwlaag, leek kleiner te worden, alsof de wildernis hen helemaal opslokte.

Vrijdag 24 maart 2017

'We moeten verhuizen,' snauwde Meg.

Mitch keek naar haar terwijl ze uit het raam stond te kijken. Badger lag op zijn voeten op zijn gebruikelijke plek aan het voeteneinde van het bed, een zeer welkome bron van warmte bij deze ijzige kou. De vlammen in het kacheltje van hun slaapkamer waren in de loop van de nacht uitgedoofd en er gloeiden nog slechts wat kooltjes, als de hartslag van een slapende draak.

'Ik bedoel, je bent het toch met me eens dat dit idioot is?' vroeg Meg, die haar trui dichter om zich heen trok en gebaarde naar de muur van sneeuw aan de andere kant van het glas. Het daglicht glipte door microscopisch kleine luchtgaatjes heen en glinsterde als spikkels op het oppervlak van de sneeuw die tegen de vensterbank gedrukt lag. 'We leven in de eenentwintigste eeuw. We zijn nog niet eens dertig. Wat dóén we hier in de rimboe als een stel kluizenaars, zonder zelfs maar een e-mail of appje te kunnen verzenden, afgesneden van alles en iedereen?'

'Niets afgesneden. Met de sneeuwscooter zijn we binnen vijfentwintig minuten in de stad.'

'Als die het doet,' mopperde ze, en ze liep over de vloer in haar dikke handgebreide sokken om het kacheldeurtje te openen en er wat aanmaakhout in te doen. 'En hij is altijd kapot.'

Mitch glimlachte slaperig en verschoof een stukje om haar billen beter te kunnen bekijken nu ze bukte. '"Altijd" is een beetje overdreven,' mompelde hij, zonder haar erop te wijzen dat zij er gisteren op tegen was dat hij hem zou repareren. 'Dit is nog maar de tweede keer dat er wat mee is.'

'Nou, we hebben er in elk geval niets aan als hij kapot is precies op het moment dat we vastzitten in de ergste sneeuwstorm van de afgelopen veertig jaar.' Ze rangschikte wat houtblokken in een piramidevorm, sloot het deurtje, zette de luchtschuif open en keek hoe het vuur weer oplaaide. Ze stond op. 'We zitten hier nu al drie dagen opgesloten en als jouw weersvoorspelling klopt, duurt het nog twee dagen voordat we weer naar de stad kunnen,' zei ze moedeloos terwijl ze weer door het raam naar het genadeloze wit keek.

Door een ongebruikelijke dooiperiode een paar weken geleden lag het verse – vier meter hoge – pak sneeuw nu in feite op een soort glazen oppervlak, en met al dat nieuwe gewicht was de kans op een lawine ongekend groot, en vanwege de combinatie met de niet-aflatende blizzards en desoriënterende *white-outs*, waarin de horizon vervaagde en de grens tussen lucht en bodem onzichtbaar werd, was de complete stad in lockdown. Niemand mocht zijn of haar hotel of huis verlaten.

Meg woonde hier nu elf jaar. Ze was met haar ouders en zusje naar Canada gekomen toen haar vader als wiskundige ging werken voor het Banff International Research Station. Als typisch Engels meisje met bruin haar en bruingroene ogen dat in het groene Kent was opgegroeid had ze de laatste jaren van haar tienertijd in de sneeuw doorgebracht, en ze wist hoe prachtig, grillig, hevig en onvoorspelbaar die kon zijn. Ze had elk winterweekend geskied en gesnowboard, en zo had ze Mitch beter leren kennen – op een dag zaten ze samen in de stoeltjeslift – hoewel ze al een jaar voor het vak Engels bij elkaar in de klas hadden gezeten.

Maar zulk weer als dit had ze nog nooit meegemaakt, althans niet op deze schaal. Een nacht niet naar buiten kunnen, dat wel. Maar dagen achtereen vastzitten in de berghut terwijl ook de stad op slot zat, dat was een geheel nieuw fenomeen.

'Het schijnt dat er morgen een korte onderbreking wordt verwacht,' zei Mitch, die zijn handen achter zijn hoofd ineenvlocht en goedkeurend keek hoe het licht van de vlammen op haar glanzende huid viel. 'Tuck zegt dat het morgen een paar uur ophoudt voordat het weer begint.' Tucks vader was burgemeester geweest in de tijd dat zij opgroeiden, en zijn familie, die afstamde van pioniers in deze streek, woonde al acht generaties in Banff. Tuck wist alles over Banff, inclusief de toestand van de hemel erboven.

'Kunnen we dan dus proberen om naar de stad te gaan?' vroeg Meg hoopvol.

'In theorie zouden we een poging kunnen wagen.'

'In theorie,' herhaalde ze met een aai over Badgers fluwelige kop, en ze bukte zich om een kus tussen zijn ogen te planten.

'Nou, ik vind het wel wat hebben om me hier samen met jou schuil te houden.'

Ze keek hem aan en zag de glimlach om zijn lippen, de twinkeling in zijn ogen. 'Gisteren was dat wel anders.'

'Gisteren was ik niet goed wijs. Een dwaas.' In zijn ogen ontstond een blik die ze niet kon plaatsen. 'Ik verdien jou niet.'

'Nee. Dat is waar.' Ze stak grijnzend haar kin in de lucht, gerustgesteld door zijn hernieuwde aandacht. Gisteren was een incident geweest. De muren waren op hem afgekomen. Hij had het gisteren, zij vandaag.

Hij grijnsde terug. 'En toch heb ik je nog.'

'Alleen omdat ik niet kan ontsnappen. Ik zit hier vast.'

'Reken maar. Je weet best dat we nooit ergens anders zouden kunnen wonen dan hier.'

Hij had gelijk. Dit was hun thuis en heel even zag ze hun kleine onderkomen vanuit het perspectief van een buitenstaander: de karamelkleurige grenen vloer die bij interieurontwerpers niet meer in trek was, maar in haar ogen knus aanvoelde, de roomkleurige muren die haar wat te neutraal waren (als voormalig kunststudente was ze dol op patronen en kleur), maar die Mitch had uitgekozen voor het geval ze ooit zouden besluiten terug te vallen op plan A en de berghut zouden gaan verhuren, de rendierhuiden op de vloer die bijna kaalgesleten waren, de blauw-groene gebreide beddensprei die zijn moeder had gemaakt, met rafels waar Badgers nagels eraan waren blijven hangen, het ingelijste geborduurde hart aan de muur dat zij zelf op school in de handwerkles had gemaakt nadat ze verkering hadden gekregen en zij wist dat hij de ware was.

'Sowieso zouden de buren het niet trekken als jij de was naakt zou ophangen. En ik zou het niet trekken als ze dat juist wel leuk zouden vinden.'

Ze beet op haar lip, want ze wist precies waar dit naartoe ging.

'Kom je terug in bed?' Hij stak zijn hand naar haar uit met die sexy glimlach van hem op zijn gezicht. Ze vond hem nog net zo aantrekkelijk als in het begin, toen ze zeventien waren en de wereld voor hen openlag. Het kon haar niet schelen dat zijn neus gebroken was geweest of dat zijn wenkbrauwen in elkaar overliepen. Hij had nog steeds de liefste ogen die ze kende én supersexy billen.

Zijn lichtbruine haar stond hem goed als het wat langer en warrig was – in de winter, wanneer hij zich meer vereenzelvigde met de ruigheid van de natuur – en zijn kortgeschoren zomerhaar voelde altijd lekker aan in haar handpalm. Ze zag hem graag rondlopen in zijn spijkerbroek en een overhemd, ze zag hem nog liever als hij de deur naar de wereld sloot en de hut in wandelde in niets meer dan zijn ijshockeyshirt en sokken.

De kleine slaapkamer baadde in een bijna etherisch licht, dankzij de heldere weerschijn van de sneeuw achter het raam, en het hout knisperde in de kachel. Ze liep naar hem toe en trok haar trui over haar hoofd.

Mitch duwde Badger zachtjes maar beslist met zijn voet van het bed, waarop de hond de kamer uit slofte om op het kleedje voor het vuur in de woonkamer te gaan liggen.

Het was een klein leven, dat wist ze.

Maar een grote liefde.

4

Zaterdag 25 maart 2017, 18.15 uur

Ovenschotel van kip met puree en doperwten.

Oké, het was geen culinair hoogstandje, aangezien de meeste ingrediënten afkomstig waren uit blikken die achter in de voorraadkast onder de spinnenwebben hadden gestaan, maar ze verdiende lof voor haar vindingrijkheid, en het afgelopen uur – waarin de avond was gevallen en de wind steeds feller om hun berghut gierde – had zich binnen een verleidelijk aroma van salie (gedroogd) en paddenstoelen (gevriesdroogd) verspreid. In de vriezer had ze een zak doperwten gevonden en ze had een romige pureetopping weten te creëren met een blikje gecondenseerde melk en een paar bemodderde oude aardappelen vol uitlopers uit een vergeten zak achter in de provisiekast.

'Mitch!' riep ze met haar handen en polsen begraven in ovenwanten met een patroon van rode peperkoekmannetjes terwijl ze de dampende schaal uit de oven haalde en hem voorzichtig op de metalen onderzetter zette. 'Het eten is klaar!'

Ze trok de wanten uit en draaide zich weer om naar het fornuis, waar het deksel van de steelpan rammelde en het water eronder borrelde en stoomde. Ze pakte de pan, goot het kokende water af boven de gootsteen en zette hem weer neer.

Was hij nog steeds aan het telefoneren? Zijn telefoon was gegaan en ze had zijn stem gehoord door de gesloten deur. Het was natuurlijk Tuck, die ongetwijfeld wilde weten waarom ze vanmiddag geen gebruik hadden gemaakt van de korte onderbreking van de storm, zoals ze hadden gezegd. Hij kon niet weten dat ze nog maar net hun bed uit waren gekomen. Storm? Welke storm? *Baby, it's cold outside…*

'Mitch! Schiet eens op! Ik ga opscheppen!'

Ze bukte zich en trok de borden tevoorschijn, die opwarmden in de lade onder de oven. Even vergat ze de zilveren randjes eromheen. Ze kromp ineen en stak haar vinger snel onder de koude kraan. Ze bleef bij de gootsteen staan en keek de avond in. Ze probeerde voorbij de sneeuwstorm te kijken, die een persoonlijke aanval leek, als een wolf die het huis omver wilde blazen, maar de donkerte was onverbiddelijk en ze zag alleen maar haar eigen spiegelbeeld in de vierkante ruiten.

Badger – die wist dat het tijd was om op te letten, want als er eten op de vloer zou worden gemorst, was het nu – zat op zijn gebruikelijke plek naast de afvalbak aandachtig naar haar te kijken. Zijn kop bewoog in de maat mee met haar stappen van de oven naar de gootsteen en terug naar het fornuis, als een toeschouwer bij een tenniswedstrijd.

'Mitch?' probeerde ze nog eens.

Geen reactie.

Meg wierp Badger een blik toe. 'Nou zeg, wat is hij aan het dóén? Ga het baasje maar halen, toe maar, jongen.'

Badger kneep de bruinrode vlekken boven zijn ogen, die leken op wenkbrauwen, samen alsof hij ook geen idee had waar Mitch bleef, en sjokte door de kleine keuken.

Meg haalde de wijnglazen uit de kast en pakte de fles pinot noir die ze naast het fornuis had gezet om daar op te warmen nadat ze hem halfbevroren in de schuur had aangetroffen. Ze hoopte dat-ie te drinken zou zijn.

Ze zette de fles op de kleine grenen tafel, die ze voor de verandering met een tafelkleed had bedekt, waarop ze een vaasje met hulsttakken vol bessen, geknipt van de boom voor hun slaapkamerraam, had neergezet. Hoewel ze een bescheiden maaltijd had gekookt konden ze wél in stijl dineren, vond ze. Door hun dag samen in bed voelde ze zich meer verbonden met haar verloofde dan ze zich in weken had gevoeld. Zijn recente onrust leek te zijn gesust en ze voelde zich nu vreemd genoeg droevig dat de storm binnenkort zou luwen en hun bubbel op de berghelling zou barsten.

Ze hoorde de voordeur dichtslaan, extra hard door de krachtige wind, waardoor de hele hut even leek te schudden en de gordijnen als rokken werden opgetild. Snel holde ze terug naar de open keuken – met zestig vierkante meter was de berghut te klein voor een onnodige muur – en schepte het eten op de warme borden toen Mitch in de deuropening verscheen, met een op en neer springende Badger, die altijd dit enthousiasme vertoonde als hij wist dat hij uit zou gaan.

Mitch merkte de gedekte tafel en de dampende maaltijd op de borden niet eens op. Hij keek haar met een schuldbewuste blik aan, maar zijn bruine ogen hadden ook al die schittering die ze altijd kregen als hij eropuit ging.

'O nee hè,' zei ze met een hap naar adem. Ze zette het bord dat ze nog in haar handen had onhandig terug op het aanrecht, zodat er een paar erwten als knikkers over de rand op de vloer rolden. Maar zelfs Badger zag het niet. Al zijn aandacht was op zijn baasje gericht, want hij herkende de helm in zijn hand en de gordel over de waterdichte broek en het ski-jack, de kleine rugzak over zijn schouders, het om zijn middel gerolde touw en de dichtgeklikte skischoenen. De ski's stonden ongetwijfeld al klaar naast de voordeur. Hun hond wist net zo goed als zij wat dit betekende. 'Mitch, nee. Je gaat niet...'

'Meg, dat was Tuck. Er zijn twee gasten vermist, een vader en zijn twaalfjarige zoon. Ze zijn vanmiddag een bergwandeling gaan maken, in de richting van Wilson's Gully.' Hij sprak zacht maar gehaast en vol urgentie.

'Wat?' riep ze bijna gillend uit. 'Zijn ze gek geworden? Wie gaat er in deze weersomstandigheden in godsnaam op pad? Weten ze dan verdomme niet dat er een lockdown geldt?'

'Ja, het is ongelooflijk. Maar blijkbaar dachten ze dat de opklaring van vanmiddag zou aanhouden.'

‘Hoe kan iemand met enig verstand dat nou denken? Hebben ze nog nooit gehoord van het oog van een storm? Hebben ze het weerbericht niet gezien?’

Een extra harde windstoot bracht het hout aan het kraken en zette haar punt kracht bij. Meg kreeg bijna het gevoel dat de wind zich om hun huis wikkelde om het van de grond te kunnen tillen.

Mitch schudde zijn hoofd. ‘Geen idee. Het zijn toeristen. Wie weet wat ze hebben gedacht? Maar ik weet wel dat ik iets moet doen. Deze mensen zijn nu al vier uur vermist. De echtgenote en moeder zegt dat ze om twee uur terug hadden moeten zijn, en in deze omstandigheden, in het donker, gaat de reddingsdienst er niet op uit. Die gaat pas zoeken als het weer licht wordt. Hun laatst bekende locatie is te ver van de stad om te voet te bereiken. Het is te gevaarlijk om een team te sturen.’ Hij slaakte een zucht en keek haar aan. ‘Ze zullen de nacht niet overleven, Meg.’

‘Maar het kan toch niet zo zijn dat jíj er in je eentje op afgaat!’ riep Meg uit. Ze voelde een paniekgolf opkomen terwijl hij zijn helm opzette en het riempje onder zijn kin vastgespte. Hij controleerde de hoofdlamp, zodat een straal verblindend, bijna intergalactisch wit licht de kamer doorsneed. Tevreden knipte hij hem weer uit.

‘Luister nou, het is anders vanaf hier. En ik ken dit gebied beter dan wie ook. De echtgenote had een kaart van hun route en wist waar ze waren toen ze voor het laatst met hen sprak, en dat was Wilson’s. Als ze daar nog zijn, zijn ze maar één bergkam van ons verwijderd. Zelfs in deze omstandigheden kan ik ze binnen een uur bereiken.’

‘En als ze daar niet zijn? Wat als ze verder zijn gelopen?’ vroeg ze.

Hij keek haar aan. Mitch deed niet aan ‘wat als’.

‘Weet de reddingsdienst dat je daarnaartoe gaat?’ wilde ze weten. De stilte die volgde was haar antwoord. Ze wisten allebei heel goed dat ze hem hadden gemaand thuis te blijven. ‘Dus je gaat in je eentje die kant op? Zonder back-up?’

‘Ik neem Badger mee. Een grotere steun en toeverlaat dan wie ook.’

Badger spitste zijn oren bij het geluid van zijn naam en hij hield zijn kop met een onderzoekende blik schuin, zijn poot naar voren gestoken als een uitnodiging om te dansen.

‘Nee!’ Meg snelde hem voorbij naar de gang en ging met haar rug tegen de deur staan. ‘Dit ga je niet doen. Ik sta het niet toe.’

‘Meg.’

‘Ik zei nee! Nee.’ Ze spreidde haar armen zo breed uit dat haar handen de muren raakten.

Mitch liep naar haar toe, zijn skischoenen klossend over de vloer, zijn thermische, waterproof, winddichte uitrusting luid ruisend. ‘Meg, er is daarbuiten ergens een twaalfjarig jongetje.’ Zijn stem klonk nu weer zachter. ‘Ik kan hem niet de hele nacht aan zijn lot overlaten. Dan is hij dood voor de ochtend aanbreekt, net als zijn vader. Het kan niet anders, ik ben hun enige hoop.’

Ze slikte. Ze vond het idee van een kind op de berg in deze omstandigheden ook verschrikkelijk, maar betekende dat dan dat ze haar geliefde aan de weergoden moest offeren?

‘Luister nou, ik red me wel. Ik beloof je dat ik voorzichtig ben. Ik ben niet zo gek als je lijkt te denken. Zelfs ik kan zien dat het buiten tamelijk winderig is.’

Ze knipperde met haar ogen, woedend omdat er maar één juiste keuze was, woedend op zichzelf. Als ze hem de sneeuwscooter – dat verdomde rotding – eergisteren had laten repareren had hij die kunnen gebruiken. De klim naar Wilson’s Gully was steil, maar met de sneeuwscooter zou hij kostbare tijd hebben gewonnen. Dan zou hij sneller bij die *hikers* zijn. Zou hij sneller bij haar terug zijn.

‘Hoelang ga je erover doen?’ Ze wisten allebei heel goed hoelang het klimmen was naar Wilson’s Gully. In vogelvlucht was het anderhalve kilometer, maar de helling was genadeloos en zelfs in de zomer, als ze er picknickten met Badger, was het veertig minuten.

Maar in dit weer, met dit zicht? Ze wisten allebei dat haar vraag eigenlijk was: hoe laat moet ik me zorgen gaan maken?

'Geef me vijf uur.'

'Víjf? Maar je zei dat je er binnen een uur zou zijn.'

'Ik moet het rustig aan doen. Ik heb tijd nodig om pauzes te nemen en me te oriënteren, en ik wil niet dat je je onnodig zorgen maakt.' Hij keek op zijn horloge. 'Als ik niet terug ben voor half twaalf, of als je dan nog niets van me hebt gehoord, mag je alarm slaan.'

Hij nam haar gezicht in zijn handen en gaf haar een kus op haar lippen. Ze pakte zijn ellebogen vast in een poging hem bij haar te houden en in dit moment te blijven.

Maar deze keer kon ze hem niet verleiden. Er waren een man en een kind op de berg, en niemand was ze aan het zoeken. Alleen Mitch kon hen redden. De tijd drong.

'Ik hou van je,' mompelde hij.

'En ik van jou,' antwoordde ze met een vurige kus.

Hij maakte zich voorzichtig los uit haar greep en boog zich voorover naar Badger, die geduldig smekend omhoogkeek.

'Ben je er klaar voor, jongen?' vroeg hij met een aai over zijn kop.

Mitch deed de deur open precies bij een felle windvlaag die Megs haar uit haar nek blies en de hoeken van het kleed optilde. Een deel van de sneeuw die zich op de veranda had opgehoopt waaide naar binnen, als stukjes melkschuim van een latte die kriskras de hut in vlogen.

Meg hapte geschokt naar adem. Aan een temperatuur van min drie met een gevoelstemperatuur van min twintig kon je nooit wennen, zelfs niet als je er je hele leven al mee te maken had gehad.

Mitch stapte de treden van de veranda af en stelde zijn bindingen af op *tour mode* voordat hij zijn schoenen in de ski's klikte. Meg sloot haar ogen bij het geluid. Ze wist dat ze hem nu niet meer kon tegenhouden. Over een ogenblik zou hij bij haar wegglijden met een vaart die niet meer te stuiten viel. Badger draaide opgewonden rondjes in de sneeuw, zijn staart omhoog, zijn snuit zoals altijd naar de grond gericht om een geurspoor op te vangen, maar vanavond gingen ze niet op zoek naar eekhoorns.

De karabiners rammelden aan Mitch' gordel en ze onderdrukte een snik toen hij de hoofdlamp aanknipte en de brute kracht van de storm in de straal van licht werd blootgelegd. De bomen vouwden bijna dubbel onder de onstuimige wind, de lucht oogde compact als gezeefd meel, zwaar van de vallende sneeuwvlokken vermengd met sneeuw die vanaf de grond alle kanten op stoof, waardoor de zwaartekracht niet meer van toepassing leek.

Mitch maakte zijn polsbandjes vast en keek om, ervoor zorgend dat hij haar niet verblindde met het licht van zijn hoofdlamp. 'Vijf uur,' zei hij.

En toen stak hij zijn stokken in de sneeuw, zette zich af en gleed de donkerte in.

Badger rende voor hem uit met een vreugdevol geblaf als geweervuur in de avond, dat maar al te snel verdween. Ze staarde de stilte in en spitste haar oren of ze nog iets hoorde wat haar zou vertellen dat ze niet alleen was.

Maar de avond had hen opgeslokt.

Ze waren weg.

22.00 uur

De wereld was een negatief van zichzelf geworden: de hemel zwart, het land wit, alles verkeerd om. Meg stond met haar gezicht tegen het glas gedrukt, haar handen eromheen gesloten, in een poging om een heen en weer bewegende lichtstraal tussen de bomen te ontdekken, maar niets onderbrak de hevigheid van de storm. De vogels verstopten zich in de bomen, de beren – die een paar weken geleden nog uit hun winterslaap waren gewekt door de bedrieglijke dooi – bleven in hun grotten, de mensen uit het stadje beneden zaten veilig tussen hun stenen muren. Slechts vier levende wezens zetten zich vanavond schrap tegen de elementen, en de storm werd alleen maar intenser, alsof hij een vermoeden had van hun overmoed.

Megs ongerustheid groeide terwijl ze keek. De storm deed apocalyptisch aan, alsof het einde van de wereld nabij was. Af en toe hoorde ze ergens vanuit de verre duisternis de scherpe krak van takken die het begaven onder het verpletterende gewicht van de sneeuw. Telkens weer werd ze het gedempte gerommel gewaar van het sneeuwdek dat over de berghelling schoof, alsof het uit tektonische platen bestond, waarna de teruggekeerde stilte haar gevoel van verlatenheid alleen maar versterkte.

Ze keek hoe laat het was: tien uur.

Nog negentig minuten voordat ze alarm zou slaan bij de hulpdiensten, voordat ze die zou laten weten dat Mitch vermist was, dat haar verloofde hun gebod om thuis te blijven had genegeerd, net als zijn gezond verstand, en dat hij de storm in was gegaan om twee onbekenden te redden die misschien al dood waren.

Ze ijsbeerde door de kamer en vroeg zich af of Lucy nog wakker zou zijn. Omdat de ochtenden in het hotel vroeg begonnen, lag ze rond deze tijd meestal al in bed, maar wat zou het fijn zijn om de nuchtere, geruststellende stem van haar vriendin aan de andere kant van de lijn te horen... Lucy wist het hoofd altijd koel te houden.

Meg liep door de kamer, pakte de telefoon en koos het nummer van haar vriendin, maar aarzelde vervolgens.

Ze fronste. Er was iets mis...

Er was nog een stilte waar geluid zou moeten zijn. Ze drukte de telefoon harder tegen haar oor, alsof dat verschil zou maken...

Geen kiestoon.

Nee!

Verschrikt drukte ze een aantal keren op de beltoets en haar hartslag schoot omhoog. Er was hier geen mobiel bereik en geen wifi, dus de vaste lijn was haar enige mogelijkheid tot contact met de buitenwereld. Hij kon niet uitgevallen zijn. Dat kon gewoon niet. Mitch en Tuck hadden elkaar een paar uur geleden nog telefonisch gesproken.

Toch was het zo. Geen vertrouwde zoem, geen ruis, maar slechts een meedogenloze stilte.

Haar handen vlogen naar haar mond terwijl ze midden in de kamer bleef staan en tot zich liet doordringen wat dit betekende. Het was niet zo dat Mitch zou proberen haar te bereiken – het mobiele bereik was nagenoeg nul op de berg. Maar als hij over negentig minuten niet door die deur zou komen, met in zijn kielzog een tot op het bot verkleumde vader en diens zoon… Als hij over negentig minuten nog niet hier was, verlangend naar een voetmassage, had ze geen manier om alarm te slaan.

Als hij over negentig minuten nog niet hier was, zou haar wereld ophouden met draaien.

Middernacht

De storm was zo mogelijk nog heviger geworden. Meg had haar sneeuwschoenen, jas en handschoenen aangetrokken en liep tot aan de beek aan de rand van hun terrein, waar ze zijn naam schreeuwde tegen een wind in die haar stem als een emmer water over haar schouders terugblies. Ze had geprobeerd om de steile helling achter hun hut op te klauteren, maar de uitsteeksels die ze in de zomermaanden met kinderlijk gemak vastpakte, waren nu ronder en dikker door het ijs en de sneeuw eromheen, waardoor ze geen houvast had en niet omhoog kon klimmen. Ze kon niet verder de berg op en ze kon ook niet naar de stad beneden, niet zonder de sneeuwscooter. Het zou onmogelijk zijn om in deze omstandigheden in het donker door het bos te skiën.

Het was een half uur na Mitch' deadline en ze kon niets anders doen dan herhaaldelijk naar buiten hollen en zijn naam naar de diepte van de storm schreeuwen. Maar de kou was duizelingwekkend, haar hoofd verkleumde, haar stem versplinterde, dus elke keer werd ze teruggedreven naar de gloed van de berghut, zodat ze zich schuldig voelde omdat zij de warmte opzocht terwijl Mitch dat niet kon. Elke keer huilde ze van de verscheurende pijn wanneer het bloed terugkeerde naar haar vingers en tenen, wanneer de haarvaten zich pijnlijk vulden en er kostbare minuten verstreken voordat ze door de kamer naar de telefoon kon lopen en haar handen weer goed genoeg kon gebruiken om opnieuw te proberen of er verbinding was.

Maar elke keer niets.

Niets. Niets. Niets.

De minuten gingen voorbij, de nacht werd woester en zij deed niets om hem te helpen, om hem te redden.

Ze porde trillend het vuur op – ze beefde van zowel de angst als de kou – want ze moest het binnen warm houden voor wanneer Mitch zou terugkomen. Want dat zou hij. Hij zou beslist terugkomen.

Ze ijsbeerde eindeloos rond, met haar armen gekruist en haar handen warm onder haar oksels, terwijl ze zich probeerde voor te stellen wat hij nu aan het doen was. Ze wist van haar eigen mislukte pogingen naar buiten te gaan dat de wind te sterk was om er nog doorheen te komen. Hij zou van de berg geblazen worden óf de berg zou onder zijn voeten bewegen: de diepe sneeuwplaten konden zomaar hun onzekere greep verliezen door de wind die op het oppervlak beukte en hamerde. Nee, hij zou nu niet onderweg zijn. Hij had een hol gegraven, dat was het gewoon. Als hij ze had ingehaald – en ook als dat niet zo was – zou hij zijn voorraden en vaardigheden gebruiken om warm te blijven en beschutting te zoeken, in de wetenschap dat ze pas bij het eerste ochtendlicht terug zouden kunnen gaan. Ze zouden veiliger zijn als ze nu bleven waar ze waren.

Ze liet haar hoofd weer in haar handen vallen. Had ze hem die klotesneeuwscooter maar laten repareren… De blizzard van dat moment had niets voorgesteld vergeleken met deze. Hun sneeuwmobiel was het enige wat hen verbond met de beschaving en…

Haar hoofd kwam met een ruk omhoog.

Ze hapte naar adem en holde naar de kleine logeerkamer, waar een rode knop in het donker naar haar knipperde.

Meg stond stil en keek ernaar. Dit was Mitch' domein. Ze kwam hier alleen om de boel af te stoffen en ze kon zich de laatste keer dat ze een logé hadden gehad niet heugen. Hoezeer hun gasten ook genoten van hun uitzicht en de rust en de nachtelijke hemel, ze gingen doorgaans liever terug naar de stad om in de veilige vallei te gaan slapen.

Haar ademhaling versnelde terwijl ze naar de zwarte, in wel drie, vier lagen hoog opgestapelde radioapparatuur tegen de muur keek, naar de monitors, de eindeloze rijen knoppen. Er waren er zoveel. Waarom had ze niet geluisterd toen Mitch haar wilde uitleggen hoe het allemaal werkte, toen hij probeerde zijn hobby met haar te delen? Hoe vaak had ze er niet een stofdoek overheen gehaald, mopperend over al die verrekte knoppen en schakelaars waarvan ze niets begreep? Waarom had ze nooit de moeite genomen om er iets van proberen te snappen? Het was Mitch' ding, had ze altijd gezegd, rollend met haar ogen alsof het een nerdy treinset of een legoverzameling was. Maar dat was het niet. Het was contact met de buitenwereld. Een reddingsboei. Hij had haar zelfs vertéld dat ze er op een dag wat aan zou kunnen hebben in geval van nood. En ze had het altijd weggelachen door te zeggen dat ze niets nodig had behalve hem. Maar nu…

Ze liet zich op de stoel zakken, trok aan haar haarwortels en kneep haar ogen dicht terwijl ze zichzelf berispte om haar eigen onwil.

Ze haalde diep adem en deed haar ogen weer open. Nee. Ze wist meer dan ze dacht. Want ze was hier heel vaak binnen komen lopen om Mitch koffie en een donut te brengen. Ze had vaak op zijn schoot gezeten in een poging hem af te leiden terwijl hij kletste met Pavel in Assam, of Guido in Santiago, of Derek in Maryland, al die verre mensen die hij nog nooit had ontmoet, maar als zijn vrienden beschouwde.

Ze probeerde rustig na te denken en het voor zich te zien. Wat had ze gezien zonder er aandacht aan te besteden? Ze riep het beeld op van hem, hier in deze kamer. Hij had deze altijd in zijn rechterhand, wist ze, terwijl ze de microfoon pakte en de knop met SPEAK onder haar duim voelde. En... Ze keek naar de monitors. Als ze hem voor het avondeten kwam halen zette hij altijd deze knop als laatste uit, herinnerde ze zich terwijl ze helemaal naar links reikte en erop drukte. Het rode lampje werd groen. Maar was dat de transmitter? Of de receiver?

Haar ogen schoten over de slapende toestellen en haar brein werd scherper en helderder. Ze drukte op iets wat een aanknop leek op een andere monitor en er ging nog een groen lampje aan. Een lcd-display flitste geel op en vertoonde clusters van cijfers die haar net zo onleesbaar voorkwamen als de broncode van een computerprogramma.

Ze drukte op de knop onder haar duim en sprak in de microfoon. 'Hallo? Is daar iemand?'

Ze liet de knop weer los, want ze dacht te weten dat ze zo het kanaal voor iemand zou vrijmaken die met haar zou kunnen praten.

Niets. Helemaal niets. Ook geen geruis, niets van het elektrische gekraak dat ze altijd hoorde als Mitch ermee bezig was. Wat deed ze verkeerd?

Ze checkte de monitors nog eens, duwde alles in wat op een aanknop leek en er kwamen een paar displays tot leven, met wijzers die heen en weer bewogen.

'Hallo?' probeerde ze opnieuw. 'Is er iemand die me hoort?'

Nog steeds niets.

Ze probeerde het grootste display, recht voor haar, en draaide de afstemknop naar links en naar rechts. Meteen werd de kamer gevuld met het haar zo bekende geruis.

'Hallo?' riep ze weer terwijl haar hartslag versnelde. 'Hoort iemand mij? Hallo?'

Ze hoorde stemmen, of eerder losse flarden van blikkerig stemgeluid in vreemde talen. Ze klonken ver weg, buiten bereik. Ze draaide weer aan de afstemknop, nu langzamer, en zag de cijfers op het display veranderen. 14.245.50... 14.245.36... 14.245.20...

Ze merkte dat de ruis verminderde toen ze op een even getal terechtkwam.

'Ik heb hulp nodig! Hallo? Kan iemand me horen? Mayday?' Ze snikte en probeerde haar paniek en wanhoop in toom te houden. Ze pikte flarden van achteloze stemmen op terwijl haar verloofde zich midden in een sneeuwstorm bevond en vocht voor zijn leven – en dat van twee anderen. 'Help me alstublieft. Hoort iemand mij?'

Haar vingers draaiden weer langzaam aan de knop en ze hield haar ogen op het display gericht, waarbij ze steeds even stopte op een rond getal en ze met haar duim de spreekknop op de microfoon indrukte terwijl ze 'Mayday' bleef roepen, de grote leegte in.

'*Delta Echo Six Bravo Foxtrot, calling* CQ, *calling* CQ, *over...*'

De stem kwam luid en duidelijk de kamer in. Meg hapte naar adem en hield de microfoon dichter bij haar mond. 'Hallo!' riep ze vertwijfeld. 'Hoort u mij?'

Ze realiseerde zich dat haar duim de knop niet had ingedrukt. Ze probeerde het opnieuw. 'Hallo? Hoort u mij? Alstublieft, het is een noodgeval, ik heb hulp nodig... Hallo?'

'Bravo Foxtrot, calling CQ, over...' De stem van de man klonk nu vager. Had ze de afstemknop te ver doorgedraaid? Haar hand trilde, maar ze keek zorgvuldig naar de cijfers terwijl ze terugdraaide en probeerde te stoppen waar de ontvangst het helderst leek. Ze hoopte dat haar vingers haar niet in de steek lieten. Ze had heel kleine, beheerste beweginkjes nodig, niet de schokkerige haaltjes waar de adrenaline haar lichaam toe aanzette.

'Hallo? Hoort u mij? Alstublieft? Het is een noodgeval. Ik heb hulp nodig.' Ze hoorde de tranen doorklinken in haar stem. Waarom hoorde niemand haar?

'Dit is November Alpha One Sierra Sierra, wat is uw *callsign*, over?' De stem van de man vulde de kamer, zo helder alsof hij op de gang stond.

'Hallo? Hoort u mij?' riep ze luid. 'O, mijn god, zeg alstublieft dat u me hoort!'

Stilte.

'Hallo?' schreeuwde ze.

'Dit is November Alpha One Sierra Sierra, commandant Solberg, we horen u luid en duidelijk op het International Space Station. Wat is uw callsign, over?'

Meg staarde naar het display. Haar wat? En… zei hij nou het International Space Station? Had ze een astronaut aan de lijn?

'Ik… Ik weet het niet!' riep ze, maar ze vergat daarbij de microfoonknop in te drukken. Toen ze zich dat realiseerde, drukte ze er zo hard op dat haar duim er wit van werd. 'Ik weet het niet. Ik weet niet wat u bedoelt! Maar ik heb hulp nodig! Alstublieft!'

Stilte.

'Dit is NA1SS, commandant Jonas Solberg. Wat is uw naam en locatie, over?'

'Ik…' Ze dwong zichzelf kalm te blijven. 'Mijn naam is Meg Saunders en ik ben in Cascade Creek, in Banff, Alberta, in Canada. Hoort u mij? Hebt u dat doorgekregen?'

Stilte. Ze deed haar ogen dicht en wachtte.

Niets.

Ze drukte de microfoonknop weer in. Als ze de woorden maar de wereld in wist te krijgen zou iemand ze misschien opvangen, dan zou er iemand hulp kunnen inschakelen. 'Hallo? Er is hier een sneeuwstorm gaande. Mijn verloofde Mitch Sullivan is ergens in de bergen. Wilson's Gully. Hij is op weg gegaan om een paar hikers te redden, maar hij is niet teruggekomen. Alstublieft, we hebben hulp nodig. Kunt u me helpen?'

'... One Sierra Sierra, begrepen. Ben je bij hem, Meg, over?'

O, godzijdank, hij had haar gehoord! 'Nee! Nee, ik ben in onze hut. Ik ben alleen. Ik zit vast en er is geen telefoonverbinding. Ik kan niet naar de stad. Hij gaat dood.'

Een moment stilte en vervolgens: 'Begrepen. Ik heb je callsign nodig, Meg. Over.'

'Maar dat weet ik niet. Ik...' zei ze hijgend, opnieuw overmand door de paniek. 'Ik weet niet hoe ik deze apparatuur moet bedienen. Die is van Mitch. Ik weet niet hoe...' Ze snikte.

'NA1SS, oké. Meg, haal even diep adem. Callsign staat voor roepletters. Het is een code van letters met een enkel cijfer in het midden. Kijk om je heen, zie je het ergens opgeschreven staan? Over.'

Zijn stem klonk rustig, waardoor haar wanhoop iets afnam. Ze wreef de tranen uit haar ogen en wierp een blik over het bureau, bekeek de papieren die er lagen, maar ze zag niets wat leek op een dergelijke code.

'Nee, ik zie het niet. Er liggen hier alleen maar oude...' Maar toen zag ze een stickertje dat op de zijkant van de zwarte monitor met het grote display geplakt was. 'O, wacht!' zei ze buiten adem. Ze leunde naar voren om het beter te kunnen zien. 'Eh... O god, is dit het? De V van Victor, een X, dan het cijfer vier, tweemaal de D van Danny, de E van Edward? Kan dat het zijn? Hallo? Over?'

Even kraakte de ruimte tussen hen, maar een moment later keerde zijn stem terug.

'... is NA1SS aan Victor, X-ray... our, Delta, Delta, Echo... dat correct? Over?'

De zin werd onderbroken door ruis, maar na een ogenblik lukte het haar om het verband te leggen tussen het genoemde callsign en de letters op het stickertje. 'Ja. Ja, dat klopt,' riep ze uit. 'VX4DDE.'

'... egrepen... sign genoteerd... Er is hulp onder... Blijf waar je bent... niet naar buit...'

Zijn stem verdween, zijn aanwezigheid had de kamer verlaten en ze was weer in haar eentje overgeleverd aan de felle storm.

'Hallo? Commandant? Hoort u me?' gilde ze. 'Alstublieft! O god, bent u er nog? Kunt u hulp sturen?'

Maar ze wist hoe dwaas haar woorden klonken. Wat kon hij voor haar doen? Die man was in de rúímte. Ze had de enige persoon ter wereld bereikt – nee, hij bevond zich niet eens op de planeet – die haar niet zou kunnen helpen!

Ze gooide wanhopig de microfoon neer en liet zich op het bureau voorovervallen, met haar hoofd in haar armen, en ze huilde bittere, boze tranen.

Er was niets wat ze nog kon doen. Mitch was verdwenen en zij was tekortgeschoten. Er zou vannacht geen hulp komen. Ze moesten wachten tot de zon de nachtelijke hemel zou openbreken, tot de sneeuwblazers de losse pakken sneeuw konden ruimen en de reddingsdienst ingeschakeld kon worden, tot de wind zou gaan liggen en de helikopters konden gaan speuren... Er moest heel veel gebeuren voordat ze haar geliefde konden gaan zoeken.

Driehonderd kilometer boven de aarde keek Jonas Solberg naar de wereldbol. Het licht van de zon scheen als een halo vanachter de horizon en was vanaf de aarde nog niet zichtbaar. Het was rustig in de ether. De meeste inwoners van het continent Amerika sliepen nu, hoewel het aan boord van het ruimtestation – volgens de GMT, die zij hanteerden – momenteel half acht 's ochtends was. Hij was al vijf keer om de aarde gekomen sinds zijn eigen middernacht.

Hij hoorde de stem van de vrouw weer in zijn hoofd. Haar paniek, haar tranen, haar wanhoop, haar worsteling om het hoofd koel te houden te midden van het onheil dat over haar heen golfde. Hij legde een hand op het raam en zag de landmassa van Canada alweer bijna uit het zicht verdwijnen terwijl ze in de richting van Groenland zweefden. Maar hij had genoeg gezien om haar angst te begrijpen, want hij kon waarnemen wat zij niet kon zien. De natuur ontvouwde zich daarbeneden op volle kracht. Hij had gedaan wat hij kon om te helpen. Hij had het sos meteen doorgegeven aan het hoofdkwartier in Houston terwijl hij probeerde de vrouw te kalmeren: Meg Saunders in een berghut dicht bij Wilson's Gully, in de buurt van Banff in Alberta. Maar hij had zich ellendig gevoeld, want het dikke, wervelende wolkendek dat zich boven haar en onder hem bevond had er onheilspellend uitgezien. Hij hoopte op een goede afloop voor haar, voor die angstige, eenzame vrouw in de Canadese bergen, maar het zag er niet gunstig uit. Hij kon zich niet voorstellen dat iemand buiten in zo'n hevige sneeuwstorm zou kunnen overleven.

5

Zondag 26 maart 2017

Nu waren er mensen genoeg, nu de zon aan de hemel stond en het niet meer sneeuwde en de wind was gaan liggen. Het landschap zag er simpelweg mooi uit onder zijn verse witte donsdeken. Nú waren ze er wel.

En ze waren met tientallen tegelijk. De mensen van de reddingsdienst, plus een aantal vrijwilligers, vulden hun kleine berghut, zetten koffie en maakte een modderig pad voor de veranda terwijl ze met een ernstige uitdrukking op hun gezicht heen en weer liepen en de dierbare stilte van het bos werd verstoord door het gekraak van portofoons.

'Goed, Meg, laten we het nog even doornemen,' zei Martin Hughes, de teamleider van de reddingsdienst, met gespreide benen en zijn vingers losjes ineengestrengeld. 'Hoe laat is hij vertrokken?'

'Dat was... eh, om half zeven. Misschien iets eerder.'

'Hoe weet je dat zo zeker?'

'Ik zette de borden op tafel. We eten gewoonlijk rond die tijd.'

Hughes knikte. 'Oké. En hij zei dat hij terug zou zijn om...'

'Half twaalf. Hij zei dat ik hem vijf uur moest geven.'

Vijf uur. De woorden weerklonken in haar hoofd. Vijf uur voor wat in gewone omstandigheden nog geen uur geduurd zou hebben. Het was te lang geweest, ze had eerder alarm moeten slaan. Ze had hem nooit moeten laten gaan.

'Heeft hij dit ooit eerder gedaan?'

'Wat? Naar Wilson's Gully gaan?'

'Heeft hij ooit eerder in zijn eentje een reddingsactie ondernomen?'

Meg fronste, want ze hoorde zijn ondertoon. Probeerde hij Mitch neer te zetten als een man die zo nodig de held wilde uithangen? 'Nee! Nog nooit. Hij deed het alleen maar omdat het hier zo dichtbij was en niemand anders iets deed.' Ze richtte haar blik nadrukkelijk op zijn baas, Robin Patterson, het hoofd van de lokale reddingsploeg. 'Bovendien kent hij dit gebied beter dan wie ook. Hij is een ervaren skiër en hiker. Hij zei dat hij ze niet zomaar aan hun lot kon overlaten. Er was een twaalfjarige jongen in nood! Hij moest iets doen. Zo zit hij in elkaar.'

Hughes keek een moment lang naar de vlammen van het haardvuur en richtte zijn blik toen weer op haar. 'Maar weet je, Meg, die hikers naar wie hij op zoek ging...'

Haar adem stokte. 'O god. Hebben jullie ze gevonden?' Ze sloeg haar hand voor haar mond en keek weer naar Patterson, die met zijn walkietalkie in zijn handen stond. Er welden tranen op in haar ogen. 'O nee, ze zijn toch niet...'

'Het gaat goed met ze,' onderbrak Hughes haar. Hij zweeg een ogenblik. 'Ze zijn niet eens echt in nood geweest.'

Er bolde een verbijsterde stilte op, als een laken in de wind.

'Wat?' vroeg Meg schor en verward.

'Die bergwandelaar en zijn zoon zijn naar de stad teruggekeerd. Ze waren te laat en korte tijd vermist, maar uiteindelijk veilig teruggekomen.'

'Maar...' De woorden kwamen niet, ze werden tegengehouden door te veel emoties. 'Mitch zei dat Tuck...'

'Dat weten we. De echtgenote van de man had halverwege de middag alarm geslagen. Dat bericht kregen wij ook door, maar de omstandigheden waren toen al te belabberd om de helikopter eropuit te sturen, het lawinegevaar was te groot om te voet te gaan en het werd al donker... We konden tot aan de ochtend niets doen,' legde Patterson uit met een ietwat schaapachtige uitdrukking op zijn gezicht.

'Twee uur later kregen we nog een telefoontje, waarin ons werd meegedeeld dat ze terug waren en dat we de voorbereidingen konden staken. Ze bleken te zijn verdwaald toen het weer omsloeg. Het zicht was bijna nul, maar ze hebben de rivier omlaag gevolgd en wonder boven wonder een lift naar de stad weten te krijgen. De jongen had bevriezingsverschijnselen aan één hand en de vader was licht onderkoeld geraakt, maar verder zijn ze met de schrik vrijgekomen.'

Wat? Meg staarde hem aan. Ze kon nauwelijks bevatten wat ze te horen kreeg. Het slaapgebrek, de paniek, de bezorgdheid en de stress maakten het lastig om de feiten tot zich door te laten dringen, om helder na te denken, maar ze begreep welk punt hij probeerde te maken: het was allemaal voor niets geweest. Mitch had zijn leven gewaagd, had zich in een blizzard begeven zonder dat daar een goede reden voor was.

'Hoe laat... Hoe laat kwam dat telefoontje binnen? Dat ze veilig waren, bedoel ik...' mompelde ze. De paniek in haar lijf groeide.

'Twintig voor vijf.'

'Maar dat kan niet kloppen.' Meg knipperde met haar ogen en probeerde het te begrijpen. Mitch was bijna twee uur later vertrokken. Ook als ze de tijd meerekende die het hem had gekost om zich om te kleden en klaar te maken – misschien vijftien, twintig minuten – moest Tuck rond zes uur gebeld hebben, dus minstens een uur en twintig minuten nádat het goede nieuws was binnengekomen. Hoe kon hij het zo mis hebben gehad, hoe kon het dat hij nog een sos-telefoontje naar Mitch pleegde terwijl verder iedereen de voorbereidingen voor de reddingsactie had gestaakt?

Maar ze wist het precies. De deuren van Bill's Bar zijn dik en zwaar en kunnen de wereld erbuiten uitstekend tegenhouden. Nieuws komt vertraagd binnen als er bier in het spel is.

'Weet Tuck wel dat Mitch wordt vermist?' Haar stem klonk vreemd. Hees en verwrongen.

'Een agent heeft hem en zijn vrouw gesproken, en de andere gasten in het hotel,' zei Hughes. 'Tuck zei dat hij heeft geprobeerd opnieuw te bellen zodra hij hoorde dat de hikers terug waren, maar de verbinding was weggevallen.'

En hoe laat was dat dan geweest, vroeg Meg zich bitter af. Acht uur? Negen uur? Ze had de lijn zelf pas om tien uur geprobeerd.

'Het helikopterteam heeft gezien dat er een hoogspanningsmast in Blackwoods Gully is omgevallen,' deelde Patterson mee terwijl hij zijn walkietalkie een stukje omhooghield. 'Daardoor zijn alle telefoonlijnen aan deze kant van de vallei uitgeschakeld.'

Meg knipperde weer met haar ogen. Die pech had de ramp compleet gemaakt.

'Wat we nu moeten doen is nagaan welke route Mitch heeft genomen. Het is van levensbelang dat we uitzoeken waar hij nu kan zijn.'

'Maar jullie kunnen zijn spoor toch volgen?' Er spoelde weer een golf van angst door haar heen. Ze keek naar Patterson. 'Ik heb jullie team verteld dat hij vlak voor de deur is vertrokken...'

'Er is geen spoor. Er is vannacht meer dan een meter sneeuw gevallen, Meg, en met de harde wind en de vele lawines...'

'Lawines?'

'Drieëndertig volgens de laatste berichten,' zei Patterson zacht. 'De heli's vliegen rond om poolshoogte te nemen.'

'Nee.' Ze schudde haar hoofd, want ze wist wat hij suggereerde. 'Nee. Hij heeft zijn veiligheidsuitrusting bij zich. Een lawinepieper en een sonde en zo'n airbagsysteem. Hij is een zeer ervaren snowboarder en skiër en hij is eerder aan lawines ontsnapt.'

'En hij had het allemaal bij zich toen hij vertrok? Dat heb je gezien?'

'Ja. Absoluut.'

Patterson wierp Hughes een blik toe. 'Dat is goed om te weten.'

'En Badger,' zei ze op dringende toon, nu bijna panisch, want ze wist wat die blik betekende. 'Hij heeft Badger bij zich en ik garandeer jullie dat die hond er altijd voor zorgt dat ons geen van beiden iets overkomt.' Ze realiseerde zich dat ze haar hand tegen haar hart drukte, alsof de overtuigingskracht de doorslag zou geven.

Pattersons walkietalkie kwam krakend tot leven en hij sprong op. 'Patterson.'

Meg zag hoe hij de kamer uit liep en een moment later aan de andere kant van het raam op de veranda verscheen, waar hij een blik over de vallei wierp, vervolgens wegliep en langs de helling omhoogkeek.

'Jullie gaan hem wel vinden, toch?' vroeg Meg, die zich tot Hughes wendde en hem recht aankeek, zodat hij geen kant op kon. Ze wilde dat hij haar in de ogen zou kijken.

'Ik beloof je dat we hem zullen vinden.'

Ze wreef in haar handen en rilde. Ze had het opeens ijskoud. 'Hij heeft zich vast ingegraven. Hij zal een veilige plek hebben gevonden om de nacht door te brengen en is vanochtend bij het ochtendlicht weer op pad gegaan. Ik bedoel, nu de omstandigheden zijn verbeterd en hij nog niet weet dat die vader en zoon al terug zijn, zal hij verder gaan zoeken.'

Hughes knikte. 'Dat kan zijn.'

'En hij kent dit gebied beter dan wie ook. Tuck en hij ondernemen hier regelmatig expedities om filmpjes op te nemen. Soms zijn ze twee of drie nachten weg en...' Ze haalde haar schouders op. 'Ik maak me geen zorgen. Niet echt.'

'Mitch is een fijne vent. We mogen hem allemaal graag. Ik verzeker je dat we niet rusten tot we hem vinden.'

Plotseling ontstond er buiten rumoer en ze keken allebei op. Er klonken stemmen en er werden portieren dichtgeslagen. Meg stond op voordat Hughes de kans kreeg, en haastte zich naar het raam.

Patterson en een politieagent renden van de helling af naar de beek, de route die Mitch gisteren had genomen toen hij weggleed in de storm.

Meg slaakte een gil en holde achter hen aan. Ze besefte pas dat ze haar schoenen niet aanhad toen ze tot haar knieën in de sneeuw wegzonk. Maar ze voelde de bijtende kou niet, was zich er niet van bewust dat haar voeten wit werden en daarna een helderroze tint kregen. Ze rende alleen maar, met zwaaiende armen om meer vaart te kunnen maken. Het geluid van roepende stemmen aan de andere kant van de helling vertelde haar dat er mensen aan kwamen. Hij was gevonden!

Ergens boven haar hoofd klonk het gedreun van een helikopter die een stukje verderop vertrok. De trillingen denderden door haar lijf terwijl de bladen door de lucht sneden, die zo ijzig was dat ze half verwachtte dat er scherven als dolken op de grond zouden vallen.

'Mitch!' schreeuwde ze, en ze viel bijna toen ze om de rotsen heen holde, met haar mond open om naar adem te happen.

Maar de aanblik die haar wachtte, benam haar die adem meteen weer.

Een man, wiens gezicht bijna geheel bedekt was door de dikke, beijsde bontkraag van zijn jack, wankelde langs de glooiende oever omlaag. Hij zakte bijna door zijn knieën onder het gewicht van wat hij in een dikke deken gewikkeld in zijn armen meedroeg.

'Mitch!' schreeuwde ze weer, en ze denderde verder terwijl de andere mannen zich omdraaiden en hun armen uitstrekten om haar tegen te houden of overeind te tillen, ze wist het niet en het kon haar niet schelen. Want nu zag ze wat de man in zijn armen had. Ze zag Badgers donkere, droeve ogen die haar aankeken, ze zag zijn provisorisch gespalkte voorpoot.

'Badger,' fluisterde ze terwijl ze strompelend tot stilstand kwam en Patterson door de sneeuw over de helling naar haar terugrende.

Hij hoefde de woorden niet uit te spreken. Ze zag het aan zijn gezichtsuitdrukking, ze zag het aan haar trouwe hond die werd meegedragen – slap, hulpeloos en verslagen. Ze zag het aan de helikopter die de bergen nu verliet en koers zette naar de brede vallei, met een zware, omwikkelde brancard die eronder wiegde in de wind.

DEEL II

Erna

6

Zaterdag 1 april 2017

Het was haar trouwdag, maar ze droeg zwarte kleding. Er stond geen lamsvlees op het menu, maar er stonden schalen met belegde broodjes. In plaats van champagne was er middelmatige witte wijn. De foto's op de borden in de zaal waren niet van hen samen, om het moment te vieren waarop ze zich aan elkaar zouden verbinden tot de dood hen zou scheiden, maar gaven Mitch' leven weer, waar nu een einde aan was gekomen. De dood had hen voortijdig gescheiden.

De gastenlijst was grotendeels hetzelfde en in sommige opzichten zou het hele gebeuren kunnen doorgaan voor een bruiloft: in de prachtige zaal van The Homestead met zijn hoge plafond en aan beide kanten een stenen open haard wemelde het van de mensen, en zelfs het getypte briefje op de deur – BESLOTEN BIJEENKOMST – zou ook gebruikt zijn als zij nu in het wit gekleed was. Maar ze danste niet. Ze zat in een stoel naar de vlammen te staren die als Arabische dansers in het rond sprongen en zwierden, terwijl overal om haar heen werd gepraat. Ja, de mensen praatten en glimlachten soms zelfs voorzichtig nu de ernstige stilte van de kerkdienst begon te vervliegen, terwijl het effect van de wijn de tragedie van een te vroeg geëindigd leven geleidelijk overstemde en er herinneringen boven kwamen drijven aan streken op de middelbare school en gedurfde tochten in de bergen die al tot de mondelinge overlevering in de kleine stad behoorden. *We zullen hem enorm missen.* Dat was de eindeloos herhaalde mantra sinds zijn lichaam was gevonden – gevallen en gebroken op de bodem van een ravijn onder de sneeuw van een zware lawine met daarop die arme, mistroostige Badger, die schat van een hond, die met slechts één goede voorpoot geen meters diep kon graven.

Mitch was niet het enige slachtoffer van de blizzard geweest, dat wist ze. De oude Mrs McClusky was uitgegleden toen ze het pad voor haar huis sneeuwvrij wilde maken, waarbij ze haar heup had gebroken en van de kou was gestorven omdat niemand haar gegil boven de huilende wind uit had gehoord. Een auto met zes snowboarders, tieners nog, was op een stuk glad ijs gestuit op weg naar Lake Louise, waardoor er twee waren omgekomen, drie met ernstige verwondingen naar het ziekenhuis waren gebracht en een in coma lag. En enkele van de vierenvijftig lawines rond Banff hadden zeven afgelegen (en gelukkig lege) berghutten als die van hen volledig bedolven. Meg wist dat ze zich gelukkig mocht prijzen dat hun hut gespaard was gebleven, maar ze wist niet of ze zich ooit nog gelukkig zou voelen. Het was moeilijk om nu überhaupt iets te voelen.

Er werd een hand op Megs arm gelegd, zo licht dat ze het pas na enkele ogenblikken opmerkte. Ze schrok en Badgers nekharen gingen recht overeind staan, alert op elke nieuwe dreiging en vol beschermingsdrang.

'Hoe voel je je, lieverd?'

Het was Barbara, die om het half uur bij haar langsliep om te checken hoe het met haar ging, alsof ze bang was dat Meg zichzelf iets zou aandoen.

'Heb je het warm genoeg?' vroeg ze met een kneepje in Megs hand.

Meg knikte, maar Barbara schudde bezorgd haar hoofd. 'Je voelt ijskoud aan. Kom, dan zetten we je stoel wat dichter bij het vuur.'

Meg wilde protesteren, maar ze had er de fut niet voor, dus werd haar stoel onder Badgers waakzame oog een stukje dichter naar de haard toe geschoven.

'En je hebt niets gegeten.'

Meg keek schuldbewust naar het bord op haar schoot. Althans, ze wist dat ze zich er schuldig over zou moeten voelen. Maar ze voelde niets. Ze verkeerde in shock. Ze had zojuist haar verloofde begraven. De dienst had plaatsgevonden in de kerk waar ze vandaag zouden zijn getrouwd. Toen de datum werd geopperd had Meg zo haar bedenkingen gehad. Ze wilde niet trouwen op 1 april, ze wilde niet dat hun dag een grap zou worden. (En je kon er donder op zeggen dat Tuck, als getuige, de datum in zijn speech zou verwerken.) Maar Mitch had het idee omarmd. 'We beginnen ons huwelijk zoals we door ons verdere leven willen gaan: met een lach.' Maar vandaag viel er niets te lachen.

Terwijl de predikante met beverige stem had gesproken over Mitch' lef, zijn edelmoedigheid, zijn gulle karakter en zijn levenslust, had Meg zitten staren naar het altaar waar ze had geoefend om in een lange jurk te knielen, luisterend naar het orgel waarop eigenlijk de bruiloftsmars gespeeld zou worden in plaats van Händels *Messiah*. Ze had gekeken naar de formele witte lelies in plaats van de boeketten wilde bloemen die ze zo zorgvuldig had uitgekozen.

Was hij er echt niet meer? Ze had naar de kist zitten staren, waarop honderden gele rozen lagen, en kon zich niet voorstellen dat hij daarin lag, gekleed in het pak dat hij voor hun trouwdag had gekocht. Ze hadden een kleine bruiloft gepland, intiem, omdat ze het zich niet konden veroorloven om honderd mensen van hapjes en drankjes te voorzien, maar de kerk was vandaag bomvol geweest. Mitch was geliefd in deze kleine stad, hij was een jongen met hart voor de regio en hij had zijn leven gegeven omdat hij anderen wilde redden. Er waren geruchten rondgegaan dat hij op een dag misschien wel burgemeester zou worden of het reddingsteam zou gaan leiden, of de woordvoerder zou worden voor de lokale toeristensector. Een bekend gezicht, iemand van naam. Maar zij had hem zelf alleen maar als echtgenoot gewild. Meer had van haar niet gehoeven. Hij had niet groter of beter dan dat hoeven zijn.

'Tuck wil graag wat gaan zeggen. Vind je dat goed?' vroeg Barbara, die zachtjes over haar hand wreef in een poging die te verwarmen.

Meg kromp ineen bij het horen van zijn naam en keek naar de vlammen. 'Ja hoor.' Haar stem klonk vlak en ze vertrok haar lippen tot een dunne streep, want bij de gedachte aan Tuck ging ze nog verder op slot. Toen zij achter de katheder had gestaan om het gedicht 'Death is Nothing at All' voor te lezen, monotoon omdat haar stem geen levendigheid kon voortbrengen, hadden haar ogen kort de zijne ontmoet en had ze even als verstijfd gestaan door de woede die in haar ontplofte toen ze zijn betraande gezicht en gezwollen oogleden zag, alsof zijn verlies net zo groot was als dat van haar omdat hij en Mitch al sinds de kleuterschool bevriend waren. Volgens Lucy had hij geschreeuwd als een kind toen ze het te horen kregen, had hij zich op de vloer laten vallen alsof zijn botten het hadden begeven. Lucy was doodongerust, maar het kon Meg niet schelen. Híj had dat telefoontje gepleegd, híj had Mitch de dood in gejaagd. Van haar mocht hij lijden, zich schuldig voelen, leven met de last van wat hij had gedaan.

'Ik kan zelf niet...' Haar stem stierf weg als een kaars die uitdoofde en Barbara gaf nog een klopje op haar hand.

'Blijf maar rustig zitten, lieverd. Wij regelen het wel.'

Meg merkte amper dat ze weer wegliep. Badger was inmiddels gaan zitten en had zijn kop onder haar lusteloze hand weten te leggen. Ze aaide hem automatisch en zag dat zijn ogen zich sloten, dankbaar om haar genegenheid. Ze waren nu nog maar met z'n tweeën. Hij was net zo droevig geweest als zij en ze had vaak gedacht aan wat hij had meegemaakt, 's nachts in de storm, de paniek en uitputting die hij moest hebben gevoeld terwijl hij tevergeefs groef en groef met die ene poot, en de sneeuw maar bleef vallen tot hij ten slotte geen hoop meer had en alleen nog maar kon waken over Mitch' nog warme lichaam ver onder de sneeuwlaag. Het enige wat hij uiteindelijk nog had kunnen doen was ervoor zorgen dat zijn baasje zou worden gevonden.

'Beste aanwezigen.' Tucks stem, bijna net zo vertrouwd als die van Mitch, vulde de zaal en er daalde bijna meteen een respectvolle stilte neer. Tuck stond op een kruk bij de hoge ramen, met daarachter het spectaculaire uitzicht op de Canadese Rockies, die roze kleurden in de zonsondergang. Zijn vermaarde blauwe ogen stonden wijd open en keken gespannen – Lucy had gezegd dat zijn gedrag aan het manische grensde en Meg zag dat hij inderdaad in slechts een paar dagen aanzienlijk was afgevallen – en zijn blonde haar piekte alle kanten op, zoals het ook altijd deed als hij en Mitch terugkwamen van een filmtocht. Zijn vlotte, ondeugende glimlach waarmee hij de meeste meisjes op school had weten te betoveren voordat hij uiteindelijk zijn zinnen op Lucy zette, was nergens te bekennen. Meg wist niet of ze hem er vond uitzien als een klein jongetje of als een oude man.

'Ik wil jullie allemaal bedanken voor jullie komst,' mompelde hij terwijl hij zijn ogen over de aanwezigen liet glijden alsof hij de gezichten in zijn geheugen trachtte te prenten of ze probeerde te herkennen. 'Mitch zou... Hij zou heel trots zijn geweest dat jullie allemaal voor hem hiernaartoe zijn gekomen.'

Meg keek toe hoe Tuck zijn ogen even neersloeg en ze probeerde te bevatten hoe het mogelijk was dat hij nog leefde en Mitch niet.

Hij haalde diep adem en keek weer op. 'De meesten van jullie weten wat hij voor mij betekende. Hij was mijn allerbeste vriend.' Hij knikte en zijn stem begon beverig te klinken. 'Mijn vroegste herinnering is aan hem... Ik weet nog dat hij op de veranda achter ons huis stond. Hij had een rode korte broek aan. En hij had een, eh... speelgoedauto die ik heel graag voor mijn verjaardag had gewild maar niet had gekregen. En hij vroeg me of ik er met hem samen mee wilde spelen.' Hij haalde zijn schouders op. 'En dat was het begin van een levenslange vriendschap. We waren broers. Deden alles samen. We leerden vissen, zwemmen, skiën, schaatsen, we voetbalden samen... Natuurlijk was hij in alles beter, behalve in poker. Hij kon niet zo goed liegen als ik, maar dat was dan ook het enige wat ik beter kon dan hij.' Hij schudde zijn hoofd. 'En ik vond het nooit erg, nee, nooit. Ik was hartstikke trots op hem. Zo trots dat hij mijn vriend was...' Zijn stem klonk luider, als een hoek die van een vel papier werd gescheurd, en viel vervolgens stil.

Iedereen wachtte, met het hoofd meelevend schuin, met het voorhoofd droevig en bezorgd gefronst.

'We waren heel close en ik denk dat we ons beiden afvroegen of dat blijvend kon zijn, vooral toen we onze vriendinnen ontmoetten. Lucy en Meg. In de meeste vriendschappen groeit de balans scheef wanneer er een andere relatie om aandacht vraagt, maar...' Hij keek rond over de menigte. 'Zo ging het bij ons niet. We gingen gewoon allemaal met elkaar om. Wij vieren. We werden een familie.'

Meg staarde naar haar handen op haar schoot.

Tuck slikte en zijn onderlip trilde door de inspanning die het hem kostte om zich te beheersen. Zijn hortende verhaal deed Meg denken aan een bokswedstrijd van zwaargewichten, met een paar afweermanoeuvres, een stuk of wat stoten en daarna het zware hijgen van de boksers die op elkaar leunden en probeerden op adem te komen.

'En hoezeer Mitch ook, eh... een gouden vent was, was Meg het beste wat hem ooit is overkomen. Zij maakte hem nog beter dan hij al was. Hij was heel gelukkig. Dat zag je altijd aan hem wanneer ze samen waren.' Hij keek naar haar – gebroken, vol spijt – maar ze keek de andere kant op. Ze weigerde hem de vergeving te schenken die hij, zo besefte ze plotseling, van haar wilde. Het duurde even voordat hij zijn blik weer over de zee van gezichten liet gaan, voordat hij zich herinnerde waar hij in zijn toespraak was gebleven.

'Hij had altijd een soort... onverschrokkenheid over zich, iets roekeloos wat soms best angstig kon zijn. Dingen die een ander angst aanjagen, daar was hij helemaal niet bang voor.' Tuck keek weer naar haar en ze vroeg zich af wat hij aan haar zag, bleek en stilletjes in haar stoel, te bedroefd om zelfs maar te kunnen staan. 'Maar toen Meg in zijn leven kwam, streek zij het ergste in hem glad. Begrijp me niet verkeerd, hij was nog steeds een waaghals...

Maar voor het eerst had hij iemand om wie hij meer gaf dan om zichzelf.' Er verscheen een scheve glimlach op zijn gezicht. 'En dan was Badger er nog. Godsamme, nee, die mag ik niet vergeten. Mitch was dol op hem. Als er íémand mijn plaats in zijn leven had overgenomen, was het die verrekte hond wel.'

Er ging wat gelach op, waarna de stilte al snel terugkeerde.

'Maar nu is hij er niet meer. Mitch heeft ons verlaten. Hij was die nacht niet bang en dat had hij wél moeten zijn. En hij dacht niet aan zichzelf en dat had hij wél moeten doen.' Tucks stem stokte. Hij liet zijn hoofd zakken, haalde beverig adem en leek op instorten te staan.

Meg staarde hem nu strak aan. Zou hij het zeggen, zou hij het hun allemaal vertellen? *Het was mijn schuld.*

'Hij heeft eerst aan andere mensen gedacht en daarom is hij gestorven. Zijn dood is eervoller geweest dan mijn hele leven zal zijn. Hij was een fantastische vent en niets zal ooit nog hetzelfde zijn. Onze familie niet, deze stad niet. Zijn afwezigheid doet pijn. We zijn de helderste ster aan onze hemel kwijt.' Tuck keek met tranen in zijn ogen naar de gezichten die hem aankeken. 'Dus nu moeten we een manier zien te vinden om zonder hem verder te gaan, om ons leven vorm te geven zonder hem... En dat zullen we vast ook wel doen. Het leven zal zijn gewone gang weer gaan, misschien wel sneller dan sommigen van ons zullen kunnen verdragen.' Hij keek Meg recht aan en er gleed een traan over zijn wang, terwijl haar eigen wangen droog waren. 'Maar hij zou het willen, dat weet ik zeker. Dus we moeten het proberen.'

Hij stak zijn hand in de binnenkant van zijn jasje en trok er een opgevouwen vel lijntjespapier uit. Zijn kinderlijke handschrift scheen er aan de achterkant doorheen. 'Ik wil graag afsluiten door dit aan u voor te lezen.'

Hij haalde diep adem en Meg voelde haar hartslag versnellen toen hij het beroemde gedicht van Auden, 'Stop All the Clocks', begon voor te lezen, dat de meeste mensen kenden uit de film *Four*

Weddings and a Funeral. Wat een ironie. Een film over haar eigen leven zou nu *No Wedding and a Funeral* heten.

Iemand snufte. Anderen depten hun ogen met een zakdoekje.

Meg staarde weer naar het vuur. Ze voelde zich alleen tussen de mensen, verraden door haar eigen verdoofde verdriet, zich afvragend wanneer zíj zou huilen, wanneer de eerste tranen zouden komen. Sinds het moment dat ze zijn lichaam door de lucht zag vliegen, in dat rode plastic van de brancard gewikkeld, had zij zich zelf ook gemummificeerd gevoeld.

Plotseling stond ze op en duwde ze de deur open die naar de vlonder buiten leidde. Ze had de koude lucht in haar gezicht nodig, de schok van de ijzigheid om haar tot bezinning te brengen, om te voorkomen dat ze de mensen zou toeschreeuwen. *Nee! Hij was míjn alles. Míjn liefste!*

De avond was koud en ze begon bijna meteen te huiveren terwijl ze deed wat iedereen hier altijd deed: opkijken naar de bergtoppen die zich rondom hadden verzameld en de horizon terugbrachten tot slechts een paar kilometer afstand, als een gordel die in de aarde was verankerd. De hemel had de kleur van een bloedsinaasappel en verleende de sneeuw eronder een roze tint. De skisporen boven en tussen de dennenbomen waren van hieraf niet te zien. Het zou een mooie dag zijn geweest voor huwelijksfoto's, een mooie dag om de eigen sporen in de sneeuw te filmen, een perfecte dag om aan de rest van hun leven te beginnen... Het duizelde in haar hoofd van de gedachten aan de vele manieren waarop deze dag beter had kunnen zijn dan de werkelijke versie.

'Hoi.'

Ze draaide zich om naar Ronnie, die de deur zachtjes achter zich sloot en een donsjack had meegebracht. 'Gaat het?' vroeg ze terwijl ze het jack om Megs schouders legde. Meg trok het dankbaar om zich heen en knikte, zich afvragend of haar zus de volle omvang van haar verlies wel echt kon bevatten. Zij had nooit een serieus vriendje gehad, had haar hart nog aan niemand verloren, alleen maar aan haar carrière – al sinds haar achtste had ze geweten dat ze dokter wilde worden – en diep vanbinnen wist Meg dat Ronnie haar keuze voor een leven in een berghut met haar vriend had afgekeurd. Zij vond dat ze had moeten gaan studeren.

Toen alles nog normaal was, had dat er niet echt toe gedaan. Ze hadden ieder hun eigen pad gekozen en de keus van de ander gerespecteerd, maar nu Megs wereld versplinterd aan haar voeten lag, voelde ze zich door een grote golf gescheiden van Ronnie, voor wie verlies deel uitmaakte van haar dagelijks werk. Deze woorden – het spijt me heel erg voor je, hoe gaat het? – herhaalde zij elke dag en haar gelaatstrekken waren erop getraind om medeleven en empathie uit te stralen. Volgende patiënt.

Meg keek voor zich uit. Het was soms bijna griezelig, zoveel als haar zus op haar leek. Toen aan het eind van hun tienertijd hun verschil in lengte wegviel, dachten mensen weleens dat ze een tweeling waren. Ze scheelden tenslotte maar anderhalf jaar en ze waren allebei tenger gebouwd en hadden lang, dik, donker haar. Het grootste en opvallendste verschil lag in hun ogen. Die van Meg waren bruingroen en die van Ronnie donker en rond, als rondjes pure chocolade, geaccentueerd door een dikke zwarte nerdbril waarmee ze er op de een of andere manier cool uitzag. Meg vond dit nieuwe onderscheid tussen hen bijna ondraaglijk: de een tevreden met haar leven, de ander diep verdrietig, de een succesvol, de ander gebroken.

'Kan ik iets voor je halen? Iets te drinken?' vroeg Ronnie, die haar hand pakte en ineen leek te krimpen toen ze per ongeluk Megs verlovingsring raakte, alsof ze zich er bewust van werd dat er nu geen sprake meer was van een trouwring.

Meg schudde haar hoofd en keek door het raam naar binnen. Tuck was inmiddels klaar met zijn toespraak en iedereen had zich weer in groepjes verzameld. Hier en daar schudde iemand droevig zijn hoofd, ongetwijfeld omdat Mitch' veel te korte leven onderwerp van gesprek was. Ze zag zijn vader bij de verste haard staan.

Het leek wel alsof de huid van zijn gezicht elk moment van hem af kon druipen. Nog maar drie weken geleden hadden ze zijn zestigste verjaardag gevierd, waarbij Mitch had opgemerkt dat hij hoopte dat hij net zo goed zou opdrogen als zijn vader, die gemakkelijk kon doorgaan voor begin vijftig, zonder een zweem grijs in zijn donkere haar, maar hij leek nu stukken ouder. Hij had een glas whisky in een hand en hij luisterde ogenschijnlijk naar iemand die tegen hem stond te praten, maar Meg zag aan de afwezige blik in zijn ogen dat hij al net zo ver van het gebeuren af stond als zijzelf. Zo hoorde het niet. Het ging tegen de natuurlijke orde in. Het was verkeerd.

Ze wendde zich af en keek omhoog naar Mount Norquay, de plaatselijke skiberg die een lange, diepe schaduw over Banff wierp. De skilift was inmiddels gestopt, maar het was een bizarre gedachte dat er vandaag heel veel mensen boven waren geweest die zich hadden vermaakt, tijdens hun lunch in de zon hadden gezeten en hadden genoten van dit milde weer, zonder stil te staan bij het gat dat in deze kleine stad was gevallen alsof er een asteroïde op Banff Avenue, de hoofdstraat, was neergekomen. De toeristen hadden geskied en bier en warme chocolademelk gedronken, ze hadden gewinkeld en gegeten, maar de mensen die hen hadden bediend, hadden dat op de automatische piloot gedaan en zich verraders gevoeld wanneer ze hun klanten een fijne dag toewensten, want zij waren zich er vandaag pijnlijk van bewust geweest hoe dun het draadje tussen spanning en verschrikking was, tussen schoonheid en wanhoop. Dit landschap was ruig, genadeloos en onvoorspelbaar. Je had een fijne dag als het je goedgezind was. Meg dacht bij zichzelf dat ze nooit meer zou gaan snowboarden of op de ski's zou staan. Ze had sinds haar komst naar Canada elke kans benut om op de skihellingen te vertoeven. Hoe vaak had ze niet met een lunchpakket in de tas naast Lucy bij de halfpipe gezeten om te kijken hoe Mitch en Tuck aan hun sprongen en kunststukjes werkten. Het was niet zozeer een sport als wel een levensstijl geweest, en later hun business. Maar daar was nu geen ruimte voor in haar hoofd.

Ze zag een zeearend op de thermiek boven de zwarte piste cirkelen, wetende dat ze daar graag hun nesten op de rotsen bouwden. De vogel gleed hoog en vrij door de lucht, terwijl de roeken in de lagere regionen aan de hemel ervoor zorgden dat ze afstand bewaarden. Zo voelde zij zich ook: alleen en los van alles. De hele dag waren er aarzelend mensen naar haar toe gekomen om haar te condoleren, bang om haar broze balans te verstoren, beducht voor haar tranenloze verdriet. Ze begrepen niet dat de vereiste beleefde glimlachjes en welke reactie dan ook voor haar uitputtend waren. Ze snapten niet dat ze hun woorden amper hoorde en hun medeleven nauwelijks voelde. Ze beseften niet dat ademhalen en met haar ogen knipperen zo ongeveer het enige was wat ze kon, dat ze door haar open ogen alleen maar beelden voor zich zag van Mitch die haar in haar witte jurk ronddraaide, die haar meevoerde naar de bruidssuite, ernaar verlangend om hun huwelijk te bezegelen.

De slaapkamer in de bungalow van Lucy en Tuck was haar graftombe geworden. De eerste drie dagen na Mitch' dood was ze helemaal niet uit bed gekomen, had ze voortdurend diep geslapen alsof ze de dood met haar eigen bewusteloosheid te slim af kon zijn. Maar ze was erdoor gedesoriënteerd geraakt, was op de raarste tijdstippen wakker geworden in dat vreemde, te grote bed. En het moment na het ontwaken – als alles weer tot haar doordrong en de verlatenheid als een roedel huilende wolven op haar afkwam – was telkens erger geweest dan het verdovende verduren en ademen waarmee ze die eerste dagen had ondergaan.

'Nou, je bent vandaag doorgekomen,' zei Ronnie, die ook naar de zeearend keek. 'Ze zeggen dat je het allerergste dan hebt gehad.'

Serieus? Ze wierp haar zus een blik toe en vroeg zich af of ze wel doorhad hoe tactloos ze klonk.

'Ja... Nu alleen nog even de rest van mijn leven zien door te komen,' zei Meg zacht.

Ronnie keek gepijnigd. 'Meg, ik bedoelde niet...'

'Dat weet ik.' Ze zuchtte, keek de andere kant op en voelde zich rot, maar vervolgens plotseling kwaad omdat ze zich nu óók nog eens schuldig voelde. Zij en haar zus konden niet meer goed met elkaar communiceren. Sinds de dood van hun moeder waren ze net planeten geweest die om verschillende sterren heen bewogen en van elkaar wegdreven, zodat Meg niet eens wist of ze een beroep op haar zus kon doen, al zou ze dat misschien best willen.

Ze zwegen.

'Blijf je vannacht weer hier?' vroeg Ronnie, die haar handen diep in de zakken van haar jas stak. De hemel was helder en het was ijskoud.

Meg haalde haar schouders op. 'Ik geloof het wel. Ik lijk er zelf weinig over te zeggen te hebben.' Ze was niet meer naar de berghut geweest sinds Patterson en Hughes haar naar de stad hadden gebracht om het lichaam officieel te identificeren. Niemand wilde haar laten gaan en ze had de energie niet om wie dan ook tegen te spreken.

Wat Meg niet wist, was dat Patterson tegen Barbara, Lucy en Tuck had gezegd dat ze haar goed in de gaten moesten houden. Jaren ervaring hadden hem geleerd aan iemands eerste reactie af te lezen hoe de rouw van diegene in de weken erna zou verlopen. Wie huilde en schreeuwde en snikte, zou zich zo goed en zo kwaad als het ging weten te redden, dwars door het brandende verdriet heen. Maar wie zoals Meg stil, kalm en rationeel overkwam maar emotioneel onbereikbaar was, die had extra zorg nodig. Het leek best goed met haar te gaan, had hij gewaarschuwd, maar in haar binnenste wachtte een tijdbom waarvan de lont was aangestoken.

'Ze zijn gewoon bezorgd om je. Dat zijn we allemaal.'

'Ik zou me thuis beter voelen. Daar ben ik voor mijn gevoel dichter bij hem.'

'Of je zou je er misschien juist slechter voelen.' Ronnie hield haar hoofd schuin en keek haar aan. 'En het is de vraag of je er goed zou eten en voor jezelf zou zorgen. Daar is niemand om een oogje op je te houden.'

'Ik heb niemand no...'

'Jawél, Meg,' onderbrak Ronnie haar, en ze sloeg een arm om haar heen. 'In zo'n situatie hebben we allemaal iemand nodig. Je hebt net je verloofde moeten begraven.' Ze voegde er nog net niet 'op je huwelijksdag' aan toe.

Meg kneep haar ogen dicht en voelde het zwakke schijnsel van de zon op haar gezicht.

'Je hebt tijd nodig om het een plek te geven.'

Meg zuchtte en wendde zich af. Ronnies greep om haar schouder verslapte.

'Bovendien moet Badger nog een aantal keren naar de dierenarts. Het was een ernstige breuk.'

Plotseling nam het geroezemoes vanuit de zaal toe in volume en ze draaiden zich allebei om naar Lucy, die de veranda op stapte, ook al met een jas over haar arm.

'Hé, ik was naar je op zoek. Ik dacht dat je deze misschien wel kon gebrui...' Ze glimlachte. 'O, hoi Veronica.' Haar glimlach verdween en haar lichaamstaal werd meteen minder open. 'Fijn dat je er bent.'

'Hoi Lucy,' antwoordde Ronnie met een nerveus knikje. Haar arm gleed nu helemaal van Megs schouder terwijl Lucy zich vooroverboog om haar een kus op haar wang te geven. Meg keek weer de andere kant op. Ronnie en Lucy hadden nooit goed met elkaar overweg gekund. Lucy klaagde dat Ronnie op hen neerkeek 'alsof ze beter is dan wij omdat ze heeft gestudéérd'. Ronnie klaagde op haar beurt dat Lucy zich bezitterig gedroeg als het om Meg ging. 'Hoe kan ze nou jaloers zijn op je zús?'

De vriendschap tussen Meg en Lucy was inderdaad intens. Ze waren al bevriend vanaf het moment dat Megs haar tijdens haar eerste schoolweek vlam vatte boven een bunsenbrander en ze door de hoeveelheid haarlak die erin zat niet alleen haar haren in brand stak, maar ook bijna het schoolgebouw. Daarmee had ze Lucy meteen voor zich gewonnen, en dat was geen geringe prestatie.

Lucy was destijds de onverschrokken aanvoerster van het ijshockeyteam én bezitster van een flinke dosis sarcastische humor, en toen Meg met Mitch ging daten, vormden zij tweeën tegen wil en dank een viertal met Tuck en Lucy. Met Lucy viel dus niet te spotten, zij was een stoere meid, terwijl Tuck bekendstond als de hartenbreker van de school. Je kon bijna beter de meisjes tellen met wie hij níét had gedatet dan andersom. Maar Lucy was voor hem – als de aanhang van Meg, die weer de aanhang van Mitch was – geen versierobject. Eerder een soort noodzakelijk kwaad. In de ogen van Meg en Mitch waren ze een ideale match: Lucy was het enige meisje op school dat niet in zwijm viel voor Tuck, waardoor zijn ego werd ingetoomd, en Tuck was de enige jongen met een glimlach die sexy genoeg was om de felle Lucy te temmen. Maar of het nou Tuck was die zich door Lucy's scherpe tong had laten weerhouden, of Lucy die zich had laten afschrikken door Tucks imago van *bad boy*, pas toen Lucy aan het eind van hun examenjaar met een nieuw kapsel en in een nauwsluitende jurk het schoolbal betrad, had Tuck eindelijk oog voor haar gekregen en sindsdien was het tussen hen altijd vuurwerk gebleven.

Zo'n moment van inzicht was er nooit geweest voor Megs zus en haar beste vriendin. Zij hadden nooit een verbindend avontuur beleefd en waren ook niet geleidelijk op elkaar gesteld geraakt. Ze waren in de loop der jaren eerder verder van elkaar af komen te staan, en toen Meg hun beiden had gevraagd om bruidsmeisje te worden, waren ze het overal over oneens geweest, van de kleur van hun jurken (Lucy hield van lila, Ronnie gaf de voorkeur aan donkerblauw of zwart) tot het vrijgezellenfeestje (Lucy wilde strippers inhuren, Ronnie wilde een duur weekend in wellnesshotel Château Lake Louise). Hun relatie kreeg een extra knauw toen Ronnie het hele gebeuren sowieso niet kon meemaken vanwege een noodgeval in het ziekenhuis. Meg wist niet hoe ze vandaag met elkaar overweg zouden hebben gekund als Mitch niet was omgekomen, als dit hun huwelijksdag was geweest, en het deed op de een of andere manier pijn dat ze nu aardig tegen elkaar waren.

'Heb je me nodig?' vroeg Meg op matte toon.

'Nee, nee, ik wilde alleen maar weten hoe het met je ging. En ik dacht dat je deze misschien nodig zou hebben.' Lucy stak de jas omhoog. 'Ik had je al even niet gezien en werd een beetje ongerust. Ik had niet door dat je met je zus samen was.' Ze aarzelde. 'Dus… dan ga ik maar weer, dan kunnen jullie praten…'

'Het is oké,' mompelde Meg. 'Toch, Ron?'

'Natuurlijk, we hadden alleen maar wat frisse lucht nodig. Het is binnen nogal benauwd. Je… Je hebt het trouwens allemaal fantastisch geregeld.'

'Ik wilde het graag doen. Hij was ook mijn vriend,' zei Lucy, die zich wat al te bescheiden opstelde. Ze had zich de hele dag het vuur uit de sloffen gelopen, het eten bereid en alles klaargezet voor de receptie, terwijl ze ook de gewone werkzaamheden had verricht die kwamen kijken bij het runnen van het hotel. Haar vader had het gezin verlaten toen Lucy zestien was, hetzelfde jaar dat ze Meg had leren kennen. Hij had een relatie aangeknoopt met een gescheiden bezoekster van het hotel en haar en haar moeder achtergelaten. Ze runden het oudste hotel van de stad, met vierenzestig kamers, honderdachtenveertig couverts per dag voor ontbijt en diner, het hele jaar door, zelfs tijdens de kerstdagen. Skiërs en snowboarders werden in de zomermaanden vervangen door bergwandelaars en mountainbikers.

Meg wierp een blik op haar vriendin. Ze hoorde de beschermende toon in haar stem en hield daarom des te meer van haar. Wat Tuck zojuist had gezegd, was waar: ze hadden een hecht viertal gevormd. 'Wat mis je het meest aan hem?'

Lucy zweeg even terwijl ze ook de zeearend met haar ogen volgde. 'Zijn lach, gek genoeg. Ik bedoel, hij was helemaal niet iemand die opvallend veel lachte.'

'Nee,' beaamde Meg. Mitch' gevoel voor humor was droog en onderkoeld geweest. Hij maakte liever anderen aan het lachen dan dat hij zelf lachte. Meg had altijd gedacht dat het iets met controle te maken had. Hij koos er vaak voor te observeren in plaats van deel te nemen, wat ze had gelinkt aan de dood van zijn moeder toen hij nog maar vijf jaar oud was, waardoor zijn vertrouwen in de wereld was geschaad, maar Lucy grapte altijd dat zijn vriendschap met Tuck de oorzaak was, omdat die altijd lachte en het vrolijke middelpunt was. Twee van die lachebekken bij elkaar was volgens haar te veel van het goede.

'En jij?'

Meg verstijfde bij de vraag. Hoe kon ze haar verlies – hem – tot een enkel aspect terugbrengen?

'Zijn handen.' Ze keek naar die van haarzelf, klein en bleek. Die van hem waren het tegenovergestelde geweest: groot en bruin (zelfs in de winter) van een leven in de buitenlucht, altijd warm en eeltig, zijn nagels vierkant en kortgeknipt. Het waren handen geweest die dingen aanpakten: die bij het klimmen richels vastgrepen, die de snowboards vervaardigden waarmee ze wereldwijd succes begonnen te krijgen, die hout hakten, de berghut hadden gebouwd, die mensen uit de sneeuw hadden uitgegraven, die haar 's nachts hadden liefgehad... Zijn handen hadden haar wereld vormgegeven en nu waren ze roerloos en bleek en koud.

Ze zwegen alle drie. Ze zagen de wind over de bergtoppen scheren en de sneeuw in ragfijne vlagen opstuiven. Was hij ergens daarboven, waar dan ook?

'Nou, het wordt mij hier te koud. Ik denk dat ik maar weer naar binnen ga,' zei Ronnie toen de stilte aanhield, en Meg wist dat haar zus het gevoel had dat ze te veel was.

'Oké, wij komen zo ook,' zei Lucy, die met een glimlach haar rug rechtte. De koude bries tilde de pony van haar voorhoofd en haar jas waaide open.

'O, Lucy, het spijt me, dat wist ik niet!' riep Ronnie uit. 'Gefeliciteerd. Wanneer ben je uitgerekend?'

Lucy's mond vertrok en haar gezicht verstarde. 'Ik...'

Er viel een verbijsterde stilte terwijl Ronnie zich te laat realiseerde dat ze voor haar beurt had gesproken. 'Sorry, ik...' Ze beet op haar lip. 'Ik ga naar binnen.'

Lucy keek haar na. Het geroezemoes nam kort toe en werd weer gedempt terwijl de deur open- en dichtging.

'Ben je zwanger?' vroeg Meg met zachte stem en haar ogen gericht op de amper aanwezige bolling van Lucy's buik. Ze voelde de aarde onder haar voeten wegzakken, de wind snijden, de temperatuur dalen. Het leek alsof ze in een bergspleet viel en het licht verdween, maar toen ze met haar ogen knipperde, was er niets veranderd, hoewel alles veranderd was.

'Meg...' zei Lucy schor. 'Ik wilde... Ik dacht...' Ze liet haar schouders hangen. 'Het spijt me.'

'Waarom?'

'Omdat de timing verkeerd is.' Lucy keek haar aan met ogen vol droefheid. 'Het was niet gepland, geloof me.'

'Lucy, je bent me geen verklaring verschuldigd.'

'Maar ik voel me wel schuldig.'

'Waarom? Omdat er in jouw leven iets fijns is gebeurd terwijl er in mijn leven iets ergs is gebeurd? Dat slaat nergens op.'

Lucy sloeg haar ogen neer. 'Zeg alsjeblieft dat je het me vergeeft.'

'Je hebt mijn vergiffenis niet nodig. Er vált niets te vergeven. Ik... Ik ben blij voor jullie. Kom hier.' Meg stak haar armen uit en Lucy liep naar haar toe en liet zich door haar omhelzen. Meg hoopte dat ze haar niet door het dikke jack heen kon voelen trillen. Ze hoopte dat de blik op haar gezicht paste bij haar woorden.

'Hoe voel je je?'

‘Uitgeput. En kotsmisselijk. Letterlijk. Ik heb vanochtend drie keer overgegeven.’

Meg probeerde meelevend te glimlachen. ‘O mijn god,’ mompelde ze. ‘Tuck wordt vader. Wat vindt hij ervan?’ Ze sloot haar ogen. Alleen al bij het uitspreken van zijn naam begon haar bloed te koken.

Lucy schudde haar hoofd. ‘Hij weet het nog niet. Ik weet het zelf nog maar net…’ Haar stem stierf weg. ‘En hij is te erg van streek. Het is niet het juiste moment om het hem te vertellen.’

Meg fronste. ‘Maar hoelang ben je dan al zwanger?’ Ze keek nog eens naar Lucy’s licht gezwollen buik. Er viel niet veel te zien. Meg zou de bolling zelf waarschijnlijk hebben aangezien voor een kleine gewichtstoename, maar Ronnie had een scherpe en professionele blik. Niets bleef voor haar verborgen.

‘Vijf weken.’

‘Vijf weken?’ Had haar zus röntgenogen of zo?

‘Aan de ene kant vind ik dat ik het hem zou moeten vertellen. Dan heeft hij iets positiefs om zich op te richten. Aan de andere kant ben ik bang dat hij een hekel aan de baby zal krijgen.’

‘Hoe kom je daar nou bij?’

‘Omdat hij zich schuldig zal voelen dat er iets is wat hem gelukkig maakt terwijl hij vindt dat hij zich nu rot hoort te voelen.’ Ze keek weer weg en slikte. ‘Het komt gewoon ontzettend slecht uit, Meg.’

Meg legde haar handen op Lucy’s schouders en probeerde overtuigend over te komen, ook al deed haar gevoel nog niet mee. ‘Nee. Het komt goed uit. Tuck heeft net ten overstaan van al die mensen gezegd dat we op de een of andere manier een weg vooruit moeten zien te vinden.’ Ze haalde diep adem en probeerde te geloven in wat ze zei. ‘Dit is toch juist mooi? Mitch zou dolblij voor jullie zijn geweest. Hij zou het jullie enorm gunnen.’

Lucy keek haar vriendin met glanzende blauwe ogen aan en schudde haar hoofd. ‘Het is te vroeg.’

Meg haalde nog eens diep adem, als een zwemmer in nood die bovenkwam om lucht te happen. 'Nee. Dit is precies wat we nodig hebben. Jij, Tuck, ik, wij allemaal. Het is de eerste stap op ons nieuwe pad. We zullen de moed vinden om verder te gaan.'

Lucy perste haar lippen op elkaar en er rolden tranen over haar wangen. Meg wist niet of ze haar vriendin ooit eerder had zien huilen. 'Denk je dat echt?'

'Ja, echt,' jokte Meg. Ze sloeg haar armen weer om Lucy heen en voelde een traan over haar eigen wang glijden terwijl Lucy snikte tegen haar schouder. 'Je baby zal blijven groeien en onze wereld zal door blijven draaien, Lucy. Of we dat nou willen of niet.'

7

Donderdag 27 april 2017

Badger liet zijn oren hangen en keek vanaf zijn plek op de passagiersstoel toe terwijl zij het hangslot openmaakte en de golfplaten deuren openduwde. Hij wist precies waar ze waren. Hij wist wat het betekende dat ze de blauwe sneeuwscooter uit de betonnen garage achteruitreed. Martin Hughes had hem opgehaald bij de berghut en voor haar gerepareerd terwijl zij bij Lucy en Tuck logeerde. En Badger wist precies waar ze naartoe gingen.

Meg sprong weer naast hem in de pick-uptruck en reed die langzaam op de plek waar de sneeuwscooter had gestaan. Ze trok de handrem aan en keek haar hond aan terwijl ze de sleutels uit het contact haalde.

'Hé, niet zo droevig.' Ze aaide hem over zijn kop. 'Kom, we gaan.'

Badger jankte zachtjes en ging liggen met zijn snuit tussen zijn voorpoten. Het gips van de gebroken poot was inmiddels smoezelig geworden. Meg schudde ongeduldig haar hoofd, sprong uit de pick-up en laadde de boodschappen in de slee achter de sneeuwscooter. Bezig blijven werkte het best. Niet te veel nadenken, want dan zou ze voelen, en dat ze haar verloofde op hun geplande huwelijksdag had begraven was te verschrikkelijk om bij stil te staan.

Het had zijn tol geëist: ze was de afgelopen weken enorm afgevallen en haar haar voelde dunner aan als ze het borstelde. Haar ogen leken uit te puilen en haar lippen oogden bloedeloos en dun. Als ze ging staan zoemde het vaak in haar hoofd en haar zicht werd wazig. Stemmen klonken gedempt en ver weg, alsof ze door een muur heen luisterde.

Die avond met Lucy op de veranda, na de uitvaart bijna vier weken geleden, was niet het keerpunt gebleken waarop ze had gehoopt. Dat ze hoorde over de baby terwijl ze de zon zag ondergaan op de dag die de mooiste van haar leven had moeten zijn... Ze voelde zich gevangen, begraven onder emoties die te donker en te zwaar waren om te delen. Ze wilde blij zijn voor haar vriendin, maar iets diep in haar kon dat niet opbrengen. Wat ze ook zei om zichzelf van het tegendeel te overtuigen, het was wél te vroeg.

Niet dat er een vreugdevolle stemming heerste. Tuck wist nog steeds niet dat hij vader zou worden – Lucy reageerde steeds weifelend en kriegel als Meg het onderwerp ter sprake bracht – en hij had niet opgemerkt dat zijn vrouw er bleek en wat pafferig uitzag, dat ze sommige dingen niet lustte en andere juist naar binnen propte. En het meest verdacht was natuurlijk dat ze geen alcohol dronk. Zelf was hij doorgaans stomdronken of hij kwam pas thuis als ze al in bed lagen. Meg was een paar keer wakker geworden toen hij in de naastgelegen kamer over de meubels struikelde en brabbelend zijn stem verhief terwijl Lucy hem smeekte om niet zoveel lawaai te maken.

Avond aan avond hadden Lucy en Meg met lange tanden aan tafel gezeten. Tuck was de grote afwezige en Meg worstelde om het eten naar binnen te krijgen terwijl Lucy met een hevige misselijkheid kampte die steeds moeilijker te verbergen viel. Maar Tuck maakte het allemaal niet mee, hij sliep 's ochtends lang uit en was de hele dag weg. En zo gleden de dagen voorbij, werd Lucy langzaam wat dikker, Meg dunner en Tuck beschonkener.

Meg was ervan overtuigd dat het fout was dat zij drieën in één huis woonden. Haar verdriet verstoorde hun kans op geluk, want hoe konden zij tweeën lachen terwijl zij niet eens kon húílen? Haar aanwezigheid was brandstof voor hun schuldgevoel. Tuck had sinds de uitvaart niet meer geprobeerd om oogcontact met haar te maken. Maar Barbara – die vanuit het hotel aan de andere kant van de binnenplaats een oogje in het zeil hield – stond erop dat Meg pas naar de berghut zou terugkeren als ze had bewezen dat ze voor zichzelf kon zorgen.

Dus probeerde Meg haar verdriet nog harder te verbergen dan Tuck, omdat ze wist dat iedereen haar observeerde, wachtend op signalen dat ze het 'aan het verwerken' was en de draad weer begon op te pakken. Ze begon te doen alsof: glimlachjes, gesprekken, eetlust. Ze was bijna meteen na de uitvaart weer aan het werk gegaan, zich er zeer van bewust dat Dolores steeds verslag uitbracht aan Barbara. Ze bleef in de werkplaats om zich afzijdig te houden van de klanten, die niet beseften dat haar ziel verwond was. Daar hield ze dan haar hoofd gebogen over de ski's om de bindingen af te stellen. Af en toe, als het heel druk was en contact toch onvermijdelijk was, kwam ze tevoorschijn om zwijgend peuters en kleuters op te meten en hun ski's en uitrusting aan hun lengte aan te passen. Een aantal keren had ze gezien hoe die haar stilletjes en met grote ogen bekeken, alsof ze konden zien dat ze incompleet was.

Een paar keer was het 'doen alsof' onderbroken door momenten dat er iets van gevoel bovenkwam. Dolores had haar tot bijna huilens toe aan het lachen gemaakt toen ze per ongeluk zout in haar koffie had gedaan in plaats van suiker en een geschokt gezicht trok. Ook had ze een paar keer trek gehad na een lange dag in de shop en had ze na sluitingstijd met Dolores pannenkoeken gegeten bij Melissa's Missteak. Soms kon ze slapen zonder te dromen en wakker worden zonder in paniek naar adem te happen. Elk minuscuul mijlpaaltje voelde levensgroot.

Tot ze vanochtend wakker was geworden en wist dat het tijd was om terug te keren naar de berghut. Lucy wist het ook meteen. Ze zag het aan de manier waarop Meg in de deuropening had gestaan, aan de blik in haar ogen, aan de manier waarop ze haar ontbijtbordje opruimde en haar haar borstelde.

'Ga je mee?' vroeg ze nu aan Badger, terwijl ze het portier openhield.

Badger ging rechtop zitten en jankte weer. Meg zuchtte, sloeg haar armen om hem heen, tilde hem op en zette hem voorzichtig op de grond. Hij hobbelde de garage uit. Ze sloot af, klikte het zware hangslot dicht en tilde hem op het zadel voor haar eigen zitplaats, gooide haar been over de sneeuwscooter, gespte hen beiden vast en zette haar helm op.

De motor startte meteen en ze bleef even zitten terwijl de alsdan-scenario's weer door haar hoofd spookten. Wat als de startmotor niet kapot was geweest? Wat als zij Mitch er niet van had weerhouden hem in de blizzard te repareren? Wat als Mitch op de sneeuwscooter had kunnen gaan? Was hij het ravijn dan al voorbij geweest op het moment dat de sneeuw begon te schuiven of zou hij een andere route hebben genomen?

Omdat ze wist dat het geen zin had ze te ontwijken, liet ze de vragen door zich heen gaan, waarna ze gas gaf en wegzoefde om ze als omgevallen kegels in de sneeuw achter zich te laten.

Ze trok een haarscherp spoor door het veld en zette koers naar de smalle doorgang door de bomen waar de steile klim bergopwaarts begon. Deze route gebruikten Mitch en zij als hun privétoegang tot de berghut. Ze voelde de vertrouwde kick terwijl de scooter omhoogsnelde en de wind haar wangen roze kleurde.

In het bos veranderden de geluiden en werd het zicht op de heldere hemel onderbroken door de besneeuwde bomen. Het geronk van de motor werd gedempt, zodat ze de sneeuw hoorde schuiven terwijl ze een scherpe bocht links langs de pylon maakte en extra gas gaf voor de korte steile klim over de helling die op ski's gevaarlijk glad kon zijn.

Ze keek even omlaag naar Badger. Zijn oren waaiden naar achteren en zijn ogen waren gesloten. Hij leek zich gesterkt te voelen door haar armen om zich heen en haar handen op het stuur. Hij zag meer op tegen hun terugkeer naar huis dan zij. Hij kende niet de opstandigheid die zij de afgelopen week had gevoeld, de drift die haar nu terugdreef naar haar eigen leven op de berg, alsof ze de verschrikkingen die hun waren overkomen zou kunnen terugdraaien door ze recht aan te kijken. Hij kon zich daar niet mee op de been houden, hij miste gewoon zijn baasje, meer niet.

Meg gaf nog wat meer gas terwijl de helling steiler werd. In de verte zag ze een eland langzaam over een richel navigeren, zijn kop knikkend onder het gewicht van zijn gewei. De minuscule sporen van grijze marmotten maakten een kriskraspatroon in de laag sneeuw bij een rotsformatie. Er zaten rode haakbekken op uitwaaierende dennentakken, waarvan de sneeuwvlokken opwervelden toen ze fladderend opvlogen, en er klauterden grondeekhoorns langs de stammen op en neer, met dennenappels tussen hun kaken geklemd.

En plotseling, te vroeg, waren ze er. De sneeuwscooter zwenkte om de dennenboom heen waarin hun initialen gekerfd stonden en die de open plek rond hun berghut aankondigde.

Meg remde abrupt, waardoor Badger en zij naar voren schoten. Haar hart ging als een razende tekeer nu ze de hut – haar thuis – naderde. Haar keel zat dichtgeschroefd, niet omdat ze werd overvallen door de herinneringen aan de storm of aan de jaren die Mitch en zij hier samen hadden doorgebracht, maar vanwege de jaren die ze er níét zouden doorbrengen.

De berghut was overdekt met bloemen, het dak was een tapijt van rozen en alle raamkozijnen en de deur waren versierd met kransen vol besjes, met lisianthus, met slingers vol bloemknoppen rond de palen en balustrades van de veranda… Maar ze waren allemaal dood: de heldere kleuren waren verbleekt tot een poederig pigment alsof er een aswolk overheen gezeefd was.

Meg slaakte een kreet en klikte met stuntelige vingers de gordels los. Haar knieën knikten toen ze probeerde te staan en naar de hut wilde lopen. Badger jankte en sprong onhandig achter haar aan. Hij leek ook verbouwereerd te zijn door de transformatie die hun huis had ondergaan.

Meg zakte neer in de sneeuw, hijgend alsof ze de helling op was gerend, een poging van haar lichaam om haar brein te helpen dit te kunnen begrijpen. Er kwam een vage herinnering in haar boven, aan een belofte, aan Mitch die haar plaagde met geheime plannen die hij had voor als ze terug zouden komen van hun huwelijksreis.

Huwelijksreis.

Het woord alleen al was een schok, een trigger voor weer een herinnering. Ze zouden een week gaan snowboarden in Vail, maar ze had er helemaal niet meer aan gedacht, de trouwdag zelf was al moeilijk genoeg geweest. Had... Had iemand het namens hen afgezegd? Barbara of Lucy of Ronnie? Of was iedereen te onthutst geweest, had iedereen het te druk gehad met de organisatie van de uitvaart, om eraan te denken? Zouden ze in het hotel dat ze hadden geboekt verbaasd zijn geweest over het pasgetrouwde stel dat niet was komen opdagen en dat de telefoon niet opnam?

Haar ogen zwierven over het met rozen bedekte dak. Mitch' grote romantische gebaar kwam haar nu gruwelijk, grotesk en deerniswekkend voor. Wie had dit gedaan? Aan wie had Mitch gevraagd om dit voor hen te doen? Diegene woonde niet in Banff, dat was zeker. Daar wist iedereen wat er was gebeurd. Misschien had hij een bloemenspecialist uit Calgary ingehuurd? Hoeveel mensen waren ermee bezig geweest? En hoelang?

En hoe had Mitch zich dit kunnen veroorloven? Al deze vragen gingen door haar hoofd en ze had er geen antwoord op. Ze zou er nooit antwoord op krijgen. Want hij was dood. Hij was dood. Hij was dood.

Ze krabbelde overeind en rende door de diepe sneeuw naar de veranda. Ze trok met woeste bewegingen aan de slingers die rond het raamwerk van de veranda waren aangebracht. De bladeren raakten los en verzamelden zich in haar handen. Ze schreeuwde woedend toen bleek dat het touw strak was vastgeknoopt en de stengels rode striemen in haar handen maakten terwijl ze ze wegrukte en de tuin bezaaid raakte met dode bloemen.

Toen de muren en veranda leeg waren holde ze naar de schuur, opende het hangslot en keerde terug met de ladder, die ze tegen de berghut zette. Een minuut later stond ze de rozen van het dak te schoppen, waarbij ze een paar keer bijna struikelde over het draad dat ze op hun plek hield. Overal dwarrelden rozenblaadjes terwijl ze gillend op haar bergschoenen liep rond te stampen. Toen de laatste roos eindelijk was gevallen en bloedeloos en droog op de grond lag, toen het draad her en der van het dak hing als de verdwaalde haren van een oude man, toen ze de resten van een grote, prachtige liefde in de sneeuw zag liggen, zakte ze uitgeput en hijgend op haar knieën.

Maar ze huilde nog steeds niet.

Het werd snel warm in de berghut. Het vuur in de haard gaf een droge warmte af die de vochtigheid die zich in bijna een maand had gevormd wegwerkte. Ze haalde de boodschappen snel uit de slee achter de sneeuwscooter – het werd al donkerder – en vulde de planken in de provisiekast, bewust zonder acht te slaan op de leegte ervan en het gekibbel dat daardoor was ontstaan. Ze probeerde niet te denken aan de laatste maaltijd die ze in elkaar had geflanst en die Mitch niet eens had gezien voordat hij zijn uitrusting had aangetrokken en aan zijn laatste uren was begonnen.

Ze maakte een makkelijke soep klaar – prei, witte bonen, kippenbouillon en een klein scheutje chiliolie – en liet het bad vollopen. Ze aaide Badger in het voorbijgaan over zijn kop. Hij zat op zijn gebruikelijke plek op het kleedje voor het vuur, maar hij sliep niet. Hij volgde haar met zijn ogen en tilde zijn kop op telkens als ze uit zijn zicht de badkamer in verdween.

Ze draaide de kraan dicht. Terwijl de berghut zich vulde met de geuren van soep en jasmijn stond ze even stil toen ze langs de telefoon liep. Ze keek ernaar en voelde een vlaag van haat in zich opkomen, want ze wist wat er nu zou gebeuren.

Ze nam de hoorn van de haak en zoals verwacht klonk de kiestoon in haar oor.

Ze smeet de hoorn neer, beende woedend naar de badkamer en liet zich met een plons in het te hete water zakken. Natuurlijk had ze van tevoren al geweten dat de telefoon het weer zou doen. Er waren bijna vier weken verstreken sinds de storm. De sneeuw begon langzaam te smelten nu het voorjaar zich voorzichtig aankondigde. Het had sindsdien niet meer gestormd. Er had zich een hogedrukgebied boven het nationale park gevestigd, wat Meg ervoer als een krenking. De heldere hemel leek haar te bespotten en het panoramische uitzicht dat ze ooit zo had liefgehad lachte haar nu uit. In al zijn weidsheid herinnerde het haar aan die ene noodlottige nacht waarop de hemel was neergekomen en de muren van de wereld waren bezweken.

Ze bleef in het bad liggen tot het water koud werd, de soep vergeten, het haardvuur bijna uitgedoofd. Badger was voor de badkamerdeur gaan liggen en snuffelde af en toe om haar te laten weten dat hij er was. Zijn zachte gejank herinnerde haar eraan dat ook hij moest eten.

De telefoon ging, maar ze liet hem overgaan. Het geluid was abrupt en verrassend in de doordringende stilte. Maar toen er meteen daarna nog een keer werd gebeld, wist Meg dat ze moest opnemen. Barbara en Lucy zouden haar terugsleuren naar Banff als ze hun niet het gevoel gaf dat ze zich hier alleen wel redde. Ze stapte uit het bad en wikkelde haar grote grijsgroene handdoek om zich heen.

'Hallo.' Ze keek naar het water dat op de planken om haar voeten heen druppelde. 'Het gaat goed hoor, ik lag in bad.'

'O, godzijdank,' reageerde Lucy, duidelijk opgelucht. 'Ik dacht al dat ik je zou moeten komen ophalen.' Lucy's stem klonk ineens gedempt, kennelijk had ze haar hand over de telefoon gelegd. '... in bad.'

Het bleef even stil terwijl Meg wachtte.

'Nou, vertel eens, hoe gaat het daar?' vroeg Lucy.

Meg sloot haar ogen en zag in een flits de met dode bloemen bedekte berghut voor zich. 'Goed hoor, toen ik het haardvuur eenmaal had aangestoken.'

'Heb je genoeg hout voor de komende week?'

'Ja, Mitch…' Ze zweeg.

Lucy begreep wat ze had willen zeggen. 'Tuck kan dit weekend wat houtblokken voor je komen hakken, als je wilt.'

'Dat is niet nodig.'

'Maar hij doet het graag.'

Meg perste haar lippen op elkaar, want ze wist dat hij het helemaal niet graag zou doen. Hij zou een kater vanjewelste hebben. Bovendien wilden ze geen van beiden met elkaar alleen zijn. Het onuitgesproken verwijt zou als een kroonluchter tussen hen in hangen.

'Heb je het hem al verteld?' vroeg ze dus maar. Ze kreeg kippenvel en trok huiverend de handdoek dichter om zich heen. Voordat ze was vertrokken had ze Lucy laten beloven dat ze het Tuck vanavond zou vertellen. Lucy zou een speciale maaltijd voor hem bereiden en had hem gevraagd om naar huis te komen zonder eerst een biertje te drinken met de jongens.

'Dat ga ik zo doen. Hij staat onder de douche.'

Nou, hij wás er tenminste. Lucy klonk zo nerveus dat Meg bijna het gevoel had dat ze haar sterkte moest wensen. 'Hij zal het geweldig vinden. Dat jullie een gezin gaan stichten is… het goede nieuws dat hij nu nodig heeft.'

'Ik hoop het.'

Meg hoorde gerommel op de achtergrond. 'Alles oké?'

Lucy had zich blijkbaar een moment afgewend, want haar stem klonk eventjes verder weg. 'Ja hoor, hij heeft alleen iets omgestoten. Je kent Tuck, klungelig als altijd.'

Eerder dronken. 'Nou, succes dan maar. Hij zal het heus geweldig vinden. Je zult zien dat je je druk hebt gemaakt om niets.'

'Ik hoop dat je gelijk hebt.' Maar haar stem klonk zwakjes en ijl. Meg kon Tucks stem op de achtergrond horen.

'Hang nu maar op dan.'

'Oké,' zei Lucy. 'Maar je weet nog wat we hebben afgesproken?'

'Yep. Ik bel je als het niet goed met me gaat.'

'Het maakt niet uit hoe laat. Al wil je alleen even huilen. Of in de telefoon ademen.'

'Als een hijger?'

Lucy schoot half in de lach. 'Je weet best wat ik bedoel.'

'Ja, dat weet ik. Tot morgen, Luce.'

Ze hing op en voelde hoe de stilte zich weer als water om haar heen sloot. Ze pookte de smeulende kooltjes op en gooide er wat houtblokken bij, nam de soep van het vuur en liep naar de slaapkamer om zich aan te kleden.

Alsof dat zo eenvoudig was.

Alsof een stap zetten in de overblijfselen van haar leven een simpele huishoudelijke taak was, een routineklusje dat ze met een ingestudeerde onbewogenheid kon verrichten alsof ze een gewone persoon was die alledaagse dingen deed. De provisiekast bevoorraden, een haardvuur aanmaken, het bad laten vollopen, een maaltijd bereiden... Maar in de slaapkamer, die ze tot nu had vermeden, werd ze overvallen door de verwoestende kracht van haar verlies. Zijn eeuwige dood-zijn was nergens sterker aanwezig dan in deze persoonlijke kamer, waar ze hadden liefgehad en geleefd. Zijn kleren en zijn geur maakten zijn aanwezigheid voelbaar, alsof hij zojuist nog met Badger aan zijn voeten in het bed had gelegen.

Zijn pyjama lag slordig opgevouwen op het kussen naast het hare, zijn geruite lievelingsshirt lag op een hoopje in de hoek, klaar voor de wasmand. Er staken schoenen onder het bed uit met sokken erin gepropt en het boek dat hij aan het lezen was lag open en omgekeerd op het nachtkastje.

Hij zou elk moment kunnen binnenlopen.

Hij zou nooit meer binnenlopen.

Meg draaide zich abrupt om en trok de deur met een klap achter zich dicht. Haar hand hield ze op de deurkruk voor het geval hij niet goed zou sluiten en weer open zou zwaaien en het verleden uit de kamer zou laten sijpelen. Ze bleef even roerloos staan om op adem te komen en haar hart te laten bedaren – voor zover het dat ooit nog zou doen – waarna ze een groezelige joggingbroek en een hoody uit de wasmand in de badkamer pakte.

Ze liep de keuken weer in en gaf Badger zijn eten. Ze zou vanavond in de logeerkamer slapen.

Lucy legde de hoorn op de haak van de telefoon in de gang en hield haar adem in toen ze Tuck naakt van de badkamer naar de slaapkamer zag lopen. Hij droogde zijn haar met een handdoek en liet natte voetstappen achter op het tapijt. Zijn gespierde lichaam was wit met bruine handen en een verweerd bruin gezicht van het skiën en snowboarden, zijn lippen waren ruw en zijn blonde haar was gebleekt door de winterzon. Hij was nog altijd de mooiste man die ze ooit had gezien.

Hij leek haar niet op te merken, zoals ze daar stond met haar ene hand beschermend over haar buik gelegd, en ze hoorde hem hikken en vervolgens boeren terwijl hij de kledingkast in de slaapkamer opentrok, op zoek naar schone kleren.

Toen hij een paar minuten later binnen kwam lopen, stond ze in de keuken de afwas te doen. Hij liep naar de koelkast om een biertje te pakken, wipte de dop eraf en bukte zich om onder het rolgordijn door over de binnenplaats te kijken om te checken of haar moeder in haar appartement achter het raam in het hotel zat om hen gade te slaan. Hij was daarin bijna paranoïde, hoewel Lucy hem er al duizend keer van had verzekerd dat haar moeder gewoon televisie zat te kijken, dat ze geen enkele behoefte had om hun leventje vanuit de verte te observeren, maar hij bleef ervan overtuigd dat zijn schoonmoeder hen bespioneerde en dat ze daarom zouden moeten verhuizen.

Maar waarheen dan? Dat zou Lucy weleens willen weten. Elke cent die hij verdiende stopte hij weer in de zaak (of in Bill's Bar). Hier hoefden ze geen huur te betalen en zaten ze centraal.

Hij nam een flinke slok bier (niet zijn eerste van vanavond) en ze voelde dat hij naar haar keek, chagrijnig omdat ze hem voor de verandering had gevraagd vroeg naar huis te komen.

'Goed dan, waarover wilde je met me praten?' Hij klonk nors.

Lucy beet op haar lip en voelde zich nerveuzer worden nu ze zich langzaam naar hem toe draaide. Zou ze de woorden weten te vinden?

Hij sloeg haar gade, zijn wangen donkerrood van de drank, en weer zag ze die blik die steeds wanneer hij tegenwoordig naar haar keek op de loer lag in de diepte van zijn te blauwe ogen.

Ze keek hem aan in de hoop dat hij het zou raden, begrijpen, dat hij blij zou zijn...

Hij rechtte zijn rug en zag haar aarzeling, maar interpreteerde die verkeerd. 'Gaat het over waar we het eerder over hebben gehad? Heb je je bedacht?'

Bedacht? Lucy voelde een knoop in haar maag ontstaan bij die gedachte. Wat hij had gezegd... nu zo ongeveer zes weken geleden? Ja, ze zaten toen in een dip, zelfs al voor de dood van Mitch, maar hij was dronken geweest, hij had niet gemeend wat hij toen allemaal zei. Dat wist ze gewoon. Ze kende hem beter dan hij zichzelf kende, dat was het probleem.

'Wat? Nee!' riep ze uit. 'Hoe... Hoe kun je nu denken...'

Zijn gezicht betrok en hij keek haar somber aan. 'Lucy, alsjeblieft. Je weet dat dit niet...'

'Ik ben zwanger.'

De woorden kwamen aan. Tuck kromp ineen alsof hij was neergeschoten, de kleur trok uit zijn gezicht en het bierflesje tikte luid op het aanrecht terwijl hij zijn arm liet zakken. 'Wat?'

Het woord was een fluistering, zo dun en broos als een afgevallen blad in de winter.

'We krijgen een baby.' Ze probeerde er een glimlach aan toe te voegen om te benadrukken dat dit een vreugdevolle boodschap was. Goed nieuws. Maar bijna onmiddellijk werden haar ogen gevuld met tranen. Haar mond vertrok en de glimlach ging over in een groteske grijns toen ze zag hoe geschokt hij was. Zijn adem stokte en zijn gezicht kreeg weer dat masker van vertwijfeling dat hij nu steeds op leek te hebben.

'Zeg alsjeblieft iets,' fluisterde ze.

Tuck sloeg zijn ogen neer en het duurde even voordat hij opkeek, alsof zijn oogleden te zwaar waren, maar ze voelde toch weer dat vertrouwde sprongetje dat ze altijd gewaarwerd als hij haar recht aankeek.

'Fuck.'

Het rode lampje staarde haar aan in het donker. Het knipperde of flitste niet. Het gaf amper licht.

Ze kon de monitors of de rijen knoppen en schakelaars op de apparatuur niet zien, ook niet die ene knop waarmee ze het lampje op groen zou kunnen zetten om de planeet te verkleinen en als een taart op een schaal naar deze kleine kamer te brengen. Eén druk op die knop en ze zou met mensen in verre landen kunnen praten zoals Mitch dat had gedaan, al die vrienden op afstand met wie hij geregeld contact had. Vroegen ze zich af waar hij bleef? Dachten ze dat hij het druk had op zijn werk of dat hij vakantie vierde? Misschien had hij ze wel verteld dat hij zou gaan trouwen en dachten ze dat hij op huwelijksreis was?

Bij die gedachte draaide ze haar gezicht snel naar de andere muur, in een felle reflex waar Badger met een kreuntje op reageerde. Ze kreeg het ineens warm onder de dekens en ze gooide ze met een geërgerde armzwaai op de grond. Ze bleef liggen staren in de duisternis, die zo donker was dat ze haar eigen hand niet kon zien bewegen. Iemand – wie dan ook – zou een paar centimeter voor haar neus met een vinger heen en weer kunnen bewegen zonder dat ze het zou waarnemen. Ze was alleen. Helemaal alleen…

Wat hoorde ze daar?

Met een ruk ging ze rechtop zitten en ze knipte vlug het bedlampje aan, dat een gouden schijnsel verspreidde. Badger opende zijn zware oogleden en keek haar met bloeddoorlopen ogen aan, waarna hij ze weer sloot. Haar hart bonsde, hoewel ze wist dat ze overdreven reageerde. Het was waarschijnlijk alleen maar een wasbeer op zoek naar wat te eten, of die poema die Mitch een aantal weken geleden op de helling had gespot. Ze was er gewoon niet aan gewend om hier in haar eentje te zijn. Haar fantasie ging met haar op de loop.

Meg keek om zich heen naar de voorwerpen en meubels, die haar onbekend voorkwamen. Ze vroeg zich af wanneer ze precies een vreemde in haar eigen huis was geworden. Het was nog maar negen jaar geleden dat Mitch dit stukje land – met bijbehorende droom – van zijn opa had geërfd en de berghut vol enthousiasme had gebouwd. Het idee was geweest om het huis te verhuren aan mountainbikers, hikers, skiërs en snowboarders die het tijdens hun vakantie als uitvalsbasis konden gebruiken om het gebied buiten de pistes te verkennen. Terwijl Mitch een hele lente en zomer bomen had omgehakt, geulen had gegraven en hout naar boven had vervoerd, was zij – samen met Lucy – op zoek gegaan naar koopjes: dekbedden en lampen, gordijnen en kleden. Zij had gemijmerd over avonden bij het haardvuur en elke ochtend een ontbijttafel met verse boeketjes wilde bergbloemen. Mitch had haar uitgelachen, maar was net zozeer voor de droom gegaan als zij. Ze hadden een thuis voor zichzelf gecreëerd.

Maar er waren jaren verstreken – zoals dat gaat – en het nieuwe was vertrouwd geworden en het vertrouwde alledaags. En nu ze hier zo zat, kon ze zich niet herinneren wanneer ze hun huis voor het laatst echt had bekeken. Als ze nu haar handen voor haar ogen zou slaan, zou ze dan nog weten dat de foto aan de muur een print was van Drawbridge Peak door Ansel Adams? Of dat het bedframe van koper was?

Ze stond op en liep naar het raam om naar buiten te kijken. Er schitterden sterren aan de hemel, maar ze verlichtten de wereld hierbeneden niet. Ze ging aan het bureau zitten en staarde naar het rode lampje.

Dit was een vergissing geweest. Ze had niet terug moeten gaan. Het was nog te vroeg.

Ze kon Lucy bellen. Zij had gezegd dat het mocht als ze wilde praten…

Het lampje werd groen, net als alle lampjes, terwijl haar vingers ze indrukten. Ze keek hoe de lcd-displays opflitsten en de wijzers tot leven kwamen. Er klonk ruis en gekraak, ze pakte de microfoon en legde haar duim op de knop.

'Hallo? Is daar iemand?' vroeg ze zacht, waarna ze eraan toevoegde: 'Over?'

De ruis siste en zoemde als een boos insect.

'Hallo? Kan iemand me horen?'

Er klonken wat stemmen, ze dacht een Midden-Westers accent te horen, en iets Spaans…

'Ha! Hallo?'

De stemmen vervaagden weer in het gekraak en de verbinding verdween. Misschien moest ze de frequentie aanpassen? Ze draaide de knop naar links toen er een man de kamer in leek te stappen. Hij had een licht accent dat ze niet helemaal kon plaatsen. Was hij Europeaan? Zijn stem klonk kalm en helder. In een oogwenk stond Badger naast haar. Hij duwde zijn kop onder haar hand en zijn oren staken vragend omhoog bij het horen van de lichaamloze stem.

'Dit is November Alpha One Sierra Sierra aan Victor X-ray Four Delta Delta Echo, hoort u mij, over?'

Het bloed steeg naar haar hoofd en haar hart bonsde terwijl ze naar het display keek. 145.800 MhZ FM. De wijzer was op de plek van die nacht blijven hangen, op het punt waar haar hoop was vervlogen. Als de coördinaten op een landkaart. Een kruisje op de precieze locatie.

'November Alpha One Sierra Sierra aan Victor X-ray Four Delta Delta Echo, hoort u mij, over?'

Megs ogen gingen naar het stickertje op de zijkant van de monitor, maar ze kende het callsign nog. Dat zou ze nooit vergeten. De verschrikkingen van die nacht waren tot in detail op haar ziel getatoeëerd. De klank van zijn stem bracht het allemaal terug. Die ene stem uit de duisternis, die enige reddingsboei…

Ze keek weer uit het raam omhoog naar de sterren, die prachtig fonkelden, dezelfde sterren die nergens te bekennen waren geweest tijdens die storm, toen ze maar één wens had gehad.

'Dit is NA1SS, commandant Solberg aan Meg Saunders. Hoort u mij, over?'

Eén ster scheen helderder dan de rest. Hij blonk en bewoog. Was het een vliegtuig? Of… was hij het?

Haar duim duwde op de knop. 'Ik hoor u.'

Ze zag het lichtje aan de hemel flitsen, heel ver weg. Het was onmogelijk dat ze met iemand die daarboven was zat te praten. Toch?

'Begrepen. Het is goed u te spreken. Ik probeer al weken weer contact te krijgen, over.'

'Ik ben weg geweest.' Meg sloot haar ogen en de herinneringen belaagden haar als kinderen die een uitgeputte moeder bij haar rokken grepen.

Er viel een stilte.

'Begrepen. Ik was bezorgd na ons laatste gesprek. Ik wilde graag weten hoe het met u gaat, over.'

Meg haalde langzaam adem en onderdrukte de emotie die in haar opwelde, die wilde ontsnappen, bevrijd wilde worden. 'Het gaat goed… Over.'

Weer een stilte. Ze zag het lichtje aan de hemel knipperen.

'En uw verloofde, Miss Saunders? Is het de reddingsdiensten gelukt om op tijd hulp te sturen, over?'

'Nee. Hij heeft het niet overleefd. Hij is overleden. Hij is dood.' De woorden schoten als lichtkogels de atmosfeer in en ze sloot de boodschap dit keer niet af met 'over'. Ze wachtte tot de technologie die dit gesprek mogelijk maakte zijn medeleven naar de aarde zou sturen.

'Begrepen... Gecondoleerd met uw verlies, Miss Saunders...'

'Dank u,' zei ze vlug. Onbedoeld sprak ze door hem heen. Zijn formele uitspraak weerspiegelde de officiële blijken van medeleven van het reddingsteam dat Mitch had gevonden, van de lijkschouwer, van de inwoners van de stad... Maar het waren woorden die ze niet wilde horen, het waren woorden die een werkelijkheid bevestigden die ze niet onder ogen wilde zien...

'... kon de storm van bovenaf zien. Ik wist dat het er slecht uitzag, over.'

Ze zweeg even. Had hij de storm gezíén? Hoe klein, hoe onbeduidend moest haar noodgeval op leven en dood zijn overgekomen vanuit de veilige ruimte. Zij en Mitch minuscuul als mieren onder de wolken... 'Wat? Hoe zag het er van bovenaf dan uit? Over.'

Ze hoorde hem diep ademhalen.

'Enorm, ben ik bang. Krachtig. Zeer hevig. Ik maakte me bezorgd, over.'

Ze slikte en keek omlaag naar het bureaublad. Als het er vanaf zijn gezichtspunt al zo heftig had uitgezien... 'Denkt u dat hij het hierbuiten had kunnen overleven?'

De ruis bereikte een hoogtepunt en aan de randen van de frequentie klonken verre stemmen. Het leek een eeuwigheid te duren voordat zijn stem weer omlaag werd gestraald.

'Nee, dat denk ik niet. Het spijt me...' Hij zei nu ook geen 'over' en het bleef een moment stil. 'Zijn er mensen die een beetje op u letten, over?'

Ze wachtte even en voelde Badgers fluwelige kop onder haar vingers. 'Ik heb mijn hond.' Haar woorden klonken hard, dat hoorde ze zelf ook.

De ruis was er weer en een ogenblik lang dacht ze dat de verbinding weg was. Zijn stem klonk ineens blikkerig.

'... beste vriend van de mens. Ik mis de mijne. Hij heet Yuri, over.'

Meg fronste. Dat klonk Russisch. 'Laat me raden. Naar een astronaut genoemd? Over.'

Het geluid van zijn lach verraste haar. '... klopt. Yuri Malenchenko, de eerste kosmonaut die...' Zijn stem verdween weer in het gekraak.

'Hallo?' riep ze toen hij niet terugkeerde na de inmiddels gebruikelijke tussenpoos. 'Commandant, bent u daar nog? Hoort u mij?' Verdomme, wat was dat callsign dat hij gebruikte ook alweer? 'Hallo?'

'... begrepen? Dit is November Alpha One...' Maar zijn stem klonk nu onduidelijk en ze hoorde andere stemmen, dichterbij, met een bekend accent, kriskras door de ether zweven, waardoor de zijne verstomde.

Ze keek uit het raam en speurde het donkere hemelgewelf af.

Maar de ster knipperde niet meer en de nacht bleef stil.

Jonas staarde omlaag naar het Noord-Amerikaanse continent, onderweg naar Europa en het ochtendgloren. Het was een aantal minuten en duizenden kilometers geleden sinds het contact met de vrouw was afgebroken, maar haar broze stemgeluid weerklonk nog in zijn hoofd. *Hij heeft het niet overleefd. Hij is overleden. Hij is dood.* Alsof ze zichzelf van die werkelijkheid moest overtuigen door het bericht op verschillende manieren te herhalen.

En hij was er al bang voor geweest. Sinds hij haar noodoproep tweeëndertig dagen geleden had opgevangen was het voorval hem bijgebleven. Hij had het niet kunnen vergeten, had zich afgevraagd hoe het die man in die zware storm was vergaan en hoe het ging met de vrouw die hij had achtergelaten. De vrouw die nu zo verloren klonk.

Haar nietigheid – en die van de mens in het algemeen – was wat Jonas het sterkst bezighield. Elke dag draaide hij rondjes om zijn eigen planeet en keek erop neer vanuit het gezichtspunt van de goden. De grootse schoonheid ervan stemde tot nederigheid, hoewel de aardbol werd gereduceerd tot slechts een blauwe stip wanneer hij er voorbijkeek, naar het peilloze zwart erachter, daar waar de mensheid microscopisch klein werd, niet meer dan stofdeeltjes in de kosmos. Als de Grand Canyon amper meer leek dan een kuil en de Chinese Muur slechts een geel lint vormde, zou je bijna de neiging krijgen naar beneden te kijken en de zinloosheid van de ambities van de mensheid te overdenken: de genadeloze vernietiging van de regenwouden, de gestage vervuiling van de oceanen, de meedogenloze gesel van minerale hulpbronnen, en waarvoor? Wat leverde het op in persoonlijke zin? Een groter huis? Dure kleren? Een snelle auto? Een nieuwe iPad?

Maar die eenzame stem vanaf de aarde had de eindeloze uitgestrektheid waarvan hij deel uitmaakte doorboord en hem weer met zijn eigen planeet in verbinding gebracht. Elke keer dat ze Canada passeerden ging hij, als het werk het toeliet, naar de observatiemodule voor een vergeefse poging te zien wat hij alleen maar had gehoord. Maar de bergen waren niet groter dan de rimpelingen op zijn knokkels en zijn vragen bleven onbeantwoord. Wie waren ze? Waar waren ze? Hoe was het die nacht precies gegaan?

Had hij vanaf deze plek meer voor hen kunnen doen? Hij had het sos onmiddellijk doorgegeven aan zijn hoofdkwartier, en vandaaruit was de oproep ongetwijfeld enkele momenten later gemeld bij de reddingsdiensten van Alberta. Waarschijnlijk had níémand iets kunnen doen, ook niet daarbeneden, laat staan dat hij van hieruit iets had kunnen beginnen. Die man had al vijf minuten na zijn vertrek dood kunnen zijn. Jonas had de aarde inmiddels drieenvijftig dagen achtereen zestien keer per dag omcirkeld en hij had zo'n weersysteem nergens anders gezien, niet ervoor en niet erna.

Maar dat was een schrale troost. Hij was degene die de oproep had opgevangen, hij was degene die had gezien tegen welke krachten ze daarbeneden vochten, en haar stem had hem in de alomtegenwoordige stilte achtervolgd. Hij was astronaut, een man met uitzonderlijke talenten en een IQ van 157. Hij was getraind op elk mogelijk technisch, medisch en meteorologisch probleem dat hij zou kunnen tegenkomen. Maar terwijl de wereld achter het raam bleef draaien merkte Jonas Solberg dat deze angstige vrouw datgene voor elkaar had gekregen wat het European Space Agency hem jarenlang had afgeleerd: ze had hem het gevoel gegeven hulpeloos te zijn.

8

Vrijdag 12 mei 2017

De puck werd in het net geschoten en de toeschouwers op de tribune juichten en stampten terwijl het display veranderde van GAST 5 – THUIS 1 naar GAST 5 – THUIS 2.

Tuck zoog nerveus op zijn tanden en zag dat er nog drie minuten te spelen waren. 'Godsamme, wat spelen ze dicht op elkaar,' zei hij tegen niemand in het bijzonder terwijl hij met zijn vuist op zijn gehandschoende hand sloeg. 'Wat bezielt die verrekte Tremblay? Ze moeten natuurlijk Anderson inbrengen en breder gaan spelen…'

'Een paar nacho's?' bood Lucy aan. Ze hield hem de open zak voor. Ze was tegenwoordig verslaafd aan zout. Ze kon er geen genoeg van krijgen, volgens haar moeder een teken dat haar lijf er behoefte aan had en dat ze kramp zou krijgen als ze haar natriumgehalte niet snel op peil zou brengen.

Tuck schudde zijn hoofd, blijkbaar geïrriteerd dat ze het überhaupt vroeg. De blik die hij haar toewierp terwijl zij haar schouders ophaalde en nog een chipje nam, vertelde haar dat hij vond dat zij ze ook niet zou moeten eten.

Meg kwam terug met hun drankjes, haar vingers wijd om de bekers gespreid terwijl ze zijwaarts voorbij de andere toeschouwers schuifelde en haar excuses aanbood toen ze iemand op de tenen trapte. Lucy keek naar haar en voelde zich schuldig dat ze jaloers was op het superslanke figuur van haar vriendin. Ze gunde niemand het dieet van een gebroken hart en het was duidelijk dat Meg momenteel helemaal niet lette op wat ze at. Ze leefde maar half, zag bleek en had weinig energie. Ze sprak toonloos en haar glimlach bereikte haar ogen niet. Morgen zou het zes weken geleden zijn dat ze Mitch hadden begraven, en Meg klaagde nooit, belde nooit midden in de nacht en huilde nooit. Het leek alsof ook zij onder de grond lag. Ze leefde maar lééfde niet, ze was bij bewustzijn maar niet wakker. Het leven was louter routine, elke dag hetzelfde: ze stond op, ging naar haar werk in de verhuurshop en ging weer naar huis om te slapen.

Lucy miste haar vriendin bijna net zo erg als ze Mitch miste. Niemand leek op te merken dat ook haar hart was gebroken. Ze kende Mitch al sinds groep zes. In die beginjaren weliswaar alleen van een afstandje, maar hij had in feite bijna net zo lang deel uitgemaakt van haar leven als van dat van Tuck. Maar haar verdriet leek niet te tellen, het was althans niet te vergelijken met dat van Meg en Tuck. Zij was slechts de beste vriendin van de verloofde, of de vrouw van de beste vriend – steeds een persoon verwijderd van de man zelf.

Een paar keer had ze zich afgevraagd hoe het zou zijn geweest als Tuck die nacht was omgekomen, als zíj de weduwe was geweest, Mitch de rouwende vriend en Meg degene die alle ballen in de lucht hield. Dezelfde personages die andere rollen in hetzelfde toneelstuk speelden. Zou Mitch naar de fles hebben gegrepen om de herinneringen af te vlakken? Zou zijzelf als een schim door het leven gaan? Zou Meg het geheim kunnen bewaren dat een gat in haar binnenste brandde?

'Alsjeblieft.' Meg overhandigde Tuck een biertje en haar een sinas.

Lucy nam een lange slok door het rietje en genoot van de suikerboost. Ze hunkerde ook naar suiker. 'Je bleef behoorlijk lang weg. Ik begon me al zorgen te maken.'

'Een enorme rij tot aan de hotdogkraam. Hoeveel staat het?'

Lucy wist dat het Meg geen donder kon schelen wie er zou winnen, ook al zou een zege voor de Calgary Flames vanavond betekenen dat ze zouden doorgaan naar de halve finale van de Stanley Cup. 'Nog drie punten verschil. O, wacht...'

Ze zag het scorebord en besefte dat ze – in gedachten verzonken – nog een goal had gemist. Dat was nog iets wat haar verbaasde aan zwanger zijn: ze had niet alleen de eetlust van een bodybuilder, maar ervoer nu en dan ook een merkwaardig waas dat over haar neerdaalde, waardoor ze soms het tweede deel van een zin of de clou van een mop miste, en soms zelfs niet meer wist waarom ze een bepaalde kamer was binnengelopen. Het was al erg genoeg dat ze haar taille kwijtraakte. Moest haar brein er ook nog aan geloven?

Er stonden nog negentig seconden op de klok. Tuck zat voorovergebogen op zijn stoel; als hij geen handschoenen droeg, zou hij nagelbijten. Lucy's ogen dwaalden weer af naar de lege zitplaats naast hem. Ze hadden hun tickets maanden geleden gekocht. Ze volgden de League altijd fanatiek met z'n vieren. Het was voor Tuck ondenkbaar geweest om vanavond niet te gaan. Voor hem was wél gaan een manier om zijn vriend te eren. Hij zou het hebben gewild, had Tuck gezegd toen de meiden, daar niet van overtuigd, hem hadden aangestaard.

Lucy voelde een kleine huivering van spanning toen de Maple Leafs – de club uit Toronto – weer aanvielen en de vleugelspeler met een snelle één-twee de keeper op het verkeerde been zette, voordat hij achterlangs om het doel draaide en de puck keurig links binnenschoof.

Verdorie, 6-3. De voorsprong werd weer groter.

Ze beet op haar lip en keek gespannen toe hoe de Flames probeerden terug te vechten, maar om de een of andere reden ontstond er een knokpartij tussen de *enforcer* van de Maple Leafs en de *power forward* van de Flames. Het publiek joelde terwijl ze op het ijs met elkaar op de vuist gingen. Lucy legde haar handen voor haar gezicht, ze wilde niet kijken. Ze kon er nooit tegen als er werd gevochten. Ze vond het niet prettig om naar te kijken en ze vond ook dat het er eigenlijk niet bij zou moeten horen.

Twintig seconden later was het allemaal voorbij toen het eindsignaal klonk en de Maple Leafs hun sticks triomfantelijk in de lucht staken. De fans van het uit spelende team stonden op. Lucy, Tuck en Meg verroerden zich niet terwijl de mensen overeind kwamen. Lucy vroeg zich af of Meg überhaupt merkte dat de wedstrijd voorbij was. Ze staarde voor zich uit met haar beker drinken onaangeroerd in haar hand. Ze kromp zelfs niet ineen toen Tuck in een vlaag van woede zijn plastic beker tegen de stoel voor hem smeet en snauwde: 'Nou, goddank heeft hij dit debacle niet hoeven meemaken, verdomme.'

Lucy legde haar hand op Megs arm. Meg schrok en schoot meteen weer in haar rol. 'O, oké, is het afgelopen?' Ze vroeg nog net niet naar de eindstand. Tucks donkere gezichtsuitdrukking vertelde haar zo ook wel dat ze hadden verloren.

Ze schuifelden achter elkaar in een rij naar buiten. Lucy hield haar armen om haar middel gebogen, klaar om een verdwaalde elleboog of struikelende dronkenlap op afstand te houden om de baby af te schermen, mocht dat nodig zijn. Haar buik vertoonde nog steeds slechts een lichte bolling en het maakte haar nerveus dat de mensen om haar heen niet zagen hoe kwetsbaar ze was. Aan de andere kant was dat niets nieuws: ze kwam altijd al robuuster over dan ze in werkelijkheid was.

Ze liepen over de parkeerplaats, met Tuck voorop, die hen door de rijen pick-ups en jeeps heen loodste. Er waren groepjes die feestvierden met bier en lekkere hapjes voordat ze vertrokken, om de grootste massa voor te laten gaan. Twee jonge stellen lachten om iets terwijl zij als troosteloos trio langssjokten, op zoek naar hun auto. Een van de meisjes, het mooiste van de twee, zag Tuck en volgde hem met haar ogen.

Lucy, die achter hem aan liep, was eraan gewend. Het gebeurde heel vaak. Dat was het nadeel van getrouwd zijn met een man die knapper was dan zijzelf. Hij had zonder meer model kunnen worden als hij dat had gewild. Ze hoopte dat de zwelling van haar buik en profil eruitzag als een zwangere bolling en ze strekte haar arm in een poging zijn hand te pakken. Dat was haar subtiele manier om deze meisjes te laten weten dat hij bezet was, dat hij bij haar hoorde.

Maar Tuck, die het gebaar niet had verwacht, trok met een chagrijnige frons zijn hand weg. Zijn team had verloren en hij wilde alleen maar weg van hier. Hij wilde nog een biertje – of tien biertjes – maar de rit terug naar Banff zou nog twee uur duren.

Lucy, die zich onnozel voelde, en vernederd door de afwijzing, keek achterom naar het meisje en zag dat zij zelfgenoegzaam grijnsde. Ze had Lucy's mislukte poging om zich Tuck 'toe te eigenen' opgemerkt. Ze zag dat de mollige, bleke Lucy samen was met een man die veel te mooi voor haar was. Het meisje zei geen woord, en dat was ook niet nodig. Met de blik in haar ogen vertelde ze Lucy dat zij een man zoals hij met een vingerknip van haar zou kunnen afpakken.

'Is mijn taille verdwenen?' vroeg Lucy terwijl ze zich met haar rug naar Meg toe draaide, die aan tafel zat en wezenloos voor zich uit keek. 'Van achteren bedoel ik? Je weet toch hoe superslanke meiden eruitzien als ze zwanger zijn? Niemand ziet het van achteren omdat ze hun taille behouden. Hoe zit dat bij mij? Eerlijk zeggen.' Ze trok haar shirt omhoog.

Meg was zo vriendelijk om haar ogen samen te knijpen en te doen alsof ze naar de verdwenen taille van haar vriendin zocht. 'Ik vind dat je er prachtig uitziet.'

'Ja dus! Mijn taille is weg.' Lucy zette haar handen op haar heupen en keek somber naar beneden. Haar voeten waren nog in beeld, maar ze had dan ook best grote voeten. 'Jemig, ik ben nog maar elf weken onderweg en het vet zit al op de verkeerde plekken. Geen wonder dat Tuck zo naar me kijkt. Ik lijk wel een plumpudding. Mijn moeder denkt dat ik zwanger word zoals zij. "Breed en laag," zegt ze steeds, alsof ik een of andere dieplader ben.'

Meg glimlachte, maar haar ogen deden niet mee.

'Goed dan. Ik had je koffie beloofd.' Lucy draaide zich om en zette de waterkoker aan. Meg bleef vannacht in de bungalow logeren; het was te laat om nog naar de berghut te gaan. Ze was het liefst meteen naar bed gegaan – het was tegen middernacht toen ze terugkwamen – maar Lucy had haar weten over te halen om nog even samen een bakkie te doen. 'Je blijft tegenwoordig niet vaak meer slapen,' had ze met een smekende glimlach gezegd, dus had Meg toegegeven. Zo was ze nu eenmaal: te goed voor deze wereld.

Tuck had zich teruggetrokken, zijn humeur was nauwelijks verbeterd sinds ze het ijsstadion hadden verlaten en luisteren naar hun '*baby talk*', zoals hij het noemde, zou het er niet beter op hebben gemaakt.

Terwijl het water kookte, zag ze door haar keukenraam dat bijna alle lichten in de hotelkamers aan de andere kant van de binnenplaats uit waren. Hun gasten sliepen al, ter voorbereiding op de activiteiten van de volgende dag. Ze richtte haar blik op de hemel. De maan hing laag boven de bergen, alsof die aan een richel was blijven haken, en er zeilden donkere wolken voorbij, als zwevende blauwe plekken voortgedreven door een frisse bries. Maar de nachten werden al korter en de dagen langer. Ze had al blauwe klokjes op het veld gezien en sommige gasten hadden gemeld dat Lake Louise alweer geheel ontdooid was en dat de rivieren weer stroomden nu het smeltwater van de bergen naar de valleien vloeide en de hoge berghellingen drassig achterlieten na een periode onder de sneeuw te hebben gelegen. Het was allemaal prachtig en het was allemaal pijnlijk, want het leven ging door zonder hun goede vriend.

Ze zette de bekers koffie op tafel en ging tegenover Meg zitten, die meteen haar handen begon te warmen. Voor twee vriendinnen die elkaar al zo lang kenden als zij, en die elkaar altijd wat te vertellen hadden gehad, waren de gesprekken de afgelopen weken merkwaardig spaarzaam en gespannen geworden. Meg deed haar best, maar speelde slechts de rol van de persoon die ze vroeger was. Het licht in haar was gedoofd en er wat niets wat haar echt interesseerde.

'Tuck zegt dus dat hij wordt platgebeld over de snowboards.' Toen Meg haar met een blanco blik aankeek, voegde ze eraan toe: 'Je weet wel, sinds Brett Williams brons heeft gewonnen in Aspen.'

'Aspen...' herhaalde Meg.

'Ja, bij de X Games in januari? Williams werd derde op de Slayer Titch.'

'O ja.' Meg knikte. 'Nou, dat is dan fijn.'

Lucy nam een slokje koffie en keek haar aan terwijl haar een gevoel van onrust bekroop. Het was duidelijk dat Meg zich die avond niet herinnerde, geen idee meer had hoe belangrijk die medaille was geweest. Die had Titch Boards op de kaart gezet en ze hadden het met z'n vieren uitbundig gevierd, tot in de kleine uurtjes. Hun gekke idee, het bedrijfje dat ze op de middelbare school waren begonnen, was een hobby gebleken waarmee ze goud hadden aangeboord. Wie had ooit gedacht dat de twee jongens die hun eigen boards doormidden hadden gezaagd om te kijken hoe ze in elkaar zaten, de randen glad hadden geschuurd en er hun eigen versie van hadden gemaakt, zo ver zouden komen? Uiteindelijk was het een samenwerking van hen vieren geworden: Lucy had de naam bedacht (een combinatie van de namen van de jongens, maar ook een knipoog naar hun USP, hun unique sellingpoint: de kleinere afmeting die ideaal was voor tricks en kunstige sprongen), en Meg (die een plek op de kunstacademie had opgegeven om bij Mitch te kunnen zijn, tot ongenoegen van haar vader, Ronnie en Dolores) had het logo en de huisstijl ontworpen, en digitale fotografie toegepast daar waar tot dan toe de graffitiachtige sfeer van het skateboarden of de Hawaïaanse invloed van de surfcultuur hoogtij had gevierd. Door de kleine oplagen in hun collectie hadden ze snel de aandacht van verzamelaars getrokken.

Maar dat wilde niet zeggen dat het van meet af aan een succesverhaal was geweest. Ze waren al tien jaar bezig en ze begonnen nu pas te oogsten. Lucy en Meg moesten allebei werken – voor respectievelijk Barbara en Dolores – om de tekorten in hun maandelijkse uitgaven op te vangen. Maar dat Williams tijdens een van de grootste snowboardevents een bronzen medaille had gewonnen op hún board, was de doorbraak geweest die ze nodig hadden: de onlinevraag was binnen de kortste keren vervijfvoudigd en ze werden gebeld door shops wereldwijd.

Mitch was in zijn element geweest en had zich beziggehouden met het organiseren van afspraken met een fabrikant in Idaho die snel op bestelling zou kunnen leveren. Ze stuurden al een aantal jaren hun eigen korte snowboardingfilms in voor het Banff Mountain Film and Book Festival, met het oog op de wereldwijde verspreiding naar veertig landen, zodat ze hun product voor weinig geld in de markt konden zetten, maar hij had het ook al gehad over sponsordeals in kleinere competities.

Hij had grootse plannen gehad, een visie, maar hij had natuurlijk niet aan zien komen dat hij binnen een paar maanden dood zou zijn en dat Tuck de complete leiding over het bedrijf zou moeten overnemen. Lucy maakte zich zorgen om haar echtgenoot. Hij bezat Mitch' visie niet, hij was geen zakenman en hield zich liever niet bezig met leveranciers en fabrikanten. Hij bracht graag uren door in de studio met het editen van de film voor het festival van dit jaar. En dus bleven telefoontjes onbeantwoord en stapelden de e-mails zich op. De stress, de verantwoordelijkheid, het was hem allemaal te veel.

Voor Meg gold hetzelfde. Lucy begreep wel waarom ze zich momenteel niet om het bedrijf bekommerde. Afgezien van haar artistieke bijdrage was ze nooit heel erg betrokken geweest bij de dagelijkse beslommeringen rondom Titch, maar dat ze die nacht helemaal vergeten was, een van de mooiste van hun leven? Het leek wel alsof ze een gecrashte harddrive was waarvan alle informatie was gewist. 'Dat herinner je je toch nog wel?' vroeg Lucy terwijl ze zich wat verder vooroverboog. 'De jongens zijn pas om acht uur 's ochtends naar bed gegaan, zo druk waren ze met hun ideeën om de snowboardwereld te veroveren. Ze hebben hun businessplan op toiletpapier geschreven...'

Meg glimlachte hoofdschuddend. 'Hartstikke gek,' zei ze mat.

Teleurgesteld ging Lucy weer rechtop zitten en ze gaf een klopje op haar hand. 'Je bent vast moe.'

'Het is weer een lange dag geweest,' beaamde Meg met een knikje. 'Godzijdank is het skiseizoen achter de rug. Als ik nog één paar ski's moet afstellen, word ik gillend gek...'

Ze zwegen weer. Meg leek het niet op te merken.

'En hoe gaat het slapen nu je weer thuis bent?' vroeg Lucy. 'Je ziet er redelijk uitgerust uit.'

'Ik slaap ook goed. Ik leg 's avonds mijn hoofd op het kussen en ik ben meteen weg.' Ze knipte met haar vingers.

'Nog nare dromen?'

Meg schudde haar hoofd – misschien een beetje te hard – zodat haar haar heen en weer zwaaide. 'Nee. Alleen maar... zwart.'

'Herkenbaar. Ik ben nog nooit zo afgemat geweest. Tuck is me behoorlijk zat omdat ik... Je snapt me wel.'

Het duurde een moment voordat Meg het snapte. Ze rechtte haar rug. 'O. Nou, dan moet hij volwassen worden en begrijpen dat jij een baby draagt. Zíjn baby.'

'Eh... ja.'

'Wordt het al beter met de misselijkheid?'

'Ja, dat wel. Ik moet nog maar twee keer per dag overgeven, dat valt mee.'

'Valt mee,' herhaalde Meg met een blik in de verte. Een moment later voegde ze eraan toe: 'Jij hebt zoveel geluk.'

Lucy proestte wat koffie uit. 'Geluk? Ik?'

'Natuurlijk.'

'Ik? Met mijn gezwollen enkels? Ik, die mijn eten niet kan binnenhouden en na zeven uur amper wakker kan blijven? Ik?'

Maar vanavond was ze wakker gebleven, toch? En háár echtgenoot bevond zich in de naastgelegen kamer, niet onder de grond.

Meg staarde naar het prikbord aan de muur. 'Ik zou alles geven om hem terug te hebben. Of iets van hem. Een baby... Een baby zou het misschien wat minder zwaar maken, iets minder erg.'

Lucy voelde haar keel dichtschroeven en tranen opwellen van het schuldgevoel dat aan haar knaagde. 'O nee, Meg, het zou er erger door zijn geweest. Je wilt toch niet dat een kind zonder zijn of haar vader zou opgroeien?'

Meg keek haar recht aan en haar bruingroene ogen werden vochtig. 'Ik wil deze hele situatie niet.'

Lucy reikte over de tafel en pakte Megs hand. 'Nee.'

Ze bleven weer zwijgend zitten. De klok aan de muur boven de koelkast tikte rustig verder en achter het raam kroop de maan over de bergtoppen.

Het restje koffie in haar beker was nu koud. Aan het gesnurk dat door de muur heen klonk, kon ze horen dat Tuck sliep. Ze kon nu veilig naar bed. 'Zullen we gaan slapen?' vroeg Lucy.

Meg knikte en stond op, zichtbaar opgelucht.

'Tot morgen dan,' mompelde Lucy terwijl ze Meg door de gang naar de logeerkamer zag lopen waar ze in de weken na Mitch' dood had gebivakkeerd en die over niet al te lange tijd de kinderkamer zou worden. Ze probeerde voor haar te zorgen en de vriendin te zijn die Meg nodig had. Een betere vriendin dan ze eigenlijk was.

Meg deed de deur met een klik achter zich dicht en leunde er even tegenaan. Badger lag al te slapen op het bed, dankzij Barbara, die vanavond op hem had gepast, en ze liep naar hem toe om haar gezicht in zijn vacht te begraven.

Dit was een van de moeilijkste avonden tot nu toe geweest. Als trouwe supporter van zijn team had Mitch altijd zoveel mogelijk wedstrijden bijgewoond. Hij had genoten van de successen van de Flames dit seizoen. Afgaand op de score was het vanavond een spannende match geweest, hoewel ze zich er nauwelijks iets van kon herinneren. Toch wist ze dat hij een topavond gehad zou hebben, zonder dat hij zich uit het veld had laten slaan door het verlies. Nou ja, hij zou er natuurlijk wel van gebaald hebben en net als Tuck een rothumeur hebben gehad, maar om erbij te zijn geweest, er deel van te hebben uitgemaakt... Dat had hij geweldig gevonden. 'De reis is de bestemming, Meg, dat weet je toch?' plaagde hij haar wanneer ze haar geduld verloor in een verkeersopstopping bij Calgary of wanneer ze steen en been klaagde tijdens een zware, veeleisende bergwandeling als ze vijftig meter achter hem voortsjokte.

Ze gingen altijd met z'n vieren naar de wedstrijden. Dan praatten en lachten ze de hele rit lang: de jongens wisselden voor in de auto feiten en ditjes en datjes uit terwijl Lucy en zij achterin zaten te kletsen. Zo was het altijd gegaan, dus toen Tuck erop had gestaan dat ze ondanks alles de wedstrijd zouden bezoeken, had ze eerst gedacht dat hij een grapje maakte. Hoe konden ze in vredesnaam zonder Mitch naar een wedstrijd gaan? Hoe konden ze daar zitten met zijn lege stoel naast hen? Hoe konden ze om de beurt biertjes en hotdogs gaan halen, nu drie in plaats van vier? Zag hij niet in hoe afschuwelijk ze dat vond?

Maar hij had volgehouden dat Mitch het zo gewild zou hebben. Hij was vastbesloten geweest de tradities die hij met zijn beste vriend had opgebouwd voort te zetten, het leven te leiden zoals het was geweest, ongeacht de gevoelens van anderen. Zíjn verdriet was totaal. Zíjn verlies was enorm. Niemand kon dat gevoel van gemis evenaren, zelfs zij niet... Hij had niet gezien dat ze misselijk was geworden toen die vent een stoel verderop zijn jas zomaar op Mitch' zitplaats had gegooid, dat ze zich van het grote scherm had afgewend op het *kiss-cam*-moment, hij had niet gemerkt dat ze zich een kwartier op het toilet had verscholen omdat ze dacht dat ze een paniekaanval kreeg. Hij merkte niet op dat die arme Lucy er vermoeid, misselijk en uitgeput uitzag, hij zag niet in dat zijn klotehumeur tijdens de rit terug een bedrukte stemming had gecreëerd.

Hij merkte niet op dat ze zijn aanwezigheid niet kon verdragen.

Ze kneep haar ogen dicht, boos om deze stap achteruit, en voelde haar hartslag versnellen. Ze had zich zo goed gered, ze had elke dag in de winkel gewerkt en met mensen gepraat, ze had eraan gedacht om te lunchen en het was haar gelukt niet te veel te voelen. Ze was er goed in geworden de wereld buiten te sluiten en het volume te dempen.

Ze pakte haar telefoon en zette de wekker. Als ze morgenochtend vroeg zou opstaan kon ze de overgebleven winterspullen ordenen voor verkoop om ruimte te maken voor de zending van Schöffel die ze verwachtten… Ze zag dat er een e-mail was binnengekomen. Ze was er niet aan gewend 's avonds bereik te hebben. In de berghut had ze geen wifi en zij en Mitch hadden daarom een gezamenlijk persoonlijk mailadres waarop ze bijna nooit iets ontvingen. Bijna iedereen nam contact met hen op via hun zakelijke adressen. Dus wat er nu binnenkwam was een vuistslag met een fluwelen handschoen.

O! Aan de ketenen van de ruwe aarde ontglipt
Danste ik op zilverige vleugels aan de hemelboog,
Klom zonwaarts en sloot me aan bij de tuimelingen
Van door de zon gespleten wolken, deed honderd dingen
Die dromen overtreffen – rolde, zweefde, zwierde
En gleed hoog door de zonverlichte stilte.
Ik heb de brullende wind nagejaagd en
Mijn gretige schip door voetloze zalen van lucht geloodst.
Omhoog door het lange, brandende blauw
Steeg ik uit boven door wind geteisterde hoogten
Daar waar geen leeuwerik of adelaar ooit vloog.
En toen ik met stil en verheven gemoed
De hoge, onbetreden ruimte betrad,
Raakte mijn uitgestoken hand het gezicht van God.

De woorden waren tegelijk sterk en zacht, tegelijk teder en onverbiddelijk. Met een scherpe lichtheid doorbraken ze het vlies dat haar had omgeven en afstand had geschapen tussen haar en de wereld om haar heen. Ze veroorzaakten een breuk in de dijk die haar droog had gehouden. Langzaam en plechtig rolden de tranen over haar ingevallen wangen omlaag. Maar het was niet alleen het gedicht waar haar ogen steeds weer naartoe dwaalden, het was ook de afsluiting eronder:

Met mijn diepste medeleven,
Jonas Solberg

9

‘Hoe zou hij aan je mailadres gekomen zijn, denk je?’ vroeg Lucy de volgende ochtend vol verbazing terwijl ze een pannenkoek op een bord schoof en er ahornsiroop overheen druppelde.

‘Geen idee. Ik begrijp er niets van. Ik bedoel, hoeveel vrouwen met de naam Meg Saunders zullen er in vredesnaam in Canada zijn? Het is bepaald geen ongebruikelijke naam. Mijn ouders waren niet gezegend met een originaliteitsgen.’

‘En hij is werkelijk een astronaut?’ vroeg Lucy, die blauwe bessen toevoegde en de borden op de tafel zette. ‘Compleet met helm en een ruimtechimpansee en zo?’

Meg glimlachte. Glimlachte echt! ‘Dat van die chimp weet ik nog zo net niet, maar hij heeft wel een hond. Die heet Yuri, maar is niet met hem meegegaan de ruimte in. Hij zei dat hij hem miste.’

Lucy bleef zitten met haar bestek in de lucht, haar hunkering naar suiker even vergeten, en ze keek Meg onderzoekend aan. Haar gezicht was bleek, haar ogen waren rood en gezwollen… Had ze gehuild? En het was duidelijk dat ze niet goed had geslapen, maar er leek iets aan haar veranderd te zijn. Ze zag er niet beter uit, niet gelukkiger, maar er was iets… anders. ‘Hoe vaak heb je hem gesproken?’

‘Twee keer maar. De eerste keer toen…’ Ze slikte nerveus, van haar stuk gebracht. ‘Nou ja, die nacht dus. De vaste telefoon deed het niet en ik kon niet naar de stad om alarm te slaan, dus probeerde ik Mitch’ zendapparatuur. Ik wilde iemand bereiken, iemand die zou kunnen helpen. En hij reageerde.’

‘Vanaf zijn ruimteschip?’

Meg hield haar hoofd schuin. Ze herkende Lucy’s ironische toon. Haar vriendin had haar droge humor de afgelopen maanden voor zich gehouden, maar dit was de perfecte gelegenheid om die weer eens af te stoffen. 'Ik ben net zo verbaasd als jij, hoor. Ik wist niet eens hoe dat ding werkte...'

'Nou, blijkbaar heb je er gevoel voor! Je hebt contact gelegd met de kosmos. Hé, heb je je adresgegevens al aan NASA doorgegeven? Misschien kun je ze helpen. Ze schijnen bezig te zijn met een project rondom groene mannetjes op Mars.'

Meg lachte, waardoor haar gezicht in één klap veranderde, met die roze blos op haar wangen en lichtjes in haar ogen. Ze zag er prachtig uit als ze lachte, hoewel Lucy wist dat haar vriendin zich daar totaal niet van bewust was. Ze kende haar eigen schoonheid niet, ze dacht dat ze doorsnee was. In hun tienerjaren klaagde ze dat ze gemiddeld van lengte en bouw was, met middellang bruin haar en een lichte huid die niet snel bruin werd. Maar ze zag zelf niet wat iedereen om haar heen wél zag: hoe bekoorlijk haar volle bovenlip recht bleef als ze lachte, hoe delicaat haar schouders en armen waren, hoe fris ze oogde als er 's zomers sproetjes op haar gezicht verschenen. Geen wonder dat Mitch voor haar gevallen was. En Lucy zag ook Tuck soms heus wel naar haar kijken.

Lucy glimlachte, want ze zag de lach als een kleine overwinning – een teken van vooruitgang – en begon te eten. 'En de tweede keer...' vroeg ze met volle mond.

Megs lach verdween weer en er verscheen een verlaten blik in haar ogen. 'Mijn eerste nacht terug in de berghut. Ik kon niet slapen en drukte wat knoppen in. En... nou, hij probeerde mij te bereiken.'

'Jezus zeg! Is hij een stalker of zo?' Lucy kauwde en lachte terwijl er weer een grap in haar opkwam. 'Nou, in dat geval hoef je tenminste geen straatverbod aan te vragen. Hij is bepaald niet in de buurt. Niet eens in dezelfde atmosfeer.' Ze grinnikte om haar gevatte opmerking.

Meg glimlachte. 'Nee, zo zat het niet. Hij was alleen maar bezorgd.' Ze zweeg even en dacht na. 'Van zijn kant zal het vast heel... vreemd zijn geweest om helemaal daarboven te zijn en… en mij te horen.'

Lucy stopte met kauwen. Het moest verschrikkelijk zijn geweest voor Meg, die nacht in haar eentje op de berg. Het was hierbeneden al erg genoeg geweest, terwijl zij zich nog aan Tuck had kunnen vastklampen toen de wind door hun stadje tussen de bergen door bulderde. 'Shit.'

'Ja.' Meg knikte en haalde toen scherp adem. 'Hoe dan ook was het aardig van hem om me dat gedicht te sturen.'

'Aardig van wie? Welk gedicht?'

Ze keken allebei op terwijl Tuck in zijn spijkerbroek binnenwandelde en zich met zijn handen op zijn schouders uitstrekte, zodat zijn vierkante buikspieren als stapstenen zichtbaar werden. Zijn stem was nog schor van de slaap en Lucy wilde niet weten hoe zijn adem zou ruiken na al dat bier van gisteravond, maar hij zag er altijd goed uit, ook vroeg in de ochtend. Die warrige look stond hem geweldig: het blonde haar, het wintersportbruin, de atletische bouw, de superblauwe ogen omringd door lange donkere wimpers… Ze vond hem nog steeds aantrekkelijk. Enorm.

'Onze Meg heeft zitten kletsen met een astronaut. Ze heeft in de nacht van de storm Mitch' zendapparatuur gebruikt en op de een of andere manier contact gelegd met…'

'Met het ISS? Het International Space Station? Dat meen je niet!' Een moment geleden sliep hij misschien nog half, maar nu was hij klaarwakker. Hij trok de stoel naast Meg achteruit en ging er schrijlings op zitten. Meg leek een beetje terug te deinzen – vast en zeker vanwege zijn slechte adem, dacht Lucy bij zichzelf. 'Mitch probeerde daar al weken contact mee te krijgen.'

'Echt?' vroeg Meg verbaasd.

'Ja. Daarom had hij die nieuwe superantenne.'

'O.' Meg keek hem perplex aan. 'Daar had ik geen idee van.'

'Ongelooflijk dat je ze te pakken hebt weten te krijgen,' zei Tuck enthousiast terwijl hij haar arm vastgreep. 'Heb je enig idee hoeveel zendamateurs dat proberen?'

Meg schudde haar hoofd en trok haar arm terug.

'Duizenden. En er is telkens maar een tijdruimte van zo'n vijf, hooguit tien minuten dat er contact mogelijk is.'

'Wauw. Dat wist ik niet...'

'En hij heeft haar ook teruggebeld,' zei Lucy opgewekt, zich intussen afvragend of Tuck haar aanwezigheid überhaupt had opgemerkt. Hij was in elk geval niet naar haar toe gekomen om haar een kus op de mond te geven, zoals hij vroeger deed. 'Toen ze weer terug was in de berghut.'

'Niet waar!'

Meg knikte.

'En nu heeft hij haar een gedicht gestuurd, per e-mail! Wat natuurlijk heel leuk is, maar we breken ons hoofd over de vraag hoe hij aan haar mailadres is gekomen, want dat heeft ze hem niet gegeven.'

'Simpel.' Tuck haalde zijn schouders op. 'Hij zal bij het eerste contact jullie callsign wel hebben genoteerd en de persoonlijke gegevens hebben opgespoord die bij de zendvergunning horen.'

De meiden keken elkaar fronsend aan.

'Hm,' mompelde Lucy. 'Mag dat zomaar? Zijn die gegevens niet vertrouwelijk of zo?'

Tuck haalde zijn schouders op. 'Waarschijnlijk heeft hij het gegooid op uitzonderlijke omstandigheden? Of misschien dat astronauten speciale privileges hebben, dat weet ik niet.' Hij keek met een begerige blik naar de borden die voor hun neus stonden: dat van Meg was bijna onaangeroerd, dat van Lucy leeg en nagenoeg schoongeschraapt. 'Zijn er nog pannenkoeken?'

Lucy tuitte haar lippen. 'Dat hangt ervan af.'

Tuck boog zich voorover en plantte een kus op haar mond.

'Verkocht,' zei ze met een zucht terwijl ze met haar bord naar het fornuis liep. 'Aan de enige bieder.'

Tuck keek haar na. Ze zag zijn spiegelbeeld in het raam, maar kon zijn gezichtsuitdrukking niet goed zien. Vond hij haar te dik?

Voordat ze beter kon kijken wendde hij zich weer tot Meg, die haar bestek weer had gepakt en probeerde de eetlust op te brengen om haar ontbijt verder op te eten.

'En, ga je hem terugschrijven?' vroeg Tuck.

'Wie?'

'Wie? Hoe bedoel je wie? Die astronaut! Hé, hoe heet die vent trouwens?'

'Commandant Jonas Solberg,' antwoordde Lucy voor haar toen ze zag dat Meg afwezig voor zich uit keek. 'We denken dat hij een Europeaan is. Hij schijnt een accent te hebben.'

Meg keek haar nerveus aan. 'Vind jij dat ik moet terugschrijven? Daar heb ik nog niet over nagedacht.'

'Nou, je kunt hem in elk geval bedanken,' riep Lucy boven het gesis van het beslag in de pan uit. 'Het was een aardig gebaar en hij heeft vast moeite moeten doen om je mailadres te achterhalen.'

'Eh, ja.' Meg beet op haar lip. 'Ongelooflijk dat hij daarboven kan mailen. Hoezo heeft hij in de ruimte bereik terwijl ik in de berghut niet eens wifi kan krijgen?'

'Ik denk dat zij technisch iets beter zijn uitgerust,' zei Tuck op lijzige toon.

'Hé, als je hem schrijft, wil je hem dan namens mij een vraag stellen?' vroeg Lucy terwijl ze de pan zachtjes heen en weer schudde. 'Hoe doen ze daarboven hun behoefte? Dat heb ik altijd al willen weten.'

'Dat ga ik niet vragen!' antwoordde Meg gegeneerd.

'Vraag hem dan wat het mooiste is wat hij heeft gezien,' zei Tuck. 'De uitzichten moeten fantastisch zijn.'

'Ik vraag me af of hij de Chinese Muur kan zien. Ik heb weleens gelezen van wel,' zei Lucy terwijl ze de pannenkoek vakkundig omdraaide en hem op het bord liet glijden. Even later zette ze het bord voor Tuck neer, nadat ze er de laatste blauwe bessen en een lepel siroop op had geschept. Haar beloning was een kneepje in haar bil.

Ze glimlachte, bukte zich en gaf hem weer een kus, blij dat zijn teleurstelling over de nederlaag van gisteravond voorbij was.

'Vertel eens, wat zijn je plannen voor vandaag?' vroeg ze terwijl ze tegenover hem aan tafel ging zitten.

'Nou, ik ga naar Edmonton zodra ik dit opheb. Ik heb een afspraak met de organisatoren van de Ski & Snow Show uit Toronto. Ze zijn hier en het is de grootste beurs op ons gebied. Een goede gelegenheid om ons te presenteren.'

Lucy zag dat zijn ogen naar Meg schoten – op zoek naar goedkeuring, erkenning, haar zegen, wat dan ook – maar die zat nog naar haar telefoon te kijken en zo te zien las ze het gedicht opnieuw.

Tuck keek weer naar haar en trok een wenkbrauw op, maar Lucy schudde haar hoofd. Meg was weer afwezig.

'Je zou echt terug moeten schrijven,' zei ze luid.

Meg keek op. 'Serieus? Vind je dat?'

'Ja. Hij heeft iets aardigs gedaan. Dus het is wel zo beleefd.' Lucy gniffelde. 'En er zijn ergere penvrienden te bedenken dan een ruimtevaarder.'

Er stonden drie jeeps, twee SUV's en een Pontiac voor de deur, zag Meg vanuit de winkel. De bus uit Jasper was bij de bushalte aan de overkant gestopt en stroomde leeg. De bezoekers knipperden onder hun honkbalpet vanachter hun zonnebril de voorjaarslucht tegemoet terwijl ze naar links en rechts keken, zich afvragend welke kant ze op zouden gaan, waarna de meesten koers zetten in de richting van de pizzabar en grillroom.

De sfeer in het stadje was veranderd en de mensen met snowboots en sneeuwbrillen hadden plaatsgemaakt voor toeristen met wandelschoenen en rugzakken. De zon scheen vandaag helder en fluwelig – gunstig voor foto's – alsof hij nog steeds aan het opwarmen was na zijn winterslaap, nog steeds zijn kracht uitprobeerde. Niet alleen de toeristen, maar ook de inwoners bewogen zich met een zekere opwinding voort. De temperatuur steeg met de dag en er kwam al bloesem aan de bomen. De etalagepoppen achter de ramen van de boetieks droegen korte broeken in pastelkleuren en alle ski- en snowboardzaken hielden uitverkoop. Meer nog dan op 31 december voelde het alsof er een nieuw jaar zou aanbreken: oud maakte plaats voor nieuw.

Aan de andere kant had ze het al weken zien aankomen. Boven bij de berghut was de overgang naar de lente nog zichtbaarder. Elke avond zat ze na het werk op de veranda om te kijken hoe de zon achter de bergkam verdween en de lichtjes in het dal als op de grond gevallen sterretjes aangingen. Ze had er een perfect uitzicht op de omgeving: ze had de rivier de Bow geleidelijk zijn rijke turquoise tint zien terugkrijgen nu het smeltwater naar de oceaan was gestroomd, ze had gemerkt hoe de bomen, ontdaan van het gewicht van de sneeuw, begonnen te gonzen van de bosdieren die over de takken draafden en kropen, en ze had gezien hoe het gras werd doorweven met kruipende kornoelje, blauwe klokjes en rotsjasmijn. Maar het was vooral de lucht – de kenmerkende berglucht – die de kalender precies markeerde, en die was nu zacht en fris als een verse grasstengel.

Ergens achter haar waaide een deur dicht en ze hoorde dat Dolores weer een doos op de stapel in de opslagruimte zette.

'Hoi. Klaar?' vroeg ze toen haar werkgeefster binnenkwam en haar handen aan haar tuinbroek afveegde. De pony van haar korte jongensachtige kapsel viel naar voren, haar boezem was niet meer zo stevig als vroeger, maar haar armen waren gespierd en sterk onder haar T-shirt. Wie dacht dat ze een oude vrouw was, had haar niet de Sundance Trail zien wandelen.

'Jazeker. Ik kon al die dozen moeilijk buiten laten staan.'

'Je had het mij moeten laten doen.'

'We hebben iemand in de winkel nodig.'

'Er is al die tijd dat jij achter bezig was niemand binnen geweest.'

'Maar er had wel iemand binnen kúnnen komen. Bovendien moet jij het rustig aan doen. Je hebt de afgelopen weken te veel van jezelf gevergd. Je ziet er moe uit.'

Meg trok een wenkbrauw op. 'Heeft Barbara of Lucy met je gepraat?'

'Beslist niet,' zei Dolores, die haar neus in de lucht stak. 'Je weet heel goed dat ik me nooit iets aantrek van wat een ander zegt.'

Meg glimlachte. 'Nou, ik vind dat ik die dozen had moeten verplaatsen.'

'Waarom? Zeg je nou dat je me te oud vindt?'

'Zeg jij dat ik er te moe voor ben?'

Dolores gaf haar een klopje op de arm alsof ze 'precies' wilde zeggen. Ze waren nu twee weduwen onder elkaar. Dolores en haar man Jed waren de winkel drieënveertig jaar geleden begonnen en na zijn dood in 1997 had Dolores besloten het bedrijf in haar eentje te gaan leiden. Meg was begonnen met een zaterdagbaantje in haar schooltijd, dat na haar eindexamen uitgroeide tot een fulltimebaan. Er waren destijds ook weinig andere opties geweest. Ze had naar de kunstacademie kunnen gaan, maar ze wilde bij Mitch zijn en vanwege het groeiende succes van Titch Boards moest hij hier wel blijven, samen met Tuck.

Ze had hen vieren weleens vergeleken met een madeliefjesketting: het ene bloempje zat vast aan het andere en zo bleven ze bij elkaar.

'Wat dacht je van een kop koffie?' vroeg Dolores.

'Ik ga wel even...'

'Geen sprake van. Er moet iemand in de winkel blijven, weet je nog?' zei Dolores met een glimlach over haar schouder.

Meg zuchtte terwijl het belletje boven de deur klingelde en haar werkgeefster voorbij de Pontiac uit het zicht verdween. Ze keek naar haar laptop en ging terug naar haar mailbox. Het conceptbericht blonk haar tegemoet. Ze had er een groot deel van de ochtend aan besteed.

Beste commandant Solberg,

Dank u wel voor het gedicht. Het is echt prachtig. Het was bijzonder attent van u om het mij te sturen, ik had het nog nooit gelezen...

Ze trok een bedenkelijk gezicht. Dit was te... te formeel. Te stijfjes.
Ze deed een nieuwe poging.

Hallo commandant,

Dank voor het gedicht. Het is prachtig. Het doet me goed dat u zoveel moeite hebt gedaan om het mij te sturen. U hebt vast belangrijkere zaken aan uw hoofd.

Ze wachtte weer even en keek naar de knipperende cursor. Die deed haar denken aan de knipperende ster die ze aan de hemel had gezien tijdens haar eerste nacht terug in de berghut.

Ik denk trouwens dat ik u heb gezien. Toen we elkaar die tweede keer spraken bewoog er iets met een flitslichtje heel snel langs de hemel. Was u dat? Of is het onmogelijk het ruimtestation te zien? Ik weet het niet. Het was een vreemd idee te bedenken dat u daar misschien in zat terwijl wij via de radio met elkaar praatten. Zoals u wel hebt gemerkt weet ik niet hoe ik met die apparatuur moet omgaan. Het was puur toeval dat u mijn oproep die eerste keer oppikte, maar een vriend van me, Tuck, is zwaar onder de indruk. Hij zegt dat Mitch – mijn verloofde – al wekenlang pogingen deed om contact met het ISS te krijgen, hij had daarvoor zelfs een speciale antenne gekocht. Ik denk steeds hoe jammer het is dat ik u heb gesproken en hij niet. (Dat bedoel ik niet onbeleefd. Ik hoop dat u snapt wat

ik bedoel.) Hoe dan ook, Tuck vroeg me u te vragen wat het mooiste is wat u van bovenaf hebt gezien, maar voel u niet verplicht. U hebt het vast erg druk.
Ik hoop dat u het niet erg vindt dat ik dit e-mailadres gebruik om te reageren. Ik wilde u gewoon heel graag bedanken – voor het gedicht, maar ook voor uw hulp toen ik die nacht mijn oproep deed. Ik weet dat het uiteindelijk niet heeft uitgemaakt, maar dat ik iemand te spreken kreeg – al was het iemand in de ruimte! – gaf me het gevoel dat ik het had geprobeerd en dat ik had gedaan wat ik kon. Daardoor lukt het me om 's nachts te slapen en het mezelf niet al te erg kwalijk te nemen.
U bent een goed mens.

Meg

Ze las het en las het nog een keer. Was het nu te informeel? Hij was tenslotte een commandant. De mensen keken waarschijnlijk enorm tegen hem op. Ze beet op haar lip en liet haar vinger boven de muisknop hangen. Misschien moest ze nog een concept schrijven om de juiste toon te treffen…

Plotseling klonk het deurbelletje en Meg keek verrast op.

'Hallo,' zei een opgewekte vrouw met een baby in een draagzak tegen haar borst. 'Hebben jullie zonnehoedjes voor kleine kinderen? Het is zonniger dan ik had gedacht en ik ben vergeten iets mee te nemen om het hoofdje van deze kleine jongen te bedekken.'

Meg glimlachte. 'Ja hoor. We hebben net een nieuwe voorraad binnengekregen. Ik haal er wel even een paar op. Ze zijn nog achter.' Ze keek nog een keer naar het scherm. En klikte op VERZENDEN.

Lucy klopte op de deur van kamer 32, maar ze wist al dat er geen reactie zou komen. Ze had de twee meiden van begin twintig die deze kamer hadden geboekt een half uur geleden zien vertrekken met de rest van hun groep. Ze gingen naar Cave and Basin, de historische grot met bassin, als ze het zich goed herinnerde, als onderdeel van een studie geologie had haar moeder gezegd, en ze zouden overmorgen weer vertrekken.

Ze trok de wasgoedwagen mee door de deuropening en deed de gordijnen open. De dag kwam binnen en verlichtte de retro kersenhouten meubels en blauwe damasten aankleding die jaren mee konden zonder al te veel gebruikssporen. Ze opende de ramen en liet de geur van Marc Jacobs Daisy naar buiten en ze keek in de badkamer of er handdoeken op de grond lagen. Haar geoefende blik inspecteerde de ruimte op tekenen van beschadigingen of diefstal. Maar afgezien van de halve inhoud van een make-uptasje dat open op de toilettafel lag waren ze het type gasten waar zij prijs op stelde: ze hergebruikten hun handdoeken dankzij de bordjes met duurzaamheidsinformatie die ze in alle badkamers had opgehangen, en ze maakten gretig gebruik van de minibar, wat altijd goed was voor het opkrikken van de rekening. Ze noteerde wat er was gegeten en gedronken en vulde het voorraadje bij vanuit haar kar, waarna ze haar aandacht op de rest van de kamer richtte.

Er lagen slordige hoopjes kleren, maar gelukkig wel op de stoelen. Naast de reistassen lagen wat schoenen, onder andere een mooi paar hooggehakte sandalen van hagedissenleer op een schoenendoos. Ze zag op het stickertje dat ze haar maat waren.

Met een zucht keek ze de andere kant op – zonder een blik te werpen op de comfortabele sneakers aan haar eigen voeten – en ze begon de kleren op te vouwen, waarbij ze af en toe een etiket aan een shirtje bestudeerde of een jurk eens goed bekeek. Een paar keer hield ze zichzelf iets voor en keek ze in de spiegel, maar daar werd ze niet vrolijker van. Deze meisjes waren niet eens zo heel veel jonger dan zij – misschien maar een paar jaar – maar ze hadden meer geld en een bredere horizon. Ze hadden ook een platte buik en kleine strakke billen.

Lucy liet haar handen zakken en staarde naar haar spiegelbeeld. Alweer. Meg kon haar nog meer vertellen, ze zag er helemaal niet prachtig uit. Ze zag er net zo lelijk uit als ze zich voelde: vormeloos en bobbelig als een oud matras. Waar was de kleine, strakke hoge bolling die ze altijd zag bij zwangere sterren in tijdschriften? Waarom zag zij er alleen maar uit alsof ze zojuist een flinke portie curry had gegeten? Of een hele koe? En wanneer zou ze die mooie gloed krijgen waar iedereen het altijd over had? Wanneer zou haar haar weelderig worden en gaan glanzen, in plaats van dat het slap langs haar gezicht hing alsof ze in de regen had gestaan?

Er gleed een traan over haar wang toen ze zag hoe de knopen van haar blouse er bijna af knapten. Ze wist dat als ze die omhoogtrok ze de broekverbreder zou zien die ze van een behabandje had gemaakt. Was het een wonder dat Tuck niet meer naar haar keek, en als hij dat wel deed, dat er dan een schaduw door zijn ogen gleed?

Ze tilde het shirtje dat ze in haar handen had weer op en hield het voor zich. Het was kobaltblauw en zijdezacht, het had een lage V-hals en wijde vlindermouwen. Zoiets zou haar toch wel staan? Het was haar gebruikelijke maat, maar ze was nu natuurlijk voller. Toch leek het alsof er wel wat rek in zat. De mouw zou afleiden van haar lijf en de V-hals zou haar decolleté – tot nu toe het enige positieve gevolg van haar zwangerschap – mooi laten uitkomen.

Ze liep naar de deur en keek naar links en naar rechts door de gang. Er was niemand. Sharon en Jenna, de andere kamermeisjes, werkten op de bovengelegen verdiepingen en de meeste gasten waren al op pad.

Ze hing het bordje NIET STOREN op en sloot de deur. Met haastige vingers knoopte ze haar blouse los terwijl ze met haar voeten de sneakers uitduwde en vervolgens in de sandalen stapte. Meteen veranderde haar houding en zag ze er beter uit. Ze werd gedwongen rechtop te staan en gooide haar schouders naar achteren, waardoor haar middel weer enigszins tevoorschijn kwam.

Bemoedigd ritste ze het blauwe shirtje open, trok het over haar hoofd en wurmde zich erin terwijl ze haar handen in de mouwen probeerde te wurmen. Het lukte om het shirtje tot haar borst omlaag te trekken, maar daar bleef het steken en trok de stof strak over haar boezem, die erdoor werd platgedrukt terwijl haar schouderbladen ondertussen geen ruimte meer hadden om te bewegen.

'Shit!' siste ze.

Ze wankelde achteruit, keek in de spiegel en vroeg zich af wat ze nu moest doen – het weer omhoogtrekken of juist helemaal omlaag? Maar als ze dat deed, wist ze niet zeker of ze het weer uit zou kunnen krijgen, en wat zou ze dan tegen hun gasten moeten zeggen? Hoe kon Lucy dat meisje in vredesnaam uitleggen dat er in haar mooie, dure shirtje was geknipt zonder te moeten bekennen wat ze had gedaan?

'O,' jammerde ze zachtjes terwijl ze de beoordeling op TripAdvisor al voor zich zag. *Het kamermeisje heeft mijn kleren aangetrokken.* Of erger nog: *De eigenaresse heeft in mijn shirtje geknipt!*

Ze draaide rond en begon het shirtje weer omhoog te trekken, over haar hoofd, tergend langzaam – dit was een vergissing geweest, een afschuwelijke vergissing – toen ze verstijfde door een plotseling geknars onder haar voet. Was er iets kapotgegaan?

'O mijn god!' Het huilen stond haar nader dan het lachen. 'Nee toch! Wat was dat?'

Ze raakte in paniek, was zo van slag dat ze de klik van de deur niet hoorde en niet merkte dat Tuck in de deuropening stond tot ze hem verschrikt naar adem hoorde happen.

'Wat de fuck ben je aan het doen?' riep hij uit terwijl hij de deur snel achter zich sloot.

'O mijn god, Tuck, godzijdank!' snikte ze. Ze hobbelde naar hem toe, maar verloor een schoen – de sandalen waren blijkbaar te groot – en viel zwaar en ongemakkelijk voorover op het bed.

'Jezus, Lucy!' Hij rende naar haar toe. 'Gaat het wel? Is de baby... Is alles goed met de baby?'

Hij draaide haar om. Ze zag niets, ze zat helemaal vast in het shirtje en haar handen zwaaiden er hulpeloos bovenuit.

'Haal me hier alsjeblieft uit!' riep ze terwijl ze wanhopig met haar voeten tegen de zijkant van het bed trommelde. Hoe zag ze er in godsnaam uit, haar buik omhoog, haar spijkerbroek samengehouden met behulp van een behabandje, één schoen aan, gevangen in het shirtje van een ander, dunner en jonger meisje? 'En niet naar me kijken!'

'Eh... oké,' zei hij beduusd terwijl hij voorzichtig aan de stof begon te trekken. 'Kun je je schouders wat intrekken?'

'Zie ik eruit alsof ik ook maar íéts kan doen?' riep ze vertwijfeld.

'Geen zorgen. Het gaat me wel lukken.'

'Wat moet ik tegen haar zeggen?'

'Helemaal niets. Ze komt er nooit achter... Nog een klein stukje.'

Hij trok nog een keer en toen was ze bevrijd. Het shirtje kwam met plotseling gemak los en de slaapkamer was weer licht in het schijnsel van de zon.

Tuck keek precies zo naar haar als ze had gevreesd, met het shirtje nog in zijn hand.

'Ik probeerde te kijken of ik er leuk uit kon zien, oké? Ik wilde er gewoon heel even beter uitzien,' zei ze half huilend. Ze sprong van het bed en pakte haar blouse, die ze snel begon dicht te knopen tot ze zich realiseerde dat ze er een knoop naast zat. Ja, natuurlijk! Ze kon zich niet eens fatsoenlijk aankleden. Huilend pakte ze haar sneakers en trok ze weer aan. 'En mocht je het willen vragen, nee, ik doe dit normaal nooit. Ik heb het nog nooit eerder gedaan.'

'Lucy...'

'Niet doen, Tuck!' snikte ze terwijl ze haar handen voor haar gezicht sloeg. 'Ga weg. Ik wil niet dat je me zo ziet.'

Er viel een lange stilte.

'Wat doe je hier überhaupt?' vroeg hij. 'Waar is Janice? Jij hoeft dit helemaal niet te doen.'

'Ze is ziek, we hebben te weinig personeel.'

Zijn gezichtsuitdrukking veranderde. 'Die vrouw is altijd ziek. Ik snap niet waarom jullie haar in dienst houden.'

'Omdat ze desondanks verrekte goed in haar werk is,' snauwde ze. Wat wist hij er nou van? Het enige wat hij deed in het hotel was de bourbon inventariseren.

Tuck zuchtte. 'Luister nou, je bent doodmoe. Jij moet dit niet doen. Ik neem het wel over. Ga jij maar rusten.'

'Dat kan ik niet...' hikte ze.

'Jawel. Ik sta erop. Ik red me hier wel.' Hij stond op, legde zijn handen op haar schouders en gaf haar een kus tussen haar wenkbrauwen. 'Toe. Ga een dutje doen en dan kom ik later naar je toe.'

Ze staarde hem aan, verbaasd over zijn zeldzame vriendelijkheid. 'Maar ik dacht dat je naar Edmonton zou gaan?'

'Geeft niks, ik maak wel een nieuwe afspraak. Die beurs is pas in november.'

Ze keek hem in zijn superblauwe ogen. Ze kon nog steeds niet geloven dat hij van haar was. Of zij van hem. Of beide. Ze kon het nog steeds niet geloven.

10

Vrijdag 19 mei 2017

Meg zat op haar lievelingsplek op de veranda, met haar benen opgetrokken op de schommelstoel zodat haar kin bijna op haar knieen rustte. Ze had een zachte chocoladebruine deken om zich heen geslagen en haar natte haar in een handdoektulband gewikkeld. Er stond een halfleeg glas bier op de grond en ernaast lag een snurkende hond met een herstelde poot, maar ze kon haar ogen niet afhouden van de zonsondergang, die vlammende flarden op de hemel schilderde als wiegende grashalmen onder water. *Voetloze zalen van lucht…*

Ze wist niet hoelang ze hier al zat. Zeker een paar uur. Het was nu kwart voor negen, maar de lucht was nog licht en de dunne halvemaan leek niet op haar plaats zoals ze daar hing, gebleekt door de zon. In het dal gingen de eerste lichten aan en in de verte zag ze wat rode achterlichten van voertuigen die op de grote weg reden.

De zomer was in aantocht. Ze voelde het aan de bries elke keer als ze haar ogen sloot en haar gezicht naar de lucht keerde als een hond die in de wind snuffelde. Mitch was nu bijna twee maanden dood en dit zou de eerste zomer in zevenentwintig jaar zonder hem zijn.

Zevenentwintig jaar. Dat was de tijd die hij op deze planeet had gehad, en daarvan had hij tien jaar met haar gedeeld. Slechts tien.

Ze staarde weer naar het peilloze blauw en liet de woorden uit het gedicht weer door haar hoofd gaan. *O! Aan de ketenen van de ruwe aarde ontglipt danste ik op zilverige vleugels aan de hemelboog…* De gedachte aan hem daarboven, vrij… Dat gedicht had haar meer troost gebracht dan woorden op een kaart, het raakte haar dieper dan een omhelzing, en ze had het steeds opnieuw gelezen tot ze het uit haar hoofd kende. En dit was haar kostbaarste ritueel geworden, het beste gedeelte van haar dag, als ze thuiskwam na het werk en rustig op de veranda zat te schommelen, kijkend naar de zonsondergang terwijl ze zich voorstelde hoe hij danste aan de hemelboog…

Achter haar ging de telefoon, waardoor ze uit haar mijmeringen werd gehaald. Ze stond op en liep naar binnen, stijf van het lange zitten.

'Hallo?'

'Met mij.' Ronnies stem klonk helder en het holle weerkaatsende geluid van ziekenhuisgangen vertelde Meg dat haar zus nog op haar werk was.

'Hoi. Hoe gaat het?'

'Prima. Ik heb net een dienst achter de rug en dit leek me een goed moment om je te bellen. Sorry dat ik niets heb laten horen. Het was een gekkenhuis op het werk.'

'Dat geeft niet.' Ze hadden elkaar sinds de uitvaart niet meer gesproken en ze wisten dat dat gedeeltelijk kwam doordat ze bij Lucy had gelogeerd.

Er viel een korte stilte. 'Jawel. Dat geeft wel.'

'Ron, het is oké. Jouw werk is belangrijk. Mensen hebben je nodig en ik weet hoeveel uren je draait. En ik ben ook niet erg in de stemming geweest om te praten. Een telefoontje met mij is tegenwoordig net zo gezellig als een gesprek met Poetin.'

Ronnie deed een halfslachtige poging om te grinniken om het niet al te geslaagde grapje. Meg probeerde nog steeds de rol van grote zus te vervullen, de sterkste van de twee. 'Maar vertel eens. Hoe gaat het nu met je?'

'Al wat beter, echt. Het gaat echt… steeds een beetje beter.'

'Ben je nog verder afgevallen?'

'Nee. En ik was elke avond mijn haar. En ik draag schone kleren. En ik heb genoeg eten in huis,' zei Meg snel, vooruitlopend op alle andere vragen, die Barbara ook dagelijks op haar afvuurde.

'Dat zeg je niet om ervanaf te zijn? Stel dat ik in de buurt was en naar je toe kon komen?'

'Dan zou ik zeggen: wees welkom. Met mijn hand op mijn hart.' Mijn gebroken hart, dacht ze bij zichzelf. 'Heus, het heeft gewoon tijd nodig. Het gaat goed met me.' Meg was verbaasd over de klank van haar eigen stem, ze wist bijna zichzélf te overtuigen.

'Dus...' Er viel weer een stilte en Meg had het gevoel dat Ronnie ergens naartoe werkte.

'Wat? Wat is er?'

'Denk je dat je in bent voor een reisje? Dat je naar me toe wilt komen?'

'Wat? Naar Toronto?' vroeg Meg, nu niet langer beheerst maar eerder geschokt.

'Waarom niet? Ik woon hier al zes jaar en je bent hier nog nooit op bezoek geweest. Ik kan wel wat vakantiedagen opnemen en ik dacht... Nou, ik dacht, misschien kunnen we samen iets gaan doen.' Weer een stilte. 'Dat hoeft trouwens niet per se hier als je dat liever niet wilt. We kunnen elkaar ook ergens anders treffen... Honolulu? Parijs? Auckland?'

Meg barstte in lachen uit. 'O mijn god, dat meen je niet!'

'Hoezo niet?'

'Hoezó niet?' riep ze proestend uit. 'Ik kan... Ik kan toch niet zomaar naar Parijs of Honolulu vliegen?'

'Waarom niet?'

Meg voelde haar lach vervagen en er maakte zich een lichte paniek van haar meester. 'Daarom niet. Ik heb hier verplichtingen. Dolores heeft me nodig...'

'Dolores is prima in staat om die zaak zonder jou te runnen, zeker in deze tijd van het jaar.'

'Dat is niet waar!' Meg snoof verontwaardigd.

'Je werkt in een skiverhuurzaak, Meg, en het is mei!'

'Ja, maar nu hebben we bergwandelaars en mountainbikers...'

'Hoeveel bergschoenen en pop-uptentjes kun je op een dag verkopen?' Ronnie lachte, maar er klonk geen vreugde door in haar stem. Ze wisten allebei dat ze om een heikel onderwerp heen draaiden: Meg had niet de moed om haar woonplaats te verlaten, Ronnie had niet de moed om terug te komen. 'Ze kan je heus wel een poosje missen.'

'Maar waarom kom jij niet hiernaartoe?' vroeg Meg, die de rollen omdraaide. 'Als jij tijd hebt, kom dan bij mij, dan kunnen we... nou, een paar nachtjes kamperen misschien, of naar Château Lake Louise gaan voor dat wellnessweekend dat jij graag wilde.'

Ronnie zuchtte geërgerd. 'Waarom ben jij er zo op tegen om op reis te gaan? Je horizon te verbreden? Er valt een hele wereld te verkennen, Meg. Ga met me mee op avontuur. Er is meer in het leven dan dat hutje op de berg...' Ze zweeg.

'Hutje?'

'Zo bedoel ik het niet! Ik bedoelde alleen dat het klein is. Het is klein.'

'Je zei "hutje".'

Ronnie slaakte een zucht en Meg dacht aan haar gedempte stem te horen dat ze haar hand voor haar gezicht sloeg. 'Ik wíst dat dit een slecht idee was. Ik belde om voor te stellen dat we samen iets zouden gaan doen, iets nieuws, maar nu heb ik je alleen maar van streek gemaakt.'

'Ik ben niet van streek.' Maar zelf hoorde Meg ook dat haar stem broos klonk, op het punt van breken.

Alweer viel er een stilte, een lange deze keer, en toen Ronnie het gesprek hervatte, klonk ze vermoeid en terneergeslagen. 'Wat is er toch met ons gebeurd, Meg? We waren vroeger zo close. Je was mijn beste vriendin.'

Meg sloot instinctief haar ogen. Ze wist dat Ronnie gelijk had en dat ze Lucy erbij zou halen, alsof het Lucy's schuld was dat zij en haar zus uit elkaar waren gegroeid. Dat was niet zo. Natuurlijk was het jammer dat haar zus en haar beste vriendin niet goed met elkaar konden opschieten, maar afgezien daarvan was het een simpel feit dat Ronnie en zij heel erg van elkaar verschilden. Dat wilde niet zeggen dat ze niet van elkaar hielden, maar de dood van hun ouders had hen uit elkaar gedreven. Beiden waren hun thuis kwijtgeraakt en ze hadden ieder voor zich moeten bepalen waar hun nieuwe thuisbasis lag. Voor Meg was dat bij Mitch in Banff geweest. Voor Ronnie was dat het najagen van haar carrière, waarbij ze geen tijd had gehad om te voelen of te rouwen. De rivier waarin ze samen hadden gezwommen had zich vertakt en ze gingen nu ieder een eigen kant op, maar zouden ze op een dag weer samen in de zee terechtkomen?

'Luister, laat maar,' zei Ronnie verslagen. 'Het is te snel. Ik dacht gewoon dat een verandering van omgeving net zo goed voor je zou zijn als rust. Meer niet.'

'Dat weet ik, en ik waardeer het. Misschien binnenkort.'

'Dus je denkt erover na?' Haar stem werd gekleurd door een glimpje hoop.

'Ja.' Mooi niet.

Even zwegen ze weer. 'Je weet dat ik van je hou, toch, Meg? Ik weet dat we elkaar niet vaak genoeg zien, maar… je bent mijn zus. Ik denk veel aan je.'

'Dat weet ik, en ik hou ook van jou…' Ze vervielen weer in stilte. 'Luister, ik moet ophangen. Ik zou net Badger gaan uitlaten, voordat het donker wordt.'

'O, oké.'

'Maar we spreken elkaar snel, goed?'

'Goed…'

'Oké. Dag.' Meg hing op, blij dat ze die laatste woordjes had uitgesproken voordat haar stem haar had verraden. De tranen stroomden over haar wangen. Ronnie had makkelijk praten. In haar wereld had verandering een positieve bijklank. Zij had een droom die ze nastreefde, een horizon om zich op te oriënteren. En ze kon zo het vliegtuig pakken. Maar Meg was hier thuis, ook al waren Mitch, haar ouders en Ronnie – alle vier redenen om hier te zijn – er niet meer. Ze kon niet zomaar weggaan. Niet alleen omdat het klokje nergens tikte zoals thuis. Voor haar was thuis haar enige houvast.

11

Zaterdag 20 mei 2017

Het belletje boven de deur klingelde toen Lucy hem opendeed. Meg keek op en glimlachte toen ze haar binnen zag lopen. Ze zat op haar hurken om een oude man in een T-shirt met LAKE TAHOE-opdruk en een overzetzonnebril in een paar bergschoenen te helpen. Badger lag te slapen in zijn mand bij de toonbank.

'Goedemorgen,' zei Lucy luchtig terwijl ze even stopte om de hond over zijn kop te aaien en meteen doorliep naar het keukentje achter in de zaak. Ze vulde de waterkoker en keek of er melk in de koelkast stond. Ze wachtte tot Meg de klant had geholpen en hoorde even later dat ze hem een gratis tubetje lippenbalsem met zonbescherming gaf en hem op het hart drukte uit te kijken voor beren. Die waren in deze tijd van het jaar wakker en hongerig.

'Geen wonder dat Dolores dol op je is,' zei ze grijnzend toen Meg zich bij haar voegde. 'De klant is duidelijk koning hier. Die man komt morgen vast terug om je zijn foto's te laten zien. Waar is Dolores trouwens?'

'Aan het wandelen.' Meg opende een keukenkastje.

'Koekjes?'

'Wat denk je zelf?' Lucy glimlachte, roerde melk door hun koffie en wierp het lepeltje met een kletterend geluid in de gootsteen. 'Vertel, wat is er zo urgent dat het niet kan wachten tot de lunch?'

Meg beet op haar lip. 'Hij heeft teruggeschreven.'

Lucy keek haar verbaasd aan, zich afvragend wat ze had gemist. 'Wie?'

'De astronaut!'

'O,' reageerde Lucy teleurgesteld. Ze had gedacht toen ze het berichtje kreeg – *Groot nieuws! Koffie, hier en nu* – dat het om iets opwindenders zou gaan dan een e-mail van een poëzieminnende ruimtevaarder. Wat was daar zo belangrijk aan? 'Oké, wat schrijft hij?'

'Zal ik het voorlezen?'

'Ga je gang.' Lucy trok een stoel onder de smalle wandtafel uit en ging zitten. Ze probeerde geïnteresseerder te lijken in de e-mail dan in haar koekje.

'*Hallo Meg, hoe gaat het met je?*' las Meg voor. Ze rolde met haar ogen. 'Nou, wil hij het lange of het korte antwoord?' grapte ze. De laatste tijd paste ze zulke humor vaak toe om de aandacht af te leiden van haar werkelijke gevoelens. '*Sorry dat ik niet eerder heb gereageerd. Ik heb het de afgelopen tijd behoorlijk druk gehad…*' Meg kneep haar ogen samen. 'Wat zou hij daarboven allemaal doen?'

Lucy haalde haar schouders op en pakte nog een koekje. Vandaag had ze een nog grotere hang naar suiker dan anders. Er waren vanochtend drie gemberkoekjes voor nodig geweest om op te kunnen staan zonder over te geven. 'Testen of de maan echt van kaas is gemaakt? Zwarte gaten onderzoeken? Geen idee. Vraag het hem.'

'Zal ik dat doen?' Meg dacht even na en schudde haar hoofd. 'Nee. Nee…' Ze haalde diep adem en begon weer te lezen. 'Eh… O ja…'

En daar komt bij dat we wat technische problemen hadden met de e-mail, maar die zijn gelukkig opgelost! Ik ben blij dat je het gedicht mooi vond. Ik dacht dat het misschien een snaar bij je zou raken. Ik hoop dat het goed met je gaat.

Ik vrees dat het niet het ISS was dat je die nacht hebt gezien, want wij hebben geen flitslichtje. Het was waarschijnlijk een vliegtuig, maar je kunt ons op gezette tijden wel elke dag zien als je weet waar je moet kijken. We draaien elke vierentwintig uur zestien keer om de aarde, maar je kunt ons alleen goed zien in de vroege ochtend of in de schemering van de avond, als de zon door ons wordt gereflecteerd. Mocht het je interesseren, vandaag komen we boven je langs om 19.11 uur, van west naar oost op een hoek van 42 graden. Met andere woorden, kijk westwaarts naar de horizon met je arm voor je uitgestrekt, til hem dan vier vuistdiktes omhoog, dan kijk je de goede kant uit. Ik zal zwaaien voor het geval dat!

'Met een smiley.' Meg keek op. 'Hij heeft er een smiley achter gezet! Ongelooflijk, toch? Een smiley vanuit de ruimte?'

Lucy keek naar haar, verrast door de vreemde opwinding die zich van haar vriendin meester had gemaakt. 'Ja, ongelooflijk.'

Overigens – en ik hoop dat ik nu niet schoolmeesterachtig overkom – bevinden we ons niet helemaal in de ruimte, maar nog in de atmosfeer, oftewel de dampkring. We bewegen ons op slechts 312 kilometer boven de aarde, anders dan bijvoorbeeld de maan, die zich op ongeveer 365.000 kilometer van de aarde bevindt, dus misschien is het niet zo heel gek dat we contact hebben gekregen via de radio – als je die afstand via de weg aflegt, kom je amper Alberta uit.

Meg schudde verwonderd haar hoofd. 'Is dat niet onvoorstelbaar? Als je het zo bekijkt... Hij moet wel heel intelligent zijn. Ik wed dat hij over van alles en nog wat heel veel weet. Ronnie zou hem geweldig vinden.'

Lucy knikte. 'Hm.'

Meg dook weer in de e-mail.

Maar ik ben blij dat we elkaar hebben 'getroffen'. We hebben het hier meestal erg druk, maar als het even rustig is,

is het ook meteen heel rustig, en dan is het prettig om via de radio met verschillende mensen overal ter de wereld te kunnen praten. Ik heb een paar keer geprobeerd contact met je op te nemen bij het passeren, maar het lukt niet om verbinding te krijgen. Misschien gebruik je de zendapparatuur niet meer? Je kunt als je wilt inloggen op onze website, die onze baan om de aarde laat zien, zodat je kunt nagaan wanneer we binnen zendbereik zijn. Trouwens, zeg maar tegen je vriend Tuck dat het mooiste wat ik tot nu toe heb gezien de aurora borealis boven Finland was. Het was magisch om het noorderlicht onder ons te zien. Ik kom uit Noorwegen, dus ik ben opgegroeid met die schitterende kleuren aan de hemel, maar ik had nooit gedacht dat prachtige schouwspel ooit van bovenaf te kunnen zien! Ik neem veel foto's en ik zal proberen er een van jouw omgeving te nemen en hem je te sturen.
Ik moet afronden. We bereiden ons voor op een wandeling door de atmosfeer, dus het wordt nu alle hens aan dek.

Groeten,
Jonas

Meg keek met stralende ogen op. 'Nou, wat vind je daarvan? Een e-mail van een man die het over een ruimtewandeling heeft! Dat is behoorlijk cool, dat moet je toegeven.'

'Jonas?' herhaalde Lucy.

Meg keek haar beduusd aan. 'Hè?'

'Hij sluit niet af met "luitenant" of... wat was zijn titel ook alweer?'

'Commandant. Nee, hoezo?'

'Dus je correspondeert met een astronaut die jou tutoyeert en zijn bericht eindigt met zijn voornaam,' zei Lucy. 'Dat is wel cool, ja.'

'Nou, we hebben elkaar inmiddels een paar keer gesproken. Hij is door toeval bij mijn... situatie betrokken geraakt, en hij is heel vriendelijk geweest. Hij heeft meer gedaan dan strikt noodzakelijk was.'

Lucy nam een slokje koffie. 'Nou, fijn voor je. En er zijn vreemdere manieren om vrienden te maken.'

Meg fronste haar wenkbrauwen. 'Eh, nee, niet echt.'

Lucy verslikte zich bijna. 'Nee, eigenlijk niet,' beaamde ze terwijl ze een paar druppels koffie van haar kin veegde. 'En ga je nu vanavond naar hem zwaaien?'

'Als ik eraan denk. Ik laat rond die tijd meestal Badger uit.'

'Nou, dat is het mooie van het zwerk,' zei Lucy gekscherend. 'Het is behoorlijk groot. Je kunt het vanaf elke plek zien.'

Ze wisselden een blik. Hun gedeelde gevoel voor humor kwam tevoorschijn en ze lachten zoals vroeger. Hun handen vlochten zich over de tafel ineen en het leed van de afgelopen maanden werd verzacht. In elk geval voor even.

Maar al snel stierf Megs lach weer weg en kregen haar ogen weer die nu zo vertrouwde sombere blik.

'Wat is er?' vroeg Lucy, die nog een slok koffie nam en zich afvroeg of ze nog een koekje kon nemen.

'O, niets.'

Lucy trok een wenkbrauw op. Ze kende Meg te goed. 'Vertel.'

Meg haalde diep adem. 'Nou ja, Ronnie belde gisteravond en we hebben een soort van... meningsverschil gehad.'

Lucy blies de lucht uit haar bolle wangen. 'Waarom verbaast me dat niet? Laat me raden: ze verweet je dat je geen rechter bent geworden? Of hersenchirurg?'

'Nee. Nou... Nee, dat niet.'

Lucy schudde haar hoofd. Meg nam haar jongere zus altijd in bescherming, hoewel Ronnie dat niet verdiende. 'Wat dan wel?'

'Ze belde om me te vragen of ik haar wilde komen opzoeken.'

'In Toronto?' Lucy's mond vertrok. 'Wat moet je daar nou?'

‘Nou, niet per se daar. Ze zei dat we ook ergens anders naartoe zouden kunnen gaan als ik dat zou willen. Honolulu bijvoorbeeld.’

Lucy verslikte zich en keek haar vol ongeloof aan. ‘Honolúlu?’ sputterde ze. ‘Is ze gek geworden?’

‘Zoiets zei ik ook.’

Lucy zette haar beker neer. ‘Nou, je realiseert je hopelijk wel dat ze je niet zomaar meevroeg op een vakantie? Ze wil je natuurlijk laten zien hoe benepen ze jouw wereldje vindt, vergeleken met haar wereld. “Hé, laten we naar Honolulu gaan!” Ze vindt Banff te klein voor je. Deze stad was voor haar niet goed genoeg, dus voor jou ook niet.’

‘Ik weet het. Maar ik denk dat ze het goed bedoelde. Ik denk niet dat ze me probeerde te kleineren.’

Lucy was niet overtuigd. ‘Luister, we kunnen niet allemaal ik weet niet wat bereiken, Meg. We zijn niet allemaal wereldverbeteraars. Er is niets mis met jouw leven. Je hebt vrienden die van je houden, een vaste baan, die prachtige berghut. Wat valt daarop aan te merken? Wat is er mis met “klein”? Heeft ze nooit gehoord dat groter niet per se beter hoeft te zijn?’

‘Hm,’ mompelde Meg. Ze legde haar handen om haar beker en keek vanuit het keukentje door de winkel naar de straat. ‘Ik vraag me toch af of ze een punt heeft. Ik bedoel, misschien is een béétje verandering wel goed voor me. Ander werk, misschien?’

‘Waarom? Je werkt hier toch hartstikke graag?’ Lucy gebaarde rond in de keuken, die twee vierkante meter besloeg, met een klaptafel tegen de muur, een waterkoker, wat vlekkerige koffiebekers en een stapel doosjes met Oakley-zonnebrillen in de hoek.

‘Hartstikke is wel wat overdreven,’ wierp Meg tegen. ‘Ik ben dol op Dolores, maar laten we eerlijk zijn, het is niet bepaald spannend om wandelsokken en kampeerbenodigdheden te verkopen.’

‘Maar Dolores zou niet weten wat ze zonder jou moest beginnen. Ze wordt al wat ouder. Ze heeft je nodig.’

Meg knikte, maar ze keek afwezig voor zich uit. ‘Ik weet het, je hebt gelijk.’

'Bovendien, wat wil je dan gaan doen?' ging Lucy verder. 'Serveerster worden? Schoenen verhuren bij de bowlingbaan? Waarom zou dat beter zijn dan je baan hier? De werktijden zijn gunstig en je mag Badger meenemen.'

Meg beet op haar lip. 'Nou, het heeft me altijd wel wat geleken om een eigen zaak te hebben.'

'En wat zou je dan willen doen?'

'Iets op grafisch gebied. Ik wilde grafisch ontwerper worden, ik heb me na de middelbare school niet voor niets bij een aantal kunstacademies aangemeld. Ik had plannen en ideeën. Maar ik wilde bij Mitch blijven en...'

Lucy trok een wenkbrauw op. 'Zeg je nou dat Mitch jouw ambities in de weg heeft gestaan?'

'Nee! Zo bedoel ik het niet,' stamelde Meg. 'Ik... moest gewoon kiezen, dat is alles. Ik kon hier bij Mitch blijven of naar de kunstacademie gaan om een opleiding te volgen. En ik heb voor hem gekozen. Ik heb hem dat nooit verweten, het was míjn keuze, ik wist wat ik deed. Ik vond het fijn om bij hem te zijn. Ik hield van hem. Ik wilde met hem trouwen. Maar nu is hij er niet meer...' Ze haalde haar schouders op. 'Zeg, Titch Boards zou mijn eerste klant kunnen worden.' Ze glimlachte een tikje ongemakkelijk.

'Maar je doet al grafisch ontwerpwerk voor Titch.'

'Ik weet het, en dat vind ik superleuk, maar ik kan meer. Ik zit boordevol ideeën, maar momenteel kan ik er niets mee. Titch is geweldig, maar met twee collecties per jaar zijn het klusjes in de marge. Ik zou meer willen doen en ik denk dat ik er goed in zou zijn.'

Lucy staarde haar aan. Ze hoopte dat het haar lukte te verbergen dat ze het een idioot idee vond. Ze zuchtte vermoeid.

'Luister, ik begrijp je heus wel, maar je moet beseffen dat je iets traumatisch hebt meegemaakt. Dat werkt ontregelend. Er is de afgelopen tijd veel veranderd in je leven. Wat je op dit moment nodig hebt, is stabiliteit.'

Meg keek haar met een weifelende blik in haar bruingroene ogen aan. 'Denk je dat echt?'

'Ik weet het zeker. Je moet de wonden laten helen. Een eigen zaak beginnen is enorm stressvol, het is het laatste wat je zou moeten doen. Wees lief voor jezelf. Rust, regelmaat, eten en slapen.'

'Rust, regelmaat, eten en slapen,' herhaalde Meg.

Lucy liep met lichtere pas terug over Banff Avenue, wat ironisch was, want de weegschaal had haar vanochtend verteld dat ze nu zwaarder was dan ze ooit in haar leven was geweest. Maar ze zat beter in haar vel. Sinds dat debacle met de kleren in kamer 32 vorige week ging het wat beter tussen haar en Tuck. Het leek wel alsof hij, nu hij haar zo ellendig en wanhopig had gezien, als een walvis in een net verstrikt in de kleding van een ander, eindelijk door zijn eigen verdriet heen kon kijken, eindelijk zag dat hij haar in haar eentje had laten worstelen. Hij deed nu meer zijn best. Hij kwam 's avonds vroeger thuis, hij dronk (ietsje) minder en als zijn handen haar 's nachts zochten, duwde ze hem niet van zich af.

Het ging beter dan het lange tijd was gegaan. Hij leek zelfs wat blijer te zijn met de aanstaande baby, nu de eerste schok voorbij was. Ze wist dat het vooruitzicht vader te worden hem schrik aanjoeg, en haar intuïtie dat de timing verkeerd was klopte. Haar zwellende buik liet onverbiddelijk zien dat zijn leven in een overgangsfase zat, weg van het bestaan dat hij samen met Mitch had gekend en waar hij van had genoten, nog jong en zorgeloos. Ze wist dat hij gewoon bang was: hij werd gedwongen volwassen te worden.

Maar dat gold voor hen allemaal. Het leven zou niet hetzelfde blijven, hoe graag ze dat ook zouden willen. Die arme Meg wist dat beter dan wie ook, hoewel Lucy zich zorgen maakte over haar plotselinge drang om nog meer verandering teweeg te brengen. Aan de andere kant, peinsde ze, deed Ronnie dat altijd. Ze gaf haar zus telkens weer het gevoel dat ze niet goed genoeg was.

Het was druk in hun stadje, het hotel zat vol en Lucy glimlachte toen ze een groepje van haar eigen gasten passeerde. Het waren Portugezen die ze eerder vandaag zelf had ontvangen. 'Hallo, lukt het een beetje om de weg hier te vinden?' vroeg ze vriendelijk. Ze knikten waarderend met hun camera in de hand en lachten stralend.

'Laat het me gerust weten als jullie meer informatie nodig hebben of willen weten waar je lekker kunt eten,' zei ze vrolijk, waarna ze zwaaide en verder liep.

Ze zag zichzelf weerspiegeld in de ramen en constateerde tevreden dat ze er van opzij nu echt zwanger begon uit te zien als ze haar buik vooruitstak. Na de grote schok van het blauwe streepje dat verscheen, het drama met Mitch, de angst om het Tuck te vertellen en dan nog de ochtendmisselijkheid die alleen door koekjes te bestrijden leek, begon het leven haar eindelijk, éíndelijk wat meer toe te lachen. De zwelling werd een behoorlijke bolling – in plaats van dat ze gewoon dik leek – en haar huid zou gaan stralen, haar haar zou dikker worden, zoals dat van Meg, en ten slotte zou ze een baby krijgen, een prachtige baby. En ze zouden samen met Tuck een gezin vormen.

Ze bleef voor een boetiek staan en keek naar de lange, slanke etalagepoppen zonder zich log te voelen. Ze verlangde er nu niet naar om eruit te zien zoals zij. Zíj had iets wat zij niet hadden…

… maar dat was wel een prachtige blouse.

Ze hield haar hoofd schuin en perste nadenkend haar lippen op elkaar. Stel dat ze die een paar maten groter zou nemen? Op dat moment viel haar oog op een plotselinge flits van licht aan de overkant. Daar ging de deur van La Senza, de lingeriezaak, open. En wie kwam er naar buiten lopen? Tuck!

Ze maakte aanstalten zich om te draaien en hem te roepen, maar toen zag ze het tasje in zijn hand en realiseerde ze zich dat hij iets had gekocht. Aan de afmeting van het tasje te zien was het iets kleins. Iets kleins afgezet met kant?

Haar adem stokte en ze glimlachte terwijl ze hem via de weerspiegeling in het raam door de straat zag wegslenteren, terug naar de shop van Titch Boards. Ze verroerde zich niet, ze wilde niet dat hij haar zou zien. Dan zou ze zijn verrassing bederven.

In plaats daarvan duwde ze de deur van de boetiek open en vroeg naar de blouse uit de etalage. Ze wilde er vanavond aantrekkelijk uitzien.

12

Het voelde alsof zijn longen in brand stonden, maar hij hield vol. Hij moest verder en in één rit de parkeerplaats beneden bereiken. Het begon al te schemeren – er was dus geen tijd meer om terug naar boven te gaan en het nog eens te doen – en bovendien had Mitch het ook in één keer gedaan, die dag vorige herfst toen Tuck naar de fabriek was gegaan om de nieuwe prototypen van Titch goed te keuren. Mitch – die zich meer had beziggehouden met de verkoop en het netwerken – had zijn voordeel gedaan met de rust in de shop en het mooie weer om alvast een verkenning uit te voeren van de route die ze wilden nemen om de korte mountainbikevideo voor komende zomer te filmen. Hij was opgetogen geweest tegen de tijd dat Tuck terug was. Er stond een sixpack biertjes op het bureau en hij zat klaar om de playknop in te drukken en zijn vriend te laten zien wat hij had klaargespeeld.

Tuck had een paar keer bijna een hartverzakking gekregen toen hij de video bekeek. Hij was onder de indruk geweest van de manier waarop Mitch met de fiets over twee meter hoge rotsen was gesprongen, op en neer verend op het achterwiel, hoe hij een omgevallen boom als brug had gebruikt om een diepe bergspleet over te steken, en een andere had gebruikt om zijn voorwiel te stoppen en een salto te maken, waarna hij op beide wielen landde en verder fietste alsof het niets was.

En nu was het zijn beurt…

Tuck wist dat hij de eerste boom naderde. Zijn bovenbenen brandden van de verzuring die optrad terwijl hij de bike al fietsend, stuiterend en springend van de top van de helling naar beneden manoeuvreerde, maar hij vertikte het om ook maar één keer met een voet de grond te raken. Hij had de manoeuvres in zijn hoofd al heel vaak uitgevoerd en Mitch' video telkens weer bekeken, zodat hij precies wist wat hij op welk moment moest doen. Hij wist dat het niet de vraag was of hij het kón, maar of hij het dúrfde.

Het pad lag vol verende dennennaalden, maar de fiets begon te kraken, een teken dat de grenzen van zijn kunnen – en die van Tuck zelf – bijna bereikt waren. Hij wist dat hij over zo'n honderd meter een scherpe bocht naar links zou maken en dat hij dan zou stuiten op een kloof van drie – of misschien wel vier – meter breed. De omgevallen boom was zijn enige manier om over de rotsen naar de andere kant te komen.

Hij vertraagde terwijl hij naderde en kwam even van het zadel omhoog. Hij vergat de pijn in zijn benen nu zijn ogen in het echt zagen wat tot nu toe slechts een staaltje waaghalzerij op een scherm was geweest. De boom was gigantisch groot en de stam was bedekt met donker glad mos afgewisseld met stukken lichte schors. Hij kon de bodem van de smalle spleet niet zien – dan had hij moeten afstappen – en hij bleef even balanceren, op en neer huppend, terwijl hij bedacht hoe hij met zijn fiets op de boom moest komen. Mitch had hem van links benaderd, maar de gesmolten sneeuw had daar een geul gemaakt. Hij bekeek de aanfietsroute van rechts, waar het land hoger lag.

Zonder er nog verder over na te denken spande hij zijn lichaam, begon vaart te maken en rukte het stuur omhoog terwijl hij stuiterend neerkwam en zijn evenwicht probeerde te vinden. Nu kon hij wél zien hoe diep de kloof was.

Er schoot een stoot woedende adrenaline door hem heen terwijl hij op de pedalen wist te blijven, zijn lijf naar voren gebogen, en over de 'brug' begon te rijden. De stam was oneffen en bobbelig, maar hij reed langzaam door en hield zijn blik steeds gericht op een plek zo'n vijf centimeter voor het voorwiel zonder ook maar één moment naar beneden te kijken. Hij voelde een diepe opluchting toen hij na enkele momenten was overgestoken en de deken van dennennaalden weer onder de boom verscheen. Met vreugdevol gemak sprong hij naar beneden.

Hij ging weer op het zadel zitten en volgde de zwaartekracht langs de helling omlaag. De kilometers rolden onder zijn wielen voorbij en hij voelde de stilte als een gewicht op zijn rug drukken, zijn eenzaamheid versterkt onder de reusachtige naaldbomen met alleen het gezoem van lucht door de spaken als gezelschap. Hij voelde zich hol en leeg. Zijn vriend zou nooit meer terugkomen. Nooit meer zou hij hem horen juichen of roepen, nooit meer zou hij iemand hebben om zijn liefde voor de bergsport mee te delen. Hun gezamenlijke hang naar avonturen in deze bergen waardoor ze zich zo verbonden voelden met dit stukje – hún stukje – van deze planeet. Dit was hun thuis geweest, maar alles voelde anders nu hij hier in zijn eentje was.

Hij had geprobeerd om het leven te behouden zoals het was, bijvoorbeeld door te doen wat hij nu aan het doen was. Bijvoorbeeld door met de meiden naar de ijshockeywedstrijd te gaan, vastbesloten als hij was om alles zo normaal mogelijk te houden. Maar het was niet normaal geweest. Lucy had de hele avond lopen zeuren over haar te strakke spijkerbroek terwijl ze zich ondertussen met junkfood volpropte, en Meg was er niet helemaal bij, ze had wel een hologram van zichzelf geleken. Geen van beiden had ook maar één goede opmerking over de wedstrijd of het team gemaakt. Ze hadden met elkaar zitten praten over God weet wat terwijl hij daar had gezeten en zich leeg had gevoeld, leger dan op welk moment ook sinds Mitch' dood, als een geestverschijning in zijn eigen leven, met die zwarte schaduw die hem overal op de hielen zat en zich meester maakte van zijn ziel.

Er was geen nieuw normaal. Hij hield dezelfde routines aan. In de studio werkte hij elke dinsdag- en donderdagavond aan de video's, maar het zien en horen van zijn vriend, levend en wel in beeld, was bijna niet te verdragen. Hij ging op maandag-, woensdag- en vrijdagavond nog steeds naar Bill's om wat te drinken met de jongens, maar die praatten over dingen die hem totaal niet interesseerden. En wat Lucy en de baby betreft... de baby die ze niet hadden gepland, waar ze het nooit over hadden gehad... Ze was gewoon maar zwanger geworden, alsof het niets met hem te maken had, alsof een baby alles beter zou maken. Een baby als pleister op de wonde.

Hij was zo boos op haar dat hij haar aanblik soms niet eens kon verdragen, en zijn woede nam alleen maar toe omdat ze er overduidelijk niets van begreep. Hij had het gevoel dat ze hem in de val had gelokt, voor een voldongen feit had gesteld. En nu keek ze hem steeds met ongeruste ogen aan, wilde ze continu weten waar hij was geweest, terwijl ze hem ondertussen in bed van zich afduwde.

Hij wist dat hij zichzelf tot de orde moest roepen. Hij dronk te veel en Barbara – die altijd al een arendsblik had – hield hem momenteel nog meer in de gaten. Een aantal keren had hij gezien dat ze hem vanuit het raam van haar appartement gadesloeg als hij laat thuiskwam. Wat dééd ze in godsnaam? Ging ze zijn gangen na? Hij schudde zijn hoofd en voelde de woede weer in zich opborrelen. Hij zat in de val, werd voortdurend bekeken en beoordeeld... En nooit werd hij goed genoeg bevonden.

Hij stuurde over drie rotsen omlaag en na de laatste sprong kwam de fiets met een kreun neer. Het achterwiel slipte opzij en hij moest bijna – bijna – een voet op de grond zetten om te voorkomen dat hij zou vallen. Opnieuw voelde hij de adrenaline pieken. Als hij faalde moest hij terug naar boven om opnieuw te beginnen, ook al begon het te schemeren. Dat verlangde zijn trots van hem.

Maar hij was dicht bij de finish. Nog driehonderd meter afdalen en dan was het hem gelukt. Dan was deze prestatie iets wat hij gemeen had met zijn vriend, de enige manier die hij nog had om bij hem te zijn. Hij verdrong Lucy uit zijn gedachten en richtte zijn aandacht op de laatste horde – letterlijk. Hij wist precies waar de boom zou liggen. Rechts ervan was een waterval en daar voorbij splitste het pad zich en zou hij links afslaan naar de parkeerplaats.

En inderdaad. Het zag er allemaal precies zo uit als op het filmpje van Mitch' helmcamera. Dit was het dan, het pièce de résistance. Mitch was recht op het obstakel afgedenderd, alsof de stam van schuim gemaakt was in plaats van hard hout dat hem de lucht in zou lanceren, wat hem zomaar een gebroken rug kon opleveren.

Hij haalde diep adem en voelde zijn lijf vol verwachting bruisen terwijl hij op de omgevallen boom af reed. Hij zou zijn zenuwen in bedwang moeten houden en mee moeten gaan in de beweging. Als hij de boom recht zou raken, kon hij er een salto overheen maken. Hij had alleen genoeg vaart en kracht nodig. En zelfvertrouwen.

Mitch had het gedaan. Hij kon het ook. Hij kon het ook! Dit was zijn eerbetoon aan zijn vriend, dit was zijn spijtbetuiging.

Hij trapte sneller en hield zijn ogen gericht op de enorme stam die het pad blokkeerde. 'Geloof erin,' zei hij tegen zichzelf, nog slechts meters te gaan, zijn vingers klaar om te remmen, maar nee, hij hield ze uit alle macht tegen, zijn wilskracht sterker, want als hij remde zou hij zelf wel over de boom heen schieten, maar de fiets achter zich laten.

Maar logica en instinct zijn twee verschillende dingen, en toen hij de massieve boom naderde – zwaar en onwrikbaar – liet zijn moed hem in de steek en remden zijn vingers automatisch, waardoor de fiets op dat laatste stuk plotseling vertraagde, zodat hij inderdaad over de boom heen vloog toen het voorwiel de stam raakte en hij door de lucht buitelde terwijl de fiets – nog aan de verkeerde kant van de boom – omviel.

Hij kwam hard neer op zijn arm en de pijn schoot door zijn lichaam. Hij zou het liefst luid hebben gevloekt maar hij had er geen adem voor, en een paar lange momenten lag hij verkrampt op de grond terwijl zijn borst zwoegde om weer lucht in zijn longen te krijgen.

Tegen de tijd dat dat lukte, bereikte de pijn in zijn pols en elleboog een hoogtepunt. Hij kneep zijn ogen dicht. Had hij een gebroken arm? Hij probeerde zijn vingers te bewegen, wat vreselijk veel pijn deed, maar het ging. Een flinke kneuzing en een hoop blauwe plekken dus. Hij liet zich achterovervallen op de deken van dennennaalden, zijn huid geschramd, zijn lichaam gehavend.

Hij had gefaald. Opnieuw.

Het was allemaal voor niets geweest.

Mitch was hem nog steeds de baas. Tot in de dood.

Meg stond in haar deken gewikkeld op de veranda. Badger zat bovenaan het trapje naast haar, zijn oren gespitst en zijn ogen gericht op een hert dat rustig de open plek betrad. Ze had geluk. De hemel was helder, de zon stond laag achter de bergkam en er piepte slechts een zweem van de maan tevoorschijn. Beneden was Banff in wolken gehuld, met dikke witte flarden als een golvende zee op de bodem van de vallei waar alleen de gekartelde toppen van Mount Rundle doorheen staken.

Het was hierboven ook koeler dan beneden in de stad, minstens drie graden, en ze trok de deken dichter om zich heen. Haar ogen gingen om de paar seconden naar de digitale wekker die ze vanuit de slaapkamer had meegenomen. Tien over zeven.

Ze keek westwaarts naar de heldere lucht en richtte haar blik zoals ze had geoefend, langs haar gestrekte arm en gesloten vuist. Hoe precies was hij geweest over het tijdstip dat hij zou overvliegen?

Heel precies.

Ze ontwaarde een diamant aan de hemel. Dat kon toch geen doodgewone ster zijn? Nee, hij bewoog snel en liet een spoortje van licht achter.

Haar adem stokte, want ze wist dat ze nu naar het International Space Station keek. Met Jonas erin. Ze kénde iemand die in dat ding overvloog!

Ze lachte en begon als een gek te zwaaien, wat haar net zozeer verraste als Badger. Ze wist dat het belachelijk was en dat Jonas haar niet zou kunnen zien. Maar hij had haar een smiley gestuurd en gezegd dat hij zou zwaaien. Was het niet een waanzinnig idee dat hij op dit moment ook naar háár zwaaide?

Ze drukte haar handen op elkaar, bracht ze naar haar mond en zag het ruimtestation dichterbij komen. Wat ging het ongelooflijk snel en wat blonk het onvoorstelbaar helder, met de zon die zijn almachtige schijnsel op de weerspiegelende panelen wierp, vlak voordat hij achter de horizon verdween.

Ze bleef nog heel even staan kijken, overweldigd alsof ze deel uitmaakte van iets groters, iets kosmisch, al was ze slechts een toeschouwer. Het was nooit eerder in haar opgekomen om haar blik omhoog te wenden, voorbij haar eigen wereld, haar eigen leven. Ze had nooit gedacht dat ze iemand zou kennen wiens kijk op de wereld zo groot was dat hij de planeet had verlaten om zich in al die grootsheid te verdiepen.

Ze rende naar binnen en drukte op de inmiddels bekende knoppen. Rode lampjes werden groen, displays en wijzers kwamen tot leven en het krakende geruis bracht de wereld de kleine logeerkamer in. Als ze hem kon zien, zou ze hem toch zeker ook kunnen spreken?

'Hallo?' Haar blik ging naar het stickertje op de zijkant. VX4DDE. 'Dit is, eh… V van Victor, X van, eh… Xylofoon, Four, eh… Danny, Danny, Edward, over. Aan Jonas Solberg. Hoor je mij, over?'

Ze drukte op de knop van de receiver en wachtte, maar het klonk anders dan anders. Lawaaiiger en met meer storing, met te veel vage stemmen die erdoorheen kwamen en weer verdwenen.

Ze keek naar de frequentie op het digitale display: 145.800, net als de eerste en tweede keer dat ze hem had gesproken. Zou ze er iets aan moeten veranderen? Toen ze dat die eerste nacht had gedaan, had het geleken alsof het geluid door de ether had bewogen en daar op lege plekken stuitte, een beetje zoals de televisie voor het digitale tijdperk.

Nee. Het leek haar beter om vast te houden aan wat eerder had gewerkt. Ze probeerde het opnieuw.

'Victor Xylofoon Four Danny Danny Edward aan het International Space Station. Jonas, hoor je mij, over?'

Nog steeds niets. Ze stond op, leunde over het bureau en keek door het raam omhoog. Ze kon het nog steeds zien, die blinkende, voortsnellende ster, bijna recht voor de berghut, al was het honderden kilometers ver.

'Jonas, hoor je me? Hier is Meg Saunders! Victor Xylofoon Four Danny...'

'Ja, ik hoor je,' zei hij plotseling, zijn stem luid en duidelijk alsof hij in de naastgelegen kamer stond. Het klonk alsof hij lachte.

'Jonas? Meg Saunders hier.'

' Begrepen. Dit is November Alpha One Sierra Sierra aan Victor Xylofoon...' Hij schoot weer in de lach.

'Waarom lach je?' Ze grinnikte zelf ook, al wist ze niet waarom. 'Over.'

Stilte. 'Je callsign...'

Weer een lach.

O god. 'Doe ik het niet goed? Over.'

Na een paar seconden was hij er weer. 'Je doet het uitstekend.' Maar ze wist op de een of andere manier dat hij nog glimlachte. Wat gek eigenlijk, dacht ze bij zichzelf, dat je dat aan iemands stem kon horen. 'Fijn je te spreken, over.'

'Dat is wederzijds. En weet je? Ik kan je zien. Ik kijk nu naar je! Over.'

Stilte.

'Zie je me zwaaien?' antwoordde hij.

Nu was het haar beurt om te lachen. 'Haha, nee, maar ik heb net wel naar je staan zwaaien...' Ze hoorde hem weer lachen. 'Bedankt voor je e-mail. Ben je zenuwachtig voor je luchtwandeling? Over.'

Weer even niets. En opnieuw gegrinnik. 'De ruimtewandeling van vandaag? Ik ben wel nerveus, ja. Het is niet niks. Er komt volgende week een Japans bevoorradingsschip en we moeten checken of alles in orde is. Over.'

Meg wachtte tot de woorden haar bereikten en wierp een blik op het display toen ze een vlaag van ruis hoorde. Ze keek weer uit het raam. Ze zag de heldere stip nog steeds, als een zilveren kogel door de hemel snellend, maar hij was al verder weg. Het ging te snel. 'Is dat vandaag? Ik dacht dat je het in je bericht over morgen had. Over.'

'Ja, het ging ook over morgen toen ik de e-mail schreef. Sorry, ik ben al een dag verder... Wij volgen Greenwich Mean Time, dus hier aan boord is het kwart over drie in de ochtend, over.'

Meg reageerde verschrikt. 'O mijn hemel, waarom ben je dan nog wakker? Moet je nu dan niet slapen? Over.'

'Ja.' Zijn stem klonk vervormd. Een oproep van een andere zendamateur overstemde hem een ogenblik. 'Maar... in de e-mail... vroeg me af of je contact zou maken... fijn om een bekende stem te horen. Over.'

Megs mond viel open. Híj vond het fijn om met háár te praten?

'Ik...' De ruis werd weer erger, zodat ze een paar seconden had om zich te herpakken. Ze veranderde van onderwerp. 'Heb je al eerder een ruimtewandeling gemaakt? Is dat niet eng?'

Ze wachtte op zijn antwoord.

'... paar keer... angstige momenten... meteorieten. Het scheelde niet veel, maar... uiteindelijk goed, over.'

En dan te bedenken dat zij haar dag had doorgebracht met het in kaart brengen van de winkelvoorraad! 'Komt het vaak voor, dat je een ruimtewandeling maakt? Over.'

Ze kauwde op haar nagel en wachtte op zijn reactie terwijl ze met haar ogen de heldere stip volgde, die steeds verder bij haar vandaan bewoog. Over een paar minuten zou hij buiten bereik zijn. De ruis begon weer erger te worden.

'... niet vaak, maar heel soms... voor onderhoud en reparaties die nodig zijn, over.'

Meg gniffelde. 'Dan ben je vast een handige klusser!'

Ze wachtte.

En wachtte.

'Hallo, commandant. Jonas? Hoor je me? Over.'

'Sierra Sierra... binding valt weg... Druk in de ether. Hoor je me nog?'

Ze werden onderbroken door stemmen van naamloze mensen zonder gezicht, van wie sommigen hem zelf te spreken probeerden te krijgen en zijn callsign noemden – dat kende ze nu uit haar hoofd – terwijl anderen alleen oproepen deden met codes die ze niet begreep.

Ze drukte haar linkerwang tegen het glas en haar ogen zagen hoe de heldere diamant langzaam door de schemering uit het zicht verdween.

'Hoi.' Lucy draaide zich om bij het fornuis en glimlachte toen Tuck met zijn fietshelm in de hand binnenkwam, de knieën van zijn spijkerbroek modderig. 'Fijne rit gehad?'

Hij knikte, maar het was een bruuske beweging en ze voelde een zweem van ongerustheid toen ze zijn norse gezichtsuitdrukking zag.

'Ik ben een visschotel aan het maken. Die hebben we al een tijdje niet gegeten. De bereiding duurt lang, dus ik...'

'Voor mij hoef je het niet te doen,' zei hij terwijl hij de helm op de tafel gooide en naar de koelkast liep. Hij pakte een flesje bier en opende het in één vloeiende beweging van zijn hand tegen de rand van het aanrecht. Dat had ze in het begin sexy gevonden.

'O, maar ik doe het graag,' zei ze snel. 'Het is jouw lievelingsgerecht en ik vond dat we allebei wel een traktatie verdienden.'

Hij keek verbaasd op. 'Waarom?'

'Nou, de afgelopen maanden zijn natuurlijk zwaar geweest en...'

Haar stem stierf weg toen ze zijn ogen over haar heen zag glijden voordat hij het flesje aan zijn lippen zette en een slok nam. Was dat nou walging in zijn blik?

'Ik heb geen trek,' zei hij terwijl hij met de rug van zijn hand zijn mond afveegde en tegen het aanrecht leunde.

Lucy deed haar mond open om iets te zeggen, maar iets hield

haar tegen en ze roerde verder door de witte saus. Hij zou heus wel trek krijgen als ze de maaltijd voor hem op tafel zette, dacht ze bij zichzelf. Hij zei wel vaker dat hij geen trek had terwijl dat wel zo was. Hij kende zichzelf gewoon niet zo goed als zij.

De keuken vulde zich met een stilte die zich om hen heen wikkelde als een kat om hun benen. Ze keek op en schonk hem een glimlachje.

'Ik ga douchen,' mompelde hij een moment later. Hij zette het bijna lege bierflesje neer en liep de keuken uit.

Lucy stopte met roeren toen ze hoorde dat het water begon te stromen en ze zijn riem op de vloer hoorde vallen. Ze keek omhoog naar de avondlijke lucht en probeerde niet te huilen. Het was bewolkt en er was geen maan te zien. Ze was van streek omdat hij niet had gezien dat ze een nieuwe blouse droeg, dat ze haar haar had gedaan en zich weer eens had opgemaakt. Soms had ze het gevoel dat hij haar helemáál niet zag, behalve als hij haar bekritiseerde.

Maar toen herinnerde ze zich de dag in kamer 32, hoe hij het heft in handen had genomen en voor haar had gezorgd. Ze schudde haar hoofd en probeerde haar negatieve gevoelens weg te drukken. Nee. Knapte hij niet vaak op van een douche? Net als de meeste mannen die na een lange dag thuiskwamen had hij eerst even tijd voor zichzelf nodig.

Vijftien minuten later stond de visschotel in de oven en zat ze in een tijdschrift te bladeren toen hij weer binnenkwam met zijn natte haar achterovergekamd. Hij droeg een grijze sweater op een geruite boxershort. Ze voelde haar stemming tot een nulpunt dalen. Hij zag er supersexy uit – zoals altijd – maar zág hij dan niet dat zij zich vanavond had uitgesloofd? Wat dééd ze hier eigenlijk, opgetut en wel, met zijn lievelingseten in de oven, terwijl hij binnenslofte in zijn pyjama? Zo had ze zich vanavond niet voorgesteld. En waar was haar cadeautje uit de lingeriezaak?

'Dat ruikt goed,' zei hij, en hij liep naar haar toe om haar een kus op haar voorhoofd te geven.

Lucy keek hem blij verrast aan. 'Het is over ongeveer twintig minuten klaar.'

'Ik heb honger als een paard,' zei hij terwijl hij weer naar de koelkast liep om een biertje te pakken. Ze fronste niet, maar glimlachte. Wat kende ze hem toch goed.

'Vertel eens, hoe was je dag?' zei ze met een arm op de tafel geleund en haar kin in de palm van haar hand, zodat ze hem goed kon bekijken.

'Er valt weinig te vertellen. Ik heb wat telefoontjes gepleegd over de Toronto Snow Show en heb een leverancier gesproken over een bepaald type polycarbonaat waar ik in geïnteresseerd ben.'

'O?'

'Het is buigzamer.'

'Mooi,' zei ze monter. 'Mitch zei altijd dat het materiaal waar jullie mee werkten te...' Ze maakte de zin niet af. Ze sprak zijn naam tegenwoordig niet graag meer uit tegenover Tuck. Het had een zichtbaar effect op hem, hij sloot zich af, vouwde zich als een vel origamipapier op tot een kleinere versie van zichzelf. Ze veranderde van onderwerp. 'Ik heb Meg vandaag gesproken. Ze denkt erover haar eigen zaak te beginnen. Als grafisch ontwerper.'

'Serieus?' Hij trok een spottend gezicht.

'Dat zei ik ook al. Een hoop gedoe, en waarvoor? Ik heb gezegd dat ze die stress nu niet kan gebruiken.'

Maar Tuck luisterde niet. Hij leunde tegen het aanrecht met zijn ene enkel over de andere gekruist en een afwezige blik in zijn ogen.

'Waar denk je aan?' vroeg ze.

Hij keek haar aan alsof hij zich ineens weer realiseerde dat ze er nog was, en slaakte een zucht. Het leek wel of hij het alleen maar vermoeiend vond om met haar te praten, om bij haar te zijn. 'Niks. Ik heb vandaag een voorlopige plattegrond voor Toronto gekregen en ik ben niet blij met de plek die ze ons hebben toebedeeld. Ik wil een betere plek. Titch heeft een uniek product te bieden en dankzij Aspen staan we volop in de belangstelling.'

'Nou, míjn belangstelling heb je sowieso,' zei ze met een glimlach. Ze trok haar ellebogen tegen zich aan zodat haar toch al indrukwekkende decolleté nog beter uitkwam.

Het werkte. Lucy bedacht dat het wel wat weg had van het trainen van een hond. Tucks blik gleed voor het eerst vanavond over haar heen en hij leek nu pas op te merken dat ze haar best had gedaan op haar uiterlijk – en op het eten. 'Is dat nieuw?' vroeg hij met zijn ogen weer op haar decolleté gericht, maar ze wist uiteraard dat hij haar blouse bedoelde.

'Misschien wel,' zei ze koket. Ze ging achteroverzitten. Hij vond het altijd opwindend als ze zich niet zomaar gewonnen gaf.

'Staat je goed,' antwoordde hij, altijd op zijn knapst als zijn ogen op die manier begonnen te glanzen. Die blik had ze nooit kunnen weerstaan. Het was zo cliché dat ze destijds verliefd op hem was geworden. Alle meisjes op school waren gek op hem en het was Lucy's eer te na geweest om – als beste vriendin van de verkering van zijn beste vriend – voor zijn charmes te vallen. Klagen over zijn onvolwassenheid was destijds de enige manier die ze had kunnen bedenken om zich te wapenen tegen zijn zelfverzekerdheid, om de aandacht af te leiden van het vernederende feit dat hij nooit een poging had gedaan om haar te versieren. Ze had zich voorgenomen dat zijzelf andersom geen stap zou zetten. Maar dat wilde niet zeggen dat hij haar koud had gelaten. Híj was degene voor wie ze een mooie jurk had aangetrokken naar het schoolbal, en toen ze had gemerkt dat hij haar eindelijk zag staan, écht zag staan, was dat het mooiste moment uit haar leven geweest, mooier nog dan toen ze met hem voor het altaar stond. Ze had het gevoel gehad dat ze een prestatie had geleverd toen hij voor haar viel.

'Ik dacht wel dat je hem mooi zou vinden. Ik had zin om iets nieuws te kopen.'

Ze wachtte, tevreden over de aanleiding die ze voor hem creeerde om met zijn aankoop voor de dag te komen. O ja? Ik heb ook iets nieuws voor je gekocht, zou hij zeggen en hij zou haar in zijn armen nemen en naar de slaapkamer dragen (nee, daarvoor zou hij momenteel een hijskraan nodig hebben) en ze zouden op het bed ploffen...

De keukenwekker ging, Tuck schrok ervan en het moment was aan diggelen.

'O,' zei ze, terwijl ze opstond om hem uit te zetten. 'Is het al zover?'

'Hoever?'

'Elf minuten over zeven. Naar het schijnt...' Ze leunde naar voren en strekte haar nek om uit het raam te kijken. 'Naar het schijnt kunnen we het International Space Station nu zien overvliegen.' Ze trok haar neus op. 'Maar ik zie niets met die stomme wolken ervoor.'

'Het Space Station?'

'Ja, weet je nog, die astronaut die Meg dat gedicht heeft gestuurd? Nou, ze corresponderen nu en hij zegt dat ze op dit tijdstip over komen vliegen.' Ze haalde haar schouders op en wendde zich af, want door de wolkendeken zag ze toch niets. Ze liep naar de oven en tuurde door het glas om te kijken of de visschotel al mooi bruin werd.

'Nog tien minuten,' mompelde ze terwijl ze haar echtgenoot een zwoele blik toewierp om te suggereren hoe ze die tijd konden vullen, maar hij keek niet naar haar. Hij bestudeerde zijn rechterhand.

'O, wat is er gebeurd?' vroeg ze fronsend. Ze pakte zijn hand om ernaar te kijken. Er zat een flinke schram aan de zijkant en zijn pols was gezwollen.

'Niets. Ik ben gevallen bij het mountainbiken.'

Ze knikte, maar zei niets. Ze had bij zijn binnenkomst al geweten dat het geen fijne rit was geweest. 'Ik zal er wat ijs op doen.'

'Hoeft niet, het gaat wel.'

'Tuck, het ziet er pijnlijk uit. Je bent blijkbaar hard neergekomen.' Ze wist dat hij er een hekel aan had als ze hem bemoederde, maar ze had nu gewoon gelijk. 'Hoe heb je dat voor elkaar gekregen?'

'Het gaat wel, zei ik. Laat nou maar,' snauwde hij.

De stilte droop als condens langs de muren en Lucy realiseerde zich dat ze haar adem inhield. Haar hand lag op de zijne, maar haar oog viel niet meer op de schram en de zwelling. Ze zag nu wat er ontbrak.

Ze zette met bonzend hart een stap achteruit, draaide zich om en stak haar handen in de ovenwanten. Het gerecht had nog een paar minuten nodig om bovenop goudbruin te worden, maar ze moest bezig blijven en ondertussen nadenken over wat ze had gezien. Want als ze het bij het verkeerde eind had...

Hij zette een stapje opzij toen ze de ovendeur opende en de visschotel tevoorschijn haalde. De topping van aardappelpuree was nog lichtgekleurd, maar de heerlijke geur verspreidde zich door de keuken.

'Waar is je horloge?' vroeg ze terloops met een blik op zijn linkerpols.

'Wat?'

'Je hebt je horloge niet om. Ik weet dat het niet in de slaapkamer ligt, want daar heb ik net opgeruimd...'

Het was zoals ze had gedacht. Als hij onschuldig was zou hij niet zo reageren.

'Wat is dit, een politieverhoor of zo?' schreeuwde hij. 'Moet ik alles met je overleggen? Heb ik jouw toestemming nodig om mijn horloge af te doen? Ik heb verdomme net gedoucht! Ik heb het afgedaan, oké?'

'Oké,' zei ze snel. 'Ik verwijt je niets.'

Hij knipperde met zijn ogen. 'Je verwíjt me niks? Wat valt me dan precies te verwijten?'

Ze slikte. De ovenschotel begon zwaar te worden, de hitte kwam door de wanten heen en ze brandde haar handen.

'Ik verwijt je niet dat je je horloge kwijt bent,' zei ze voorzichtig. Maar ze kon het niet helpen. Hoewel ze er niets meer aan toevoegde, kon ze niet verbergen dat ze wist wat ze wist. Ze zag dat hij zich realiseerde dat hij te veel had gezegd. Hij had zichzelf verraden en ze wist nu wat er was gebeurd, alsof ze het met eigen ogen had gezien. Dat horloge was waterproof, ze had het zelf voor hem gekocht.

Ze herinnerde zich het geknars onder haar voet bij het bed, het feit dat hij de kamer was binnengelopen terwijl er een bordje NIET STOREN op de gesloten deur had gehangen. Het was niet eerder in haar opgekomen hem te vragen wat hij daar überhaupt kwam doen. Maar nu – terwijl de visschotel tegen de muur terechtkwam en de puree langs de koelkast omlaagzakte – besefte hij dat zij heel goed wist wat er in kamer 32 was gebeurd.

13

Maandag 22 mei 2017

Hoi Jonas,

Wat geweldig om je zaterdagavond over te zien vliegen! Ik had het gevoel in een sciencefictionfilm te zijn beland. Ik hoop dat je ruimtewandeling goed is gegaan. Het klinkt mij angstaanjagend in de oren: één fout en je kunt zomaar wegdrijven in het heelal? Nee, bedankt!
Ik vraag me af hoe de sterren er vandaaruit uit zullen zien. We kijken ernaar vanaf de aarde en doen een wens als er een valt. Zou het niet vreselijk zijn als ze van dichtbij totaal geen indruk maken? Alsof je een mooie actrice ontmoet en ontdekt dat ze eigenlijk heel gewoontjes is en dat haar schoonheid vooral aan de make-up te danken is.
Ik herlees het gedicht dat je hebt gestuurd steeds opnieuw. 'High Flight' heet het toch? Hoge vlucht? Ik heb de dichter, John Magee, gegoogeld. Wist je dat hij vliegenier was voor de Canadese luchtmacht en dat hij is gestorven bij een botsing in de lucht? Heel ironisch, maar ik vind het aangrijpend dat hij hoog aan de hemel is overleden, alsof hij met zijn dood heeft beleefd wat hij al in zijn gedicht schreef: 'Aan de ketenen van de ruwe aarde ontglipt…' Ik vind het een fijn idee dat Mitch het gedicht ook beleeft, dat hij 'danst aan de hemelboog'. Ik veronderstel dat je het me daarom hebt gestuurd?
Maar veel ervan zal ook wel op jou van toepassing zijn,

daar ergens aan de hemel, dansend boven de wolken. Hoe is die zinsnede ook alweer? 'De hoge, onbetreden ruimte...' Dat zal ook wel de reden zijn waarom je het gedicht kent. Nou ja, misschien zoek ik er te veel achter. Waarschijnlijk. Maar het heeft me geholpen, dat gedicht, meer dan je je kunt voorstellen, dus nogmaals dank.
Even wat luchtigers, ik hoorde van de week een grapje dat me aan jou deed denken. Hier komt het.
Vraag: waar parkeren astronauten hun ruimteschip?
Antwoord: bij een parkeermeteoor!
Sorry, het is een slechte grap!
Het zou fijn zijn als je me terugschrijft, maar je hebt het natuurlijk druk, dus als het niet lukt, begrijp ik dat uiteraard.

Hartelijke groeten,
Meg

PS *Maar het zou wel fijn zijn als je me in elk geval nog vertelt waarom je zo moest lachen toen we elkaar spraken via de radio? Doe ik iets verkeerd?*

Dinsdag 23 mei 2017

Hallo Meg (of Danny-Danny),

Een slechte grap? Een vreselijk slechte grap, zul je bedoelen! Ik heb hem uitgetest op de bemanning hier, en we waren het er allemaal over eens dat we nog nooit zo'n slechte astronautenmop hadden gehoord. Hier is een betere grap:
Vraag: wat voor ijsje eten astronauten graag?
Antwoord: een raket.
Grappig, toch?

Over grappig gesproken: de reden waarom ik lachte bij je laatste oproep via de radio was jouw creatieve aanpassing van je roepletters, oftewel je callsign. Daarvoor wordt gewoonlijk het NAVO*-spellingsalfabet gebruikt. Dus jouw versie was… uniek. Maar ook heel leuk, dus voel je niet geroepen om er iets aan te veranderen. Al was het maar omdat het voor mij makkelijker is om je in de ether te vinden!*
Het is goed weer bij jullie, hè? Het ziet er van bovenaf heel groen uit, bijna alle sneeuw is verdwenen, zelfs van de bergtoppen. Geniet van de zon. We passeerden een grote tyfoon boven de Grote Oceaan die op weg is naar de westkust. Hij zal aan kracht afnemen als hij aan land komt, maar ik denk dat jullie toch een paar dagen met harde wind en regenbuien gaan krijgen. Dat klinkt mij als muziek in de oren trouwens. Het gemis van stromend water hierboven is een van de grootste ongemakken. Ik zou dolgraag een warme douche nemen of simpelweg in de regen staan. Het zijn de kleine dingen die het doen.

Schrijf alsjeblieft terug,

J

Woensdag 24 mei 2017

J,

Nou, wat een flauwe grap, zeg! Veel slechter dan die van mij, die ik nog speciaal had uitgetest op mijn vriendin Lucy voordat ik hem de ruimte in stuurde. En zij lacht niet zomaar, hoor! Zo te horen zijn jullie al zo lang in de ruimte dat jullie geestelijke gezondheid eronder lijdt. Het

zou me niet verbazen, want wie wil er nou graag in de regen staan?
Ja, het weer is hier momenteel prachtig. Het is toch altijd een opluchting als de sneeuw verdwijnt, alles wordt er veel eenvoudiger van. Alleen al het warm houden van mijn huis kost heel veel moeite. Er moeten geschikte bomen worden gevonden en omgehakt en vervoerd, en daarna moet het hout nog in blokken worden verdeeld en opgeslagen. En die blokken moet je dan weer binnenhalen en het vuur moet worden aangemaakt… Het is fijn om 's ochtends uit bed te stappen zonder twintig lagen te moeten aantrekken. En ik ben ook altijd blij met de langere dagen. Mijn berghut staat in een natuurreservaat op een berghelling, en het wordt hier heel donker en stil. Ik ben niet angstig, want ik heb Badger, mijn hond, altijd bij me, maar als het licht en helder is, voelt het minder geïsoleerd.
Hoelang blijf je nog daarboven? Vind je het weleens saai of behoor je dat als astronaut niet toe te geven? Ik denk dat ik de aarde te erg zou missen om een tijdlang weg te zijn. Ha! Ik vind het al moeilijk om Alberta te verlaten. Mijn zus wil dat ik haar kom opzoeken in Toronto, maar zelfs dat is me te ver!

Meg (alias Danny-Danny)

PS Een astronaut doet zijn koelkast open.
Is zijn Melkweg!

Donderdag 25 mei 2017

Danny-Danny,

Ik maak me eerder zorgen over jóúw geestelijke gezondheid als jij denkt dat die mop beter was dan de mijne. Ik heb hem niet eens durven voorlezen aan het team, voor het geval ze me voor gek zouden verklaren en terugsturen naar de aarde.
Je mag dan slechte grappen maken, ik begrijp wat je bedoelt als je het hebt over de sneeuw, de korte dagen en hoe zwaar het soms kan zijn. Ik kom uit Stavanger in Noorwegen, een stad die in het zuiden van het land ligt, maar noordelijker dan jouw regio, en de temperatuur komt daar in de winter geregeld onder de twintig graden onder nul. Verder naar het noorden, bij Tromsø, is het twee maanden per jaar poolnacht. Daar komt de zon dan helemaal niet boven de horizon uit. En in de zomer hebben ze er de pooldag, of middernachtzon, waarbij de zon niet ondergaat. Gek genoeg is de pooldag lastiger voor de mensen die er wonen dan de eindeloze nacht. En hierboven hebben we zestien zonsopgangen en zonsondergangen per dag, alsof je door de kamers van een huis loopt en de lichten aan- en uitknipt. Soms ben ik druk bezig met een opdracht en kijk ik op om te merken dat ik niet meer rond het middaguur in India zit, maar dat het middernacht is in Hawaï.
Waarom ga je niet naar je zus in Toronto? Moet je doen! De berghut in het bos klinkt geweldig, maar als ik hierboven iets heb geleerd, is het wel dat er meer schoonheid en avontuur op de wereld te ontdekken is dan we in een mensenleven kunnen zien en meemaken. Ga lekker op pad!

Ik blijf hier nog twee maanden, ik heb meer dan de helft van de expeditie achter de rug. We zijn begin februari gelanceerd en we komen eind juli via de Kazachse woestijn weer thuis. Ik moet eerlijk zeggen dat ik daar wel nerveus over ben, niet zozeer over de mogelijkheid dat we tijdens de terugkeer naar de aarde verbranden, maar omdat het traditie en protocol is om na de landing in traditionele Kazachse kledij een persconferentie te houden. Gezien jouw rare gevoel voor humor zul je dat vast heel vermakelijk vinden. Een prachtige gelegenheid om grappen over me te maken. En nu ik het daar toch over heb...
Vraag: waarom ging de astronaut niet meer naar het restaurant op de maan?
Antwoord: er heerste een ongezellige atmosfeer.

J

PS *Snap je 'm?*

Vrijdag 26 mei 2017

Wacht eens even, gaan we er een wedstrijd van maken? Jij woont dan misschien verder noordwaarts, waar het kouder en donkerder is, maar wij winnen als het gaat om gevaren in de wildernis. Wij hebben beren. En wolven. En elanden die je voet kunnen breken als ze erop gaan staan! Dus je was nog maar een maand daarboven toen we elkaar voor het eerst troffen?*

Meg/D-D

PS *Vraag: ken je die van de astronaute met claustrofobie?*
Antwoord: ze had ruimte nodig.

** Ik kom van oorsprong niet uit Canada. Ik ben Engelse, maar we zijn hiernaartoe geëmigreerd toen ik zestien was.*

Zaterdag 27 mei 2017

Ja. Ik was hier toen zes weken en het was voor het eerst dat ik wenste dat ik niét hierboven was.

J
PS *Wij hebben ijsberen.*

Zondag 28 mei 2017

Voor het eerst? Dus je hebt inmiddels vaker gewenst dat je niet daarboven was?

M

PS *Oké, ijsberen zijn indrukwekkend. Maar mijn grappen zijn beter dan die van jou.*

Maandag 29 mei 2017

Ja. En ik wens het steeds vaker.

J

14

Zondag 23 juli 2017

'Pff, als er meer uitzicht was, zou ik dit denk ik gemakkelijker vinden,' zei een puffende Lucy, die steeds meer achter begon te lopen op hun groepje.

Dolores, Barbara en Meg stopten en wachtten weer.

'Je ziet immers alleen maar... bomen?' zei ze hijgend terwijl ze gebaarde naar de hoge dennenbomen om hen heen. 'Er valt niets te zien behalve het bos. Heel... saai. Geen stimulans om... door te zetten, snap je?'

Ze haalde de anderen in en bleef met haar handen op haar knieen staan om op adem te komen.

'Ga maar even zitten,' zei Meg, die haar bij haar elleboog pakte en haar meeloodste naar een kei aan de rand van het pad. 'Jij draagt een passagier mee naar boven, vergeet dat niet.'

'Ja hoor... Alsof het zo gemakkelijk is voor mama en Dolores.'

'Pardon! Wat bedoel je daarmee?' vroeg Dolores met haar handen op haar heupen en haar ellebogen als pijlen opzijgestoken. Ze droeg een bruine korte broek en een mouwloos kaki jack, en haar armen en benen waren nootbruin van de vele uren die ze in de lente en nu de zomer buiten had doorgebracht. Haar slappe zonnehoed was met een touwtje onder haar kin vastgemaakt.

Barbara zag eruit alsof ze onderweg was naar de countryclub, met een zonneklep over haar witte bob en tennisschoenen aan haar voeten; over één arm droeg ze een opgevouwen lichtblauw jasje. Ze zag er graag onberispelijk uit, probeerde onnodig zweten altijd te voorkomen, maar zelfs zij deed het beter dan haar dochter. Terwijl Meg Lucy een flesje water overhandigde stak zij – als om het er nog eens in te wrijven – een sigaret op. Een glaasje wijn in haar andere hand zou niet eens misstaan.

'Wanneer stop je daar nou eens mee?' vitte Dolores. Zij nam de pauze te baat om haar T-zone nog eens in te smeren. 'Die dingen worden je dood nog.'

'Je moet ergens aan doodgaan,' antwoordde Barbara schouderophalend. 'Ik wil niet te lang blijven plakken.' Ze trok haar neus op. 'Er is niets ergers dan op een feestje zijn waar iedereen je wel weg kan kijken.'

'Wat een onzin. Ik ben zeventien jaar ouder dan jij en ik ben er nog lang niet klaar mee, hoor.'

Meg glimlachte bij het horen van hun gekibbel. Ze zag er jongensachtig uit, rank als ze was in haar korte tuinbroek en met degelijke bergschoenen aan haar voeten – Dolores zou haar niet laten wandelen op slecht schoeisel! – en een groen T-shirt met V-hals. 'Denk je dat wij over dertig jaar ook zo zullen zijn?' mompelde ze tegen Lucy.

'Ha, dat mochten we willen!'

Meg keek langs het pad op en neer. Ze wilde dat ze Badger had kunnen meenemen, die had het heerlijk gevonden om door het bos te dartelen, maar bij de warmwaterbronnen waren geen honden toegestaan. Ze waren nu drie kwartier onderweg, maar het voelde langer, met al die pauzes. Het was een gemakkelijke wandeling, ze liepen er gewoonlijk in minder tijd naartoe, maar Lucy was een stuk trager sinds haar buik de afgelopen weken in sneltreinvaart was opgebold, hoewel de baby pas eind november werd verwacht en ze dus nog vier maanden te gaan had. Het was waar dat er niets te zien viel behalve het bos, de zonnestralen drongen amper door de boomkruinen om de grond te verlichten, maar Meg vond dat altijd juist wel prettig. De beschaduwde rotsen en het rendiermos spraken tot haar verbeelding en ze kon zich goed voorstellen dat deze drassige gronden het decor vormden voor sprookjesachtige verhalen. Maar zij werd thuis natuurlijk al verwend met een prachtig uitzicht op de mooiste zonsopgangen en zonsondergangen. Als ze in een kleine bungalow aan een binnenplaats met uitzicht op de achterzijde van een hotel zou wonen, verlangde ze misschien ook wel naar een open panorama.

'Kom, je voelt je vast beter als je straks in het water ligt,' zei Meg, die opstond en de riempjes van de rugzak met hun brunch erin strakker aantrok.

'Nee, het is te warm, ik mag er niet in van mijn dokter,' klaagde Lucy terwijl ze overeind kwam.

'Maar je mag je voeten er wel in laten hangen,' zei Meg sussend, want ze wist hoeveel last Lucy had van gezwollen enkels. Ze stak haar arm door die van haar vriendin en trok haar zachtjes maar beslist mee.

Ze liepen een paar minuten zwijgend door. Barbara rookte haar sigaret op en Dolores stak om de paar seconden haar wandelstok in de grond.

'Hebben jullie gehoord dat er beneden bij de Cave een grizzlybeer is gespot?' vroeg Dolores over haar schouder.

'Ja,' antwoordde Meg. 'Ze hebben het gebied tot aan de Cascade Trail voor de zekerheid afgesloten.'

'Je zult het niet geloven, maar er was gisteren een man die terugkeerde en zei dat hij speciaal naar die beer op zoek was gegaan,' zei Barbara hoofdschuddend. 'Wat een idioot. Ik heb het idee dat sommige mensen echte beren verwarren met teddyberen. Wat denken ze dat er gebeurt als ze er een tegenkomen?'

'Ik ben een keer een beer tegengekomen,' zei Lucy, die alweer liep te hijgen.

'Dat heb je me nooit verteld,' reageerde Barbara verontwaardigd, en ze draaide zich om naar haar dochter.

Ook Meg was verbaasd. Zij wist het ook niet en ze dacht dat ze al Lucy's verhalen en geheimen kende.

'Een paar jaar geleden. Tuck en ik maakten een avondwandeling bij de Vermilion Lakes en die beer was onderweg naar het water.'

'En wat gebeurde er toen?' vroeg Barbara bezorgd.

Lucy haalde haar schouders op. 'We... We zijn gewoon in de auto blijven zitten tot hij weg was.'

Iedereen kreunde.

'Serieus, Lucy.' Barbara schudde haar hoofd en draaide zich weer om.

'Dat kun je toch nauwelijks een ontmoeting met een beer noemen!' smaalde Dolores, die er de pas weer in zette.

Ze liepen verder door de schaduw en slaakten verrukte kreten bij elk doorkijkje tussen de bomen dat ze tegenkwamen.

'Zeg, Meg, wanneer vertrek je precies?' vroeg Dolores. 'Want Amelia kan pas vanaf woensdag invallen.'

'Eh, vrijdag pas,' antwoordde Meg, die Dolores boos aankeek en Lucy meteen daarna een nerveuze blik toewierp. Dolores wist heel goed dat ze het lastig vond om haar vriendin te vertellen dat ze toch naar Toronto zou gaan. Dit was geen onschuldige verspreking.

'O, fijn. Dat is...'

Lucy bleef stilstaan. 'Waar ga je dan naartoe? En waarom heb je mij er niets over verteld?'

Meg haalde diep adem. 'Ik ga vrijdag voor een lang weekend naar Toronto.'

'Om Ronnie op te zoeken?'

Meg knikte. Waarom zou ze anders naar Toronto gaan?

'Ook al strijkt ze je altijd tegen de haren in?'

Meg glimlachte en stak haar handen sussend omhoog. 'Ze is mijn zus, Lucy. Zo gaat dat tussen zussen. Het verandert er niets aan.'

'Waaraan?'

Meg haalde haar schouders op. 'Dat ze mijn zus is en dat ik van haar hou. Ze is het enige familielid dat ik nog heb.'

'O, nou, dank je wel, hoor.' Lucy begon weer te lopen, nu met aanzienlijk meer kracht dan ze tot nu had weten op te brengen.

'Lucy, je weet best wat ik bedoel!' riep Meg haar na.

'O ja? En waar was zíj de afgelopen maanden terwijl ik jou van de vloer opraapte en de scherven voor je aan elkaar probeerde te lijmen?'

'Ik...' Meg hapte ontdaan naar adem. Was het echt zo erg geweest? Ze dacht zelf dat ze zich aardig had gered. Het ging niet geweldig, natuurlijk niet, het was ook nog maar vier maanden geleden dat ze Mitch had moeten begraven. Ze liep verder, achter Lucy aan. 'Luister nou, het is maar voor een paar dagen. Nog niet eens een week. Ik kom gewoon terug! Wat is het probleem? Ik ga gewoon op bezoek bij mijn zus.' Wat was daar zo erg aan? Ze keek Lucy verwonderd na.

Doordat ze nu flink doorliepen, bereikten ze de Hot Springs een kwartiertje later. Afgezien van de damp die van het wateroppervlak opsteeg, leek het op een gewoon zwembad. Het was niet druk, er waren maar een stuk of tien bezoekers, precies de reden waarom ze op dit moment waren gekomen. De meeste mensen kwamen pas nadat ze de uitzichten op Sulphur Mountain hadden bewonderd en stapten hier dan rond lunchtijd uit de gondel.

Meg deed haar rugzak af, draaide haar schouders rond en trok haar kleren uit. Barbara, die er koninklijk uitzag in een gebloemd badpak met beugels en een gekruist detail over de voorkant, was de eerste die in het water stapte, keurig via het trapje om ervoor te zorgen dat haar haar niet nat zou worden. Dolores droeg haar sportieve zwarte badpak met een lichtblauw randje, in dezelfde stijl die ze al sinds de jaren zeventig aanhield. Lucy zat in een donkerblauwe bermudashort en met bungelende benen aan de kant te mokken.

Meg had met haar te doen terwijl ze zich in het warme water liet glijden. Het was vast niet prettig om met deze hitte in verwachting te zijn en ze vermoedde dat deze zwangerschap geen 'stralende fase' zou kennen, alleen maar steeds meer wisselende kwalen en ongemakken.

Ze huiverde licht terwijl ze door het water waadde. Het was een warme dag, maar het water was nog warmer en haar lichaam reageerde vrijwel meteen op het mineraalrijke water. Haar spieren ontspanden zich. Ze was hier in haar tienertijd sporadisch geweest, maar Dolores kwam hier een aantal keren per week, al sinds Jed artritisklachten had gekregen toen hij in de veertig was. Na zijn dood had ze die gewoonte voortgezet. Sinds Mitch' overlijden ging Meg geregeld met haar mee. Ze kon niet precies zeggen waarom ze het nu zo prettig vond, maar het troostte haar op een niveau dat dieper ging dan haar huid. Zo met haar armen wijd over het stenen muurtje, haar lichaam drijvend en haar ogen op de bergen gericht... Misschien kwam dit nog het dichtste bij vastgehouden worden.

Meg deed haar ogen dicht en voelde hoe de damp haar huid reinigde, hoe haar wangen roze kleurden en hoe haar ledematen zwaarder werden.

'Hemel, meid, jij bent veel te dun!' zei Barbara ontsteld. Meg deed haar ogen open en was geschokt te zien dat de opmerking aan haar gericht was. 'Ik had geen idee dat je zo afgevallen was. Wanneer heb jij voor het laatst goed gegeten?'

Megs mond viel verbaasd open. De enige spiegel in de berghut hing op ooghoogte in de badkamer, en hoewel ze wist dat haar kleren momenteel te wijd waren, had ze zich niet erg beziggehouden met haar gewichtsverlies. 'Vanochtend,' antwoordde ze defensief terwijl ze haar handen over haar lijf heen kruiste en zich een beetje verder in het water liet zinken.

'Maak je geen zorgen, Babs, ik hou haar in de gaten,' zei Dolores, die met een vaardige rugslag kwam aanzwemmen, waardoor er druppeltjes in Barbara's haar belandden. 'Ze eet wel, maar haar zenuwen spelen haar parten en daardoor verbrandt ze veel. Ze is zo gespannen als een opgejaagde antilope. Je vertrouwt er niet op dat de wereld je niet opnieuw pijn zal doen, hè meid?'

'Nou, je krijgt minstens twee plakken van mijn bananenbrood,' zei Barbara met een moederlijke klank in haar stem. 'Met een beetje geluk is het nog warm. Heerlijk.' Ze wierp haar dochter een blik toe. 'Maar voor jou maar één bescheiden plakje, lieverd. Jij moet je suikerinname beperken. Ik had zwangerschapsdiabetes toen ik van jou in verwachting was, en als ik zo naar je kijk, zou het me niet verbazen als jij dezelfde kant opgaat.'

'Mam!' Lucy fronste en schopte met haar benen in het water, zodat het opspatte.

'Hé, dat is een flinke blauwe plek,' zei Meg, die een donkere vlek op Lucy's bovenbeen onder de pijp van haar short uit zag piepen. 'Hoe kom je daaraan?'

'Wat?' vroeg Lucy op scherpe toon. 'O, geen idee. Het stelt niets voor.'

Ze trok de zoom naar beneden.

'Het ziet er anders best heftig uit.'

'Valt reuze mee. Ik had niet eens door dat die er zat.'

'Hoe kan dat nou? Hij is enorm! Wat heb je gedaan? Ruziegemaakt met een auto?'

Lucy rolde met haar ogen. 'Ik weet het niet, oké? Ik zal me wel aan iets gestoten hebben. Wat maakt het uit? Maak er niet zo'n heisa over. Je probeert alleen maar de aandacht van jezelf af te leiden.'

'Niet waar!' zei Meg lachend en tegelijk naar adem happend. 'Ik wilde alleen maar...'

'Nou, niet doen, alsjeblieft!' snauwde Lucy. Haar ogen schitterden vervaarlijk.

Meg trok haar benen op en liet zich tot haar kin in het water zakken. 'Ik ga zwemmen,' mompelde ze, gekwetst omdat haar zorg was aangezien voor zelfzuchtigheid.

Ze zwom weg en hoorde nog net Barbara's gedempte, geërgerde stem. '... wat was dat nou... alleen maar aardig te zijn...'

Ze dreef naar de overkant en liet haar blik van het heiige berglandschap naar de wolken glijden die langs de hemel zweefden. Mitch liep om de zoveel minuten door haar gedachten, als een wandelaar die in haar hoofd was neergedaald.

Barbara en Lucy zaten samen aan de rand van het zwembad, maar Dolores was aan het kletsen met een groepje vrienden en vriendinnen die hier ook regelmatig kwamen. De mannen, met slappe bovenarmen, wit haar op de borst en bejaarde benen, schaterlachten aanstekelijk. Meg dreef langs op haar rug en glimlachte toen ze hoorde hoe Dolores haar nieuwste mop ten beste gaf, die ze haar al zo'n vijftig keer had verteld. Meg was trots op haar vriendschap met de oudere vrouw. Ze hield van haar kracht en vastberaden eigengereidheid. Dolores had zware tijden gekend – ze was ongewenst kinderloos gebleven en op relatief jonge leeftijd weduwe geworden – maar Meg had haar nooit horen klagen over het lot dat haar beschoren was. Dolores was van mening dat tegenslag je sterker maakte en dat moeilijkheden ook kansen met zich meebrachten. Haar positieve kijk op het leven maakte haar fijn gezelschap en dat was waarschijnlijk een van de redenen waarom Meg zo snel weer aan het werk was gegaan.

Toen ze uiteindelijk terugzwom naar de anderen, spatte Lucy water in haar gezicht. Dat was een blijk van genegenheid, besefte Meg, en ze glimlachte, haar gekrenkte gevoelens weer gladgestreken. Ze kibbelden weleens, maar bleven nooit lang boos op elkaar. Bovendien wist Meg dat Lucy niet zozeer nijdig was op haar, maar eerder op haar moeder. Barbara had een goed hart en ze was een liefdevolle moeder, maar ze kon tactloos zijn als ze commentaar op haar dochter leverde, en ze leek altijd blind te zijn geweest voor Lucy's onzekerheid over haar lichaam. Dat ze Lucy zojuist waarschuwde niet te veel bananenbrood te eten had ongetwijfeld pijn gedaan.

Gerimpeld als dadels klommen ze uit het water en droogden zich af, waarna ze hun brunch genoten aan een picknicktafel. Het bananenbrood was nog warm en ze aten het met z'n vieren helemaal op – Lucy nam één plakje – samen met wat perziken en koffie uit een thermosfles.

'Zullen we maar eens teruggaan?' vroeg Barbara, die haar zonneklep weer opzette terwijl Meg de restjes inpakte en Lucy wat van Dolores' sunblock gebruikte. 'Er komt na de lunch een bus vol gasten en ik wil niet dat Nancy ze incheckt. De laatste keer dat ik haar dat in haar eentje heb laten doen, had die verdraaide meid een vrouw met een rolstoel een kamer op de tweede verdieping gegeven en waren er twee kamers dubbel geboekt.'

Meg grinnikte en stond op. 'Kom op dan. Ik moet zelf nog wat telefoontjes plegen.'

'Heb je alweer wat van Jonas gehoord?' vroeg Dolores, die met haar wandelstok tegen de zolen van haar wandelschoenen tikte.

Meg glimlachte. 'Vanochtend toevallig.'

'O ja? En wat had hij te melden?' vroeg Dolores met een knipoog naar Barbara.

'Hij zei dat hij de bosbranden in Australië heeft gezien.'

'O, hemel,' zei Dolores hoofdschuddend. 'Vreselijk. Heb je het op het nieuws gezien, Babs?'

Barbara leek haar niet te horen. Ze keek naar Lucy, die probeerde – niet al te elegant – overeind te komen, waarbij de donkere plek op haar bovenbeen even duidelijk zichtbaar werd toen haar broekspijp omhoogkroop.

Dolores wendde zich weer tot Meg. 'Heeft hij foto's genomen?'

'Dat weet ik niet. Vast wel.'

'Nou, vraag hem eens of hij ze wil opsturen. Het lijkt me intrigerend om die branden vanuit dat gezichtspunt te zien.'

Lucy, die inmiddels stond, klopte het gras van haar short, waarna ze de Hot Springs achter zich lieten en terugliepen naar het bospad.

'Gaat het over die astronautenman over wie Lucy me heeft verteld?' vroeg Barbara, die zich weer in het gesprek voegde, nieuwsgierig.

'Yep,' reageerde Lucy, die zich zichtbaar beter voelde nu ze uit de directe zon waren en door de schaduw van de bomen liepen. 'En hij is geen astronautenman. Gewoon een astronaut.'

'Maar hij is toch een man?'

'Jawel, maar... dat zeg je niet zo, mam!' zei Lucy rollend met haar ogen. 'Je zegt gewoon astronaut.'

'Nou, dat zei ik toch. Werkelijk, waar maak je je druk over?'

Lucy kreunde, en Meg en Dolores lachten.

'Nou, hoe dan ook, hij heeft gisteren weer een ruimtewandeling gemaakt,' vertelde Meg. 'Daar was hij best nerveus over. Eén foutje en... de eeuwigheid wacht!'

Lucy huiverde. 'En dan te bedenken dat ik een boswandeling al een uitdaging vind.'

'Is het goed gegaan?' vroeg Barbara.

'Dat weet ik nog niet. Hopelijk heeft hij gemaild tegen de tijd dat ik terug ben.' Ze keek op haar horloge en telde acht uur vooruit. 'Het is bij hem daarboven... kwart voor negen in de avond. En hij heeft 's avonds meestal wel wat tijd voor zichzelf. Overdag heeft hij het heel druk.'

'Echt? Wat dóét een astronaut eigenlijk precies?'

'Nou, hij zegt dat hij in feite een veredelde laborant is, maar volgens mij is hij te bescheiden. Hoe dan ook, het ISS is een enorm laboratorium, waar tests worden uitgevoerd bij afwezigheid van de zwaartekracht. Er worden op dit moment meer dan honderdtwintig experimenten verricht, die allemaal gemonitord en opgetekend moeten worden. En hij en zijn collega's moeten ook de effecten die het verblijf op henzelf heeft testen.'

'Klinkt ingewikkeld. Hij zal wel een knappe kop zijn,' zei Lucy.

'Dat denk ik ook. Maar ze moeten het station ook onderhouden en zo nodig reparaties uitvoeren, dus hij is ook een soort monteur.'

'Slim én handig? Klinkt als de ideale man,' zei Barbara grinnikend.

'Een man die rondjes om de aarde draait en je niet voor de voeten loopt is beslist míjn ideaal,' grapte Dolores. 'Er zouden meer mannen de ruimte in moeten worden gestuurd, als je het mij vraagt.'

Barbara gooide schaterend haar hoofd achterover en Lucy en Meg gniffelden om de beide vrouwen.

'En,' ging Meg verder, 'afgezien van al dat werk moet hij ook nog twee uur per dag lichamelijke oefeningen doen omdat zijn botdichtheid er anders onder gaat lijden. Osteoporose is een groot probleem bij gewichtloosheid.'

'O hemel, niets voor mij, een reis door de ruimte,' zei Dolores. 'Ik werk al hard genoeg om mijn botten gezond te houden. Maar jij zou in je element zijn, Barbara. Geen zwaartekracht? Een instant facelift!'

'Ooo!' Barbara zette grote ogen op en bracht haar handen naar haar wangen om ze zachtjes omhoog te drukken.

'Nou, het is een wonder dat hij tijd heeft om te schrijven,' zei Dolores. 'Hij vindt het blijkbaar heel fijn om contact met jou te hebben.'

Meg haalde haar schouders op. 'Het zal af en toe best eenzaam voor hem zijn. Ik bedoel, je ziet natuurlijk prachtige dingen daar, maar hij zal ook wel verlangen naar het gewone leven. Ik denk dat hij daarom graag van me hoort. Over alledaagse dingen.'

'Je zou hem eens moeten vragen wat hij het meest mist,' zei Barbara. 'Hoewel... Misschien ook niet. Hij blijft een man. Hij zal wel iets banaals antwoorden, zoals... oreokoekjes! Of de Super Bowl.'

Meg dacht niet dat hij dat zou antwoorden, als was het maar omdat hij uit Noorwegen kwam en oreokoekjes en de Super Bowl daar niet erg leefden. 'Het is wel jammer dat ik in de berghut geen wifi heb, anders konden we gemakkelijker direct met elkaar communiceren. Zoals het nu gaat, schrijven we elkaar een soort monologen, bijna als fragmenten uit een dagboek. Ik schrijf overdag, als ik op de zaak ben, en hij reageert 's nachts.'

Dolores hapte naar adem. 'Het zijn een soort briefkaarten uit de ruimte!'

Meg grijnsde. Dat klonk goed. 'Ja, dat zou je kunnen zeggen.'

‘Praten jullie niet meer via de radio?’ vroeg Lucy. ‘Ik bedoel, zo is het contact ontstaan.’

‘Af en toe. ’s Avonds laat is het gemakkelijker, als er zich minder mensen in de ether melden, maar het lukt niet altijd. Het kan heel druk zijn en de ontvangst is vaak slecht. Je zult niet geloven hoeveel amateurzenders proberen hem – of eigenlijk het ISS – te pakken te krijgen. Dat schijnt ongeveer het hoogst haalbare te zijn. Soms kom ik er helemaal niet doorheen, soms hoor ik hem met iemand anders praten, maar dan komt het signaal heel zwak door.’

‘Praat hij ook met andere mensen?’ wilde Lucy weten. ‘Denk je dat hij ook met andere mensen mailt?’

Meg zweeg even. Dat vond ze geen prettige gedachte. Maar ze vond het ook geen fijn idee dat ze het geen prettige gedachte vond. Ze probeerde haar gemengde gevoelens te verdringen. ‘Dat weet ik niet. Misschien… Waarschijnlijk wel. Hij zegt dat hij in zijn vrije tijd weinig anders te doen heeft dan uit het raam kijken en foto’s nemen. Hoewel ze ook films kijken op hun iPads, en boeken lezen.’

Ze had niet eerder nagedacht over de vraag of hun correspondentie ‘exclusief’ was. Zelf had ze immers geen contact met andere astronauten. Maar waarschijnlijk had *híj* wel vergelijkbare vriendschappen. Misschien had hij ook wel contact gelegd met iemand uit Nieuw-Zeeland? Of Zuid-Afrika? Of Duitsland?

Dolores stond stil en richtte haar blik naar de hemel. ‘Hoe moet dat voor hem zijn, om daarboven deze planeet te overzien? Het verruimt je kijk op de wereld, op het leven zelf, stel ik me zo voor. Wat moet dat geweldig zijn.’ Ze draaide zich om en keek hen aan. ‘Ieder mens op aarde zou verplicht moeten worden een ruimtereis te maken. Dan zou er heel wat minder oorlog en vervuiling zijn, dat kan ik je wel vertellen.’

Barbara lachte. ‘Lekker realistisch, schat.’

‘Hoelang is hij inmiddels daarboven?’ vroeg Dolores, die de wandeling hervatte.

‘Ruim vijf maanden… Hij komt volgende week terug.’

'Hemeltjelief, wat zal dat weer wennen voor hem zijn!' zei Barbara vol medeleven. 'Om na al die tijd terug te zijn op aarde.'

'Inderdaad. Als de terugkeer goed verloopt, zegt hij, duurt het drie tot zes weken voordat ze zich weer "normaal" gaan voelen.'

'En als de terugkeer niet goed verloopt?' vroeg Lucy.

'Dan voelt hij helemaal niets meer, dan is het einde verhaal,' reageerde Meg met een nerveus lachje, hoewel ze het helemaal niet grappig vond.

Lucy's ogen werden groot. 'O mijn god, serieus?'

Meg knikte. 'Bij een te grote snelheid. Of als het hitteschild kapotgaat. Of als de motor van de capsule het niet doet, dan blijft hij in de ruimte cirkelen tot er geen zuurstof meer is.'

'Godsamme! Wat heftig.'

'Niet vloeken, Lucy!' zei Barbara streng.

Lucy rolde met haar ogen.

'En ga je hem ontmoeten als hij terug op aarde is?' wilde Barbara weten.

'Nee joh!' zei Meg spottend.

'Maar waarom niet? Als je al die tijd met elkaar hebt gecorrespondeerd... Ben je niet nieuwsgierig naar hem?' vroeg Dolores.

'Natuurlijk wel, maar...' Meg wist even niet wat ze moest zeggen. 'Nou, het is makkelijker gezegd dan gedaan.'

'Hoezo?'

'Om te beginnen omdat hij helemaal in Kazachstan zal landen...'

'Als hij onderweg tenminste niet verbrandt of in de ruimte blijft bungelen,' grapte Lucy.

Meg gaf haar een por. 'Dank je voor de reminder. En dan moet hij weer helemaal acclimatiseren. Hij zegt dat het ESA allerlei tests gaat doen om te kijken hoe zijn lichaam de gewichtloosheid heeft doorstaan.'

'Het ESA?' Barbara fronste vragend.

'Het European Space Agency,' verklaarde Meg. 'En daarna gaat hij drie maanden lang op een of andere promotieachtige tournee, dan bezoekt hij scholen en universiteiten en technische en medische conferenties. Ik zie hem niet tussendoor aanwippen in het kleine Banff in Alberta, toch? Hij is een belangrijk man.'

'Nou, jij kunt hem ook opzoeken. Vlieg naar Londen of Berlijn, of waar hij ook maar op tournee is,' zei Dolores alsof het de gewoonste zaak ter wereld was, terwijl ze wist dat Meg een bezoek aan haar eigen zus in Toronto al een hele onderneming vond.

Meg schudde alleen maar haar hoofd. 'Luister nou, de situatie verandert. Hij pakt zijn oude leven natuurlijk weer op en zal het vast superdruk hebben.' Ze glimlachte toen ze zag hoe de drie vrouwen naar haar keken.

'Wat is er nou? Het is prima hoor. Ik weet heel goed dat ik alleen interessant voor hem ben als hij door de ruimte zweeft. Ik geef hem de kans om te communiceren. Maar als hij terug is bij zijn familie en vrienden en collega's...'

'Hoe oud is hij eigenlijk, die ruimtevaarder van je?' vroeg Barbara.

Meg haalde haar schouders op.

'Is hij getrouwd? Heeft hij een vriendin? Kinderen?'

'Ik weet het niet.' Meg lachte luchtig.

'Waarom niet? Hij weet het toch ook van Mitch?' zei Dolores.

Meg voelde haar maag verkrampen. 'Eh, ja, maar...'

'Maar wat?'

Meg haalde haar schouders op. 'We praten meer over dingen in het algemeen. We wisselen weinig persoonlijks uit.' Maar dat was niet waar. Hun mails waren juist heel persoonlijk. Hij had haar een gedicht gestuurd dat als een omhelzing had gevoeld, dat zich om haar heen had gevouwen en haar bijeen had gehouden tijdens de donkerste nachten, wanneer ze het gevoel had dat ze in stukjes uiteen zou vallen. En toen hun correspondentie zich van dagelijkse berichten tot meerdere mailtjes per dag had uitgebreid, had ze hem geheimen toevertrouwd die ze niemand ooit had verteld, zelfs niet aan Lucy of Ronnie of zelfs Mitch. Dat ze elkaar nooit in levenden lijve zouden ontmoeten, had bevrijdend gewerkt, bijna alsof ze samen in een biechtstoel zaten. Ze durfden elkaar dingen te vertellen die ze normaal gesproken voor zich zouden houden.

Barbara's adem stokte even, alsof ze ergens van schrok.

'Wat is er?' vroeg Lucy verschrikt.

'Heb je een foto van hem gezien?'

'O, mam!' zei Lucy geïrriteerd. 'Ik dacht dat er iets ergs aan de hand was!'

'Nou?' vroeg Barbara door, zonder acht te slaan op de klacht van haar dochter.

Meg aarzelde voordat ze knikte. Ze prutste onzeker aan de riempjes van haar rugzak. 'Nou ja, ik heb hem wel gegoogeld.'

'En? Dan weet je toch wel hoe oud hij ongeveer is?'

Meg herinnerde zich de schok die door haar heen was gegaan toen ze zijn gezicht voor het eerst had gezien. Het was een officiële foto van ESA/NASA waarop Jonas met een behoedzame glimlach recht in de camera keek. Hij droeg zijn witte ruimtepak, had zijn helm op schoot en de Noorse vlag was zichtbaar op de achtergrond. Hij was veel jonger dan ze had gedacht – door zijn strikte naleving van de radioprotocollen had ze hem ouder ingeschat – en hij had fijne gelaatstrekken, diepliggende ogen, een lichte huid en kort lichtbruin haar. Ze had nog een foto van hem gevonden, die was genomen op een persconferentie en waarop hij een overall met badges droeg, als een straaljagerpiloot, en die was nog verrassender geweest, omdat hij daarop glimlachte en zijn gezicht daardoor nog meer tot leven was gekomen. Hij zag er atletisch uit, zelfbewust en beheerst, alsof het niets was wat hij op zo jonge leeftijd al had gepresteerd. Ze had deze foto lang bestudeerd en geprobeerd het gezicht te koppelen aan de stem, de astronaut te verenigen met haar penvriend. Het was nog steeds moeilijk te geloven dat ze met hém had gepraat. Dat idee had haar openheid in enkele daaropvolgende mails aan hem dusdanig belemmerd dat ze er nu niet meer naar keek. Het gaf haar niet het gevoel dat ze hem er beter door kende. Ze kreeg eerder de neiging op de vlucht te slaan.

'Hij is in elk geval jonger dan ik had gedacht. Halverwege de dertig misschien? Lichte huid, intelligent gezicht.'

Barbara's adem stokte weer en ze stond abrupt stil.

'O, wat nou weer, mam?' vroeg Lucy, vlak voordat zij precies hetzelfde deed.

Het geluid was onmiskenbaar: gesnuif gevolgd door zware poten die over de grond stampten en daarna een gebrul waardoor het bloed in hun aderen stolde.

Megs hart klopte in haar keel toen ze de beer vanuit de bomen tevoorschijn zag komen, zijn schouderbladen golvend onder een dikke vacht, en met in zijn enorme kop een paar kraalogen die recht op hen gericht waren.

Lucy gilde – zij was er het dichtste bij, aan de rand van het pad – en haar handen schoten beschermend naar haar kwetsbare gezwollen buik terwijl ze achteruit begon te lopen, op zoek naar de veiligheid van hun kleine groepje.

Ook Barbara slaakte een gil en verstijfde.

Meg deed het tegenovergestelde. Ze hapte naar adem, zoog haar longen paniekerig vol lucht en tastte naar haar rugzak in een poging om de pepperspray uit het zijvakje te trekken, die ze er altijd in had zitten, maar waarvan ze nooit had gedacht dat ze hem ooit zou hoeven gebruiken.

De beer ging op zijn achterpoten staan. In volle lengte was hij wel drie meter lang en met zijn lichter gekleurde harige buik op ooghoogte en zijn stevige klauwen, scherp als slagersmessen, kwam hij op hen af. Hij haalde uit en Meg voelde een luchtvlaag langs haar gezicht strijken. Maar hij had het op Lucy voorzien.

'Nee!' brulde Dolores, en ze gaf Lucy uit alle macht een harde duw. Lucy viel van het pad, landde op haar zij en rolde over de grassige helling, waar haar hoofd net niet op een rots stootte. Het scheelde maar enkele centimeters.

De beer, die inmiddels weer op zijn vier poten was gaan staan, richtte zich opnieuw op. Hij had het nog steeds op Lucy gemunt, want zij was kwetsbaar en lag dichtbij op de grond…

'Nee!' schreeuwde Barbara, een bloedstollende kreet die Meg beslist nooit zou vergeten – als ze dit tenminste zouden overleven. Ze pakte een steen en gooide die hulpeloos naar de rug van de beer. Voelde hij hem überhaupt?

'Hier!' riep Dolores wanhopig en met zwaaiende armen. 'Kijk dan! Kom hier!' schreeuwde ze tierend. 'Kom míj maar halen!'

De beer draaide zich om toen hij door een volgende steen werd geraakt, deze keer een grotere, die op zijn kop terechtkwam.

Meg voelde haar maag omdraaien toen die starende ogen haar heel even aankeken, en ze probeerde weer de spray te pakken te krijgen terwijl de beer hen een voor een in zich opnam.

'Ja!' brulde Dolores. 'Toe maar! Híérheen!' Ze liep langzaam achteruit en zwaaide met haar armen boven haar hoofd om de aandacht van de beer te trekken, in de hoop dat hij Lucy met rust zou laten.

De beer kwam op zijn vier poten met dreunende stappen en een open muil op hen af, zijn ogen weer strak op hen gericht.

Achter hem zag Meg Lucy achterwaarts naar de bomen kruipen, onder de dennennaalden en met een blik van pure doodsangst op haar gezicht.

De beer kwam weer overeind en verspreidde zijn vochtige, muskusachtige stank, die doordrong tot hun neus en keel. Er droop spuug uit zijn zwarte kaken, zijn gele gebit glom van het speeksel, zijn gehemelte was geribbeld en zwartgevlekt. Hij kwam dichterbij… Megs vingers vonden de bus pepperspray en ze gaf een gil van opluchting. Met trillende handen probeerde ze de dop eraf te halen.

Ze drukte op de knop van de spuitbus. De poot van de beer raakte haar net niet, maar hij ging dreigend op de anderen af. Gillend spoot ze weer met de spray, met alle angst en woede die ze in zich had. Ze bleef gillen en haar vinger werd wit van het aanhoudende harde drukken. Haar longen prikten en brandden terwijl de spray zich als een giftige wolk verspreidde.

Bijna meteen viel de beer weer neer op zijn vier poten. Hij schudde geïrriteerd zijn hoofd en stampte met zijn poten op de grond, niet bereid om op te geven, klaar voor een gevecht.

Meg zette een stap vooruit. Twee stappen. De beer bewoog achteruit en zijn dreigende gebrul ging over in geluiden van paniek, in gejank, terwijl de pepperspray bleef komen.

'Hé! Hé!' schreeuwde iemand. Een man.

Het geluid van andere stemmen – veel stemmen – kwam over het pad hun kant op. Er rende een grote groep mensen naar hen toe, hun voeten omringd door opwervelend stof. Een paar van hen hadden stokken en ze zwaaiden met hun armen, zoals Dolores had gedaan.

'Help!' gilde Barbara. 'Mijn dochter!'

De beer, die het rumoer hoorde naderen en zag dat hij hier niet tegenop kon, trok zich achterwaarts terug, schuifelde Lucy voorbij, draaide zich om en verdween tussen de bomen waar hij vandaan was gekomen. Binnen tien seconden was hij weg, nog voordat de menigte hen had bereikt.

Stemmen.

'Gaat het?'

'Bel het alarmnummer!'

'We hebben een gewonde! Laat de reddingsdienst komen!'

'O mijn god, Lucy! Ben je gewond?'

'Mam!'

Meg stond te trillen en kon haar ogen niet van de bomen afhouden. Zou hij terugkomen? Haar arm was nog gestrekt, haar vinger drukte nog steeds op het knopje, maar de spuitbus was helemaal leeg.

'Rustig maar, lieverd, je bent nu veilig.' Meg voelde een paar handen op haar schouders. Armen om haar heen. Vanuit haar ooghoeken zag ze het gezicht van een vrouw met vriendelijke bruine ogen. 'Die spray heb je niet meer nodig. De beer is weg. Je bent veilig.' Een hand duwde haar arm zachtjes naar beneden en Meg liet zich langzaam omdraaien naar de menigte. Ze waren gered? 'Het is goed. Het is voorbij.'

Maar Megs blik viel op twee mensen die zich over iemand heen hadden gebogen die op de grond lag, iemand met bewegingloze nootbruine benen. Er sijpelde een dun straaltje donker bloed op de dennennaalden.

Nee.

Het was niet voorbij.

15

Meg kwam terug met de bekertjes koffie. Barbara en Tuck keken pas op toen haar voeten in hun gezichtsveld op de vloer verschenen. Barbara ging rechtop zitten en nam haar koffie met een zwak glimlachje aan.

'Dank je, lieverd,' mompelde ze. Ze warmde haar handen aan het bekertje en stond een moment later op. 'Ik denk dat ik dit buiten opdrink. Roep je me als er iemand komt?'

Meg knikte. Ze wist dat Barbara een sigaret ging roken. Ze zag dat haar handen nog trilden en hoe bleek ze was. Meg vroeg zich af of zij niet ook door een verpleegkundige nagekeken moest worden. Het was een aanslag op haar hart geweest toen ze met die beer werd geconfronteerd, laat staan toen ze hem op haar zwangere dochter af had zien gaan.

Tuck verroerde zich niet toen zijn schoonmoeder beverig wegliep.

'Tuck? Hier. Ik heb er suiker in gedaan. Dat helpt wat tegen de schok.'

Hij keek op en zijn mooie blauwe ogen keken haar mat aan. Hij zag de koffie die ze hem aanreikte niet eens.

'Wat als ze de baby verliest?'

Meg nam plaats op de stoel naast hem, nog steeds met zijn bekertje in haar handen.

Tuck was eerder in het ziekenhuis aangekomen dan zij. Hij had een en al paniek uitgestraald toen Meg en Barbara binnen kwamen rennen, achter Dolores en Lucy aan, die allebei op een brancard lagen. 'Dat gebeurt niet.'

'Dat weet je niet.'

'Nee,' zei ze met een zucht. 'Maar ik weet wel dat Lucy sterk is. En ze houdt al zielsveel van haar kind. Ze laat het niet los, Tuck. Ze wil alleen maar dat jullie een gezin gaan vormen.'

Zijn ogen dwaalden over haar gezicht alsof hij op zoek was naar antwoorden, alsof hij zich ervan wilde verzekeren dat ze het echt meende. Heel even viel het floers van woede waardoor ze hem sinds Mitch' dood had bekeken weg en werd ze herinnerd aan de zelfverzekerde, zorgeloze vriend die hij vroeger was geweest. Even hoorde ze zijn ontspannen lach, zag ze zijn vrolijke gezicht en voelde ze zijn oprechte liefde voor haar verloofde, die door hem de dood in was gejaagd.

Hij had het blijkbaar aan haar ogen afgelezen, want het volgende ogenblik veranderde zijn blik compleet. Als een plotselinge wolkbreuk die zijn regen over de aarde uitstortte, betrok zijn knappe gezicht, verwrongen en verloren in rouw bij het besef van alles wat ze moesten missen. Hij boog zijn hoofd voorover, klemde zijn handen om zijn nek en begon schokschouderend te snikken.

'Het is mijn schuld. Ik heb alles verpest.'

Meg zweeg even, niet wetende of hij het over Mitch of Lucy had.

'Het is niemands schuld, het was een aanval van een beer,' zei ze rustig, om de aandacht op het heden te vestigen. Dat was makkelijker, want ze kon het hem nog niet vergeven, zelfs niet nu er sprake was van een nieuw noodgeval. 'We hadden gewoon pech. We waren op het verkeerde moment op de verkeerde plaats.' De rangers waren slechts minuten na de reddingsdienst verschenen, ieder met een geweer over de schouder. Ze hadden de grond bestudeerd en de sporen van de beer tussen de bomen gevolgd.

Hij stond op en begon te ijsberen. 'Nee. Nee. Dit is... Hoe heet het ook alweer? Karma.'

Meg hield haar adem in. Ze was niet klaar voor dit gesprek met hem. Niet nu. Niet hier.

Maar ze had zijn emotionele intelligentie overschat. 'Ik... twijfelde of ik de baby wel wilde. Ik dacht dat ik er niet klaar voor was. Ik wilde geen vader worden en nu word ik het dus ook niet.'

Meg slikte en onderdrukte haar woede.

'Zulke gevoelens zijn niet ongebruikelijk. Dit heeft daar niets mee te maken.' Haar stem klonk afgemeten.

Hij woelde met zijn vingers door zijn haar en trok eraan bij zijn slapen. 'Ze bleef maar proberen om mij erbij te betrekken. Ze wilde dat ik voor de baby zou zingen en zo. Maar ik...' Zijn gezicht betrok weer. 'Dat new-age-achtige gedoe is niets voor mij. En haar buik staat me tegen, ik word er een beetje misselijk van. Ik wil hem niet aanraken, ik wil het niet voelen als de baby schopt, maar ze wil niet luisteren.' Hij wierp haar een onzekere blik toe. 'En ze zegt steeds dat we gerust kunnen... je weet wel. Maar ik ben bang dat het niet goed is voor de baby.'

'Luister, je bent niet de eerste man ter wereld die zulke gevoelens heeft, en je zult ook niet de laatste zijn,' zei ze mat. 'Als de baby eenmaal is geboren, zal het heel anders voelen.'

Maar hij schudde zijn hoofd. 'Nee, ik heb dit over ons afgeroepen. Ik... Ik ben een slechte echtgenoot voor haar geweest. Ik verdien haar niet.'

Dat was waar. 'Dat is niet waar. Jij bent Lucy's droomman. Je betekent alles voor haar.'

Er begonnen weer tranen over zijn wangen te stromen en ondanks haar afkeer om wat hij Mitch had aangedaan – want het was zijn schuld, daar was ze heilig van overtuigd – voelde ze met hem mee. Hij leek wel een kind, zoals hij daar zo hulpeloos stond, vol zelfverwijt. Plotseling haalde hij diep adem en wreef hij zijn wangen droog met de muis van zijn hand. 'Ik mis hem gewoon heel erg.'

Haar hart sloeg over nu hij opeens over Mitch begon, maar ze verroerde zich niet en zei niets. Het was de eerste keer sinds de uitvaart dat Tuck zich tegenover haar aan het onderwerp had gewaagd.

'Niets is meer hetzelfde. Ik heb het gevoel dat... er ook een deel van mijzelf is verdwenen.'

Meg begon te trillen. Dit was niet het juiste moment. Hij mocht zijn zorgen om Lucy niet op één hoop gooien met zijn schuldgevoel om Mitch. Hij mocht niet wegduiken voor wat hij had gedaan door nu medelijden op te wekken. Maar ze hoefde het gesprek gelukkig niet te voeren, want Barbara kwam terug, nu zonder het bekertje koffie in haar handen en nog steeds lijkbleek.

'Is er al nieuws?' vroeg ze gespannen.

Meg schudde haar hoofd. 'Nog niet.'

'O, ik dacht te zien... Waarom duurt het zo lang?' zei ze handenwringend.

'Ze doen vast een aantal tests voor de zekerheid.'

Barbara knikte, maar ze richtte haar blik op de deur die haar van haar dochter scheidde.

'Er zou iemand bij haar moeten zijn,' mompelde ze zacht. 'Vind je niet? Ze is vast vreselijk bang.'

'Het is beter om de artsen niet voor de voeten te lopen. Die moeten hun werk kunnen doen.' Meg klopte op de lege stoel naast zich. 'Ga even zitten, Barbara, je ziet bleek. Weet je zeker dat je niet wilt dat iemand jou nog even goed nakijkt? Het was een enorme schok voor je.'

Barbara schudde haar hoofd terwijl ze ging zitten, haar ogen nog steeds op de deur gericht.

Verderop in de gang ging een andere deur open en er kwam een dokter tevoorschijn, die op gedempte toon met een verpleegkundige sprak. Ze keek op en zag hun groepje van drie met trieste gezichten in de wachtruimte zitten. Ze liep naar hen toe en Meg stond automatisch op, met ingehouden adem. Dolores had een hartstilstand gehad toen ze op de hulpverleners wachtten en alleen dankzij de aanwezigheid van een dokter in de menigte, die haar hartmassage had gegeven tot ze kwamen, had ze het overleefd.

'Dolores heeft veel geluk gehad, het had veel, veel erger kunnen zijn. De beer heeft haar slechts geschampt, maar ze heeft toch een diepe jaap in haar hals opgelopen, en de halsslagader was bijna, op enkele millimeters na, geraakt. We hebben de wond gehecht en ze krijgt een antibioticakuur vanwege het risico op infectie.'

'Wanneer mag ze naar huis?' vroeg Meg snel.

'Pas over een paar dagen, vrees ik. We moeten haar vitale functies monitoren. Hoewel ze voor haar leeftijd in zeer goede conditie is, blijft ze een oudere dame, en door het trauma van de aanval heeft haar lichaam een grote klap gekregen.'

'O hemel,' jammerde Barbara zacht, die haar handen naar haar mond bracht.

'Mogen we haar zien?' vroeg Meg op dringende toon.

'De verdoving is nog niet uitgewerkt, maar een van u mag bij haar komen zitten.'

'Ik.' Meg zette snel een stap naar voren, waarna ze zich meteen schuldig voelde. Barbara en Dolores waren al meer dan dertig jaar bevriend. 'Lucy heeft jullie beiden nodig,' zei ze tegen Barbara en Tuck.

'Is er al nieuws over mijn dochter?' vroeg Barbara ongerust. 'Ze is zwanger. Eenentwintig weken. We moeten naar haar toe, ze heeft ons nodig.'

De dokter knikte. 'Ik zal even voor u gaan informeren.'

Ze liep weg en Meg wendde zich tot Barbara en Tuck. 'Ik ga bij Dolores zitten. Laten jullie het me weten zodra jullie iets over Lucy horen?'

Ze knikten en zij haastte zich klossend op haar bergschoenen op de gepoetste vloer door de gang.

Ze duwde de deur open en bleef abrupt staan bij de aanblik van haar onverschrokken vriendin, die aan slangetjes en monitors verbonden in het bed lag. Haar atletische gestalte – altijd bezig met dozen stapelen of ladders beklimmen, als ze niet op pad was met de lokale wandelclub van ouderen – zag er ineens broos uit. De huid van haar bovenarmen leek wel van crêpepapier en haar gezicht oogde slap vanwege de narcose. Meg beet op haar lip en voelde tranen opwellen nu ze zag hoe oud Dolores eigenlijk was.

Ze sloot de deur achter zich, liep naar het bed, schoof een stoel bij en pakte Dolores' hand vast.

Dolores' hals was omwikkeld met verband, als een witte sjaal. Haar gezicht was ongedeerd, dus er was amper iets te zien van de verschrikking waar ze doorheen waren gegaan: een gevecht op leven en dood tegen een dier dat hen stuk voor stuk met een paar luie uithalen had kunnen doden.

En voor Dolores was het kantje boord geweest. Meg voelde een koude rilling door zich heen trekken bij de gedachte dat ze haar schijnbaar onverwoestbare bondgenote en vriendin zou moeten missen. Ze had al zoveel familie verloren, ze wist niet of ze het zou overleven als ze ook Dolores zou kwijtraken.

'Ik ben bij je, Dolores,' fluisterde Meg, die haar vingers steviger beetpakte alsof ze haar zo bij zich kon houden. 'Rust maar uit. Ik ben bij je.'

Lucy staarde omhoog en volgde het patroon van de plafondtegels met haar ogen. Er lag een deken over haar heen. Het was warm in de kamer, maar ze bleef maar rillen en in haar hoofd speelde zich telkens weer dat moment af dat de beer zich oprichtte en uithaalde. Telkens weer. Steeds als ze haar ogen sloot, zag ze weer voor zich hoe groot hij was en rook ze weer de stank... Ze kokhalsde opnieuw, leunend over de rand van het bed, met haar hoofd boven de emmer die de verpleegkundigen haar hadden gebracht.

Ze viel weer achterover en legde haar armen om haar bolle buik heen. Er gleed een traan over haar wang. Haar kind was nog niet eens geboren en ze kon het nu al niet beschermen. Ze had niets gedaan om zich te verweren, was ter plekke verstijfd blijven staan. Als Dolores niet had lopen schreeuwen en springen om de beer achter zich aan te lokken, als Meg hen niet had verdedigd, gillend van angst met die spuitbus voor zich uitgestrekt... Zíj hadden haar gered, zij tweeën. Zij beiden hadden de baby beschermd terwijl zijzelf, de moeder, niets had gedaan. Ze had alleen maar op de grond gelegen en gewacht tot het voorbij was.

Wie hield ze eigenlijk voor de gek? Ze kon dit niet, ze kon het moederschap niet aan! Ze was er niet geschikt voor, ze verdiende dit kind niet. Want dit was niet de enige keer dat ze het in gevaar had gebracht. Elke klap of vuistslag, elke schop, elke duw… En elke keer dat het gebeurde, werd het een beetje erger. Tuck en zij bewandelden een doodlopend pad en er kwam niets goeds uit voort, dat wist ze, maar toch… Ze wreef de traan driftig weg, kwaad op zichzelf, vol minachting over haar eigen zwakheid, boos om het besef dat ze aan hem verslaafd was, dat ze hem niet kon verlaten.

De verpleegkundige kwam weer binnen met een nieuw glas water en pilletjes tegen de misselijkheid. Tuck beende achter haar aan naar binnen, met grote ogen, alsof híj door die beer achterna werd gezeten.

'O, schatje, godzijdank!' Hij haastte zich naar haar toe en hield haar tegen zijn borst. Zijn handen wiegden haar hoofd tegen zijn hart en zijn lippen beroerden haar haar. 'Ik dacht dat ik je kwijt was. Dat ik júllie kwijt was.'

Ze sloeg haar armen om hem heen en voelde hoe hij haar tegen zich aan drukte. Er gleden nieuwe tranen over haar wangen.

'Ik zorg dat alles goed komt tussen ons,' fluisterde hij nadrukkelijk terwijl ze snikte en zijn warme adem op haar hoofdhuid voelde. 'Ik zal veranderen. Het wordt weer net als vroeger. Ik word de man die jullie allebei verdienen, heus, wacht maar. Dit is onze tweede kans.'

Ze maakte zich van hem los. Hij hoefde zich niet te verontschuldigen, hij hoefde niet te veranderen, het was allemaal háár schuld. Zíj vroeg te veel van hem, zíj wilde het perfecte plaatje, het onmogelijke ideaal. Hij veegde haar tranen af en ze liet zich achterover op het matras zakken. Voor de verandering wilde ze niet dat hij haar aanraakte. Er was al de hele middag in haar gepord en gepikt, de verpleegkundigen hadden bloed afgenomen, en urine, ze hadden een echo gemaakt, ze hadden haar gecontroleerd op inwendig letsel... Iedereen had wat van haar gewild. Ze had haar pols gekneusd bij haar val, het deed pijn en alles voelde stijf aan. Ze was een mislukkeling.

'Ze zeiden dat de baby in orde is.' Tuck legde de rug van zijn hand tegen haar wang, zoals haar vader vroeger deed toen ze nog een klein meisje was en koorts had.

Ze kon alleen maar knikken. Het was niet aan haarzelf te danken dat zij en de baby het hadden overleefd.

Zijn ogen namen haar in stilte op, haar tranen, haar uitzonderlijke breekbaarheid, en hij pakte haar hand met een teder gebaar. 'Schatje, ik... ik weet dat ik je heb teleurgesteld. Ik ben afstandelijk geweest en... opvliegend,' zei hij terwijl hij haar naar de muur zag staren. Hij drukte haar hand tegen zijn lippen en probeerde haar zover te krijgen dat ze hem zou aankijken. 'Ik wist niet goed hoe ik moest omgaan met... al die gevoelens. Het was me allemaal te veel, snap je? Ik was van slag. Wat er die nacht is gebeurd... Het was zo'n puinhoop. Ik ben zo woedend geweest, dat weet ik, en ik heb me op jou afgereageerd, alsof jij het kon helpen...' Lucy hapte naar adem en keek hem eindelijk aan. 'Maar jij kon er niets aan doen. Natuurlijk niet. Ik had gewoon iemand nodig om de schuld op af te schuiven. Ik kon niet onder ogen zien wat ik had gedaan.' Hij gaf weer een kus op haar vingers, een vertwijfeld gebaar, en zijn wangen voelden nat aan tegen haar hand. 'Maar ik heb hiervan geleerd, Lucy. Dit is mijn wake-upcall. Ik mis mijn vriend, maar ik zou niet weten wat ik moest beginnen als ik jou en de baby ook zou verliezen. Jij bent mijn vrouw. We vormen straks een gezin.' Hij legde zijn handen om haar gezicht en keek haar aan, vandaag zonder die schaduw in zijn ogen. 'Dit is ons keerpunt. We gooien het roer om. We gaan een mooi leven opbouwen, echt waar.'

Ze knipperde met haar ogen en had het gevoel dat ze zich in een tunnel bevond. Zijn stem klonk heel ver weg. Ze wilde hem geloven, maar ze durfde er niet op te vertrouwen...

'Hoe gaat het met Dolores?' vroeg ze schor. Het schreeuwen had haar hees gemaakt.

'Dolores?' Tuck leek zich te verbazen over haar vraag. 'Dat weet ik niet precies. Ik kon alleen maar aan jou denken. Aan jullie.'

'Waar zijn mama en Meg?' vroeg ze, zo zachtjes dat Tuck zich voorover moest buigen om haar te verstaan.

'Je moeder is op de gang. Meg is bij Dolores.'

'Dat... is een goed teken, toch?' fluisterde ze. Een nieuwe golf van tranen welde in haar op bij de gedachte aan wat de oudere vrouw voor haar had gedaan. Onzelfzuchtig, dapper en zonder aarzeling had Dolores haar gered omdat ze zélf niets had gedaan en alleen maar hulpeloos op de grond had gelegen. 'Als... Als het heel slecht ging, zouden ze niemand bij haar laten, toch?'

'Ze zeiden dat de klauw haar halsslagader op een paar millimeter na heeft gemist, maar het komt goed met haar.'

'Een paar millimeter? O mijn god,' snikte Lucy. Ze maakte aanstalten de deken van zich af te slaan. 'Ik moet haar zien.'

'Dat kan niet!' riep Tuck, die de deken over haar heen duwde, zodat ze niet kon opstaan. 'Je moet rusten. Ze monitoren de baby nog steeds. Alsjeblieft, Luce, doe wat de artsen zeggen. Denk aan de baby.'

Ze verzette zich niet en liet zich terugvallen. Hij ontspande zich weer. 'Trouwens, ik hoorde dat ze nog niet was bijgekomen uit de narcose.'

Met tegenzin stond ze toe dat hij haar zachtjes achterover tegen het matras duwde, dat hij haar kussens schikte, de deken omhoogtrok en haar instopte. Hij gaf haar een kus op haar voorhoofd alsof ze een geschenk uit de hemel was, maar dit tafereel was tegengesteld aan hun relatie zoals die achter gesloten deuren was.

Het was een dynamiek die ze maar al te goed kende, een verhaal dat ze al eens eerder in haar leven had doorstaan. Op welk moment, vroeg ze zich af, waren ze van het licht naar het donker overgestapt? Lang voordat Mitch was overleden, dat was zeker.

De eerste jaren had het gevoeld alsof ze in een droom leefden: zij datete de bad boy van de school, de knapste jongen die er rondliep, de lokale jonge held. Maar toen de magie eraf was, begonnen er frustraties te ontstaan. Aanvankelijk ging het om kleine dingen, zoals ergernis als het eten niet klaar was. Maar het ging geleidelijk van kwaad tot erger en hun relatie was sluipenderwijs veranderd. De aanleidingen voor de agressie werden niet groter maar kleiner, tot ze op een dag besefte dat er niet eens een reden nodig was, dat hun licht niet bestond zonder het donker: ze konden pas vrijen, elkaar pas liefhebben na het geweld, na de tranen…

'Zeg iets, schatje,' fluisterde hij smekend terwijl hij haar blik probeerde te vangen. 'Zeg dat je me gelooft. Van nu af aan wordt het beter. Zoals in het begin. Ik weet dat het de laatste tijd slecht ging, maar we hebben het ergste nu gehad, we kunnen dit achter ons laten, dat weet ik gewoon.'

Lucy keek hem aan. Er gleed een traan over haar wang. Geloofde hij dit zelf echt? Meende hij wat hij zei? Of lagen hun rollen inmiddels allang vast?

Ze wendde haar hoofd af en keek door het raam naar de verpleegbalie. De neergelaten jaloezieën waren gekanteld, waardoor er tussen de strepen door een blik naar binnen en naar buiten mogelijk was. Ze voelde dat haar traan bleef steken toen ze zag hoe haar moeder naar haar keek. Het allemaal aanzag. En het begreep.

Tenslotte had zij hetzelfde meegemaakt.

16

Woensdag 26 juli 2017

'Onzin, je gaat gewoon.' Dolores' stem klonk beslist.

'Maar Dolores...'

'Niks "maar Dolores". Het is al belachelijk dat ze me hier zo lang houden. Ik voel me prima. Ik wil niet dat jij ook nog eens vanwege mij je weekendje weg mist.'

'Het is Toronto maar. Ik kan ook een andere keer gaan.'

'Ja, dat kan. Maar zou je dat ook doen?' Dolores trok een wenkbrauw op. 'Wanneer heb jij voor het laatst deze staat verlaten?'

Meg deed haar mond open om te reageren, maar toen ze zich realiseerde wat het antwoord zou zijn, hield ze zich toch maar stil.

'Bovendien weet je heel goed dat het waarschijnlijk een eeuwigheid duurt voordat je zus weer eens vrij kan nemen. Zij krijgt net zo vaak rust als jij reist.' Dolores grinnikte hoofdschuddend. 'Wat een stel zijn jullie.'

Meg zuchtte. De koffie in de beker die ze vasthield werd koud.

'Dolores, je bent aangevallen door een beer.'

'O, geloof me, dat herinner ik me wel.'

Meg glimlachte en de glimlach ging over in gegiechel. 'Ongelooflijk dat je dat beest naar je toe lokte. Ik bedoel, was je gek geworden? "Hier, beer, pak me dan als je kan!"'

'Zegt de jongedame die er recht op afging.' Dolores haalde haar schouders op. 'Hoe dan ook, beter ik dood dan jullie. Ik heb mijn tijd wel gehad.'

'Nee, niet waar!' riep Meg. 'Je zei die ochtend nog tegen Barbara dat je voorlopig nog niet van plan was het aardse te verlaten.'

'Dat ben ik ook niet van plan, maar als ik zou moeten kiezen tussen mezelf en jullie...' Ze keek Meg met een zachte blik in haar ogen aan. 'Jij hebt je hele leven nog voor je. Je bent er nog niet eens echt aan begonnen.'

'Jawel hoor.'

'Ik bedoel écht.' Ze glimlachte een tikje droevig. 'Je slaapwandelt momenteel alleen maar, Meg. Het wordt tijd om wakker te worden en de wereld te verkennen.'

Meg gaf geen antwoord. Ze wilde niet bekvechten – Dolores was nog lang niet zo sterk als ze deed voorkomen – maar waarom vonden de mensen om haar heen dat ze maar half leefde? Dolores, Ronnie? Haar verloofde was dood. Het leven dat ze voor zich had gehad was haar ontnomen. Het was toch niet zo gek dat ze nog niet goed wist hoe ze nu verder moest?

Dolores sloot haar ogen, ze zag er moe uit. Het incident met de beer was nu drie dagen geleden en hoewel de wond goed heelde, waren de artsen nog niet tevreden over de rest van haar herstel. Haar bloeddruk was onregelmatig en de pieken waren gevaarlijk hoog. 'Beloof me dat je gaat.'

Meg zweeg.

Dolores opende een oog. 'Beloof het me. Anders ga ik hier dood, alleen om jou te pesten.'

'Oké dan,' antwoordde Meg kreunend. 'Maar ik bel elke dag en als ze dan zeggen dat je zelfs maar geníésd hebt, neem ik het eerste vliegtuig terug.'

Dolores grinnikte. 'Jij bent een koppige tante, wist je dat?'

'Ha! De pot verwijt de ketel!' Meg pakte lachend haar hand vast en gaf er een kneepje in.

Dolores liet haar hoofd weer op het kussen zakken. 'Hoe is het met Jonas?'

Meg glimlachte. Jonas leek Dolores' nieuwe favoriete onderwerp te zijn. 'Prima.'

'Heb je van hem gehoord?'

'Ja, hij heeft gisteravond een bericht gestuurd.'

'En wat had hij nou weer te melden? Voor een man die op een ruimteschip vastzit, is hij behoorlijk spraakzaam.'

'Zal ik het aan je voorlezen?'

'Nou, ik heb toch niets beters te doen in dit godvergeten bed... Een postkaart uit de ruimte is tenminste nog íéts.'

Meg gniffelde, haalde haar telefoon tevoorschijn en zocht het mailtje op. Dolores was al net zo geboeid door Jonas' galactische perspectief als zijzelf.

'*Hoi Danny-Danny*.' Meg trok haar wenkbrauwen op. 'Die aanhef gebruikt hij inmiddels. Hij vindt het reuzegrappig dat ik niet de juiste letters voor het callsign kende. Die je moet gebruiken als je elkaar met de radio oproept.'

'Dat ís ook grappig.' Dolores grijnsde. 'Ga verder.'

> *Sorry dat ik niet eerder heb teruggeschreven. Het was hier een gekkenhuis vanwege onze terugkeer aanstaande vrijdag. Ik voel me meer een schoonmaker dan een astronaut, met al dat inpakken van het afval dat we mee terug moeten nemen naar de aarde. En we hebben onze competitie met het bubbeltjesplastic moeten stopzetten, want alles is nu weggeborgen...*

Meg keek Dolores weer aan. 'Had ik je dat al verteld? Het bubbeltjesplastic wordt bewaard in de Japanse module. Na het eten brengt iemand het ernaartoe en dan timen ze wie het snelst terug is.'

'Net kinderen,' zei Dolores geamuseerd.

Meg las verder.

> *Maar Sergei speelt nog steeds gitaar als hij de kans krijgt, en verder gaan we telkens als we een paar minuten overhebben naar de cupola om nog wat foto's te nemen. Het is moeilijk te geloven dat we na zes maanden nu nog maar twee dagen hebben om het uitzicht te bewonderen. Ik weet*

niet of er een foto bij zal zijn die kan laten zien hoe het voelt om hierboven te zijn. Er zijn ook geen woorden voor. Ik denk dat dat komt doordat de ruimte buiten de menselijke belevingswereld valt en we dus niet zijn uitgerust om het over te brengen. We hebben het over de feitelijkheden – gewichtloosheid, de afwezigheid van zuurstof – maar telkens als ik naar buiten kijk en de enorme ronding van de aarde zie, met dat dunne goudkleurige vlies als er weer een zonsopgang boven de horizon verschijnt, wordt mijn geest beroerd. Ik denk dat ze hier niet alleen wetenschappers naartoe moeten brengen, maar ook priesters en rabbi's en imams, filosofen, politici, wereldleiders... De wereld wordt door geld geregeerd en door religie verdeeld, maar als je de planeet vanaf deze plek ziet, begrijp je dat de mensheid veel meer behelst dan 'alleen maar' fysica.
Ha, moet je mij horen! Filosofisch, nietwaar?
Maar hoe jammer ik het ook vind dat ik ga vertrekken, ik kan tegelijkertijd niet wachten om terug te zijn. Vers fruit en verse groente! Stromend water! Het vooruitzicht weer te kunnen douchen is bijna niet te bevatten...

Meg keek Dolores weer aan. 'Want het water zweeft daar immers alleen maar rond. Het komt niet neer op je huid,' legde ze uit.

'Verschrikkelijk,' reageerde Dolores meelevend.

De wind, de bomen, de bloemen, het gras. Het weer: regen, sneeuw, zonneschijn. En geuren! Kleuren. Geluiden. Smaak. Alles smaakt hier flauw. Ik heb ontzettende trek in ingelegde makreel. Ik verheug me op het weerzien met mijn hond Yuri. Wat zal het heerlijk zijn om met hem naar het strand te gaan en te gaan zeilen. Voordat ik hierheen ging, leek het me fantastisch om steeds te zweven, maar nu mis ik het contact met de aarde. Het zal goed voelen om

weer vaste bodem onder de voeten te hebben.
Hoe gaat het met jou? Hebben jullie inderdaad die wandeling naar de Hot Springs gemaakt? Ik hoop dat het Lucy goed afging, zo te horen heeft ze het zwaar…

'Heb je hem niet over de beer verteld?' onderbrak Dolores haar.

Meg schudde haar hoofd. 'Nee. Ik heb hem voor die tijd geschreven.'

'En daarna niet meer?'

'Nee, er moet toch iemand bij jou aan het bed zitten, al was het maar om ervoor te zorgen dat je niet snurkt.'

Dolores glimlachte. Schaterlachen mocht nog niet.

'Hij zal zich afvragen waar je blijft.'

'Ik ben niet degene die op stap is in de kosmos. Het lijkt me duidelijk dat ik nergens heen ga.'

'En ga je hem vertellen wat er is gebeurd?'

'Nee!' zei Meg stellig.

'Waarom niet?'

'Dan denkt hij dat ik een wandelende rampenmagneet ben.'

'Hoezo?'

'Nou, eh… Eerst Mitch en dan nu…' Haar stem stierf weg.

'O, ik begrijp het. Voor het onheil geboren.' Dolores trok een wenkbrauw op. 'Maar heb jij dan die beer naar ons toe gelokt? Heb je zijn welpen bedreigd? Heb je jezelf met honing ingesmeerd?'

Meg lachte. 'Nee!'

'Precies. Het is gewoon gebeurd. Shit happens.'

'Dat weet ik, maar dit is niet iets waar ik gemakkelijk over praat. Het is geen leuk verhaal.'

'Maar het is toch goed afgelopen?'

'Je had wel dood kunnen zijn, Dolores.'

'Maar dat ben ik niet. Luister nou, ik ben drieënzeventig jaar en ik heb een aanval van een beer overleefd! Zélf ga ik het iedereen vertellen die het wil horen! Misschien is het voor jou anders – jij bent nog jong – maar als je zo oud bent als ik, beleef je niet meer zoveel. Dan vertel je steeds weer dezelfde verhalen.' Ze schudde haar hoofd. 'Nee, dit is het beste wat me in jaren is overkomen. Ik heb een nieuw verhaal! Daar zullen de andere oudjes nog van opkijken.'

Meg giechelde en gaf weer een kneepje in Dolores' hand. 'Oké. Ik zal het hem vertellen.' Ze keek weer naar de e-mail, op zoek naar het punt waar ze gebleven was. 'Eh… O ja. Lucy.'

Zo te horen heeft ze het zwaar. Zeg haar maar dat ze iets met me gemeen heeft: we zijn allebei aan het aftellen. Het is slechts tijdelijk. Zoals een oud gezegde luidt: 'Ook dit gaat weer voorbij.'

Veel plezier in Toronto. Ga naar Soho House voor een paar cocktails als je in de gelegenheid bent. Ik was daar vorig jaar toen ik een internationale astronautenconferentie bezocht – inderdaad zo fascinerend als het klinkt! – en ik heb genoten.

Het wordt vast een heerlijk uitstapje. Ik weet dat je het lastig vindt om je thuishaven te verlaten, maar voor wat het waard is: een van de fijnste dingen aan reizen is het thuiskomen. Je moet eerst weggaan om te kunnen terugkeren, toch?

'Een wijze man. Ik mag hem wel,' mompelde Dolores. 'Hoe oud was hij ook alweer?'

'Zo te zien aan zijn foto ergens halverwege de dertig. Maar ik kan me vergissen.'

Dolores schudde haar hoofd om haar vage antwoord.

Ik zal je niet meer kunnen schrijven tot na onze landing. De komende dagen worden zeer hectisch, dus maak je geen zorgen om de radiostilte van mijn kant – tenzij de boel onderweg ontploft natuurlijk…

Mocht er daadwerkelijk iets misgaan – dat zou echt waardeloos zijn – dan wil ik dat je weet dat ik veel waarde heb gehecht aan onze gesprekken. Onze vriendschap is een van de bepalende ervaringen op deze expeditie geweest, wat ik bij ons vertrek in februari nooit zou hebben gedacht. De rest van de bemanning was jaloers als de pest op mijn contact met die radiopirate uit de Canadese Rockies, de penvriendin met de slechte grappen. Je bent echt een toffe meid, Meg Saunders.

Over, maar niet uit (hoop ik),
Jonas x

PS *Voor het geval je probeert de landing te volgen – om me uit te lachen om mijn Kazachse outfit – zal ik proberen te zwaaien, als ik mijn armen tenminste kan optillen.*
PPS *Ken je die van de Engelsman en de Ier die in Las Vegas op een bankje zitten? De Engelsman vraagt aan de Ier: 'Wat is verder weg, denk je? Florida of de maan?'*
De Ier antwoordt: 'Hallo! Kun jij Florida hiervandaan soms zien?'

'Namens mijn Ierse grootmoeder vind ik dat een slechte grap,' mompelde Dolores.

'Ja hè? En daar heeft hij een hele moppentrommel vol van,' zei Meg met een achteloos schouderophalen, maar haar hart bonsde weer van de emoties die de mail had opgeroepen. Elke keer als ze het bericht las (en ze had het vaak gelezen terwijl Dolores sliep) werd ze weer van haar stuk gebracht door de opmerking dat hij haar een toffe meid vond, en was ze verbaasd dat hij de mail met een kus had afgesloten. Maar ze was vooral bang.

Bang dat hij zou sterven.

Bang dat hij zou landen.

17

Vrijdag 28 juli 2017

Ronnie sprong meteen in het oog toen Meg de aankomsthal binnenliep, en dat kwam niet alleen door het spandoek. Of de ballonnen. (Je zou bijna denken dat zíj uit de ruimte kwam in plaats van uit Banff.)

'O mijn god.' Meg grijnsde gegeneerd toen haar jongere zus met gespreide armen en een enthousiaste kreet naar haar toe rende. 'Een berenpak? Serieus?'

Ronnie haalde met een zwierig gebaar de berenkop van haar hoofd. 'Joh, ik heb dat ding zowat de hele tijd aangehad. Zelfs tijdens mijn rondes in het ziekenhuis. Alleen op de kinderafdeling, hoor. Ik wilde de bejaarden op geriatrie geen hartaanval bezorgen. Ik verkondig overal dat mijn dappere zus een beer heeft verslagen!'

'Niks dapper. Ik heb de longen uit mijn lijf gegild van angst.'

Ronnie grijnsde en gaf haar een knuffel. 'Ik ben heel blij dat je ongedeerd bent gebleven.'

'Nou, deze begroeting door jou als beer gaat me vast helpen bij de verwerking.'

'Ja toch? Dat dacht ik nou ook! We moeten onze angsten onder ogen zien!' Ronnie lachte, gaf Meg de berenkop, nam haar de weekendtas uit handen, haakte haar arm door de hare en loodste haar mee naar de parkeerplaats.

Meg stak haar gezicht schuin omhoog naar de lucht terwijl ze naar buiten liepen. Het stedelijke palet was totaal anders dan de schakeringen van het landschap dat ze amper vier uur geleden had verlaten. De smaragdgroene wateren van de mineraalrijke meren in de Rockies waren verruild voor de zeeachtige massa van Lake

Ontario, het meer dat hier over de horizon verdween, en de kreten van de arenden hadden plaatsgemaakt voor het gekrijs van meeuwen. De rotsige bergketens die haar kleine thuisstadje omringden hadden plaatsgemaakt voor wolkenkrabbers met daartussen de trotse CN Tower, de reusachtige zendmast die overal torenhoog bovenuit stak. Het was natuurlijk niet de eerste keer dat ze in Toronto was, maar het was wel al zo lang geleden dat ze zich overweldigd voelde door de grote drukte.

Ronnie manoeuvreerde met geoefend gemak door het verkeer, wierp een achteloze blik over haar schouder bij het invoegen op de autoweg met zes banen, haalde hier en daar een auto in en tikte op het stuur mee met de muziek die CHUM FM op de radio liet horen.

Meg keek uit het raam naar de gebouwen waar ze voorbijzoefden en herkende de namen van designerboetieks waar ze gewoonlijk alleen in tijdschriften over las, en ze zag een bepaalde energie in de manier waarop de mensen zich over de stoep ergens naartoe haastten.

'We zijn er,' zei Ronnie veertig minuten later, en ze zette de auto stil voor een hoog, wit L-vormig flatgebouw. 'Home, sweet home.'

'Woon je híér?' vroeg Meg met een verbaasde blik naar boven.

'Yep.' Ronnie stapte uit de auto en opende de kofferbak, zich niet bewust van de nieuwsgierige blikken van passanten terwijl ze in haar koploze berenkostuum Megs reistas eruit haalde. En dat terwijl het om zes uur in de avond nog zevenentwintig graden was.

'Maar hoe kun je je dat veroorloven? Het ziet er superduur uit!'

Ronnie kreunde. 'Wacht maar tot je binnen bent voordat je aannames doet. Dit is het type woning dat je in deze stad kunt krijgen tegen het salaris van een coassistent.'

'Nou, ik durf te wedden dat het een paleisje is vergeleken met mijn berghut...' Meg zuchtte, want de gevoelens van minderwaardigheid waar Lucy haar voor had gewaarschuwd begonnen op te borrelen.

Vier minuten later blies Meg de lucht uit haar wangen en keek ze knikkend en met haar handen op haar heupen rond in de studio van zevenenveertig vierkante meter waar de bank dienstdeed als logeerbed en het bed van haar zus een matras was op de vloer van de mezzanine die zich boven de badkamer bevond. De keuken, slechts een meter van de bank, was een klein aanrecht met een oven en een koelkast eronder, en een plank erboven. 'Nou,' zei Meg grijnzend. 'Nu snap ik waarom je nooit thuis bent als ik bel.'

'Precies.' Ronnie stapte met een vrolijke lach uit het berenpak en liet het op een hoop op de vloer zakken, zodat het appartementje meteen rommelig leek. 'Dat ding is verdraaid warm. Het is niet de tijd van het jaar om bont te dragen,' zei ze terwijl ze zichzelf lucht toewuifde. 'Trouwens, waar is Badger nu jij hier bent?' vroeg ze terwijl ze twee grote wijnglazen van de plank pakte.

'Bij Lucy en Tuck.'

Ronnie schonk beide glazen bijna tot de rand toe vol met chianti. 'En hoe gaat het met Lucy? Komt het goed?'

'Ja, ze hebben haar een nachtje in het ziekenhuis gehouden om de baby te monitoren. Er was aanvankelijk sprake van de nodige stress, maar alles lijkt nu weer in orde te zijn.' Meg keek haar aan. 'Maar vertel eens, hoe wist jij dat Lucy zwanger was, die dag? Ze was toen nog maar een maand heen!'

Ronnie zweeg even en dacht na. 'Haar borsten waren groter, ze moest steeds naar de wc, ze dronk geen wijn, ze zag bleek...'

'Ja, maar een máánd? Hoe is het mogelijk?'

Ronnie wierp haar een schaapachtige blik toe. 'Nou ja. Ik heb haar eerlijk gezegd ook nog horen overgeven in de toiletruimte.'

'Ze had ook gewoon dronken kunnen zijn. Of een verkeerde oester hebben gegeten.'

'Nou, misschien heb ik ook wel een glimp opgevangen van een zwangerschapstest in haar handtas,' zei ze terwijl ze Meg een bijna vol wijnglas aanreikte en zich op de felrode bank naast haar nestelde.

'Dus je hebt het geraden?'

'Zoiets.'

'En haar ermee geconfronteerd voordat ze het ook nog maar aan iemand had verteld?'

Ronnie beet op haar lip. 'Zou kunnen.'

'Daar was het niet de dag voor,' zei Meg zacht.

Ronnie slikte. 'Ik weet het, en ik voelde me een ongelooflijk kreng zodra ik het had gezegd. Het spijt me, Meg. Maar ze... ze haalt me gewoon het bloed onder de nagels vandaan met haar onderhuidse opmerkingen waar ik haar niet op kan aanspreken zonder pietluttig of hysterisch over te komen – of allebei. Dat is geen excuus, ik weet het. Het spijt me echt heel erg. Ik beloof je dat ik me nooit meer door haar laat provoceren.'

Meg zuchtte hoofdschuddend. Water en vuur.

'Maar goed, laten we erover ophouden. We gaan er een fijn weekend van maken. Proost,' zei Ronnie, die vlotjes van onderwerp veranderde en haar glas hief. 'Ik geloof bijna niet dat je er eindelijk bent.'

'Proost!' Meg glimlachte, maakte haar hoofd leeg en concentreerde zich op het hier en nu. 'Ik ben blij hier te zijn.'

'Nou, het heeft maar zes jaar geduurd! Het had erger kunnen zijn.'

Meg keek haar schuldbewust aan en nam een slokje wijn, maar het glas was zo vol dat ze morste en er wijn op haar Patagonia-T-shirt terechtkwam.

'En je koopt je kleren nog steeds in de winkel waar je werkt, zie ik. Je hebt zeker nog nooit van internet gehoord?' grapte Ronnie.

Meg stak haar tong uit. 'Haha! Je weet best dat Dolores me zeventig procent korting geeft. Dus het slaat nergens op om mijn kleding ergens anders vandaan te halen.'

'O, zeker wel! Sterker nog, nu je hier bent, kunnen we gaan shoppen. Ik weet een paar winkels waar ze prachtige outfits voor jou hebben. Al helemaal nu je zo superslank bent.' Ze gaf een speels kneepje in Megs knie. 'Maar niet nog magerder worden, hoor.'

‘Hou toch op,’ zei Meg kreunend. ‘Ik ben er net achter gekomen dat Dolores steeds flesvoeding door mijn koffie mengde om me vet te mesten!’ Ze trok een grimas. ‘Ik vond er al een raar smaakje aan zitten.’

Ronnie grinnikte. ‘Die goeie ouwe Dolly.’

‘Ze vermoordt je als ze hoort dat je haar zo noemt. Ik zou maar uitkijken. Dolores vecht met beren!’ Meg lachte, maar niet helemaal van harte, want het incident was haar niet in de koude kleren gaan zitten. Dolores mocht het verhaal dan met graagte uit de doeken doen, maar Meg zag ’s nachts als ze haar ogen dichtdeed nog vaak die lichte harige buik, het geel glimmende gebit en de ijzingwekkende klauwen voor zich.

‘Ik ben blij dat ze goed herstelt.’

‘Ik ook. Ik heb me enorm veel zorgen om haar gemaakt. Het is niets voor Dolores om zo lang in bed te liggen.’

‘Ze drijft de dokters vast tot waanzin. Ze probeert waarschijnlijk om ze dusdanig tegen zich in het harnas te jagen dat ze haar laten gaan om weer rust in de tent te hebben. Dat gebeurt weleens, hoor.’

Meg grinnikte. ‘Het zou me niet verbazen.’ Ze zat met haar linkerarm gestrekt over de leuning van de bank en haar blik viel op het uitzicht door het raam.

‘Nu begrijp je misschien waarom ik de vergezichten van thuis niet mis,’ zei Ronnie spottend toen ze Megs blik volgde: alleen maar rijen gevels van hoge flats met ramen. Geen vogel of plant of wolk te zien.

‘Heb je veel contact met je buren?’ vroeg Meg, die in een hoek van tachtig graden omhoogtuurde om een stukje van de hemel te kunnen zien.

‘Veel? Nee, ik ken ze amper.’ Ronnie schudde haar hoofd. ‘Zo werkt het hier niet. De mensen in deze flat zijn vooral jonge werkenden zoals ik. Ze staan vroeg op en komen laat thuis. Hun sociale leven speelt zich elders af. We komen hier in feite alleen om te slapen.’

'En is dat prettig?'

'Het is zoals het is.'

Meg keek rond in het kleine appartement. Naast de rode slaapbank lag een veelkleurige replica van een Marokkaans vloerkleed op de vloer en aan de muren hingen ingelijste zwart-witfoto's van Steven Meisel, plus een poster waarop een dwarsdoorsnede van de hersenen te zien was. Er piepte een paar hardloopschoenen uit een rotan opbergmand bij de afvalbak naast de koelkast, en het blauwe dekbedovertrek van het mezzaninebed bolde hier en daar door de spijlen.

'Koop op zijn minst een plant.'

'Waarom? Als herinnering aan thuis?'

'Nee, om je gezelschap te houden!' Meg begon te giechelen.

'Beter van niet. Dat zou mijn reputatie niet ten goede komen. Het schijnt dat mensen weinig vertrouwen hebben in dokters die dingen niet in leven weten te houden.'

Ze lachten weer.

'Weet je, het is zo lang geleden dat we tijd samen hebben doorgebracht, alleen wij tweeën, dat ik bijna was vergeten hoeveel lol we kunnen hebben.' Ronnie zuchtte en liet haar hoofd in haar hand rusten.

Megs gezicht betrok. 'Sorry. Dat is mijn schuld.'

'Niet waar.'

'Nou, het was de afgelopen vier maanden hoe dan ook geen feest om met mij om te gaan, hoor.'

'Dat is volkomen logisch,' zei Ronnie, die haar weer een kneepje in haar knie gaf. 'Ik bedoelde alleen maar dat ik altijd precies de verkeerde toon tref als ik weer eens thuiskom. En dat ligt niet aan jou, maar aan mij. Ik pas daar niet meer. Alsof ik overal scherpe randjes en hoeken heb. Ik lijk iedereen tegen de haren in te strijken. Maar als ik hier in de grote stad ben, voel ik me provinciaal. Niet hip, niet cool genoeg.'

'Wat? Maar je bent juist enórm cool! Lucy en ik hebben het altijd nog dagenlang over je kapsel en je schoenen als je weer weg bent.'

Ronnie keek even op, maar sloeg haar ogen weer neer. 'O, ik denk dat Lucy nog niet dood gevonden wil worden in iets wat ik heb aangehad.'

'Dat is onzin! Ze vraagt altijd naar je, ze wil altijd weten of we elkaar hebben gesproken en wat je hier zoal doet.' Meg haalde haar schouders op. 'Wat moet ik erover zeggen? Wij leven indirect via jou.'

'Hm,' snoof Ronnie. 'Nou, als werkdagen van negentien uur en wonen in een veredelde doos jullie aanspreekt, ga dan vooral je gang.'

'Ga je nog steeds uit met die gozer?' vroeg Meg, die haar knieën hoger optrok.

'Welke?'

'Die vishandelaar.'

'O. Nee. We bleken alleen onze bedrevenheid met messen gemeen te hebben.' Ronnie lachte het onderwerp weg, zoals gewoonlijk. 'Zeg, wat zullen we vanavond doen? Ben je moe van de reis? We kunnen eten bestellen en hier een film kijken. Er zit hier een geweldige Vietnamees in de buurt. Of we gaan ergens heen om te...'

'Hier een film kijken lijkt me perfect,' zei Meg snel. 'Ik ben niet gewend aan reizen, dus...'

'Super. Ik ben ook best moe. Een avondje op de bank met mijn grote zus klinkt me als muziek in de oren. Zoek jij maar een film uit.' Ze vulde de glazen bij en liep met de lege wijnfles de twee stappen naar de keuken. 'Dan zorg ik voor nog meer wijn.'

Meg pakte de afstandsbediening en zette de televisie aan. Natuurlijk was die afgestemd op een nieuwszender. Haar zusje had nog nooit in haar leven naar een soap of een realityshow gekeken. 'Waar heb jij zin in?' vroeg Meg terwijl ze naar de knop voor de programma's zocht. Hield ze het ding op z'n kop?

'Geen horror in elk geval! Ik weet wat jij leuk vindt, maar ik zie overdag al genoeg bloed,' zei Ronnie worstelend met de kurkentrekker.

'Getver, nee, waarom zou ik naar bloedige horror willen kijken?'

'Nou, dat deed je vroeger graag. Elk weekend trokken jullie vieren je terug in de achterkamer en zaten jullie lekker te griezelen. Ik kon jou en Lucy horen gillen in mijn kamer. En die was op zolder!'

Meg glimlachte bij de herinnering en begon te zappen. 'God, dat was ik helemaal vergeten,' mompelde ze. Ze dacht aan Mitch, die op de engste momenten in haar nek blies om haar nog meer schrik aan te jagen. Hoe oud waren ze toen geweest? Zeventien? Achttien? 'Nou, gelukkig ben ik die fase ontgroeid. Wat dacht je van een thriller? Of heb je zin in romantiek?'

'Nou, dat altijd!' Ronnie had de kurk eindelijk uit de fles. 'Hé, zenden ze vandaag niet…' Ze zweeg toen ze Megs gezichtsuitdrukking zag. 'Wat is er?'

'Jonas.'

'Wie?' Ronnie liet zich op de bank zakken en keek naar het scherm. Ze zag alleen maar een ruimtestation en meteen daarna een opname – zo te zien een terugblik – van een groep astronauten in oranje pakken op weg naar een ruimtevaartuig. Er volgden spectaculaire beelden van een raket die vanaf de aarde werd gelanceerd. Er vond een gesprek plaats tussen de presentatoren in een studio, waar de aanwezigen serieus zaten te kijken, en daarna een opname van gespannen mensen die allemaal omhoogkeken naar een groot scherm. In de bovenhoek stond het woord LIVE te lezen.

'Jonas. Hij is aan boord.'

'Eh… wie is Jonas?' vroeg Ronnie terwijl ze hun glazen bijvulde.

'Mijn goede vriend,' mompelde Meg, die de tekst las die onder in het scherm voorbijgleed. Ze hapte naar adem en haar handen vlogen naar haar mond. 'O god, nee!' Ze had er de hele dag aan gedacht, maar… Ze had nooit gedacht dat er iets mis zou kunnen gaan. Niet echt. Dit was NASA, ESA!

'Wat?' vroeg Ronnie, nu gealarmeerd, terwijl ze Meg haar glas overhandigde en probeerde te begrijpen wat er aan de hand was. ‘Wat is een ballistische terugkeer?’

Meg keek haar aan. ‘Dat is zo ongeveer het ergste wat er kan gebeuren! Dat betekent dat ze te snel terugkeren of onder een verkeerde hoek.’

Ze keken zwijgend naar meer oude, korrelige beelden waarin een metalen object onder een parachute bungelde en hobbelend in een woestijn tot stilstand kwam. Ronnie keek opzij. ‘Maar... hoezo ken jij een astronáút?’

Meg hield haar ogen op het scherm gericht. ‘Hij is degene die mijn noodoproep over de radio opving in de nacht dat Mitch is omgekomen.’

Ronnie keek haar in opperste verbazing aan. ‘Een astronaut? Serieus?’

‘Mitch’ zendapparatuur was de enige manier waarop ik contact met de buitenwereld kon krijgen en... nou ja, zij waren op dat moment binnen bereik.’ Ze haalde diep adem nu de herinneringen bovenkwamen. ‘Hij heeft het bericht doorgegeven aan zijn hoofdkwartier en vandaaruit is de reddingsdienst geïnformeerd. Het team kwam in de vroege ochtend bij de berghut aan.’

‘En nu ben je met hem bevriend?’

Meg leek haar amper te horen. Ze zat geconcentreerd naar het televisiescherm te kijken. ‘Eh... we mailen en we spreken elkaar soms via de radio als het lukt om contact te krijgen.’ Ze wierp Ronnie een blik toe. ‘Het voelde alsof hij het begreep, omdat hij erbij betrokken was geweest, snap je? Ik kon goed met hem praten.’

Ronnie ging op haar knieën zitten, tegelijkertijd opgewonden en verontwaardigd. ‘En waarom hoor ik dat nu pas? Je hebt het nooit over hem gehad.’

Megs ogen waren weer op het scherm gericht. Wat gebeurde er toch? ‘Het is geen geheim, hoor.’ Alleen Dolores was geïnteresseerd geweest – Lucy’s ogen kregen altijd een glazige blik als Meg het over hem had – en zelfs aan haar had Meg niet alles voorgelezen.

Sommige dingen hield ze liever voor zichzelf.

Haar handen vlogen weer naar haar mond. 'O mijn god, wat zeggen ze? Wat is dat?'

Ze wees. Er was weer een nieuw beeld verschenen, met opnieuw het woord LIVE in de bovenhoek. Het was een woestijn. Negen tiende van het scherm liet de lucht zien, met ergens in het midden een zwarte stip.

'Jezus, dat gaat snel,' mompelde Ronnie.

'Dit is de *deorbit burn*,' zei Meg zenuwachtig. Haar hart ging tekeer. Hoe kon dit als een soort entertainment worden uitgezonden? 'Ze minderen vaart en gaan onder een juiste hoek de dampkring in. Als het misgaat, kunnen ze verbranden of de ruimte in worden geslingerd.'

'... nu nog bijna tweehonderd kilometer per seconde...' zei de tv-presentator.

'Dat wordt achthonderd kilometer per uur als ze op een hoogte van tienenhalve kilometer zijn,' mompelde Meg alsof ze het tegen de presentator had.

'Ongelooflijk. Hoe weet jij dat allemaal?' zei Ronnie verbluft.

'Dat heb ik je verteld. We hebben gepraat en geschreven.' Meg beet op haar duimnagels, met beide handen ineengeslagen voor haar gezicht.

'Dus hoe werkt zo'n deorbit burn dan?'

'Ze ontsteken een motor die precies vier minuten en vijfenveertig seconden lang aan blijft. Er wordt overtollige brandstof en gewicht afgestoten. Dat helpt, maar de atmosfeer functioneert in feite als een rem. De Sojoez-capsule wordt in drie delen gescheiden: de orbitale module, de daalcabine en de servicemodule. Ze zitten in de daalcabine, dat is de terugkeermodule, en de andere twee delen worden afgestoten, waarna ze verbranden. Als ze de dampkring binnenkomen gaat dat met de snelheid van het geluid, maar tegen de tijd dat de parachute zich heeft ontvouwen, is de snelheid nog tweeëntwintig kilometer per uur.'

'Jezus! Je klinkt als een astrofysicus!' Ronnie lachte. 'Ben je bij hem gepromoveerd?'

Meg wees naar het scherm. 'Kijk! Zie je dat? Die vonken? Dat zijn de modules die niet meer nodig zijn voor de landing. Die vallen uiteen, zoals hij me heeft verteld.'

'Nou, dat is een goed teken dus? Als er gebeurt wat hij heeft gezegd.'

Meg beet op een vingernagel. 'Zolang de snelheid klopt.'

'Kan hij zelf zien wat er gebeurt?'

'Dat weet ik niet. Ik geloof het niet.'

'Hoelang duurt het voor ze landen?'

'Als ze eenmaal terug zijn in de atmosfeer nog iets minder dan een uur. Vijfenvijftig minuten, zei hij volgens mij.'

Ze zagen het zwarte stipje groter worden. Het bewoog zo snel dat het bijna onvoorstelbaar was dat er mensen in zaten.

Meg begon nerveus aan haar volgende nagel. Ondanks Jonas' opmerkingen vol zelfspot over die Kazachse kledij, had ze gedacht dat hij niet echt meende dat het op televisie zou worden uitgezonden. Een grapje of overdrijving, had ze verondersteld. Maar nu zat ze gewoon op de bank naar zijn landing te kijken!

Er werd weer van beeld gewisseld en er kwamen foto's van de astronauten tevoorschijn. Het waren er drie. De eerste was Sergei Taganovski, de Russische kosmonaut en expeditieleider. Jonas had het in een paar van zijn e-mails over hem gehad (dat hij gitaar speelde en kampioen was in de bubbeltjesplasticcompetitie) en hij zag er bijna precies zo uit als ze zich had voorgesteld: klein, gedrongen en kaal, met kleine ogen en een brede glimlach, een man die zijn jongensdroom had waargemaakt. Ze schatte Miriam Goldenberg, de Amerikaanse, begin veertig. Ze had een donker, dik bobkapsel, vriendelijke bruine ogen, een olijfkleurige huid en een diepzinnige, intelligente uitstraling. Jonas had haar verteld dat zij haar twee kinderen erg miste. En Jonas... Ze rechtte haar rug toen hij op het scherm verscheen.

'Is dat hem? Is dat Jonas?' vroeg Ronnie nieuwsgierig, ook al stond er duidelijk JONAS SOLBERG onder zijn foto.

'Ja, dat is hem,' mummelde Meg terloops, alsof het niets bijzonders was. Maar ondertussen bestudeerde ze weer zijn groene ogen en smalle neus, zijn fijne gelaatstrekken en zijn gemillimeterde haar.

'Ja, die kun je maar beter geheimhouden,' grapte Ronnie. 'Met hem kun je niet voor de dag komen. Wat een lelijkerd.'

Ze dronken van hun wijn. Meg merkte amper dat ze slokjes nam terwijl de minuten voorbijtikten en het zwarte stipje groter en groter werd tot het langzaam een herkenbare vorm aannam en de camera's konden inzoomen. De hitte op het oppervlak zorgde voor een waas terwijl het vaartuig door de lucht scheerde.

'O mijn god,' mompelde Ronnie vol ontzag. 'Hoe laten ze zo'n ding landen? Ik bedoel, hoe vertraag je het genoeg, zodat ze niet al hun botten breken?'

'Daar is ook geen garantie voor. Ze zitten in speciale stoelen waarvan de zitting strak om hen heen is gevormd en er zijn een soort schokdempers die bij de landing in werking worden gesteld – als airbags – zodat ze omhoog worden geduwd op het moment dat ze de aarde raken, maar de kracht is toch immens. Jonas zegt dat het voelt als een frontale botsing, zelfs met al die voorzorgsmaatregelen.'

'Waar zijn ze trouwens?' vroeg Ronnie, die naar het woestijntafereel keek, zachtjes hikte en verbaasd de rug van haar hand naar haar mond bracht.

'Kazachstan.'

Ronnie trok een wenkbrauw op. 'Waarom daar?'

'Omdat het er groot en vlak en leeg is.'

'Maar hoe vinden ze ze dan?'

'Dat wordt nu moeilijker omdat ze wat uit koers liggen. Ze zullen helikopters gebruiken en er staan reddingsdiensten klaar.'

De capsule raakte uit beeld. Omdat hij onder de verkeerde hoek of met de verkeerde snelheid, of hoe het ook precies zat, was teruggekomen, zou hij niet landen op de beoogde plek, wat betekende dat er geen camera's meer op gericht waren, maar dat er ook geen garantie was dat er geen obstakels zouden zijn. Het was dus niet duidelijk hoe snel ze de astronauten zouden kunnen bereiken en uit de capsule helpen.

Meg beet op haar lip en voelde zich misselijk nu de zender weer archiefmateriaal liet zien en de presentatoren in de studio gespannen en ernstig keken.

'Wat nu?' vroeg Ronnie.

Meg haalde haar schouders op. 'Wachten. Als ze zijn geland zullen de teams op de grond ze zo snel mogelijk proberen te bereiken.'

Ze keken zwijgend toe, nippend van hun wijn. Het voornemen Vietnamees eten te bestellen was voorlopig vergeten, de menukaart lag ongeopend op de bank terwijl ze luisterden naar verschillende experts die vertelden wat zij dachten dat er was misgegaan.

'Nou, ze zijn tenminste niet verbrand of richting Mars geslingerd,' zei Ronnie een tikje lijzig. 'Want dat zou klote zijn. Behoorlijk.'

Meg keek opzij. 'Fijn dat je het van de positieve kant bekijkt,' zei ze. 'Maar ik hoop dat je je patiënten met wat meer tact benadert.'

Ronnie ging lachend achteroverzitten. Meg grinnikte, maar hield haar ogen op het scherm gericht. Het ergste was achter de rug. Als ze goed waren geland en hij in orde was... Dit was voor anderen entertainment, ook voor Ronnie, maar voor Meg... Hij was haar vriend, haar stem in de lucht, haar beschermengel, degene die zijn hoofdkwartier in Houston had verzocht om de reddingsdienst te informeren, degene die haar waarschuwde voor harde wind en regenbuien...

Nadat ze een half uur hadden gewacht – en nog een fles wijn hadden geopend – verscheen het woord LIVE weer op het scherm.

'O! Kijk!' zei Ronnie. Ze wees ernaar terwijl de camera's de Sojoez-capsule in beeld brachten, nu geland, met erachter een enorme in elkaar gezakte verfomfaaide oranje parachute op de grond. Er stonden allerlei voertuigen omheen – brandweerauto's, ambulances met zwaailichten, jeeps – en een paar mannen in militair uniform hadden een ladder tegen de zijkant geplaatst om het luik boven op de capsule te openen.

Ze keken met ingehouden adem toe toen het openzwaaide. Meg dacht aan Jonas, hoe hij zou genieten van de verse zuurstof die de cabine in zou stromen, de bries die de compacte lucht zou beroeren die ze uit de ruimte hadden meegenomen. Het leek een eeuwigheid te duren voordat er weer iets gebeurde, maar toen verscheen er een hand en vervolgens een hoofd. Een kaal hoofd.

Ronnie begon 'Starman' van David Bowie te zingen, met een ondeugend lachje om haar lippen, maar Meg sloeg er geen acht op. Ze duwde haar handen tegen haar mond terwijl ze zag hoe groot het effect van de zwaartekracht op de lichamen van de astronauten was, na zes maanden gewichtloosheid. Sergei kwam het eerst naar buiten. Hij werd onder zijn oksels naar buiten getrokken en naar een ligstoel gedragen, waar hij met een deken werd bedekt en een soort kroon op zijn hoofd kreeg. Zijn benen hingen slap en zijn hoofd leek te zwaar te zijn voor zijn nek. Hij probeerde zwakjes te zwaaien naar de mensen van het grondteam, die allemaal juichten. Hij zag bleek en leek zijn hoofd amper te kunnen bewegen. Dat kwam van de misselijkheid, had Jonas Meg verteld.

Miriam kwam als tweede uit de capsule, en bij haar ging het precies hetzelfde, dus wist Meg wat ze kon verwachten toen Jonas eindelijk verscheen, slap en bijna bewegingloos. Hij zag er anders uit dan de officiële foto die ze had bestudeerd, want natuurlijk was zijn haar inmiddels gegroeid, en het was ook donkerder dan ze zich herinnerde. Het omlijstte zijn gezicht en accentueerde zijn ogen. Althans, zo zag zij het.

Ze boog zich voorover naar het scherm en zag hoe hij in de stoel werd gelegd, zijn hoofd min of meer roerloos maar zijn ogen beweeglijk. Hij leek het weidse, kale landschap te bekijken, de verre heuvels, de rotsen en de kleuren van de woestijn. Hij leek de wind op zijn gezicht te voelen, de warmte op zijn huid... En toen, langzaam, heel langzaam, keek hij omhoog naar de hemel waar hij zojuist uit omlaaggevallen was. *Het lange, brandende blauw...*

Het leek alsof hij door water bewoog, alsof elk beweginkje uitputtend was. Hij had haar hierover verteld: de extreme misselijkheid die toesloeg wanneer de zwaartekracht vat kreeg op hun lichaam, doordat er meer vocht in hun hoofd zat door de gewichtloosheid. Het zou dagen duren voordat hij zich weer normaal zou voelen.

Ze keek geboeid toe hoe hij zijn blik langzaam weer richtte op het aardse panorama, op de functionarissen en de grondteams die af en aan liepen. Zijn ogen zochten de camera's die op hem gericht waren.

En toen zijn hand in slow motion omhoogkwam, alleen voor haar, voelde Meg een plotselinge schok door haar lijf gaan. Haar ruimtevaarder was terug op aarde.

18

Zaterdag 29 juli 2017

Ze werd niet wakker van de lichtstraal die door het gordijn op haar gezicht viel. Ook niet van de sirenes en het getoeter die zich verhieven boven het achtergrondgeluid van de stationair draaiende motoren van auto's die beneden voor het stoplicht wachtten. Nee, ze schrok wakker van het koffiezetapparaat, dat met een automatische timer was ingeschakeld en gorgelend en pruttelend tot leven kwam.

'Goeiemorgen.' Ronnies stem van boven klonk nog schor van de slaap. De begroeting kostte inspanning en ze ging moeizaam zitten, waarop ze in beeld kwam met warrig haar dat alle kanten op piekte.

Meg keek knipperend op naar haar zus door de spijlen van de mezzanine. Haar dekbed was half van het matras gegleden, in de richting van de ladder.

'Ik denk dat jij eruitziet zoals ik me voel,' mompelde Meg, die een hand naar haar slaap bracht. 'O, wat ben ik brak.'

'Hoe denk je dat het met mij gaat?' zei Ronnie kreunend. 'Ik moet die ladder af, en op dit moment kost het al moeite om met mijn ogen te knipperen.'

Meg glimlachte, liet zich weer achterovervallen op het bed, rolde op haar zij, nam een foetushouding aan en trok het dekbed strakker om zich heen. Het appartement was echter niet alleen klein maar ook warm, en een seconde later schopte ze het weer van zich af. 'O mijn god, wat is het hier heet,' klaagde ze. 'Waarom slaap je niet met het raam open?'

'Dat doe ik normaal ook. Maar ik was bang dat je wakker zou worden van het verkeer.'

Meg bromde waarderend terwijl de beelden van gisteravond

weer langzaam in haar nog soezerige gedachten terugkeerden. Hij was terug. Hij was veilig. Hij was weg.

Het koffiezetapparaat bleef pruttelen.

'Je hebt zeker geen zin om op te staan en koffie in te schenken?' mompelde Ronnie.

Meg maakte een gesmoord geluid. Begreep haar zus niet dat ze niet gewend was aan een kater? Dat ze de afgelopen vier maanden het leven van een non had geleid? 'Waarom ik? Ik weet niet eens hoe dat ding werkt.'

'Omdat jij er het dichtst bij bent.'

Meg kreunde. 'Maar jij bent de gastvrouw.'

'Jawel, maar jij bent de oudste.'

Meg glimlachte weer en stond met tegenzin op van de slaapbank. Sommige dingen bleven altijd hetzelfde.

'God, ik voel me fantastisch,' zei Meg met een zucht. Ze strekte zich met haar gezicht naar de zon gekeerd uit op haar stoel terwijl de ober wegliep met de menukaarten. Het eetcafé zat al vol en ze hadden een kwartier op een tafeltje moeten wachten. Inmiddels was de rij langer aan het worden nu brunchtijd richting lunchtijd ging. Overal om hen heen waren er jonge mensen zoals zíj: twintigers met een paardenstaart en in sportkleding die zichzelf beloonden na een hardlooprondje of een yogales, met een Apple-horloge of Fitbit om hun pols en met oortjes in. Ze lachten en kletsten, ontmoetten vrienden of geliefden, en ondertussen schoof de rij langzaam voorwaarts in de zomerse zonneschijn. Als het zaterdagochtendgevoel een plek zou zijn, was die plek hier.

Meg nam het allemaal in zich op en voelde de vibe door haar lijf trekken alsof er een kabeltje in haar was geplugd en ze werd opgeladen. Na hun langzame, stroeve start van de ochtend had haar kater geen kans gehad tegen het verfrissende water van Lake Ontario – suppen was lastiger dan het leek en ze was een aantal keren in het water gevallen – en de vochtige plek op haar shirt tussen haar schouderbladen, waar haar natte haar had gedrupt, was voor haar een soort ereteken, een bewijs dat ze erbij hoorde, dat ze dingen ondernám.

Haar huid had dezelfde blozende frisheid, en haar spieren voelden prettig zwaar en vermoeid aan. Ze droeg een outfit van Ronnie – een legging van Lululemon en een boyfriend-T-shirt – want haar zus had niet gewild dat ze haar meegenomen zwarte fietsbroek van glanzende lycra aantrok. Niemand die langsliep kon zien dat zij uit een andere wereld afkomstig was. 'Ik wist niet dat het zo moeilijk zou zijn.'

'Het suppen? De beste remedie tegen een kater die ik ken,' zei Ronnie tevreden. 'Op een infuus met zoutoplossing na.'

'Doen dokters dat echt?'

'Het komt voor,' zei Ronnie schouderophalend.

Meg keek weer om zich heen. Ze zaten buiten in het hart van Toronto's Mink Mile, genoemd naar de dure designerboetieks die dit winkelgebied typeerden. Het terras van het café was afgezet met een keurig gesnoeide buxushaag op heuphoogte. Katoenen luifels boden de gasten aangename schaduw. Op de vensterbanken stonden potten met kruiden en op de teakhouten lattentafels waren potjes roze himalayazout gezet. Het zag er allemaal heel chic uit, dacht Meg bij zichzelf, terwijl ze haar omgeving met de blik van een buitenstaander gadesloeg. De sfeer was casual en relaxed – er was duidelijk geen sprake van een dresscode – maar toch had het iets mondains waar zelfs het stijlvolste restaurant thuis niet tegenop kon. In Banff had je voor kwaliteit van dit niveau een pak, een stropdas en een sloot geld nodig, maar Ronnie ging hier gewoon brunchen. Ze had gepocheerde eieren en avocadopuree op roggebrood besteld, met een groen sapje en een zwarte koffie, en Meg had voor precies hetzelfde gekozen, want ze wist niet goed wat een matchacrêpe of kimchi was. Het was moeilijk te bevatten dat ze slechts vanuit de bergen naar deze stad was gekomen, en niet vanuit een compleet ander land.

'Ik vind het ongelooflijk dat je nog nooit eerder bent gaan suppen, het is hartstikke leuk,' zei Ronnie, die haar benen over elkaar sloeg en er leuk uitzag in haar strakke aerosol-splash-legging van Nike met een mouwloos kobaltblauw shirt. 'En er zijn bij jullie meren te over.'

'Je kent me toch: ik ski in de winter en ik wandel in de zomer.'

'Ja, en dat deed je tien jaar geleden ook al! Doe ook eens wat nieuws. Je deed het goed. Je bent een natuurtalent!' zei Ronnie, die naar de ober glimlachte toen die terugkwam met een kan water en een kommetje gedroogde rode bessen. Meg keek ernaar en vroeg zich af wat het voor vruchtjes waren.

Ze nam er eentje en trok meteen een gezicht. Ze waren zuur.

'Het zijn gojibessen,' zei Ronnie grinnikend. 'Die moet je leren eten.'

Meg nam een slokje water om de smaak weg te krijgen. 'Misschien ga ik wel suppen als ik terug ben. Het is ook wel wat voor Lucy; we kunnen het samen gaan doen. Ze heeft jarenlang aan ijshockey gedaan en dus een prima evenwichtsgevoel.' Meg legde haar handen over elkaar.

Ronnie trok een wenkbrauw op. 'Vergeet je niet iets?'

'Wat?' Ze rolde met haar ogen. 'O god, ja natuurlijk. Hoe kan ik dat nou vergeten?'

'Ze kan het trouwens best proberen hoor, als ze voorzichtig is.'

Maar Meg had haar twijfels. Na Lucy's val vorige week kon ze maar beter geen risico meer nemen. De schrik zat er goed in.

'Of neem Badger mee,' zei Ronnie.

'Echt?'

'Ja, als hij tenminste wil blijven zitten.' Ronnie giechelde bij het tafereel dat ze voor zich zag. 'Het zou supergrappig zijn als hij over het board heen en weer zou lopen. Je zou binnen de kortste keren in het water liggen.'

Meg grinnikte, zelf ook geamuseerd door de gedachte aan haarzelf en Badger wankelend op het board. 'Ik ga erachteraan zodra ik terug ben.'

'Stuur me er foto's van. Ik wil bewijs zien.'

‘Oké…’

‘Ron?’ Ze keken allebei op bij het horen van een mannenstem. Hij had een kop koffie in zijn hand en een krant onder zijn arm. Hij had een kleine spaniël aan een riem bij zich. ‘Hé, hoe gaat het met je? Ik dacht al dat jij het was.’

‘Hoi, Jack!’ zei Ronnie monter. ‘Ik wist niet dat jij een hond had.’

‘Ze is niet van mij. Mijn oudere buurvrouw heeft net een heupoperatie gehad, dus nu laat ik Pooky voor haar uit.’

Ronnie trok een wenkbrauw op. ‘Pooky?’

‘Ja! Vreselijk hè. Ik laat haar dus niet los, die riem blijft om. Ik heb geen zin om op straat “Pooky” te gaan lopen roepen!’ Jack lachte en zag toen Meg pas zitten. ‘O, hoi, sorry, ik hoop dat ik niet stoor.’

‘Jack, dit is mijn zus, Meg. Ze komt uit Alberta en is op bezoek,’ zei Ronnie terwijl ze naar haar gebaarde. ‘Meg, dit is Jack Burrows. We werken allebei in het St Michael’s. Jack is traumachirurg.’

‘Traumachirurg. Dat klinkt heftig,’ zei Meg, die hem haar hand toestak. ‘Aangenaam kennis te maken.’

‘Wederzijds, Meg. Blijf je lang?’ De hond trok hard aan de riem en Jack nam een andere houding aan.

‘Een paar dagen maar. Ik ga dinsdagochtend terug.’

‘Waar in Alberta woon je?’

‘Banff.’

‘O, wauw,’ reageerde hij met opgetrokken wenkbrauwen. ‘Berengebied.’

Meg keek even naar Ronnie, die haar hoofd schudde alsof ze wilde zeggen dat hij het niet van haar had. Ze forceerde een glimlach en keek hem weer aan. ‘Inderdaad.’

Jack keek naar de hond, die nog steeds aan de riem trok. ‘Nou, dan zal dit wel een cultuurschok zijn. Bij jullie lopen vast niet veel mannen rond die kleine hondjes genaamd Pooky uitlaten, neem ik aan?’ Zijn wenkbrauwen bewogen naar elkaar toe. ‘Daar heb je échte mannen die eerder een wolf als huisdier hebben.’

‘Of een coyote,’ grapte Meg, en ze lachten alle drie.

‘Zeg, wil je bij ons komen zitten?’ vroeg Ronnie, terwijl ze Meg een vragende blik toewierp.

Meg knikte instemmend, maar Jack keek Ronnie spijtig aan. ‘Helaas moet ik dit prinsesje naar huis brengen en daarna heb ik afgesproken met een vriend voor een wedstrijdje *rackets*. Hij is ook alleen dit weekend in de stad.’

‘O, jammer. Een andere keer misschien,’ zei Ronnie met een glimlach.

‘Echt?’ vroeg Jack met een zweem van verbazing in zijn stem.

‘Het was leuk je te ontmoeten, Jack.’ Meg glimlachte en keek hem aan door haar zonnebril.

Jack scheurde zijn blik los van haar zus. ‘Insgelijks, Meg. Geniet van Toronto. En vooral van het feit dat je zus bereid is je gids te zijn. Ze komt het ziekenhuis vrijwel nooit uit.’

‘Dat moet jij zeggen,’ kaatste Ronnie terug terwijl hij zich grijnzend door Pooky liet meetrekken.

Ronnie grijnsde ook.

Meg leunde naar voren op haar ellebogen en zag hoe haar zusje hem nakeek. ‘Wat een leuke vent,’ zei ze nadrukkelijk.

Ronnie liet zich niet uit de tent lokken. ‘Ja hè?’

Hun eten werd gebracht en ze gingen allebei achteroverzitten, zodat de ober de borden kon neerzetten.

‘Hoelang ken je hem al?’ vroeg Meg, die zich afvroeg wat voor oranjerood poeder er over haar eieren was gestrooid.

Ronnie dacht even na. ‘Zeven maanden? Misschien iets langer. Hij werkte hiervoor in het TGH. Toronto General,’ voegde ze eraan toe toen Meg haar niet-begrijpend aankeek.

‘Leuke vent.’

Ronnie, die het roze zout op haar eieren strooide, keek haar aan. ‘Dat heb je al gezegd.’ Ze wierp een blik op de eieren. ‘Dat is trouwens paprikapoeder.’

‘O, tuurlijk,’ zei Meg snel. ‘Dat wist ik wel, hoor.’ Ze begon te eten. Het smaakte verrukkelijk! Zoiets lekkers had ze in geen maanden gegeten, hoewel het Vietnamese gerecht dat ze gisteren uiteindelijk toch nog hadden besteld ook heerlijk was geweest. Haar eetlust leek te zijn gewekt. 'Dus…' Ze rekte het woord lang en op suggestieve toon uit.

'Hoezo dus?'

'Hoezo dus? Serieus?' plaagde Meg. 'Jullie kunnen duidelijk goed met elkaar opschieten en hij is superknap. En overduidelijk in je geïnteresseerd.'

Ronnie bestudeerde haar brunch aandachtig. 'Doe niet zo raar.'

'Raar? Hij zag mij hier eerst niet eens zitten.' Ze trok een plagerig gezicht. 'Hij had alleen oog voor jou, lief zusje van me. Is er al iets tussen jullie…'

'Natuurlijk niet.' Ronnie schudde haar hoofd, maar er begon een rode blos vanuit haar hals op te stijgen.

'Hoezo "natuurlijk niet"?'

'Ten eerste omdat hij al specialist in opleiding is. En omdat…'

Haar stem stierf weg. Ze kon geen andere redenen bedenken.

'Bel hem gewoon eens.'

'Doe niet zo belachelijk. Ik ga hem echt niet op date vragen.'

Meg grinnikte. 'En jij vindt míj conservatief? Natuurlijk kun je hem op date vragen!'

'Hij is leidinggevende in het ziekenhuis. Ik kan echt niet zomaar…' Op dat moment bliepte Ronnies telefoon. Ze pakte hem op en las het binnengekomen berichtje. 'Nou ja, niet te geloven. Het is van hem,' zei ze verrast.

'En?' vroeg Meg met twinkelende ogen.

Ronnie keek op. 'Hij vraagt of we vanavond met hem en zijn vriend willen afspreken in Soho House.'

De glimlach verdween van Megs lippen. 'Eh… als in een… dubbele date?'

'Nee!' protesteerde Ronnie. 'Het is geen date.'

'Jawel. Jij vindt hem leuk, en hij jou overduidelijk ook. Het is echt wel een date.'

Ronnie beet op haar lip. 'Hoe dan ook... ga je mee?'

'Nee. Want het is een date. En ík doe daar niet aan.' Ze zei het op luchtige toon, maar Mitch' gezicht lichtte op in haar gedachten en de alarmbellen in haar brein klonken luider dan de sirene van de ambulance die net op dat moment langsscheurde op Yonge Street.

'Nou, ik ga uiteraard niet zonder jou,' zei Ronnie met een zucht. Ze haalde nonchalant haar schouders op.

'Ron!' riep Meg uit.

'Wat?'

'Natuurlijk ga je!'

'Dat kan niet. De uitnodiging was voor ons beiden. Hij heeft met zijn vriend afgesproken, dus ik kan moeilijk in mijn eentje komen aanzetten, toch?'

'Maar...'

'Het is oké. Jij doet niet aan daten. Dat begrijp ik.'

Meg keek haar zus aan. Ze liet zich niet voor de gek houden: Ronnie was teleurgesteld. En ze had gelijk, ze kon inderdaad niet in haar eentje komen aanzetten. Meg liet haar schouders hangen in de wetenschap dat zij – alleen zij – het potentiële geluk van haar zusje in de weg stond. 'Goed dan, maar we spreken wel een codewoord af voor het geval ik weg wil,' zei ze met tegenzin.

Ronnie trok een wenkbrauw op en haar ogen begonnen ondeugend te glimmen.

'Codewoord? Leuk. Maar wat voor woord?'

'Eh...' Ze keken allebei rond, op zoek naar inspiratie.

'Ik weet het!' zei Ronnie verrukt, met haar blik op de menukaart gericht. 'Chorizo!'

'Chorizo? Hoe moet ik dat terloops in het gesprek verwerken?' riep Meg uit. Ze zette een gemaakte stem op. '"Goh, vriend van Jack, je bent boomchirurg? O, gespecialiseerd in coniferen? En vertel eens, hou je van chorizo? Want zelf geef ik de voorkeur aan chipolataworstjes."'

Ronnie gooide schaterend haar hoofd achterover, wat haar een bewonderende blik van de jonge man aan het tafeltje naast hen opleverde. Had haar zus wel door hoe aantrekkelijk ze was? Meg lachte mee. 'Oké, oké, je hebt een punt. Het moet een alledaags woord zijn.'

'Maar ook weer niet een al te gewoon woord dat sowieso veel gebruikt wordt. Het moet jou wel opvallen.'

'Goed, alledaags maar niet ál te gewoon.' Ronnie beet op haar lip. 'Dus niet tafel? Of bezem? Veer? Wat dacht je van schommel?'

'Schómmel? Dat is net zo raar als chorizo!' sputterde Meg tegen.

Ronnie lachte luid. 'Ik heb het,' zei ze grijnzend toen er een gele taxi langsreed. 'Kanarie!'

'Kanárie?' herhaalde Meg, opnieuw niet bepaald overtuigd.

'Waarom niet? Of was je van plan vanavond een gesprek te beginnen over het geheime leven van kanariepietjes?'

'Dat staat niet op mijn smalltalkrepertoire, nee,' zei Meg droogjes.

Ronnie glimlachte. 'Goed zo. En het lijkt me een mooie uitdaging voor jou om een context te vinden waarin je "kanarie" kunt gebruiken.'

'Ja hoor. Een hersenkraker op het moment dat ik me toch al ongemakkelijk voel.'

'Het wordt hartstikke leuk,' zei Ronnie terwijl ze haar telefoon pakte en hun reactie stuurde.

Meg glimlachte, maar gaf geen antwoord. Ze wilde niet hardop toegeven dat het al leuk wás.

19

'Als we terugkomen, zullen we denken dat er is ingebroken, dat weet je, hè?' zei Meg terwijl Ronnie de deur achter hen dichttrok en op slot deed. Overal lagen kleren, op elk beschikbaar oppervlak, wat niet zo gek was in een piepklein appartement met twee licht paniekerige zussen die op een dubbele date zouden gaan.

Ze waren in eerste instantie ontspannen geweest, waren naar Allen Park gewandeld en hadden daar een paar uur op het gras liggen zonnebaden, waarna ze naar de haven waren gelopen om daar rond te kijken. Mensen in ligstoelen aan de waterkant, skateboarders en rollerskaters die voorbijzoefden, gezinnen die zich vermaakten... En ze hadden de hele tijd gekletst, met groter gemak dan ze in jaren hadden gedaan. Voor de verandering was er geen Lucy of Mitch om Meg af te leiden, en Ronnies aandacht werd niet in beslag genomen door examens of opdrachten.

Pas toen ze thuis waren en de avond dichterbij kwam, was de onrust toegeslagen: broek of jurk? Hakken of sneakers? Haar los of opgestoken?

Meg had uiteraard geen kleding voor een date meegenomen. En Ronnie datete nooit, daar had ze geen tijd voor. Toch had ze een behoorlijke basisgarderobe van diverse spijkerbroeken – in licht- en donkerblauw, wit en zwart, gebleekt, boyfriend, bootcut, flared, skinny, met gaten op kniehoogte...

'Hoe kan één persoon zó veel spijkerbroeken hebben?' had Meg verwonderd uitgeroepen toen Ronnie haar kledingkast opende.

Ronnie had haar schouders opgehaald. 'Tja. Ik probeer wel andere dingen te kopen, maar elke keer als ik in een winkel sta, vind ik het heel...'

'Saai?' had Meg gevraagd. Zij vond winkelen oneindig saai, dat had ze altijd al gevonden. Mitch was degene die nieuwe kleren voor haar kocht, wat meestal neerkwam op een fleecetrui of een nieuwe basisoutfit voor kampeertochtjes in het weekend.

'Moeilijk. Ik weet niet wat ik moet kiezen. En dan koop ik maar weer een jeans en ga naar huis.'

'Volgens mij heb jij een probleem,' had Meg gezegd terwijl ze de broeken probeerde te tellen.

'Daar kon je weleens gelijk in hebben,' had Ronnie beaamd terwijl ze er met haar handen op haar heupen naar stond te kijken. 'Maar iedereen heeft wel wat, toch? Sommige mensen hebben iets met schoenen. Anderen verzamelen tassen. Jij hebt te veel outdoorspullen. Ik heb mijn spijkerbroeken,' had ze laconiek gezegd.

Ze kwamen naar buiten op het moment dat er lange schaduwen over de straat vielen en de zon nog net vanachter een negentiendeeeuws pand op de stoep scheen. Ronnie zwaaide met een arm om een taxi aan te houden.

Meg ving een glimp van hun spiegelbeeld op toen ze instapten: hun lange haar glansde, hun ogen waren opgemaakt in een smokey palet (drie laagjes mascara zou nooit in Meg zijn opgekomen) en de rode lovertjes op haar zwarte Rolling Stones-T-shirt flonkerden. Ronnie had Meg haar favoriete spijkerbroek gegund – matzwart, rechte pijpen, opgerold bij de enkel, gedragen met elegante laarsjes – omdat hij haar momenteel net te klein was.

Zelf droeg Ronnie een witte bootcut, goudkleurige sandalen met een riempje en een wit linnen T-shirt met dunne streepjes van gouddraad.

Meg vond dat ze er anders dan anders uitzagen. Op de een of andere manier zag ze hen beiden nog voor zich met warrig haar, kapotte knieën, ieder in een door hun oudtante gebreide trui.

'Vind je dat ik mijn haar toch los had moeten doen?' vroeg Ronnie bezorgd terwijl de taxi zich in het verkeer begaf. Ze voelde aan haar paardenstaart.

'Nee, dit staat mooi,' antwoordde Meg, hoewel ze het moeilijk vond om er een oordeel over te hebben, want haar zus zou er met een kaal hoofd nog prachtig uitzien. 'Ben je er trouwens weleens geweest?'

'Soho House? Eén keer. Op een verjaardagsfeest van een vriendin van een vriendin.' Ronnie keek opzij en zag haar gezicht. 'Wat is er?'

'Niets.'

'Ik geloof er niks van. Je ziet eruit alsof je elk moment moet overgeven. Wat is er? Je weet toch dat het een grapje was, hè, van die kanarie. We kunnen vertrekken zodra jij dat wilt.'

'Dat is het niet. Het...'

'Wat?'

'Ik bedoel... Soho House. Alleen de naam is al cool. Het is vast geen gelegenheid waar ik op mijn plek zal zijn.' Ze dacht aan Jonas' e-mail, zijn tip om er vooral cocktails te gaan drinken.

'Hallo? Heb je vandaag wel in de spiegel gekeken? Als jij mensen zou vertellen dat je model bent, zullen ze je meteen geloven.' Ze trok een bedenkelijk gezicht. 'Maar niet in die outfit van gisteren hoor, dat Patagonia-T-shirt met die vormloze spijkerbroek.'

Meg lachte nerveus en streek niet-aanwezige plooien uit de stof om haar smalle bovenbenen.

Ze keek uit het raam terwijl de chauffeur door de straten manoeuvreerde en op een kruispunt door rood reed, wat Meg bijna een hartaanval bezorgde. Aan de hemel – waarvan lange, smalle stroken zichtbaar waren – ging het zachte blauw in de zonsondergang over in perziktinten. De ramen op het westen blonken goudkleurig en ze zag dat de stad een geheel eigen schoonheid had. Toronto was Banff niet, natuurlijk. Nergens was het zo speciaal als in Banff, haar thuis. De Rocky Mountains en smaragdgroene meren, daar kon niets aan tippen. Maar ook de grote stad had zo zijn charme.

Tien minuten later stopten ze voor een fraai hoekgebouw van bruinrode zandsteen met een industriële touch.

‘Kijk niet zo bezorgd,’ zei Ronnie met een glimlach. Ze betaalde de taxi voordat Meg tegenwerpingen kon maken en loodste haar mee de club in. De hal, met achterin een trap, was voorzien van houten lambrisering en in een grijsblauwe tint geschilderd. Nadat ze hun naam hadden opgegeven, werden ze naar de plek gewezen waar ze hun vrienden zouden ontmoeten, bij de bar op het dakterras. ‘Gewoon helemaal naar boven lopen.’

Meg wierp op elke verdieping een blik in de zalen en zag banken met fluwelen bekleding, meer lambriseringen, reusachtige kroonluchters en zelfs een grote elandkop boven een haard. Toch was de stijl niet ouderwets koloniaal, daarvoor was er te veel baksteen en metaal zichtbaar, in loftstijl, met houten vloeren die aangenaam versleten oogden, alsof ze uit oude berghutten hierheen waren gehaald.

Meg voelde dat haar hart sneller begon te slaan, en de vibe van de grote stad begon weer door haar lijf te stromen toen ze het dakterras bereikten. Een schuin glazen dak en glazen wanden die aan de bovenkant open waren, gaven je het gevoel buiten te zijn. De vloer was van leisteen en om de ronde bistrotafels stonden groene metalen stoelen. Achterin was een loungegedeelte en de potplanten met veerachtige varens zorgden voor een natuurlijk tintje.

Jack stond op toen hij hen zag binnenkomen en hij glimlachte breed. Ook de jonge man die bij hem was stond op. Hij had zandkleurig haar, was tenger gebouwd en droeg een gebroken witte spijkerbroek met daarop een casual ongevoerd linnenachtig jasje; de broek was omgeslagen bij de enkels en hij droeg geen sokken in zijn suède instappers. Alles aan hem was metroman. Hij leek in geen enkel opzicht op Mitch – donker, stevig, atletisch en praktisch – wat haar meteen geruststelde. Er was geen enkele dreiging. Ze voelde zich niet meer tot hem aangetrokken dan tot de stoel. Minder zelfs, want de laarsjes knelden om haar voeten en ze wilde dolgraag zitten.

‘Hoi,’ zei Ronnie, die vooropliep.

'Ik ben blij dat jullie konden komen,' zei Jack, die haar en vervolgens Meg een kus op de wang gaf voordat hij zijn vriend aan hen voorstelde.

'Dit is Logan Hazard.'

'Maar iedereen noemt me Hap,' zei de man met een glimlach terwijl hij zijn hand uitstak.

Ronnie begreep meteen waar de bijnaam vandaan kwam – *haphazard* – maar het duurde een moment voordat Meg het doorhad. Ze was zo nerveus dat haar brein nog niet was afgestemd op luchtige smalltalk.

'O!' reageerde ze lachend, ruim vier seconden later.

'Ga zitten,' zei Jack terwijl hij hun stoelen naar achteren schoof. 'Ik heb wijn besteld. Een witte bourgogne. Is dat goed?'

'Dat is geweldig.' Ronnie grijnsde en naam plaats op de stoel naast die van Jack.

'Heerlijk,' zei Meg instemmend.

'Eerlijk gezegd had ik geen bourgogne als aperitief besteld als ik Hap niet bij me had gehad, maar hij zit in de druiven, dus als hij iets aanbeveelt, doe ik daar mijn voordeel mee. Wat zei je ook alweer over deze wijn? Droog en fruitig.'

'Zoiets,' antwoordde Hap met een bescheiden glimlach.

'O. Ben je een wijnkenner?' vroeg Ronnie, die Jack een charmante glimlach toewierp terwijl hij haar een glas aanreikte.

'Ik ben hoofd van de salesafdeling van een wijngaard in Brits-Columbia. We verkopen ijswijnen.'

Meg nam een slokje en zweeg. IJswijn? Was dat zoiets als bevroren wodka?

'Ah! Ik ben dol op de Inniskillin,' zei Ronnie enthousiast.

'Ja, dat is een uitstekende riesling. Wij zijn gespecialiseerd in de pinot noirs, maar Inniskillin zit vlak bij ons.'

'Waar is dat dan?'

'De Okanagan Valley.'

'Wauw. En wat brengt je nu dan naar de grote stad?'

'De Toronto Food & Wine Show.'

'Dat klinkt verrukkelijk.' Ronnie glimlachte. 'Maar het zal er wel megadruk zijn?'

'Enorm,' zei Hap rollend met zijn ogen. 'En jij bent dokter, heb ik begrepen? Jack vertelde dat je ook in het ziekenhuis werkt.'

'Dat klopt. Ik zit in mijn tweede jaar,' antwoordde Ronnie, bij wie de zenuwen toesloegen nu het verschil in status tussen hen duidelijk werd. Het leed geen twijfel dat dit – als het tenminste tot een 'dit' zou leiden – op het werk voor beiden lastig kon worden. Maar Meg zag hoe Jack naar haar zus keek. 'Jack is de man die alles onder controle weet te houden als er totale chaos dreigt uit te breken,' zei Ronnie met een knikje in zijn richting.

'Jullie maken idioot lange dagen, heb ik begrepen.' Hap keek van de een naar de ander.

'Nou, de enige reden waarom Ronnie nu niet in doktersjas in het ziekenhuis rondloopt, is omdat ze min of meer is gedwongen eindelijk eens vakantie op te nemen,' zei Jack met een ironisch glimlachje.

'Wat gelukkig de perfecte gelegenheid was om mijn zus uit te nodigen hiernaartoe te komen,' voegde Ronnie er snel aan toe, om Meg bij het gesprek te betrekken.

Hap keek Meg belangstellend aan. 'En jij, Meg? Wat doe jij voor de kost? Maak je ook veel te veel uren?'

'Nee hoor. Ik werk in een skiverhuurzaak in Banff,' zei ze snel, waarna ze een grote slok wijn nam in de verwachting dat er een stilte zou vallen. Haar gebrek aan een carrière en ambitie zou de sfeer lamleggen, nog voordat de avond goed en wel begonnen was.

'Maar wat doe je dan in de zomer? Dan wordt er toch niet geskied?'

'Nee. Dan schakelen we over op de verkoop van wandel- en klimuitrustingen.'

Er viel weer een korte stilte.

'Ik neem aan dat je mensen uit alle uithoeken van de wereld spreekt,' zei Jack optimistisch.

'Inderdaad.' Ze knikte en nam nog een slok wijn, zich afvragend hoe ze het gesprek op kanaries zou kunnen brengen. Ze wierp Ronnie een vertwijfelde blik toe. Ze ging af als een gieter en bracht hen allebei in verlegenheid.

'Maar daar ligt niet Megs voornaamste focus, toch, Meg?' Ronnie keek haar met grote ogen bemoedigend aan.

Meg knipperde met haar ogen. O nee?

'Titch…' opperde Ronnie.

'O.' Ze fronste. 'Nou, ik denk…'

'Titch? Van de snowboards?' vroeg Hap.

'Ja.'

'Wat leuk. Vertel.' Hij was duidelijk geïnteresseerd.

Maar Meg kon de woorden niet over haar lippen krijgen. *Mijn verloofde heeft het bedrijf opgericht. Mijn dode verloofde.*

'Meg is mede-eigenaar,' zei Ronnie dus maar. Haar bruine ogen glommen van trots. 'Ze heeft een paar vrienden in hun middelbareschooltijd meegeholpen bij de oprichting.'

'Nou ja, ik heb eigenlijk niets te maken gehad met het reilen en zeilen van de…' sputterde Meg tegen, maar Ronnie gaf haar een kneepje in haar knie.

'Nonsens. Jij hebt de bouw van de studio en shop gefinancierd, toch? En jouw designs staan op de boards. Die vormen een unique sellingpoint.'

'Heb jij die graphics gemaakt?' vroeg Hap verbluft.

Meg wist niet goed wat ze met zijn interesse aan moest. 'Ja,' zei ze simpelweg.

'Ik zeg altijd tegen Meg dat ze een eigen zaak zou moeten beginnen. Ze heeft een frisse kijk op de dingen en een unieke blik,' zei Ronnie. Dat was waar, haar idee om voor zichzelf te beginnen kwam oorspronkelijk van haar zus. Ze zei het al jaren, maar Meg had het altijd van zich af laten glijden en het vooral als een impliciete belediging opgevat – dat het leven dat ze leidde niet goed genoeg was – in plaats van een compliment.

Hap leunde belangstellend naar voren. 'Ik heb er vorig jaar een uit de Crush Limited Edition aangeschaft.'

'Doe je aan snowboarden?' vroeg ze lichtelijk verbaasd. Op de een of andere manier zag ze het niet voor zich.

'Nee,' zei hij enigszins besmuikt. 'Om je de waarheid te zeggen hangt het bij mij thuis aan de muur.'

'Hap is nogal van de design statements, ben ik bang,' zei Jack kreunend.

'Ha, je bent gewoon jaloers op mijn geweldige smaak. En op het feit dat een vilten hoed mij fantastisch staat en jou niet.' Hap trok een gezicht. 'Maar ik moet toegeven dat ik dat board puur voor de show in mijn bezit heb.'

Beide mannen lachten, net als Meg. Mitch en Tuck zouden onmiddellijk op hem hebben neergekeken, maar zij waardeerde zijn eerlijkheid. De meeste mannen zouden liever hebben gedaan alsof ze een ervaren snowboarder waren dan bekennen dat ze enkel en alleen een board hadden gekocht omdat de kleuren en patronen hun aanstonden.

'Nou,' zei Hap, terwijl hij de fles wijn pakte en iedereen nog eens bijschonk. 'Als jij die designs hebt ontworpen dan ben je moreel verplicht om aan de slag te gaan en je werk met de wereld te delen. Het moet gezien worden.' Hij keek haar recht aan en ze voelde een schokje door zich heen gaan door de plotselinge verbinding die er ontstond. Het was lang geleden dat ze iemand zo in de ogen had gekeken, besefte ze. Al die maanden had ze zich gered met wat vage glimlachjes en had ze precies gezegd wat de mensen wilden horen. Ze had iedereen behalve Dolores en Lucy op afstand gehouden. Zelfs Jonas, haar onwaarschijnlijke vertrouweling, was niet fysiek aanwezig geweest, waardoor hij eerder een klankbord in de verte was geweest dan iemand in levenden lijve, laat staan een mán in levenden lijve. Maar deze man, die haar in sociaal en cultureel opzicht vreemd was, en totaal niet haar type, wist op de een of andere manier door haar façade heen te breken. Hij kende haar verleden en haar heden niet, hij wist niets van haar verdriet en haar zorgen. Hij zag alleen een meisje in een zwarte spijkerbroek met een nerveuze glimlach. Het voelde als een bevrijding.

Hap ging weer achteroverzitten, maar keek haar nog steeds aan.

Ze keek op door een plotse sfeerverandering: de hemel was inmiddels donker en boven haar flonkerden nu geen sterren, maar gingen lichtslingers aan die tussen de spanten van de glazen overkapping waren opgehangen. Een nagemaakte sterrenhemel.

'En wat hebben jullie tweeën vandaag gedaan?' vroeg Jack aan Ronnie. 'De CN Tower bekeken?'

'Alleen op afstand,' zei ze. 'En we zijn vanochtend gaan suppen voordat we jou tegenkwamen, dus we voelden ons helemaal niet schuldig dat we de rest van de dag maar wat hebben rondgehangen. We hebben liggen zonnebaden in het park en zijn daarna naar de haven gegaan.'

'O, wat jammer dat we jullie niet hebben gezien. Wij waren daar vanmiddag ook om voorbereidingen te treffen voor een tochtje met Jacks boot morgen,' reageerde Hap.

'Heb jij een boot?' vroeg Ronnie afgunstig.

'Nou, bepaald geen jacht hoor, maar inderdaad...' Jack haalde zijn schouders op. 'Mijn ideale zondag: de pieper uit, een picknick mee en het water op. Er is niks mooiers dan dat.'

'Wat een droomleven,' grapte Ronnie.

'Nou, dat zou je niet zeggen als je mijn boot zou zien. Toen ik naar de stad verhuisde heb ik het geld dat bestemd was voor een appartementje aan de boot besteed. Ik heb er anderhalf jaar op gewoond. 'Hij trok zijn neus op. 'De hut is piepklein.'

'Of knus.' Ronnie haalde haar schouders op en wierp hem een kokette blik toe. 'Het is maar hoe je ernaar kijkt.'

'Of knus.' Jack grijnsde en Meg voelde een plotselinge gêne nu de eerder onuitgesproken aantrekkingskracht tussen Ronnie en Jack het terras op stroomde en zich als een vijfde aanwezigheid bij hun groepje voegde. 'Zeg, ga morgen anders met ons mee, als jullie tijd hebben. Dat zouden we leuk vinden.'

'Ja, dan kan Jack jullie een snelcursus touwknoopkunde geven,' plaagde Hap. 'Vraag hem vooral eens naar de mastworp.'

Megs gedachten dwaalden af en ze keek weer op naar de lichtjes die geen sterren waren. Ze kon de echte sterren aan de hemel niet zien vanwege de verlichting in de stad. Anders dan thuis, waar de nacht als een fluwelen mantel over de vallei neerdaalde, was de avond hier meer een sluier, een roodachtig waas dat vanuit de stad omhoogzweefde en de sterren dempte. Ze vroeg zich af hoe het zou zijn om ergens te wonen waar ze onzichtbaar waren, eerder een notie dan een werkelijkheid, waar je blij moest zijn met alleen het idee dat ze er waren, al kon je ze niet zien.

Ze dacht aan Jonas, die gisteren nog daarboven door de hemel vloog met uitzicht op de Gobiwoestijn, de Taj Mahal, Ayers Rock en de Amazone, en ze glimlachte bij de gedachte aan de epische schaal van zijn sightseeing: hij had de grote wereldwonderen daarboven kunnen bekijken in minder tijd dan het haar kostte om deze ene stad te bezoeken. Ze vroeg zich af hoe hij zich voelde nu hij terug op aarde was, met zijn voeten op de grond, weer een mens als alle mensen. Gewoon een man. Hij zou op straat lopen, zijn boodschappen doen en sokken kopen zonder dat iemand aan hem kon merken dat hij tot die piepkleine elite behoorde die van deze planeet was gestapt en het grotere plaatje had gezien.

'En ga je het proberen?' vroeg Hap, die haar naar de lichtjes zag kijken. Hoewel ze de sterren niet konden vervangen waren ze wel sfeervol en wierpen ze een flonkerend spel van licht en schaduw op het terras.

'Wat?'

'Je eigen zaak beginnen, zoals Ronnie net zei. Je hebt duidelijk talent.'

'O, nou, zo simpel is het niet,' wierp ze tegen.

'Waarom niet?'

Meg aarzelde en probeerde te bedenken wat Lucy tegen haar had gezegd toen ze de gedachte had durven uitspreken. Dolores had haar nodig. Ze zou de stress niet aankunnen.

'Ik bedoel, ik snap dat het niet eenvoudig zou zijn als je niet kon tekenen,' voegde hij er grijnzend aan toe. 'Maar...'

'Ik heb andere verplichtingen die het onmogelijk maken. Ik werk nauw samen met een vriendin en zij heeft me nodig.'

'Je bedoelt de skiverhuur?'

'Ja. Ze is veel ouder. En ze heeft niemand anders.'

'Geloof er vooral geen woord van,' zei Ronnie, die met haar ogen rolde. 'Dolores is een ouwe taaie. Ze redt zich echt wel als Meg vertrekt. Meg durft het gewoon niet aan.'

'Ze is drieënzeventig,' protesteerde Meg.

'Precies. Een drieënzeventigjarige ouwe taaie. Niet kapot te krijgen. Met haar valt niet te spotten.'

De mannen lachten, maar Meg was boos dat Ronnie – na een dag waarop ze dichter bij elkaar waren gekomen dan in jaren – nu weer commentaar op haar zat te leveren.

'Wat geweldig dat zij op haar leeftijd nog werkt,' zei Jack beleefd toen hij Megs gezichtsuitdrukking zag.

'Nou, misschien lukt dat nu niet meer, dat is het punt nou juist,' zei Meg fel terwijl ze haar zus een woedende blik toewierp. Dolores' herstel verliep langzaam – langzamer dan Dolores zou willen – maar stel dat ze zelfs nooit weer helemaal de oude zou worden? Ze had wel dood kunnen zijn. Juist nu had ze Meg meer dan ooit nodig. 'Ze is vorige week aangevallen door een beer en heeft drie dagen op de intensive care gelegen.'

'Jezus!' riep Hap oprecht geschokt uit. 'Dat meen je niet.'

'Meg was erbij,' zei Ronnie.

'Je was erbij?' herhaalde Hap onthutst.

'En nu ben je... gewoon hier? En zie je er zó uit?'

Hoe zag ze er dan uit, vroeg Meg zich af, terwijl ze er meteen spijt van had dat ze zich door Ronnie had laten opmaken. Ze wilde dat ze het onderwerp niet ter sprake had gebracht. Het kon haar niet schelen wat Dolores zei, het was niet niks geweest. Het was niet allemaal meteen weer oké omdat ze het hadden overleefd.

'Maar heb je er geen last van? Geen paniekaanvallen?'

'Hij had het niet op mij gemunt,' zei ze met een kalmte die ze niet voelde. Ze zag de beer weer voor zich, op zijn achterpoten, en Lucy ineengedoken op de grond...

Ronnie gaf een trots kneepje in haar arm. 'Nee. Meg heeft de beer met pepperspray bestookt. Zij heeft hem tegengehouden. Ze heeft Dolores' leven gered.'

'Met pepperspray?' Hap schudde grinnikend zijn hoofd. 'Misschien kun je beter bodyguard worden.'

Zelfs Meg moest daarom lachen. 'Geen gekke gedachte.' Ze spande haar biceps, maar haar spichtige bovenarmen maakten geen indruk.

'Misschien toch maar niet.' Hap trok een vrolijke grimas en bleef haar aankijken.

Meg voelde weer een schokje door zich heen gaan. Ze begreep het niet. Hij leek totaal niet op Mitch, hij was haar type niet. Maar toch was er een onderstroom die ze niet kon ontkennen.

Jack overzag de interactie glimlachend, als een toegeeflijke vader. 'Zeg, wij hebben een tafel gereserveerd in de Pretzel Bar beneden. Daar is livemuziek en het eten is er heerlijk... Hebben jullie zin om een hapje mee te eten of moeten jullie nog ergens anders heen?'

Ronnie beet op haar lip en keek met een opgetrokken wenkbrauw naar Meg. En wat kon ze anders doen dan instemmen? Ronnie gloeide bijna van opwinding.

'Ja hoor.' Meg haalde haar schouders op. 'Ik heb honger als een...'

'Beer?' vroeg Hap terwijl ze opstonden.

Ze liepen weer naar binnen, met Ronnie en Jack voorop. Jack fluisterde iets in Ronnies oor, waarop ze hem stralend aankeek. Meg glimlachte hoopvol. Haar zusje was nooit iemand geweest die veel met jongens of mannen uitging, ze had het altijd te druk gehad met studeren en haar blik gericht op verre horizonten die de jongens in hun thuisstadje niet zagen. En nu had ze er geen tijd voor. Het was volkomen logisch dat ze met een dokter zou gaan daten.

Meg legde haar hand op de leuning toen ze de trap bereikten.

'Voorzichtig, het zijn steile treden,' zei Hap, die zijn hand op haar heup legde.

Meg verstijfde meteen terwijl ze de trap af begon te lopen. Haar hart klopte sneller dan wanneer ze omhoog zou zijn gerend. Het restaurant lag één verdieping lager en ze hoorde de muziek al dreunen toen ze de hoek om liepen. De trillingen van de bas kwamen dwars door de muur heen.

Ze stapte op de laatste trede – Ronnie en Jack stonden al bij de deur naar de bar – toen ze zijn hand omlaag voelde glijden, heel lichtjes langs de ronding van haar bil.

Ze hapte hoorbaar naar adem en Ronnie draaide zich meteen om.

'Wat is er?'

'De kanarie!' riep Meg.

Ronnie keek haar met open mond aan. 'Wat?'

'We zijn vergeten de kanarie te voeren!'

Jack wendde zich tot Ronnie. 'Heb jij een kanárie?'

'Eh... ja... ja,' antwoordde Ronnie, die haar ogen op haar zus gericht hield en in stilte een heel gesprek met haar voerde voordat ze Jack verontschuldigend aankeek. 'Het spijt me enorm, laten we een andere keer afspreken. We hebben hem ook uit de kooi gelaten. Helemaal vergeten. We moeten terug voordat-ie de boel sloopt...'

'Echt?' vroeg Jack teleurgesteld.

'Ja, eh... het is nogal een dondersteen,' zei Ronnie met een spijtig glimlachje. Jack en Hap keken hen stomverbaasd aan terwijl Meg haar bij de hand pakte en meetrok, het pand uit, de straat op, waar ze meteen haar hand opstak om een taxi aan te houden.

Ronnie liet zich zwijgend meevoeren, want ze wist dat er niets aan te doen was. Het codewoord was geactiveerd en afspraak was afspraak.

Hun dubbele date was voorbij.

20

Zondag 30 juli 2017

'Echt, je hoeft je nergens voor te generen,' zei Ronnie, die een avocado over haar toast prakte en er chiliolie overheen druppelde.

Meg keek geboeid toe. Dit aten de mensen hier dus als ontbijt. Wat was er mis met cornflakes, muesli of pannenkoeken? 'Ron, ik sprong op als een zalm!' zei ze kreunend bij de gedachte aan het wel degelijk gênante voorval van gisteravond. Ze had de halve nacht liggen woelen terwijl haar brein had geprobeerd te verwerken wat haar lichaam had gedaan. Wat mankeerde haar in godsnaam? Oké, hij had haar billen aangeraakt. Nou, eigenlijk amper. Nou en? Ze was toch geen klein meisje meer! En dan ook nog... O god, wat erg. We zijn vergeten de kanarie te voeren? Wat belachelijk had dat geklonken!

Ronnie trok een meelevend gezicht. 'Probeer het gewoon als compliment op te vatten dat hij zich tot je aangetrokken voelde. Tenslotte zul je moeten wennen aan het idee dat mannen jou leuk vinden, of je er nou op in wilt gaan of niet.'

Meg kreunde alleen maar. Haar telefoon liet via een piepje horen dat er een e-mail binnenkwam en ze klikte er achteloos op. Waarschijnlijk de aankondiging van een of andere uitverkoop. Of Lucy die wilde weten of Ronnie haar al aan het huilen had gemaakt.

'Maar luister, wat wil je vandaag gaan doen? Gaan we mee zeilen?'

Meg staarde naar de e-mail. Haar hartslag sloeg op hol toen ze zag van wie het bericht afkomstig was. Ronnies vraag drong pas vijf seconden later tot haar door en ze keek verrast op. 'Op Jacks boot?'

Ronnie haalde haar schouders op. 'Hij heeft een berichtje gestuurd en het aanbod herhaald, maar het hoeft niet, hoor. Ik wil niet dat jij je ongemakkelijk voelt. Ik zeg het alleen maar omdat ik hem antwoord moet geven.' Ze keek naar Megs gezicht, dat min of meer verstarde.

'Maar... Weet je, ik zeg gewoon dat we andere plannen hebben.'

Meg zag aan haar zusje dat ze probeerde te verbergen hoe jammer ze het vond. 'Maar je vindt hem leuk.'

Ronnie keek haar weer aan en richtte haar blik vervolgens weer op haar telefoon. 'Ik kan op een ander moment met hem afspreken. Ik zie hem wel weer op het werk. We kunnen samen gaan koffiedrinken of zo.'

'Koffiedrinken? In plaats van lekker loungen op zijn boot? Ik dacht het niet.'

Ronnie leunde naar voren. 'Maar dat betekent dat jij ook meegaat.'

'Dat weet ik. Geen probleem.'

Ronnie keek verbaasd. 'O nee?'

'Nee, ik heb gisteravond overdreven gereageerd. Je hebt gelijk. Ik moet wennen aan...'

'Mannen?'

'Precies,' mompelde Meg, en ze liet haar blik weer op de e-mail op haar telefoonscherm vallen.

Van: Jonas Solberg
Onderwerp: Groet vanaf aarde

Hallo Danny-Danny,

Nou, misschien heb je wel gehoord dat de terugkeer niet helemaal volgens plan is verlopen, maar ik sta weer met beide benen op de grond. Het slechte nieuws is dat de zwaartekracht en ik momenteel niet op goede voet met

elkaar staan. Zelfs het typen van dit bericht kost onvoorstelbaar veel kracht. Om het van de zonnige kant te bekijken: dit schijnt maar een paar dagen te duren. Of weken. Weet je nog dat ik schreef dat ik me erop verheugde weer te gaan lopen? Dat neem ik terug. Mijn voetzolen zijn zo zacht dat ik Crocs moet dragen. Bepaald geen stijlvolle look. Gelukkig word ik nu alleen gezien door astronauten en wetenschappers. (Heb je trouwens mijn Kazachse terugkeeroutfit gezien? Hopelijk niet.)
Hoe was het in Toronto? Heb je martini's zitten nippen in Soho House?
Ik zit nu in Houston, waar ik voortdurend tests onderga, en alle nieuws uit de buitenwereld is welkom! Mijn armen zijn te zwaar om nog verder te typen. Schrijf me alsjeblieft terug.

J

PS Grap volgt later. Sorry.

'Niet te geloven dat dit een meer is en niet een zee,' zei Meg met haar ogen op de verre horizon gericht terwijl ze samen over de vlonders van de Outer Harbour Marina liepen, allebei met een grote tas. Die van Meg bevatte opgerolde handdoeken en zwemkleding, die van Ronnie een fles wijn, olijven, pastrami, toastjes en wat dips.

Het zonlicht glinsterde op het stille water en de takelages rammelden zachtjes in de bries. Jack en Hap waren er allebei al. Jack, met een donkerblauwe short en ontbloot bovenlijf, was bezig het grootzeil te hijsen, wat Ronnie ertoe bracht zachtjes tussen haar tanden te fluiten bij de aanblik van zijn gespierde lijf.

'Ik wed dat hij je zag aankomen en dat met opzet doet,' fluisterde Meg.

'O ja? Maak me gek!' fluisterde Ronnie opgewonden terug, terwijl ze Meg een ondeugende blik toewierp.

Meg rolde met haar ogen en kreunde, maar ze was blij te zien dat haar zusje eindelijk voor iemand viel. Nerveus keek ze naar Hap, die de touwen alvast losmaakte. Hij stond met zijn rug naar hen toe en droeg een spijkerbroek (met opgerolde pijpen natuurlijk) en een grijs T-shirt, waardoor hij er een stuk minder metroseksueel uitzag dan gisteren.

De boot was groter dan ze had verwacht. Door Jacks bescheiden omschrijving had ze zich voorgesteld dat-ie net groot genoeg zou zijn om in de baai rond te dobberen, maar dit was een zes meter lange gemotoriseerde zeilboot met een donkerblauwe romp en een turquoise streep, hoewel hij er vrij oud uitzag en de verf dof oogde. Hij had hem vast als een opknapproject gekocht.

'*Balm*?' las Ronnie hardop, toen ze de naam van de boot zag. 'Balsem? Voor de ziel misschien? Als tegengif voor "trauma"?'

Jack draaide zich om en glimlachte toen hij haar zag. Meg dacht bij zichzelf dat hij een goed acteur was als hij hen inderdaad had zien aankomen. 'Precies! Ik zei toch dat ik er mijn toevlucht op zoek,' zei hij terwijl hij onder de giek door dook en over het dek naar hen toe snelde. 'Fijn dat jullie konden komen,' zei hij tegen hen allebei, maar hij richtte zijn blik meteen weer op Ronnie.

'Dat vinden wij ook,' antwoordde Ronnie na een seconde stilte.

'Goedemorgen!' riep Hap, die zich bij hen voegde. 'Hoe gaat het met jullie?'

'Goed,' zei Meg met een onzeker knikje, want ze voelde zijn ogen branden. Het maakte niet uit wat voor smoes ze gisteren hadden gebruikt om te kunnen vertrekken, hij wist heel goed dat zij zich een hoedje was geschrokken toen hij haar billen had aangeraakt.

'Hoe gaat het met de kanarie?'

Meg verstijfde. Ronnie en zij hadden niet van tevoren bedacht wat ze erover zouden zeggen.

'Die is dood.'

Ze draaide zich verrast om en zag dat Ronnie een sip gezicht trok.

'Je maakt een grapje zeker?' vroeg Jack.

Ronnie schudde haar hoofd. 'Hij is tegen een raam gevlogen en heeft zijn nekje gebroken.'

'O, wat naar,' zei Jack meelevend.

Meg moest haar lachen inhouden. Hadden kanaries überhaupt een nekje?

'Maar het was wel een snelle dood,' zei Ronnie ernstig. 'Het beestje heeft niet geleden.'

'Gelukkig maar.' Jack knikte en zag er knap uit zoals hij daar stond, met zijn handen nog op zijn heupen en die serieuze blik op zijn gezicht. 'Nou, ik ben blij dat je niet te erg van streek bent en dat jullie toch gekomen zijn.'

'Nou ja, we zijn dokters, toch? Wij krijgen vaker met de dood te maken,' zei Ronnie luchtig, waarmee ze de niet-bestaande, nu dode kanarie uit hun gedachten bande.

Meg keek vluchtig naar Hap, maar die bleek haar gade te slaan en de uitdrukking in zijn ogen vertelde haar dat hij geen woord van het verhaal geloofde.

'Kom, geef mij de tassen maar,' zei Jack, die zijn handen ernaar uitstak. De meiden zwaaiden hem de tassen toe en Hap pakte hen om de beurt bij de arm om ze aan boord te helpen. Hij hield Megs arm een fractie langer vast dan zij dacht dat nodig was, en toen ze hem aankeek voelde ze weer dat schokje dat ze gisteravond had gevoeld toen hun ogen elkaar ontmoetten.

Ze maakte zich snel los en sloeg haar ogen neer terwijl ze Ronnie naar de hut volgde om hun tassen weg te bergen Als hij dacht dat er iets tussen hen zou gebeuren, dat dit voor hen ook een date was, had hij het lelijk mis. Dat zou ze hem heel duidelijk moeten maken.

'Tja, dit zullen we vroeg of laat toch moeten doen, nietwaar?' zei Ronnie giechelend, terwijl ze haar T-shirt en short uittrok om haar zwarte bikini met neon biesjes te onthullen.

Meg haalde diep adem en trok haar eigen topje en short uit. Zij had een bandeaubikini van Ronnie met een blauw-wit Azteeks patroon aangetrokken, nadat Ronnie haar donkerblauwe zwempak als 'te degelijk' had beoordeeld.

'Goed dan!' Jack glimlachte breed toen ze schaars gekleed weer aan dek verschenen. 'Laten we gaan.'

'Kunnen we iets doen om te helpen?' vroeg Ronnie. 'We hebben wel vaker gevaren, hoor.'

'O, vertel,' zei Jack, die een touw op de vlonder wierp terwijl Hap de lijn losmaakte.

'Onze vader heeft ons een paar keer mee uit zeilen genomen toen we nog klein waren. Misschien herinner ik me de mastworp zelfs nog wel. Voor je het weet, nemen we de boel over,' zei ze met een grijns.

'Dus mijn autoriteit wordt meteen ondermijnd!' riep Jack uit, die over het dek klauterde en bij het roer omlaagsprong, naast Ronnie.

Ze slaakte een verrukt kreetje.

'Het is niet te geloven, Hap, we zijn de haven nog niet uit en er is al muiterij!'

Hap grijnsde terwijl hij ook naar de achtersteven kwam en zijn ogen even op Meg liet rusten. 'Ik denk dat we op ons qui-vive moeten zijn, Jack,' grapte hij terwijl de motor zachtjes pruttelde en hen wegvoerde van de aanlegplaats, met een grote glimlach op hun gezicht en de wind in hun haar.

De baai was diep, dus ze konden de bodem niet zien, maar het dieplood gaf zestien meter aan.

De Balm lag rustig op het water en alleen het kielzog van de enkele boten die verderop langsvoeren wiegde de boot af en toe op en neer.

Ze hadden al het proviand opgegeten: de snacks van Ronnie en Meg, maar ook de door Hap en Jack meegebrachte drumsticks en een 'zeer metroseksuele' salade met minstens drie verschillende soorten zaden en pitten, waarvan Meg hoopte dat Hap die had gemaakt – zó totaal niet haar type – en een sixpack biertjes.

'Nou, dit is echt wel een droomleven. Ik geloof niet dat een zondag volmaakter zou kunnen zijn dan deze.' Ronnie, die op haar rug op het dak van de hut lag, zuchtte gelukzalig.

'O? Wat dacht je dan van een pfannenstiel-incisie?' plaagde Jack, die keek hoe haar buik op en neer bewoog in de maat van haar ademhaling. Meg zag hoe hij haar zus gadesloeg.

Ronnie zoog wat lucht naar binnen tussen haar tanden, zogenaamd in tweestrijd. 'Dat is niet eerlijk!' riep ze, en ze lachten allebei. Het maken van hun eigen grapjes was al begonnen.

Hap keek naar Meg. 'Artsenhumor,' mompelde hij op droge toon. Hij zat op de kapiteinsstoel, met een voet op het besturingspaneel, en Meg had hard haar best gedaan om niet te kijken naar de blonde haartjes op zijn benen. Die van Mitch waren zwart geweest en dat had ze altijd mooi en mannelijk gevonden.

'Maar hoor eens, ik heb aan je gedacht,' zei hij.

Megs hoofd kwam met een ruk omhoog. Wat? Waarom? Vanuit haar ooghoeken zag ze dat ook Ronnies aandacht gewekt was.

'Je ontwerpen, bedoel ik,' voegde hij eraan toe, opnieuw met die blik in zijn ogen die suggereerde dat hij haar op de proef stelde en probeerde in te schatten hoe snel ze nerveus van hem werd. Heel snel, zou hij inmiddels toch moeten weten. 'Ik heb een vriendin die voor Kate Spade werkt. Ken je haar? Van de handtassen en de accessoi...'

'Ik woon in Banff, niet in Billericay. Natuurlijk weet ik wie Kate Spade is.'

Hij knikte, zo te zien geamuseerd door haar geprikkelde reactie. 'Nou, ze willen hun huisstijl aanpassen. Een complete rebrand, van de winkelgevels tot het vloeipapier en de voering van de tassen. Het is een grote opdracht.'

Meg staarde hem aan. Ze had het gevoel dat haar maag alweer leeg was, ondanks de overvloedige lunch die ze net had verorberd.

(Ze snapte niet wat er met haar eetlust aan de hand was. Sinds ze hier was, had ze steeds enorme trek, alsof haar lichaam ineens had ontdekt dat het vier maanden lang alleen het hoognodige binnen had gekregen.)

'En ik denk dat je kans maakt. Nadat jullie gisteren zo, eh... overhaast waren vertrokken...' Hij keek haar nadrukkelijk aan en bracht hen beiden terug naar het moment dat ervoor had gezorgd dat ze was gevlucht. '... ben ik teruggegaan naar mijn hotel en heb ik de boards van Titch nog eens beter bestudeerd. Ik bedoel, ik was helemaal weg van de Crush-serie, maar ik kende je andere werk niet echt.' Hij was blijkbaar onder de indruk; zijn gezicht sprak boekdelen. 'Je zou beslist eens bij haar op gesprek moeten gaan.'

'Maar... zij zitten in New York en ik woon in Alberta.' Een gevoel van paniek wikkelde zich als een troostend vest om haar heen, vertrouwd en veel gedragen.

Zijn ogen twinkelden. 'Je weet dat er vliegtuigen bestaan?'

Ze lachte en keek de andere kant op. Ze voelde zich onnozel.

'Luister, het is nog maar een idee en ze zullen sowieso eerst je portfolio willen zien. Maar ze laten je ongetwijfeld overkomen als ze serieus geïnteresseerd zijn. Of je ziet elkaar eerst online. Je hoeft niet per se met elkaar in dezelfde ruimte te zijn om instructies en wensen te bespreken.'

Ronnie was rechtop gaan zitten.

'O mijn god, wat geweldig. Meg! Je moet ervoor gaan.'

Was dat zo? Moest ze ervoor gaan? Het was één ding geweest om de boards voor de jongens te ontwerpen. Zij hadden haar vage instructies gegeven – 'iets cools' – en het verder aan haar overgelaten. Er waren verder geen wensen geweest. Ze had carte blanche gehad. Dat was iets heel anders dan ontwerpen voor een wereldberoemd merk dat alle chique, rijke mensen rond Park Avenue kenden, en het zelfs compleet opnieuw vormgeven! Wat wist zij eigenlijk van stijl? Zij droeg Patagonia-T-shirts en praktische schoenen.

'Hap, ze gaat ervoor!' zei Ronnie. 'Laat haar niet met zorgen en smoesjes wegkomen. Breng haar naam onder de aandacht.'

Hap keek verheugd. 'Fijn om te horen. Ik verwachtte eerlijk gezegd wel een positieve reactie, dus ik heb mijn contactpersoon vanochtend gemaild.' Hij keek Meg weer aan. 'Ze nemen ergens in de komende weken contact met je op, in eerste instantie voor een oriënterend gesprek.'

'O mijn god, nee toch!' riep Meg verschrikt terwijl ze haar handen naar haar wangen bracht.

Maar ze lachten allemaal alsof haar ongerustheid vermakelijk was en alsof ze binnen dit nieuwe groepje van vier al volledig voorspelbaar was.

'Wie er het laatst in ligt moet afwassen!' riep Ronnie plotseling. Ze rende naar de zijkant van de boot en dook het water in. Jack, die op het achterdek lag, voegde zich amper een moment later bij haar.

Meg hapte naar adem en vergat tijdelijk haar paniek toen ze zag dat het nu tussen haar en Hap ging. Ze kwam overeind terwijl Hap, die al rechtop zat, zijn voordeel verloor omdat de mast hem nog in de weg zat, wat Meg precies genoeg tijd gaf om de enorme opblaasband die naast haar lag mee te grissen en een grote sprong te maken. Haar voeten maakten een fractie van een seconde vóór die van Hap contact met het water en toen ze beiden hijgend bovenkwamen riepen Ronnie en Jack haar tot winnaar uit.

'Ha!' juichte ze, blij dat zij hém eens had overtroefd, en ze wurmde zich in de opblaasband, zodat haar hoofd op de rand lag en haar benen en armen eroverheen bungelden. Ze slaakte een diepe zucht en liet haar lichaam lekker zwaar worden. Ze was erg gespannen geweest sinds ze op de boot waren gestapt, bang als ze was dat Hap het feit dat het tussen Ronnie en Jack intenser werd, zou opvatten als een aanmoediging om ook zíjn slag te slaan.

Nou, ze zou hem uit de droom helpen als hij ook maar één...

Hap zwom langzaam naar haar toe, met zijn mond en neus onder water zodat alleen zijn ogen – fonkelend en broeierig – zichtbaar waren.

O god.

Meg kon het niet helpen. Ze slaakte een gilletje toen hij onder water dook en ze hem niet meer kon zien. Ze wurmde zich een stukje omhoog uit de zwemband om te kijken waar hij was gebleven, maar een kneepje in haar bil, twee seconden later, maakte haar precies duidelijk waar hij uithing.

Toen hij weer bovenkwam, stond haar mond nog open van verbazing.

Hij lachte weer. 'Jij bent wel snel van slag, hè?'

Ze sloot haar mond en wist niet wat ze moest zeggen. Ze keek hem aan en wendde haar blik weer af. Ze vertrouwde hem niet, ze wist niet wat hij het volgende moment zou gaan doen. Haar hart ging als een razende tekeer.

Hij liet zich naar haar toe drijven, pakte de opblaasband vast en trok zich op, zodat zijn gezicht op boezemhoogte terechtkwam, maar hij had het fatsoen om haar in de ogen te kijken. 'Zeg, er is iets wat ik heel graag wil weten.' Zijn stem klonk zacht, alsof hij haar vroeg een geheim met hem te delen.

Ze slikte, zich ervan bewust dat zijn vingers slechts centimeters van haar bovenbeen verwijderd waren, bijna huid op huid. 'Wat is dat dan?' Haar stem was amper meer dan een fluistering.

Er ging een moment voorbij waarin hij haar blik vasthield en ze samen op het wateroppervlak deinden terwijl de warme zon haar buik en zijn bruine schouders droogde.

Hij glimlachte plagerig. 'Waar ligt Billericay in vredesnaam?'

21

Maandag 31 juli 2017

Het was een date. Het maakte niet uit wat Ronnie of zelfs Hap had gezegd: 'Je moet toch eten, nietwaar?' Dat ze met hem zou gaan lunchen was een date. Ronnie was vanochtend in alle vroegte opgeroepen door het ziekenhuis. Haar pieper had zo luid getrild op de vloer van de mezzanine dat Meg het geluid in haar droom als kettingzagen had verwerkt. Er was iets ergs gebeurd, er was een trein ontspoord en er waren meerdere slachtoffers, zodat alle artsen die in de buurt waren werd gevraagd te komen helpen, zelfs degenen die met verlof waren.

Ronnie had zich uitgeput in verontschuldigingen terwijl ze op één voet rondhupte in een poging haar broek aan te trekken en haar haar in een paardenstaart te binden. Meg had toegekeken vanaf de slaapbank, blij dat Dolores haar nooit midden in de nacht belde.

'Jij kunt er niets aan doen,' had Meg haar gerustgesteld, maar diep vanbinnen kreeg ze het benauwd. Wat moest ze hier de hele dag gaan doen? Haar eerste ingeving was om te kijken of ze haar vlucht van morgen kon omboeken naar vanmiddag. Maar toen had Hap gebeld – ongetwijfeld op de hoogte gesteld door Jack, via Ronnie, dat zij niets omhanden had – en nu zat die lunch eraan te komen en was Ronnie er niet om haar te adviseren over wat ze moest aantrekken. En ze was er niet om ervoor te zorgen dat hij geen dingen deed waar Meg door op de vlucht zou slaan. Want dit was allemaal te snel, veel te snel.

Ze was wat gaan drinken in Soho House en een dagje gaan zeilen om haar zusje als een soort chaperonne te vergezellen. Maar nu had ze zelf een chaperonne nodig. Zonder dat het de bedoeling was geweest ging ze vandaag op date en kleedde ze zich mooi aan voor een andere man terwijl haar hart en ziel nog steeds in het teken van Mitch stonden.

Hij belde om stipt elf uur aan, precies op het moment dat ze haar outfit voor de zoveelste keer in de spiegel bekeek. Had ze iets aan waar Ronnie commentaar op zou hebben? Ze droeg de witte bootcut die Ronnie vrijdagavond had aangehad (want als die goed genoeg was voor Ronnie...) met een paar Stan Smith-sneakers die ze naast de slaapbank had aangetroffen (wat betekende dat ze recentelijk gedragen waren, een teken dat ook die acceptabel waren) en een simpel zwart T-shirt (want daar kon ze zich geen buil aan vallen, toch?).

'Hoi,' zei hij grijnzend toen ze een paar minuten later het appartementengebouw uit stapte, haar gezicht half verborgen achter een enorme zonnebril in Audrey Hepburn-stijl die ze in de bureaula had gevonden. Zo kon ze gemakkelijk oogcontact vermijden. Hij leunde tegen een zwarte Mercedes-AMG en zag er weer heel 'urban' uit, in een skinny spijkerbroek, geen sokken, mocassins, een lichtblauw overhemd en een donkerblauwe blazer. Inwendig zuchtte ze van opluchting dat hij weer tot dit type was teruggekeerd. Het type dat haar type niet was. Het type dat ze kon weerstaan. 'Je ziet er leuk uit.'

O ja, wilde ze bijna vragen, maar daarmee zou ze een moment tussen hen kunnen creëren en dat wilde ze niet. In plaats daarvan keek ze naar de auto. Ze had geen verstand van auto's, maar dit was geen Buick. 'Is die van jou?'

Hij knikte.

'En ben je hierin helemaal vanuit Brits-Columbia komen rijden?'

'Ja, geen straf, toch?' zei hij met een glimlach terwijl hij het portier voor haar opentrok. 'Bovendien ga ik onderweg langs bij klanten. Zal ik het dak openlaten of liever dichtdoen?' vroeg hij terwijl hij naar haar hoge paardenstaart keek.

'Open is prima.' Ze had nog nooit in zo'n auto gezeten, gestroomlijnd, duur, stijlvol en krachtig. In Banff reed je in een auto die de omstandigheden aankon: het terrein, het weer, de elanden (hun pick-uptruck had vorig jaar een flinke deuk opgelopen toen er twee bronstige elanden te dicht bij de stad waren gekomen).

Hap stapte in aan de bestuurderskant en draaide het sleuteltje om in het contact. Meg voelde de kracht van de motor onder zich en ze huiverde van de zenuwen en opwinding.

'Ben je er klaar voor?' vroeg hij. Op de een of ander manier wist hij toch haar blik te vangen, ondanks de zonnebril.

'Helemaal,' zei ze met een knikje en een plotselinge vlaag van moed, waarna ze er onmiddellijk spijt van had dat het haar niet speet.

Hij keek opzij met een grijns om zijn lippen. 'Zo mag ik het horen,' zei hij met een knipoog, waarna hij met gierende banden wegreed.

De rit was waanzinnig. De wind blies door haar haren terwijl ze over de autoweg vlogen, met David Bowie schallend uit de speakers, en tegen de tijd dat ze op hun bestemming waren aangekomen – een prachtig plekje, had hij gezegd – voelde ze zich verkwikt en verhit tegelijk, alsof ze er zelf naartoe was gerend. Hij had gelijk, in deze auto was het geen straf om het hele land door te reizen!

Twee uur later was ze doorweekt.

'Wil je wel geloven dat een vijfde van al het zoete water ter wereld hier naar beneden raast?' schreeuwde Hap, zijn gezicht nat van de fijne waternevel.

'Ja!' schreeuwde ze terug. Ze kon zichzelf nauwelijks horen, boven het geraas uit. 'Nu we hier zo staan, wil ik dat best geloven!'

Hij lachte, trok de capuchon van haar roze waterproof poncho naar voren en stopte een vochtige lok haar achter haar oor.

Ze keek gauw weer naar het uitzicht en vertelde zichzelf dat het een aardig, vriendelijk gebaar was, net als de rit helemaal naar de Niagarawatervallen om er te gaan lunchen.

De boot voer in de richting van de Horseshoe Falls aan de

Canadese kant: de grootste van de twee watervallen. De American Falls schenen luider te klinken vanwege de rotsen op de bodem, maar het was lastig te geloven dat er ook maar íéts luider kon klinken dan wat ze nu hoorde. Het leek wel alsof ze naast een jumbojet stond. Ze pakte de reling steviger vast en hield haar ogen strak gericht op de monumentale watervallen vóór hen, waar de nevel als zijden rokken opbolde, zodat de hemel, het land en de duizenden toeschouwers die boven stonden te kijken af en toe uit het zicht verdwenen en weer verschenen. Het water was hier ruwer, nu ze zich op zo'n zeventig meter van de waterval bevonden, en Hap kwam achter haar staan met zijn armen aan weerzijden van die van haar.

'Hou je goed vast,' mompelde hij.

Dat hoefde hij haar geen twee keer te zeggen. Ze bleef zo stil mogelijk staan om lichaamscontact met hem te vermijden en durfde zich niet om te draaien om hem aan te kijken, want dan zouden ze oog in oog met elkaar staan. Het geritsel van de poncho klonk dicht bij haar oor terwijl de boot deinde.

Ze had haar ogen onwillekeurig dichtgedaan en haar lichaam herinnerde zich instinctief hoe het had gevoeld om door een man te worden vastgehouden. Mitch' warmte, zijn stevige lijf. Het was al een tijd geleden… Hap stond amper vijf centimeter achter haar en ondanks haar pogingen werd haar rug door het wiegen van de boot af en toe tegen zijn borst gedrukt, en raakte haar hoofd zijn schouder. Hij bewoog ook niet.

Na een paar minuten waren ze de waterval voorbij en ging het intieme moment verloren toen de nevel weer oploste en de wereld weer op hen neerkeek in de vorm van toeristen die boven plaatjes stonden te schieten. Hap zette een stap achteruit alsof hij zich bewust werd van hun aanwezigheid, maar Meg bleef stilstaan, bang dat ze haar gevoelens zou verraden, en ze hield haar blik strak op de waterval gericht.

Toen ze een half uur later van de boot stapten, stak hij zijn hand uit om haar van de loopplank te helpen, maar anders dan gisteren bleef hij haar vasthouden, en heel even deed ze alsof dat normaal was. Maar de gedachte aan Mitch' zat hen op de hielen terwijl ze wegliepen, en ze voelde zich genoodzaakt om haar hand discreet terug te trekken.

Hij wierp zwijgend een blik opzij en ze wandelden verder naar het restaurant waar hij een tafel had gereserveerd voor de lunch. Ze wisselden koetjes en kalfjes uit. Meg gunde zichzelf amper tijd om adem te halen, zozeer deed ze haar best om het gesprek op de vlakte te houden. Ze vroeg hem naar het klimaat dat nodig was voor de ijswijndruiven en de torenhoge verzekeringskosten voor zijn auto, ze vertelde hem over het groeiende probleem van wolvenroedels die mensen benaderden en dat de parkbeheerders het publiek vroegen om mee te helpen ze 'wild' te houden. En op de terugweg in de auto deed de wind het werk voor haar, want hun stemmen vervlogen voordat ze de oren van de ander bereikten. Pas toen ze in de stad waren konden ze elkaar weer verstaan.

Meg voelde haar zenuwen opspelen, want ze wist dat het afscheid eraan zat te komen.

'Ik heb vanochtend trouwens een telefoontje gekregen van die vriendin die bij Kate Spade werkt. Volgens haar zijn ze zeker geïnteresseerd,' zei Hap toen ze voor een stoplicht stonden te wachten. 'Ze ging het vandaag of morgen voorleggen aan haar baas en ze zal je hopelijk snel bellen.'

'Ik weet niet wat ik moet zeggen,' mompelde Meg, overweldigd door het feit dat ze in de running was voor zo'n prestigieus project terwijl ze zelf niet eens het initiatief had genomen en nog geen portfolio had, afgezien van haar werk voor Titch. 'Het is heel aardig van je om me naar voren te schuiven.'

'Ik weet niet of aardig het juiste woord is.' Het licht ging op groen en hij gaf gas. 'Je bleef door mijn hoofd spoken.'

Meg keek opzij, maar hij hield zijn ogen op de weg gericht, dus nam zij de gelegenheid te baat om zijn profiel te bestuderen. Ze kon het niet helpen. Alles aan hem was stijlvol en verzorgd, zelfs zijn stoppelbaardje. Hij zag er goed uit, was grappig, intelligent en vriendelijk, en hij had het vermogen om met zijn mond iets te zeggen terwijl zijn ogen iets heel anders uitdrukten.

'Wanneer ga je terug naar Brits-Columbia?' vroeg ze toen hij opzijkeek en zag dat ze hem gadesloeg.

'Woensdag.' Hij wierp haar een blik toe. 'En jij? Nog steeds morgen?'

'Ja.' Hoezo nog steeds? Dacht hij soms… Hoopte hij dat ze haar vlucht had omgeboekt? Voor hem?

Ze beet op haar lip en leunde een stukje bij hem vandaan, met haar arm op het passagiersportier, terwijl de wind in haar gezicht blies. Ze was blij met de bescherming die de zonnebril bood, in elk opzicht.

Haar telefoon bliepte en ze keek naar het scherm. Ronnie. *Oké?* Meer stond er niet.

Meg trok een wenkbrauw op. Ze wist dat dit de grootsteedse manier was om te vragen of alles oké was. In de grote stad hadden de mensen het te druk om zinnen te formuleren.

'Ronnie?' vroeg hij.

'Ja. Ze is blijkbaar nog steeds in het ziekenhuis.'

'Verbaast me niets. Maar aangezien Jack daar ook is, zullen ze waarschijnlijk ook geen haast hebben om weg te komen…' zei hij op veelzeggende toon. Meg wist dat ze het zou moeten zeggen, dat ze hem moest vertellen dat er tussen hen beiden niets zou gebeuren.

'Luister, Hap, het was aardig van je om me vandaag mee uit te nemen. Dat waardeer ik heel erg.'

Hij keek opzij. Hij hoorde de klank in haar stem.

'Ik had me niets leukers kunnen voorstellen dan de dag met jou door te brengen,' zei hij simpelweg terwijl hij stopte voor een flatgebouw dat ze herkende – zo ongeveer het enige in de hele stad dat ze herkende. Echt? Waren ze er al?

Hij legde zijn arm over de rugleuning van haar stoel en glimlachte naar haar.

'Ik wil gewoon zeggen dat jij en ik...' Ze maakte haar zin niet af.

'Ja?' Zijn ogen zochten naar die van haar achter de donkere brillenglazen.

'Ik bedoel, als je dacht dat er iets tussen ons zou kunnen gebeuren...'

Er verscheen weer een veelbetekenende grijns op zijn gezicht.

'Ja?'

'Het is niet dat ik je niet leuk vind. Ik vind je echt heel leuk en het was fijn om je dit weekend te leren kennen. Maar ik zie je als... gewoon een vriend.'

'Gewoon een vriend?'

'Eh, ja. Je bent heel grappig en interessant en aantrekkelijk...'

'Maar?'

Ze trok een spijtig gezicht. 'Je bent mijn type niet.'

Hij keek verrast. En toen geamuseerd. 'En wat is jouw type dan wel?'

'Dat weet ik niet,' zei ze onwillig.

'Nou, je zult wel een idee hebben als je zegt dat ik het niet ben.'

Ze haalde haar schouders op. 'Donker, misschien? Meer een buitenmens.'

'Ik bén een buitenmens. Ik heb de hele rit het dak open gehad.'

Ze lachte, opgelucht dat hij het zo goed opnam en dat ze gewoon vrienden konden zijn.

'Nou, jammer. Dan zal ik het me wel hebben verbeeld,' mompelde hij.

Haar glimlach verdween. 'Wat?'

Hij boog zich naar haar toe en nam voorzichtig de zonnebril van haar neus, waarmee hij de onmiskenbare aantrekkingskracht tussen hen blootlegde. Ze hield haar adem in terwijl zijn blik over haar gezicht gleed en de minieme verandering in haar ogen en op haar wangen waarnam, die een waarheid spraken die ze niet wilde onderkennen.

'Dit.'

Zijn ogen vielen op haar lippen en ze wist dat hij haar zou gaan zoenen, dat de zoen fijn zou zijn en dat ze zich erin zou verliezen, dat hij dan de man zou worden tussen haar en Mitch, iets wat nooit zou veranderen, want in de loop der tijd werd het alleen maar een groter gegeven dat Mitch voor altijd weg was, en dat ze elke keer als de zon onderging verder van hem weg raakte. Vertwijfeling en verlangen vermengden zich in een wervelende draaikolk, diep in haar ziel. Ze wilde deze man, ze wist dat ze verder moest met haar leven. Maar… nog niet. Ze kon nog niet…

'Er zit geen toekomst in, Hap,' fluisterde ze terwijl zijn gezicht nog steeds langzaam dichterbij kwam.

'Ik ben niet geïnteresseerd in de toekomst. Of het verleden. Alleen dit moment telt.'

Had hij gelijk? Was ze het met hem eens? Was ze niet gevormd door haar verleden? De jaren met Mitch hadden haar toch mede gemaakt tot de vrouw die ze nu was?

Maar toen hadden zijn lippen de hare bereikt, en of ze er nou klaar voor was of niet, het moment dat ze vreesde en waar ze naar hunkerde – waarvan ze had geweten dat het ooit zou aanbreken en dat ze zaterdag al had voelen aankomen – was gekomen en het was onweerstaanbaar.

Ze gaf zich eraan over. Alle tranen die ze nog in zich had werden gesmoord en haar smart werd onderdrukt, al was het maar voor een ogenblik, door dit nieuwe, tijdelijke genot. En ergens diep vanbinnen voelde ze een deur dichtgaan en een sleutel omdraaien.

22

Dinsdag 1 augustus 2017

'Hou nou maar op met huilen,' zei Ronnie met een glimlach. Ze veegde Megs tranen weg terwijl een stel dat met rolkoffers voorbijliep bezorgd opzijkeek. 'Straks denken de mensen nog dat ik het met je uitmaak!'

Meg lachte en snikte tegelijk. 'Ik weet het, het spijt me, ik...' zei ze hikkend.

'Het zijn een paar intense dagen geweest,' zei Ronnie begripvol, en ze omhelsde haar nog een keer.

Meg knikte tegen haar schouder aan en probeerde haar gesnik te bedwingen. 'Toen ik hiernaartoe kwam, had ik nooit gedacht dat ik...'

Ronnie duwde Meg een stukje van zich af om haar aan te kijken. 'Dat weet ik. Maar het was goed voor je, ook al voelt het nu misschien niet zo. Het was ook niet te verwachten dat het gemakkelijk zou zijn, maar je hebt dit weekend een stap gezet. En dat doet pijn.'

Meg keek haar geschokt aan. Met Hap in bed belanden was het tegenovergestelde geweest van pijnlijk: het had hongerig en rauw en vertwijfeld gevoeld, maar ook speels en ondeugend, zacht en langzaam en teder...

Ronnie lachte, want ze wist precies wat ze dacht. 'Ik heb het over het proces. Dat is niet altijd gemakkelijk en het volgt geen vast patroon. Ik zie het bij mijn patiënten, twee stappen vooruit, drie achteruit. Vandaag zijn het drie stappen terug. Maar morgen voelt het weer anders. Je krijgt er geen spijt van, echt niet.'

'Nee?' vroeg Meg snuffend.

'Geloof me maar. Ik ben dokter.'

Meg lachte, snufte nog eens en veegde haar wangen weer droog.

'Heb je hem over Mitch verteld?' vroeg Ronnie.

Meg schudde haar hoofd en staarde naar haar in sneakers gestoken voeten. 'Nee, maar ik denk dat hij wel doorhad dat er iets was.'

'Hij denkt waarschijnlijk dat je gescheiden bent of zo.'

'Een alleenstaande moeder met zes kinderen,' zei Meg giechelend.

Ze lachten allebei. Ze wisten dat ze nog maar een paar momenten samen hadden. Het weekend was voorbijgevlogen en nu was het dinsdagochtend, tijd om weer aan het werk te gaan. Ronnies dienst zou tussen de middag beginnen.

Meg haalde diep adem en keek haar zusje aan, die anderhalf jaar jonger was, maar een heel leven wijzer. Hun moeder had haar altijd een oude ziel genoemd. En terecht. 'Ik zal je missen.'

Deze keer vulden Ronnies ogen zich met tranen. 'Ik jou ook.'

Meg pakte haar hand en zwaaide haar arm zachtjes heen en weer, zoals ze vaak had gedaan toen ze nog klein waren. 'Het ergste aan mijn bezoek en de heerlijke tijd die ik heb gehad, is dat ik weer afscheid van je moet nemen.'

'Kom hier dan wonen.' Ronnie zei het alsof het niets voorstelde, net zoals het was geweest toen zij zes jaar geleden was verhuisd. 'Toronto is dol op je.'

'En ik op Toronto.' Meg haalde haar schouders op en grinnikte. 'Ik had nooit gedacht dat ik dat zou zeggen, maar het is zo. Dolores zal het geweldig vinden dat ze weer eens gelijk had.' Ze rolde met haar ogen. 'Ik kom je vaker opzoeken, oké?'

'En ik kom naar Banff. Om je de waarheid te zeggen mis ik de stilte.'

'En de sterren?'

'En de sterren,' beaamde Ronnie. 'En die stomme elanden die 's avonds over Banff Avenue wandelen!'

Ze lachten allebei en omhelsden elkaar lang en stevig.

'Zie je Jack vanavond?' vroeg Meg toen ze zich eindelijk losmaakte en haar boardingpass uit haar zak viste.

'Hij gaat voor me koken.'

'Wauw.'

'Hm, ik weet het niet. Hij had het over iets met geroosterd brood.'

Meg lachte. 'Nou ja, hij moet ook weer niet té perfect zijn.'

Ze pakte haar weekendtas. 'Ik hou van je, zusje.'

'En ik van jou.'

Ze hees de riem van haar tas over haar schouder, draaide zich om en liep naar de vertrekhal om zich bij de stroom reizigers te voegen.

'Meg!'

Meg keek om.

'Denk na over wat ik heb gezegd, oké? Denk er gewoon over na.'

Van: Jonas Solberg

Ik begrijp het. Je wilt een mop horen. Of misschien ben je nog in Toronto de bloemetjes aan het buitenzetten.
Hoe dan ook, ik mis de dwaze grappen die je de ruimte in stuurde nu al. Hier is er weer een van mijn kant:
Een jongetje wil later met een raket naar de zon. Maar dat kan toch helemaal niet, zegt zijn moeder. De zon is heet en als je er dichtbij komt, dan smelt je raket. Daar heb ik iets op bedacht, zegt het jochie. Ik ga gewoon 's nachts!
Ik weet het, niet de sterkste tot nu toe. Maar ik heb het excuus dat ik nog een strijd tegen de zwaartekracht voer.
Nu jij weer.

J

'Hallo, jongen! Lang niet gezien!'

Badger, die een moment geleden nog had liggen snurken op het stoepje voor de deur, was in een nanoseconde wakker en holde vreugdevol jankend door de tuin terwijl Meg hem lachend een kus op zijn kop gaf en met hem stoeide.

Lucy, die de was van de lijn aan het halen was, bleef stokstijf stilstaan en liet het shirt dat ze vasthad uit haar handen vallen toen ze Meg zag naderen. Meg was slechts een lang weekend weg geweest, maar het had net zo goed een jaar kunnen zijn, of een heel leven, want was ze het echt? Ze droeg kleren die beslist níét afkomstig waren uit Dolores' winkel, ze had haar haar in een paardenstaart gebonden die eerder catwalk dan sportschool uitstraalde, vanwege de manier waarop ze een haarlok om het elastiekje had gewikkeld, en ze glimlachte stralend, op een manier die Lucy niet meer had gezien sinds die laatste passessie van haar bruidsjurk, toen ze nog lang en gelukkig dacht te leven met Mitch.

Meg sloeg haar armen om haar heen. 'O, ik heb je gemist!' Ze hulde Lucy in een wolk van duur ruikende shampoo terwijl Badger opgetogen rondjes om hen heen rende.

'Lang niet gezien, zeg dat wel! Kijk nou!' riep Lucy uit. Ze maakte zich los en bekeek haar vriendin van top tot teen. 'Wat is er in vredesnaam gebeurd? Hebben ze je daarginds gekloond? En wat zie je er sexy uit in die spijkerbroek!'

Meg gniffelde en wuifde het compliment weg. 'O, Ronnie heeft me wat van haar spullen gegeven. Haar appartement is piepklein en ze heeft véél te veel spijkerbroeken, dus...' Ze haalde haar schouders op.

Lucy pakte Meg bij haar middel om haar om te draaien. 'Hoe duur is deze wel niet? Vast heel duur, dat kun je wel zien aan de snit.'

'Echt?' vroeg Meg. 'Jeetje, ik heb geen idee.'

Lucy keek afgunstig naar de strakke billen van haar vriendin. 'Het is niet eerlijk. Ik zeur Tuck al eeuwen aan zijn kop om zo'n broek, maar...' Ze bracht schouderophalend haar handen naar haar buik. 'Nu heeft het weinig zin meer, hè?'

Meg keek verbaasd naar haar bolle buik. 'Ik zou durven zweren dat-ie in een paar dagen zichtbaar is gegroeid!'

'Vertel mij wat,' kreunde Lucy, terwijl ze haar heupen naar voren bracht om iets van de druk op haar rug weg te nemen. Ze had eindelijk het stadium bereikt waarin de bolling zonder enige twijfel een baby herbergde. Onbekenden glimlachten haar vriendelijk toe als ze hen passeerde, de medewerkers van de supermarkt stonden erop haar boodschappen naar de auto te brengen, en ze vond het heerlijk. Ze voelde zich speciaal. Ze voelde zich gezien.

'Ben je moe? Kom, ik maak het wel even af.' Meg liet haar tas op de grond vallen en begon de rest van de kleren van de lijn te halen.

Lucy zeeg neer op de plastic stoel naast de deur en keek naar haar, nog steeds verbluft over de transformatie. De stralen van de laaghangende, snel ondergaande zon verblindden haar vanachter het dak van het hotel en ze moest haar ogen afschermen. 'Nou, vertel, hoe was het daar? Lawaaiig? Vuil? Druk?'

Lucy realiseerde zich te laat dat haar grote zwangerschapsonderbroeken aan de lijn hingen, maar zo te zien haalde Meg de wasknijpers los zonder er acht op te slaan.

'Nee, eerlijk gezegd. Ik bedoel, ja, natuurlijk wel, maar ook...' Ze wreef nadenkend langs haar neus en keek haar glunderend aan. 'Geweldig.'

'Geweldig? *The Big Smoke*? Die grote stad waar je niet aan moest dénken?'

Meg bleef haar stralend aankijken. 'We hebben heel veel leuke dingen gedaan. Ik heb de Niagarawatervallen bezocht! Ik bedoel, mijn god! Ben je daar weleens geweest?'

Lucy schudde haar hoofd, nu al moe van Megs hernieuwde energie.

'Je móét er eens naartoe. En suppen, staand peddelen op een surfplank, dat hebben we ook gedaan. Hartstikke leuk, ook echt iets voor jou. We kunnen naar de Vermilion Lakes gaan en daar...'

'Ha, zou je denken?' zei Lucy spottend met haar armen om haar buik. 'Mijn evenwicht is naar de maan. Ik kan nauwelijks op één been staan om mijn broek aan te trekken. Ik zie mezelf niet op een surfplank staan.'

Meg grinnikte terwijl ze het laatste kledingstuk – een zwangerschapsbroek die er in Lucy's ogen uitzag alsof heel Texas erin paste – en pakte de wasmand op. 'Zal ik koffiezetten? Daar ben ik wel aan toe, na die reis,' zei ze terwijl ze naar binnen liep.

'Oké.' Lucy maakte aanstalten zich moeizaam uit de stoel te hijsen, maar Meg gebaarde dat ze kon blijven zitten. 'Hoe gaat het met Ronnie?' riep Lucy naar de keuken, op die speciale toon die ze reserveerde voor gesprekken over Megs hooghartige zus.

'Met Ron? Heel goed,' zei Meg over haar schouder terwijl ze reikte naar de bekers op de bovenste plank en het zo voor elkaar kreeg dat haar benen nog langer leken. 'We hebben het samen heel fijn gehad. We hebben echt goed met elkaar gepraat, weet je?'

'Serieus?'

Meg leunde met de bekers in haar handen tegen het aanrecht. 'Ik weet niet waarom het zo anders voelde tussen ons. Misschien omdat we in haar omgeving waren? Ik had niet het gevoel dat ze me... beoordeelde of bekritiseerde.' Ze haalde haar schouders op, duwde zich van het aanrecht af en rechtte haar rug. 'Ik heb gewoon het gevoel dat ik mijn zusje terug heb.'

'O, dat is fantastisch,' zei Lucy mat, met een blik op de bergen.

'En ze heeft een man leren kennen.'

Lucy draaide zich om op haar stoel. 'Dat meen je niet! Ik dacht dat ze alleen maar voor haar werk leefde?'

'Nope,' zei Meg, die zachtjes met haar lippen smakte alsof ze het woord kon proeven. Ze liep naar de koelkast om de melk te pakken.

'Jezus, ik had durven wedden dat ze voor eeuwig maagd zou blijven.'

Meg grinnikte. 'Nee dus!'

'Nou, vertel op,' zei Lucy met een ongeduldige zucht. 'Is hij leuk?'

'Erg leuk. Hij is superknap. Eenendertig, geloof ik. Hij heet Jack en hij werkt als arts in hetzelfde ziekenhuis. Door de week redt hij levens en in het weekend laat hij het hondje van zijn bejaarde buurvrouw uit.' Ze rolde met haar ogen. 'Hij is haar ideale man. Ze zijn weg van elkaar.'

'Wauw.' Lucy slikte de gal weg die ze in haar keel omhoog voelde komen. Ze rekte zich uit. Ze had last van brandend maagzuur, net nu de misselijkheid minder werd.

'We zijn zondag met zijn boot het meer op geweest. Dat was geweldig.'

Lucy keek verrast op. Hij had een boot? 'Was dat niet ongemakkelijk, met z'n drieën? Ik zou me het vijfde wiel aan de wagen voelen.'

Er viel een stilte en Lucy tuurde de keuken in, zich afvragend of Meg haar had gehoord. Ze keek toe hoe ze het kokende water in de bekers schonk. Haar rug was smal en haar schouderbladen waren goed zichtbaar onder haar nieuwe zijdeachtige designer-T-shirt.

'Alsjeblieft,' zei Meg glimlachend, terwijl ze zich omdraaide, weer naar buiten liep en haar een beker aanreikte.

Meg ging op het trapje naast haar zitten en liet haar hoofd tegen de muur rusten, glimlachend naar Badger, die op haar voeten ging liggen alsof hij wilde voorkomen dat ze weer zou weggaan.

'En verder? Niagara, suppen, zeilen...'

Meg haalde diep adem. 'Eh... We hebben in het park liggen zonnebaden, rondgesnuffeld in kledingboetieks en boekwinkels, we hebben gebruncht... O ja! En we hebben wat gedronken in Soho House!'

Lucy's ogen vernauwden zich. 'Wat? Zoals in *Sex and the City*?'

'Precies! Er is er ook een in Toronto.'

'Maar is dat geen privéclub?'

'Klopt, maar Jack heeft een vriend die lid is.'

'Een vriend?'

Meg haalde nonchalant haar schouders op, sloot haar ogen en

richtte haar gezicht naar de zon om de laatste stralen van de dag op te vangen. 'Oké, genoeg over mij, hoe is het hier? Is Badger braaf geweest?'

'Zo braaf als wat.'

'Ik ben net even bij Dolores langs geweest.'

Ze verbleef nu in het hotel, waar Barbara gemakkelijk voor haar kon zorgen nu de dokters haar het beheer over Dolores' medicatieschema hadden gegeven. 'O? Hoe kwam ze op jou over?'

Meg deed haar ogen weer open en keek Lucy aan. Het felle zonlicht accentueerde haar holle wangen. 'Zwakker. Ouder. Brozer.'

'Ja hè?' Lucy schudde haar hoofd. 'En ze wil er natuurlijk niets van weten. Ze denkt dat ze de draad gewoon weer kan oppakken, zoals iedere drieënzeventigjarige vrouw die met een beer op de vuist is gegaan. Ze drijft mama tot waanzin.'

Meg huiverde terwijl ze het allemaal weer levendig voor zich zag. Dat ze naderhand zo snel naar de grote stad was gegaan – waar men hooguit last had van wasberen die afvalbakken overhoophaalden – had wel geholpen de scherpste kantjes van het trauma af te halen, maar nu ze hier weer was en de dennengeur opsnoof, nu de stilte weer neerdaalde en ze de weidse hemel weer zag... Nu herinnerde ze zich weer hoe het had gevoeld om de beer recht in de ogen te kijken. Alsof ze in een bodemloze afgrond viel. Als het einde.

'Maar mama zorgt goed voor haar. Ze blijft steeds bij Dolores in de kamer tot ze haar bord heeft leeggegeten.'

'Ik heb me zorgen over haar gemaakt. Ik wilde eigenlijk niet weggaan, maar ze stond erop.'

'Nou, het lijkt erop dat ze gelijk had. Je lijkt te zijn... opgeknapt? Verkwikt?' Ze trok een vragende wenkbrauw op.

Meg haalde haar schouders op. 'Op dit moment ben ik vooral moe. Drieënhalf uur in het vliegtuig en dan nog twee uur reizen vanuit Calgary... Pff. Ik ben geen reiziger, dat is wel zeker. Vanavond neem ik een bad en ga ik vroeg naar bed.' Ze hield haar hoofd schuin en keek weer naar de hemel. 'O, maar dit heb ik wel gemist,' zei ze met een zucht, terwijl ze met haar ogen langzaam een vliegtuig volgde dat zich als een naald door de wolken boorde. 'In Toronto zie je de lucht alleen maar in stukjes en beetjes, tussen alle hoogbouw door.'

'Nou, dan is er hier tenminste nog íéts beter,' zei Lucy, die de irritatie niet uit haar stem wist te houden.

Meg keek haar aan, pakte haar hand en gaf er een kneepje in. 'En natuurlijk heb ik júllie gemist als een gek. Hoe gaat het met jou en de baby? Geen problemen meer, hoop ik?'

Lucy schudde haar hoofd. 'Nee, het gaat goed. We lijken er zonder kleerscheuren af te zijn gekomen.'

'Die baby brengt geluk,' zei Meg glimlachend. 'En hoe gaat het met Tuck?'

Lucy knikte even, maar ze kon het niet laten met haar ogen te rollen. 'Je kent hem...'

'Waar is hij mee bezig?'

'Wat denk je?' Lucy kreunde, want ze wist dat ze weer een nacht alleen tegemoet ging. 'De deadline is vrijdag. Sinds hij het thema van de video heeft veranderd loopt hij achter...'

'Het thema veranderd? Hoe bedoel je?'

'Heb ik je dat niet verteld?' Lucy zuchtte. 'Nou, alsof het bedrijf in zijn eentje leiden nog niet genoeg is, heeft hij het filmpje helemaal omgegooid. Het is ongelooflijk hoeveel redenen hij kan verzinnen om niet naar huis te komen.'

Meg fronste. 'Omgegooid? Veranderd? Hoe dan?'

'Geen flauw idee. Hij wil het me niet vertellen.' Lucy haalde haar schouders op. 'Je zou denken dat hij voor Attenborough werkt, te oordelen naar het aantal uren dat hij erin stopt.'

'Nou ja, het lijkt me prima dat hij het zo goed mogelijk wil doen.' Megs stem klonk zacht en ze zwegen allebei een moment.

'Ik denk dat hij het moeilijk vindt om het af te maken, dat is het punt,' mompelde Lucy. 'Als hij in de studio bezig is, heeft hij het gevoel dat Mitch er nog is. Hij ziet zijn gezicht en hoort zijn stem. Maar als deze film eenmaal klaar is…' Ze slikte moeizaam. 'Dan komen er nooit meer nieuwe filmpjes van hen beiden. De sneeuw valt straks weer voor je het weet, maar zonder gezamenlijke kampeertochtjes, zonder video's. Als hij hiermee klaar is, is het echt voorbij.'

Meg staarde naar de bergkam, waar een paar flarden wolken omheen hingen. Haar kaak verstrakte en haar ogen keken droevig. Lucy zag dat de sprankeling die ze vanuit de grote stad had meegenomen als bruis in een glas frisdrank vervluchtigde. Meg keek haar even aan, maar wendde haar blik meteen weer af, alsof ze het oogcontact niet aankon.

Lucy verschoof op haar stoel. Er was iets.

'Ik heb daar een man ontmoet.' Meg sprak de woorden zo zacht uit dat Lucy eerst niet wist of ze het goed had verstaan. Megs ogen bleven op Badger gericht, die haar met trouwe hondenogen aankeek. Haar voeten waren nog steeds verborgen onder zijn warme, zware lijf.

'Wát?' Lucy viel bijna van haar stoel.

'Ik ben met hem naar bed geweest.' Deze keer keek Meg haar recht aan, alsof ze Lucy duidelijk wilde maken dat het echt waar was.

Lucy's mond viel wijd open terwijl de woorden in haar hoofd bleven rondstuiteren zonder te landen.

'Hij heet Hap…' Toen ze Lucy's gezichtsuitdrukking zag, voegde ze er snel aan toe: 'Dat is zijn bijnaam. Zijn echte naam is…' Ze fronste. 'Eerlijk gezegd weet ik dat niet meer, maar iedereen noemt hem Hap. Zijn achternaam is Hazard, dus eh… haphazard. Vandaar.'

Lucy staarde haar aan.

'Hoe dan ook, hij is die vriend van Jack, met wie we naar Soho House zijn geweest. Hij is salesdirector van een grote ijswijnfirma in Brits-Columbia,' ging ze nerveus verder. 'Hij is heel aardig.'

Meg slikte en wendde haar blik af terwijl ze Badger over zijn kop aaide – die was rechtop gaan zitten, getriggerd door de verandering in haar stem – voordat ze Lucy weer aankeek. 'Kun je iets zeggen? Alsjeblieft?'

Maar Lucy kon de woorden niet vinden.

'Ik dacht dat je blij voor me zou zijn.'

'Blij?' Lucy verslikte zich bijna. Het voelde als een klap in haar gezicht.

'Ja. Ronnie zei dat het goed voor me was. Ze zei dat het vroeg of laat moest gebeuren. En dan maar liever vroeg.'

'O, zei ze dat?' vroeg Lucy. Het sarcasme droop van elk woord. 'Want zij is deskundige op liefdesgebied, zoals ze overal alles van afweet? Weet zij hoe het voelt om de belangrijkste persoon in je leven te verliezen?'

Meg slikte, want ze wist dat Ronnie daar inderdaad al de nodige ervaring mee had – ze waren tenslotte op jonge leeftijd wees geworden – maar daar wilde ze het nu niet over hebben.

'Zo bedoelde ze het niet.'

'O nee? Jij vertrekt voor een weekend naar de grote stad, wordt daar een totaal ander iemand en laat je zomaar in met een of ander glad wijntype?' zei Lucy vol ongeloof. 'De Meg die ik ken zou dat nooit doen! En Mitch dan? Ben je die vergeten?'

Meg kromp ineen en Lucy dacht bij zichzelf dat het leek alsof er op haar werd geschoten, elke keer dat zijn naam werd genoemd.

'Het is nog maar vier maanden geleden, Meg! Vier nog maar! Vind je niet dat hij wat meer respect verdient?' vroeg Lucy kwaad.

Megs ogen vulden zich met tranen en Lucy zag hoe ze voorzichtig inademde, alsof de lucht vol zat met scheermesjes. Vier maanden stelde niets voor. En hij was nu voor altijd weg. Tot in de eeuwigheid. 'Hij komt niet meer terug,' zei Meg met trillende stem.

'Nee. Maar vergeet hem niet te snel, oké?'

Meg stond abrupt op, zodat die arme Badger verschrikt opsprong. 'Hoe kun je dat nou zeggen? Uitgerekend jij? Jij wéét hoeveel ik van hem hield.'

'We hielden allemaal van hem!'

'En dus?' gilde Meg. 'Dat valt toch niet te vergelijken? Ik zou met hem trouwen! Ik zou kinderen met hem krijgen, ík deelde mijn leven met hem. Jij niet en Tuck ook niet. Hij was van míj. Ik ben degene die alles kwijt is! Ik weet dat jij en Tuck van hem hielden, Lucy, maar hij hoorde bij mij en ik hield het meest van hem!'

'Nou, daar valt dan niet veel meer van te merken, hè?' merkte Lucy op, die stijfjes vanaf haar stoel toekeek hoe Meg stond te beven, haar armen en benen dun als fietsspaken, haar ogen te groot voor haar gezicht, met dikke tranen die als regendruppels over een raam over haar wangen gleden.

'Ik... Ik dacht...' Meg haalde hortend adem en snikte hevig. 'Ik dacht dat je het zou begrijpen.'

Maar Lucy sloeg haar armen over elkaar, zich ervan bewust dat dat een belachelijk gezicht was, zo boven op haar bolle buik, en ze keken elkaar aan, met de zon die Megs hoofd als een halo omlijstte.

Er ging een minuut voorbij waarin ze zwegen en er een wereld tussen hen instortte.

'Kom, Badger,' mompelde Meg ten slotte. Ze pakte haar tas en draaide zich om. Badger draafde zonder te aarzelen met Meg mee en draaide zich niet één keer om naar haar, de persoon die hem vier dagen lang had voorzien van voer en water, die hem had uitgelaten en beschermd. Maar dat viel te verwachten, toch? Kwam Meg niet altijd op de eerste plaats?

Lucy keek toe hoe ze over de binnenplaats liepen en zag dat Megs schouders hoog opgetrokken waren voordat ze de hoek omgingen en uit het zicht verdwenen. Lucy staarde lange tijd naar de leegte die ze hadden achtergelaten. Haar lichaam was roerloos, maar ze voelde dat alles wat ze zo goed had weten te verbergen begon te verschuiven. Zij was anders dan Meg, zij kon haar emoties niet goed uiten, zij sprak niet over wat ze doormaakte.

En nu was ze alleen. Er was hier niemand, zoals gewoonlijk. En toen de zon verder zakte en de bergen een schaduw over haar heen wierpen, kwamen ook haar tranen. Net zo brandend en net zo rauw.

Woensdag 9 augustus 2017
Van: Jonas Solberg

Meg? Ben je er nog?

23

Maandag 23 oktober 2017

'Brrrr,' zei Meg huiverend terwijl ze de deur met haar voet achter zich dichtduwde en zo de kou buitensloot. Ze kon amper iets zien boven de dozen die ze in haar armen droeg en met haar kin op hun plek hield. 'Het is buiten ijskoud. Het zal niet lang duren voor het gaat sneeuwen. Heb je de wolken boven Rundle gezien?'

Ze stopte en boog haar knieën om de dozen – met daarin snowboots van het nieuwe seizoen – op de vloer te zetten, naast de andere acht stapels. Ze moesten allemaal nog worden gescand en van een prijs worden voorzien, en dan worden geordend op stijl en maat. Ze zou het druk hebben vandaag. 'Ik durf te wedden...'

Ze zweeg toen ze Dolores' gezichtsuitdrukking zag. Zelfs in een stoel gezeten met een geruite plaid op schoot – ze moest nog steeds veel rust nemen van de dokter – zag ze er indrukwekkend uit. 'Je hebt een telefoontje gemist, jongedame.'

Haar adem stokte. Misschien wel van Jonas... 'O?'

'Steven Pritchard van Kate Spade?'

Meg slikte. O god. Ze had dat al zo goed als uit haar hoofd gezet. Lucy's woorden tijdens die ruzie, inmiddels vele weken geleden, waren hard aangekomen en ze had bewust een stap terug gezet van alles wat Toronto aan beloftes in zich had gehad: jeugdige zorgeloosheid, een carrière, romantiek, avocado op toast... Want Lucy had natuurlijk gelijk gehad. Wat had haar bezield? Dacht ze echt dat ze het verlies van Mitch zou kunnen verwerken door het met een andere man aan te leggen? En dat ze zo'n grote opdracht in de wacht zou kunnen slepen? Haar korte opleving van zelfvertrouwen was niets anders geweest dat een vlaag van waanzin, en ze was alles en iedereen daarna uit de weg gegaan. Ze had de berichtjes van Hap niet beantwoord, niet op de mails van Jonas gereageerd, en ook niet op de voicemailberichten die door een medewerker van Kate Spade op haar vaste telefoon waren ingesproken, in de hoop dat ze vroeg of laat zouden begrijpen dat het niets zou worden. Maar blijkbaar was de boodschap nog niet aangekomen.

'Luister, het is niet wat je denkt, oké? Ik heb hen niet zelf benaderd. Iemand anders heeft mijn naam een tijdje geleden aan ze doorgegeven. Het stelt niets voor.'

'Hoezo niet? Ze zeggen dat ze je naar New York willen laten komen voor een bespreking. Over een nieuwe huisstijl?'

Meg schudde haar hoofd en keek de andere kant op. Ze had het gevoel dat er een gewicht op haar borst drukte. 'Ik bel wel terug om te zeggen dat ik niet geïnteresseerd ben.'

'Te laat. Ik heb al toegezegd dat je komt,' zei Dolores zonder ook maar één keer met haar ogen te knipperen.

Het duurde een moment voordat tot Meg doordrong wat ze had gezegd.

'Wat?'

'Ze hebben een vlucht voor je geboekt. Je vertrekt volgende week woensdag en je overnacht in een of ander fancy hotel.'

'Dolores! Waarom heb je dat gedaan?' riep Meg verschrikt uit.

'Omdat jij het zélf niet doet! Je lijkt besloten te hebben dat je hier gewoon blijft… wegkwijnen. Ik weet niet wat er met je is gebeurd hoor, meid. Toen je net terug was uit Toronto leek je wel zo'n dier uit een Disneyfilm: stralende blik, grote ogen, fiere staart. Je zei dat je elke dag zou gaan, hoe heet het ook weer… peddelen op een board. En dat je meer wilde gaan reizen en Ronnie vaker zou opzoeken… Maar ik weet niet wat er met je aan de hand is, hoor. Je bent terug in dit stadje en het licht in je ogen gaat weer uit. Al die ambitie om iets met je leven te doen, al die plannen… Waar zijn ze gebleven?'

Meg haalde diep adem. Ze herinnerde zich de ruzie met Lucy

maar al te goed. Woord voor woord. 'Dolores, ik weet dat je alleen maar probeert om iets goeds voor me te doen, maar hoe vaak moet ik nog zeggen dat ik hier tevreden ben? Ik vind het fijn om voor jou te werken...'

'Pff,' zei Dolores honend.

'Echt waar!'

Dolores keek haar lang en strak aan. 'Je weet dat je heel veel voor me betekent, Meg,' zei ze terwijl ze haar aandachtig gadesloeg.

'Ja, dat weet ik,' zei Meg zacht.

'En ik hoop dat je moeder het niet erg zou vinden als ik zeg dat je de dochter bent die ik nooit gekregen heb. Maar als je niet uitkijkt, zul je op een dag omkijken en je realiseren dat je mij geworden bent! Vastgeroest in dit stadje zonder je leven ten volle te hebben geleefd. En dat wens ik je niet toe.'

'En als ik het zelf zo wil?'

'Doe niet zo idioot,' zei de oudere vrouw met samengeperste lippen.

Meg zuchtte en ging achter de computer zitten om haar e-mails te bekijken. Er was er een van Jonas – alweer. Hij had inmiddels zoveel berichtjes gestuurd dat ze de tel was kwijtgeraakt. Ze wilde dat hij ermee zou stoppen. Sinds zijn landing had ze niet meer gereageerd. Ze kon het niet uitleggen. Ze wist niet waarom het zo anders voelde om met hem te corresponderen nu hij terug op aarde was. Misschien had ze de afstand nodig gehad om eerlijk en vertrouwelijk te kunnen praten met iemand die ze nooit had ontmoet. Maar nu hij terug was op deze planeet, nu een ontmoeting mogelijk zou zijn... Nu Lucy de harde waarheid had gesproken...

Haar ogen lazen het bericht vluchtig. Het was kort en to the point, bijna alsof hij had geweten dat ze het zou lezen terwijl ze midden in een discussie zat.

Danny-Danny,

In een van je eerste e-mails vroeg je wat ik miste aan het leven op aarde.
Maar weet je wat ik nu mis aan het leven in de ruimte?
De gesprekken met jou.

J

Meg voelde een koude rilling van vrees en paniek door zich heen gaan. Wat wilde hij hiermee zeggen? Was het een afscheid? Was dit weer een poging om contact te leggen of gaf hij het op?

Ze draaide zich om en keek naar de stapels schoenendozen. Ze moest iets doen, iets wat het donkere gevoel van verlatenheid dat zich door haar heen begon te verspreiden zou kunnen wegnemen. Ze pakte de barcodescanner onder de toonbank vandaan en begon te scannen.

Dolores, die zag hoe gespannen ze was, hield haar hoofd schuin. 'Wanneer ga je me vertellen wat er tussen jou en Lucy is gebeurd?'

'Niets bijzonders,' mompelde ze.

'Denk je soms dat ik blind ben? Sinds je uit Toronto bent teruggekomen is ze hier niet één keer geweest. Alle koekjes zitten nog in de trommel!' Ze vouwde haar handen ineen op haar schoot. 'Wat heeft ze tegen je gezegd? Toe, voor de draad ermee. Hoewel ik wel een vermoeden heb.'

Meg kromp ineen, want ze kon het er niet met Dolores over hebben. Wat zou ze ervan vinden als ze wist dat Meg zo snel met een andere man het bed in was gedoken? Ze zou het haar net zo kwalijk nemen als Lucy had gedaan. Of nog meer. 'Ik wil er liever niet over praten.'

Dolores keek naar haar. Ze kreeg een zachte blik op haar mooie gezicht terwijl ze toekeek hoe Meg met bestudeerde aandacht bleef wijzen en bliepen. 'Ik heb nooit eerder meegemaakt dat jullie zo lang niet met elkaar spraken. Ze is je beste vriendin.'

'Wás,' zei Meg fel. 'Vriendinnen zeggen niet... Ze...'

Maar ze kon de woorden niet over haar lippen krijgen, wilde zich niet herinneren hoe het had gevoeld om ervan beschuldigd te worden Mitch te hebben verraden, om teruggezet te worden in de rij van mensen die het meest van hem hielden omdat zij had geprobeerd een stap voorwaarts te zetten.

'Luister, ik weet dat ze... stekelig kan zijn, maar ze maakt een zware zwangerschap door en de baby wordt over een maand verwacht. Ze heeft je nodig.'

'Ze heeft Tuck,' mompelde Meg, hoewel ze allebei wisten dat dat een schrale troost was. Hoe vaak had ze zijn auto nog laat in de avond voor het Banff Centre zien staan als ze langsreed, waar hij zich in de studio had opgesloten met een video die hard op weg was een ode aan verloren levens te worden – dat van Mitch én dat van hem?

Ze veranderde van onderwerp, niet bereid om stil te staan bij het type echtgenoot waar Lucy mee zat opgescheept. Zíj had er tenminste nog een. 'Hoe heette die man die had gebeld ook alweer? Ik bel hem wel terug om af te zeggen.'

De vraag bleef even in de lucht hangen. 'Dat weet ik niet meer.'

Meg trok een wenkbrauw op. 'Nou, kun je me het nummer dan tenminste geven?'

Dolores schudde haar hoofd. 'Ik heb er niet aan gedacht het te noteren.' Ze tikte tegen haar slaap. 'Ik ben niet meer zo helder van geest als vroeger.'

'Ga toch weg,' mopperde Meg met een zucht. 'Je denkt toch niet dat ik dat geloof?'

'Wat zal ik zeggen.' Dolores haalde koppig haar schouders op en herschikte de plaid die over haar benen hing. 'Vraag maar aan de dokters. Ik ben een oude vrouw.'

Dinsdag 31 oktober 2017

Meg stond met pijnlijke armen en een zere nek in de lege kamer om zich heen te kijken. Ze droeg haar tuinbroek en had haar haren met een gescheurd T-shirt naar achteren gebonden. Als ze niet beter wist, zou ze hebben gedacht dat er beren in de berghut waren geweest, zo'n chaos was het: de gordijnen waren van de ramen gehaald, de kleden waren opgerold en de met verf bespatte vloeren waren klaar om geschuurd te worden. De meeste van haar meubels stonden op het gras met een zeildoek erover en ze had de weergoden in nachtelijke schietgebedjes verzocht om nog minstens twee dagen te wachten met regen of sneeuw. En tot nu toe kwam ze ermee weg – nog maar net. Hoewel het bepaald niet de tijd van het jaar was om de woning opnieuw in te richten, had ze dat tot nu toe niet kunnen opbrengen. Haar instinct had elk laatste detail van het leven dat ze met Mitch had gedeeld willen bewaren, van hun berghut een museum willen maken, het verleden willen vasthouden. Maar naarmate het gesprek bij Kate Spade dichterbij kwam – ze zou morgen naar New York vliegen, aangezien Dolores al haar pogingen om eronderuit te komen had gesaboteerd – moest ze erkennen dat ze het nieuwe perspectief eigenlijk heel opwindend vond. Ze was nu al bijna een week non-stop bezig met ontwerpen, aangespoord door Dolores, die haar verlof had gegeven, en had een portfolio samengesteld om aan de mensen van Kate Spade te laten zien. En nu kon ze er bijna niet meer mee ophouden. Telkens borrelden er ideeën op, alles wat ze zag was inspirerend en de sprankeling die ze in Toronto had opgedaan was terug. Ze wilde creëren, spelen, haar verbeeldingskracht de vrije loop laten. Het voorval met Lucy werd steeds meer naar de achtergrond verdrongen terwijl de radiostilte tussen hen zich als bloed in de sneeuw uitbreidde.

Af en toe stak het de kop op, meestal 's avonds als ze hier zat met alleen Badger als gezelschap en de herinneringen aan Mitch haar overvielen. Voor deze week was de enige oplossing die ze had kunnen bedenken hier weg te gaan, gewoon te vertrekken uit het huis dat ze hadden gedeeld, maar dat voelde als een nederlaag. Bovendien zou Mitch nog steeds in haar hoofd zitten, waar ze ook heen ging. Nee, ze zou een manier moeten vinden om met het verleden te leven, en dit was het antwoord, had ze besloten. De berghut was nog steeds hun thuis, maar ze had er nu haar stempel op gedrukt. Mitch zou nooit akkoord zijn gegaan met de poederroze tint waarin ze hun slaapkamer had geverfd (haar eerste taak, in de hoop dat ze daar weer zou kunnen slapen, maar tevergeefs) en hij zou terug naar Banff zijn verhuisd zodra hij de trompe-l'oeil van de Japanse kersenbloesem had gezien die ze op de achterwand van de badkamer had geschilderd. Maar het was deze kamer, de logeerkamer, waar ze het gelukkigst mee was en die het beste bij haar paste. Hier zou ze voortaan slapen.

Ze liep er langzaam doorheen, haar ogen dwalend over de nog natte muren die bij de plinten krijtachtig ijsblauw waren en naar boven overgingen in een steeds dieper indigo dat aansloot op het nachtblauwe plafond, dat bespikkeld was met handgeschilderde sterren en duizenden gouden vlekjes, dankzij een doorschijnende glitterfietsverf die ze bij de bouwmarkt had gevonden.

Langzaam en stijf ging ze op de grond liggen, haar botten hard op de onbuigzame planken. Badger draafde naar haar toe en ging naast haar liggen. Zijn hoofd rustte zwaar op haar buik terwijl ze omhoogkeek naar haar zelfgemaakte hemel. Deze kon ze aanraken, ze kon de sterren kussen als ze dat wilde, zoals de bedoeling was geweest: Mitch weer binnen bereik brengen. Maar terwijl ze opkeek naar haar eigen lange, brandende blauw, was het niet Mitch die haar gedachten overspoelde. Deze hemel behoorde toe aan een ander.

Het was vier uur toen Lucy door de draaideuren van The Homestead liep, een van de drukste tijdstippen in het hotel. Barbara stond achter de balie een plattegrond van hun stadje te tekenen voor een Chinees stel, waarbij ze – ongetwijfeld – met een rode pen Bob's Pizzeria omcirkelde (zij en Bob gingen tegenwoordig met elkaar uit). Haar parelketting en perfect gekapte haar ademden de sfeer van het hotel.

Lucy keek in de richting van de lounge terwijl ze naar haar moeder toe liep, met een beschermende hand op haar buik terwijl ze langs uitstekende ellebogen en hoekige handtassen manoeuvreerde. Het vuur in de imposante haard van grijze steen knetterde en het vloerkleed met rood motief was nat van de voetstappen. In de stoelen rond de haard zaten vermoeide hikers die de bergen in waren geweest en nu terug waren om te genieten van een kop thee.

'Een fijne dag nog verder,' zei Barbara met een glimlach terwijl het stel wegliep.

'Weer volgeboekt?' vroeg Lucy op gedempte toon aan haar moeder terwijl ze achter de balie stapte en de archiefkast opende, op zoek naar een nietmachine.

'Ik had elke kamer wel drie keer kwijt gekund,' antwoordde Barbara. 'Ik kan me de laatste keer dat we zo'n voorseizoen hadden niet meer herinneren. Ik heb niet één keer het bordje "kamers vrij" hoeven plaatsen.'

'Nou, wees er maar gewoon blij mee.'

'Wat zoek je?' Barbara fronste terwijl Lucy hurkte, de andere lades probeerde en er een per ongeluk tegen haar moeders bovenbeen stootte. 'Au!'

'De nietmachine. Ik ben met de boekhouding bezig geweest.'

Barbara schudde haar hoofd, trok de juiste la open en reikte Lucy de nietmachine aan.

'Dank je,' zei Lucy. Ze wilde opstaan, maar merkte dat het niet ging.

Barbara zuchtte en stak haar een hand toe om haar overeind te trekken. 'Het is toch wat. Je bent zwanger, niet gehandicapt.'

Lucy zuchtte ook, maar deed geen poging zichzelf te verdedigen terwijl ze omhooggehesen werd. Want ze was enórm zwanger. Ze was het stadium 'mooie bolle buik' in sneltreinvaart voorbijgegaan, en nu ze nog maar vier weken te gaan had, voelde het alsof ze uit elkaar zou barsten. Ze sliep niet goed, want ze was normaal gesproken een buikslaper en op haar zij lag ze niet lekker. En als ze dan toch indutte, werd ze een aantal keren per nacht wakker omdat ze moest plassen. Tuck lag nu in de logeerkamer – die nog steeds niet was omgetoverd tot kinderkamer, aangezien hij steeds weer een excuus had om het inrichten uit te stellen – want tegenwoordig snurkte ze ook, en daar kon hij niet tegen. Ze had bijna continu last van brandend maagzuur, haar rug deed pijn, haar borsten waren twee keer zo groot... De hele zwangerschap had gevoeld als één grote beproeving en ze hoopte dat de baby snel zou komen.

Ze hield de nietmachine vermoeid omhoog. 'Dank je. Tot...'

'Wacht,' zei Barbara op schuldbewuste toon. 'Wat doe jij met het eten vanavond?'

Lucy keek haar verbaasd aan. 'Daar heb ik nog niet over nagedacht. Ik denk dat ik gewoon een...'

'Ik bedoel, heb je plannen? Kom anders hier. Ik heb een kipschotel gemaakt. Ik vind het geen prettig idee dat je daar alleen zit te eten.'

'Mam, het is oké.' Lucy rolde met haar ogen.

'Nee, dat is het niet. Wanneer komt Tuck terug uit Toronto?'

'Maandag. Mam, hij is nog maar net weg!'

'Maar je hebt dus niet met iemand anders afgesproken? Zoals...'

'Daar ben ik te moe voor. Ik wil alleen maar slapen.'

Barbara fronste. 'Het is niet goed hoor, dat je zo uitgeput bent.'

'Nou, blijkbaar doe ik iets verkeerd. Maar jij kunt me ongetwijfeld advies geven, in je oneindige wijsheid,' mompelde ze sarcastisch. Ze legde een hand op haar onderrug en leunde achterwaarts in een poging haar heupen te strekken.

'Ik leef gewoon mee, Lucy!' Barbara stak een arm uit naar haar dochter. 'Ik maak me bezorgd om je. Je bent de laatste tijd jezelf niet.'

Lucy wees op haar reusachtige buik. 'Nou, mijn lichaam is in bezit genomen door een indringer, mocht je dat nog niet hebben opgemerkt.'

'Lieverd, dit zou een gelukkige tijd voor je moeten zijn. Maar elke keer als ik je zie, lijk je eerder neerslachtig.' Ze hield haar hoofd schuin. 'Waarom probeer je het niet goed te maken met Meg? Volgens Dolores zit zij er ook erg mee in haar maag.'

'Ha, volgens mij valt dat reuze mee,' zei Lucy bitter, die zich herinnerde dat ze Meg vorige week met Josie Wilson en Denise Lam – meiden met wie ze op de middelbare school hadden gezeten – uit de bioscoop aan Wolf Street had zien komen.

'Nou, heb je gehoord dat ze morgen naar New York gaat voor een nieuwe job?'

'Wat?' Lucy's hoofd kwam met een ruk omhoog.

'Ik bedoel niet dat ze ernaartoe gaat verhuizen!' zei Barbara snel, die zag hoe verschrikt haar dochter keek. 'Maar Dolores zei dat ze in de running is om het logo en de huisstijl van een of andere bekende designer te ontwerpen. Ze willen haar spreken en schijnen zeer geïnteresseerd te zijn.'

'Fijn voor haar,' mummelde Lucy, die naar beneden keek en constateerde dat ze haar voeten niet kon zien.

'Lucy, je zou trots op haar moeten zijn, het gaat eindelijk weer beter met haar. En hebben we niet altijd gezegd dat ze talent had? Dit is precies wat ze nodig heeft om haar leven weer op de rails te krijgen.'

Lucy voelde de woede weer opborrelen. 'O, geloof me, ze hééft haar leven alweer op de rails, hoor!'

Barbara keek haar verbaasd aan. 'Hoe bedoel je?'

'Jullie denken dat ze gebroken is, als een porseleinen pop, maar dat is ze niet!' gooide Lucy eruit. 'Ze rouwt niet om Mitch! Ze is al verdergegaan met haar leven. En hoe!'

'Lucy!'

Maar ze had zich afgewend, met rode wangen van woede en paniek. Ze voelde zich verraden. Niemand anders zag het. Mitch' dood was voor Meg een bevrijding geweest, haar kans om Banff te verlaten. Toronto was nog maar het begin geweest. Nu was het New York. En wat werd het daarna? Londen? Berlijn?

'Lucy!'

'Laat maar, mam. Je weet niet waar je het over hebt.'

'Kom in elk geval eten,' riep Barbara haar na. 'Zeven uur?'

Lucy draaide zich niet om – ze wilde niet dat haar moeder haar tranen zou zien – maar ze wist wel dat ze zou komen. Het was nog maar net vier uur geweest en ze had nu al honger.

Tuck keek toe hoe er mensen langs zijn stand liepen. Sommigen bladerden ongeïnteresseerd door de folders, met een kop koffie in de hand, zonder enig idee te hebben wie of wat Titch was, anderen kwamen recht op hem af, hun hand al omhoog voor een high five, alsof hij voor hen de enige reden was om hiernaartoe te komen.

Achter hem werd het filmpje van vorig jaar steeds herhaald. Het licht dat van het scherm kwam, wervelde over hem heen alsof er een discobal hing. Mitch en hij hadden speciale pakken laten maken met gekleurde ledlampjes op de naden, en ze hadden gekleurde fakkels langs hun route in de sneeuw geplaatst, die aangingen terwijl zij erlangs manoeuvreerden. Lucy en Meg hadden hun afdaling op de donkerste avond gefilmd en de berghelling was opgegloeid als een regenboog van kleuren, een aurora borealis die op de grond was neergedaald.

Hij rekte zich uit, keek op naar het dak van de hal en wenste dat hij de lucht kon zien. De tl-verlichting was een aanslag op zijn energieniveau en hij was al moe genoeg. Hij was gisteravond in het hotel op het bed in slaap gevallen en om drie uur 's nachts wakker geworden op het dekbed, met zijn kleren nog aan en een stuk of wat lege miniatuurflesjes whisky om zich heen.

Het was zijn eerste Snow Show zonder Mitch en hij had van tevoren geweten dat het moeilijk zou zijn, maar hij had er geen rekening mee gehouden dat het ook saai zou zijn zonder iemand om mee op te trekken. En wie zou de stand bemannen als hij moest plassen? Hij had wel een praatje gemaakt met de lui van de stands aan weerszijden, maar daar had-ie niet veel aan. Links zat een vertegenwoordiger van een coöperatie van gebreide wollen truien, sjaals en sokken uit Peru die amper Engels sprak; rechts een specialist in lawine-uitrustingen, wiens kit bijna identiek was aan degene die Mitch op die noodlottige avond bij zich had gehad. Tuck kon er nauwelijks naar kijken.

Hij pakte zijn iPad en keek weer naar de nieuwe bestellingen. Er hadden zich al achtentwintig winkels gemeld en deze show was nog maar twee dagen aan de gang. Het vorige seizoen waren het er in totaal achtendertig geweest, en tot nu toe had hij een overeenkomst gesloten met zeven nieuwe zaken. Iedereen was weer dolenthousiast over Megs ontwerpen. Vorig jaar had ze het minimalistisch gehouden en de 'flipflopverf' gebruikt die veel in de sportauto-industrie werd toegepast, waarbij de tint van magenta in oranje overging, of van blauw in geel, bij de minste enkelbeweging. Het jaar daarvoor had ze hologrammen op de boven- én onderkant afgebeeld. Voor dit seizoen had ze zich door tatoeages laten inspireren, met pentekeningen die waren ingevuld met felle, neonachtige kleuren. Tuck vond het slangenhuideffect op de achtergrond het mooist – Mitch was het met hem eens geweest – en iedereen die bij de stand stilstond, streek er even overheen. Kortom, ze waren supercool en hij was er vrij zeker van dat hij terug zou keren met een behoorlijke aanwas aan klanten.

Twee mannen die hij al eerder langs had zien lopen kwamen terug en bekeken de designs nog eens aandachtig. Tuck had goede hoop dat er weer een bestelling aan zat te komen. Ze waren allebei gekleed in een donkere spijkerbroek en een trui met rits. Een van hen had een baardje. Deze lui konden weleens geïnteresseerd zijn.

‘Hallo, kan ik jullie helpen?’ vroeg Tuck, die zijn iPad in zijn tas stopte en naar hen toe liep.

‘Zo te zien hebben jullie echt iets nieuws gecreëerd,’ zei de man met het baardje, wijzend naar de kleinere boards.

Tuck pakte er een en legde hem op de toonbank. ‘Ja. We zijn elf jaar geleden met deze versie begonnen, maar zoals jullie zien, zijn we nu ook actief op de mainstreammarkt.’ Hij gebaarde naar de snowboards van normale grootte.

‘Omdat er vraag naar was?’

‘Ja, enorm. De wendbaarheid van deze boards maakte ze een succes, maar er was ook behoefte aan reguliere maten.’ Hij pakte een van de grotere boards en draaide hem om, zodat ze konden zien hoe goed Megs ontwerpen er ook van dichtbij uitzagen. ‘Deze zijn buiten de piste echt onovertroffen. Kennen jullie onze Limited Edition Slayer-serie van een paar jaar geleden?’

‘Heb er wel van gehoord,’ zei de man met baard.

‘Dat zijn nu collector’s items. Als je er nu een wilt kopen heb je het over vijf- of zesduizend dollar.’

‘Hebben jullie al aan een heruitgave gedacht?’

‘Echt niet,’ zei Tuck lachend. ‘Voorwaarts.’ Hij knipoogde. ‘Zo blijft de verkoopwaarde hoog.’

Hij keek hoe ze de boards pakten en ze met professionele belangstelling omdraaiden en bestudeerden. ‘Er zijn zelfs mensen die ze alleen kopen om aan de muur te hangen,’ ging hij verder. ‘Mensen die nog nooit op een board hebben gestaan.’ Tuck grinnikte en krabde op zijn hoofd. ‘Dat begrijp ik ook niet, maar het is zo.’

‘Puur voor de show, hè?’ De man lachte terwijl zijn collega zijn vinger langs de uitsparing aan de achterkant van een van de grotere boards liet glijden. ‘En deze *swallowtails*…’

‘Geweldig voor extra kracht, man, geeft veel meer respons in diepe sneeuw. Heb ik bij toeval ontdekt toen er een board scheurde en er een stuk uit brak toen ik aan het snowboarden was met mijn kameraad.’ Zijn glimlach verdween een moment bij de gedachte aan Mitch. 'We hebben er patent op aangevraagd. We wachten nog op antwoord.'

Hij zag dat de bebaarde man naar de video achter hem keek. 'Cool filmpje. Ben jij dat?'

'Yep.' Tuck knikte en stak zijn handen in zijn zakken terwijl hij zichzelf en Mitch door de avond zag zoeven en zigzaggen, met al die kleuren die onderweg oplichtten. 'We gebruiken daar de R170, die je nu in handen hebt. Speciale welving en V-vormige uitsparing.'

'Om nog maar te zwijgen van die schitterende graphics,' zei de tweede man, die nu ook naar het scherm keek. 'Doen jullie dit als promo?'

'Soort van. We maken twee filmpjes per jaar, een snowboardvideo en een met mountainbikes in de zomer, die we dan inzenden voor het Banff Film Festival. We komen uit Banff, dus vandaar.' Hij haalde zijn schouders op.

'Ooit gewonnen?'

'Nog niet, maar we hebben nu drie keer op de shortlist voor de Best Mountain-categorie gestaan.'

'Zo mag ik het horen: nóg niet,' zei de bebaarde man, met zijn ogen nog steeds op het scherm gericht.

'Dat is het filmpje van vorig jaar. Het festival van dit jaar gaat over een paar weken van start.'

'En hebben jullie iets ingestuurd?'

Hij wachtte even, om er zeker van te zijn dat zijn stem niet zou trillen. 'Ja, klopt.'

'En gaat het jullie om het prijzengeld?'

Tuck lachte spottend. Om die vierduizend dollar? 'Nee, daar hebben we niet zoveel aan. Het doel is te worden geselecteerd voor de wereldwijde tour. Veertig landen, vierhonderdduizend bezoekers.'

De baardloze vent was onder de indruk. 'Dat zijn nog eens getallen.'

'En de investering is minimaal. De kosten voor het maken van de video en het inschrijvingsgeld.' Tuck grijnsde vol trots over Mitch' slimme marketingidee. 'Het is een geweldige manier om onze zichtbaarheid te vergroten en ons merk sterker te maken.'

'Het zal jullie wel voor de wind gaan, vooral sinds die winst in Aspen.'

Tucks grijns werd nog groter en hij stak zijn borst vooruit. 'Weten jullie daarvan?'

'Natuurlijk. Dat hoort bij ons werk.'

'Nou, inderdaad, de verkoop is met zevenentwintig procent gestegen en hier is de belangstelling waanzinnig. Iedereen wil ons product leren kennen.' Dat was niet helemaal waar. De zaken gingen goed, maar ze groeiden langzaam – zoals Mitch had voorspeld – en ze waren er nog lang niet. Ze hadden meer professionele spelers nodig die op hun boards zouden winnen, meer filmpjes, meer tours, meer bestellingen... Meer hard werk. Meer van deze shit. De boel promoten in beurshallen zonder ramen. Alleen werken op een kamertje...

'En hoe zit het, run jij de toko zo ongeveer in je eentje? Of heb je een heel team achter je?' vroeg de baardloze man terwijl hij de laminering van een board bestudeerde.

Tuck keek hen een voor een aan met een verstarde glimlach. Mitch was hier niet. Hij zou hier wel moeten zijn. 'Ik doe het zelf, man,' zei hij ten slotte. 'Zeg, waar zit jullie winkel trouwens? Dat hebben jullie niet gezegd.'

De man met baard legde het board dat hij in zijn handen had neer. 'We hebben geen winkel.'

Geen winkel? In een flits besefte Tuck hoe stom hij was geweest. Hij had verondersteld dat het detailhandelaars waren die het merk wilden verkopen, maar had hij hier dus te maken met de concurrentie? En hij maar praten, met zijn verhaal over de unieke marketingstrategie die Mitch had bedacht, het patent dat ze hadden aangevraagd... Hij trok de boards geërgerd uit hun handen.

'Fuck, man! En ik maar...' Hij kreeg een rood waas voor ogen.

Wat stom. Wat ontzettend stom. Dit was de reden waarom Mitch altijd het woord deed in deze situaties: hij had het door als er iets niet in de haak was. 'Wie de fuck zijn jullie?'

De bebaarde man keek hem kalm aan terwijl hij een visitekaartje uit zijn achterzak haalde. Tuck wist niet wat hij zag toen hij las wat erop stond. De grootste in de business.

De man glimlachte. 'Kunnen we ergens rustig praten?'

24

Woensdag 1 november 2017

'Ron, ik heb geen tijd!' zei Meg hijgend terwijl ze door de kamer liep met de open reistas. 'Ik moet mijn vlucht halen, weet je nog?'

'O, shit, is dat vandáág?'

'Ja!'

Ronnie slaakte een opgewonden kreet en Meg hoorde dat ze in haar handen klapte. 'Wat heb je aan?'

'Mijn zwarte pak.'

Er viel een korte stilte. 'Met die bootcut?'

Meg liep naar de slaapkamer en liet de tas op het bed vallen. Ze had er zelf ook over getwijfeld, maar alleen omdat ze het pak voor het laatst had gedragen toen ze Mitch begroeven. Maar ze had geen keus. Ze had niets anders in haar kledingkast dat kon doorgaan voor zakelijk en stijlvol. 'Ja! Hoezo?'

'Ik zou iets anders aandoen.'

'Dat kan niet!' jammerde Meg. 'Ik héb niks anders. Niets wat ook maar in de verste verte geschikt is voor een… O god, een gesprek met een grote modefirma in New York.' Ze liet zich op de rand van het bed zakken en legde haar hoofd in haar handen. 'Wat ben ik aan het doen? Dit is belachelijk. Ik ga niet.'

'Natuurlijk wel!' zei Ronnie op felle toon. 'En het gaat helemaal niet om wat je aanhebt.'

'Meen je dat nou? Natuurlijk gaat het daar wel om! Waarom zouden ze mijn stijl zien zitten als ik me niet eens fatsoenlijk kan aankleden voor het gesprek?'

'Er is niets mis met dat pak.'

'Maar net zei je nog…'

'Niet naar mij luisteren. Dat pak is geweldig. Het is zwart. Het is New York, dus het is goed.'

'Wat? Zwart?'

'Precies. Als je eruitziet als een engel des doods zullen ze weg van je zijn. Maar belangrijker nog: is je portfolio klaar?'

Meg stond op en liep terug naar de woonkamer. 'Dat zou je kunnen zeggen.' Ze keek vertwijfeld rond. Overal lagen vellen papier, op elk oppervlak, haar tekentafel stond schuin opgesteld in de hoek, waar ze de afgelopen week elke avond en de meeste nachten had doorgebracht om ideeën op papier te zetten. Ze wist niet of ze iets presentabels had, ze wist zelfs niet of het de bedoeling was dat ze al ontwerpen zou laten zien. Misschien wilden ze haar eerst spreken en een briefing geven over de opdracht? Dat was Dolores' gedachte, maar Meg had het niet kunnen laten en had al diverse ideeën uitgeprobeerd, met ontwerpen, motieven en kleuren gespeeld...

Ze had uren in de openbare bibliotheek doorgebracht om schetsen en foto's te kopiëren die ze in de loop der jaren voor Titch had getekend. Natuurlijk had ze Tuck kunnen vragen om toegang tot de archieven en oude voorraden, maar afgezien van het feit dat ze hem nog steeds niet in de ogen kon kijken wilde ze niet dat Lucy hier iets over te weten kwam. Echt? Ging ze naar New York voor een mogelijke grote opdracht? Ze kon zich helemaal voorstellen wat Lucy's reactie zou zijn.

'O, wacht!' riep Ronnie plotseling uit. 'Die zwarte spijkerbroek die ik je heb gegeven.'

'Wat is daarmee?'

'Trek die aan.'

'Ik kan toch geen spijkerbroek aantrekken als ik naar een sollicitatiegesprek ga?' zei Meg ontsteld.

Ronnie zuchtte. 'Luister, ik snap dat het voor jou een onbekend concept is, maar veel spijkerbroeken zijn tegenwoordig duurder dan een pak. De tijd dat je ze alleen in het weekend droeg zijn voorbij. En je gaat immers op gesprek bij een modebedrijf. Je kunt een jutezak aantrekken als je maar de juiste accessoires draagt.'

'Maar het pak dan?' vroeg Meg, die door de deur naar de slaapkamer het zwarte pak op het bed zag liggen. Het glansde nogal.

'Weg ermee. Verbranden. Het is een misdaad tegen de mode.'

'Maar je zei net...'

'Ik ben je zus. Ik probeerde je te bemoedigen.'

Meg trok een grimas en rende naar de logeerkamer – ze was nog steeds niet teruggekeerd naar de grote slaapkamer – waar ze haastig een hoop kleren uit de laden trok, op zoek naar de spijkerbroek. 'Ik kan hem niet vinden,' mompelde ze. 'Hoe laat is het?'

'Tien voor elf.'

'O god,' jammerde ze. 'Ik moet hier om uiterlijk elf uur weg.'

'Tijd zat.' Ronnies grijns was hoorbaar. 'En sorry hoor, maar hoezo kun je hem niet vinden? Zeg nou niet dat je hem helemaal niet gedragen hebt.'

'Daar heb ik geen tijd voor gehad,' antwoordde Meg paniekerig.

'Je hebt geen tijd gehad om een spijkerbroek te dragen?' gilde Ronnie. 'Heb je enig idee hoe goed je billen uitkomen in die jeans? En heb je enig idee hoe dúúr hij is?'

'Sorry,' mompelde Meg, die wist wat de ware reden was waarom ze hem niet had gedragen: hij herinnerde haar aan de dag van de ruzie met Lucy, en aan het weekend in Toronto dat bij een ander leven hoorde. Niet dat van haar.

'Geef hem maar terug als je hem niet aantrekt...'

'Ah, ik heb hem al!' zei Meg, die hem onder het bureau zag liggen. Ze greep ernaar en liet haar blik even rusten op de radioapparatuur. Het was inmiddels maanden geleden dat ze die had gebruikt. Sinds Jonas was geland had het geen zin meer gehad. Ze wilde niet met zomaar iemand praten. Alleen maar met hem.

Ze miste hem, veel meer dan ze had verwacht. Ze miste haar vriend in de lucht, haar licht in de duisternis. Maar hij was nu weer op aarde, verloren in de massa, een van de zeven miljard mensen die op deze planeet rondliepen.

Hij was opgehouden met mailen. Eindelijk. Hij had het begrepen, na drie maanden stilte van haar kant. Het had haar verbaasd hoelang het duurde voordat hij het doorhad. Eerst had hij zich afgevraagd of er iets met haar wifi was. Daarna of er iets mis was met zíjn ontvangst tijdens de publiciteitstournee, die volgde op de landing, debriefing en het lichamelijke herstel. In feite was er een soort space-roadshow opgetuigd, met bezoeken aan universiteiten, scholen, verenigingen en conferenties, en hoewel ze zijn berichten had genegeerd, had ze hem wel gegoogeld en gevolgd via uitzendingen van persconferenties op YouTube. Hij had gelijk gehad: het eerste filmpje met de astronauten gekleed in Kazachse kostuums was hilarisch geweest, maar haar favoriet was de video waarin hij een basisschool bezocht. De kinderen hadden, net als Lucy, willen weten hoe ze in de ruimte hun behoefte deden. Door te googelen was ze er ook achter gekomen dat hij komend weekend in New York aan een forumdiscussie zou deelnemen.

Ze zouden in dezelfde stad zijn. Allebei.

Zij was in het voordeel, ze zou daar anoniem naartoe kunnen gaan omdat hij haar gezicht nog niet kende. Ze zou in dezelfde ruimte als hij aanwezig kunnen zijn zonder dat hij het doorhad. Ze zou live naar zijn verhalen kunnen luisteren zonder dat er tijd tussen zat of ruis in de weg zou zitten. Ze zou hem kunnen observeren terwijl hij praatte. Het was zelfs in haar opgekomen dat hij misschien wel over háár zou praten en die nacht dat hij betrokken raakte bij een noodgeval op aarde... De mogelijkheid was haar hoofd binnengeslopen. Het was een idee dat niet meer wegging. Ze durfde hem niet te ontmoeten, maar dat was iets anders dan in het publiek naar hem zitten luisteren, toch? Ze liep er al ruim een week over te piekeren en peinzen. Zou ze moeten gaan? Gaven de goden haar maar een teken!

Ineens realiseerde ze zich dat Ronnie nog tegen haar praatte.

'Hè? Wat?'

'Wat ben je aan het doen?'

'Ik... Ik liet de telefoon vallen. Vertel, hoe gaat het met Jack?' vroeg ze, terwijl ze de spijkerbroek in haar tas propte. 'O, shit, wacht. Wat moet ik aan bij die broek?'

'Een wit T-shirt of een blouse. En effen wit bedoel ik, zonder een bergsportmerk op de voorkant. En gympen. Spierwit.'

'Echt?' vroeg Meg sceptisch. Ze pakte een paar van haar geliefde Stan Smiths en een blouse van Gap.

'Vertrouw op mij.'

Dat deed Meg, dus ze stopte ze in de tas. 'En Jack?' zei ze weer terwijl ze de tas dichtritste.

'Het gaat goed met Jack.' Meg hoorde dat haar zus diep ademhaalde. 'Daarom bel ik eigenlijk. We gaan samenwonen.'

'*Holy crap*!' riep Meg uit, waarna ze even stilviel. 'Weet je het zeker? Ik bedoel, dat is wel snel, toch? Hoelang daten jullie nu? Drie maanden?'

'Ja, maar weet je nog wat je tegen me zei over Mitch? Als het goed zit...'

'Zit het goed.' Meg zuchtte. 'Wauw. Nou, ongelooflijk... Maar ik ben superblij voor je.' En dat was ze ook. Ze was blij voor haar zus dat zij nu voelde wat Meg haar al jaren had geprobeerd uit te leggen. Wat bijzonder, dacht ze bij zichzelf, dat ze allebei op een kruispunt in hun leven stonden. Meg stond mogelijk op de drempel van een nieuwe carrière, Ronnie vond haar weg in de liefde. Het leek wel of het lot voor hen de rollen had omgekeerd.

'Maar luister, we hebben zowaar wat vrije tijd voor de boeg en we dachten dat we misschien een weekje die kant op konden komen. Mogen we bij jou logeren?'

'Natuurlijk!' zei Meg, die zich gevleid voelde dat ze dat überhaupt wilden. Hoezeer ze ook hield van de kleine berghut, nu de oorverdovende stilte tussen haar en Lucy zich uitstrekte, begon de geïsoleerde ligging van haar huis haar parten te spelen. Ze bracht na het werk steeds meer tijd door met Dolores voordat ze de eenzame terugtocht naar boven ondernam. 'Wanneer willen jullie komen?'

'Kan het volgende week wat jou betreft? Het filmfestival is dan aan de gang. En Jack is een fervent bergbeklimmer.'

'Dan kan hij zijn hart ophalen. Zal ik tickets regelen voor het festival?'

'Fantastisch,' zei Ronnie verheugd. 'En luister, zus, ga ervoor in New York, oké? Dit zou weleens een unieke kans kunnen zijn. Misschien gaan er wel deuren voor je open naar het leven dat je werkelijk wilt leiden. En om je voor te zijn, daarmee zeg ik níét dat er iets mis is met Banff,' voegde ze er snel aan toe.

Meg glimlachte. Dat wist ze inmiddels wel. Ronnie keek niet op haar neer, maar dacht met haar mee.

'En bel me als je terug bent. Ik wil alles weten, elk detail, tot aan het parfum dat je ophad aan toe, hoor je me?'

'Luid en duidelijk.' Over en uit. Begrepen. Jonas Solberg…

Ze hingen op na virtuele knuffels en kusjes te hebben uitgewisseld, waarna Meg de telefoon op het bed gooide en zachtjes vloekte toen ze zag hoe laat het was. Ze moest nu als de weerlicht de berg af en dan Badger nog gauw afleveren bij Dolores om de bus van twaalf uur naar Calgary te kunnen halen.

Ze rende de keuken weer in en controleerde of het raam goed dichtzat en de achterdeur op slot was… Ze spitste haar oren toen ze een motorgeluid dichterbij hoorde komen dat enkele ogenblikken later naast de berghut stopte.

'Wat de…'

Meg rende naar buiten en stond verbijsterd stil op de veranda toen ze Lucy op Tucks quad zag zitten.

'Mijn god, wat doe je op dat ding?' riep ze boos. Ze kon amper geloven dat ze Lucy de les moest lezen over veiligheidsmaatregelen op een quad. Ze wist heel goed dat Lucy zo'n machine net zo goed kon besturen als zijzelf, maar de risico's waren altijd groot. Geen gordel, geen helm, geen windscherm, en het was hier steil… En dat ze hier in haar eentje naartoe was gereden, hoogzwanger nog wel! Als er iets was misgegaan hadden zij en de baby wel dood kunnen zijn. 'Lucy?'

Ze zag hoe bleek Lucy was. Haar gezicht was wit weggetrokken en bedekt met een laagje zweet, hoewel het een frisse dag was en de eerste bladeren al begonnen om te krullen aan de bomen.

'Ik wil… met je… praten.'

Meg fronste. Lucy's woorden kwamen er haperend uit en ze klonk kortademig. 'Lucy, gaat het wel? Je ziet er niet goed uit.'

'Het gaat… wel,' mompelde Lucy, terwijl ze een been over het zadel zwaaide en onelegant van de quad stapte. Plotseling vertrok haar gezicht van de pijn en greep ze naar haar buik.

'O mijn god, wat is er?' Meg hapte naar adem, rende naar haar toe en pakte haar elleboog. Maar terwijl ze de vraag stelde, zag ze de donkere vlek op Lucy's spijkerbroek en begreep ze wat er aan de hand was. 'Je vliezen zijn gebroken,' fluisterde ze. Er trok een rilling over haar ruggengraat. 'O, Lucy, de baby komt.'

'Waar blijven ze?' riep Meg uit terwijl ze uit het raam de helling af keek. 'Het is al veertig minuten geleden.'

Lucy kreunde weer en Meg rende terug naar de slaapkamer. Ze had Lucy naar het bed begeleid – dat van haar en Mitch, want de logeerkamer, die ze nu zelf gebruikte, was veel te rommelig – en ze had alle kussens die ze in huis had achter haar neergelegd. Ze had een emmer water op de vloer gezet om een washandje in te dopen waarmee ze het voorhoofd van haar vriendin kon deppen.

Meg schrok van Lucy's gelaatskleur toen ze de kamer weer in liep. Ze zag er grauw uit en de weeën leken elkaar veel te snel op te volgen, met inmiddels nog maar een minuut of twee ertussen. Lucy worstelde met de pijn en zat nu op haar knieën, met haar handen om de stang van het koperen bedframe geklemd. Ze kermde en draaide rondjes met haar heupen.

'Wat kan ik doen? Zeg me wat ik kan doen?' vroeg Meg wanhopig. Ze wist het niet meer. Ze had de doktersdienst opgeroepen, ze had Barbara gebeld, ze had herhaaldelijk geprobeerd Tuck te pakken te krijgen, maar die was op de Ski & Snow Show in Toronto, en Meg wist van eerdere jaren dat er in de beurshal geen mobiel bereik was.

Ze streek met haar vingers door haar haar en keek hulpeloos toe hoe Lucy verging van de pijn, haar gezicht vertrokken tot een stille schreeuw.

'Hou mij maar vast, hier, pak mijn arm maar.' Ze haastte zich naar voren toen ze zag dat Lucy's handen wit werden toen zich weer een wee aandiende.

Lucy, die haar ogen niet kon openen, tastte in het rond en pakte Megs arm beet op precies het moment dat de pijn een piek bereikte en ze een gil slaakte waar Badger zo van schrok dat hij wegstoof naar het andere eind van de berghut.

Meg dacht dat ze zou flauwvallen van de pijn in haar arm, er half van overtuigd dat Lucy een poging deed om haar bot te breken, maar ze zei niets. Wat zij voelde, was overduidelijk nog niets vergeleken met wat Lucy doormaakte.

'Probeer maar langzaam te tellen,' wist ze uit te brengen. 'Een… twee… drie… vier…' En toen verslapte Lucy's greep plotseling en zakte haar hele lichaam ineen. Haar grote buik deinde bijna tegen haar knieën aan en ze liet haar hoofd uitgeput op haar onderarmen zakken.

'Gaat het zo wel?' vroeg Meg bezorgd. 'Zou een andere houding misschien beter zijn?'

Lucy schudde haar hoofd. 'Tuck,' fluisterde ze.

'Die komt eraan. Hij is onderweg,' jokte Meg. Wanneer zou hij de berichten binnenkrijgen? Die beurs duurde tot zes uur vanavond. Het scheelde dat het in Toronto twee uur later was.

'Tuck.'

'Ja, hij komt eraan.'

'Ik moet persen!' zei Lucy plotseling. Ze verkrampte weer alsof er een elektrische schok door haar heen schoot.

'Wat? Nee! Nee! Niet persen, Lucy! Dat is te vroeg. De dokter is…' O god, de dokter was er nog niet. 'Hou vol. Nog niet persen.'

'Ik móét wel!' Lucy trok een grimas, strekte haar hals en keek naar het plafond, als een wolf die huilde naar de maan. 'Ik kan het niet… tegenhouden.'

Meg kon wel janken. De baby zou doodgaan. De baby zou doodgaan, net zoals Mitch was doodgegaan, omdat ze op deze godvergeten onbereikbare plek woonde, waar geen hulp nabij was, geen veilige…

'Laat mijn arm los. Lucy. Laat mijn arm los,' smeekte Meg in een poging tot Lucy door te dringen, die zich in zichzelf dreigde terug te trekken. 'Als je gaat persen, moeten we je broek uittrekken en dan moet je je omdraaien… Laat mijn arm los, Lucy.' Ze wrikte Lucy's vingers een voor een los van haar onderarm, wreef over haar huid en vroeg zich af hoe ze haar vriendin precies moest omdraaien, want die greep het bed vast en had duidelijk geen zin om omgedraaid te worden.

Ze reikte omlaag en trok de stretchspijkerbroek omlaag naar Lucy's knieën, waarbij ze schrok van een paar oude maar fikse blauwe plekken op haar bovenbenen. Ze moest haar in een betere houding zien te krijgen.

'Lucy, leun tegen me aan,' zei ze op bevelende toon. 'Met al je gewicht.'

'Nee,' kermde Lucy.

'Jawel. Als je gaat persen wil je toch niet dat de baby zal vallen?'

'Nee,' kreunde Lucy, maar niet als antwoord op haar vraag. Ze wilde nog steeds niet in beweging komen.

'Ik wil graag dat je gaat liggen, lukt dat? Op je rug liggen.'

Lucy kreunde weer en er stroomden tranen over haar wangen. 'Dat kan ik niet.'

'Jawel. Je kúnt dit, Lucy,' zei Meg zo zelfverzekerd als ze kon. Lucy had nu iemand nodig die ze kon vertrouwen. Al wist Meg niet goed wat ze moest doen, ze kon op zijn minst de angst van haar vriendin proberen te verzachten. 'Ik zorg voor je, dat beloof ik. Vertrouw me maar.'

Lucy deed haar ogen open en staarde haar angstig aan.

'Help me, alsjeblieft.'

'Dat doe ik. Pak mijn schouders maar vast.'

Lucy greep haar hard beet en Meg voelde meteen een blauwe plek opzetten, maar ze gaf geen krimp. Ze kreeg Lucy zover dat ze achterover tegen de kussens ging liggen, met haar knieën omhoog. Het lukte haar om Lucy's broek en onderbroek uit te trekken en ze legde een laken over haar benen.

Ze rende naar de badkamer om haar handen weer met zeep te wassen, want ze wist dat hygiëne van groot belang was, en griste de laatste schone handdoeken uit de kast. Als de baby eerder zou komen dan de dokter, zouden ze hem of haar warm moeten houden.

Lucy gaf weer een gil en Meg, die nog snel een blik door het raam wierp – O god! Waar bleven ze toch? – holde weer de slaapkamer in.

'Het komt!' schreeuwde Lucy, nu met een knalrood in plaats van een wit gezicht. Haar vingers omklemden de lakens. 'Ik... Ik kan het niet... tegenhouden.'

Even stond Meg als vastgenageld aan de grond. Het ging gebeuren en er was niemand om hen bij te staan. De dokter zou hier niet op tijd zijn. Zíj zou dit kind ter wereld moeten helpen.

'Meg!' De schreeuw klonk als een oorlogskreet.

'Ja, ik ben er, ik ben bij je.' Ze hapte naar adem en rende naar het voeteneinde. Wat moest ze doen? Ze wist niets over geboortes, alleen wat ze erover had gezien bij *Grey's Anatomy*, maar er was geen tijd om na te denken. Lucy's lichaam spande zich weer, haar heupen kwamen van het bed omhoog en er begon vanuit haar binnenste een diepe kreun te ontstaan. Het was een bijna dierlijk geluid.

'Oké, Lucy, als je weer het gevoel hebt dat je moet persen, doe het dan maar, goed?' Meg zag dat haar haren tegen haar slapen geplakt zaten door het zweet, dus pakte ze het washandje uit de emmer en boog zich voorover om haar gezicht en voorhoofd te deppen. 'Hoe voel je je?'

Lucy's antwoord was een kreet en haar hele lijf trok samen. Meg keek onder het laken en haar adem stokte.

'O god, Lucy, ik zie het hoofdje. Blijf persen!'

Lucy schreeuwde opnieuw. Haar handen omklemden het laken nog harder, alsof ze zich probeerde te verankeren. 'Ik kan het niet.'

'Jawel! Persen, Lucy!'

Lucy spande zich weer en haar gezicht werd paarsrood terwijl ze het probeerde en nog eens probeerde, maar na een paar seconden verliet de spanning haar lichaam weer als een schaduw die weggleed.

'Je doet het geweldig,' zei Meg op dringende toon. Haar armen lagen nu gestrekt onder het laken en ze probeerde niet in paniek te raken om het feit dat het hoofdje nu naar buiten stak en op haar handen rustte. Kon het ademhalen zo? Hoe zat het met de navelstreng?

Maar een moment later spande Lucy's lichaam zich weer.

'Goed zo. Nu persen,' commandeerde Meg. 'Persen, Lucy. Persen.'

Lucy spande zich in en perste en hijgde en gilde toen op een toonhoogte die Meg vast en zeker voor altijd zou bijblijven.

'Ja! Goed zo!' riep Meg uit toen de baby naar haar toe werd gedreven, de schoudertjes vrijkwamen en de rest van het lijfje in haar uitgestrekte armen gleed.

'O mijn god,' snikte Meg terwijl Lucy haar hoofd achterover op de kussens liet zakken, hijgend, huilend, uitgeput. Ze trok de baby naar zich toe vanonder het laken dat over Lucy's knieën lag. Ademde het wel? Het kindje leek haar wat blauwer dan ze had verwacht, de handjes en voetjes oogden ineengefrommeld, de oogjes gingen amper open… Was dit goed? Moest ze nu iets doen? Waarom huilde het niet? Dat hoorde toch zo?

Ze schrok van de plotselinge kreet van de baby. O, godzijdank.

'Mijn baby, mijn baby,' kermde Lucy, die haar hoofd zachtjes heen en weer bewoog op het kussen en hijgend probeerde bij te komen van de enorme inspanning. 'Wat is het?'

Meg had het nog niet eens gecheckt. Ze keek omlaag naar het kind in haar armen – het gerimpelde huidje werd elke keer dat de longen werden volgezogen een beetje minder blauw en meer roze, de vingertjes waren piepklein en het hoofdje was bedekt met donker, bijna zwart haar. En het had een paar testikels om u tegen te zeggen!

'Het is een jongen!' riep ze uit, lachend en huilend tegelijk terwijl ze hem trillend van emotie in Lucy's armen legde.

'Een jongen?' herhaalde Lucy, en haar ogen vulden zich met tranen terwijl ze vol verwondering naar het gezichtje van haar zoon keek.

Meg bedekte hen beiden met de zachtste handdoek die ze had en ging op het voeteneinde zitten. Ze zag hoe Lucy haar pink uitstak en de baby die instinctief vastgreep. Ze trok het laken omlaag over Lucy's blote onderlijf en verbaasde zich weer over de blauwe plekken die ze zag. Zelf zou ze morgen ook een paar indrukwekkende exemplaren hebben, dacht ze terwijl ze over haar armen wreef.

'Wat is hij mooi,' fluisterde Lucy terwijl de tranen over haar wangen stroomden. 'Ik geloof bijna niet dat ik hem heb voortgebracht.'

'Hij is perfect.' Meg glimlachte en veegde haar eigen tranen weg nu de stress van het afgelopen uur enigszins van haar afviel. Maar ze hadden de navelstreng nog niet doorgeknipt. Kon dat kwaad? Ze dacht ergens gelezen te hebben dat het goed was om daar even mee te wachten. Lucy was te zeer verdiept in haar zoontje om ook maar ergens anders aan te denken, maar Meg vroeg zich nog steeds bezorgd af of ze alles wel op de juiste manier had gedaan. Ze wierp weer een blik uit het raam. 'Hebben jullie al een naam bedacht?'

Lucy beet op haar lip. 'Nee. Tuck was bang dat het ongeluk zou brengen als we te veel over de baby zouden praten voordat hij was geboren.'

'Dat is best begrijpelijk,' zei Meg glimlachend, al meende ze er niks van. Maar het zou Lucy niet helpen als ze haar mening daarover nu zou verkondigen.

'Ongelooflijk dat wij dit samen hebben gedaan,' fluisterde Lucy met een zachtheid in haar ogen die Meg in geen maanden had gezien. Wanneer waren ze eigenlijk zo verbeten geraakt? 'Ik was zo bang.'

'Maar je hebt het goed gedaan.'

'*Wij* hebben het goed gedaan,' zei Lucy. 'Ik heb je gemist. Het spijt me.'

'Ik heb jou ook gemist...' Meg glimlachte en keek om toen ze Badger met gespitste oren naar de deur zag draven. Hij was haar alarmsysteem, hij hoorde alles altijd eerder dan zij. Ze sprong op. 'O, laat dat alsjeblieft de dokter zijn,' zei ze op smekende toon, en ze holde naar het raam. Een hulpverlener, hopelijk een arts, sprong van een quad en rende over het gras met zijn dokterstas. Barbara zat op een andere quad – bestuurd door een grimmig kijkende Dolores – die een moment later vanachter de helling verscheen. Die arme Barbara keek doodsbenauwd terwijl ze ronkend het gras op zwenkten.

'Ze zijn er!' riep Meg, die stralend omkeek naar Lucy en naar de voordeur rende om open te doen. De dokter stond er al, klaar om aan te kloppen, en Meg wees naar de open slaapkamerdeur waar Lucy en de baby waren.

'Het is oké! Het gaat goed met haar,' riep ze vanaf de veranda, want ze wilde niet dat Barbara nog een moment langer ongerust zou zijn. 'Het gaat goed met haar. Het gaat goed met allebei.'

'Is de baby er al?' Barbara hapte naar adem en bleef met haar handen op haar knieën stilstaan. Dolores, die nog steeds niet helemaal haar oude zelf was, liep met langzame waardige passen achter haar aan naar boven, met haar vertrouwde wandelstok in de hand.

Meg knikte. 'En ze zijn allebei in orde.'

Barbara legde een hand over haar borst alsof ze haar hart tot rust probeerde te brengen, en liep weer verder. 'Is het... een jongen of een meisje?' vroeg ze hijgend.

'Waarom ga je zelf niet even kijken?' Meg glimlachte en zette een stap opzij om haar erlangs te laten.

Dolores beklom de treden naar de veranda. Ze keek Meg aandachtig aan en zag de spanning op haar gezicht. 'En hoe gaat het met jou? Het moet een hele schrik zijn geweest.'

Meg haalde haar schouders op en knikte. Ze verborg haar gezicht tegen Dolores' schouder en liet zich omhelzen. De spanning en druk vielen van haar af. Heel even huilde ze zachtjes, maar ze maakte zich snel weer los. 'Ik weet niet waarom ik huil. Het... Het was ongelooflijk,' zei ze hikkend, en ze veegde haar tranen af.

'En ik durf te wedden dat jij het ongelooflijk goed hebt gedaan,' zei Dolores, die over haar rug wreef.

'Waarom duurde het zo lang? Ik heb al een tijd geleden gebeld.'

'Er moest vervoer geregeld worden. We hebben een paar quads geregeld via de reddingsdienst, en er is hier geen landingsplek voor een helikopter. Bovendien denk ik dat ze dachten dat er meer tijd zou zijn. Dat is een heel snelle geboorte geweest.'

'Je kent Lucy.' Meg haalde haar schouders op. 'Als die eenmaal op dreef is...'

Dolores grinnikte. 'Kom. Ik moest maar eens gaan kijken. Barbara's eerste momenten als oma...' Ze rolde met haar ogen. 'Dat wordt nog wat. Die zal nergens anders meer over praten.'

Ze liepen samen naar binnen en Meg keek met een nieuwe blik naar haar chaotische kleine berghut. De woonkamer lag bezaaid met vellen papier, er lagen kleren in de logeerkamer en handdoeken in de slaapkamer, waar Lucy en haar pasgeboren baby tevreden in het bed lagen terwijl de dokter de navelstreng afklemde en Barbara moeder en kind bemoederde. En in de hoek bij de deur zag Meg haar eigen reistas vol kleren staan. Er vertrok een vliegtuig in Calgary zonder haar, er sloeg een kantoordeur in New York voor haar dicht, er bleef een stoel in een conferentiezaal leeg waar een astronaut vertelde over het leven in de ruimte...

Als je al geloofde in een teken van boven, dan was dit onmiskenbaar. Ze had erom gevraagd en haar antwoord gekregen. Zij ging nergens heen. Ze zou hier blijven.

De goden hadden gesproken.

25

Maandag 6 november 2017

Hij was perfect. Tien vingertjes, tien teentjes, een klein neusje, zeehondenoogjes, een huiltje als van een pasgeboren lammetje... Lucy had zulke liefde niet eerder gekend. Hij was van haar. Helemaal van haar en niemand kon hem ooit van haar afnemen. Hij was haar beloning voor alle misselijkheid en slapeloosheid, de zwellingen en de vreemde pijntjes die haar tijdens de zwangerschap hadden gekweld.

Het viel nu allemaal op zijn plek. Al was hij een maand te vroeg, hij had bij zijn geboorte 4,3 kilo gewogen en de dokter had gezegd dat ze 'door het oog van de naald was gekropen', want als ze hem voldragen had moeten baren, zou hij bijna vijf kilo zijn geweest, schatte hij in. Haar moeder had er een beetje schaapachtig op gereageerd. Al die onaardige opmerkingen over haar omvang en enorme eetlust terwijl ze al die tijd deze blakende wolk van een jongen aan het maken was. Natuurlijk had ze trek gehad! Natuurlijk was ze moe geweest! Natuurlijk was ze dik geworden!

Ze zuchtte en liet haar wang op haar arm rusten terwijl ze keek hoe hij sliep. Hij was vijf dagen oud, maar zijn wangetjes werden al rond en zijn dunne bovenbeentjes begonnen molliger te worden. Hij schrok af en toe. Dat heette de mororeflex, die bij jongetjes het sterkst aanwezig scheen te zijn. Daarom bakerde ze hem graag in, met zijn kin in de V waar het dekentje over hem heen kruiste. Daardoor kalmeerde hij, en ze vond het fijn om te voelen hoe solide hij zo in haar armen lag, eerder als een pak suiker dan onrustig zwaaiend en trappelend wanneer hij naar haar borst zocht.

Het voeden ging goed – ze was een natuurtalent! – maar hij sliep maar matig omdat het boeren lastig ging. Haar moeder had haar geweldig geholpen door haar enkele houdingen te laten zien om hem tot rust te brengen, die overdag goed werkten maar midden in de nacht minder hielpen, hoewel dat ook kon liggen aan het feit dat ze het eerder opgaf omdat ze bang was dat zijn gehuil de hotelgasten aan de andere kant van de binnenplaats wakker zou maken. Maar er begon een patroon te ontstaan: ze gaf hem drie kwartier de borst, dan probeerde ze een half uur lang om hem een boertje te laten doen, waarna ze maar een minuut of vijftien slaap kreeg voordat hij weer honger had. En dit patroon begon zijn tol te eisen. Ze zou wel staand kunnen slapen, dacht ze. Veertig minuten achter elkaar slapen was plotseling de grootste luxe die ze zich kon voorstellen... Op zulke momenten wilde ze dat Tuck er was. Als ze elkaar konden afwisselen zou ze misschien minder uitgeput zijn...

Maar ze wist dat ze sterk moest zijn. Sterker dan ze ooit was geweest. De baby had haar de ogen geopend, slechts minuten nadat hij zijn eigen oogjes open had gedaan. Toen Tuck te horen kreeg dat zijn zoon eerder was geboren dan verwacht, had hij gezegd dat hij Toronto niet vroeger dan gepland kon verlaten. Hij had gezegd dat er niemand was om voor hem waar te nemen en dat hij niet het risico kon lopen potentiële handel te verliezen. Op dat moment waren haar de schellen van de ogen gevallen. Het was toch onbestaanbaar dat hij niet hemel en aarde had bewogen om zo snel mogelijk bij zijn kind te zijn? Iedereen was verbijsterd geweest, zelfs Dolores, die bepaald niet sentimenteel van aard was.

Nee. Hij zou nooit een goede vader voor haar kind worden en ze wist nu dat ze dat eigenlijk al had begrepen vanaf het moment dat ze het streepje op de zwangerschapstest had zien staan. Misschien hadden ze het allebei meteen geweten, misschien kwam daar zijn rusteloosheid en zijn weigering om het aanstaande vaderschap onder ogen te zien vandaan, ondanks zijn goede bedoelingen. Een aantal keren had hij geprobeerd zijn leven te beteren, na het incident in kamer 32 en na de aanval van de beer. Maar al na enkele dagen was hij teruggevallen in zijn oude gewoonten... Misschien waren ze zich er allebei van bewust geweest dat de tijdbom die op de achtergrond tikte naar een ontploffing zou leiden.

Het was nu klaar. Er was geen weg terug meer mogelijk. Ze was in meerdere opzichten volwassener geworden en ze was nu moeder. Ooit was Tuck de zon aan haar hemel geweest, maar hij was verduisterd geraakt en ze had nu een nieuwe zon. Een zoon.

Niemand wist nog wat ze had besloten. Haar moeder niet. Meg niet. Maar gisteren, toen Barbara met de baby was gaan wandelen over Banff Avenue – zogenaamd om Lucy rust te gunnen en hem frisse lucht te geven, maar eigenlijk om met hem te pronken – had ze een koffer volgepakt met Tucks spullen en was ze naar de shop van Titch gereden. Mitch sliep daar vroeger op een matras op zolder als het laat was geworden of als hij te dronken was om nog terug te gaan naar de berghut, en nu kon Tuck daar blijven tot hij zijn zaakjes op orde had.

Ze had nog niet besloten welke reden ze zou geven. Ze had waarschijnlijk niet eens een verhaal nodig. De waarheid was lelijk, maar Tuck had het haar in zeker opzicht gemakkelijk gemaakt door niet te komen opdagen, al was dat slechts één voorbeeld van wat ze te verduren had gehad: vreemdgaan, te veel drinken, niet thuiskomen... En dan waren er nog de blauwe plekken. Genoeg mensen hadden ze in de loop der jaren opgemerkt, hoewel slechts één persoon ooit de hele waarheid had gezien. Eén persoon. Zo goed had ze het weten te verbergen.

Ze streek zachtjes over de wang van haar kind. Op hem had ze gewacht, hij bood haar de kracht om door te zetten en opnieuw te beginnen. Misschien was het allemaal geen toeval geweest, zoals de dingen waren gelopen, misschien was het het lot...

Plotseling werd de keukendeur dichtgeslagen, waardoor de baby schrok – en zijzelf ook. Was hij terug? Was het niet in hem opgekomen dat zijn pasgeboren zoontje misschien wel sliep en dat hij niet meer als een tiener het huis in en uit kon stuiven?

Natuurlijk niet, en dat alleen al vertelde haar dat hij nog steeds dezelfde man was als zes maanden, een jaar, tien jaar geleden. Hij was geen vader. Hoe kon hij dat zijn als hij zelf nog een jongen was? Hij zou nooit veranderen. De hele zwangerschap lang had ze gewacht tot hij zich bij haar zou voegen op dit levenspad: na Mitch' dood, na het voorval met de beer, nadat zij en Meg ruzie hadden gehad en ze nauwelijks iemand anders had gesproken dan hem en haar moeder. Maar hij was blijven hangen op dezelfde plek, net als de Poolster. De man die hij nu was, zou hij altijd zijn. Ooit had ze daar misschien troost uit geput, het opgevat als standvastigheid, maar hun levens waren veranderd in de tijd die zij nodig had gehad om deze baby in haar buik te laten groeien. Ze moest hem verlaten.

Nu stond hij daar naar hen te kijken vanuit de deuropening, onwaarschijnlijk knap in zijn spijkerbroek en donkerblauwe parka, met het licht dat op zijn blonde haar viel. Hij was altijd veel te aantrekkelijk geweest, waardoor hij emotioneel verwend was en nooit moeite had hoeven doen om aandacht te krijgen.

Ze trok de riem om haar ochtendjas strakker om zich heen (ze had zich vandaag niet aangekleed; waarom zou ze als ze in haar pyjama bij haar pasgeboren kind kon blijven?) en merkte de verandering in zijn gezicht op toen hij de baby zag, een dromend bundeltje naast haar op het bed. Eindelijk fysiek bewijs van datgene wat tot nu toe een abstract concept voor hem was gebleven. Haar zwangerschap was vooral een hindernis voor zijn lusten geweest.

'Holy fuck,' fluisterde hij terwijl hij op zijn tenen naar de baby liep.

Hij stak een hand uit om hem aan te raken, maar haar arm schoot uit om hem tegen te houden. 'Maak hem niet wakker. Hij heeft net gedronken.'

Tuck keek haar bezorgd aan en knikte. 'Je ziet er doodmoe uit.'

Dat was het eerste wat hij tegen haar zei nu ze net moeder was geworden? 'Dank je.'

Hij leek haar sarcasme niet op te merken en hield zijn hoofd schuin om het gezichtje van zijn zoon beter te kunnen bekijken. 'Lijkt hij op mij?'

'Hij lijkt nog op niemand.'

'Volgens mij heeft hij mijn neus,' mompelde hij terwijl hij voorzichtig plat op het matras ging liggen – zonder zijn schoenen uit te trekken – met zijn gezicht slechts een paar centimeter van dat van de baby.

Lucy hoefde Tucks ooit gebroken neus en het neusje van haar baby niet te vergelijken om te weten dat daar niets van waar was. 'Hm.'

Hij grinnikte zachtjes en keek haar aan. 'Ik vind altijd dat baby's op mopshondjes lijken, maar hij is knap, hè?'

Ze zuchtte. 'Nou, dat vind ik wel, maar ik ben ook niet bepaald objectief.'

'En hij is groot. Hij gaat op zijn papa lijken.'

Lucy knikte, maar ze was niet onder de indruk van deze late blijk van genegenheid. Hij was al vijf dagen oud. Hoe was het mogelijk dat Tuck nu pas terug was? 'Vijf dagen geleden was hij nog niet zo groot. Hij is inmiddels honderd gram aangekomen.'

Ze kon de bitterheid niet uit haar stem houden en deze keer merkte Tuck het eindelijk op. Hij duwde zichzelf omhoog in een zithouding, met de baby tussen hen in. 'Luister, schatje, het spijt me heel erg dat ik niet eerder terug kon zijn.' Zijn stem klonk zacht.

'O nee, ik snap het hoor,' antwoordde ze mat. 'Je werk is natuurlijk belangrijker dan de geboorte van je kind.'

Tuck keek verbaasd en toen gekwetst. 'Nee, je begrijpt het niet...'

'O, dat denk ik wel.' Het vleugje staal in haar stem trok zijn aandacht en ze zag dat het nu tot hem doordrong hoezeer hij het bij haar had verbruid. Maar toch had hij nog geen idee wat er stond te gebeuren.

Tuck knipperde met zijn ogen. 'Schatje, geloof me. Ons leven is daar in Toronto veranderd.'

'Nee, Tuck, het is híér veranderd,' fluisterde ze. 'Ik heb een baby gekregen. In mijn eentje.'

Hij fronste. 'Ik dacht dat Meg bij je was?'

'Zonder dokter in de buurt, bedoelde ik!' siste ze. 'We waren alleen in die godvergeten berghut. Er had van alles mis kunnen gaan en jij was vijfendertighonderd kilometer bij me vandaan om snowboards te verkopen.'

'Hé, dat is niet eerlijk! Je was pas over een maand uitgerekend!' protesteerde hij kwaad.

'Sst!' zei ze fel toen de baby wakker leek te schrikken.

Tuck trok zijn armen en benen naar zich toe alsof hij bang was dat hij de baby per ongeluk pijn zou doen, en hij keek ongerust toe hoe zijn zoon met zijn beentjes begon te trekken en hoe zijn mondje openging en zachtjes smakte.

'Ik zou niet zijn gegaan als ik had geweten dat de baby al zou komen,' fluisterde Tuck.

'Maar je kwam niet terug toen hij was geboren.'

'Ik zei toch dat er daar iets belangrijks is gebeurd.'

Ze rolde met haar ogen. Hij begreep het gewoon niet. Het maakte niet uit of hij het aantal afnemers voor het komende seizoen had weten te verviervoudigen, ze hadden met de bestaande contracten genoeg klandizie om nog een jaar vooruit te kunnen. Hij had hier moeten zijn. Ze had bewijs nodig gehad dat hij een goede vader kon worden, dat er dingen waren veranderd, dat ze hem kon vertrouwen. Maar hij had haar teleurgesteld. Hij was over elke horde gestruikeld en het was nu te laat. Ze kon niet – en wilde niet – meer op hem wachten. Haar baby kwam nu op de eerste plaats.

Maar hoe moest ze die woorden uitspreken? *Ik ga bij je weg.*

Hij pakte haar hand. 'Toe nou, ik begrijp dat je pissig bent. Echt. En als de situatie anders was geweest, was ik hier meteen naartoe gekomen. Maar er is iets wat ik je moet vertellen.'

Ze haalde diep adem om moed te verzamelen. 'O ja? Ik moet jou ook iets vertellen.'

Hij keek lichtelijk verbaasd. 'Oké. Jij eerst?'

Ze schudde haar hoofd. 'Nee. Jij eerst.' Als ze háár woorden had uitgesproken, zou er niets meer te zeggen vallen.

Hij keek haar recht aan en ze voelde die blauwe ogen weer om haar hart klemmen, haar vasthouden zoals ze altijd deden, waardoor ze niet wegging, waardoor ze telkens weer hoop kreeg die er niet was. 'Ik heb het bedrijf verkocht.' De woorden brandden in de lucht als lichtkogels aan een nachtelijke hemel. 'Nou ja, in principe,' voegde hij er snel aan toe. 'De beslissing is natuurlijk niet alleen aan mij, maar... het is een fantastisch aanbod.'

Even kon ze niet antwoorden. Ze kon de woorden niet vormen, ze kreeg de benodigde lucht niet omhoog uit haar longen.

'Wat?' wist ze ten slotte uit te brengen.

'Nordica heeft me op de tweede dag benaderd. Vanaf dat moment heb ik met ze om de tafel gezeten.' Hij grijnsde opgetogen, met glinsterende ogen. 'Dáárom kon ik niet weg, schatje.'

Het was geen grapje? Hij had Titch verkocht?

'Vraag me voor hoeveel,' zei hij, zich verkneukelend om de verblufte uitdrukking op haar gezicht.

Het duurde weer een moment voordat het haar lukte.

'Voor hoeveel?'

Hij grijnsde van oor tot oor en ze realiseerde zich dat ze hem in zevenenhalve maand niet zo gelukkig had gezien. 'Zeven miljoen dollar.'

Hij stond op, liep om het bed heen naar haar kant en trok haar aan haar handen op zodat ze dicht tegen hem aan stond. Hij legde zijn handen op haar heupen. Haar buik was nog gezwollen – ze zag er eigenlijk nog steeds zwanger uit – maar voor de verandering kon het haar niet schelen. 'Ik heb het gedaan, schatje. Voor ons.'

'Zeven miljoen dollar?' fluisterde ze. Ze zouden nooit meer geldzorgen hebben.

Hij straalde, een en al opwinding. 'Zeg het nog eens! Ik wil het wel duizend keer horen.'

'Is het geen grap?'

'Luce, denk je nou echt dat ik de eerste dagen van het leven van mijn zoon zou hebben gemist voor een cent minder dan zeven miljoen dollar? Ik durfde niet te vertrekken voordat we de deal echt rond hadden. Ik bleef maar denken dat het allemaal in rook zou opgaan, dat het alleen maar een krankzinnige droom zou blijken te zijn.' Hij boog een stukje door zijn knieën zodat hij op ooghoogte met haar kwam. 'Ik bestierf het zowat dat ik het je niet kon vertellen, maar ik wilde je gezicht zien. Ik wilde dít zien,' zei hij terwijl hij haar gezicht met zijn handen omvatte.

Hij kuste haar en ze stond het toe. Sterker nog, ze kuste hem terug. Ze had hem gemist. *Zeven miljoen dollar?*

'O, Tuck,' fluisterde ze terwijl ze hem aankeek. 'Ik kan het bijna niet geloven.'

'Hierdoor verandert alles, begrijp je dat?'

Haar adem stokte. 'Alles?'

'Alles, schatje. We kunnen dit krot verlaten, een nieuw huis kopen...'

'Een groter huis?'

'Veel groter. Ergens waar je moeder ons niet de hele tijd bespioneert.' Hij kuste haar weer en deze keer sloeg ze haar armen om zijn nek en drukte zich tegen hem aan. Op het lichamelijke vlak ging het altijd goed tussen hen. Veel te goed.

Hij kuste het puntje van haar neus. 'Wat wilde jij mij eigenlijk vertellen?'

Ze slikte, keek hem aan en schudde haar hoofd. 'Niets bijzonders.'

'Echt niet?'

'Echt niet,' zei ze met een glimlach.

Woensdag 8 november 2017

Tuck was nerveuzer dan hij van tevoren had gedacht. In de maanden sinds Mitch was overleden hadden ze amper een moment met z'n tweeën doorgebracht, en hij wist dat dat van Megs kant een bewuste keus was. In het verleden had hij haar prettig gezelschap gevonden, met haar spontane glimlach, gevoel voor humor en loyaliteit. Ze was ook nog eens onverschrokken op een snowboard. Hij had haar graag gemogen, hoe kon dat ook anders? Het stond praktisch in de sterren geschreven: de twee mensen op de wereld van wie híj het meeste hield, hielden van háár. En ja, ze was ook aantrekkelijk, dat kon hij niet ontkennen. Ze had een prachtig lichaam, maar ze liep er niet mee te koop, wat haar alleen maar intrigerender maakte, maar ze was Mitch' meisje en Lucy's beste vriendin. Misschien had er ooit iets tussen hen kunnen gebeuren als die connecties er niet waren geweest, maar die kans was nu voorgoed verkeken, niet alleen omdat hij getrouwd was en zij een weduwe, maar omdat ze hem de schuld gaf van Mitch' dood. Ze had het nooit hardop gezegd – daarvoor was ze te loyaal aan Lucy – maar hij zag het in haar ogen, elke keer als ze naar hem keek.

Daarom had hij zijn best gedaan om haar zoveel mogelijk te ontwijken. Hij had ervoor gezorgd dat hij niet vroeg thuiskwam op de avonden dat Lucy zei dat Meg zou komen eten, hij liep niet langs de ramen van Dolores' winkel en trok zijn honkbalpet omlaag en deed alsof hij haar niet zag als hij haar passeerde bij de bios.

En zij deed hetzelfde, wist hij. Hij had in de weerspiegeling van de vleesvitrine in de supermarkt gezien hoe ze zich snel omdraaide, hij had haar zien langsrijden zonder te zwaaien op de avonden dat hij tot laat in de studio zat te werken. Het was een spel dat ze beiden heimelijk speelden en ze waren er erg goed in, want niemand had een vermoeden van het gapende gat dat in het weefsel van hun vriendschap was ontstaan. Lucy had het niet opgemerkt,

Dolores ook niet. Zelfs Barbara niet, die hem toch met argusogen observeerde.

Maar dit kon hij niet vermijden. Lucy had erop gestaan dat híj het Meg zou vertellen, omdat het voor haar nog te vroeg was om het huis te verlaten. De baby was nog zo klein en het werd buiten al behoorlijk koud. Het was waar dat er sneeuw in de lucht hing. De hemel leek lager boven de bergtoppen te hangen, klaar voor de eerste sneeuwval van het seizoen, maar dat was niet de echte reden. Hij wist dat Lucy gewoon niet degene wilde zijn die Meg het nieuws zou vertellen. Want ze zou het niet goed opnemen, alle argumentatie van Lucy's kant ten spijt.

Tuck was het er zelf eigenlijk niet mee eens. Het zat hem niet lekker – integendeel – maar er viel niet aan te tornen: het was al een feit. Lucy had haar handtekening al gezet.

Hij wrong zijn handen ineen en voelde hoe ruw de knokkels in zijn handpalmen aanvoelden. Hoe dan ook, als hij Meg ook eenmaal het goede nieuws over het aanbod van Nordica had verteld, zou ze er vast wel vrede mee hebben.

'Hoi.'

Hij keek op. Meg was naast hem aan de bar komen staan. Ze zag er slank uit in haar geblokte overhemd en zwarte tuinbroek, met haar haar in een losse vlecht op haar rug. Hij draaide zich op zijn kruk naar haar toe. 'Meg, hoi. Fijn dat je wilde komen.'

Ze trok de kruk naast hem achteruit.

'Wil je een biertje?' vroeg hij terwijl hij zijn eigen flesje omhooghield.

Ze haalde haar schouders op en ging zitten met een ondoorgrondelijke glimlach en een knikje naar een paar andere locals.

'Hoe gaat het met je?' vroeg hij. 'Het is een tijdje geleden dat we elkaar hebben gesproken.'

'Ja, hè?' zei ze zonder antwoord te geven op zijn vraag. Zijn zenuwen speelden weer op.

'Nog twee, graag,' zei hij tegen Jeff, de barman die hier al werkte sinds Mitch en Tuck hadden geprobeerd er als minderjarigen binnen te komen.

'Hoe gaat het met Lucy?' Ze keek hem niet aan.

'Goed. Echt heel goed,' zei hij met een knikje. 'Ze is nu al een geweldige moeder. Een natuurtalent. Ik ben steeds weer onder de indruk als ik haar met hem zie.'

Meg haalde haar schouders op. 'Je had haar bij de geboorte moeten zien. De meeste vrouwen zouden in paniek zijn geraakt, maar zij bleef kalm.'

Tuck wierp een blik opzij om te kijken of die opmerking een steek onder water was omdat hij er niet bij was geweest, maar Meg zat in een ontspannen houding naar Jeff te kijken. 'Ik kan je niet genoeg bedanken voor wat je die dag hebt gedaan. Ik weet niet of ik het had gekund.'

Meg keek hem even aan en leek het ook te betwijfelen. Maar ze haalde haar schouders op. 'Je reageert instinctief in zo'n situatie.'

Jeff zette de biertjes voor hen neer. Meg greep haar glas vast en haar vingertoppen werden wit. Ze was kennelijk nerveuzer – of gestrester – dan ze wilde laten blijken.

'Ik ga straks wel even bij haar langs om te kijken hoe het met haar gaat en om het kleine manneke te knuffelen.'

'Dan mag je van geluk spreken,' zei Tuck grijnzend. 'Ik heb hem nog nauwelijks vastgehouden. Hij krijgt steeds de borst of hij slaapt.'

'Echt?' Meg keek verbaasd. 'Dan heb ik geluk gehad met mijn timing, denk ik. Ik heb hem al een paar keer geknuffeld.'

'Lucy is waarschijnlijk bang dat ik hem zal laten vallen,' grapte Tuck na een moment.

'Dat zou kunnen.' Meg nam een slok bier en keek rond in de bar. Het was verrassend druk voor een woensdagmiddag, en er kwam alweer een groepje toeristen binnenlopen. 'Zo te zien komt het allemaal al op gang in aanloop naar de aftrap van het festival vrijdag.'

'Ja.'

Ze keek weer opzij zonder oogcontact te maken.

'Ben je zenuwachtig?'

'Over de film?' Hij haalde zijn schouders op en keek omlaag naar zijn glas bier. 'Ach, het is nu afwachten. Ik heb er geen invloed meer op.'

Zijn vingers speelden met het etiket op het flesje. In feite kon hij er nauwelijks van slapen. Dat filmpje was zijn reddingsboei geweest in de tijd vlak na Mitch' dood. Hij had zijn ziel en zaligheid erin gestopt en als het de selectie niet zou halen... Hij wist dat hij nooit iets beters zou kunnen maken. 'Ga jij erheen?'

'Dat weet ik nog niet.' Het was haar beurt om naar haar biertje te staren. 'Misschien wel.'

Hij aarzelde. 'Ik weet het ook nog niet.'

'Wat? Maar je hebt er tijden aan gewerkt! Maanden.'

Hij haalde hulpeloos zijn schouders op. 'Het zal anders zijn. Bij het editen in de studio kon ik mezelf nog wijsmaken dat hij naast me zat. Maar om het op dat grote scherm te zien, tussen al die onbekenden...'

Hij zuchtte. Hoe kon hij haar vertellen dat hij doodsbang was dat het zou voelen als een afscheid?

Ze bleven een paar minuten zwijgend zitten en Tuck voelde Mitch' aanwezigheid, als een ballon die in de ruimte tussen hun schouders werd opgeblazen tot hij hen allebei raakte en hun gedachten – haar verwijt en zijn schuldgevoel – zich vermengden.

Hij wilde het zeggen, hoezeer het hem speet dat hij die dag zo nodig had moeten bellen. Dat hij er niet mee had gewacht. Dat hij naar Bill's Bar was gegaan in plaats van naar huis. Maar ze zweeg als een behoedzaam dier dat zijn stekels had opgezet, en hij liet de gedachte weer gaan.

'Maar zeg eens?' Ze zuchtte diep, keek naar de onderzetter die voor haar lag en hield haar even adem in. Het deed Tuck denken aan een octopus die hij eens had zien duiken: die zoog zich vol en maakte zich groter als hij zich kwetsbaar voelde of werd aangevallen. 'Waar wilde je met me over praten?'

'Ik moet je iets vertellen.'

Ze fronste. 'Dat klinkt onheilspellend.'

'Dat is het niet,' zei hij snel. 'Maar we vonden dat jij het als eerste van ons moest horen.'

'Van ons? Je bedoelt jou en Lucy?'

Hij knikte en nam nog een slok bier, precies op het moment dat er iemand achter Meg kwam staan om iets te bestellen. Tuck had er spijt van dat hij hier met haar had afgesproken. Dit was toch niet de juiste plek om het haar te vertellen. Te openbaar.

'Nou, vertel,' zei ze toen hij bleef zwijgen. 'Wat is er?'

'Voordat ik het je zeg, wil ik dat je weet dat het besluit met goede intenties is genomen.'

Ze knipperde met haar ogen. 'Oké, nu begin ik me echt ongerust te maken.'

Hij haalde diep adem en wist voor de verandering contact te maken met haar bruingroene ogen. Ze waren helder, als de hemel na de regen, schoongespoeld, en hij zag meteen alle pijn en verdriet, al het verlies dat ze had doorstaan. Ze was veel mooier dan ze zelf wist.

'We hebben een naam voor de baby gekozen.'

'O mijn god, is dat alles?' vroeg ze. Ze ademde zichtbaar opgelucht uit en legde een hand over haar hart. 'Ik dacht dat jullie...'

Ze stopte midden in de zin toen het tot haar doordrong.

'Nee.' Ze verstijfde, zette haar glas neer en verbleekte. Een seconde later stond ze in één vloeiende beweging op van de barkruk.

Hij stak een hand uit om haar pols te pakken, maar ze trok haar arm weg. 'Meg, het was Lucy's idee. Zij voelt het als een passende manier om hem in gedachten te houden en te eren.'

'Te éren?' herhaalde Meg, die begon te trillen terwijl de amberkleurige vlekjes in haar ogen begonnen op te vlammen. 'Door je zoon te noemen naar de man die je de dood in hebt gejaagd?'

Tuck kromp ineen nu de woorden over hem heen stroomden. Dit waren de woorden die hij al had verwacht te horen sinds er die noodlottige ochtend bij hen op de deur werd geklopt, maar ze brandden en verschroeiden zijn huid.

Hij liet zijn hoofd hangen.

'Wat verwacht je dat ik hierop zeg?' zei Meg woedend. 'Denk je echt dat ik hem zo ga noemen? Moet ik elke dag worden geconfronteerd met mijn verlies? En dat door de mensen die hem van mij hebben afgenomen?'

'Meg, luister nou...'

'Nee! *Jíj* gaat naar *míj* luisteren.' Ze keek hem aan. 'Hij wordt niet naar Mitch vernoemd. Jullie gaan dat terugdraaien, begrepen? Dit heeft niets met nagedachtenis te maken. Of eer. Het is een kwelling. *Jíj* bent degene die verantwoordelijk is voor zijn dood. Je hebt het recht niet om dat feit voor jezelf te verzachten door je zoon zijn naam te geven. Geen sprake van! Ik sta het niet toe.'

Zijn mond ging open, maar het duurde nog een moment voordat de woorden vorm kregen. 'Het is te laat. Hij staat al ingeschreven. Lucy heeft de geboorteakte getekend.'

Meg staarde hem aan, trillend over haar hele lichaam. 'Nee.'

'Het spijt me,' fluisterde hij. Zijn ogen vulden zich met tranen, maar het kon hem niet schelen wie het zag. Ze had gelijk. Door hém was zijn vriend dood en dat zou hij nooit goed kunnen maken. Niet met een film, niet met een naam.

Megs hand raakte zijn wang hard. De klap klonk boven de muziek uit en iedereen keek naar hen. Tuck wist wat de meesten zouden denken: een ruzie tussen geliefden.

'Als ik het kon veranderen, zou ik dat doen. Alles.'

Meg staarde hem aan. Ze knikte. 'Ik ook. *Jíj* had het moeten zijn die nacht. *Jíj* had moeten doodgaan, niet hij. Je had gelijk met wat je zei op de uitvaart. Hij was in alle opzichten beter dan jij. Je stelt niets voor, Tuck, je bent een nul. Jij reed mee op zijn succes. En nu is hij er niet meer en ben jij verloren... Je bent niets zonder hem.'

Ze keek hem verslagen aan, al haar vechtlust plotseling verdwenen. 'Waarom was jij het niet?' fluisterde ze, met één enkele traan op haar wang, als een dauwdruppel op een roos.

Ze draaide zich om en vertrok. Tuck keek haar na, de afdruk van haar hand als een brandmerk op zijn gezicht. Hij had niet eens de kans gekregen om haar het écht levensveranderende nieuws te vertellen.

Hij keek om zich heen in de ongebruikelijk stille bar en zag hoe iedereen vol minachting naar hem keek. Hij draaide zich weer om naar de toog en richtte zijn ogen op de flessen sterkedrank. De enige uitweg die hij kende…

'Geef me een whisky, Jeff, zonder ijs,' mompelde hij. 'Een dubbele.'

26

Donderdag 9 november 2017

'Ongelooflijk dat hij de buitendouche gebruikt.' Meg glimlachte, trok de deken dichter om haar benen heen en bekeek haar uitzicht vanaf de veranda. Vannacht was de eerste sneeuw van het jaar gevallen, en hoewel die nog niet op de hellingen was blijven liggen, waren de toppen en bergkammen al met een wit laagje bedekt. 'Dat deed Mitch ook altijd.'

'Typisch stads gedrag,' zei Ronnie grijnzend. 'Hij zoekt contact met de natuur.'

'Ik denk dat hij daar wel mee ophoudt als hij de wolven hoort.' Meg grinnikte en nam nog een slok bier. Ronnie lachte ook, haar ogen gericht op de dikke wolkenflarden die de lichten van het stadje beneden dempten. Achter hen in de berghut zorgde de haard voor een gouden licht. De nachtelijke hemel roerde zich al, de sterren begonnen uit hun schuilplaats tevoorschijn te komen om het overkoepelende zwart te bespikkelen. Badger lag aan hun voeten, met zijn kop op zijn poten, hoewel Meg wist dat hij liever bij de lome warmte van het vuur had gezeten.

Meg draaide haar hoofd opzij om naar haar zus te kijken. Ze had nu een blik op haar gezicht die de basis was voor alle uitdrukkingen. Tevredenheid, innerlijke rust. Zoals zij zich had gevoeld met Mitch, het besef dat het leven zin had, ondanks alle tegenslagen. 'En, hebben jullie al een keus gemaakt? Zijn woning of die van jou?'

'Geen van beide. We gaan samen iets nieuws kopen.'

Meg trok een wenkbrauw op, maar reageerde niet te haastig. Ze wilde niet sceptisch overkomen. 'Met een gezamenlijke hypotheek?' vroeg ze voorzichtig. De erfenis die hun ouders hun hadden nagelaten was voldoende geweest om Ronnies studie van te betalen en een aanbetaling te doen voor haar appartementje. Meg had haar deel besteed aan deze berghut (gebouwd op het land dat Mitch van zijn opa had geërfd) en de studio en shop van Titch. Het leek Meg onwenselijk dat Ronnie een ongelijkwaardige financiële regeling zou aangaan.

'Fiftyfifty,' zei Ronnie, die haar gedachten van haar gezicht kon aflezen. 'Maak je geen zorgen, hij is een goeie vent.'

'O ja, dat weet ik wel...'

'Hij is de ware.'

'O, Ron, denk je dat echt?'

Ronnie knikte. 'Ik weet dat we nog maar vier maanden bij elkaar zijn, maar ik wist het toen hij me die avond in Soho House met een kus begroette. Het voelde als thuiskomen. Zo van: ah, daar ben je... Ik geloof dat ik niet wist dat thuis een persoon kon zijn, en niet zozeer een plek,' voegde ze er met een zucht aan toe. Voordat ze zich plotseling bewust werd van wat ze had gezegd: 'O god, Meg, het spijt me, dat was ontzettend tactloos.'

'Nee! Doe niet zo gek. Ik ben blij voor je.'

Ronnie glimlachte, maar keek toch nog wat ongemakkelijk naar de plukken witte wolken die voor hen lagen. 'Voel je je nooit eenzaam? Het is hier prachtig, maar er zullen toch wel momenten zijn waarop...'

'Ik verlang naar verlichting, geluid, actie?' Meg knikte. 'Natuurlijk. Vooral als er weer een dikke laag sneeuw ligt.' Haar maag kromp ineen bij de gedachte aan het witte landschap. De sneeuw was al aan het smelten geweest tegen de tijd dat ze na Mitch' dood was teruggekeerd naar de berghut. De bomen hadden hun witte jasje al afgeworpen, de witte bodem wisselde zich alweer af met stukken groen en het water ruiste in de stroompjes, zodat de verschrikkingen van die nacht bij een andere plek in een ander land leken te horen. Maar met de terugkeer van de sneeuw zouden de herinneringen aan die nacht terugkomen. Ze zou zich weer geïsoleerd en opgesloten voelen in haar afgelegen woning, waar het enorme hemelgewelf haar gezelschap hield, veel meer dan de twinkelende lichtjes op de vloer van de vallei, die steeds vaker door de wolken zou worden afgedekt. Ja. Ze voelde zich vaak onmogelijk alleen. Helemaal nu Jonas – haar beschermengel aan de hemel – niet langer daarboven zijn rondjes om de wereld draaide, waarbij hij over haar waakte terwijl zij werkte en sliep.

'Trouwens, Hap vraagt nog steeds naar je.'

Meg bevroor bij het horen van zijn naam. 'Nou, daar moet hij dan maar eens mee ophouden.'

'Niet op een opdringerige manier, hoor. Hij weet wat het was tussen jullie. Hij vraagt alleen zo nu en dan hoe het met je gaat. Hij vond je leuk.'

Meg knikte. 'Oké. Ik hem ook.'

Ronnie veranderde van houding en draaide zich naar Meg toe, met haar wang op de rugleuning van de stoel. 'Maar dat was even een terzijde. Waar ik echt over wil praten, is New York. Hoe is het gegaan?' Ze leunde naar Meg toe. 'Ze vonden je geweldig, nietwaar? En je hebt de opdracht gekregen?'

Meg knipperde met haar ogen. 'Jij luistert je berichten niet af, hoor ik wel.'

'Berichten?'

'Ik heb je vorige week gebeld. Om je te vertellen wat er was gebeurd.'

Ronnies gezicht betrok. 'Je hebt de opdracht niet gekregen?'

Meg zuchtte. 'Ik ben helemaal niet op dat vliegtuig gestapt, Ron!'

'Wát?' gilde Ronnie. 'Waarom niet in vredesnaam?'

'Lucy...'

'O, Lucy, natuurlijk! Waarom verbaast me dat niet? Natuurlijk, Lucy!'

'Ze kon er niets aan doen,' schoot Meg in de verdediging. 'Ze is te vroeg bevallen.'

Ronnie keek haar verbluft aan.

'Ja. Bijna een maand te vroeg. Niet bepaald een scenario waarvoor ze had gekozen.'

Er viel een korte stilte. 'Gaat het goed met de baby?' Ronnie had het fatsoen om schaapachtig te kijken.

'Ja. Prima.'

'Wat is het geworden? Roze of blauw?'

'Blauw.'

Ronnie glimlachte. 'En de naam?'

'Die hebben ze nog niet gekozen,' antwoordde Meg stijfjes. Ze kon zich er nog niet toe zetten er met iemand over te praten. En zeker niet met Ronnie. Haar zus zou haar steunen, dat wist ze, maar dat zou het er niet beter op maken.

Ronnie fronste nadenkend. 'Maar… ik begrijp het nog steeds niet. Waarom heb jij je vlucht gemist omdat Lucy moest bevallen?'

'Omdat ze hierboven was toen haar vliezen braken.'

'Maar het duurt maar vijfentwintig minuten om vanuit de stad naar boven te komen. Ze zal toch wel hebben geweten dat ze weeën had voordat ze vertrok?'

'Ze zei dat ze dacht dat het van die oefenweeën waren. Hoe heten die ook alweer…'

'Braxton Hicks.'

'Juist. Maar haar vliezen zijn gebroken op de quad onderweg naar hier.'

'Op een quad? Zwánger?' vroeg Ronnie.

'Ik weet het! Dat is precies wat ik tegen haar zei.'

'Dus waarom is ze niet terug naar beneden gegaan?'

'De weeën volgden elkaar in no time op. Het gebeurde allemaal heel snel. Ze kon met geen mogelijkheid terug op die quad. Ik heb de doktersdienst gebeld, want ik dacht dat die haar misschien nog met hulp van een reddingsploeg zou kunnen ophalen, maar het duurde zeker een uur voordat er iemand was, en die kwam uiteindelijk op een quad.'

'Jezus, Meg! Het is hier veel te afgelegen. Ik weet dat je houdt van deze plek, maar...'

'Ik weet het, ik weet het,' zei Meg zacht.

Ronnie zuchtte en nam nog een slok bier. 'Nou, het is ongelooflijk dat ze die rit heeft ondernomen, zelfs als ze dacht dat ze alleen maar oefenweeën had.'

'We hadden ruzie gehad en ze had gehoord dat ik zou weggaan, dus...'

'Dus kwam ze om je tegen te houden?'

'Nee,' zei Meg geduldig. 'Ze wilde de lucht klaren voor ik vertrok. Luister, ze heeft gewoon een verkeerde inschatting gemaakt. Ze is te vroeg bevallen, Ron. Ze had met geen mogelijkheid kunnen weten dat het zou gebeuren. Tuck was in Toronto, en laten we eerlijk zijn, dit is de laatste plek waar je een kind wilt baren zonder enige medische begeleiding.'

Ronnie schudde haar hoofd. Ze kon niet tegen deze logica op. Geen aanstaande moeder zou vrijwillig voor die situatie hebben gekozen. Ze trommelde lichtjes met haar vingers op het glazen flesje in haar hand. 'Waar ging die ruzie over?'

'Wat?'

Het geluid van stromend water was inmiddels gestopt en de stoomwolken die om de zijkant van de berghut kwamen aanwaaien losten op.

'Ze kwam de lucht klaren, toch? Je had me trouwens niet verteld dat jullie ruzie hadden gehad.'

'Het viel ook wel mee,' mompelde Meg.

'Vertel dan.'

Meg liet haar schouders hangen. Ze wist dat Ronnie dit niet zou laten rusten. Als ze eenmaal beethad, liet ze niet los. 'Ik heb het haar verteld van Hap en ze werd woedend. Ze vond dat ik Mitch had verraden.'

Er viel een lange, verbijsterde stilte.

'Wat zeg je nou?' vroeg Ronnie ontsteld. 'Zíj had een oordeel over hoe jíj omgaat met het verlies van Mitch? Wie denkt ze wel niet dat ze is?'

'Ze bedoelt het niet zo kwaad. Luister, ik snap het wel. We zijn heel lang een viertal geweest. Ik ben niet de enige die ermee om moet zien te gaan dat Mitch er niet meer is. Alles is nu veranderd.'

Maar Ronnie wapperde met haar handen om Megs vergoelijking weg te wuiven. 'Nee, wacht. Dit is niet te geloven. Dus jij vertelt me nu dat zij een baby kan krijgen en met haar echtgenoot samen kan zijn en een gelukkig leven kan gaan leiden? Zíj mag wel verdergaan met haar leven, maar jij niet? Jij moet de rest van je leven blijven treuren omdat je ooit verloofd bent geweest met de beste vriend van haar man?'

'Zo bedoelde ik het niet.' Meg kromp ineen.

'God, zie je het niet, Meg? Snap je niet wat ze doet? Ze geeft je een schuldgevoel, ze wil niet dat je je leven weer oppakt omdat ze jaloers op je is! Ze is doodsbenauwd dat jij een leukere en betere toekomst tegemoet gaat en haar achterlaat. Begrijp je het niet? Ze probeert je klein te houden.'

'Lucy is niet jaloers op me! Doe niet zo belachelijk,' hoonde Meg. 'Zij heeft alles wat haar hartje ooit heeft begeerd: Tuck en een baby. Op een dag hebben ze The Homestead, het gaat goed met Titch Boards… En moet je míjn leven zien! Wat heb ík in godsnaam waar zíj jaloers op kan zijn? Badger?'

De trouwe hond tilde zijn kop op bij het horen van zijn naam. Zijn oren kwamen omhoog en hij jankte zachtjes.

'Nee, het is goed. Je bent braaf,' mompelde Meg met een aai over zijn snuit.

'Ik vind het ongelooflijk dat je het niet ziet,' zei Ronnie hoofdschuddend. 'Ze is toxisch, Meg. Ze is niet goed voor je. Ik weet dat jullie al lange tijd beste vriendinnen zijn, en dat je denkt dat ik jaloers ben op háár omdat ze je van mij heeft afgepakt, maar dat is absoluut niet waar,' zei ze met haar hand op haar hart. 'Jij zit er te dicht op om het te zien.'

Meg kreunde geërgerd. 'Wees eens eerlijk, Ron, jij hebt haar nooit gemogen. Begrijp je niet hoe pijnlijk het voor mij is dat mijn zus en mijn beste vriendin een hekel aan elkaar hebben?'

Ronnie staarde haar een lang moment aan alsof ze in Megs hoofd probeerde te kijken. Ze wendde zich weer af en richtte haar ogen op de langzaam opkomende maan. 'Oké dan. Ik wil geen ruzie met je maken,' zei Ronnie zachtjes. 'Ik heb hier zo naar uitgekeken.'

'Ik ook.' Meg stak haar hand uit en had spijt van haar uitbarsting. 'Luister nou, ik weet dat het voor jou een schok was om te horen dat New York niet door is gegaan. De timing was gewoon beroerd! Maar laten we het van de filosofische kant bekijken. Ik ben zelf niet achter die opdracht aan gegaan. De mogelijkheid werd me vanuit het niets in de schoot geworpen en toen... is de kans me weer ontnomen. Ik had er in geen van beide gevallen invloed op. Het mocht blijkbaar niet zo zijn.'

'Het was gewoon zo'n geweldige kans voor je,' zei Ronnie met een zucht. 'Ik heb zo sterk het gevoel dat er voor jou meer is dan dit.' Ze kneep in Megs hand. 'En ik zeg niet dat het hier niet prachtig is, want dat is het wél. Het is een van de meest bijzondere plekken op deze planeet. Maar je lééft hier niet. Je... bestaat alleen maar. Het voelt zelfs alsof je een stap achterwaarts hebt gezet. Toen we afscheid namen op het vliegveld was je een andere persoon dan degene die ik daar een paar dagen eerder had opgehaald. Je had zoveel energie. Ik had het gevoel dat je er weer voor ging, begrijp je?'

'Dat was ook zo! En dat is ook zo.'

'En dus... wat is er gebeurd?'

Meg zweeg en nam weer een slokje bier. Hoe kon ze zeggen dat Lucy de oorzaak was? Lucy's houding tegenover Mitch' nagedachtenis... Lucy's baby die te vroeg was gekomen... Op zich kon ze het Lucy niet kwalijk nemen – zij had geen idee gehad van de impact die beide confrontaties op Megs leven hadden gehad – maar als ze dit zou uitspreken was dat olie op het vuur van Ronnies jaloezietheorie. 'Nou, het is in deze tijd van het jaar bijvoorbeeld veel te koud om in het meer te vallen,' zei ze luchtig. 'Ik ga het suppen wel in de lente oppakken, als je het niet erg vindt.'

Ronnie trok een vragende wenkbrauw op, maar ging er niet op door. 'Oké dan.'

Op dat moment kwam Jack tevoorschijn. Hij zag er stoer uit. Hij droeg een geblokt overhemd met een kabeltrui erover, hij had de pijpen van zijn spijkerbroek in zijn wollen sokken gestopt en had hoge bergschoenen aangetrokken.

'O, mijn knappe houthakker!' Ronnie grijnsde en stak haar armen naar hem uit toen hij naar haar toe liep om haar een kus te geven.

'Lekker gedoucht in de buitenlucht?' vroeg Meg glimlachend terwijl ze een biertje onder haar stoel vandaan trok en het hem aanreikte.

'Heerlijk.' Hij stak zijn hand uit naar Ronnie en trok haar overeind. 'Zo'n douche moeten wij ook hebben op onze nieuwe plek.'

'Ja, dat zullen de buren leuk vinden!' antwoordde ze lachend terwijl hij in haar stoel ging zitten en haar op zijn schoot trok.

Meg sloeg hen weemoedig glimlachend gade. Dit had zij ook ooit gehad.

'Wat jammer dat je hem zelf niet gebruikt,' zei hij tegen Meg.

'Niet buiten douchen als er sneeuw is gevallen, is mijn motto.'

'Maar...'

Hij stond op het punt te wijzen naar het weelderige groene gras op de lagere hellingen, maar zij was hem voor en wees naar de bergtoppen aan de andere kan van de vallei. 'Er is sneeuw gevallen. Geen twijfel over mogelijk.'

Jack grijnsde. 'Het filmfestival begint morgenavond, heb ik begrepen?'

'Yep, het hoogtepunt op de kalender van ons stadje. Elk hotel is volgeboekt.'

'Nou, ik durf te wedden dat geen hotel hieraan kan tippen. Serieus, het is hier schitterend,' zei Jack met zijn ogen op de hemel gericht, die nu rijkelijk met sterren bezaaid was. 'Heb je er weleens over gedacht dit huis te verhuren?'

Meg haalde haar schouders op. 'Dat was oorspronkelijk het idee toen we het bouwden, maar... we werden er verliefd op. Voor ons gevoel waren wij hier thuis, en niemand anders.'

'Dat kan ik goed begrijpen. Ik zou dit ook voor mezelf willen houden.' Jack glimlachte.

'Nou, je bent hier altijd welkom,' zei Meg. 'Ron vertelde dat je aan bergbeklimmen doet.'

'Dat is mijn grote passie. Naast je zus, natuurlijk.' Hij sloeg zijn armen om Ronnies middel.

'Nou, morgen is er een flashbackvertoning met films uit vorige jaren en daarna is er een openingsfeest op het plein en dan verder in Bill's Bar. Maar op zaterdag laten ze de oogst van dit jaar zien. Er zal een hoop actie in de bergen te zien zijn, waardoor je enorm veel zin krijgt je stijgijzers onder te binden.'

'Stijgijzers? Je weet er alles van dus.'

'Natuurlijk. Ik werk in een zaak waar we bergsportspullen verhuren, weet je nog.' Ze durfde Ronnie niet aan te kijken, hoewel ze zich er niet voor schaamde. 'Ik ga je beslist aan Dolores voorstellen. Ze zal weg van je zijn. Zij is ook dol op de bergen. Er stroomt geen bloed door haar aderen, ze is van graniet.'

'Ha! Dat kun je wel zeggen,' zei Ronnie grinnikend.

'Ik kan niet wachten. En wie gaan er naar dat feest? De inwoners? Ben ik de enige buitenstaander?'

'Verre van. Er komen mensen van over de hele wereld, filmproducenten, onderzoekers, fotografen, sporters, noem maar op. Iedereen met een liefde voor sporten in de buitenlucht. Het is een grote happening.'

Jack fronste. 'We hadden Hap mee moeten vragen. Hij zit hier niet eens zo heel ver vandaan en ik durf te wedden dat hij...'

'Nee!' zei Meg, een beetje te snel. Ze glimlachte nerveus terwijl ze voor zich zag hoe hij over de bergen zou zoeven in zijn opgevoerde wagen, met zijn zonnebril op en zijn designerjeans aan. 'Ik bedoel dat het helaas te laat is. Het is helemaal uitverkocht.'

'O. Wat jammer.'

Meg knikte en bleef glimlachen. Geen dubbele date deze keer.

27

Vrijdag 10 november 2017

Lucy stond bij het raam met baby Mitch tegen haar schouder. Ze had hem een uur lang gevoed en daarna laten boeren, maar hij kwam maar niet tot rust. Elke keer als ze dacht dat hij sliep en ze hem neerlegde, werd hij een paar minuten later schreeuwend wakker. Ze was doodmoe. Het was gisteren en vannacht ook al steeds zo gegaan en haar armen voelden zwaar en stijf van het gewicht dat ze steeds in haar armen droeg.

'Ga maar slapen, toe maar, alsjeblieft,' fluisterde ze wanhopig terwijl ze met haar wang tegen zijn zachte hoofdje wreef.

Aan de andere kant van de binnenplaats zag ze in alle hotelkamers het licht branden. Vrijwel iedereen bereidde zich voor op het openingsfeest, dat over een paar uur op het plein zou plaatsvinden. Lucy zou er niet naartoe gaan. Ze kon haar pasgeborene (die ook nog te vroeg geboren was) niet meenemen naar een menigte van feestende onbekenden. Bovendien had ze er de energie niet voor. Barbara had het zelf zo druk dat ze niet eens haar gebruikelijke lunchpauze had kunnen inlassen om Lucy even te laten slapen, en zelfs Tuck – die zelden de handen uit de mouwen stak in het hotel – was vanochtend ingeschakeld om te helpen alle negen haardvuren aan te steken. Ze waren wakker geworden met een onverwacht strenge vorst, en omdat de centrale verwarming van het hotel nogal verouderd was, waren de open haarden er niet alleen voor de sier, maar moesten ze volop branden voor de nodige warmte.

Lucy had gedacht dat hij alleen het uur weg zou zijn dat ervoor nodig was om de as uit te vegen, de houtblokken in de haarden te leggen en ze aan te steken, maar hij was inmiddels al uren weg en ze had geen glimp meer van hem opgevangen, terwijl ze het grootste deel van de dag bij dit raam had gestaan.

Toch zou het niet altijd zo blijven, zei ze hoopvol tegen zichzelf. Zodra de contracten er waren (naar verwachting volgende week) en Tuck de kans had gehad om Meg het goede nieuws te vertellen – ze waren er allebei zeker van dat ze de kans op financiële zekerheid met beide handen zou aangrijpen; waarom ook niet? Het bedrijf had haar nooit geïnteresseerd, behalve de ontwerpkant – konden ze beginnen met de plannen voor de rest van hun leven. En als eerste zouden ze op zoek gaan naar een nieuwe woonplek, waar ze niet zou uitkijken over die verrekte vuilnisbakken en de achterkant van een hotel. Misschien kon ze een nanny nemen, of een nachtoppas, hoewel ze nog steeds niet kon geloven dat dat werkelijk een baan was… Dat er iemand bereid was om de hele nacht op te blijven met de huilende baby van een ander. Als ze eerlijk was, kon ze het maar amper opbrengen voor haar eigen baby. Ze hield van haar zoon, ontzettend veel, maar hoe déden mensen dit? Als ze niet zoveel van haar kind hield zou het gewoonweg een marteling zijn. Hoe kon het dat er nooit over werd gesproken hoe afschuwelijk het was? Werd het expres geheimgehouden om andere vrouwen niet af te schrikken? Ze had deze baby niet gepland, maar als ze enig idee had gehad hoe moeilijk het allemaal zou worden: de zwangerschap, deze eerste weken… Ze voelde zich gebroken. Alles was een gevecht. Waarom werd haar het leven voor de verandering niet eens wat gemakkelijker gemaakt?

Tuck deed weer hard zijn best. Hij had een paar luiers verwisseld, met de baby in een draagzak tegen zijn borst rondgelopen terwijl zij probeerde zich aan andere huishoudelijke taken te wijden, zoals wassen en strijken, maar hij deed het vaak verkeerd. Dan zat de luier verkeerd om, of liet hij de baby zonder toezicht op de commode liggen terwijl hij talkpoeder uit de badkamer ging halen. Ze kon er niet op vertrouwen dat hij het goed zou doen.

Lucy leunde tegen de muur en staarde naar de binnenplaats. Het voelde hier steeds meer als een gevangenis. De wereld leek haar te omsluiten, als een papier dat zich opvouwde tot een steeds kleiner doosje. In de afgelopen week was ze maar twee keer het huis uit geweest (een keer om Tucks spullen naar de shop te brengen en nog een keer om ze weer op te halen voordat hij erachter zou komen), en ze had amper een ander mens gezien. Afgezien van Barbara, die een paar keer per dag de binnenplaats overstak, en Dolores die af en toe langskwam, had ze nauwelijks bezoek gehad. Wel veel kaarten, ballonnen en cadeautjes, ja. Maar er waren maar weinig mensen geweest die langskwamen om de baby voor haar vast te houden of koffie voor haar te zetten terwijl zij even kon klagen over het slaapgebrek, haar borsten die steeds bijna op barsten stonden, het bijna voortdurende bloeden 'daaronder', zoals Barbara het uitdrukte. En Meg... nou, die was nu weer helemaal uit beeld. Blijkbaar was ze aan het mokken over de naamkeuze, want ze negeerde Lucy's vriendelijke berichtjes waarin ze haar uitnodigde om koffie te komen drinken.

Ze keek op bij het geluid van de dichtslaande branddeur van het hotel en zag opgelucht hoe Tuck over de binnenplaats kwam hollen. Haar hart maakte een sprongetje. Ze zou niet meer alleen zijn. Hij kon helpen. Ze kon gaan zitten, haar armen strekken, misschien even haar ogen dichtdoen...

Maar toen zijn handen naar de deurknop grepen, nam ze vanuit haar ooghoek een beweging waar. Ze keek op en zag nog net de vitrage achter een van de hotelramen naar beneden vallen.

Ze verstijfde en reageerde niet op Tuck, die naar haar zwaaide toen hij haar zag staan.

'Hoi!' hijgde hij een moment later terwijl hij ook hun deur hard dichtsloeg, hoewel hij deze keer tenminste nog het fatsoen had om zich die vergissing te realiseren en ineen te krimpen.

Maar Lucy sloeg er geen acht op. Met kloppend hart en rode wangen telde ze het aantal ramen vanaf de hoek naar het raam waar de vitrage nog steeds lichtjes heen en weer wiegde. Zesde raam, tweede verdieping… Kamer 36 dus?

'Hoe gaat het met hem?' vroeg Tuck, die naar haar toe liep, zich over zijn zoontje heen boog en over zijn wangetje streek.

Lucy wendde zich af en liep naar de telefoon, die ze moeizaam – met slechts één hand vrij – op de wandtafel zette, waarna ze de cijfers indrukte.

Ze voelde Tucks vragende blik op haar rug branden.

'Wacht, geef hem maar aan mij,' zei Tuck. Hij nam de baby van haar over voordat zij haar greep kon verstevigen. Ze keek bezorgd toe terwijl hij hem voorzichtig tegen zijn schouder legde, alsof hij van glas was.

'The Homestead, hallo?' Aan de andere kant van de lijn klonk een andere stem dan ze had verwacht. Ze draaide haar rug weer naar Tuck toe.

'O, hoi, Linda. Is mijn moeder er niet?'

'Hoi, Lucy. Ze is net even in de keuken. Zal ik haar halen? Alles goed met de baby?'

'Nee, nee. Ik bedoel, het gaat goed met de baby, maar je hoeft haar niet te halen. Kun je alleen even voor mij checken wie er in kamer 36 verblijft?'

'Natuurlijk.' Linda klonk verbaasd, maar Lucy hoorde haar tikken op het toetsenbord.

Tuck fronste. 'Luce? Wat ben je aan het doen?'

Maar Lucy keek niet naar hem. Ze hield haar rug naar hem toe gericht en bleef naar het plafond kijken, met een hand op haar heup. Als hij haar weer bedroog… Ze sloot haar ogen. O god. Dan zou ze hem nu echt verlaten. Ze zou niet wachten tot de contracten waren getekend. Als het moest, zou ze voor haar helft vechten in de rechtbank.

'Lucy? Mr en Mrs Hughes uit Denver verblijven er. Ze zijn hier vaker geweest. Ze waren er vorig jaar ook om het festival bij te wonen.'

Lucy beet op haar lip. Mr en Mrs Hughes? Die kon ze zich herinneren. Ze waren hier elk jaar geweest sinds Mr Hughes' pensionering. Ze waren halverwege de zeventig, ze wist dat Mrs Hughes met een wandelstok liep. 'Oké, dank je, Linda.' Ze hing op en draaide zich om naar Tuck.

'Lucy? Zou je me willen vertellen wat er aan de hand is?' Tuck keek haar aan, met zijn zoon kundig over zijn onderarm tegen zijn buik gelegd, als een tijger over een boomstam gedrapeerd, zoals Barbara hem had geleerd. En natuurlijk was de baby nu in diepe slaap.

Ze glimlachte zwakjes en probeerde een smoesje te bedenken. Ze was er zo zeker van geweest. 'Ik...' Ze wist het niet meer.

'Ja, wat?' Zijn ogen vernauwden zich. 'Waarom wilde je weten wie er in die kamer logeren?'

'Ik...' Ze kon nog steeds niet antwoorden. Hij was de hele dag weg geweest. Het hotel zat vol. Zij had hier in haar eentje met een huilende baby gezeten. Was het zo gek dat ze dacht dat hij er niet om zat te springen naar huis te komen? Dat iedere andere vrouw aanlokkelijker zou zijn?

Ze keek hem aan en hij zag het aan haar ogen.

'O, wat... Jezus, Lucy,' siste hij. Hij wendde zich af en wiegde de baby heen en weer.

'Het spijt me!' zei ze smekend. 'Maar je was de hele dag weg. Ik dacht dat je meteen terug zou komen.'

'Ze kunnen het daar amper aan,' zei hij boos met een hoofdgebaar naar het raam. 'Je moeder werkt zich een slag in de rondte om alles in de helft van de tijd te doen, zodat ze hiernaartoe kan gaan om jou te helpen. Als je het zo nodig moet weten: nadat ik klaar was met mijn klusjes in het hotel ben ik naar de zaak gegaan om wat papierwerk te doen, vervolgens ben ik bij de notaris geweest en zojuist heb ik je moeder nog geholpen omdat de vriezer ermee op was gehouden.'

'O.'

Ze keek naar hem. Zoals hij daar knap stond te zijn, de baby wiegend die zij de hele dag niet tot rust had weten te krijgen, alsof het zo eenvoudig was... Ze moest de neiging weerstaan om baby Mitch weer van hem over te nemen. Wat was er toch met haar aan de hand? De hele dag had ze zich opgesloten gevoeld, gevangen zonder bij haar baby weg te kunnen, maar nu ze fysiek van elkaar gescheiden waren voelde ze zich merkwaardig gewichtloos, alsof ze zomaar weg kon zweven, ver hiervandaan, ongrijpbaar, als een ballon zonder touwtje.

Ze beet op haar lip. Ze moest het vragen, ze wilde het weten. 'Heb je vandaag verder nog iemand gezien?'

Tuck knipperde met zijn ogen.

'Nee,' zei hij met een zucht, want hij begreep wie ze bedoelde. 'Luister, Lucy, ze heeft gewoon wat tijd nodig, oké? We wisten dat het een schok voor haar zou zijn.'

'Maar ik begrijp niet waarom ze niet inziet welke mooie gedachte erachter zit!' riep Lucy uit. 'Ik heb haar al vier dagen niet gezien, Tuck. Vier dagen!'

Tuck wendde zich met een schuldbewuste blik af.

'Je hebt me niet alles verteld, hè?' vroeg Lucy vertwijfeld. 'Is er iets aan de hand waar ik niets van weet?'

'Natuurlijk niet. Wat zou dat moeten zijn? Ik heb het haar verteld, ze raakte van streek, ze zei dat ze hem niet zo ging noemen en vertrok.' Hij haalde zijn schouders op. 'Zo is het gegaan. Het was... ongemakkelijk en pijnlijk. Maar ze draait wel bij. Geef haar gewoon even de ruimte.'

Lucy staarde hem aan. Ze voelde dat hij er zelf ook moeite mee had. Nog steeds. Hij had de baby nog niet één keer Mitch genoemd. Hij noemde hem telkens Titch.

'En jij vindt het ook geen goede naam. Dat heb ik heus wel door...' En toen hij haar niet tegensprak, voegde ze eraan toe: 'Ik dacht dat ze er blij mee zou zijn. Ik dacht dat iedereen er blij mee zou zijn.'

Ze hoorde hoe zeurderig haar stem klonk en zag dat er iets in hem brak.

'Dacht je dat nou écht, Lucy?' vroeg Tuck met een ongelovige blik op zijn gezicht.

'Natuurlijk! Waarom zou ik het anders gedaan hebben?'

'Dat weet ik niet,' zei hij schouderophalend. 'Echt niet. Je hebt het besluit helemaal in je eentje genomen zonder mij te vragen wat ik ervan zou vinden. Was dat mijn straf omdat ik niet meteen naar huis ben gevlogen?'

'Nee!' antwoordde ze fel.

'Wat was dan de reden? Waarom vond je dat jij zo'n essentieel besluit kon nemen zonder er eerst met mij of Meg over te praten?'

'Waarom zou ik er met Meg over gepraat moeten hebben? Het heeft niets met haar te maken!'

'Het heeft alles met haar te maken. Je hebt besloten om onze zoon naar haar overleden echtgenoot te vernoemen.'

'Hij was haar echtgenoot niet.'

'Ze zouden een week later gaan trouwen! Zeg je nou dat hun relatie minder betekende omdat hij is gestorven voordat ze getrouwd waren? Ze waren verloofd! Ze waren al een eeuwigheid samen! Natúúrlijk doet het haar pijn om te horen dat jij ons kind zijn naam geeft!' Tuck staarde haar aan alsof ze gek was geworden. Was dat ook zo? Ze was zo hondsmoe dat ze het niet meer wist.

'Jezus, Lucy,' riep Tuck. 'Hoe is het mogelijk dat je dit niet begrijpt? Is het de babyblues? Waarom doe je alsof dit alleen maar over jou gaat? Want dat is niet zo. De keuze die jij hebt gemaakt heeft gevolgen, dat snap je toch wel? Maar we kunnen er niets meer aan veranderen, dus we zullen er allemaal mee moeten leren leven. En ondertussen zul jij gewoon geduldig moeten zijn, oké? Zo simpel is het.'

Hij liet zijn schouders zakken toen ze begon te huilen. 'Luister nou, Meg zal het je heus wel vergeven. Dat doet ze altijd.'

'Altijd? Hoe bedoel je?'

'Ik bedoel dat je haar pijn hebt gedaan, Lucy. Niet met opzet, ik weet dat je bedoelingen goed waren, maar in jezusnaam, besef eens wat je gedaan hebt!' Zijn stem klonk milder toen hij haar gezichtsuitdrukking zag. 'Ze vergeeft het je wel als ze er klaar voor is.'

'En als ze dat niet doet?' vroeg ze met een iel stemmetje.

Hij keek haar lang aan. 'Dan zijn we haar ook kwijt.'

'Mooi staaltje snijkunst,' zei Jack, zijn ogen gericht op een indrukwekkende, levensgrote ijssculptuur van een beer. Die stond op zijn achterpoten, met zijn klauwen in de lucht en zijn gebit ontbloot.

'Zei de chirurg tegen de beeldhouwer.' Ronnie glimlachte en legde haar hoofd tegen zijn arm.

Meg klapte in haar handen om warm te blijven en bekeek de beer. 'Hm, naar mijn smaak is hij te levensecht,' zei ze terwijl ze een van de scherpe klauwen bestudeerde. 'Ik geef de voorkeur aan die iets minder bedreigende eland daar verderop.' Ze gebaarde met haar hoofd naar het al net zo reusachtige ijsbeeld aan de overkant van de straat. 'Gaan jullie mee?'

Ze liepen verder, Ronnie en Jack hand in hand, en met z'n drieën probeerden ze zich een weg te banen door de menigte met veelkleurige pomponmutsen, terwijl het geluid van een bandje dat verderop in de straat speelde hun oren bereikte. Meg dacht niet dat ze Banff ooit zo druk had gezien. Het festival bestond al meer dan veertig jaar, en zij en Ronnie gingen er vroeger altijd met hun ouders heen – haar vader gaf zelfs workshops vliegvissen in de festivalweek – maar het openingsfeest was Meg het dierbaarst. Dan werd hun bergstadje altijd verlevendigd door de jaarmarktachtige festiviteiten. Elk jaar trok het filmfestival meer bezoekers en invloedrijkere sponsors, maar dit jaar leek het allemaal nog indrukwekkender dan anders te zijn. Er was in heel Banff ongetwijfeld geen kamer meer vrij.

In The Homestead was het in elk geval druk. Ze keek in het voorbijgaan naar binnen door de hoge ramen. De haardvuren brandden, de lounge zat vol met mensen die tevreden koffie zaten te drinken en de krant lazen, en Barbara's personeel liep af en aan met dienbladen.

Meg wendde haar blik weer af. Ze voelde zich schuldig dat ze de afgelopen dagen niet langs was geweest. Lucy had haar nodig. De berichtjes kwamen bijna elk uur binnen, soms zelfs midden in de nacht, en ze wist dat Lucy dolgraag wilde dat ze zou komen om koffie te zetten, de baby vast te houden en te kletsen. De dag van de geboorte had hen eraan herinnerd hoe het vroeger tussen hen was geweest – vol vertrouwen, onzelfzuchtig, door dik en dun – en heel even had Meg geloofd dat hun vriendschap was hersteld. Maar dat moment was niet meer dan een vallende ster geweest, die kort een schip had verlicht dat wegzeilde in donkere wateren. Ze waren weer van elkaar vervreemd, dít was het nieuwe normaal en ze kon het niet opbrengen om contact te houden. Ze wilde hen niet zien: Lucy niet, Tuck niet, zelfs de baby niet.

Meg probeerde wel te begrijpen waarom Lucy had gedaan wat ze had gedaan – schijnbaar wilde ze de herinnering aan Mitch in ere houden – maar het lukte niet. Lucy had een vervormd beeld van de grenzen binnen hun vriendschap gehad. Het leek alsof ze dacht dat ze alle vier een gelijke status tegenover elkaar hadden. Maar dat kon toch niet? Ze waren twee bevriende stellen geweest, maar het zou niet in Meg zijn opgekomen om Tuck te beschouwen als Mitch' gelijke ten opzichte van haarzelf. Waarom deed Lucy dat andersom wel? Het was verkeerd. Het was ongepast.

'Hé, hou je van marshmallows?' vroeg Ronnie aan Jack, terwijl ze hem meevoerde naar een grote vuurschaal waar jonge gezinnen omheen stonden.

'Volgens mij heb ik geen keus,' zei Jack grijnzend terwijl ze hem een spies in zijn hand drukte.

'Hier waren we altijd dol op,' zei Ronnie, die er ook een aan Meg gaf.

Meg glimlachte, stak een roze marshmallow aan het uiteinde

van haar spies en hield die boven het vuur. 'Mijn zusje eet haar marshmallows graag zwartgeblakerd,' zei ze. 'Let maar op. Bel de brandweer maar alvast.'

En ja hoor, Ronnie stak die van haar recht in de vlammen, zodat de marshmallow meteen verschroeide en binnen de kortste keren zwart werd. 'Het moment vlak voordat-ie eraf valt, daar gaat ze voor,' ging Meg verder, die toekeek hoe Ronnie haar exemplaar nét te laat terugtrok en het in een druipend hoopje op het rooster viel. 'Zie je wel. Het gaat ook weleens mis.'

'O!' pruilde Ronnie. 'Ik heb het verleerd.'

'Oké, dus we gaan voor totaal verkoold,' mompelde Jack, die zijn marshmallow ook in de vlammen stak. 'Even kijken of het mij lukt.'

Meg at haar marshmallows het liefst lichtjes geroosterd. Ze at er een en stak een volgend exemplaar aan haar spies. Ze genoot van de warmte van het vuur en keek uit over de straat. Die was nu een winterwonderland. Na de voorzichtige start van gisteren had het de afgelopen nacht hard gesneeuwd en ze waren wakker geworden in een witte wereld. Jack bleek er niet alleen als een stoere houthakker uit te zien. Hij had op Ronnies verzoek al voor het ontbijt met de sneeuwschep een pad gemaakt naar de schuur waar de sneeuwscooter stond. En zodra hij dat had gedaan, had hij ook wat houtblokken gehakt, waar een dankbare Meg hem voor had beloond met extra eieren en worstjes.

Er waren nog geen kerstlichtjes opgehangen in het stadje, maar de winkels en huizen boden een prachtige aanblik met hun donzige deklaag en ramen die hun licht wierpen vanachter de besneeuwde vensterbanken. Hier en daar stond al een sneeuwpop in de tuin en de stoepen vertoonden sporen van sleeën waarop kinderen werden rondgetrokken.

Meg speurde de menigte af naar bekende gezichten. Ze zag Barbara en Bob arm in arm over straat lopen. Josie en Denise waren op weg naar Bill's Bar. Ze waren op school nooit dik met elkaar bevriend geweest, maar sinds haar vriendschap met Lucy onder druk was komen te staan, had ze af en toe met hen afgesproken. Het zou ook nooit meer worden dan dit. Toen ze haar een berichtje hadden gestuurd om te vragen of ze meeging naar de rodeowedstrijd, was Meg opgelucht geweest dat ze eronderuit kon met als excuus dat ze haar zus en haar vriend deze week op bezoek had.

Er liep een kind voorbij met een ballon in de vorm van een hondje, twee tienermeisjes met knalroze wangen liepen giechelend langs, ieder met de handen om een beker warme chocolademelk, een paar meter verderop stond een groep mensen rond een jongleur die toeren uithaalde met brandende fakkels, sommigen stampten met hun voeten tegen de kou. Een man draaide zich om en keek glimlachend om zich heen. Hij droeg een zwarte muts en een dik donsjack dat tot aan zijn kin was dichtgeritst, dus er was weinig van hem te zien, maar toch verstijfde Meg.

Ze knipperde met haar ogen en zag hoe hij lachte om iets wat een vrouw zei die door haar newfoundlander aan de riem werd voortgetrokken.

Nee. Het was hem niet. Dat kon gewoon niet. Waarom zou hij hier zijn?

Even viel zijn blik op haar en ze verstijfde opnieuw. Ze herkende hem van zijn foto en van de beelden die ze op televisie en in de YouTube-filmpjes had gezien. Zou hij hebben gezien dat ze hem herkende? Zou hij raden, vóélen, wie ze was? Maar een van zijn metgezellen draaide zich om en zei iets in zijn oor, en toen hij wegkeek, haar vergat, voelde ze een steek van teleurstelling, van pijn zelfs. Hij lachte om de opmerking van zijn metgezel, knikte en zei iets terug. Als ze zijn stem maar kon horen, om er absoluut zeker van te zijn…

'Meg?'

Hè? Iemand pakte haar arm en ze draaide zich half om, waarbij ze bijna tegen Ronnie aan botste, die om de vuurschaal heen was gelopen en nu naast haar stond.

'Hé!' zei Ronnie met een ietwat gespannen glimlach op haar gezicht. 'We roepen je al een minuut of zo. Je was mijlenver weg met je gedachten.'

'Ik...' stamelde Meg toen ze de reden zag waarom ze haar hadden geroepen. Lucy en Tuck stonden bij hen, met de baby in een draagzak tegen Lucy's borst.

'Hoi,' zei Lucy met een nerveus knikje. Tuck staarde naar de menigte, misschien om zich niet op te dringen of misschien omdat hij haar niet in de ogen wilde kijken, dat wist ze niet. Had hij Lucy verteld dat ze hem een klap had gegeven? En wat ze had gezegd? Dat ze liever wilde dat hij was doodgegaan?

Meg voelde haar hart ineenkrimpen toen haar blik op de baby viel, zijn armpjes en beentjes bungelend, zijn wang tegen Lucy's borst gedrukt, knipperend met zijn donkere oogjes. Wat was hij al gegroeid! Hij was een klein mensje aan het worden, een echte jongen. Een tweede Mitch.

Nee!

Ze draaide zich snel om. Ze kon dit niet. Niet hier.

'Meg, alsjeblieft!' riep Lucy vertwijfeld, terwijl ze weg begon te lopen. 'Meg!'

Recht voor haar draaide de man met de zwarte muts zich om. Zijn ogen speurden de menigte af als een ouder op zoek naar een kind dat hij kwijt was. Deze keer bleven ze op haar gericht en ze verstijfde opnieuw. Maar nu stond ze oog in oog met hem.

Er trok een glimlach van ongeloof over zijn gezicht terwijl hij twee stappen naar haar toe zette en ze de stem die ze zo goed kende en die ze zo gemist had haar naam hoorde uitspreken. 'Meg?'

Wie was die man en waarom keek hij zo naar Meg?

Lucy had haar ingehaald, maar Meg leek het niet te merken. Ze staarde naar de man met een gezichtsuitdrukking die het midden hield tussen plezier en pijn.

Lucy keek naar hem. Hij zag er goed uit, maakte een soort van intellectuele indruk en was behoorlijk lang. Langer dan Mitch, ongeveer even lang als Tuck. Hij oogde niet erg sportief, hoewel hij wel de juiste kleding droeg. Lucy vermoedde dat hij een of andere stadse filmproducent was die zich aan avontuurlijke films in de buitenlucht wilde wagen.

Maar waar kende Meg hem dan van? Want ze kende hem overduidelijk.

Het kwartje viel met donderend geraas. Die vent uit Toronto? Was hij hiernaartoe gekomen? Had Meg hem uitgenodigd? O god. Er ging een golf van misselijkheid door haar heen bij de gedachte. Was Meg hem al die tijd blijven zien?

'Wie is dit?' vroeg Lucy bruusk, zonder haar vijandigheid te verbloemen.

Meg knipperde met haar ogen bij het horen van de scherpte in Lucy's stem, en Lucy dacht een zekere behoedzaamheid in haar ogen te ontwaren. 'Lucy, dit is Jonas Solberg.'

Jonas? Lucy dacht na. Die naam klonk haar bekend in de oren.

'Hoi,' zei Jonas, die zijn ogen even van Meg afwendde en zijn hand uitstak, waarbij hij baby Mitch in het vizier kreeg. Hij boog zich voorover en streelde zachtjes over zijn kleine knuistje. 'Wauw, wat is hij klein! Hoe oud is hij?'

Hij had een licht accent, dacht ze bij zichzelf. 'Negen dagen.'

'En hij is nu al buiten in de sneeuw?'

'Hij heeft het warm genoeg, hoor,' antwoordde Lucy, die het gevoel had dat ze zich moest verdedigen.

'Natuurlijk. Ik wilde niet iets anders suggereren.' Jonas glimlachte gemoedelijk. 'Hoe heet hij?'

Lucy keek naar Meg en zag hoe ze bevroor.

'Mitch.'

'Mitch…' begon Jonas, waarna hij meteen weer naar Meg keek. Ze had haar gezicht weggedraaid, haar lippen strak op elkaar geperst alsof ze haar tranen inhield. Haar gevoelens over de kwestie waren volkomen duidelijk, zodat Lucy nu een monster leek. 'O.'

Lucy zag, toen Jonas haar weer aankeek – nog steeds met een

milde uitdrukking op zijn gezicht – dat hij snapte wat de wrijving tussen hen veroorzaakte. Het was ook duidelijk welke kant hij koos. Ze draaide zich om naar Tuck. Ze wilde zijn hand in de hare voelen terwijl deze stille afkeuring over haar heen werd gestort, maar hij stond nog steeds bij de vuurschaal, waar hij in een zo te zien wat ongemakkelijk gesprek met Ronnie en haar vriend was verwikkeld. Alle drie keken ze telkens weer hun kant op.

'Tuck!' riep ze hard.

Hij draaide zich met tegenzin om en ze wenkte hem. Hij liep gehoorzaam naar haar toe, gevolgd door de anderen.

'Hoi. Ik ben Tuck,' zei Tuck, terwijl hij Jonas zijn hand toestak alsof het feit dat hij bij Meg stond genoeg bewijs was dat hij een vriend was, en geen vijand.

'Jonas.'

Ronnies adem stokte en ze legde een hand tegen haar borst. 'O god, de astronaut!' riep ze luid uit. Ze was altijd zo luidruchtig, dacht Lucy bij zichzelf, en verschillende mensen draaiden zich om. Het woord 'astronaut' viel kennelijk op tussen alle andere gesprekken die gevoerd werden. Jonas leek enigszins in verlegenheid te zijn gebracht.

'Dat klopt.'

Lucy voelde een zweem van irritatie dat zij zijn naam niet had weten te plaatsen. Ze wist dat ze die eerder had gehoord!

'We hebben heel veel over je gehoord,' dweepte Ronnie. Ze dwéépte ook altijd zo, dacht Lucy. 'O mijn god, Meg en ik hebben je landing live gezien. Het was huiveringwekkend.'

'Vertel mij wat,' zei hij grijnzend. 'Dus mag ik aannemen dat jij Ronnie bent?'

'Hoe weet je dat?' vroeg Ronnie met een verbaasd gezicht, alsof hij net een slimme goocheltruc had uitgevoerd.

'Nou, Meg had het veel over je. En jullie lijken op elkaar.'

Dus Meg had het met hem over háár gehad, dacht Lucy afgunstig.

‘O ja? Vind je?’ Ronnie grijnsde, pakte Meg bij haar arm en gaf er een opgewonden kneepje in, terwijl ze haar wang tegen die van haar zus drukte. ‘Onze ogen verschillen, maar afgezien daarvan dachten mensen vaak dat we een tweeling waren toen we opgroeiden,’ toch?’

Ronnie had de vraag aan Meg gesteld, maar die leek niet in staat om te antwoorden. Ze knikte alleen maar. Zo te zien was ze nog steeds in shock.

‘Ik geloof gewoon niet dat je hier bent. Waarom ben je hier?’ Ronnie keek Meg aan. ‘Wist jij dat hij zou komen? Je hebt er niets over gezegd!’

De overenthousiaste Ronnie bleef maar ratelen en Lucy kreunde ongeduldig. Die arme Meg kon er geen woord tussen krijgen, ook niet als ze dat zou proberen.

‘Nou, het is de bedoeling dat ik een prijs ga uitreiken op het festival,’ zei Jonas, met zijn ogen op Meg gericht. ‘Maar ik was van plan contact op te nemen… Ik bedoel, ik hoopte je te kunnen ontmoeten, maar ik wist niet zeker of…’ Hij maakte zijn zin niet af en Lucy vroeg zich af of Meg ook ruzie met hém had gehad.

Waarom was Meg zo stil? Ze had over niets anders kunnen praten toen die man nog in de ruimte rondzweefde.

‘Ik ben Jack trouwens,’ zei de vriend van Ronnie terwijl hij over haar schouder reikte en de astronaut de hand schudde.

‘O, sorry.’ Ronnie lachte. ‘Ik was er zo vol van je te ontmoeten dat ik helemaal zou vergeten…’ Ze gaf een liefhebbend klopje op Jacks borst. ‘Jack is mijn vriend.’

‘Dat begreep ik al,’ zei Jonas met een glimlach, terwijl hij Meg weer een blik toewierp. Lucy zag dat zijn gezichtsuitdrukking steeds onzekerder werd, elke keer dat hij naar haar keek. Misschien was dit niet het welkom dat hij zich had voorgesteld? Zij en Tuck, Ronnie en Jack waren allemaal toeschietelijker geweest dan Meg.

‘Hé, waarom gaan we niet even ergens naar binnen om op te

warmen?' opperde Ronnie. 'Heb jij tijd, Jonas, of moet je ergens naartoe?'

'Eh, nee, ik word vergezeld door iemand van het festival, maar die is waarschijnlijk blij als hij van me af is.' Terwijl hij dit zei, kwam er een man aanlopen met een vragende glimlach op zijn gezicht. 'Als je het over de duivel hebt.'

'Zijn dit de vrienden naar wie je op zoek was?' vroeg de man.

Jonas wierp Meg een blik toe voordat hij antwoord gaf. 'Ja. Vind je het erg als...'

'Nee hoor, veel plezier,' zei de man, die hem een vriendschappelijke klap op de schouder gaf en zijn hand schudde. 'Daar draait het om deze week. Ik ben blij dat je ze gevonden hebt. Ik bel je morgenochtend, oké?'

Jonas draaide zich weer naar hen toe. 'Nou,' zei hij schouderophalend, terwijl hij een tikje nerveus in zijn handen klapte en zijn ogen op Meg richtte. 'Zullen we dan maar ergens wat gaan drinken?'

28

'Vreemd hoor. Je ziet er heel anders uit dan ik dacht.' Jonas keek opzij terwijl ze door de sneeuw naar Bill's Bar liepen, waar het openingsfeest binnen verderging. Haar rode muts was tot over haar oren omlaaggetrokken en daaronder wapperde haar lange donkere haar zachtjes in de wind terwijl de sneeuwvlokken op haar schouders neerdaalden.

'O,' zei Meg verlegen. 'Hoe dacht je dan dat ik eruit zou zien?'

'Ik weet het niet. Kleiner, misschien? Lichter haar? Korter haar? Molliger?'

'Zeg je nou dat mijn stem mollig klinkt?' vroeg ze lachend, en hij zag hoe haar gezicht oplichtte als ze glimlachte. Toen hij haar naam had horen roepen op het plein en ze zijn aandacht had getrokken, was hem opgevallen hoe troosteloos ze eruit had gezien, te midden van de menigte, hoe het licht in haar ogen gedimd was alsof ze zich diep vanbinnen ergens voor had afgesloten. Ze had aanstalten gemaakt om weg te gaan, dat was duidelijk, en hij vroeg zich af of dat iets te maken had met haar vriendin Lucy. Er was onmiskenbaar sprake geweest van een bepaalde spanning. Lucy's ogen waren steeds op Meg gericht gebleven, terwijl Meg juist naar de grond keek. Had het iets te maken met de naam van de baby? Toen hij er in zijn onschuld naar had gevraagd, had hij Megs gezichtsuitdrukking maar al te goed gezien. En iedereen was zichtbaar opgelucht geweest toen Lucy en haar man besloten niet mee te gaan naar de afterparty. Daar had een pasgeborene niets te zoeken, had Tuck moedeloos gezegd.

Maar als Meg glimlachte, was het alsof er een lucifer werd afgestreken, met dat plotselinge vonkje dat haar gezicht verlevendigde. Hij kon alleen maar teruglachen. 'En hoe dacht jij dat ik eruit zou zien?' vroeg hij.

‘Kaal. Een meter tachtig. Mank. Een haak in plaats van een hand.’

Het was zijn beurt om te lachen. ‘Ah, nee, dat is Sergei. Je hebt ons blijkbaar met elkaar verward.’ Hij keek haar aan. ‘Hoewel je zus zei dat jullie naar de landing hebben gekeken, dus je had me al wel gezien, toch? Misschien was je daarnet in het voordeel.’

Ze haalde haar schouders op en hij vond dat ze een beetje verlegen keek.

‘Je zag er bij die landing heel anders uit.’

‘Ik voelde me ook heel anders.’ Hij rolde met zijn ogen.

‘Was het moeilijk om te wennen aan de zwaartekracht?’

‘Erger dan ik had verwacht. De misselijkheid was verschrikkelijk. En toen we eenmaal terug waren op de basis, heb ik vijftien uur achter elkaar geslapen zonder ook maar één keer te bewegen. Ik heb zelfs geen vinger verroerd. Ze hebben een paar keer gecontroleerd of ik nog wel leefde!’

Ze waren aangekomen bij de bar, waar een korte rij voor de trap naar de ingang stond. Ze keken om en zagen dat Ronnie en Jack een stukje achter begonnen te raken. Met opzet?

Jonas keek weer naar haar, terwijl hij nog steeds probeerde haar gezicht aan haar stem te koppelen. Hij kon zich haar stem zo duidelijk herinneren van die eerste nacht, in de leegte geworpen als een broos bot, trillend van pure paniek. ‘Is het niet ongelooflijk dat we elkaar daarnet zo tegen het lijf liepen?’ zei hij. ‘Hoe groot is die kans?’

‘Ik denk net zo klein als de kans op onze eerste ontmoeting via de ether.’

‘Dat is waar!’ beaamde hij. ‘We zijn vast voorbestemd om elkaar tegen alle verwachting in te ontmoeten.’

Hij had het als een kwinkslag bedoeld, maar ze keek plotseling weg, dus kennelijk had hij iets verkeerds gezegd.

‘Ik was van plan nog contact op te nemen. Het was niet mijn bedoeling om hiernaartoe te komen en weer te vertrekken zonder je te hebben gezien.’ Ze wierp hem een blik toe en hij keek haar met een schuin hoofd aan. 'Zou je het goed hebben gevonden als ik weer contact had gezocht?'

'Natuurlijk.'

'Nou ja, toen je stopte met schrijven, wist ik niet zeker of...' Hij keek haar aan en trok een verontschuldigend gezicht. 'Was het vanwege iets wat ik had gezegd?'

Hij wachtte op een antwoord. De manier waarop ze het contact zo abrupt had verbroken... 'Natuurlijk niet.'

'Ik bedoel, ik begreep er niets van. Ik dacht dat er iets met je gebeurd moest zijn, Meg. Iets ergs.' En toen ze hem aankeek, zich niet bewust van de grote verslagenheid die hij had gevoeld bij haar plotselinge vertrek uit zijn leven: 'Ik wist niet of je dood was of nog leefde.'

'Dacht je dat ik dood was?' Ze keek geschokt.

'Nou eh... ja! Ik wist niet wat ik ervan moest denken. Het was zo abrupt. Het ene moment wisselden we grapjes uit, het volgende moment was je weg.'

Ze schudde haar hoofd, staarde naar de grond en schoof wat sneeuw opzij met haar voet. 'Het spijt me. Ik dacht gewoon...' Ze maakte haar zin niet af.

'Wat dacht je?'

'Ik veronderstelde eigenlijk dat je niet meer in me geïnteresseerd zou zijn als je eenmaal terug was. Ik ben nou niet echt de meest fascinerende penvriendin op aarde. Laten we eerlijk zijn, voor míj was het veel interessanter. Jij bent een astronaut!' Ze schonk hem een gegeneerde glimlach. 'Ik geloof dat ik niet wilde dat je je ergens toe verplicht zou voelen.'

'Verplicht? Hoe bedoel je?'

'Nou ja, vanwege de manier waarop we elkaar hebben leren kennen. De omstandigheden...'

Hij realiseerde zich plotseling wat ze bedoelde. 'Dus jij denkt dat ik alleen contact met je onderhield uit een soort medelijden?'

Ze slikte. 'Ik weet het niet. Misschien wel.'

Hij keek opzij, klaar om te zeggen dat ze het totaal verkeerd had gezien, dat het misschien zo was begonnen, maar dat het heel snel was veranderd. Ze waren toch bevriend geraakt? Maar Ronnie en Jack haalden hen in.

'Hebben we toegangskaarten nodig?' vroeg Jack.

'Ja. Ik heb er drie,' zei Meg, die haar hand in haar zak stak en ze tevoorschijn haalde.

Jack fronste. 'Maar Jonas dan? We komen er een tekort. Of heb je zelf een kaart?' Jack keek hem aan en Jonas schudde zijn hoofd.

'Dat komt wel goed. We zijn hier bekend,' zei Ronnie met een klopje op Jacks arm. 'We zijn hier niet in de grote stad.'

Ze had gelijk. Toen ze het trapje naar de ingang tree voor tree hadden beklommen, liet de jongen bij de deur die de tickets checkte ze meteen door zonder ze te controleren. 'Hoi, Meg,' zei hij met een knipoog en een tikje tegen de klep van zijn pet.

'Hoi, Jon.' Ze sprak over haar schouder terwijl ze naar binnen liepen. 'Zijn vader is onze tandarts.'

In de bar op de begane grond was het druk, en dat wilde wat zeggen, want het was een grote ruimte. Er waren verschillende plekken om te zitten – in nisjes bij de ramen en er stonden krukken bij de bar, die midden in de ruimte stond en verlicht was met blauwe lampen – en er stond een mechanische rodeostier in een afgezet gedeelte. Meg leek haar hoofd naar beneden te houden terwijl ze voorbijliepen, alsof ze mensen uit de weg ging.

Jack gebaarde dat zij een tafel konden zoeken terwijl hij naar de bar liep. Er klonk muziek en Jonas voelde de bas door zijn schoenen heen dreunen. Zijn ogen knepen automatisch samen bij de knipperende flitslampen.

Meg zag het en stak een hand uit naar zijn arm, zonder die te raken. 'Gaat het wel?'

Hij knikte. 'Ja, sorry... Het is een overblijfsel van mijn verblijf in de ruimte, dat is alles. Blootstelling aan straling.'

Meg trok haar stoel achteruit en wierp hem een gealarmeerde blik toe. 'Straling?'

‘Het is niets ernstigs. Het is heel normaal bij astronauten. Hierbeneden worden we beschermd door de atmosfeer en het aardmagnetisch veld, maar in de ruimte raken de hoogenergetische deeltjes van de kosmische straling de oogzenuwen. Het is oké, het betekent alleen dat ik aan de rand van mijn gezichtsveld flitsende lichten zie wanneer ik mijn ogen sluit.’ Hij trok een gezicht terwijl ze gingen zitten en keek hoe Meg haar muts afzette, waarop haar donkere haar rond haar gezicht viel. Hij grijnsde. Hij kon zijn geluk niet op dat hij haar weer had gevonden. ‘Het is eigenlijk geweldig, ik heb de hele tijd een disco in mijn hoofd.’

‘Zijn er langetermijneffecten op je gezichtsvermogen?’ vroeg Ronnie geboeid terwijl ze haar ene hand op de andere legde en over de tafel naar voren leunde.

‘Nou, het gezichtsvermogen gaat wel wat achteruit, maar er is geen bewijs voor meer kans op kanker of staar.’ Jonas herinnerde zich dat Meg hem had verteld dat haar zus arts was.

Ronnie grijnsde en porde Meg met een elleboog in haar zij. ‘Ik vind het nog steeds onvoorstelbaar dat je zomaar op een man in de rúímte bent gestuit. Een heuse astronaut.’

Jonas keek Meg weer even aan. Hij was gewend aan de reacties die zijn beroep opriep. ‘Nou, jij zou ook astronaut kunnen zijn,’ zei hij tegen Ronnie.

‘Ik?’ sputterde Ronnie.

‘Waarom niet? Het ISS is in feite een laboratorium in de ruimte. Veel astronauten hebben een medische achtergrond. Een kwestie van een aantal jaren studeren en trainen en je bent er klaar voor.’

Ronnie lachte. ‘Zo gemakkelijk is het dus?’

‘Precies,’ zei hij grijnzend, hoewel zijn universitaire studie en een aantal jaren bij de Noorse luchtmacht als straaljagerpiloot de minimumeisen waren voor toelating tot het basisprogramma. Na meer dan tienduizend gegadigden te hebben verslagen had hij een opleiding van twee jaar gevolgd en daarna nog drie jaar besteed aan missiespecifieke materie. Gemiddeld kostte het een astronaut in wording acht jaar om de eerste vlucht naar de ruimte te maken. Het was hem in zes jaar gelukt.

'Wat was je dan vóór je astronaut werd?' vroeg Ronnie.

'Ik was gevechtspiloot bij de Noorse luchtmacht.'

Ronnie fronste. 'Hoe óúd ben je dan?'

'Drieëndertig.'

'Hoe kan het dat je dat allemaal al hebt gedaan op deze leeftijd? Ik bedoel, is dat niet heel jong om al in de ruimte te zijn geweest? Ik stel me astronauten altijd voor als, nou ja, echte volwassenen.'

'Dus jij vindt mij geen echte volwassene?' Jonas grijnsde.

'Je weet best wat ik bedoel,' zei Ronnie grinnikend. 'In de veertig.'

Hij knikte. 'Ik ben inderdaad behoorlijk jong om er al een expeditie op te hebben zitten.' Hij wierp een blik op Meg. Ze zat links van hem met haar kin op haar linkerhandpalm naar hem te kijken. Hij vond het fijn om haar aandacht te voelen.

'Dus het was je eerste keer?' vroeg Ronnie verder.

Hij knikte en focuste zich weer op haar.

'En wanneer ga je weer?'

Jonas glimlachte. Hij vond Ronnies directheid leuk, en ze was duidelijk intelligent en nieuwsgierig. 'Er is geen garantie dat ik ooit nog ga. Maar het duurt zeker een aantal jaren.'

'En wíl je nog een keer?'

Jonas keek weer vluchtig naar Meg en deed een poging om haar bij het gesprek te betrekken. 'Ja, maar alleen als je zus belooft dat ze me zal schrijven. Ik weet niet wat ik grappiger vond, haar grapjes of haar callsign.'

Meg kneep haar ogen half dicht en stak haar tong uit. 'Haha,' zei ze, net op het moment dat Jack terugkwam met een dienblad, dat hij op de tafel zette. 'Is een biertje oké?' vroeg hij terwijl hij het eerste aan Jonas aanreikte.

'Uitstekend, bedankt.'

'Dat zal wel nog lekkerder smaken dan vroeger, hè?' vroeg Jack, die ook de meiden een biertje overhandigde.

'Nog meer dan je zou denken. Alles smaakt daarboven naar karton.'

Jack stak zijn flesje omhoog en ging zitten. 'Nou, proost. Op nieuwe vrienden en nieuwe horizonten.'

'Proost!' zeiden de anderen, en ze tikten hun flesjes tegen elkaar.

'Of zoals we in Noorwegen zeggen: *skål*,' voegde Jonas eraan toe.

'Skål!' zeiden ze met z'n vieren.

'Waar kom je precies vandaan?' vroeg Jack.

'Uit Stavanger, vijfhonderdvijftig kilometer ten zuidwesten van Oslo. De omgeving is er niet veel anders dan hier. Bergen, meren...' Hij haalde zijn schouders op.

'Heb je het gezien vanuit het ruimtestation?'

'Ja. Ik heb mijn moeder de foto's gestuurd voor haar verjaardag.'

'O mijn god!' Ronnie was diep onder de indruk. 'Ha! Aan zo'n cadeau valt niet te tippen!'

Jonas glimlachte naar Ronnie. Hij vond haar steeds leuker worden.

'En heb je deze plek ook gezien? Ik bedoel, heb je er specifiek op gelet?'

'Ja, ik...' Hij wierp Meg een blik toe. 'Toen Meg en ik bevriend raakten, keek ik steeds omlaag als ik wist dat we in de buurt waren.'

'Heb je ook foto's genomen?' vroeg Ronnie opgetogen.

'Natuurlijk.' Hij zag de grote ogen van Ronnie en Jack. En zelfs Meg leek haar adem in te houden. 'Willen jullie ze zien?'

'Heb je ze bij je?'

'Zeker. Ik kan ze uit mijn cloud halen.'

Ronnie slaakte een uitbundig gilletje terwijl Jonas zijn telefoon tevoorschijn haalde. Jack gaf een kneepje in haar knie en kuste haar liefhebbend op haar slaap. Zijn arm hing losjes over haar schouder.

'Deze zijn van Banff.' Hij legde zijn telefoon op de tafel en zag het drietal bij elkaar kruipen, hun hoofden tegen elkaar aan terwijl ze swipeten. 'Ik heb speciaal een mapje gemaakt, voor het geval ik je zou ontmoeten. Ik dacht dat je het misschien wel interessant zou vinden,' zei hij tegen Meg, waarop ze glimlachte.

'Dus dat is...' vroeg Ronnie.

Jonas leunde naar voren en bekeek de foto. Die was 's ochtends genomen, en er lag een dunne sluier van wolken als een waas tussen fotograaf en onderwerp, zodat het rijke, weelderig groene landschap als een verfrommeld stuk papier oogde. Alleen de scherpe schaduw verraadde dat er een bergketen lag. 'Dit is niet de beste. Het was behoorlijk bewolkt die dag, maar je kunt de Vermilion Lakes zien, zie je deze hoek?'

'O ja!' zei Ronnie. 'Ik herken het.'

'En daar zie je het skigebied.'

'Wauw.'

Jonas keek naar Meg. Ze had haar haar achter een oor gestoken en haar bruingroene ogen leken elk detail op de foto in zich op te nemen.

'De Rockies zijn net golfjes,' mompelde ze terwijl haar ogen kort de zijne ontmoetten. 'En Banff is maar een stipje.'

'Nou, deze is van extra grote hoogte genomen. Er zijn ook andere, van dichterbij. Daarop zie je het stadje beter. Kijk.' Hij swipete naar de volgende foto. Daar was aanzienlijk meer op te zien, met de afzonderlijke stukken land op de bodem van de vallei in verschillende schakeringen, waardoor er een soort geometrisch patchworkeffect ontstond. Op deze foto zag je de ronding van de aarde aan de rand amper. Hij zou bijna vanuit een vliegtuig genomen kunnen zijn, en de dikke wolken zagen eruit als kussentjes of watjes of zelfs schapen. Hun schaduwen vielen donker over de aarde.

'Is dat Mount Rundle?' vroeg Jack, die zich verder vooroverboog.

'Ja, klopt.'

De volgende foto was 's nachts genomen en daarop leek het alsof de hemel op de aarde was gevallen, met enkele clusters van licht die op sterren leken, maar van steden afkomstig waren, met daaromheen het zwart van de nachtelijke zee.

‘Dus dit is weer Banff,’ mompelde Jonas, die zelf ook tuurde en zich oriënteerde. ‘Daar rechts ligt Calgary, en Vancouver is linksonder nog net in beeld.’

‘En wij zijn dus…’ vroeg Ronnie, die aandachtig keek. ‘Dat piepkleine beetje lucht?’

Jonas knikte.

Meg schudde haar hoofd. ‘We zijn zo nietig. We lijken er nauwelijks te zijn. Niemand zou vermoeden dat wij ons hier bevinden.’

‘Maar ik wist het.’

Meg wierp hem een blik toe, en weer zag hij die behoedzaamheid in haar ogen.

Jack swipete naar de volgende foto en Ronnie hapte hoorbaar naar adem. ‘Wat de…’

‘Holy shit,’ mompelde Jack. ‘Daar gaat Moeder Natuur nogal tekeer.’

Meg en Jonas keken naar de telefoon en Jonas kromp ineen. Hij was vergeten dat deze ertussen zat en wist niet of Meg hem zou willen zien, hoewel hij zelf vaak naar deze foto had zitten staren. Hij was genomen vanaf grote hoogte en in de vroege ochtend. Het eerste streepje zonlicht lag als een warmoranje schil over het witte vruchtvlees van de aarde. Maar het was niet het buitengewone licht dat Ronnies schok teweeg had gebracht, of het compleet witte landschap, maar de dikke wolkenwerveling in het midden, die wel wat weg had van een ronddraaiende gazen tutu van een ballerina. De kracht van de storm – categorie vijf – was duidelijk zichtbaar. Aan de rand oogden de wolken brokkelig en broos, maar waar de storm pirouettes draaide in een steeds strakkere spiraal, waren de ribbels zo helder als op een meringue – je kon de lijntjes bijna met je vinger volgen – met een klein ‘dekseltje’ in het midden.

‘Waar was ik?’ Megs stem klonk zacht en hij wist dat ze de datum in de rechteronderhoek niet nodig had gehad om te begrijpen waar ze naar keek.

Jonas aarzelde, maar leunde toen naar voren en wees naar het gedeelte waar de wolken het meest compact ineen waren gedraaid, als handdoeken die werden gecentrifugeerd.

Meg keek hem weer aan, ontsteld. Dát gezicht paste bij de stem die hij had gehoord. Hij voelde een golf van beschermingsdrang. Het liefst zou hij haar hand willen pakken, een arm om haar schouder leggen en haar wegleiden van de verschrikkingen. Maar dat kon hij niet. Ze waren weliswaar bevriend, maar hij was toch ook een vreemde voor haar.

Het waren geen voetloze zalen van lucht geweest die nacht, besefte Meg terwijl ze naar de foto staarde. Die lucht had Mitch gedood. Er hadden net zo goed pijlen vanuit de lucht naar de aarde kunnen zijn geschoten in plaats van sneeuwvlokken.

'Gaat het wel, zus?' Ronnie stak haar arm over de tafel naar haar uit.

'Natuurlijk.' Ze knikte erbij om het te bevestigen.

'Het spijt me, ik had moeten beseffen…' Jonas pakte zijn telefoon.

'Het geeft niet. Het is oké.'

Ze zag aan Jonas dat ze hem niet had gerustgesteld. Er viel een beladen stilte terwijl ze allemaal tegelijk een slok bier namen. Ze keken naar een meisje dat op de rodeostier plaatsnam. Haar haren begonnen in het rond te zwieren terwijl de mechanische stier draaide en schokkend op en neer bewoog, sneller en sneller.

Meg wist dat het haar schuld was dat de sfeer was bedorven. Na bijna acht maanden kon ze nog niet verbergen hoezeer ze nog leed onder haar verlies. Ze haalde diep adem en probeerde zich te vermannen.

'Vertel eens, wat zijn je plannen voor de komende week?' vroeg ze gemaakt opgewekt.

Jonas haalde gemoedelijk zijn schouders op. 'Ik ga gewoon mee in de flow. Mijn enige verplichting is het uitreiken van een speciale prijs op de Awards Night.'

'Nou, er is heel veel te doen, je zult het vast naar je zin hebben,' zei ze op geforceerd vrolijke toon.

'Wat is er allemaal te doen?'

Meg dacht er even over na. 'Nou, Tuck en...' Ze zweeg even. Ze had bijna automatisch Mitch' naam genoemd. Ze haalde weer adem. 'Tuck gaat altijd graag naar de workshops waar je films leert maken. Je krijgt er les van ervaren producenten over editen, camerawerk, het narratief, cinematografie, *scriptwriting*... Ik geloof dat je er zelfs de kans krijgt om ideeën voor documentaires te pitchen bij *National Geographic*.' Ze glimlachte. 'O, hemel, ze zouden er vast dolgraag kennis met je maken.'

Jonas keek haar belangstellend aan. 'Nou, ik heb aan boord vrij veel gefilmd. En ik heb foto's met timelapse gemaakt.'

'Nou, ga erheen! Het is vast interessant.' Megs ogen lichtten op en ze zag hem glimlachen, alsof haar glimlach aanstekelijk was.

'Misschien doe ik dat wel. En als Tuck ook gaat... Leek me een aardige vent.'

Tuck. Bij de gedachte aan hém daalde haar stemming weer. Hij was ongetwijfeld vriendelijk geweest tegen Jonas – vriendelijker dan Lucy – maar de sympathieke jongen uithangen ging Tuck dan ook altijd goed af.

'En wat is er verder te doen?' Jonas sloeg haar nog steeds gade.

'Eh... Er worden heel veel films en documentaires vertoond. O! En je kunt mee op een trainingssessie met een aantal van de sporters die bij de sponsors in dienst zijn. Ik geloof dat North Face het organiseert.'

'Wat voor training?' vroeg Jack. 'Ik denk niet dat ik zin heb in pull-ups onder leiding van een professioneel bergbeklimmer.'

Iedereen grinnikte.

'Hardlopen, skiën en hiken, geloof ik,' antwoordde Meg.

Jonas knikte. 'Klinkt interessant. Ik wil de omgeving graag verkennen.'

'Kun je skiën?' vroeg Ronnie.

'Ja. Maar ik ben beter in langlaufen.'

'Dat heb ik nog nooit gedaan,' zei Meg. 'Ik kan me skiën zonder steile hellingen niet voorstellen.'

'Ha. Lang leve de zwaartekracht.' Hij glimlachte en het viel haar op hoe indringend zijn ogen waren, onderzoekend en begrijpend. Ze had het gevoel dat hij haar recht in haar hart kon kijken. 'Langlaufen is een heel andere tak van sport. Ik wil het je wel leren.'

'O nee,' protesteerde ze. 'Dat kan ik niet van je...'

'Waarom niet? Jij kunt mij gidsen en dan leer ik jou langlaufen.'

'Ik moet werken.' Het was druk in het stadje en aangezien de meeste bezoekers ervoor kozen om overdag te skiën en 's avonds naar het filmfestival te gaan, had Dolores al extra krachten moeten inhuren.

'Ik val wel voor je in.'

Ronnie leek zelf bijna net zo verbaasd te zijn als Meg over de woorden die ze zojuist had uitgesproken. Jack keek haar verbluft aan. Ronnie legde haar hand over die van Jack en keek hem aan. 'Het is een prima idee. Jij kunt naar die workshop gaan die je wilde bijwonen, en ik val in voor Meg. Het is maar voor één dag.'

'Maar...' sputterde Meg tegen. Ze keek van Ronnie naar Jack en weer terug.

'Geen gemaar. Ga gewoon langlaufen. Dat is goed voor je.' Ronnie wierp haar een veelzeggende blik toe, maar wát ze er precies mee wilde zeggen was Meg niet duidelijk.

'Nou, super, dat is heel aardig van je,' zei Jonas. Hij nam een slok en richtte zijn ogen weer op Meg.

Ronnie wendde zich weer tot Jonas. 'Hoelang blijf je hier?'

'Iets langer dan een week. Ik vlieg zondag naar Washington voor een serie lezingen.'

'In het kader van je tournee?' vroeg Meg.

'Ja, maar die duurt niet zo lang meer. Nog een aantal weken tot de kerst en dan kan ik wat vrije tijd opnemen.'

'Tegen die tijd zul je wel afgepeigerd zijn,' zei Meg meelevend. Ze kon zich amper voorstellen hoeveel energie het kostte om te trainen en te trainen en dan zes maanden in de ruimte door te brengen, vervolgens zes weken weer aan de zwaartekracht te moeten wennen en dan nog op een internationale tournee te gaan. Wat had zíj in die tijd nou helemaal gedaan? Hoewel een aanval van een beer overleven en een baby ter wereld helpen wel boven haar gebruikelijke prestatieniveau zaten.

'Ga je naar huis voor de kerst?' vroeg Ronnie.

'Ja.' Hij zuchtte. 'Ik verheug me er enorm op. Ik ben al twee jaar niet in Noorwegen geweest.'

'Je familie zal wel blij zijn.'

'Dat hoop ik wel.' Jonas grijnsde. 'Ik kan niet wachten tot ik iedereen weer zie.'

Meg was verbaasd. 'Bedoel je dat je ze nog niet hebt gezien sinds je terug op aarde bent?'

Hij schudde zijn hoofd. 'Alleen via een scherm. Het was te lastig voor ze om weg te kunnen. Mijn jongste broertjes zitten nog op school.'

Ronnies wenkbrauwen schoten omhoog. 'Op school? Hoeveel broers heb je?'

'Drie.'

'Wauw. Drie broers,' zei Ronnie.

'En twee zusjes.'

'Ook nog twee zusjes? Dus jullie zijn met z'n zessen?'

'Ik ben de oudste,' zei hij met een knikje.

'God, daar zul je een hele kluif aan hebben,' mompelde Meg. Ze vond het al lastig genoeg met een eigenwijs zusje dat ook nog eens dokter was.

'O mijn hemel, waanzínnig.' Ronnie grijnsde en sloeg op de tafel. 'Zes kinderen.' Ze stak een waarschuwende vinger op naar Jack. 'Haal je niks in je hoofd.'

Jack stak zijn handen omhoog, maar het volgende ogenblik pakte hij haar stevig vast en gaf haar een kus op haar wang.

Meg voelde zich ongemakkelijk toen Ronnie haar hoofd draaide om Jack te zoenen. Ze voelde Jonas' ogen prikken en haar hart samentrekken. Ze kon nog steeds niet geloven dat hij er was.

'Trouwens, ik heb weer een mop,' zei hij op zachte, vertrouwelijke toon.

Ze ontspande zich en glimlachte. 'O ja?' Ze trok een wenkbrauw op. 'Ik mag hopen dat-ie beter is dan de laatste,' reageerde ze droogjes. 'Ik verwacht een goeie grap.'

'Zeker. Ik heb tijd genoeg gehad om erover na te denken.'

Meg legde haar handen om haar bijna lege flesje bier en hoorde het verwijt in zijn stem. 'Kom op dan.'

Hij boog zijn hoofd en leunde naar haar toe. 'Wat moet je doen als je een groene alien ziet?'

Meg kauwde op haar lip en probeerde de clou te bedenken, zich ervan bewust dat Jonas haar gadesloeg en juist hoopte dat het haar niet zou lukken. Na enkele ogenblikken gaf ze het op. 'Ik weet het niet. Wat moet je doen als je een groene alien ziet?'

Jonas liet een dramatische stilte vallen. 'Wachten tot-ie rijp is.'

Ze wilde niet toegeven, maar kon haar lach niet bedwingen. 'O mijn god,' proestte ze.

'Een goeie, hè? De beste tot nu toe.'

'Eerder de slechtste!'

'Hoezo?' zei Jonas gespeeld verontwaardigd. 'Hoe kan het een slechte grap zijn als je zo moet lachen? Ik heb gewonnen!'

'Nee!' Ze schudde haar hoofd en kon niet meer ophouden met lachen.

'Jawel!' zei Jonas triomfantelijk. 'Dit was de beste. Ik heb je aan het lachen gemaakt.'

Ze zuchtte en uiteindelijk ging haar gelach over in gegrinnik. 'Oké. Hij was redelijk grappig.'

'Redelijk?' Jonas keek haar weer quasiverontwaardigd aan terwijl hij een slok bier wilde nemen, maar erachter kwam dat er niets meer in het flesje zat. 'Ik ga nog een rondje halen en ondertussen mag jij kijken of je die mop kunt overtreffen.'

'Oké,' zei Meg terwijl hij grijnzend wegliep.

Meg merkte niet dat Ronnie en Jack hen gadesloegen. Ze staarde hem na terwijl hij tussen de menigte verdween, deze man die meer had gezien, bereikt en gedaan dan wie dan ook in deze bar – in deze staat, in dit land, bijna op deze planeet – en toch met beide benen op de grond stond. Hij was alles wat hij in de ruimte was geweest – attent, geduldig, vriendelijk, wijs – maar ook zoveel meer dan dat. In levenden lijve was hij knap, met een directe, ongedwongen blik, een aangename lach en grote, maar soepele handen... Dit was nou precies waarom ze het contact had willen verbreken. Het was hun anonimiteit ten opzichte van elkaar die het zo gemakkelijk had gemaakt om te praten. Zonder oordeel. Maar nu ze hier naast hem zat, was hij niet langer een stem in het donker, maar een man.

Hij was niet langer een figuur uit een stripboek of een sciencefictionfilm, maar een man uit een groot gezin en een kleine Noorse stad. Hij was een man die in de ruimte had gewandeld maar ook graag de bergen in trok, die slimmer was dan iedereen die ze kende, maar om de idiootste grappen lachte. Hij was geen stem zonder lichaam, maar een superaantrekkelijke man van vlees en bloed. Hij was daarboven geweest, maar nu was hij hierbeneden. Hij was haar komen opzoeken en ze kon niet langer doen alsof hij een vreemde voor haar was. Hij was haar vriend.

Het viel niet te ontkennen.

29

Maandag 13 november 2017

'Hoi, jij bent Tuck, toch?' vroeg Jonas, terwijl hij zijn hand uitstak naar de knappe blonde man die hij zich herinnerde van hun korte ontmoeting op het plein. 'Ik ben Jonas Solberg, een vriend van Meg...'

'De astronaut!' zei Tuck vrolijk terwijl hij hem stevig de hand schudde.

Jonas boog automatisch zijn hoofd nu de mensen zich omdraaiden en naar hem keken, terwijl ze zich afvroegen of ze het goed hadden gehoord. Hij knikte vaagjes. 'Meg zei al dat je hier waarschijnlijk zou zijn.' Hij wierp een terloopse blik door de zaal. Die werd bijna alleen door mannen bevolkt. Vooral mannen met een warrig kapsel, een zongebruind gezicht en kleding met sportlogo's. 'Dit schijnt een interessante workshop te zijn?'

'O, man, echt wel. Hou jij je bezig met het maken van films?'

'Ik ben erin geïnteresseerd. Ik heb veel materiaal.'

'Dat geloof ik graag!' Tuck wees naar een vent met een baard in een rode fleecetrui en met wandelschoenen aan, die voor in de zaal bij het whiteboard stond. 'Die man moet je hebben als je later wilt napraten. Hij is hier namens *National Geographic* en hij zal het geweldig vinden dat je hier bent.'

'Wat voor films maak jij?' vroeg Jonas, die juist liever niet de aandacht wilde trekken.

'Vooral actie in de sneeuw. Mitch en ik hebben...' Hij zweeg en er verscheen een gespannen glimlach op zijn gezicht terwijl hij zichzelf corrigeerde. 'We hádden samen een snowboardbedrijf.'

Hij aarzelde. 'Ik bedoel, het bedrijf bestaat nog, maar...'

'Ik begrijp het,' zei Jonas met een knikje. Hij zag dat Tuck het even moeilijk had. 'Hoe heet het?'

'Titch. Heb je ervan gehoord?'

Jonas schudde verontschuldigend zijn hoofd.

'Nee? Nou, dat komt dan wel. We zijn begonnen, met kleinere, wendbare boards en nu gaan we de mainstreammarkt op. We hebben geluk gehad met een paar snowboarders van naam die op ons product grote wedstrijden hebben gewonnen, dus… het gaat goed, laat ik het zo zeggen.' Zijn ogen sprankelden. 'Hoe dan ook, Mitch had bedacht dat we elk jaar een film voor dit festival moesten insturen, dat was perfecte marketing. We zijn er niet zozeer op uit om te winnen – hoewel dat super zou zijn – maar om in de internationale tour te worden opgenomen. Ze selecteren een stuk of tien, vijftien films en gaan daarmee de wereld rond. Naar veertig landen! En bijna iedereen die komt kijken zit in onze doelgroep.'

'Heel slim. Hebben jullie de selectie al eens gehaald?'

'Twee keer. En ik verwacht er ook nu weer bij te zitten.' Hij schudde zwaarmoedig zijn hoofd. 'Man, ik heb álles wat ik in me had in de inzending van dit jaar gestopt. Als deze film het niet haalt, weet ik het niet meer.' Hij zweeg even, alsof het praten hem moeite kostte, en het lichtje in zijn ogen leek te doven. Maar het volgende moment ging het plotseling weer aan, alsof hij zich ineens weer realiseerde dat Jonas er nog stond. 'Maar Mitch had gelijk, het werkt echt. Onze verkoop stijgt met negenendertig procent in de zes maanden na elke tour. Waarom zouden we betalen voor advertenties als we op deze manier bekendheid kunnen opbouwen? Bovendien kunnen we zo blijven doen wat we altijd deden: de bergen in trekken, filmen en de naamsbekendheid vergroten.'

'Zo te horen had Mitch gevoel voor commercie.'

'En hij was onverschrokken. Hij was nérgens bang voor. Hij kende geen angst,' zei Tuck, die nu praatte als een tiener. Jonas zag dat Tucks gezicht weer betrok en dacht bij zichzelf dat het leek alsof hij door een bos holde: het ene moment werd hij verlicht door de herinneringen, het volgende moment liep hij verder in de schaduw. Wie was die man die zo'n lange schaduw over deze mensen had geworpen? Over Meg, Tuck en Lucy, die haar baby zijn naam had gegeven? Ze waren nog maar een paar minuten met elkaar in gesprek en Tuck leek hem nu al de meest verloren persoon die hij ooit had ontmoet, iemand die teerde op oude glorie, iemand die in het verleden leefde.

'Ik vind het heel erg. Na alles wat ik over hem heb gehoord, klinkt hij als een geweldige kerel.'

'Ja.'

Ze zwegen een ogenblik en Jonas stapte opzij om een paar mensen erlangs te laten. Het auditorium was voor twee derde gevuld en de man met baard voorin nam een slokje water, een teken dat hij klaar was om van start te gaan.

'Hoe dan ook,' zei Tuck, die zich probeerde te herpakken. 'Daarom ben ik hier. Elk jaar probeer ik weer wat te leren en me te verbeteren.'

'En je zei dat je weer een film hebt ingezonden?'

'Ja. Ik ben bloednerveus, man.'

'Nou, ik wens je succes. Ik hoop dat ik de prijs zondagavond aan jou mag uitreiken.'

Tucks ogen werden groot. 'Zit je in de jury?'

'Helaas niet. Ik ben alleen maar uitgenodigd om de prijsuitreiking op me te nemen.'

'Jammer,' zei Tuck grijnzend. 'Ik stond op het punt je om te kopen: onbeperkt bierdrinken bij Bill's, het telefoonnummer van drie supersexy zussen...'

Ze lachten, precies op het moment dat de lichten werden gedempt en het logo van het filmfestival op het grote scherm verscheen.

'Kunnen we hier gaan zitten?' vroeg Jonas met een gebaar naar de lege stoelen achter hen.

‘Ja hoor, waar we maar willen,’ antwoordde Tuck, die naast hem plaatsnam.

De man met baard schraapte zijn keel en stelde zich voor.

Tuck leunde naar Jonas toe. ‘Hé, heb je zin om hierna samen te gaan lunchen?’ fluisterde hij.

Jonas glimlachte. Hij had op de een of andere manier het gevoel weer in de schoolbanken te zitten. ‘Prima. Afgesproken.’

‘Ik denk dat ik planeten heb gezien die kleiner waren dan die pizza,’ zei Jonas toen Tucks bestelling voor hem werd neergezet.

Tuck lachte en klopte op zijn buik, waar hij zijn spieren onder zijn vingers kon voelen. ‘Wat zal ik zeggen? Ik ben een man met een grote eetlust.’

Jonas grijnsde terwijl zijn pepersteak met patat voor hem werd neergezet. ‘Nou, dat was heel interessant. Ik ben blij dat ik ben gegaan.’

Tuck leunde naar voren op zijn ellebogen. ‘Ik leer elke keer weer wat nieuws. Net als ik denk dat ik alles weet, overdonderen ze me met nieuwe editingsoftware of een bepaalde cameratechniek. Het smaakt altijd naar meer. Ik zweer het je, als ze dit als cursus zouden aanbieden, meldde ik me meteen aan.’

‘Zo te horen ben jij serieus met filmen bezig. Nog meer dan met de snowboards?’

Tuck zuchtte, pakte een pizzapunt en trok hem omhoog, zodat de kaas in slierten uitrekte. ‘Nou ja, zonder Mitch voelt het anders.’ Hij schudde zijn hoofd, liet zijn hand weer zakken, zodat de kaasslierten weer slap hingen. ‘Niets is nog hetzelfde, man.’

Het duurde even voordat hij zich realiseerde dat Jonas was opgehouden met kauwen en hem bezorgd aankeek, terwijl hij zelf in een verslagen zwijgen verzonken was.

‘Maar…’ Hij vermande zich en glimlachte geforceerd. ‘We hebben allemaal zo onze problemen, toch? Het wordt wel beter. Het gaat al beter. Ik ben vader geworden.’

'Dat zag ik! Hoe oud is hij?'

'Twaalf dagen,' zei Tuck met zijn mond vol. 'Maar als je het Lucy vraagt, geeft ze antwoord tot op de minuut.'

Jonas grijnsde. 'En bevalt het? Het vaderschap, bedoel ik.'

Tuck rolde met zijn ogen. 'Nou, bevallen... Dat zou ik niet meteen zeggen. Die gebroken nachten zijn verschrikkelijk, man. Veel zwaarder dan ik had gedacht.' Hij haalde zijn schouders op. 'Maar ik ben wel gek op hem hoor, dat kleine mannetje. Soms, voordat ik thuiskom na een dag in de shop of de studio, blijf ik even voor de deur staan en denk ik: godsamme, wat ben ik total loss, snap je? Maar dan loop ik naar binnen en zie ik hem en dan...' Hij haalde zijn schouders weer op en klakte met zijn tong. 'Ik laat me helemaal inpakken door dat jochie.' Hij trok weer een pizzapunt omhoog. 'Heb jij kinderen?'

'Nee.'

Tuck grijnsde. 'Best jammer. Je zou bijna een kind willen hebben om hem of haar te kunnen horen zeggen: "Mijn vader is astronaut!"'

'Ach ja,' zei Jonas, die lachte om de omgekeerde logica.

'En een vrouw? Ben je getrouwd?'

'Nope. De training is behoorlijk intens als je eenmaal geselecteerd bent voor een expeditie, dus al had ik iemand ontmoet, dan was het niet eerlijk om een relatie te beginnen en vervolgens, nou ja, de planeet te verlaten.'

Tuck lachte luid en klopte weer op zijn gespierde buik. 'Het geeft een heel andere dimensie aan het concept "reizen voor je werk", dat is zeker!'

'Precies.'

Ze aten verder.

'En Meg?' Tuck keek Jonas aan en trok zijn sweater uit, waarbij zijn T-shirt mee omhoogkroop, zodat zijn sixpack even werd onthuld. Voordat zijn zicht geblokkeerd werd, zag hij nog net een verraste blik op Jonas' gezicht. 'Hoe zit het met haar?'

'Hoe bedoel je?' vroeg Jonas, die zijn vork in de lucht liet hangen.

'Nou, ik vroeg me gewoon af of er meer tussen jullie speelt dan vriendschap,' zei Tuck. 'Ze praatte heel veel over je.'

'Praatte? Verleden tijd?'

'Ja, de laatste tijd niet, geloof ik, hoewel zij en Lucy elkaar weinig meer zien, dus wie weet waar Meg het over heeft? Misschien praat ze over je tegen andere mensen.'

Jonas aarzelde. 'Komt dat doordat... Vat het niet verkeerd op, maar komt het door de naam van de baby?'

Tuck liet zijn schouders hangen. 'Is het zo duidelijk te merken?'

'Nou ja, toen ik naar zijn naam vroeg en je vrouw "Mitch" zei, kwam ze nogal gestrest over. Dus ik vroeg het me af...' Hij at weer verder.

Tuck legde de pizzapunt die hij vasthad neer en veegde zijn vingers af aan het papieren servet. 'Weet je? Ik kan het haar niet kwalijk nemen. Ik zou het net zo voelen als zij.' Hij aarzelde even. 'God, ik vóél het net zoals zij, maar het is nu eenmaal zoals het is. Lucy heeft hem geregistreerd en ik kan er niets meer aan veranderen.'

'Ze heeft jullie zoon een naam gegeven zonder dat met jou te bespreken?' Jonas wist niet met zijn Europese beleefdheid te verbloemen dat hij dat behoorlijk schokkend vond.

'Eh, ja.' Tuck keek zijn tafelgenoot aan. 'Maar zo zit Lucy in elkaar. Niets houdt haar tegen als ze eenmaal ergens een besluit over heeft genomen. Dan is ze niet te stoppen, ze is een echte doordrijver.' Hij rolde met zijn ogen. 'Dat was een van de dingen die ik in onze begintijd het leukst aan haar vond, dus ik denk dat ik daar nu moeilijk over kan gaan lopen zeiken.'

'Maar het is vast moeilijk voor je om Mitch' naam steeds maar weer te horen. Of wordt het er juist makkelijker door? Misschien wordt het normaler en gaat het minder pijn doen als je zijn naam zo vaak hoort?'

'Nee man, het is klote. Ik schrik er elke keer weer van.' Tuck schudde bitter zijn hoofd en keek met opvallend weinig enthousiasme naar zijn pizza.

'En nu ontwijkt Meg Lucy?'

'Als de pest. Ze is niet één keer langs geweest sinds we het haar hebben verteld. En dat terwijl zij de baby ter wereld heeft geholpen.'

'Sorry? Was Meg bij de bevalling?' zei Jonas vol ongeloof.

Tuck grinnikte om zijn gezichtsuitdrukking. 'Jazeker. De baby kwam te vroeg en ze waren samen in de berghut. De dokter was er niet op tijd.'

'Dus ze heeft in haar eentje een noodbevalling begeleid?'

'Yep. Het lijkt erop dat daarboven de ene na de andere ramp plaatsvindt. We proberen haar zover te krijgen dat ze naar de bewoonde wereld verhuist, maar dat wil ze niet.' Hij pakte het volgende stuk pizza en keek er lusteloos naar. Het deeg hing slap in zijn hand en de kaas begon te stollen. 'Hoe dan ook, ze hebben nu dus weer bonje en Lucy huilt de hele tijd en ik weet niet wat ik tegen haar moet zeggen. Ik kan toch moeilijk beweren dat het allemaal goed komt? Hoe langer het duurt, hoe minder waarschijnlijk dat is.' Hij trok een grimas. 'Weet je wat ik denk? Ik denk dat Meg er genoeg van heeft. Zij gaat verder met haar leven en dat betekent dat míjn leven een hel wordt.'

'Kun jij niet namens Lucy met haar praten?'

Tuck snoof smalend. 'Godsamme, nee. Ik ben de laatste die ze wil spreken.'

'Waarom?'

Tucks ogen ontmoetten die van Jonas, waarna hij weer de andere kant op keek. 'Ik ben gewoon een persona non grata.'

'Dus ze is kwaad op jou én Lucy?'

Tuck knikte. 'En wat mij betreft heeft ze daar alle recht toe. Ik kan het haar niet kwalijk nemen, echt niet.' Hij legde de pizzapunt weer neer en nam een slok bier. 'Idioot, nietwaar, hoe je ervan uitgaat dat sommige dingen voor altijd zijn, maar dat ze dan...

zomaar, in een oogwenk, voorbij zijn?' Hij keek rond in het restaurant, naar de bekende gezichten van enkele locals. 'Ik dacht dat ik het helemaal voor elkaar had. Ik dacht dat we een soort sjabloon hadden neergelegd voor de komende zestig jaar. Titch Boards liep op rolletjes, Mitch en ik waren al beste vrienden sinds groep vijf. En toen...' Hij knipte met zijn vingers. Alles veranderde, wij veranderden, en niets is hetzelfde gebleven. Mijn vrienden, mijn huwelijk...' Hij stopte abrupt. 'Shit. Moet je mij horen. Je laat me maar doorratelen alsof jij een zielenknijper bent en ik een of andere gek!'

Jonas glimlachte. 'Ik ben oprecht geïnteresseerd.'

Maar Tuck schudde zijn hoofd en fronste met een schuin hoofd naar zijn bier. 'Hebben ze hier soms een shotje waarheidsserum in gedaan?' vroeg hij, waarmee hij terugkeerde naar zijn lollige zelf.

Jonas lachte en ze spraken verder over de ijshockeycompetitie. Tuck merkte dat Jonas veel wist van de sport, want hij had de Noorse competitie al zijn hele leven gevolgd, zelfs vanuit de ruimte.

Tegen de tijd dat ze een uur laten afscheid namen, voelde Tuck zich een beetje lichter. Dat van die zielenknijper was een grapje geweest, maar je kon wel goed met Jonas praten. Hij luisterde goed. Zelfs zo goed dat pas toen Tuck voor de deur van de bungalow stond en het gehuil van de baby al hoorde, hij zich realiseerde dat zijn vraag – hoe het zat tussen Jonas en Meg – onbeantwoord was gebleven.

30

Woensdag 15 november 2017

'O mijn hemel, wat ontzettend oldskool!' Meg lachte en keek hoever de punten van de latten voor haar schoenen uitstaken – schoenen die zo zacht waren dat ze haar tenen erin kon bewegen. Ze deden haar denken aan de schoenen van ouderwetse schaatsen, maar dan zonder het ijzer.

'En ga nu op je tenen staan,' instrueerde Jonas haar. Hij boog zich voorover en controleerde de bindingen terwijl zij gehoorzaamde en haar hak van de ski omhoogkwam. 'Goed.' Hij ging weer rechtop staan en glimlachte. 'Ben je er klaar voor?'

Meg haalde diep adem en knikte. 'Hoe moeilijk kan het zijn? We gaan gewoon glijden, toch?'

Ze keek voor zich uit, de sporen waren al uitgezet, vier diepe gleuven die over het vlakke terrein naar de bomen leidden. Het had de afgelopen dagen hard gesneeuwd, bijna continu, waardoor hun plannen gisteren niet konden doorgaan. In plaats daarvan hadden ze koffiegedronken, films gekeken, samen popcorn gegeten in het donker, en verder vooral veel gepraat. Na hun weifelende start waren ze in volle vaart verdergegaan. Hun gesprekken waren net zo geanimeerd als hun e-mails waren geweest. En toen de hemel vanochtend kraakhelder bleek te zijn en er alleen wat sneeuw van de takken op de grond viel wanneer er een eekhoorn overeen scharrelde, hadden ze hun uitrusting aangetrokken, spullen ingepakt en waren ze om negen uur al vertrokken. Badger was een stip in de verte, met zijn snuit op de grond en een zwiepende staart terwijl hij het spoor volgde van een haas die een voorsprong van minstens honderd meter had.

Ze zetten zich af. Jonas zag er flitsend uit in zijn zwarte outfit: een strakke softshellbroek en -jack, handschoenen en een muts. Misschien kwam het doordat zijn kleding zo scherp afstak tegen het witte landschap, maar hij leek extra aanwezig te zijn. Zijn lichte ogen schitterden, zijn lichte huid was blozend rood door de ijzige temperatuur en zijn zachte stoppelbaardje glom als ijzerschaafsel in de zon. Nu wist Meg weer waarom ze het contact had verbroken. Dat gezicht bracht haar in verwarring. Ze had het al geweten toen ze hem in Toronto op de televisie zag.

Hij bewoog ritmisch en krachtig. Hij stak de extra lange stokken (die bijna tot borsthoogte kwamen als ze recht in de grond werden gezet) in een regelmatig wisselende beweging in de sneeuw, terwijl hij voortgleed op zijn latten. Meg had het ritme snel te pakken. Als volleerd skiër en snowboarder begreep ze hoe ze zich op de sneeuw moest voortbewegen, hoewel het een vreemde gewaarwording was om zoveel bewegingsvrijheid met de voeten te hebben.

Ze liepen en gleden gestaag voort en lieten de parkeerplaats snel achter zich, op weg naar de bomen. Af en toe zei Jonas tegen haar dat ze even moest wachten met het verplaatsen van haar gewicht of dat ze zich meer moest buigen in de afzet, maar verder genoten ze van de stilte. Het was een ongedwongen rust, omdat – veronderstelde ze – ze allebei gewend waren aan eenzaamheid en stilte: zij in de hut, hij in zijn raket. Ze wist uiteraard dat het ISS geen raket was, maar zo zag ze het graag voor zich.

De bergen keken van alle kanten op hen neer, alleen de steilste rotsen lieten nog hardnekkig hun grijze graniet zien. De ongerepte sneeuwdeken werd gesierd door de afdrukken van dierenpoten, waarvan ze de meeste in het voorbijgaan herkende. Ze volgde de sporen nauwkeurig als een trein om haar inbreuk op deze prachtige natuurlijke speeltuin tot een minimum te beperken.

'Vind je het hier mooi?' vroeg ze Jonas, terwijl ze een blik op hem wierp en zag hoe zijn ogen het uitzicht in zich opnamen.

'Het is precies zoals ik hoopte dat het zou zijn.'

'Hoe anders is het hier dan bij jullie?'

Hij keek om zich heen. 'De bergen hier zijn hoger, met meer bossen. Die van ons zijn een stuk kaler, maar we hebben meer grasland.'

'Ik zie het helemaal voor me,' zei ze glimlachend. Het gezang van de vogels veranderde nu ze zich tussen de bomen door bewogen, en de schaduwen bevlekten de grond terwijl het zonlicht zich af en toe over hen uitstortte. Het begon hier iets omhoog te lopen en ze voelde haar bovenbenen voor het eerst een beetje branden. Jonas had de route bestudeerd nadat ze hem die had gemaild en had haar geadviseerd om de avond van tevoren veel koolhydraten te eten – Ronnie had nog gezegd hoe heerlijk het moest zijn als een man erop stond dat je pasta at – omdat ze eerst moesten klimmen om daarna te kunnen genieten van het bergafwaartse stuk. Persoonlijk was dit de reden waarom Meg dol was op stoeltjesliften.

De witte deken was in het bos onregelmatiger. De hogere bomen hadden de sneeuwval deels tegengehouden, zodat kleinere, jongere bomen bijna kaal waren gebleven en andere waren overladen met grillige sneeuwvormen.

'Dit is trouwens best gemakkelijk,' zei Meg, die Jonas moeiteloos kon bijhouden terwijl ze dieper het bos in gleden en de stilte toenam.

Hij keek naar haar met een glimlach om zijn lippen. 'Goed om te horen. Vertel me straks maar of je er nog zo over denkt als we de brug zijn gepasseerd.'

'Oké,' antwoordde ze nonchalant, maar deze latten waren zeker dertig centimeter langer dan die waarop zij gewoonlijk heuvelafwaarts skiede, en ze was er niet zeker van dat het haar goed af zou gaan als ze het zonder een loipe – zoals de uitgezette sporen werden genoemd – zou moeten doen.

'Ski jij veel?' vroeg hij. Ze hoorde aan zijn ademhaling dat hij zich nu meer inspande, en zijn wangen werden roder.

'Normaal wel. Maar dit jaar niet.'

'Vanwege Mitch?'

Meg keek opzij, maar hij keek voor zich uit.

'Ja, waarschijnlijk wel.'

'Ben je bang om in een lawine terecht te komen?'

'Nee, dat is het niet,' zei ze hoofdschuddend. 'Het is gewoon... Het zijn vooral de herinneringen. Aan bijna elke plek zit een verhaal of een avontuur vast.'

'Tuck heeft me verteld dat jullie altijd met z'n vieren op pad gingen en kampeerden of in trekhutten verbleven...'

Wat had Tuck hem nog meer verteld, vroeg ze zich af. 'Nou, dat deden we weleens, ja. Maar niet altijd. Tuck heeft de neiging tot overdrijven.'

Jonas keek opzij en trok een wenkbrauw op. 'O ja?'

'Ja.'

'En heb je ook herinneringen aan deze route?' vroeg hij.

'Nee. Het is hier vrij vlak, dus we gingen hier niet naartoe.'

'Nou, gelukkig maar. Dan maken we vandaag een nieuw verhaal.'

Ze keek hem even aan. Hij glimlachte naar haar, ongedwongen, rustig. 'Doe je dit veel in Noorwegen?' vroeg ze.

'Ja. Soms is het de enige manier om ergens te komen. Als er veel sneeuw is gevallen en ze de weg niet vrijmaken... Ik ging vaak op de latten naar school.'

'Wat jij dan nodig hebt is een sneeuwscooter. Ik heb er een om mee naar de berghut te rijden. Het is zo steil daar dat er in de winter geen andere manier is om er te komen. Als je overdag gaat, kun je de stoeltjeslift naar boven nemen en een stuk naar beneden skiën, wat heel leuk is, maar niet erg handig met boodschappen of zo. En als het donker is en de stoeltjeslift niet gaat...' Ze haalde haar schouders op.

'Ik zou die berghut van je graag eens zien.'

'Het is bepaald geen luxe optrekje, hoor,' zei ze snel.

'Als dat wél zou was, zou ik teleurgesteld zijn. Luxe is niet iets wat je in een berghut verwacht, toch?'

'Nee, niet per se,' zei ze met een opgeluchte glimlach. Ineens werd ze verlegen. 'Nou, je kunt eens komen eten deze week. Als je wilt, bedoel ik. Het is een beetje druk nu Ronnie en Jack bij me logeren...'

'Jij zegt druk, ik zeg knus. Ik heb in een ruimtestation gewoond, weet je nog?'

Ze glimlachte. 'Vertel, wat eet je graag?'

'Nou, momenteel ben ik erg gecharmeerd van de Samoaanse keuken...'

Hij zag haar verschrikte gezicht en lachte.

'Rustig maar. Ik maak maar een grapje. Ik heb zes maanden lang voorverpakt en gevriesdroogd voedsel gegeten. Ik vind alles lekker. Er is helemaal niets wat ik niet wil proberen.'

'Niets?'

'Nee, niets.'

'Roerbakgerecht met de heetste pepertjes ooit?'

Hij lachte, maar haalde laconiek zijn schouders op. 'Dat zou ik niet zelf bedacht hebben, maar absoluut.'

Ze kneep ondeugend haar ogen samen en probeerde iets anders te bedenken. 'Sashimi van kogelvis?'

'Waarom niet?'

Nu was het haar beurt om te lachen. 'Je bent gek.'

'Misschien wel.'

'En wat heb je meegenomen voor onze picknick? Ik heb trek als een paard.'

'We zijn nog maar drie kwartier onderweg!'

'Ik weet het. Ik ben vreselijk. Altijd hongerig op de verkeerde tijdstippen.'

'Dat zal ik onthouden,' zei hij met een vluchtige blik opzij. 'Maar ik heb gekozen voor iets traditioneel Noors. Dat leek me wel goed passen bij een langlauftocht. Dus we hebben ingelegde haring, *lefse*...'

'Lefse?'

'Dat zijn een soort aardappelpannenkoekjes. *Agurksalat* – een soort komkommersalade – en *snarøl*.' Hij zag dat ze geen idee had. 'Dat is een drank gemaakt van citroen, suiker, gist en een alcoholvrije malt die *vørterøl* heet.'

'Oké,' zei Meg langzaam. 'Ik heb van geen van die dingen ooit gehoord. Behalve de haring.'

'Je durft toch wel?'

'Altijd...' Ze grijnsde, want blijkbaar werd ze uitgedaagd. 'O, kijk eens!'

Ze waren op een open plek aangekomen, waar de sneeuw ribbels vertoonde, als een witte houtsnede.

'Wat prachtig.'

'*Sastrugi*,' zei Jonas, die haar blik volgde.

'Wat?'

'Zo heet dit verschijnsel, de rimpelingen en golven die door de wind worden gevormd. Dat fenomeen wordt sastrugi genoemd.'

'Hoe weet je dat?'

'Heb ik gewoon ergens opgepikt,' zei hij schouderophalend.

Ze schudde haar hoofd. 'Zijn er dingen die je níét weet?'

Inmiddels wist ze dat hij piloot was geweest voor de Noorse luchtmacht, een zwarte band in karate had, dat hij vijf talen sprak (Noors, Engels, Spaans, Duits – en Russisch, wat voor astronauten een vereiste was) en dat hij erover dacht aan biatlons te gaan deelnemen, aangezien hij ook nog eens goed was in schieten en hield van langlaufen. 'O! Zie je die arend?' vroeg ze terwijl ze omhoogwees naar een rondcirkelend exemplaar.

Hij keek op. 'Ik ben dol op arenden.'

'Vertel me nou niet dat je ook arendstaal spreekt.'

Hij tikte met zijn stok zachtjes tegen haar benen. 'Hou op.'

'Wat?' zei ze lachend. 'Het zou me niet verbazen. Je bent net Superman.'

'Echt niet.'

'Nee? Wat is dan je zwakke punt?'

'Hm… Ik denk dat mijn collega's je zouden vertellen dat ik altijd denk dat ik gelijk heb.' Hij dacht even na. 'Of misschien dat ik te direct ben. Ik geef nogal snel mijn mening.'

'En je moeder? Wat zou zij zeggen?'

'Mijn móéder?' grinnikte hij.

'O ja. Je kunt veel te weten komen over een man via de relatie die hij met zijn moeder heeft.'

Hij dacht erover na. 'Nou, ik denk dat ze zou eggen dat ik te gedreven ben.'

'Hoe bedoel je?'

'Ik ben vasthoudend, op het obsessieve af. Als ik iets wil, ga ik ervoor en rust ik niet tot ik het voor elkaar heb.'

Meg slikte. 'Maar is dat geen goede eigenschap?'

'Het hangt ervan af wát ik wil. Tot nu toe heb ik me op mijn carrière gericht, wat betekende dat ik andere dingen heb moeten missen of laten schieten.'

'Zoals vriendschappen?'

'En relaties. Het is niet eerlijk om van iemand te vragen op je te wachten terwijl jij voor zes maanden de planeet verlaat.'

Ze keek recht vooruit. 'De juiste vrouw zou dat ongetwijfeld doen.' Ze probeerde haar toon luchtig te houden.

Ze zwegen even en gleden door de kristallen stilte. 'Oké,' zei ze toen, 'dus je hebt een paar zwakke punten. Je bent bot en eigenwijs en nietsontziend…'

'Hé!'

Ze grinnikte. 'Nu nog een kwetsbaarheid waaruit blijkt dat je ook maar een mens bent.'

Hij dacht weer even na. 'Nou, er is wel iets.'

'Vertel.'

'Ik heb hoogtevrees.'

Meg was opgetogen. 'Dat meen je niet.'

'Jawel. En niet zo'n beetje.'

'Je hebt hoogtevrees, dus je dacht: laat ik maar astronaut worden?'

'Nou, ik zou niet willen zeggen dat het de réden was. Ik ben desondánks astronaut geworden.'

'Maar dat is zoiets als... een dokter die niet tegen bloed kan.'

'Of een dierenarts die allergisch is voor katten,' vulde hij aan.

'Of... een varkensboer die vegetariër is!' riep ze uit.

Jonas grijnsde. 'Of een leraar die een hekel heeft aan kinderen.'

'Een claustrofobische liftmonteur!'

Jonas trok een wenkbrauw op en ze giechelde.

'Ik begrijp het gewoon niet. Je hebt hoogtevrees en toch heb je gekozen voor een carrière die inhoudt dat je naar de allerhoogste hoogte wordt geschoten.'

'Ja, ik kwel mezelf graag.'

Ze lachte. 'Maar hoe doe je dat dan? Ik bedoel, hoe breng je jezelf ertoe?'

Hij keek opzij en zijn ogen twinkelden van plezier om haar verbazing.

'Nou, ik geloof dat het goed is om onze angsten te overwinnen. Het is onwaarschijnlijk dat de hoogte zélf mij kwaad zal doen, maar mijn angst ervoor kan wel een negatieve invloed op mijn leven hebben. We moeten leven voordat we sterven.'

'Goeie titel voor een Bondfilm.'

'Ze vragen mij altijd om advies.'

'Hou toch op!' Meg lachte.

Hij grinnikte. 'Oké. Nu jouw zwakte.'

'Ha! Waar zal ik beginnen?' zei ze kreunend. 'Ik heb er niet één, maar een hele lijst,' voegde ze eraan toe.

'Nee, er is er één. Altijd maar één.' Hij keek haar aan. 'Wat is die ene zwakheid die jou ervan weerhoudt te leven voordat je sterft, Meg Saunders?'

Ze keek hem aan en al haar luchtige vrolijkheid was in één klap verdwenen. Moest ze het echt hardop zeggen?

Ze ruisten zachtjes door de sneeuw. Hun latten drukten de ijskristallen plat en hun ademhaling verliep onbewust synchroon.

Ze keek opzij en zag dat hij naar de hemel keek. Niet alleen keek. Hij speurde de hemel af.

'Kijk je of je ze ziet als je naar de lucht kijkt?' vroeg ze zachtjes hijgend.

Hij glimlachte als een kind dat werd betrapt met zijn hand in de koekjestrommel. 'Ja. Ik kan het niet helpen. En jij?'

'Ik ook.' Ze glimlachte terug. 'Denk je dat je nog eens naar boven gaat?'

'Ik weet het niet. Er is geen garantie.'

'Wil je wel?'

Hij wachtte even voor hij antwoord gaf. 'Als je me dat zes maanden geleden had gevraagd, had ik zonder aarzelen ja gezegd. Ik heb meer dan tienduizend kandidaten verslagen en jaren van specialistische scholing en trainingen gevolgd om er te komen en ik had zo lang willen blijven als ze me wilden hebben.'

'Maar nu?'

Hij keek voor zich uit. 'Is de situatie veranderd. Ik ben veranderd.'

'Bedoel je omdat je al eens daarboven bent geweest? *Been there, done that*?'

Hij wierp haar een blik toe. 'Zoiets.'

Ze bewogen nog eens honderd meter voort. 'En jij?' vroeg hij. 'Wat is jouw volgende stap? Blijf je ontwerpen voor Titch?'

'Hoe weet jij daarvan?' vroeg ze verbaasd. Ze kon zich niet herinneren dat ze het er met hem over had gehad.

'Tuck vertelde het me. Hij zei dat je steengoed bent. Dat sommige designs al collector's items zijn.'

Ze was even stil. Ze zou willen dat Tuck zijn mond had gehouden. 'Nee. Dat is verleden tijd. Ik deed dat voor Mitch. Het zou niet meer hetzelfde zijn.'

'Dat begrijp ik. Maar kun je je talent dan niet gebruiken voor andere producten?'

'Nou, daar heb ik wel over nagedacht, maar...' Ze fronste en verwierp de gedachte.

'Maar wat?'

'Laten we zeggen dat het niet zo heeft mogen zijn...'

'Waarom niet?' drong hij aan.

'Tact is inderdaad niet je sterkte punt, hè?' zei ze glimlachend. 'Oké, goed dan. Ik had de kans op een opdracht voor een firma in New York.'

'Wat voor opdracht?'

'Een nieuwe huisstijl voor een groot merk op modegebied. Iemand had me aanbevolen en ze hebben mijn boards bekeken en op basis daarvan mocht ik op gesprek.'

'O, klinkt goed. En wat is er gebeurd?'

'De bevalling van Lucy kwam te vroeg.'

'O, Tuck heeft me daarover verteld.'

Meg voelde weer een steek van ergernis omdat Tuck zijn mond kennelijk niet kon houden. Was er nog iets wat hij Jonas niet over haar had verteld?

'En jij hebt de baby gehaald?'

'Ik moest wel. Maar dat betekende dat ik de vlucht naar New York miste.'

Hij fronste. 'Maar kon je het niet gewoon uitleggen en een latere vlucht nemen?'

Ze rolde met haar ogen. 'O nee. Het leek me een overduidelijk signaal vanuit het universum dat ik niet was voorbestemd om naar New York te gaan.'

'Serieus?' vroeg Jonas verbijsterd.

'Hoezo? Denk jij er anders over?'

'Nou, ik denk inderdaad dat je er ook anders tegen aan kunt kijken.'

'Hoe dan?'

'Dat je voor Lucy hebt gedaan wat je niet voor Mitch hebt kunnen doen. Je hebt haar gered.' Zijn stem klonk mild, maar zijn ogen keken haar aan met een directe blik. Ze had het gevoel dat hij nooit terugdeinsde voor de waarheid. 'Misschien dat het universum je die kans wilde bieden.'

Meg hield haar stokken stil. Het duurde een moment voordat Jonas merkte dat ze achter was geraakt. Hij stopte ook en keek om.

'Gaat het wel?' riep hij, leunend op zijn stok.

Ze staarde hem aan en haalde moeizaam adem. In de verte zag ze Badger in haar blikveld verschijnen, een groeiende stip aan de witte horizon, en ze wist dat de haas moest zijn ontsnapt. 'Zo had ik er... nog niet tegen aangekeken...' zei ze hijgend.

Jonas duwde zichzelf achterwaarts over de sporen en bleef naast haar stilstaan. 'Nou ja, wat weet ik ervan? Het is maar een gedachte.'

Ze knipperde met haar ogen en keek hem aan. 'Een mooie gedachte. Een heel mooie gedachte.'

Hij glimlachte en er verschenen rimpeltjes bij zijn ooghoeken. Ze voelde dat ergens diep vanbinnen iets in haar zich ontspande. Ze herinnerde zich iets wat Ronnie had gezegd, dat zij hier het gevoel kreeg overal scherpe randjes en hoeken te hebben, omdat ze hier niet meer paste. En voor het eerst besefte Meg dat zijzelf altijd haar best deed om in andermans mal te passen... Maar Jonas veroordeelde haar niet en probeerde haar niet te dwingen groter te zijn dan ze zich voelde. Hij verweet haar niets en gaf haar niet het gevoel dat ze niets voorstelde. Bij hem voelde ze zich zacht en buigzaam, geestig en slim, interessant, mooi, dapper. Ze herinnerde zich hoe ze had overwogen om dat weekend in New York naar hem te gaan luisteren, zich in de menigte te verbergen. In plaats daarvan waren ze nu hier, met z'n tweeën alleen in de Canadese wildernis, waar ze zich niet kon verbergen.

'Weet je...' zei ze terwijl ze op adem probeerde te komen. 'Jij was in New York in hetzelfde weekend als ik daar zou zijn.'

Hij keek verbaasd. 'O ja?'

'Ja. Je gaf een lezing voor het Space Grant Consortium.'

Hij trok een wenkbrauw op en was even stil. 'En dat weet jij omdat...'

Ze lachte. 'Omdat ik je online stalkte.'

Hij grijnsde en zijn ogen twinkelden. 'Dus als ik het goed begrijp, negeerde je mijn e-mails terwijl je me ondertussen googelde?'

Ze grinnikte. 'Zoiets.'

'Maar waaróm dan?' vroeg hij lachend. 'Waarom schreef je me niet gewoon terug? Het dreef me tot waanzin dat ik niet wist of er iets met je gebeurd was. Of dat ik iets verkeerd had gedaan.'

'Nou, je bent geland, dat had je gedaan.'

'Was dat dan verkeerd?' vroeg hij verbluft.

'Nee. Maar je werd er een echt mens van.' De woorden waren eruit voordat ze ze kon filteren of tegenhouden. Hij keek haar aan en ze voelde dat de ruimte tussen hen gevuld werd met een bepaalde gloed.

'Dus je zegt dat je me niet wilde ontmoeten?'

Ze beet op haar lip en schudde haar hoofd. 'Ik durfde niet.'

'Je durfde niet,' herhaalde hij terwijl hij haar aandachtig aankeek. 'Maar als je in New York was geweest, zou je dan gekomen zijn?'

'Dan was ik naar je komen luisteren, maar je zou me niet hebben gezien.'

Hij fronste. 'Bedoel je dat je je verborgen zou hebben gehouden? Serieus?'

'Ja, maar uiteindelijk maakte het dus niet uit, want het universum heeft iets anders bedacht en daarom ben ik helemaal niet gegaan,' zei ze snel.

'O, ik begrijp het, dus het univérsum heeft je tegengehouden?' vroeg hij droogjes.

'Precies.' Ze grinnikte.

'Dus heb ik de wetten van het universum getart door hiernaartoe te komen om je te zoeken?'

'Je bent hier niet gekomen om mij te zoeken,' protesteerde ze. 'Je komt een prijs uitreiken.'

Hij keek haar aan, zijn sporen slechts twintig centimeter bij die van haar vandaan, en hij draaide zijn lichaam naar haar toe. 'Meg, ik ben uit de kósmos hiernaartoe gekomen om je te zoeken.'

In de stilte die volgde, hoorde ze het zachte geknisper van sneeuw die op de grond verschoof, het gefluister van de bries door de bomen. Zijn blik viel op haar mond en voor ze het wist boog hij zich naar haar toe om haar te kussen, zijn handen nog om de stokken, zijn latten nog in de sporen, zodat alleen hun lippen elkaar raakten. Hun lippen en hun hart.

Na een lang moment trok hij zich terug en keek ze in zijn lichte ogen.

'Ik ben helemaal hiernaartoe gekomen om je te vinden, en nu hoor ik dat het universum me op de hielen zit,' mompelde hij met zijn ogen weer op haar mond gericht. 'Moet ik me zorgen maken?'

Ze slikte. Ze wilde dat hij haar nog eens zou kussen. 'Wij allebei, denk ik.'

Ze meldde zich ziek voor de volgende dag. Niet dat Dolores, die het drukker had dan ooit, het erg leek te vinden. Ze klonk juist blij om een snotterige Meg te horen, die in haar neus kneep en klaagde over de verkoudheid die plotseling had toegeslagen. Vervolgens reden ze verder de bergen in, naar Lake Louise, een uur verderop.

Meg reed terwijl Jonas zich over de muziekkeuze ontfermde en om de paar kilometer een toffee uitpakte en in haar mond stopte. Het landschap was spectaculair, zoals te verwachten viel nu de bergen hun verse winterkleuren hadden aangenomen, hoewel de beroemde jadegroene tint van het meer verborgen bleef onder een deken van vers poeder en pas over vijf maanden weer zichtbaar zou worden. De sneeuw was over een groot gedeelte weggeschoven, zodat het dikke ijs te zien was, waarop kon worden geschaatst. Er waren wat teams aan het ijshockeyen, met doelen aan weerszijden, en er deden wat mensen aan curling, maar zij hadden net geschaatst. Jonas was er heel goed in. Hij was dan ook opgegroeid in Noorwegen, waar veel geschaatst werd, maar ze hadden elkaars hand gepakt alsof ze elkaar in balans moesten houden. Ze hadden geprobeerd pirouettes te maken, waarbij hij haar kuste terwijl zij achteroverboog. Zij had hem gekust nadat hij rondjes had gedraaid, ze hadden een wedstrijdje gedaan met een kus als beloning voor de winnaar, en toen hij achter haar aan was geschaatst om het enorme ijskasteel heen, had ze zich laten inhalen omdat ze hem dolgraag zijn beloning wilde geven.

Maar het was niet genoeg. Het was de vorige avond ook niet genoeg geweest, toen ze hem naar zijn hotel had gebracht en afscheid had genomen met slechts een kus (oké, een lange zoen) en ze was hard op weg haar zelfbeheersing te verliezen. Het schaatsen deed haar niets en hij was niet geïnteresseerd in de fraaie vergezichten. Ze wisten allebei wat ze eigenlijk wilden, en tegen de tijd dat ze na de lunch waren teruggereden, praatten ze niet veel meer. Het verlangen en de frustratie overheersten. Telkens weer had hij zijn lichaam tegen het hare gedrukt en had zij hem aangeraakt wanneer ze kon. Eigenlijk zou ze hem vanmiddag een les in snowboarden geven, zoals hij haar had leren langlaufen, maar daarvoor moesten ze op de piste blijven en ze konden alleen naar de berghut door zich buiten de piste te begeven. En toen ze hem vroeg of hij de berghut misschien wilde zien… wisten ze allebei wat ze wérkelijk vroeg.

De hele weg naar de stoeltjeslift hadden ze alleen oog voor elkaar. Zij had een snowboard aan haar voet, hij had ski's aan zijn voeten, en hun wangen waren roze van de kou, ook al waren hun lichamen warm. En toen ze boven waren, skieden en boardden ze direct van de piste af, in hun spijkerbroek. Meg zigzagde moeiteloos voorop door de bomen, met haar haren in twee losse vlechten achter zich aan. Ze had nooit de roekeloosheid van Tuck of Mitch gehad, maar ze was een uitstekend snowboarder, onder alle weersomstandigheden, en dat ook nog met stijl.

Het was geen lange afdaling naar de hut, alleen een technisch lastige, maar Jonas was een goede skiër én een man vol verlangen. Ze waren er in een kwartier.

'Wauw,' riep hij uit, terwijl hij zijn ski's losklikte en zijn ogen op de berghut richtte. Die zag er extra mooi uit onder de verse sneeuwval. Alleen de afdrukken van dierenpootjes onderaan de trap verraadden enig teken van leven. 'Wat prachtig.'

'Ja, prachtig,' zei ze ademloos terwijl ze op de onderste trede ging zitten en hem bekeek terwijl ze haar voet van het snowboard losmaakte, er zeker van dat de seksuele spanning haar te veel zou worden. 'Wil je een rondleiding?'

'Eh, ja, graag,' zei hij terwijl hij zijn skistokken in de sneeuw stak en in drie lange passen bij haar was, precies op het moment dat ze haar voet bevrijdde. Ze stond op, haar ogen strak op de zijne gericht, en hij tilde haar met een zwaai op, kuste haar en droeg haar naar de deur.

Die was niet op slot.

'Doe je hem nooit op slot?' mompelde hij terwijl hij de gang in stapte en haar hals kuste, haar wang...

'Niet nodig. Beren kunnen geen deurknoppen omdraaien,' fluisterde ze.

Zijn lach vibreerde tegen haar aan en hij liet haar benen los, zodat ze weer op haar voeten terechtkwam. Ze stonden in de gang en deden hun schoenen uit.

'Goed dan. Woonkamer en keuken, badkamer, logeerkamer, mijn kamer,' zei ze snel, met een hoofdgebaar naar de verschillende deuren die aan de gang grensden.

'Geweldige rondleiding,' zei hij grijnzend. Zijn ogen zagen alleen maar haar en zijn handen gleden over haar armen naar beneden, waardoor ze huiverde. Hij pakte haar heupen vast en trok haar dichter naar zich toe. Hun lichamen raakten elkaar, van het puntje van hun neus tot aan hun tenen. 'Waar was jouw kamer ook alweer?' vroeg hij terwijl hij haar gezicht met kussen bedekte.

'Daar,' fluisterde ze met gesloten ogen, en ze wees naar rechts.

'Laten we daar dan naartoe gaan,' zei hij met zijn lippen op de hare terwijl hij haar achterwaarts naar de deur leidde.

Hij trok zijn trui over zijn hoofd, waarbij zijn T-shirt omhoogkroop en er een flits van zijn gespierde buik te zien was. Toen ging ook het T-shirt uit en had hij alleen nog zijn spijkerbroek aan.

Ze stak haar armen omhoog en hij trok haar trui over haar hoofd, waarbij hij het T-shirt meteen meenam – opzettelijk, voelde ze – zodat ze alleen nog haar beha aanhad. Hij pakte een van haar vlechten, trok een wenkbrauw op en draaide hem speels om zijn vinger.

Ze lachte.

Jonas' ogen gleden langs haar lichaam, de urgentie van daarnet was plotseling verdwenen. Ze hadden nu de tijd. Hij streek met de achterkant van zijn vingers over haar buik, tussen haar borsten door, en legde zijn handpalm om haar gezicht. 'Je bent prachtig,' mompelde hij.

Ze keek hem aan en legde haar hand op zijn borst. Nu keek hij om zich heen, naar de kamer waarin ze stonden, met de nachthemel op het plafond en de zendapparatuur op het bureau. 'O. Ja, dat is...' Ze maakte haar zin niet af.

Hij keek weer naar haar. 'Wat vreemd om dit te zien. Ik had me een schuur of hutje voorgesteld.'

'Nee... Dit was vroeger de logeerkamer.'

Hij knikte en richtte zijn blik weer op de apparatuur. 'Is het niet ongelooflijk dat het daarmee is begonnen?'

'Ja...'

Hij keek weer in haar ogen en zag dat de urgentie was teruggekeerd. Zonder nog een woord te zeggen tilde hij haar op en ze sloeg haar benen om zijn middel. Ze zoende hem innig terwijl hij haar naar het bed droeg. Ze zonken erop neer in een wirwar van ledematen, eindelijk huid op huid, terug op de plek waar ze elkaar voor het eerst hadden ontmoet – onder de sterren.

31

Vrijdag 17 november 2017

'Hoe laat is het?' vroeg Meg paniekerig, haar handen in de ovenwanten gestoken, een schort voor, haar haren in een hoge paardenstaart naar achteren gebonden. Er ontsnapte damp uit de pannen op het fornuis en haar huid was roze, alsof ze net uit de sauna kwam.

'Rustig maar. Het is tien voor,' antwoordde Ronnie, die met opgetrokken knieën op de bank zat. 'En hij komt niet te vroeg. Niemand komt ooit te vroeg.'

'Shit,' mompelde Meg terwijl ze ronddraaide en zich afvroeg wat ze nu moest doen. Ze moest de aardappelen schillen en het dessert nog afmaken, maar ze had zich nog niet eens opgemaakt en ze droeg haar ochtendjas nog, die ze na het douchen had aangetrokken.

'Ik zou me eerst maar eens aankleden,' zei Ronnie behulpzaam, alsof ze haar gedachten las.

'Ja. Juist ja. Aankleden,' mompelde Meg. Ze trok de ovenwanten uit en holde naar de achterste slaapkamer, precies op het moment dat de voordeur plotseling openging en er een ijskoude windvlaag om haar blote benen sloeg.

Jack grijnsde verontschuldigend terwijl hij binnenkwam met een nieuwe lading houtblokken. 'Sorry!' zei hij, en hij liep door, niet in staat de deur dicht te doen zonder de zak met hout neer te zetten.

Meg rende naar de deur om hem dicht te doen en de kou buiten te sluiten, en zag tot haar schrik dat er een donkere gestalte de treden naar de veranda op liep.

‘Hoi,’ zei Jonas, die stilstond toen hij haar zag staan. Hij had een fles wijn in zijn hand.

‘Je bent vroeg,’ fluisterde ze. De zoom van haar korte ochtendjas flapperde om haar blote benen toen de wind plotseling weer opstak en sneeuw tegen zijn rug blies.

Hij stapte de veranda op en stak zijn handen naar haar uit, met glinsterende ogen. ‘Sorry. Ik kon gewoon niet wachten.’

Hij boog zich naar haar toe om haar te zoenen en ze gaf zich aan hem over. Haar armen gleden automatisch om zijn nek.

Ze voelde het zelf precies zo. De afgelopen tien uren waren een marteling geweest. Hij had zijn officiële festivalverplichtingen moeten vervullen – een persconferentie, een lezing en een vraaggesprek – en elke minuut zonder hem had een eeuw geduurd. Ze had de dag op haar werk doorgebracht, nadat ze op wonderbaarlijke wijze was genezen, zoals Dolores had opgemerkt, met haar ogen steeds op de straat gericht in de hoop dat ze een glimp van hem zou opvangen, hoewel ze wist dat zijn bezigheden voor het festival zich binnen afspeelden. Maar nu was hij er weer en was de kwelling van het gescheiden zijn in één keer vergeten. Zijn armen om haar heen, zijn mond op haar mond…

‘Meg! Doe je de deur nog dicht of hoe zit dat?’ riep Ronnie vanuit de kamer.

Meg sprong achteruit en hapte naar adem.

‘Ja… Ja!’ riep ze, en ze zette een stap achteruit om hem binnen te laten.

Jonas grijnsde en zette weer een stap in haar richting zonder zijn ogen van haar af te wenden, waarna hij zich weer naar haar toe boog voor een kus.

‘Jonas is er,’ riep ze toen ze elkaar ademloos weer loslieten.

‘Wauw! Mooi op tijd!’ riep Ronnie terug, waarop Jonas grinnikte. Hij trok zijn muts af, waarbij wat sneeuwvlokken in zijn haar, aan zijn stoppelbaardje en in de bontkraag van zijn parka bleven hangen.

'Goede tocht naar boven gehad?' vroeg Meg, bewust met een 'normale' stem, speciaal voor Ronnie en Jack. Maar haar ogen gingen weer naar zijn mond en ze wilde hem alleen maar zoenen. Dus dat deed ze.

'Prima. De sneeuwscooter startte meteen en die rode lintjes aan de bomen werken uitstekend. Je ziet ze heel gemakkelijk,' antwoordde hij iets te luid op al net zo 'normale' toon. Ze had de sneeuwscooter beneden in de garage achtergelaten, zodat hij die had kunnen gebruiken. Zelf had ze eerder vanmiddag de stoeltjeslift genomen en was ze naar de berghut geskied.

Hij kuste haar weer.

'Het is anders bijna niet te doen om de route beschrijven,' antwoordde ze terwijl ze de neiging weerstond om tussen de kussen door in lachen uit te barsten.

'Dat begrijp ik. Nou, het is heel handig,' zei hij luid, waarop weer een kus volgde. 'Goede markering.' Kus. 'Fantastisch systeem.' Meer kussen...

'Komen jullie nog binnen?' riep Ronnie. 'Dat etentje gaat niet in de gang plaatsvinden, hoor!'

Jonas grinnikte en gaf Meg nog een laatste kus voordat hij zijn jack openritste en uittrok. Ze nam het van hem aan en hing het aan een van de haken aan de muur. Wat zag hij er goed uit in zijn spijkerbroek en donkerblauwe sweater met ritsje. Ze zag dat hij haar eens goed bekeek, gekleed in haar ochtendjas met een schort erover en ijshockeysokken eronder, haar haar een warboel...

Hij kuste haar opnieuw. O god, waarom logeerden Ronnie en Jack bij haar? Ze vond het geweldig dat ze er waren, natuurlijk, maar wat een beroerde timing!

Ze maakten zich een fractie van een seconde voordat Jack met de lege houtzak de gang in liep van elkaar los. 'Hoi! Dus je kon het vinden?'

Hij en Jonas schudden elkaar hartelijk de hand. 'Ja. Wat een prachtige plek. En ik ben helemaal niemand tegengekomen.'

'Ja, het is hier afgelegen, hè?' Jack keek naar Meg. 'Waar zitten je dichtstbijzijnde buren ergens?'

'Aan deze kant van de berg woont verder niemand. We zitten hier in het natuurreservaat. Wij hebben dit perceel alleen maar omdat de opa van Mitch de grond al bezat voordat het reservaat in het leven werd geroepen.'

'Wat voor natuur hebben we het dan over?' vroeg Jonas, die zich bukte om zijn veters los te maken, aangezien zijn schoenen onder de sneeuw zaten, die nu begon te smelten en plasjes maakte op de vloer.

'O, poema's, wolven, beren… Allerlei knuffelige dieren,' grapte Meg.

'Ik breng deze zak weer even naar de opslag,' zei Jack, die naar de voordeur liep. 'Dan trek ik daarna een fles wijn open.'

'Kom, ik geef je een rondleiding. Is in vijf seconden gebeurd,' zei Meg luid, zodat haar zus het zou horen. Ze bleef staan in de deuropening van de eerste slaapkamer – haar oude, waar Ronnie en Jack logeerden en die er nu uitzag als een archeologische opgraving, met overal rommel en kleren. 'De logeerkamer. Wat kan ik ervan zeggen? Mijn zus is een sloddervos.'

'Dat heb ik gehoord!' riep Ronnie, nog steeds vanaf de bank.

'En dit is mijn kamer.' Ze kon alleen maar glimlachen terwijl hij een wenkbrauw optrok en haar weer kuste. Niemand wist dat hij hier al was geweest, dat hij de afgelopen nacht in deze kamer, in dit bed, met haar de liefde had bedreven, dat ze samen hadden ontbeten, dat ze vanochtend met hem op de sneeuwscooter naar beneden was gereden met haar armen om zijn middel geslagen, dat ze in de jeep in de kleine garage weer voor elkaar waren bezweken voordat hij naar het stadje ging om zijn verplichtingen na te komen…

Toen ze Jacks voetstappen op het trapje naar de veranda hoorden aankomen, lieten ze weer los en liepen ze de woonkamer in.

'Let maar niet op haar,' zei Meg grijnzend toen ze haar zus passeerden, die languit op de bank lag. 'Ze is depressief omdat ze morgen terug moet.'

Jack, die achter hen aan kwam, grinnikte. 'Ze heeft besloten, na jaren geneeskunde te hebben gestudeerd, dat ze het eigenlijk heerlijk vindt om niets te doen.'

'Ik wil niet weer aan het werk,' kreunde Ronnie, die even dramatisch een arm over haar gezicht legde voordat ze puffend opstond.

'Ik ook niet,' zei Jonas, en hij kuste haar op haar wang.

'Wanneer moet jij weg?' vroeg Ronnie hem.

Hij wierp een blik op Meg. 'Ik vlieg zondagochtend naar Washington.'

Ronnie keek naar Meg – vermoedde ze iets? – en Meg voelde zich plotseling genoodzaakt om iets te zeggen. 'Jij bent in elk geval nog aanwezig tot de winnaar van het festival bekend wordt,' zei ze gemaakt opgewekt, alsof dat nog steeds de belangrijkste reden was voor zijn aanwezigheid hier.

'Ja.'

Ronnies wenkbrauwen schoten omhoog in de stilte die bleef hangen en zich uitstrekte. 'Nou, zullen we een wijntje inschenken? Dan kun jij je gaan aankleden,' zei ze nadrukkelijk tegen haar zus. 'Tenzij dit eigenlijk een slaapfeestje is en we straks onze nagels gaan lakken en zo?'

'Ja. Oké. Goed plan.' Meg knikte en wierp Jonas nog een blik toe voordat ze de kamer uit liep.

Ze pakte de kleren die ze eerder op het bed had gelegd – Ronnies zwarte spijkerbroek en een licht getailleerde crèmekleurige trui – en kleedde zich in recordtijd aan. Het leek niet veel zin te hebben om make-up op te doen, aangezien hij haar al had gezien. Bovendien kon ze hen allemaal horen lachen en wilde ze terug naar de woonkamer. Ze wierp een snelle blik in de spiegel. Zag ze er goed uit? Het moest er niet te dik bovenop liggen – iedereen droeg een spijkerbroek, trui en sokken – maar ze had hem wel uitgenodigd om te komen eten en hij had wijn meegenomen. Ze moest een beetje moeite doen. Ze wilde er goed uitzien.

Toen ze even later glimlachend binnenkwam, ging Jonas rechtop zitten met een veelbetekenende blik in zijn ogen.

'Dat was snel!' riep Jack uit, waarna hij Ronnie aankeek. 'Leer van je grote zus.'

Ronnie stak haar tong naar hem uit en Jonas lachte. 'Meg doet dat ook.'

'O ja?' vroeg Ronnie met een bepaalde klank in haar stem en opnieuw een opgetrokken wenkbrauw terwijl ze naar Meg keek. 'Jij bent een zeer opmerkzame man, Jonas Solberg.'

'O, shit! Het toetje!' Meg rende naar de keuken en hervatte haar licht paniekerige geredder van tien minuten geleden. Ze haalde de topping voor het nagerecht uit de koelkast en kneep boven een kom water een citroen uit, ze begon de appels te schillen en te snijden en legde de partjes in het citroenwater om ze niet bruin te laten worden. Vanachter het werkblad waar ze stond te snijden kon ze de kamer in kijken en alles volgen, maar ze voelde zich toch afgesneden van het gesprek. Ze hoorde hoe Jack Jonas weer vragen stelde over het leven van een astronaut.

'Oké, ik stel een vraag en jij komt meteen met een reactie, goed? Zonder erover na te denken. Wat was het allerbeste aan het verblijf in de ruimte?' vroeg Jack.

Jonas wierp Meg een geamuseerde blik toe. 'Het uitzicht.'

'En aan het terug zijn op aarde?'

'Het weer. De wind, de regen, de zon, de sneeuw.'

Badger was naast hem gaan zitten, met zijn kop vlak onder Jonas' hand, en Jonas woelde hem om de oren.

Meg glimlachte en Jack zette zijn ondervraging voort. Nu de appels waren geschild, van hun klokhuis ontdaan en gesneden, rangschikte ze de partjes in de beboterde schaal. Ze strooide de kruimeltopping erover en zette de schaal weg. Vervolgens goot ze water in een pan en begon ze razendsnel de aardappelen te schillen.

‘Ik realiseerde me ineens dat jij nog niets te drinken hebt,’ zei Jonas, die een paar minuten later de keuken in kwam slenteren. ‘Waar zijn de glazen?’

Ze wees met het mesje. ‘Dank je. Van al dat snijden krijgt een mens dorst.’

‘Kan ik helpen?’ vroeg Jonas. Hij schonk wijn in een glas en zette het voor haar neer, waarbij zijn hand heimelijk over haar billen gleed.

‘O nee hoor, dat hoeft niet,’ zei ze weer luid, voor het geval Ronnie meeluisterde. ‘Ga lekker zitten. Dit duurt niet lang...’

‘Dat weet ik, maar ze zeggen dat gedeelde smart halve smart is.’ Hij opende de keukenla en haalde een tweede schilmesje tevoorschijn. ‘En dat geldt vast ook voor aardappelen schillen.’

Ze zette een stap opzij zodat hij naast haar kon komen staan. Samen schilden ze verder, met hun gezicht naar de woonkamer. Jack en Ronnie zaten op de bank in een tijdschrift te kijken en Badger lag languit voor het vuur te snurken. Er dwarrelde sneeuw achter de ramen, verlicht door de buitenlamp, en de blauwgetinte kou vormde een mooi contrast met het warme honingkleurige licht in de berghut. Het vuur brandde nu op volle toeren en de rijke texturen en tinten van de rendierhuiden op de vloer, de schapenvachten over de stoelen en de robijnrode gordijnen met witte stippen creëerden een fijne sfeer. De geur van de hartige taart die uit de oven kwam was ook niet slecht. Meg kon zich niet herinneren wanneer ze zich voor het laatst zo gelukkig had gevoeld.

‘Wat heerlijk is het hier,’ zei Jonas terwijl hij een geschilde aardappel in de pan liet vallen. ‘Ik snap helemaal waarom je hier niet weg wilt.’

‘Dank je. Hoewel je er misschien anders over gaat denken als ik je vertel dat er geen wifi is en de televisiekwaliteit ook niet overhoudt.’

Hij keek opzij met een zwoele blik op zijn gezicht. ‘Nou, er zijn andere dingen die je kunt doen.’

Haar hart begon sneller te kloppen van verlangen. Ze wist niet hoe ze het etentje door zou moeten komen.

Ronnie keek nieuwsgierig hun kant op en Jonas schraapte zijn keel. 'Ben je nooit bang dat de wilde dieren te dichtbij komen?' vroeg hij op luidere toon.

'Niet echt. We hebben sloten op de afvalbakken en we hebben een geladen geweer in huis, voor het geval dat.' Ze beet op haar lip toen ze besefte dat ze in meervoud had gesproken. Alsof Mitch er nog was.

Als het Jonas al was opgevallen, liet hij dat niet merken. 'Maar als je buiten bent dan? Of op de sneeuwscooter?'

'Onder het zadel zit een geweer met losse flodders en ik ga nooit op pad zonder pepperspray. Al helemaal niet na wat er in juli is gebeurd.'

Hij legde zijn mesje neer en gaf zwijgend een kneepje in haar hand. Ze had eerder deze week aan zijn gezicht gezien hoe hij was geschrokken van haar gedetailleerde verhaal over de aanval van de beer.

'Goed zo. Geen risico nemen.' Hij knipoogde en haar hart maakte weer een buiteling. 'Het universum zit ons op de hielen, weet je nog?'

'Is het onverstandig om nog een derde keer op te scheppen?' vroeg Ronnie, maar ze duwde haar bord al naar Meg toe. 'Wanneer heb jij zo leren koken?'

'O, nou ja, in de tijd dat ik géén geneeskunde studeerde,' antwoordde Meg met een knipoog.

'Au!' Jack grijnsde terwijl Ronnie lachend haar tong uitstak.

'Ja, nou, als ik moest kiezen tussen de kunst van het opereren en de kunst van het koken, zou ik beslist kiezen voor...'

'Koken!' maakte Jack haar zin af.

'Precies,' zei Ronnie grinnikend. 'Schep me nog eens op.'

Jonas keek hoe Meg haar zus en Jack nog eens opschepte, hoewel ze allemaal al een tweede portie hadden gehad. Ze keek hem vragend aan, maar hij schudde zijn hoofd.

Over achtenveertig uur zou hij met een groep topwetenschappers aan een diner in een hotel in Washington DC zitten, en zou hij zich verder van deze avond verwijderd voelen dan hij ooit in de ruimte had gedaan. Het kletsen, het haardvuur, het eten, haar lach, deze kleine berghut waar het allemaal was begonnen... Het gouden licht gaf hem bijna het gevoel dat hij deze avond in goud kon dopen en voor altijd kon bewaren.

Ergens wenste hij nu dat hij nooit hierheen was gekomen. Het zou het beste zijn geweest om de dingen te laten zoals ze waren. Met de stilte die zij had laten ontstaan en die gewoon doordraaide tot in de eeuwigheid, net als de ruimte, het universum dat hen bij elkaar had gebracht. Want hoe zou dit moeten werken tussen hen? Haar leven was hier. Dít was haar leven. Hoe kon hij van haar vragen haar wortels, haar thuis te verlaten voor het leven van een nomade, reizend van het ene naar het andere land, naar de ruimte en weer terug...

Maar het was al te laat. Toen Jack hem eerder vanavond die vragen stelde, waarop hij spontaan moest antwoorden, had hij zijn uiterste best moeten doen om juist níét het eerste te zeggen wat in hem opkwam.

Wat was het allerbeste aan het verblijf in de ruimte? *Meg.* Het uitzicht.

En aan het terug zijn op aarde? *Meg.* Het weer. De wind, de regen, de zon, de sneeuw.

Jonas zuchtte zacht en pakte zijn glas. Hij zag hoe Megs blik steeds in zijn richting fladderde en weer wegvloog als een vlinder die zich niet liet vangen, om te checken of hij het naar zijn zin had... Hij keek naar haar terwijl zij naar Ronnie en Jack luisterde, hij zag hoe ze bloosde als hij haar blik ontmoette.

Hij wist dat hij verloren was.

'Nou, als het niets wordt met je carrière als grafisch ontwerper, kun je altijd nog in de catering gaan werken,' zei Ronnie.

Jonas mengde zich weer in het gesprek. 'Ik denk dat het wél wat gaat worden.'

'O ja?' vroeg Meg, verbaasd en geraakt door zijn vertrouwen.

Ronnie leunde over de tafel en pakte de fles wijn – hun derde. 'Nou, niet als Lucy het voor het zeggen heeft. Ze heeft er een handje van om de dingen voor mijn zus te verpesten.'

'Niet waar,' zei Meg op waarschuwende toon.

Maar Ronnie was niet meer te houden. De wijn had haar moed gegeven.

'Heb je al kennisgemaakt met Lucy?'

Jonas' ogen gleden naar Meg. 'Ik heb haar alleen die ene keer ontmoet.'

'En wat was je indruk? Wees eerlijk.'

'Nou, zoals ik al zei, heb ik haar maar één keer ontmoet, en dat was kort,' antwoordde hij tactvol.

'Dat weet ik. Maar wat was je eerste indruk van haar?'

Hij zuchtte. 'Ze kwam ongelukkig over. Onzeker. Boos.'

'Dank je wel! Goed gezien, wat mij betreft,' zei Ronnie triomfantelijk.

'Ron,' mompelde Jack, die Megs gezichtsuitdrukking zag.

'Nou, als ze ongelukkig, boos en onzeker is, dan komt dat door Tuck,' zei Meg om haar vriendin te verdedigen.

'Door Tuck?' herhaalde Ronnie. 'Denk jij dat het Tucks schuld is dat Lucy zich zo gedraagt?'

'Ja. Hij is een slechte echtgenoot en een nog slechtere vader. Zij adoreert hem, maar haar huwelijk met die man is de ergste vergissing van haar leven geweest.'

'Omdat...' zei Jonas vragend.

Meg keek hem verbijsterd aan, alsof zijn vraag suggereerde dat hij haar niet geloofde. 'Omdat hij vreemdgaat. Ja, echt,' zei ze toen Ronnies mond openviel. 'Zo, dat is eruit. Hij is altijd een player geweest en hij laat zich niet tegenhouden door het feit dat hij getrouwd is. Iedereen weet het, maar niemand praat erover. Die arme Lucy loopt altijd op eieren en maakt zich elke keer weer zorgen als hij laat thuis is. Ze is één bonk zenuwen en dat is zijn schuld.'

'Wat vreemd,' zei Jonas. 'Dat is helemaal niet de indruk die ik van hem had.'

Meg fronste, zo te zien ontsteld door zijn opmerking. 'Je kent hem amper.'

'Nou, dat weet ik, maar...' Hij haalde zijn schouders op. 'We hebben die workshop gedaan en daarna samen geluncht.'

Meg keek hem perplex aan. 'Dus omdat je met hem gelúncht hebt, weet je precies hoe hij in elkaar zit? Terwijl ik hem al elf jaar ken?'

'Helemaal niet. Kijk, ik geef toe dat ik hem nauwelijks ken, maar soms staan we te dicht bij mensen om ze objectief te kunnen beoordelen.'

Megs mond viel open en Jonas zag dat hij te veel had gezegd. Dat hij te direct was geweest. 'Dus jij zegt dat ik te blind ben om een objectief oordeel te vormen over mijn oudste en beste vrienden?'

Jonas zweeg even, enigszins van slag geraakt omdat ze ineens zo tegenover elkaar stonden. Hij schudde zijn hoofd. 'Nee, ik... Nee.'

'Nee, zeg je dat niet?' hield Meg halsstarrig vol.

Met een glimlach probeerde hij de situatie te redden terwijl hij zich afvroeg hoe dit zo snel was geëscaleerd. Kwam haar verbeten commentaar op Tuck voort uit beschermingsdrang tegenover Lucy of was er meer aan de hand? Hij herinnerde zich Tucks opmerkingen over Meg die hem wel kon schieten. Tuck had niet willen vertellen waarom, maar hij had duidelijk gelijk gehad. Waarom zou Jonas' eigen opmerking van zojuist haar anders zo van streek hebben gemaakt? 'Luister, maakt het echt uit wat ik denk?'

'Ja! Dat maakt enorm veel uit.' Haar wangen kleurden rood en ze keek hem niet aan, maar friemelde aan haar servet. 'Ik zou weleens willen weten waarom je zijn kant kiest.'

'Maar dat doe ik niet.'

'Blijkbaar wel,' verklaarde ze, haar ogen helder, haar wangen steeds roder.

Jonas keek even naar haar. Zijn arm lag uitgestrekt over de tafel, haar arm lag aan de andere kant. Ze trilde, zag hij, en het liefst zou hij zijn hand uitsteken en haar hand pakken. Maar dat kon niet. Niet waar Ronnie en Jack bij waren. Ze hadden hoe dan ook allemaal veel te veel wijn gedronken.

'Luister, toen ik in opleiding was bij de ESA, werd ons geleerd te zien wat er werkelijk was, niet wat we aannamen dat er zou zijn. Het is net zoals met dat zinnetje "de kat zat op de de mat". Tweeëntachtig procent van de mensen pikt het tweede "de" niet op omdat ze verwachten dat er maar één "de" zal staan, dus het brein negeert wat er afwijkend is en verwerkt de informatie op basis van wat het verwacht.'

Ze fronste. 'Wat wil je daarmee zeggen?'

'Nou, als Tuck of Lucy zich niet gedragen op de manier die overeenkomt met het beeld dat jij van hen hebt, verwerk je alleen wat er wél met dat beeld overeenkomt en negeer je elk bewijs van het tegendeel.'

Er viel een lange stilte en Meg keek hem aan met een blik die liet zien dat ze zich verraden voelde. Het deed hem fysiek pijn.

'Maar dat is natuurlijk slechts een theorie...'

'Nee,' zei ze rustig, terwijl ze naar de tafel keek en de borden begon op te stapelen. 'Als de ESA het zegt, moet het wel kloppen. Het is een wetenschappelijk feit. Ik weet zeker dat Tuck in de wolken zou zijn als hij hoorde dat jij het voor hem opneemt.'

Jonas zag hoe ze opstond, naar de keuken liep en de vuile borden in de gootsteen zette, haar rug stijf, haar schouders hoog opgetrokken.

Hij ging achteroverzitten terwijl Ronnie met een schaapachtige uitdrukking op haar gezicht onhoorbaar 'Sorry' zei. Maar het kwaad was al geschied.

Ze hadden zojuist hun eerste ruzie gehad.

32

Zaterdag 18 november 2017

Het was een bleke ochtend, ook de zon leek nog slaperig te zijn. Meg zat in haar lievelingsstoel op de veranda en trok huiverend de schapenvachten en dekens dichter om zich heen. Badger had zich – al was hij daar eigenlijk te groot voor – om haar voeten heen gekruld, wat heerlijk aanvoelde op deze koude ochtend.

Rond vijf uur was het gestopt met sneeuwen en het landschap was nu mooier dan ooit. De puntige bergkammen werden verzacht en de bodem van de vallei leek strak te zijn ingestopt onder een wit laken. In de lucht strekten zich flarden rood naar boven uit. De bomen waren ijspilaren geworden met een kantachtig samenspel van sneeuw en bladeren… Meg keek naar de nog zichtbare maan in de verte, net een nagel in de lucht.

Over vierentwintig uur zou hij weg zijn.

Een week geleden was alles nog goed geweest. Het ging goed met haar, beter dan in lange tijd. Hij was een stem in het donker geweest, een pagina op een scherm, eerder een idee dan een persoon, en nu had hij dat allemaal ondermijnd. Háár ondermijnd. Want in de afgelopen week was haar wereld veranderd. Hoewel ze nog hetzelfde leven leidde, met hetzelfde uitzicht (dít uitzicht), had ze er een nieuwe kijk op gekregen. Hij had haar eraan herinnerd hoe het was om een vriend te hebben, een minnaar, iemand om mee te praten, om in vertrouwen te nemen… zelfs om ruzie mee te maken.

Haar gedachten gingen terug naar gisteravond, hoe moeilijk ze het hem had gemaakt bij zijn vertrek. Ze had hem verstard en met een gemaakte glimlach uitgezwaaid. Ze had de verwarring in zijn ogen gezien, zich ervan bewust dat hij niet had begrepen wat er kort daarvoor was gebeurd. Hij kon ook niet weten dat hij een mijnenveld was binnengewandeld. Natuurlijk kon hij niet weten hoe Tuck werkelijk in elkaar zat of wat hij had gedaan. Zijn ontrouw was bij lange na niet het ergst.

Maar daar kon Jonas niets aan doen…

Er klonk gekraak.

Ronnie, gewikkeld in tien lagen van Jacks kleren, kwam de veranda op en glimlachte verontschuldigend.

'Hoi.'

'Hoi,' zei ze kortaf en ze keek weer voor zich uit.

'Kan er nog een zusje bij?' vroeg Ronnie, terwijl ze zich op de schommelstoel naast haar zus liet glijden. Ze schoof haar voeten voorzichtig onder Badgers duttende hondenlijf. 'Ooo, lekker warm.'

'Hm.'

Ronnie wierp een vluchtige blik opzij. 'Meg…'

'Ik weet het.'

'Maar het spijt me echt.'

'Dat weet ik.'

'Ik had er nooit over moeten beginnen.'

'Dat wéét ik,' zei Meg nadrukkelijk. Ze wierp haar een strenge blik toe en richtte haar ogen weer naar de lucht.

Ze bleven zwijgend zitten.

'Luister, Meg, ik wil alleen maar zeggen…' begon Ronnie met een ongebruikelijke aarzeling.

'Zeg het maar liever niet.'

'Nee. Ik bedoel niet over gisteravond.'

Meg trok een wenkbrauw op. 'Waarover dan?'

'Ik wilde alleen maar zeggen dat je je niets moet aantrekken van wat Lucy heeft gezegd. Over Hap, bedoel ik. Ik val haar verder niet aan of zo,' zei ze er snel achteraan. 'Maar ze heeft het recht niet om jou een schuldgevoel aan te praten omdat jij weer gelukkig wilt zijn.'

'Dat heb je al eerder gezegd.'

'Dat weet ik! Want het is waar, helemaal nu...' Ze aarzelde weer.

'Ja?' vroeg Meg ongeduldig.

'Helemaal nu ik het gevoel heb, net als Jack trouwens... dat Jonas jou gelukkig maakt. Wacht nou even!' zei ze toen ze zag dat Meg zich afwendde.

'Ron,' zei Meg. 'Ik vind het lief dat je dit zegt. Echt. Maar morgen rond deze tijd is hij vertrokken. Hij vliegt naar Washington en dan naar New York en daarna terug naar de ESA-thuisbasis in Keulen, en dan naar God weet waar, voordat hij eindelijk naar Noorwegen gaat om Kerstmis te vieren met zijn familie. En ik... ik ben dan nog hier, begrijp je?' Ze schudde haar hoofd. 'Ik snap wat je zegt, maar het heeft geen zin, er zit geen toekomst in. Penvrienden, meer kunnen we niet zijn.'

Ronnie zakte onderuit onder het gewicht van die woorden, maar herpakte zich. 'Waar een wil is, is een weg.'

Meg snoof. 'Sinds wanneer ben jij zo'n optimist geworden?'

'Sinds ik verliefd ben geworden. Je leeft maar half als je geen liefde in je leven hebt.'

Meg voelde zich plotseling overweldigd door de gepassioneerde overtuiging van haar zusje. Omgeslagen als een blad aan een boom... Vanaf het eerste moment dat zij haar relatie met Mitch boven de kunstacademie had verkozen, had Ronnie daar commentaar op gehad, maar nu zij zélf een hapje van de appel had genomen was liefde ineens het antwoord? 'Luister, ik heb gevoeld wat jij voelt, Ron. Ik héb iemand liefgehad. Een week voor mijn huwelijk ging hij dood. Het spijt me, maar dat kan ik niet zomaar achter me laten.'

'Ik weet hoeveel je van Mitch hield. Hij was een geweldige vent en jullie waren een fantastisch koppel. Maar doe me een lol, oké? Maak geen heilige van hem nu hij dood is.' Meg wilde wat zeggen, maar Ronnie ging verder. 'Hij was niet perfect, want niemand is perfect. Vergeet de goede tijden en fijne momenten niet – want daar waren er veel van, dat weet ik – maar jullie maakten ook ruzie. Hij dreef je tot waanzin als hij met Tuck in de stad bleef en jou dat niet vertelde, als hij stomdronken werd of als hij een pak sap aan zijn mond zette zonder moeite te doen een glas te pakken. En hij kon behoorlijk chagrijnig zijn.' Ze knipperde met haar ogen en keek Meg tegelijkertijd fel en ongerust aan. 'Ik zeg alleen maar dat je de balans in het oog moet houden, oké? Want als je hem vereert als een baken van volmaakte liefde, zal niemand anders ooit aan hem kunnen tippen. En dat zou jammer zijn, want Jonas is hartstikke leuk.'

Meg zweeg lange tijd. Ronnies woorden galmden na in haar hoofd en ze probeerde haar tranen in te houden. Haar blik was weer op de verre hemel gericht. Die leek nu merkwaardig leeg zonder dat híj daar was. 'Afscheid nemen wordt nooit gemakkelijker, hè?'

Ronnie keek opzij. 'Nee,' mompelde ze. 'Nooit.'

Hij zag haar aan de andere kant van het glas. Ze praatte met een klein meisje dat skischoenen paste en lachte om iets wat het kind tegen haar zei.

Jonas duwde de deur open en zag dat ze bevroor toen ze opkeek en hem binnen zag komen. Ze bleef glimlachen, maar haar ogen lachten niet meer mee.

'Hoi...' begon ze, en hij hoorde aan de klank van haar stem wat ze zou gaan zeggen. *Dit is niet het juiste moment.*

'Ik kijk wel even rond,' zei hij snel, en hij richtte zijn aandacht op de rijen ski's, schoenen, handschoenen, mutsen en sneeuwbrillen... Badger, die kennelijk ergens had liggen soezen, draafde naar hem toe toen hij zijn stem hoorde, en vroeg zachtjes jankend om een knuffel. Zijn staart roffelde op de vloer terwijl Jonas hem aaide.

De stem van het kleine meisje klonk hem zangerig in de oren toen hij een skibril oppakte. Het was een topmodel met een ingebouwde infraroodcamera. Hij legde de bril terug en liep naar de helmen, terwijl hij de hele tijd naar het gesprek bleef luisteren. Hij hoorde de vriendelijkheid in Megs stem toen ze vroeg of de hak weggleed en of het meisje even met haar tenen wilde wiebelen. Hij hoorde hoe ze verklaarde dat het meisje zo láng was voor haar leeftijd toen ze haar lengte opnam voor de juiste stokken, en hoe ze haar daarna een lolly gaf omdat ze zo geduldig dertien verschillende helmen had gepast.

Uiteindelijk verlieten het meisje en haar moeder de winkel, tot zijn opluchting en Megs ongemak. Jonas draaide zich naar haar toe zodra het belletje boven de deur had geklonken. Ze stond bij de kassa te doen alsof ze het druk had en haar mond was vertrokken tot een streep.

Hij aarzelde niet. Daar was geen tijd voor. 'Meg, het spijt me.'

'Je hoeft je niet te verontschul...'

'Jawel. Het was tactloos van me om te suggereren dat een wetenschappelijke theorie ooit zou kunnen wegwuiven wat jij in jaren van vriendschap hebt ervaren.' Hij zag dat ze met haar ogen knipperde en hoe gespannen en oppervlakkig ze ademhaalde. Ze zocht overduidelijk iets om met haar handen te doen en pakte een paperclip van de toonbank.

Ze schudde haar hoofd. 'Ik had te veel gedronken. Bovendien had je waarschijnlijk gelijk. Ik ben momenteel bepaald niet Tucks grootste fan.'

Momenteel? Maar Jonas ging er niet op door. Want eerlijk gezegd kon het hem niets schelen hoe Meg of wie dan ook over Tuck dacht. Over negentien uur zou hij weg zijn. Weg van hier, weg van haar. Dat was alles waar hij aan kon denken.

'Maar als hij vreemdgaat, is hij een klootzak.' Hij zag dat Meg verbaasd was over zijn taalgebruik en dat er een zweem van een glimlach in haar ogen opdook. 'En het zou inderdaad verklaren waarom Lucy boos en onzeker en somber is.' Hij haalde zijn schouders op. 'Dus jij had gelijk. Ik had ongelijk.' Hij grijnsde. 'Astronauten weten veel over het heelal, maar weinig over de mens. Dat weet iedereen. Waarom zouden we anders altijd op zoek zijn naar marsmannetjes?'

'Dat klinkt als zo'n stomme grap van je,' mompelde ze, maar er kwam weer een glimlach tevoorschijn. Heel bescheiden, maar toch leek het alsof de zon vanachter de wolken verscheen.

'Ga met me brunchen.' Hij liep naar haar toe.

Maar haar glimlach vervaagde en ze keek de andere kant op. Het moment was voorbij. Er was iets anders aan de hand, dacht hij bij zichzelf.

Het rinkelende belletje van de deur kondigde nieuwe klanten aan. Verdomme! Hij draaide zich om en zag een oudere vrouw binnenkomen. Ze droeg een muts met oorkleppen, een sleetse donsjas en een prachtig paar kastanjebruine wandelschoenen met decennia oude gebruikssporen in het leer. Ze keek naar Jonas met een heldere, kordate blik. Haar gebruinde huid was diep gegroefd en haar korte, praktische kapsel was van het doe-het-zelf-type.

'Dolores,' zei hij met een glimlach. Op de een of andere manier had hij haar de hele week niet gezien. Elke keer dat hij langs was gekomen om Meg op te halen, was ze toevallig net weg geweest.

'Jonas,' antwoordde ze bevestigend. Ze liep naar hem toe en bekeek hem van top tot teen, als een boer die op een veemarkt een stier staat te keuren. Ze legde een hand tegen zijn wang en knikte. 'Dus je bent toch van vlees en bloed.'

'Zeker.' Hij bleef staan terwijl ze hem aankeek zoals alleen zijn moeder ooit had gedaan. Dolores zag hem helemaal en accepteerde alles wat ze zag.

'Sorry, maar... hebben jullie elkaar al ontmoet?' onderbrak Meg het tafereel.

Dolores liet haar hand weer zakken en wendde zich tot Meg terwijl ze haar jas openritste. 'Nee. Maar wie moet hij anders zijn? Je ziet in één oogopslag dat hij een man is die van de wereld is gestapt omdat hij behoefte had aan een beter uitzicht.'

Meg keek naar hem alsof ze probeerde hem door Dolores' ogen

te zien. Maar dat was onmogelijk. Er was te veel tussen hen gebeurd om elkaar met een neutrale blik te kunnen bekijken.

'Vertel, wat zijn jullie plannen voor vandaag?' vroeg Dolores, die naar achteren liep om haar jas op te hangen.

'Ik probeerde Meg net over te halen om met me te gaan brunchen,' zei Jonas. Hij zei het luid, zodat Dolores hem kon horen. Hij had het gevoel dat hij in haar een bondgenote had gevonden.

'Maar zoals ik net wilde uitleggen,' zei Meg op een al te geduldige toon, met haar ogen op hem gericht, 'moet ik werken.'

'Nonsens,' zei Dolores meteen, terwijl ze de zaak weer in liep. 'Ga gewoon.'

'Dolores, echt, het is de hele ochtend hartstikke druk geweest. Ik heb amper een moment rust gehad. En de bus van elf uur uit Calgary is net aangekomen. Als al die mensen in hun hotel zijn ingecheckt, zullen ze hiernaartoe komen om…'

'Ik zei, ga gewoon. Ik red het hier wel.'

'Dolores, nee.'

'Megan, ja,' reageerde Dolores ferm.

Meg haalde diep adem en keek van haar werkgeefster naar Jonas. 'Ik heb geen trek.' Ze leek Dolores een veelbetekenende blik toe te werpen.

Dolores keek Jonas aan. Hij trok zijn wenkbrauwen op en voelde zich steeds ongemakkelijker. Het was overduidelijk dat Meg niet met hem wilde gaan eten. Dolores wendde zich weer tot Meg. 'Goed dan. Je bent ontslagen.'

Meg hapte naar adem. 'Wat?'

'Je hebt me wel gehoord. Ga.' Dolores sloeg haar armen over elkaar.

'Wat? Nee!' riep ze half lachend, half huilend.

'Ik bel de politie als je niet gaat.'

'Dolores! Dat kun je… Dat kun je niet maken!' riep Meg uit, terwijl Dolores weer naar achteren verdween en een moment later terugkeerde met haar tas en haar jas.

'Jawel hoor, ik had het al jaren geleden moeten doen. Je presteert nu al maanden ondermaats. Je bent de laatste tijd onverschillig ten opzichte van de klanten en je hebt te veel besteld bij Oakley, zodat ik nu een manier moet zien te vinden om driehonderd zonnebrillen van vierhonderd dollar kwijt te raken.'

'Maar...'

'Nee, laat de hond maar hier. Die kun je op de terugweg wel ophalen.' Dolores duwde Meg naar de deur.

'Ga nou. Gá gewoon.'

'Maar...'

Meg wankelde de straat op en keek de winkel weer in met een geschokt gezicht vol ongeloof. 'Ik héb niet te veel Oakleys besteld,' riep ze uit terwijl ze haar armen spreidde.

'Lieverd, je bent zonder twijfel de slechtste assistent-manager die ik ooit heb gehad.'

'Ik ben de énige assistent-manager die je ooit hebt gehad!'

'Dat is allemaal leuk en aardig, maar ik had dit jaren geleden al moeten doen. Alleen mijn genegenheid voor jou hield me tegen. Maak nu geen drukte, dat is alleen maar gênant. Mijn besluit staat vast.' Dolores draaide zich van haar weg.

'Wat krijgen we nou?' vroeg Meg verbijsterd. Ze leek op het punt te staan om in huilen uit te barsten.

Dolores gaf de tas en jas aan Jonas, haar rug naar Meg toe gedraaid. 'Bosbessencrêpes bij Melissa's Missteak,' mompelde ze. 'En ze drinkt haar koffie met warme melk,' fluisterde ze met een knipoog.

33

De lampen waren te fel, dat was het probleem. Daarom kon hij niet slapen. Er moesten spaarlampen in. Of dimmers. Of misschien wandlampjes in plaats van die tl-achtige verlichting die haar het gevoel gaf dat ze in een verhoorkamer was. Geen wonder dat hij huilde. Het huilen stond haarzelf ook nader dan het lachen.

Lucy ijsbeerde heen en weer en trok met haar handen aan haar haren terwijl de baby in zijn bedje in de naastliggende kamer maar bleef krijsen. In het boek stond dat ze hem precies tien minuten moest laten huilen voordat ze naar binnen zou gaan, dus ze moest wachten, anders zou het niet werken. Hij zou het dan niet leren, en deze kwelling voor hen beiden, dit geschreeuw waarbij horen en zien je verging, het zou allemaal voor niets zijn geweest.

Hoe laat was het? Hoelang duurde het nu al? Ze liep naar de keuken en keek naar de klok. Vijf uur tweeënveertig. Zes minuten.

De filmvertoning begon om zes uur. Tuck had gezegd dat hij terug zou zijn. Hij had gezegd dat hij niet te laat zou komen. Vandaag niet. Hij kon hier elk moment zijn. Ze kón dit. Ze kon het volhouden.

Het gehuil van de baby klonk hier minder luid – hij was nu twee kamers verderop – en ze zette de waterkoker aan, hopend dat het borrelende geluid hem zou overstemmen. Ze liep met haar handen op haar heupen voor het raam heen en weer, terwijl ze haar ogen op de poort gericht hield, wachtend tot de neus van de pickuptruck tevoorschijn zou komen.

Tussen de middag was het gaan sneeuwen en er lag een nieuwe laag van dertig centimeter, zo te zien aan de deksels van de afvalbakken. Maar dat was geen excuus.

Ze hadden geen van allen een excuus voor hun afwezigheid. Ze hielpen haar niet en lieten haar alleen met een krijsende baby. Ze had van Tuck alles gehoord over Megs opwindende week met die astronaut, en natuurlijk van haar moeder, via Dolores. Langlaufen en picknicken! Films en popcorn! Etentjes en wijn! Zij was de bloemetjes aan het buitenzetten, zij genoot van haar vrijheid, haar onafhankelijkheid, haar single-zijn…

Lucy veegde driftig een traan weg terwijl het water in de waterkoker kookte en het geborrel de baby tijdelijk overstemde. Nee, ze zou niet huilen. Niet om haar. Lucy wist dat ze een trouwe vriendin voor haar was geweest. Welke fouten ze in het verleden ook had gemaakt, ze had haar best gedaan om ze goed te maken in die eerste, donkerste weken, toen Meg nog niet eens in staat was geweest om haar eigen neus te snuiten. Ze had voor haar gezorgd, eten voor haar gemaakt, bij haar gezeten… Ze was zelfs naar de berghut gegaan om haar excuses aan te bieden, ook al was de buikpijn die ze de hele dag al had steeds erger geworden, ook al was Még degene geweest die fout zat. Zíj was met die vent in bed gedoken alsof het niets was. Nee, Lucy wist dat ze haar best had gedaan om de lucht tussen hen te klaren. En een paar uur lang, een paar dagen lang, had ze gedacht dat het haar gelukt was. Ze waren weer close geweest, verbonden door een ongelooflijke, levensbepalende ervaring. Dus hoezo had Meg haar gedumpt omdat ze Lucy's naamkeuze voor de baby afkeurde?

Lucy's bloed kookte van verontwaardiging. Het was oneerlijk en onrechtvaardig, maar ze zou beloond worden. Haar leven stond op het punt drastisch te veranderen en zij zou niet meer in haar eentje voor de baby hoeven zorgen. Als een luxeleven leiden de beste wraak was, nou, dan zou iedereen nog opkijken! De contracten, die een paar dagen te laat van de notaris terug zouden zijn, volgens Tuck vanwege wat kleine lettertjes die nog moesten worden verklaard, konden elk moment komen, en dan zou iedereen te horen krijgen hoeveel geluk zij hadden. Niemand zou nog 'arme Lucy' zeggen. Ze zouden haar met bewondering en afgunst bekijken. Ze zouden een nieuw huis kopen – mooier en groter dan dit krot – en zij zou een personal trainer inhuren, en een sexy nieuwe garderobe kopen als stimulans om het babygewicht kwijt te raken, zodat ze Tuck eraan kon herinneren hoeveel hij van haar hield.

Ze veegde haar tranen opnieuw weg en trok hard aan haar huid, zodat er rode vingerafdrukken op haar wangen stonden. Het water had gekookt, het geborrel en gebruis nam af en het geschreeuw van de baby werd weer luider. Haastig goot ze het water uit de ketel en vulde hem opnieuw met koud water uit de kraan, zette hem aan en wachtte weer op verlichting. Waarom was het zo moeilijk om hem te horen schreeuwen? Waarom sliep hij 's nachts door als Tuck er was om te helpen, terwijl hij overdag, als ze alleen met hem was... Hield hij soms niet van haar? Voelde hij niet de band met haar die zij wel voelde? Was het haar lot om deze cyclus steeds opnieuw mee te maken, meer lief te hebben dan dat er van haar gehouden werd?

Ze voelde die kenmerkende tinteling in haar borsten en keek naar beneden, waar ze twee melkachtige plekken zag, die zich over haar T-shirt verspreidden.

'Verdomme,' schold ze, terwijl ze de tranen weer voelde opkomen en het T-shirt naar voren trok. Maar het was te laat en Tuck kon elk moment terugkomen... Ze wilde niet dat hij haar zo zou zien. Ze had haar haar al een week niet gewassen, haar nagels waren afgekloven en sinds de bevalling had ze haar bikinilijn niet meer laten waxen. Het was al erg genoeg tussen hen. De baby had niets veranderd, niet echt. Tuck had de eerste paar dagen zijn best gedaan door aan te bieden de baby vast te houden, maar hij had het opgegeven nadat ze zijn aanbod herhaaldelijk had afgewezen. Ze had het gevoel gehad dat zíj had gefaald als het hém lukte de baby stil te krijgen. En natuurlijk kon hij de baby niet voeden totdat ze op flesvoeding zouden overgaan. Dus nu dronk hij alweer te veel, kwam hij steeds weer laat thuis en probeerde hij niet eens seks met haar te hebben, wat maar één ding kon betekenen.

Ze holde naar de slaapkamer, trok het T-shirt uit en maakte de doorweekte beha los. Ze liet hem op de grond vallen en opende de lade om een nieuwe te pakken. Haar zoogkompressen waren op, maar Tuck had op haar verzoek gisteren op weg naar huis nog een pak gekocht. De plastic zak lag nog in de hoek van de slaapkamer, waar hij hem had neergezet omdat hij haar moeder moest helpen met een of ander godvergeten kapot apparaat in het hotel.

Ze liep ernaartoe en trok de doos kompressen eruit. Ze verstijfde toen ze zag dat hij ook een mountainbiketijdschrift, pepermuntjes en een pakje condooms had gekocht.

Maar dat was niet de reden waarom haar adem stokte. Langzaam stak ze haar hand in de plastic zak en haalde de brief eruit die discreet achter de andere boodschappen was gestopt. Haar hart begon twee keer zo snel te slaan toen ze de naam zag die met zwarte inkt op de envelop geschreven stond.

Meg.

De blik in haar ogen was altijd het eerste teken. En dan haar stem. Zachter. Langzamer.

In de naastgelegen kamer lag de baby te schreeuwen, zoals altijd als Tuck rond deze tijd thuiskwam. Het was een van de redenen om zijn thuiskomst uit te stellen... Hij had een paar keer voorgesteld om flesvoeding te proberen, omdat de baby misschien niet genoeg melk kreeg en honger had, maar dat vatte ze steevast op als een belediging, als een smet op haar moederschap, dus hij was ermee gestopt. Hij was zo ongeveer overal mee gestopt. Ze was kwaad als hij thuisbleef omdat hij haar dan voor de voeten liep, ze was kwaad als hij te lang wegbleef, ze werd kwaad als hij de baby in slaap kreeg terwijl haar dat niet was gelukt, ze werd kwaad als hij haar benaderde in bed, en nog kwader als hij dat níét deed.

'Hoi,' zei hij behoedzaam, terwijl hij zijn sleutels op het kastje in de gang legde en haar bij de deur van de slaapkamer zag staan, met iets in haar hand. Kon ze zien dat hij gedronken had? Hij was onlangs verstandig geworden en van bier op wodka overgestapt, zodat zijn adem hem niet meer verraadde. 'Wil je dat ik naar hem toe ga?'

Ze negeerde zijn vraag. 'Wat de fuck is dit?'

Zijn ogen gleden omlaag naar wat ze in haar hand had. Een brief, de brief die hij gisteren had opgehaald en die hij had willen verstoppen. Maar Barbara had bijna meteen gebeld toen hij binnenkwam – ze zou wel weer uit het raam hebben gekeken, want haar timing was perfect – en hij had vrijwel meteen de binnenplaats moeten oversteken om te helpen met een druppende kraan.

Hij viel even stil. 'Ik wilde het er nog met je over hebben.'

'O ja? Wanneer dan? Nadat je haar had laten tekenen?' vroeg ze, haar stem druipend van sarcasme.

'Luister nou, Luce, ik heb eens nagedacht...'

Lucy lachte, een hard en bitter geluid als een bel die op de vloer kletterde. 'Dat zal wel. Jij denkt niet na. Je dóét gewoon, Tuck. Je laat je leiden door je maag en je lul.' Ze trok een spottende blik. 'En die verdomde fles. Waar kom je net vandaan? Bill's? Of zat je weer in je eentje op de zaak te drinken?'

Hij staarde haar aan en twijfelde of hij gewoon de sleutels zou pakken en zou maken dat hij wegkwam. Ze was uit op ruzie, zoveel was zeker. En hij zou aan het kortste eind trekken. Dat kon niet anders. Het was de enige manier om hiermee om te gaan.

Hij haalde diep adem. 'Lucy, je hebt een slechte dag gehad. Je bent uitgeput. Zal ik proberen of ik de baby tot bedaren kan brengen?'

'Mitch! Hij heet Mitch! Het is niet "de baby"! Of Titch!' gilde Lucy. 'Waarom noem je hem nooit bij zijn naam?'

'Oké, oké,' zei Tuck kalm, terwijl hij probeerde niet te verbleken. 'Ik zal Mitch proberen te sussen en dan gaan we hier rustig over praten... Zal ik het bad voor je laten vollopen?'

Lucy keek hem aan alsof hij gek geworden was. 'Jij geeft al ons geld weg en denkt dat ik goddomme in bád wil?' schreeuwde ze, zo hard dat ze zelfs de baby heel even overstemde.

Hij knipperde met zijn ogen. Hij werd overvallen door een golf van misselijkheid. Haar geschreeuw veroorzaakte gebonk in zijn hoofd en de lampen in deze verrekte bungalow waren te fel. 'Niet alles. Alleen mijn deel.'

'Jouw deel? Je bedoelt de hélft van jouw deel? Want je beseft toch wel dat ik recht heb op de andere helft? Vijftig procent van jouw deel is van mij en ik geef míjn geld niet weg.'

'Oké,' zei hij snel. 'Maar ook een kwart is heel veel geld. Meer dan genoeg.'

'Waaróm?' riep ze uit, haar gezicht donkerrood van woede.

Tuck wist dat zijn kalmte haar razernij alleen maar aanwakkerde, maar hij had geen andere keus. Ze konden niet allebei hun beheersing verliezen. Hij probeerde zijn ademhaling onder controle te krijgen en zich niet te laten meeslepen. 'Laten we even gaan zitten...'

'Ik wil niet zitten! Ik wil weten waarom! Waarom doe je ons dit aan?'

Hij liet zijn schouders zakken. 'Ik kan niet anders. Het is de enige manier om met mezelf in het reine te komen.'

'Door haar vijfenzeventig procent van de waarde van het bedrijf te geven? Het is al erg genoeg dat ze Mitch' aandeel krijgt!'

'Ze is zijn wéduwe,' zei Tuck, vol afschuw over de inhaligheid van zijn vrouw.

'Ze waren niet getrouwd!'

Tuck knipperde met zijn ogen. Hij kon amper geloven dat Lucy dit wéér ter tafel bracht. 'Afgezien van het feit dat ze een wéék later zouden gaan trouwen,' zei hij op bittere toon met een zweem sarcasme, 'woonden ze al drie jaar samen als man en vrouw. Volgens de wet heeft zij dezelfde rechten als een weduwe.' Hij stak zijn handen naar haar uit en sprak op mildere toon verder. 'Lucy, toe nou. Je begrijpt toch wel dat dit een terechte beslissing is?'

'Nee, helemaal niet! Jouw verantwoordelijkheid ligt bij óns, bij je gezin,' gilde ze, waarbij ze zichzelf zo hard op de borst sloeg dat er rode vlekken ontstonden. Hij vroeg zich af of het blauwe plekken zouden worden.

Hij keek haar aan. 'Mitch was ook familie. Ik ga zijn nagedachtenis niet verraden, na wat ik heb gedaan.'

Lucy rechtte haar rug. 'Wat héb je dan gedaan?' sneerde ze, waarop er een lange stilte viel.

'Het is mijn schuld dat hij dood is.' Hij hoorde hoe gespannen zijn stem klonk. Zag ze niet dat hij op instorten stond?

Blijkbaar niet. 'Weet je wat? Ik heb genoeg van jouw fucking zelfmedelijden,' schamperde ze. 'Het is maanden geleden! Wanneer ga je je eens vermannen, Tuck? Je hebt niets verkeerd gedaan.'

'Ik had hem nooit moeten bellen.'

Lucy zette haar handen op haar heupen. 'Het was zijn eigen beslissing om ze te gaan zoeken. Zíjn beslissing.'

'Dat weet ik! Maar het is mede mijn schuld. Ik heb hem erover verteld en ik wíst dat hij ze zou gaan zoeken, want ik zou hetzelfde gedaan hebben. Meg háát me, Lucy! Ze kan me niet in haar buurt verdragen. In haar ogen ben ik verantwoordelijk voor zijn dood, alsof ik hem zelf levend begraven heb!'

'Nou en? Wat kan het jou schelen wat zij denkt?'

'Ik weet dat ze gelijk heeft. Ik kan niet met mezelf leven.' Zijn stem brak en er sprongen tranen in zijn ogen. Hij wendde zich af.

'Dus dit is je antwoord? Je probeert haar vergiffenis te kópen?'

'Nee! Ik kan het gewoon niet meer aan! Oké?' schreeuwde Tuck. Hij verloor nu zijn zelfbeheersing alsof er een draadje in hem knapte en alles losraakte. 'Ik ben er klaar mee! Ik wil het niet meer. Ik wil niet elke dag worden geconfronteerd met beelden van Mitch en mij samen, met zijn gezicht op een poster. Alles aan dat bedrijf herinnert me aan hem en aan onze vriendschap. En ik mis hem, Lucy! Ik mis hem verschrikkelijk. Er zijn dagen dat ik het bed niet uit wil komen, dat ik...'

Hij raakte buiten adem en staarde haar aan, hopend en biddend dat ze er iets van zou begrijpen. Snapte ze niet dat hij dáárom niet naar de filmvertoning wilde? Dat hij de vergetelheid van de fles verkoos boven een confrontatie met geesten uit het verleden? Maar terwijl hij de minachting over haar gezicht zag glijden, omdat ze zijn broederliefde als zwakheid interpreteerde, wist hij dat hij er goed aan had gedaan haar niet te vertellen over de avonden en nachten die hij had doorgebracht op het matras boven de zaak, waar hij zichzelf een stuk in de kraag had gedronken terwijl hij film na film bekeek van hen beiden: jong, vrij, lévend. Het was gemakkelijker om haar te laten geloven dat hij met andere vrouwen het bed had gedeeld, hoewel hij haar sinds Mitch' dood maar twee keer had bedrogen.

Kon hij wel 'maar' zeggen, alsof dat een prestatie was? Maar het was een verbetering vergeleken met vóór die tijd. Hij had haar geen pijn willen doen, hij was gewoon te vroeg getrouwd. Dat wist hij nu en hij had het eerder ook al geweten. Hij had geprobeerd het haar te vertellen, maar ze had geweigerd hem te laten gaan. En toen was Mitch omgekomen en vervolgens had ze hem verteld dat er een baby zou komen... En nu zaten ze gevangen, waren ze onverbrekelijk met elkaar verbonden, ook al denderden ze omlaag in een neerwaartse spiraal, als een gevechtsvliegtuig dat uit de hemel was geschoten en in brand was gevlogen voordat het zou neerstorten, het einde tegemoet.

Hij boog zijn hoofd en leunde afgemat tegen de muur. De kamer draaide. 'Lucy, we kunnen zo niet door...'

De klank in zijn stem zei haar genoeg. Ze wist wat hij zou gaan zeggen. Maar terwijl de presse-papier door de lucht zijn kant op vloog, wist híj dat ze het hem niet zou láten zeggen.

34

De filmzaal zat vol, een zee van hoofden deinde door de rijen en het geroezemoes klonk belachelijk luid. Jonas kwam terug met de popcorn en zag dat de twee stoelen naast Meg nog steeds leeg waren.

'Heb je geprobeerd ze te bellen?' vroeg hij terwijl hij Meg haar portie gaf en aan de andere kant naast haar ging zitten.

'Nee. Er is hier geen bereik.' Ze keek weer langs de rij en Jonas vermoedde dat ze niet zeker wist of ze eigenlijk wel wilde dat Lucy en Tuck zouden komen opdagen. Hoe langer de stilte tussen de twee meiden aanhield, hoe luider die werd.

'Gaat het wel?' vroeg hij. Haar stemming was de hele dag al wisselend. Het ene moment ving hij een glimp op van het verlangen dat steeds tussen hen opgloeide en had hij het gevoel dat ze het liefst zijn hand zou willen pakken, het volgende moment gingen de luiken dicht. Hij wist dat dat kwam doordat hij zou vertrekken. Ze kwamen tijd tekort terwijl ze nog niet eens de kans op een echt begin hadden gekregen, de uren tikten weg zonder dat er een oplossing in zicht was. Want het was niet genoeg om bij elkaar te willen zijn, om naar elkaar te verlangen. Ze hoorden in verschillende werelden thuis en morgen zou hij rond deze tijd weer ergens anders zijn, in een ander land, een andere stad, een andere tijdzone.

En nu, alsof dat nog niet genoeg was, zouden ze allebei worden geconfronteerd met beelden van Mitch, die bijna mythische man die nog steeds invloed had op hun leven, zelfs op dat van hem. Over tien minuten zou hij tot leven komen op dat grote scherm vóór hen, en Jonas was er niet zeker van dat ze het zou aankunnen.

Jonas keek in het gedempte licht opzij naar haar profiel en zag dat haar mondhoeken omlaagwezen. Het was al zes uur en na deze laatste vertoning van films – de categorie Short Mountain Films –

zou er een korte pauze zijn, daarna was de prijsuitreiking en dan zou hij weg zijn…

'Daar zijn ze!'

Ze keken allebei op en zagen twee oudere vrouwen in hun richting lopen. De bezoekers die al zaten verplaatsten hun knieën onhandig opzij om ze te laten passeren. Jonas herkende Dolores, maar hij kende de glamoureuze asblonde vrouw in een licht turquoise mantelpak en met een parelketting om haar hals niet. Ze vormden een onwaarschijnlijk koppel, met Dolores in haar mannelijke kledij.

'Hoe gaat het lieverd, een leuke dag gehad?' vroeg Dolores met een knipoog naar Jonas terwijl ze in de stoel naast Meg plaatsnam en haar een kus op haar slaap gaf.

'Weet je, je had me ook gewoon vrij kunnen geven in plaats van te doen alsof je me ontsloeg,' zei Meg dwars.

'O, ik deed niet alsof.'

'Wat?'

'Nee, lieverd. Als jij het nest niet zelf verlaat, zal ik je eruit moeten duwen.'

'Maar… Maar dat kun je niet doen, Dolores!'

'Dat heb ik al gedaan.'

Meg staarde haar aan. Al haar woede vervloog en er gleed een verloren blik over haar gezicht. 'Maar wat moet ik dan gaan doen?'

'Precies.' Dolores glimlachte en gaf haar een klopje op haar hand. 'Nu heb je de tijd en de stimulans om dat te bedenken. Ik laat je niet langer aan mijn rokken hangen.'

Meg trok een pruilmond. 'Alsof jij ooit een rok hebt gedragen.'

'Gelukkig niet!' zei Dolores met een lach.

'Jij bent vast Jonas,' zei de blonde vrouw, die over Meg en Dolores haar hand naar hem uitstak. 'Ik ben Barbara, de moeder van Lucy.'

'O, Barbara, ja, ik heb veel over je gehoord. Aangenaam kennis te maken.'

Barbara glimlachte, zo te zien verrukt dat zij onderwerp van gesprek was geweest. Ze gaf Dolores een por met haar elleboog terwijl ze ging zitten. 'Is je verblijf bij ons goed bevallen?'

'Heel goed.' Te goed.

Barbara keek hem tevreden aan. 'Dat zegt iedereen altijd. Al mijn gasten.' Ze stak haar handen omhoog. 'Banff is een bijzondere plek.'

'Absoluut.'

'En ga je snel weer de ruimte in?' Alsof het zoiets was als de bus nemen.

'Er zijn geen plannen op korte termijn, nee.'

'Het zal daarboven wel vreselijk eenzaam zijn.' Ze kneep haar ogen samen en schudde lichtjes haar hoofd.

'Nou, ik had geluk met mijn penvriendin,' antwoordde hij luchtig, alsof Meg niet meer was dan dat.

'Wat een schat is ze, hè? We zijn allemaal dol op Meg.'

Jonas keek haar aan. 'Ja.'

Meg vermeed zijn blik. 'Waar zijn Tuck en Lucy?' vroeg ze.

'Die komen niet,' zei Dolores. 'Lucy is thuis met de baby, en Tuck... Nou ja, we weten niet waar die uithangt, toch?' vroeg ze aan Barbara.

Barbara schudde haar hoofd. 'Hoewel ik denk dat we allemaal wel een vermoeden hebben,' zei ze met afkeurend samengeperste lippen.

Meg beet op haar lip. 'Hij heeft wel gezegd dat hij misschien niet zou komen.'

'Nou, het is heel dapper van jou dat je er bent,' zei Dolores zacht, met weer een klopje op haar hand.

'Godzijdank ben jíj zo verstandig om je heil niet in de drank te zoeken,' merkte Barbara op.

'Gaat het wel?' vroeg Dolores met bezorgde ogen.

Meg knikte, maar gaf geen antwoord. Jonas vond dat ze er niet uitzag alsof het wel ging. Ze was bleek en haar lichaamstaal werd met de minuut geslotener.

Plotseling lichtte het scherm op en kwam het festivallogo in beeld. Iedereen zweeg verwachtingsvol terwijl de festivalvoorzitter een korte speech hield over de categorie Best Short Mountain Film en de hoge kwaliteit van de inzendingen dit jaar.

Het ene na het andere filmpje werd vertoond. Verhalen over mensen die in Amerikaanse nationale parken aan *freeclimbing* deden, paragliders die van bergtoppen omlaagzweefden, mannen in wingsuits die met ware doodsverachting langs rotswanden zoefden, een waaghals van een mountainbiker die een berg op reed – van een strand tot aan een hoge bergkam – met halsbrekende toeren die op twee benen amper mogelijk waren, laat staan op twee wielen.

Sommige filmpjes waren maar twee minuten lang, andere bijna twintig minuten, maar Jonas was voortdurend geboeid en keek vol ontzag toe. Hij zag dat hij niet de enige was die opmerkelijke dingen deed. Al deze filmmakers leefden voordat ze stierven.

Hij keek opzij naar Meg toen het scherm weer zwart werd voordat het volgende filmpje zou worden vertoond. Ze zat stil als een marmeren standbeeld en hij vroeg zich af of haar hand koud zou aanvoelen als hij die zou aanraken.

In vetgedrukte letters verschenen de woorden SNOW DOG op het scherm. 'O god,' hoorde hij haar mompelen toen Tucks naam in beeld kwam. Jonas hield zijn adem in terwijl hij zich voorbereidde op de confrontatie met wat – of natuurlijk wie – zij was kwijtgeraakt.

De openingsscène was een ochtendopname van de zon die langzaam opkwam vanachter een kartelige bergkam. Aan het steile terrein zag je dat het ver van de bewoonde wereld lag. De sneeuwbanken oogden gevaarlijk hoog en diep en er was geen voetstap of zelfs maar een afgewaaide tak die de onberispelijke witheid verstoorde. Het volgende beeld was het interieur van een kleine hut, waar twee rode emaillen bekers op een houten aanrecht stonden. Er steeg damp op uit de open hals van een thermosfles. En toen kwam er een grote zwarte hond – Badger – in zicht, opgewonden springend in een laag sneeuw die zacht was als schuim, zodat hij er tot aan zijn buik in zakte. Hij bewoog er in een schommelende gang doorheen, waarbij zijn staart lange sporen achterliet op het oppervlak. En toen draaide hij zich om, zijn snuit wit van het graven in de sneeuw, met die kenmerkende bruinrode wenkbrauwen…

Jonas keek gespannen toe toen een snowboarder – zijn gezicht verborgen door een reflecterende bril en een oversized oranje jas met capuchon en een rits tot aan zijn neus – werd getoond terwijl hij een verraderlijke klim naar een piek ondernam. Zijn board was vastgebonden aan zijn rugzak en Badger sprong opgewonden rondjes om hem heen. De man stak af en toe zijn hand uit om de hond liefkozend op zijn hoofd te kloppen.

Wie was dit, vroeg Jonas zich af: Mitch of Tuck?

Alsof ze hem antwoord gaf, liet Meg zich naast hem dieper in haar stoel zakken, met haar hand over haar mond.

Jonas voelde zijn eigen spanning toenemen toen de snowboarder zijn board op de grond wierp, zijn voet erop vastklikte en zich zonder aarzelen van een bijna verticale helling naar beneden stortte, waarbij de sneeuw in enorme bogen opvloog terwijl hij naar links en dan naar rechts zoefde, met zijn hand in de sneeuw en op de achtergrond de berg. En de hele tijd was daar Badger die schommelde en sprong, en nooit ver achterbleef, een donkere schaduw op het witte oppervlak terwijl de oranje figuur onverschrokken vooruitschoot. De ene keer was de camera opwaarts op hen gericht, de andere keer neerwaarts. Mitch en Badger kregen allebei gelijke schermtijd, maar Tuck was nergens te zien.

Jonas keek met tegenstrijdige gevoelens toe hoe briljant Mitch was geweest. Via diens sport ving hij een glimp op van wie de man was geweest: stoer, onbevreesd, arrogant, roekeloos, moedig… Hij was lang en sterk geweest, de sporter over wie Tuck hem had verteld.

Jonas probeerde een glimp van zijn gezicht op te vangen, de ogen te zien die ooit Megs liefde hadden weerspiegeld. Maar hij zat verborgen achter een sneeuwbril die meekleurde als een regenboog, dus bleef hij een raadsel – voor hem net zo onbereikbaar als voor Meg.

Met een timelapsetechniek werd in beeld gebracht hoe de zon de hemel volgde. Een hemel waar Jonas persoonlijk bekend mee was en die een overgang bood van de opwindende afdaling naar de pijn van de klim naar boven.

De muziek op de achtergrond was expressief en vrij, en wekte gevoelens in Jonas op die hij toch al met moeite kon bedwingen. Hij wilde niet leven van hoogtepunt naar hoogtepunt – het ingespannen streven, de gelukzaligheid van de prestatie – want dat had hij allemaal al meegemaakt: jaren van trainen voor zes maanden in de ruimte. Ja, het was alles geweest wat hij ervan had verwacht, maar hij had nu meer nodig. Hij verlangde ernaar zijn ervaringen te delen. Dit leven te delen.

En heel even had hij gedacht, gevoeld, dat Meg degene was met wie...

Plotseling werd de lucht amberkleurig en de sneeuw grijs. De camera werd op Mitch gericht, die eindelijk zijn sneeuwbril afzette. De dag was voorbij en hij was klaar. Hij lachte, zijn donkere haar warrig en wild, zijn gebruinde huid met de afdruk van de bril rond zijn ogen. De zon scheen op zijn knappe gezicht, alsof de zonnestralen alleen hém opzochten, en hij sloot zijn ogen, keek schuin omhoog en spreidde zijn armen terwijl hij zich achterover in de sneeuw liet vallen. Een dolenthousiaste Badger vloog op hem af, kroop over zijn buik, de kop naar beneden en zijn hondenlijf kronkelend om hem te bedelven onder knuffels. Zijn staart kwispelde weer net zo hard als bij hun vertrek. Het laatste shot was van hen beiden in de sneeuw, moe maar voldaan. Een man met zijn hond op een berg. Een les in leven en liefhebben.

Het beeld vervaagde naar wit, alsof de sneeuw hen opeiste.

TER NAGEDACHTENIS AAN MITCHELL SULLIVAN, 1989-2017

De woorden, zwart en vetgedrukt, brachten een hoorbare schok teweeg onder de toeschouwers, alsof ze zich afvroegen hoe iemand die zo overduidelijk lééfde in vredesnaam dood kon zijn.

Maar dat was niet waar Jonas door verstijfde. Hij staarde enkele lange ogenblikken naar het scherm, probeerde het te verwerken, zocht naar andere mogelijkheden… Maar er waren er geen die hout sneden, er was maar één verschrikkelijke waarheid.

Hij draaide zijn hoofd opzij en zag wat hij verwachtte te zien: Meg zat onderuitgezakt in de stoel, terwijl ze moeizaam ademde en de tranen over haar wangen stroomden.

Hij pakte haar hand en drukte hem tegen zijn lippen. Hij zou het haar nooit vertellen. Omdat hij nu duidelijk zag wat ze verloren had. Omdat hij nu duidelijk zag dat zij voor hem verloren was. Omdat hij wist dat hij een geest niet kon evenaren.

'Ze heeft frisse lucht nodig,' zei Dolores. Haar stem klonk ver weg, alsof ze door een muur of onder water sprak.

'Opzij, alstublieft. Ik zei opzij…' zei Barbara op dringende toon, terwijl ze de mensen aan de kant duwde en Meg door de menigte heen werd geloodst. De gezichten waren wazig, de woorden vaag…

De koude buitenlucht was als een klap in haar gezicht en ze kwam weer tot zichzelf. Het sneeuwde opnieuw flink, de avondlucht was wervelend wit, en Barbara sloeg Megs jas om haar schouders en deed de rits dicht, ook al had ze haar armen om haar bovenlichaam geslagen en hingen de lege mouwen nu slap langs haar zij.

'Hoe voel je je?' vroeg Jonas, en ze keek hem met knipperende ogen aan. Ze voelde meer spijt dan ooit nu ze de droefheid – de herkenning – in zijn ogen zag. Het filmpje was meer dan een hommage geweest, het was een liefdesbrief, een eerbetoon aan alles wat Mitch had gekenmerkt: een man die was gestorven in een poging om anderen te helpen. Ronnie had geen gelijk gehad. Hij was wél perfect geweest.

'Ik moet Tuck spreken.'

'Is dat wel verstandig?' vroeg Barbara, die de capuchon van Megs jas over haar hoofd trok en haar schouders warm wreef, alsof ze een peuter in de speeltuin was. 'Je gevoelens zijn nu heel rauw. Misschien...'

'Ik wil hem bedanken.'

'O.' Barbara keek verbaasd. 'Nou, goed dan.'

Ze keek Dolores aan. 'Wil jij rijden? Ik had die sherry in de foyer niet moeten nemen.'

'Ik heb je gewaarschuwd,' mompelde Dolores, terwijl ze haar hand naar de sleutels uitstak.

Meg werd de auto in geholpen. Het licht van de straatlantaarns brak uiteen in een miljoen sterretjes door de sneeuwvlokken die zich op het glas verspreidden en smolten. Jonas zat zwijgend naast haar, maar ze had geen troostende woorden voor hem. Ze wisten allebei dat hun bijzondere, aarzelende, prille relatie ten einde was gekomen.

Maar het was niet Jonas met wie ze zich nu bezighield, het was zelfs Mitch niet. Het was Tuck. En ze wilde niet alleen 'dank je wel' tegen hem zeggen, maar ook 'het spijt me'.

35

'Denk eraan dat we weinig tijd hebben,' zei Barbara, terwijl ze voor hen uit liep door de overvolle lobby van het hotel. The Homestead was het onofficiële hoofdkwartier van het festival, want er verbleven veel van de grootheden uit de outdoorfilmwereld in het hotel, en degenen die niet in de zaal zaten voor de filmvertoningen waren er wat aan het drinken en zouden straks naar de prijsuitreiking gaan.

Meg liep achter haar aan, geflankeerd door Jonas en Dolores alsof ze bescherming nodig had. Ze keek afwezig toe hoe Barbara de gasten begroette die ze bij naam kende of die ze bij hun aankomst persoonlijk had ontvangen. Meg had liever gehad dat ze aan de achterkant hadden geparkeerd. Ze kon geen minuut langer wachten om haar verontschuldigingen aan te bieden. Ze werd misselijk bij de gedachte aan wat ze allemaal had gezegd, hoe hard en meedogenloos ze was geweest, maar Barbara was haar bril vergeten en wilde die hebben voor de prijsuitreiking, dus het was uiteindelijk gemakkelijker geweest om op straat te parkeren en door het hotel te lopen.

'Hoe voel je je nu?' vroeg Dolores, die tijdens het lopen opzijkeek.

'Prima hoor.'

'Hm,' zei Dolores met een knikje, waarna ze Jonas een sceptische blik toewierp en met haar lippen het woord 'bleek' vormde.

'Wacht hier maar even. Ik weet zeker dat ik hem voor het laatst in mijn kantoor op heb gehad,' zei Barbara, die om de balie heen liep en in de ruimte daarachter verdween.

'Wil je zitten?' vroeg Dolores.

'Ik zei dat het prima ging.'

'Je ziet er niet prima uit, lieverd.'

Barbara kwam een ogenblik later weer tevoorschijn met de bril aan een kettinkje om haar hals. 'Hèhè! Gevonden!' Ze rolde met haar ogen. 'Ik wíst dat ik hem ophad toen ik met de rekeningen van het linnen bezig was, maar die dwaze Linda had er een hele stapel papieren op gelegd. Serieus, ik snap niet dat ik haar nog niet heb ontslagen. Ze levert meer problemen op dan dat ze waard is. Oké, kom maar mee. Laten we mijn schoonzoon voor de verandering maar eens gaan feliciteren. Het komt niet vaak voor dat hij zoveel waardering oogst.'

'O, Mrs Wakefield!' riep een vrouw naar Barbara, die al naar de branddeur liep die naar de binnenplaats leidde.

Barbara draaide zich kreunend om. 'O god, wat is er nou weer?' zei ze mompelend terwijl een vrouw van begin vijftig in een paarsrode coltrui en spijkerbroek zich naar haar toe haastte.

'Mrs Wakefield,' zei de vrouw hijgend. 'Wat ben ik blij dat ik u tref. We dachten dat we u misschien zouden missen. Ik ben Beth. Beth Stedman? We verbleven hier in maart. Ik, mijn man Paul en onze zoon Cory...'

'Natuurlijk!' onderbrak Barbara haar vlug, maar Meg draaide haar hoofd met een ruk om bij het horen van die namen. Ze zou ze nooit vergeten. Hoe zou ze dat kunnen? 'Hoe zou ik u kunnen vergeten?' reageerde Barbara met een koele glimlach, terwijl ze haar rug rechtte. 'Logeert u weer bij ons? Ik kan me niet herinneren uw naam gezien te hebben...'

'Helaas niet, we konden geen kamer krijgen. Het is hier zo druk!' Beth legde lachend een hand op haar borst. 'En dit reisje was nogal last minute. Cory heeft een beetje moeite om te herstellen van die vreselijke schrik tijdens ons vorige verblijf hier, en we dachten dat een bezoek aan het festival, waar de vele positieve kanten van de bergen worden belicht, hem zou kunnen helpen het te verwerken.'

Vreselijke schrik? Meg stond als vastgenageld aan de grond.

'En was het de moeite waard?' vroeg Barbara ongeduldig.

'O ja, buitengewoon. Ongelooflijk toch, wat sommige mensen kúnnen?'

'Zeker,' beaamde Barbara. 'Nou, het was fijn u even te spreken, maar neem me niet kwalijk, ik moet...'

'O! Maar ik wilde alleen maar mijn dank weer uitspreken. Er is geen dag voorbijgegaan zonder dat we dankbaar waren dat we aan een ramp waren ontsnapt. Wat u die dag voor ons hebt gedaan...'

'Dat stelde niets voor,' zei Barbara kordaat terwijl haar ogen even op Meg bleven rusten en zich toen weer afwendden.

'O jawel. U hebt de keuken speciaal voor ons geopend en een warme maaltijd klaargemaakt, u hebt de baden laten vollopen en uw vriendelijke dochter had de bedden zelfs opgewarmd, weet ik nog. Natuurlijk kan een kruik het effect van onderkoeling niet tenietdoen, maar het ging om de gedachte erachter, en we waren erg dankbaar. Ze hebben Cory's vingers weten te redden, hebt u dat gehoord? Het was een dubbeltje op zijn kant, eerst werden ze zwart en...'

Iemand legde een hand op haar schouder – Dolores – maar Meg voelde het amper. Ze was terug in de verschrikking, ze zag zijn gezicht weer helder voor zich: Mitch die zijn dood tegemoet ging, in een blizzard op zoek ging naar mensen die hier al terug waren, een maaltijd nuttigden en in bád gingen...

'Excuseer me alstublieft. Ik ben bang dat ik al laat ben voor een afspraak,' zei Barbara. Haar glimlach was nu verdwenen en ze pakte Meg bij haar arm. Ze loodste haar mee naar de branddeur en liet de vrouw achter, die haar met open mond van verbazing nakeek.

Ze staken haastig en zwijgend de binnenplaats over. Barbara mompelde zachtjes iets over 'dat klotegezin'. De lampen in de bungalow waren aan en ze zagen Lucy achter het raam staan.

Barbara stopte abrupt bij de aanblik. Lucy huilde, haar gezicht was rood en gezwollen, en er waren rode vlekken zichtbaar op haar borst. Ze liep achteruit, weg van Tuck, en ze schudde haar hoofd terwijl hij dichterbij kwam, zijn handen gespreid als cactussen, hard en stekelig, zijn hoofd verborgen door het deels neergelaten rolgordijn.

Barbara hapte geschokt naar adem en rende de kleine afstand naar de deur, om zonder te kloppen naar binnen te stormen. 'Hou je handen thuis!' gilde ze, terwijl Meg, Dolores en Jonas in de deuropening verschenen.

Tuck draaide zich verbaasd om en Megs handen vlogen naar haar mond toen ze het bloed uit een diepe snee op zijn neusbrug zag stromen.

'Mam, 'stamelde Lucy, met haar blik gericht op het groepje bij de deur. Ze zag er doodsbang uit, uitgeput en haveloos.

Barbara beende naar haar toe en struikelde bijna over iets wat op de vloer lag. Ze keek om om te kijken wat het was. Een bronzen presse-papier.

Met een wit weggetrokken gezicht keek Barbara van haar dochter naar Tuck.

'O mijn god, wat heb je gedaan?'

'Hij kwam op me af!' huilde Lucy. 'Ik pakte zomaar wat!' Ze sloeg haar handen voor haar verwrongen gezicht en snikte schokschouderend. 'Ik was in paniek. Ik was bang.'

Barbara verstarde ter plekke.

Meg – die zich in een flits al die vreemde schrammen en blauwe plekken herinnerde – bedekte beschaamd haar mond met haar handen. 'O, Lucy,' riep ze. 'Het spijt me. Ik wist het niet. Ik had het moeten weten.' Ze wierp Tuck een woedende blik toe. Ze kon nauwelijks geloven dat ze zich zo had laten inpakken door het filmpje. Het was een oefening in zwelgen geweest, in dronken zelfmedelijden.

Tuck, die lichtjes wankelde – ze wist niet of dat kwam van de drank of de klap – staarde haar aan terwijl het bloed over zijn gezicht en hals droop, zodat zijn T-shirt doorweekt raakte.

Hij kwam nogal verdwaasd over en vanuit haar ooghoeken zag

ze dat Jonas naar de gootsteen liep en een doek in koud water doopte. Zonder een woord te zeggen trok hij een stoel achteruit, duwde Tuck erop en begon zijn gezicht schoon te maken.

'Zijn er ijsblokjes?' vroeg Jonas, die van Meg naar Dolores keek.

'Hier,' zei Dolores, die in actie kwam en naar de koelkast liep, waar ze ijsblokjes uit de houder drukte en er een glas mee vulde. Ze wikkelde een paar blokjes in een theedoek en overhandigde het pakketje aan Jonas, die Tuck overhaalde zijn hoofd achterover te houden. Ze keken toe hoe het ijskompres de bloedstroom stelpte. De spanning nam een graadje af nu Tuck er niet meer uitzag als een figurant uit een horrorfilm.

'Waar is de baby?' vroeg Meg met zachte stem aan Lucy.

Lucy keek haar even aan en Meg wist dat dit het moment was geweest om het kind bij zijn naam te noemen, maar dat kon ze nog steeds niet. 'Die ligt te slapen in zijn wieg. Eindelijk.'

'Heb je de politie gebeld?'

Lucy's ogen werden groot en angstig. 'Wat? Nee! Nee!'

'Je hoeft nergens bang voor te zijn,' zei Meg, die naar haar toe liep terwijl Barbara met open mond bleef staan staren. 'Hij kan je geen pijn meer doen… Maar we moeten de politie bellen.'

'Nee!' herhaalde Lucy, die naar Tuck keek alsof ze van hem vroeg om zich hier – zelfs nu nog – uit te redden, om uit te leggen dat dit niet was wat het leek.

Meg keek treurig toe hoe haar vriendin zelfs nu nog de waarheid probeerde te verbergen en de man van wie ze hield te beschermen.

Tuck zat nog steeds op de stoel, zijn benen recht vooruit. Jonas drukte lichtjes het ijskompres tegen zijn neus. Tuck staarde naar een verre plek op de muur. Hij zag er versuft uit, verslagen. Dronken. Meg vroeg zich af of hij hen eigenlijk wel hoorde.

Ze voelde een golf van walging. Had ze hem ooit echt gekend, hem haar vriend genoemd? Hoe was hij ooit Mitch' vriendschap waard geweest? Hij was een zielige figuur – zwak, een bullebak, een lafaard – die een vrouw in elkaar sloeg die veel kleiner was dan hij, de moeder van zijn pasgeboren kind. Was het niet genoeg dat hij haar vernederde door het met andere vrouwen te doen? Moest hij haar ook nog slaan?

In één klap was alles duidelijk. Ronnie leek weer eens gelijk te hebben. Want het was toch geen wonder dat Lucy zo aan haar had gehangen? Dat ze niet wilde dat ze zou weggaan, dat ze haar zo vaak wilde zien, dat ze wanhopig had geprobeerd om Tuck tevreden te stellen en aantrekkelijk te blijven. Zelfs het gebruik van Mitch' naam... Had ze geprobeerd haar baby een naam te geven van een rolmodel dat zijn eigen vader in alle opzichten overtrof?

'Dit... Dit is een privéaangelegenheid,' zei Lucy met smekende ogen tegen haar, tegen de anderen. 'Er hoeft niemand anders bij betrokken te worden.'

'Maar begrijp je het dan niet? Zolang jij je stilhoudt, bescherm je hem. Je maakt het hem mogelijk om je dit aan te blijven doen,' riep Meg. 'Je moet je uitspreken. Dit moet stoppen.'

'Meg heeft gelijk, het moet stoppen,' mompelde Barbara. Meg keek naar haar, dankbaar voor de steun.

Maar Barbara had het niet tegen Lucy.

Geschokt keek Meg hoe Barbara naast Tuck neerhurkte, haar ogen droevig op de zijne gericht terwijl hij langzaam zijn hoofd draaide om haar aan te kijken. 'Het heeft lang genoeg geduurd, vind je niet?' zei Barbara zachtjes, terwijl ze haar hand op Tucks onderarm legde.

'Barbara?' zei Meg schor, terwijl ze vanuit haar ooghoeken zag dat Dolores al net zo verbijsterd was.

Maar Barbara hield haar ogen op haar schoonzoon gericht.

'Dit is mijn schuld. Ik had moeten beseffen wat er aan de hand was. Maar ik heb het verkeerd aangepakt. Ik had mijn vermoedens, maar ik dacht dat áls de geschiedenis zich zou herhalen, ze zou trouwen met een man als haar vader... Ik dacht dat ze op mij zou lijken. Niet op hem.'

Er viel een lange stilte. Dolores' mond viel verbluft open terwijl ze tot zich liet doordringen wat haar vriendin eigenlijk zei. 'Zeg je nu dat Lucy degene is die haar vuisten gebruikt?'

Barbara gaf een verontschuldigend kneepje in Tucks onderarm.

'Mam! Hij weegt verdomme negentig kilo!' riep Lucy.

Maar Tuck leunde voorover op de stoel, met zijn ellebogen op de knieën en zijn hoofd gebogen, alsof hij probeerde zijn gezicht te verbergen. En Meg wist wat ze zag. Schaamte. Tuck was een echte man, een atleet. Hij werd er liever van beschuldigd dat hij zijn vrouw sloeg dan andersom. Zijn trots zou niet toelaten dat Barbara's oordeel overeind bleef – tenzij het waar was.

'Nee!' riep Meg. Ze kon het niet geloven. Ze herinnerde zich dat hij vaak kleine verwondingen had gehad. Brandwondjes op de rug van zijn handen, schrammen, blauwe plekken... Hij had zijn hand gebroken, die keer dat ze terugkwamen van een kampeertocht in Jasper... Maar dat viel toch allemaal wel te verklaren? Hij was een sportieveling, was altijd op een board of een mountainbike te vinden. 'Het is gewoon onmogelijk. Zij kan hém toch geen pijn doen?'

'Het komt vaker voor dan mensen zich realiseren,' zei Barbara op vlakke toon. 'Voordat Roger de eer aan zichzelf hield en de stad verliet, ging ik naar een therapeut, en zij vertelde me dat huiselijk geweld vele vormen kan aannemen. Je hoeft niet groot te zijn om de ander te terroriseren, je hoeft niet eens te slaan. Emotionele controle kan genoeg zijn. Vaak zijn grotere en sterkere mannen juist bang om zichzelf te beschermen, uit angst hun vrouw pijn te doen.'

Er viel weer een stilte. Iedereen probeerde te begrijpen dat de waarheid niet altijd voor de hand lag. Dat de meest logische verklaring niet altijd de juiste was. Meg voelde de kamer draaien en er lag een plotselinge druk op haar borst. Ze werd misselijk terwijl ze een blik wierp op de persoon die ze ooit bijna als een zus had beschouwd. Maar ze was een monster. Ze kende haar niet.

'Hij liegt,' zei Lucy hijgend toen ze Megs blik van afschuw zag. 'Jij hebt zelf mijn blauwe plekken gezien. Je vroeg er altijd naar. Meg, dat weet je toch nog wel?'

'Ja. Dat weet ik nog.' Meg voelde zich verward en probeerde deze interpretatie te duiden. Welk verhaal paste bij het verleden dat zij zich herinnerde?

'Die blauwe plekken waren waarschijnlijk het gevolg van Tucks afweerreactie,' zei Barbara rustig. 'Als iemand je aanvliegt, probeer je jezelf te beschermen, ook al wil je niet vechten.'

'Wat een bullshit!' brulde Lucy plotseling. Ze greep het dichtstbijzijnde voorwerp – een bierflesje – en gooide het op volle kracht door de keuken. Het sloeg tegen de muur, slechts een meter bij Dolores' hoofd vandaan en er daalde een plotselinge stilte over hen neer, want op dat moment zagen ze allemaal de agressie die uit haar woede voortkwam.

Barbara's handen vlogen naar haar mond terwijl er tranen in haar ogen opwelden. De waarheid was bevestigd.

Megs keel zat dichtgeschroefd. Lucy, die buiten adem was, staarde haar aan en zag dat Meg overtuigd was, dat het besef groeide terwijl Meg zelf leek te krimpen. 'O mijn god, Lucy, wat heb je gedaan?' fluisterde ze.

'Ik?' zei Lucy. Meg zag aan haar vertrokken lippen en de dofheid in haar ogen dat er een grens was overschreden en dat er iets in haar was geknapt. 'Wat heb ík gedaan? En jij dan? Wat heb jíj gedaan? Waar wás je toen ik een vriendin nodig had? Als híj thuiskwam na zijn escapades, áls hij al thuiskwam? Waar was je?'

Meg knipperde onthutst met haar ogen. Wat had dit met háár te maken?

'Jij bent mijn vriendin niet,' sneerde Lucy met vertrokken mond. 'Jij bent mijn vriendin nooit geweest.'

'Dat is niet waar...'

'Mitch wel.'

'Wat?'

'Híj was wél mijn vriend. Híj zag me. Hij nam de moeite om te vragen hoe het ging, of alles oké was. Maar jij niet. O nee, jij niet. Met je bruidsjurkpassessies en je schattige berghut en je drukke werk in Dolores' winkel... Jij merkte nooit dat mijn hele leven een puinhoop was!' gilde ze. 'Je keek niet verder dan dat mooie neusje van je lang is!'

'Lucy...' zei ze buiten adem, misselijk, bang.

'Want alles draait altijd om jou, toch? Niemand vraagt zich ooit bezorgd af of het met míj wel goed gaat, of ík wel gelukkig ben! Niemand zegt ooit tegen míj dat ik meer met mijn leven zou moeten doen. Dat ik geen genoegen zou moeten nemen met dit krot, dat ik meer kan dan voor mijn eigen moeder werken. Niemand ziet mij ooit. Ik ben onzichtbaar voor jullie allemaal. En als ik één ding verkeerd doe, keren jullie me allemaal de rug toe, alsof ik niks waard ben. De kans is voortdurend aanwezig dat ik door alles en iedereen word verlaten.'

Meg schudde haar hoofd. 'Dat is niet waar...'

'O nee? Wat was er de laatste tien dagen dan aan de hand?'

'Dat weet je best.'

Weer was het even stil. Lucy trilde over haar hele lijf van onderdrukte razernij. 'Je hebt wel lef, weet je dat? Dat je doet alsof jij het alleenrecht op hem hebt, op zijn naam, op al onze herinneringen. Jij hebt de afgelopen acht maanden lopen treuren alsof wat jullie hadden zo perfect was. En nu sta je hier medelijdend te kijken. Je vindt ons misschien zielig, maar jullie waren niet beter. Al die maanden heb je gerouwd om die perfecte relatie van je, maar ondertussen...'

'Ik weet niet waar...'

'Waar ik het over heb?' Lucy maakte de zin voor haar af. 'O nee? Nou, je was anders snel over hem heen. Je dook binnen de kortste keren in bed met die vent in Toronto!'

Meg kromp ineen alsof ze een klap had gekregen. Ze zag dat Jonas zijn hoofd met een ruk naar haar toe draaide om te zien of het waar was, en Meg wist dat Lucy het expres had gezegd opdat hij het zou horen.

'Lucy! Zo is het genoeg!' zei Dolores op scherpe toon.

Maar Lucy wist van geen ophouden. 'Dat is geen liefde. Dat zou je niet hebben gedaan als je echt van hem had gehouden. Ik zou hem dat niet hebben aangedaan.'

Meg draaide zich om en wilde weggaan. Er brandden tranen in haar ogen. 'Ik hoef hier niet naar te luisteren...'

'Fuck!' Tucks stem klonk als een geweerschot door het vertrek. Zelfs Lucy zweeg. Hij was opgestaan en zijn ogen stonden plotseling weer helder. Jonas bleef naast hem staan met het bebloede ijskompres in zijn handen. 'Je was verliefd op hem!'

'Nee.' Het woord viel als een sigarettenpeuk van haar lippen. Achteloos.

'Jawel. Daarom heb je onze baby zijn naam gegeven! Dat was helemaal geen eerbetoon.'

Lucy zuchtte. 'Je begrijpt het echt niet, hè? Jij bent de enige van wie ik ooit heb gehouden. De enige die ik ooit heb gewild. Maar je hebt het verkloot. Je hebt ons huwelijk verpest omdat je je lul niet in je broek kon houden!'

Tuck staarde haar aan. 'En wie zal me dat kwalijk nemen? Je bent een gestoorde teef! Je slaat me als ik slaap en dan wil je neuken? Wie kan zo leven? Waarom zou ik niet drinken? Waarom zou ik het niet ergens anders zoeken?' Zijn mond vertrok. 'Maar laat ik je dit vertellen: ik hou niet van je, Lucy. Ik haat je. Ik wil al maanden bij je weg, maar je laat me niet gaan!'

Meg voelde de haat door de kamer tollen met hun woorden: gestoorde teef... ik haat je... Lucy's ogen puilden uit en ze beefde door de adrenaline terwijl ze in de overlevingsstand schoot. Het was vechten of vluchten, en Lucy was een vechter.

'Jij haat me? Je haat me helemaal niet!' spotte ze. 'Je bent door mij geobsedeerd. Ik ben het beste wat je ooit is overkomen. Zonder mij ben je een núl.'

Hij schudde droevig zijn hoofd. 'Misschien was dat ooit zo. Wil je weten waarom ik je nu haat? Omdat jíj degene bent die het heeft verknald, de avond dat Mitch stierf. Het was maar de halve waarheid toen ik je vertelde dat ik me schuldig voelde over Mitch' dood. Want het was jóúw schuld en ik zal het je nooit vergeven. Ik kan je amper zíén.'

'Geef je míj nou de schuld?' Ze lachte, wat huiveringwekkend ongepast was.

'Jij liet me hem bellen terwijl ze al terug waren!'

'Maar dat wist ik niet.'

'Hoe kon je het nou niet weten? Ze verbleven verdomme in júllie hotel!'

'Ja, en zodra ik wist dat ze terug waren, heb ik je dat verteld. Maar toen was het al te laat. Je had dat telefoontje al gepleegd. Want je kon niet gewoon wachten op de professionele reddingsdienst. O nee! Je moest de held uithangen, en als jij het niet kon doen, dan Mitch.' Ze schudde haar hoofd. 'Dit is jóúw schuld. Het is jóúw schuldgevoel. Jij hebt Mitch de sneeuw in gestuurd, zijn dood tegemoet, en zonder hem ben je niets. Niets anders dan een dronkenlap.'

Meg keek naar Tuck. Ze hoorde de beschuldigingen die ze die avond in de bar zelf naar zijn hoofd had gegooid en zag aan zijn gezicht dat hij de waarheid in hun beider woorden onder ogen zag. Hij zag eruit als een schim van zichzelf, gebroken, net zozeer geslagen door haar woorden als door haar vuisten, zoals Barbara had gezegd. Hoe lang hadden die twee al zo geleefd?

Lucy keek naar hem, wankel op zijn voeten, als een bokser na een klap op zijn hoofd. 'Christus, je bent echt een ongelooflijk domme man,' zei ze laatdunkend. 'Waarom dacht ik ooit dat de seks genoeg zou zijn? Met jou trouwen was de grootste fout van mijn leven.'

Ze had gewonnen. Tuck boog zich voorover en wankelde naar het aanrecht om erop te leunen. De wond op zijn neus begon weer te bloeden terwijl zijn bloeddruk omhoogschoot.

'Dat is niet waar.'

Iedereen keek verbaasd toen Jonas verder de keuken in stapte

– de ring in – met zijn ogen op Lucy gericht, zijn stemgeluid zo koud dat het net vloeibare stikstof was, waardoor de lucht onmiddellijk leek te bevriezen.

'Wat?' spotte Lucy, met haat in haar ogen voor deze onbekende, deze indringer, deze ongewenste bezoeker die zonder uitnodiging had durven inbreken in hun gesloten wereld.

'Wat zei je?'

'Dat trouwen met Tuck niet de grootste fout van je leven was.'

'Wat weet jij nou van mij? Of mijn leven?' Ze keek naar Meg. 'Wat heeft zij je wijsgemaakt?'

'Meg heeft niets gezegd.' Hij wierp haar een verontschuldigende blik toe en Meg voelde de vezels in haar spieren verstijven. Zo had ze Jonas nog niet eerder gezien. Tot nu toe waren zijn kalmte en zijn intellect tolerant en wijs geweest, maar nu voelde het alsof er een haai onder hen door zwom. 'In feite ben ik er vrij zeker van dat ze het niet weet. Maar je grootste fout is voor iedereen zichtbaar. Ik heb hem net zelf gezien.'

Meg zag dat Lucy's hoogrode kleur uit haar wangen wegtrok en dat het plotseling leek of ze wilde wegkruipen.

'Wat heb je gezien, Jonas?' vroeg Dolores.

Jonas hield zijn blik op Lucy gericht. 'De gelijkenis.'

'Wat?' fluisterde Barbara. 'Welke gelijkenis? Wie...'

De baby begon weer te huilen, ongetwijfeld wakker geworden door hun luide stemmen en de spanning die de bungalow deed kraken op zijn grondvesten. Jonas draaide zijn hoofd om naar het gehuil van de baby voordat hij hen allemaal weer aankeek en zijn ogen uiteindelijk verdrietig op Meg liet rusten.

Haar lippen gingen een stukje van elkaar toen ze het besefte en haar handen vlogen naar haar mond. 'Nee...'

Op het moment dat de film was gestopt en Mitch' gezicht in beeld was gebleven, zijn sneeuwbril eindelijk af, had hij de gelijkenis zo duidelijk gezien dat hij verbaasd was dat niemand anders die had opgemerkt. Hij had de baby die eerste avond op het plein maar een paar minuten gezien, maar zelfs toen was het hem opgevallen: een baby met bruine ogen, geboren uit twee ouders met blauwe ogen. Natuurlijk was het mogelijk. Ze konden allebei drager zijn van het recessieve blauwe allel. Bovendien kon oogkleur in de loop van de tijd veranderen. Maar de naam van de baby, Lucy's dominantie, haar jaloezie jegens Meg, Tucks haperende zelfvertrouwen... Zelfs zonder de baby had hij al een verontrustende conclusie getrokken over deze vriendschapsdynamiek. Er zat een zekere logica in wat er nu aan de hand was.

Barbara kromp in tranen ineen en Dolores haastte zich om een arm om haar heen te slaan. Jonas wist niet zeker of Meg het gehoord of begrepen had. Ze had zich niet verroerd. Haar gezicht was uitdrukkingsloos, ze had nog geen vinger bewogen, geen voet verzet. Ze leek zelfs haar adem in te houden. Jonas liep naar haar toe, half in de verwachting dat ze flauw zou vallen.

'Meg,' mompelde hij, toen hij vanuit zijn ooghoeken Tuck doodsbleek op de grond zag zakken, geveld alsof er met een bijl op hem was ingehakt. Er was weer een vraag beantwoord. Op weg hiernaartoe, toen hij over de ontdekking had nagedacht, had hij zich afgevraagd of Tuck ergens diep vanbinnen de waarheid had geweten. Die dag dat ze samen de filmworkshop hadden bijgewoond en hadden geluncht, had hij een man geleken die op zoek was naar een nieuw doel. Hij had zich uit alle macht op het maken van outdoorfilms toegelegd en zijn vriendelijke glimlach had een bijna tastbare wanhoop verbloemd. Hij was nog geen dertig en toch had hij zijn beste tijd al gehad: een knappe man die al wat minder knap werd, die te veel dronk en redenen zocht om niet naar huis te gaan. Had hij op een of ander moleculair niveau geweten dat hij het kind van een andere man opvoedde? Het kind van zijn beste vriend? Maar nu hij zag hoe Tuck schokschouderde en zijn gezicht in zijn handen verborg, was het Jonas duidelijk dat hij zich dat niet had gerealiseerd.

Maar het duurde nog een ogenblik voordat hij besefte dat Tuck niet huilde. Hij keek nog wat beter, precies op het moment dat Tuck zijn handen liet zakken en zich als een bloemknop ontvouwde, zijn hoofd naar achteren gooide en lachte.

Niemand verroerde een vin terwijl Tuck eerst zijn ene been optilde en neerzette en toen het andere, tot hij weer rechtop stond, zijn hoofd nog steeds achterovergekanteld en zijn armen gespreid als het standbeeld van Christus de Verlosser in Rio.

'Hou op!' schreeuwde Lucy, terwijl hij bleef lachen en zich omdraaide. 'Wat doe je? Hou op!' Ze rende op hem af en trommelde met haar vuisten op zijn borst, maar hij greep ze vast alsof ze een kind was en hield haar van zich af. Haar huid werd wit waar hij kneep.

'Je doet me pijn,' jammerde ze.

'Goed zo.'

Niemand deed iets, zelfs Barbara niet. Ze keken alleen maar toe hoe Tuck – bebloed door het gevecht, zijn gezicht al hier en daar blauw, zijn ogen bloeddoorlopen, de diepe snee op zijn neusbrug – op haar neerkeek met een minachting die Lucy het zwijgen oplegde. Er kroop een uitdrukking van ongeloof en toen wanhoop over haar gezicht toen ze zag waar ze waren. Aan het einde van hun weg. 'Nee...'

'Dank je.'

Ze werd op het verkeerde been gezet. 'Wat?'

'Je hebt me precies gegeven wat ik nodig had. Ik ben weer vrij.'

'Tuck...' fluisterde ze wanhopig, haar gelaatstrekken leken te verschrompelen. 'Wacht...'

Maar hij liet haar los, een bijna gewelddadige afwijzing, waarmee hij de cyclus van ruziemaken en goedmaken voor de laatste keer doorbrak. Hij pakte een envelop die onopgemerkt in een hoek op de grond had gelegen en gaf die aan Meg. Haar naam stond erop. 'Neem aan wat er in de brief staat. Ik wil het zo. Ik begin opnieuw.'

Meg, die in een soort trance leek te verkeren, kon haar handen niet eens optillen en Jonas nam de envelop van hem aan. Hij hield Meg in de gaten. Hij maakte zich zorgen om haar. Ze was zo bleek als een lucht vol sneeuw en ze ademde te oppervlakkig terwijl haar lichaam haar brein probeerde bij te houden. Hij had niet gewild dat ze erachter zou komen, hij had niet degene willen zijn die het zou zeggen, maar Lucy was te ver gegaan. Ze moest worden tegengehouden.

'Mitch...' mompelde Meg.

Tuck zette een stap opzij, zodat hij in Megs gezichtsveld terechtkwam, en dwong haar hem aan te kijken. 'Meg, hij hield van je. Onthou dat, oké? Alleen van jou. Jullie waren niet zoals wij.' Hij zweeg even, probeerde zijn gedachten te ordenen, de situatie zelf te verwerken. Zijn leven was in de afgelopen minuten misschien wel het meest veranderd. 'Wat er ook tussen hen gebeurd is, ik denk dat het eenmalig was.'

'Nee...'

'Jawel. Toen we elkaar die avond van de storm aan de telefoon spraken, zei hij dat hij me iets moest vertellen, iets wat hij me beslist onder vier ogen zou moeten vertellen. Ik dacht dat hij uit het bedrijf wilde stappen. We zouden elkaar de volgende middag in de studio ontmoeten, maar... Nou ja.' Hij haalde zijn schouders op. Ze wisten allemaal wat er was gebeurd. 'Sindsdien heb ik mijn hoofd gebroken over de vraag wat hij wilde zeggen.' Hij pauzeerde opnieuw en terwijl zijn eerste opgetogen reactie begon weg te ebben zag Jonas de verslagenheid in zijn ogen. 'Ik denk dat we dat nu weten. Ik weet niet waarom er iets tussen hen is gebeurd, maar ik weet wel dat Mitch van ons allebei hield, Meg. Het was nog maar een week tot de bruiloft en hij zou met een schone lei aan zijn huwelijk hebben willen beginnen. Hij zou niet met een leugen hebben willen leven.'

'Tuck, wil je de politie bellen?' vroeg Dolores met zachte stem.

'Nee... Ik wil alleen maar weg... Nieuwe start...' Tucks stem bereikte Megs oren in fragmenten.

Mitch. Haar gedachten bleven steeds haken, als zijde aan een spijker. Er klopte iets niet, er was iets wat om haar aandacht vroeg. Het was iets wat die vrouw in de hotellobby had gezegd, maar wat? Meg probeerde zich haar woorden te herinneren, haar ogen gericht op Barbara, die Tuck omhelsde.

En toen drong het tot haar door. Het verhaal waar ze in had geloofd stortte als een kaartenhuis in elkaar. De leugen werd ontmaskerd. De waarheid onthuld.

'Jij hebt de keuken voor ze geopend,' zei Meg zachtjes, terwijl ze Barbara recht aankeek.

Barbara draaide zich om en zag dat de opmerking aan haar gericht was. Ze keek haar stomverbaasd aan. 'Sorry?'

'Die vrouw, de moeder die je net sprak...'

'Beth Stedman?'

'Ja. Ze zei dat je de keuken voor hen had geopend.'

'Dat klopt. Ik had soep voor ze gemaakt. Ik wist dat ze iets konden gebruiken om op te warmen.'

Megs ogen vernauwden zich. 'En je eerste lichting start om zeven uur. De keuken gaat om vijf uur open.' Meg ging al jaren zoveel met Lucy en haar moeder om dat ze precies wist hoe het er in het hotel aan toeging.

'Ja.'

Meg keek naar Tuck. 'Maar jij hebt Mitch om zes uur gebeld.'

Tucks gezicht betrok weer. 'Dat klopt. Een paar jongens kwamen binnen bij Bill's en klaagden over het feit dat de reddingsdienst niet naar hen op zoek was gegaan. Toen ik hoorde dat ze in Wilson's Gully waren, vertrok ik en probeerde ik Mitch te bereiken. Ik dacht dat jullie die middag naar de stad zouden komen, dus belde ik eerst Lucy om te vragen waar jullie waren. Maar ze zei dat ze jullie niet had gezien, dus toen probeerde ik de berghut.'

Meg herinnerde zich hoe ze de dag in bed hadden doorgebracht omdat ze ervoor hadden gekozen ingesneeuwd te blijven. Als ze die dag inderdaad naar beneden waren gegaan, had Mitch nog geleefd en had hij die mensen net zomin kunnen helpen als de rest van de inwoners.

Maar dat 'als' was een doodlopende weg. Er viel niets meer aan te veranderen. Mitch zou nooit meer terugkomen.

'Dus als de keuken speciaal moest worden geopend – zoals de vrouw zei – dan waren de wandelaars al voor vijf uur terug. Meer dan een uur voordat je hoorde dat ze vermist waren.'

Tuck boog zijn hoofd. 'Ja.'

Maar Meg keek niet naar hem. Ze keek naar Lucy. 'En jij zei tegen Tuck dat je niet wist dat ze terug waren toen hij belde.'

Lucy trok verrast een wenkbrauw op. 'Dat wist ik ook niet.'

'Nee, Túck wist het niet. Maar jíj wel. Je had de bedden meer dan een uur voor die tijd al voor hen opgewarmd. Dat heeft Beth Stedman net verteld.'

Lucy schudde ontkennend haar hoofd, maar Megs blik bleef strak op haar gericht. De waarheid kwam in alle helderheid naar boven, als een reiziger die uit de mist tevoorschijn kwam. 'Jij hebt de bedden opgewarmd voordat de keuken openging, dus een uur voordat Tuck het hoorde en jou belde om te vragen of jij wist waar wij waren.'

Tuck verbleekte. Er ontstond een veelzeggende stilte. 'Jij hebt me hem met opzet laten bellen? Jij wíst dat die hikers al terug waren?' zei hij met een zweem van ongeloof in zijn blauwe ogen. 'Ik dacht dat jij het gewoon te laat had gehoord, net als ik!'

'Ik was het vergeten!'

'Vergéten?' riep Tuck. 'Ik belde je om te zeggen dat die mensen vermist waren en dat ik Mitch probeerde te bereiken om hem dat te vertellen, en jij vergát me mee te delen dat ze al veilig en wel terug waren in het hotel, waar ze soep dronken en in bad gingen? Jíj had ze geholpen! Dat vergeet je niet zomaar! Dat is liegen. Dat is misleiden. Dat is...'

Het was een man de dood in jagen.

'Mijn god, Lucy,' zei Barbara ontzet met haar handen voor haar mond.

Meg voelde de eerste hete tranen over haar wangen stromen omdat ze het nu begreep. Ze wist niet alleen wát Lucy had gedaan, maar ook waaróm. Zelfs als Mitch niet van de baby had afgeweten – en dat was waarschijnlijk zo, want Lucy was nog maar vijf weken zwanger op dag van de uitvaart – zou hij met een schoon geweten voor het altaar hebben willen staan. Ze herinnerde zich zijn rusteloosheid, die vreemde gekwelde blikken die haar hun laatste weekend samen waren opgevallen.

'Hij had je verteld dat hij het aan ons zou vertellen, hè?' vroeg ze, maar ze wist het antwoord al. Ze wist precies hoe Mitch in elkaar had gezeten. En Tuck wist dat ook. *Hij zou niet met een leugen hebben willen leven.*

'Nee...'

'Zég het dan!' schreeuwde ze. 'Vertel me dat je niet met opzet tegen Tuck hebt gelogen. Vertel me dat je Mitch niet hebt laten doodgaan, alleen om jouw geheim te kunnen bewaren.'

Maar voor de verandering zweeg Lucy. Ze kon het niet zeggen.

36

Zondag 24 december 2017

Meg keek naar Badger terwijl hij in het zilveren schijnsel van de maan zijn snuit naar de lucht richtte om de geuren die voorbijdreven in de avondbries op te snuiven. De lucht boven hem vertoonde een gemarmerde dans van groen en rood licht. Af en toe joeg hij een eekhoorn terug in een boom, of hield hij de coyotes weg als ze te dichtbij slopen, maar verder zat hij tevreden op het trapje naar de veranda, heel anders dan de dynamische hond die ze die avond op het scherm had gezien, naast Mitch door de sneeuw naar beneden springend over die bijna verticale helling.

Die hond was hij al een tijdje niet geweest en ze betwijfelde of hij ooit nog zo zou worden. De nacht van de lawine had niet alleen háár leven veranderd, maar ook het zijne, en hij zat nu het liefst samen met haar op de veranda naar de sterren te kijken.

Ze wist nog steeds niet of het een juiste beslissing was om hem achter te laten. Elke keer dat ze eraan dacht, deed haar hart pijn.

Dolores kwam weer naar buiten, de bekers chocolademelk dampend in haar handen.

'Daar ben je! Ik begon te denken dat de wasberen je te pakken hadden,' grapte Meg, terwijl ze haar hand uitstak en beide bekers aannam, zodat Dolores haar handen kon gebruiken om op de lage stoel te gaan zitten, waarna ze haar warme drank weer aangereikt kreeg.

'Nou, ik ben bang dat ik aan de grond vastgenageld stond door de aanblik van de rommel in je slaapkamer. Ik was bang dat ik de verkeerde afslag naar een stortplaats had genomen.'

'Inpakken is niet mijn sterkste kant,' zei Meg glimlachend terwijl ze allebei hun dekens strak om zich heen sloegen tegen de winterse kou.

'Wat een stel ouwe vrouwen zijn we,' zei Dolores met een zucht. 'Godzijdank zijn we je straks eindelijk kwijt. Misschien dat je nog kunt leren om je weer naar je eigen leeftijd te gedragen.'

'Je bedoelt dat ik naar biodynamische raves moet gaan en groene sapjes moet drinken?'

Dolores keek haar vol afschuw aan. 'Doen ze dat tegenwoordig?'

'Geen idee.' Meg haalde haar schouders op en ze grinnikten allebei, hun gezicht warmend aan de damp die uit hun bekers omhoogkringelde.

'Heb jij Ronnie al teruggebeld over dat appartement?'

'Nog niet.' Meg beet op haar lip. 'Ik weet dat het er geweldig uitziet, maar... Ik geloof dat ik me nog niet meteen wil vastleggen. Ik heb geen haast. Ron heeft gezegd dat ik zo lang als ik wil bij haar mag logeren. Zij is toch altijd bij Jack, of ze slaapt in het ziekenhuis, dus ik denk dat ik liever even acclimatiseer voordat ik op zoek ga naar een eigen woning. En ik wil zeker weten dat ik het me kan veroorloven met mijn nieuwe salaris.' Ze grijnsde. 'Ik had geen idee dat je zo'n royale werkgeefster was!'

'Wat zal ik zeggen? Je hebt jezelf opgewerkt. Nu begin je weer onderaan de ladder, lieverd.'

'Dankzij jou,' zei Meg schertsend, terugkijkend op haar ontslag.

'Graag gedaan. Ik liep zelf al vijftig jaar op deze aarde rond voordat ik echt op gang kwam. Dat wilde ik jou niet aandoen.'

Meg pakte haar hand en kneep er zachtjes in. 'Ik zal je heel erg missen.'

'Ik ga er weinig van merken,' reageerde Dolores, die haar best deed haar emotie te bedwingen. 'Die verrekte hond zal al mijn tijd in beslag nemen, met wandelingen en eten geven en aaien en knuffelen.'

'Ik zal Badger ook missen. Ik zou willen dat ik hem kon meenemen.'

'Nou, dat kan nu eenmaal niet. Hij zou het er verschrikkelijk vinden, hij is een hond voor de bergen. Bovendien zouden de klanten het maar niks vinden als ze hem niet soezend op zijn plek zouden aantreffen.'

'Ik zou ook willen dat ik jou kon meenemen.'

Er volgde een lichte weifeling. 'Voor mij geldt hetzelfde. Ik ben een méns voor de bergen.' Maar Meg zag het maanlicht glinsteren in de tranen die ze inhield, en ze glimlachte.

Dolores was wars van sentimentaliteit en afscheid nemen was voor haar een nachtmerrie. Meg had zichzelf al schrap gezet voor een handdruk als het over twee dagen zover was.

'Nou, ik zou het in elk geval fijn vinden als je hier vannacht blijft logeren. Het is waanzin om zo laat nog terug te gaan.'

'Je weet best dat ik veel te oud ben om ergens anders dan in mijn eigen bed te slapen. Ik kan elk moment doodgaan,' grapte Dolores.

'Dat betwijfel ik,' zei Meg met een grijns. 'Die beer is je niet fataal geworden, dus je gaat nog wel even mee.'

'Ach ja. Misschien ben ik wel onsterfelijk, God verhoede,' zei ze grinnikend. 'Martin Hughes komt me ophalen. Ik heb hem gevraagd niet te laat te komen, anders mag ik ook nog afwassen na al dat inpakken.'

Het waren hectische weken geweest. Sinds die ene dag, toen ze eindelijk het besluit had genomen weg te gaan, was haar leven een en al administratie geweest. Ze had opgeruimd en alles in de berghut geïnventariseerd, elke handdoek, pan en vork, om hem te kunnen verhuren. Dolores zou de boekingen voor haar managen. Ze was naar New York gevlogen om eindelijk het team van Kate Spade – nu haar eerste klant – te ontmoeten. (Toen het met de andere kandidaten niet gelukt was, hadden ze opnieuw contact opgenomen.) Ze had haar kersverse bedrijfje ingeschreven. Ze had haar spullen gepakt voor haar nieuwe leven in de grote stad. Ze had het papierwerk voor Titch geregeld. Ondanks Tucks grootmoedige aanbod had ze geweigerd de cheque voor zijn helft aan te nemen, deels omdat hij het uit schuldgevoel had gedaan en hij zich nergens schuldig over hoefde te voelen, maar ook omdat hij geld nodig had om zijn droom waar te maken. Hij ging avonturenfilms produceren. Zij was niet de enige die haar leven een nieuwe draai gaf.

Maar nu was het kerstavond en was ze er klaar voor. De berghut was van haar persoonlijke bezittingen ontdaan. Haar leven met Mitch was ontmanteld en over dozen verdeeld. Er viel hier niets meer te doen. Ze kon gaan.

Vertrekken. Afreizen. Vliegen.

Haar ogen volgden een vliegtuig dat knipperend langs de hemel vloog en ze dacht aan de mensen die aan boord zaten, die misschien wel naar huis gingen om kerst te vieren en waarschijnlijk nog nét op tijd zouden zijn. Families die werden herenigd, huizen die werden gevuld. Maar dat van haar was leeg.

'Het is vreemd, hè, vind je niet?'

'Wat?'

'Zoals alles is gelopen. Het was in eerste instantie helemaal niet de bedoeling dat we hier zelf gingen wonen. We waren altijd al van plan om de berghut te verhuren. En nu gaat het gebeuren… Met de start van mijn eigen zaak en het contract dat ik binnen heb, terwijl ik ze bijna vijf maanden aan het lijntje heb gehouden. Toen ik die dag het vliegtuig had gemist, was ik er zo zeker van dat ik…'

'De boot had gemist?' zei Dolores gevat.

'Precies. Ik dacht dat het moment voorbij was.'

'Luister, ik geloof er sterk in dat iets wat voorbestemd is uiteindelijk weer op je pad komt, hoelang het ook duurt.'

Meg keek naar Dolores – op de een of andere manier leek ze het wat al te nadrukkelijk te hebben gezegd – maar zij keek ook naar het vliegtuig in de lucht.

'Ik neem aan dat je het hebt gehoord, over Lucy?' vroeg Dolores op ernstige toon.

Meg viel stil bij het horen van haar naam en ze vroeg zich af hoelang het zou duren voordat de gedachte aan Lucy geen lichamelijke reactie zou opwekken. Het nieuws dat Lucy was opgenomen in een kliniek in Saskatoon, waar ze zou worden behandeld voor haar depressie en om haar woede te leren beheersen, had een dag na het festival een grote schok teweeggebracht onder de inwoners van hun stadje, behalve de mensen die in de bungalow aanwezig waren geweest. Het was de enige oplossing die ze aanvaardbaar vonden: als Lucy hulp zou zoeken, zou Barbara voogd worden van de baby en zou de politie niet worden gebeld.

Meg had in de weken daarna met het idee geworsteld. Aan de ene kant wilde ze dat Mitch recht gedaan zou worden, maar aan de andere kant wist ze dat zelfs als Lucy's schuld aangetoond kon worden – wat zeer onwaarschijnlijk was, want Lucy had Mitch niet direct aangespoord om de sneeuwstorm in te gaan, ze had alleen opzettelijk iets stilgehouden en dat had fatale gevolgen gehad – het kind van Mitch was en dat hij een van zijn ouders in zijn leven nodig had.

Het was in verschillende opzichten een bittere pil geweest dat er een stukje van Mitch op de wereld was dat niet bij haar hoorde, en dat Mitch haar met haar beste vriendin had bedrogen. Soms lag ze 's nachts wakker en had ze het gevoel dat ze stikte. Elke pijler onder haar wereld was omgevallen, zodat het hemelgewelf op haar hoofd was neergestort. Mitch' dood was Lucy's schuld, Lucy's kind was de zoon van Mitch, Lucy had Tuck mishandeld, haar verloofde en haar beste vriendin hadden met elkaar in bed gelegen... Het leek allemaal zo oneerlijk, het was zo verkeerd dat hij niet hier was om zich tegenover haar te verantwoorden, dat hij er niet was om de gevolgen van zijn daden te zien, dat hij niet zag wat het met hén had gedaan. Hij had onomstotelijk bewezen dat hij niet de perfecte man was die ze zich had willen herinneren. Ronnie had gelijk had, die dag dat ze haar ervan had geprobeerd te overtuigen dat hij roekeloos en soms onvolwassen was, dat hij net als ieder ander fouten maakte, die er grotendeels niet toe deden, maar die ene fout deed er juist heel erg toe.

Tuck en zij hadden de puzzelstukjes zo goed en zo kwaad als het ging in elkaar gelegd. Tuck had haar verteld dat Mitch hem naar zijn schrammen had gevraagd. Op dat moment leek Mitch de uitleg van Tuck te hebben geloofd (dat er grote houtblokken over hem heen waren gevallen), maar hij moest Lucy er ook naar gevraagd hebben. En Lucy? Nou, ze wisten hoe goed die kon liegen, hoe ze een verhaal kon verdraaien. Waarschijnlijk had ze zich als slachtoffer gepresenteerd, had Mitch medelijden met haar gehad en was troost overgegaan in lust. Ook al had Mitch Lucy met goede bedoelingen opgezocht, hij had Meg meer pijn gedaan dan hij ooit zou weten, en hoewel ze van hem had gehouden, kon ze hem nu verlaten.

Er zat geen haat in haar hart, ze vertrok hier met lichte tred. Alles was in orde, zelfs de financiële toekomst van baby Titch (zoals hij nu door iedereen werd genoemd). Ze had de helft van Mitch' aandeel in de verkoop in een trust gestort waar alleen Barbara toegang toe had, met goedkeuring van zowel Meg als Dolores. Lucy zou er nooit bij kunnen.

'Ze heeft de diagnose PTSS gekregen,' zei Dolores.

Meg keek haar aan met een scherpe blik. 'Bedoel je dat ze haar een excúús geven voor haar gedrag?'

Dolores probeerde neutraal te kijken. 'Het schijnt dat kinderen die huiselijk geweld meemaken dezelfde veranderingen in hun hersenactiviteit vertonen als soldaten aan het front.'

Meg keek de andere kant op. 'Vraag me alsjeblieft niet om medelijden met haar te hebben, Dolores.'

'Dat doe ik ook niet.'

Toch kwamen de herinneringen boven, aan die week dat ze vers uit Kent was gearriveerd, aan Lucy's glimlach in het scheikundelokaal op de dag dat Meg haar haren bijna in de fik had gestoken. Lucy had haar naderhand uitgenodigd om naar de bungalow te komen en haar voorgesteld aan haar ouders, die Meg perfect leken, maar die heel anders waren dan haar eigen vader en moeder. Ze waren gesetteld, hadden een zekere glamour en waren de eigenaren van een chic hotel. Meg was gecharmeerd geweest van hun accent, hun vloerkleden, hun auto. Maar wat had Lucy achter gesloten deuren moeten verduren? Wat had ze gezien? Afgekeken? Geleerd?

'Ik heb vooral te doen met Barbara,' zei Dolores hoofdschuddend. 'Ze heeft verteld dat ze Tuck altijd in de gaten hield om te controleren wanneer hij laat thuiskwam, of hij dronken was... En dan erachter te moeten komen dat híj degene was die in haar schoenen stond... Ze kan het zichzelf niet vergeven.'

'Ik vind het ongelooflijk dat ik nooit iets heb vermoed...'

'Neem het jezelf niet kwalijk. Jed en ik waren bevriend met Roger en Barbara sinds we hier in de jaren zeventig kwamen wonen – we hielden samen barbecues, gingen met z'n vieren naar de film – en ze heeft het me nooit verteld. Toen niet, en zelfs niet toen hij al jaren dood was.' Ze schudde haar hoofd. 'Ik dacht dat we al elkaars geheimen kenden. Nu vraag ik me af of ik dat gezin überhaupt ooit heb gekend.'

Meg was lange tijd stil. Was het leven slechts een illusie, vroeg ze zich af, als je dierbaarste vrienden vreemden bleken te zijn? Niet alleen Lucy en zij, maar ook Barbara en Dolores... Meer dan dertig jaar geheimen en leugens? Ze keek Dolores van opzij aan. 'Hoe kan het dat hij heeft gezien wat wij gemist hebben?'

Dolores trok een wenkbrauw op. 'Jonas?'

Meg knikte en moest even slikken bij het horen van zijn naam. Hij was de dag na het festival vertrokken zonder afscheid te nemen.

Dolores dacht na. 'Perspectief. Afstand kan je een heldere kijk op iets geven die je mogelijk niet hebt als je er persoonlijk bij betrokken bent.'

Meg slikte. Dat was precies wat Jonas had gezegd, de avond dat hij Tuck had verdedigd, de avond van hun eerste ruzie.

'En laten we eerlijk zijn, de man heeft zes maanden op de aarde neergekeken. Als iemand het grotere plaatje ziet, is hij het wel.'

Ze verzonken weer in stilte en keken hoe de groene lichtsluiers geel kleurden. De hele hemel leek te knisperen van de elektriciteit.

'Heb je van hem gehoord?'

Meg slikte weer. Ze wist dat Dolores naar haar keek, maar wilde haar blik niet beantwoorden. 'Nee.'

'Heeft hij niet gebeld? Geen e-mail gestuurd?'

'Zou jij dat dan doen, als je hem was? Hij wist niet hoe snel hij hier weg moest komen.' Ze schudde haar hoofd en staarde naar haar opgetrokken knieën. 'Hij vroeg zich vast af waar hij in godsnaam in terecht was gekomen.' Meg zuchtte, liet haar wang op de leuning van de stoel rusten en wierp Dolores een vermoeide blik toe. 'Nee, het is beter zo. En het is een maand geleden. Als hij contact had willen hebben, dan had hij dat nu wel gedaan.'

'Nou, je zei dat hij op tournee was. Heb je geprobeerd contact met hem op te nemen?'

Meg wierp haar een blik toe. 'Nee.'

'Dan zou je dat misschien moeten doen. Er is veel gebeurd die nacht. Stel dat hij je de ruimte geeft? Misschien wacht hij tot jij de eerste stap zet.'

Een geronk op de steile helling, net uit het zicht, kondigde Martins komst aan, en ze keken allebei op.

'Ah, daar zul je mijn taxi hebben,' zei Dolores, terwijl ze kordaat de deken van zich af gooide en opstond. Badger blafte opgewonden vanaf zijn plek bovenaan het trapje. Dolores verdween de berghut in om haar jas te pakken en de lamp van de sneeuwscooter verlichtte het besneeuwde gazon voor de berghut.

'Nou zeg, wat prachtig hier!' riep Martin terwijl hij de motor afzette en door de diepe sneeuw stampte met een glimlach die onder zijn bivakmuts nog net zichtbaar was door zijn opgetrokken wangen. 'Het lijkt wel een peperkoeken huisje. Ik heb het er nog nooit zo bij zien liggen.'

'Ik ben blij dat je het mooi vindt,' antwoordde Meg trots. Met de lichtslingers die rond elk kozijn en langs de dakrand waren gespannen twinkelde haar berghut tussen de bomen. Die verlichting hing er het hele jaar, maar was dit jaar nog niet eerder aan geweest.

'Is dat je bagage?' vroeg Martin, wijzend naar de twee kleine koffers bovenaan de trap.

Meg knikte. 'Ja.'

Hij keek haar aan terwijl hij ze optilde en naar de slee achter de sneeuwscooter droeg. 'Voor iemand die op het punt staat haar hele leven te verhuizen, neem je niet veel mee.'

'Meer heb ik niet nodig,' zei ze simpelweg.

Dolores stapte weer de veranda op en knoopte haar jas dicht. 'Koud vanavond, Martin.'

'Vertel mij wat,' antwoordde hij, terwijl hij een hand uitstak om haar het trapje af te helpen. 'De wind is guur. Heb je een sjaal om voor je gezicht te binden?'

'Ziet dit gezicht eruit alsof het niet tegen een beetje kou kan?' spotte Dolores, waarna ze zich naar Meg omdraaide. 'Kom je mooi op tijd naar ons toe?'

'Ja, komt goed. Ik ski voor het ontbijt naar beneden.'

Dolores glimlachte. 'Badger zal het heerlijk vinden om samen met jou door de sneeuw te snellen.'

Meg aarzelde en herinnerde zich Tucks prachtige film over een man en zijn hond. Over een man en zijn hond en een berg. 'Ja.'

'Ik zorg ervoor dat de koffie klaar is,' zei Dolores, terwijl ze haar stevig omhelsde. Ze liet haar weer los en keek haar ernstig aan. 'Maar ik wil dat je hier vannacht over nadenkt. Iets wat een wijze vrouw ooit heeft gezegd: "Soms vallen goede dingen uit elkaar, zodat betere dingen samen kunnen vallen."'

Hè?

Meg herhaalde de zin in gedachten terwijl Dolores naar haar knipoogde.

Ze pakte Martins hand vast terwijl ze de trap af liep.

'Welke wijze vrouw?' riep Meg haar na.

Dolores, die nu bij de sneeuwscooter stond, keek om.

'Marilyn Monroe!'

'Marilyn Monroe?' riep Meg. Ze had Sylvia Plath of Germaine Greer verwacht, of op zijn minst Angelina Jolie. 'Sinds wanneer wordt zij als wijze vrouw beschouwd?'

Martin gaf gas en de koplamp werd als een schijnwerper op Meg gericht, die nu een actrice op een podium leek. Een moment later stond ze weer in het donker, toen Martin de sneeuwscooter omdraaide en terug naar de bomen reed, maar Meg ving Dolores' kreet nog op voordat ze uit het zicht verdween.

'Nou, dan wordt het tijd!' riep Dolores lachend terug. 'Ik denk dat ze gelijk had, jij niet?'

Meg keek naar de hemel. De echte. Die aan het plafond in haar slaapkamer knisperde en tintelde niet. Deze levendigheid was niet over te brengen. Dit gewelf was mooier dan iets levenloos ooit zou kunnen weergeven. Ze voelde dat haar ziel zich roerde, dat haar zintuigen opbloeiden, alsof de koepel boven haar hoofd haar liet zien hoe magisch en onvoorspelbaar het leven kon zijn. Terwijl ze keek, had ze het gevoel dat deze lichtdans een grote finale was, alleen voor haar. In goede en slechte tijden was deze hemel haar constante metgezel geweest. Hij had Mitch van haar weggenomen met zijn wervelende sneeuwstormen en krachtige winden, maar hij had haar ook iets gegeven door haar Jonas te brengen toen hij hoog boven haar cirkelde en de wacht hield over haar kleine leven in deze hoge bergen.

Had Dolores gelijk? Gaf hij haar de ruimte?

Daar zat een woordgrap in, een slechte grap, maar dat waren zij wel gewend.

Zij. Meervoud. Gewend… alsof ze al een verleden samen hadden.

Haar vingers speelden met het diamantje in haar ring, zoals ze dat altijd deden, een onbewuste, geruststellende gewoonte, zoiets als een rozenkrans bidden. Maar de handeling bracht haar gedachten nu tot stilstand en ze keek naar haar hand en die enkele witte diamant – als een gevallen ster – die ze had gekregen met de belofte van voor altijd.

Uiteindelijk hadden ze maar twee jaar en acht maanden gehad vanaf het moment dat hij haar de ring had gegeven, heel wat korter dan voor altijd. Maar hoe kon ze een andere toekomst tegemoet gaan als ze nog steeds vastzat aan het idee van déze toekomst?

Ze was even stil en stond toen op. Haar deken viel op haar voeten en ze liep door de berghut naar de slaapkamer. Ze pakte de stoel die aan het bureau stond en liep ermee naar de kledingkast. Ze ging op de stoelzitting staan, stak haar hand over de kast en zocht op de tast naar een klein haakje dat ze had opgemerkt toen ze de kamer schilderde. Ze had er zonder nadenken overheen geschilderd en aangezien de kledingkast er stond, was het niet zichtbaar vanaf de vloer. Het duurde enkele minuten voordat haar vingers het vonden.

Ze trok de verlovingsring van haar vinger – na het gewichtsverlies van de afgelopen maanden was niet alleen haar spijkerbroek te groot – en hij gleed gemakkelijk af. Ze keek er nog een laatste keer naar, liet de herinneringen en dromen over zich heen golven. Toen, met een enkele kus, ging ze op haar tenen staan en hing de ring met de diamant omlaag aan het kleine haakje, als een pasgeboren ster aan de nachtelijke hemel.

Geen van de onbekenden die hier vanaf nu zouden verblijven zou de ring ooit zien, maar misschien kon ze hem op een dag, wellicht over een jaar of dertig, van het haakje halen en aan de man geven die naar zijn vader was vernoemd.

Ze stapte van de stoel, zette hem terug, klapte het stof van haar handen en haalde diep adem. Voor de man die ze ooit zo had aanbeden, was dit haar laatste daad van liefde.

Jonas. Ze kon bijna geloven dat hij een droom was geweest, een droombeeld om haar te troosten in de donkerste nachten, een stem uit de lucht als gefluister op een kussen. Maar toen was hij haar wereld binnengestapt en echt geworden. Ze sloot haar ogen en zag hem voor zich alsof zijn beeltenis op haar netvlies was gebrand, zijn kus als een tatoeage op haar lippen. Hij was hier maar een week geweest, en toch had hij hen allemaal beter gezien dan zij elkaar. Hij had háár gezien met zijn vluchtige en toch rustige blikken, haar aangetrokken met zijn glimlach, haar aan het lachen gemaakt met zijn flauwe grappen.

Zou er na al het uiteenvallen echt iets beters kunnen samenvallen?

Hij zou nu wel in Noorwegen zijn en ze probeerde zich Stavanger voor te stellen zoals hij het beschreven had: scheve, verweerde witte huizen met rode daken en geplaveide straten. Ze probeerde zich hem voor te stellen met zijn familie. Eindelijk thuis.

De slaap wilde maar niet komen, maar dat kon haar niet veel schelen. Ze lag in bed en keek door het raam naar de clusters van sterren die tevoorschijn waren gekomen toen het lichtspel was afgelopen. Het vuur brandde nog in de haard tegenover het voeteneind van het bed. Badger snurkte.

Haar laatste nacht in de berghut was comfortabel als een sok, warm en knus om haar heen. Ze kon het nauwelijks geloven. Het einde. Morgen zou ze voor het ontbijt naar Dolores skiën, waarna ze met z'n tweeën naar The Homestead zouden gaan voor de kerstlunch met Barbara en baby Titch. Na een derde portie van alles, en ongetwijfeld te veel sherry, zou ze op tweede kerstdag naar Toronto vliegen, waar Ronnie en Jack op haar wachtten en haar nieuwe leven zou beginnen.

Ze wist dat ze het nu kon. Ze kon loslaten. Het onmogelijke werd mogelijk omdat ze iets begreep wat ze niet eerder had geweten: haar thuis bestond niet uit deze houten muren of de haard of het geweldige uitzicht.

Ja, ze had Mitch en haar ouders hier verloren, maar Banff zou altijd haar thuis blijven zolang ze Dolores had. Toronto zou haar nieuwe thuis worden omdat ze daar Ronnie had. Thuis was niet gebonden aan een plaats, maar aan een persoon, aan de gevoelens die ze kreeg als ze bij diegene was… bij hem…

Haar blik viel op het rode stipje, slechts een paar meter verderop. Ze had de radioapparatuur nog niet ontmanteld. Ze was van plan dat als laatste te doen, voordat ze morgen zou vertrekken. Ze had zichzelf wijsgemaakt dat het een veiligheidsmaatregel was. Mocht het tegen alle verwachtingen in gaan stormen vannacht, dan zou ze een manier nodig hebben om te communiceren.

Maar diep in haar hart wist ze dat ze zich er niet toe kon zetten om deze verbinding met een andere wereld, een ander leven, een andere liefde, te verbreken.

Ze stond op en ging aan het bureau bij het raam zitten. Badger tilde zijn kop slaperig op en keek naar haar gestalte in het maanlicht, voordat hij weer in slaap viel. Snel, inmiddels bedreven, zette ze het rode lichtje op groen, keek hoe de wijzers trillend in beweging kwamen en luisterde naar de statische ruis die als een zwerm muggen de kamer binnenvloog.

Met bonzend hart luisterde ze, draaide aan de knop als ze iets oppikte, op zoek naar een duidelijk signaal. Als ze er een vond, wachtte ze dertig seconden, veertig… Haar hart klopte snel, ze wilde voortmaken voordat ze toch weer zou terugschrikken. Er was maar een minuscule kans dat hij in de ether zou zijn. Het was belachelijk om te denken dat hij misschien naar haar op zoek was, zoals zij naar hem. Maar ja, was de kans op hun eerste contact ook niet oneindig klein geweest? Ze hadden de wetten van het universum getart om samen te zijn. Hij was uit de ruimte teruggekeerd om haar te vinden.

In een roes van opwinding pakte ze de microfoon en drukte op de spreekknop.

'Dit is Victor X-ray Four Delta Delta Echo…'

Ze stopte plotseling en boog haar hoofd. Ze voelde zich onnozel. De laatste keer dat ze via deze weg communiceerden, was hij op het ISS geweest. Nu hij in Noorwegen was, zou hij een nieuw callsign gebruiken, als hij überhaupt in de ether was.

Ze voelde de teleurstelling in zich opwellen. 'Shit!'

'Dit is Lima Charlie Six Alpha Foxtrot aan Victor Xylofoon Four Danny Danny Edward. Zoiets zeg je niet op een open kanaal, begrepen, over?'

Een korte stilte. En toen…

'Jonas?' Megs stem klonk door de transceiver. 'O mijn god, ben jij het?' Haar lach klonk verder weg dan toen hij in de ruimte was. Ironisch genoeg wás ze nu ook verder weg.

Hij grijnsde. 'Hé, wie kent jouw speciale callsign dan nog meer? Of geef je het aan alle passerende astronauten, over?'

Ze lachte weer, klonk nu verlegener, en hij zag haar gezichtsuitdrukking voor zich. Waarschijnlijk had ze haar hand over haar mond gelegd, zoals ze altijd deed als ze verrast was of zich geneerde. 'O, mijn hemel. Ik kan niet geloven dat je er bent.'

'Ik heb het de afgelopen maand elke avond geprobeerd, over.'

'Echt waar?'

'Ja. Deels om te vragen hoe het gaat met de collega's die nog steeds cirkels om de aarde trekken… Maar vooral om na te gaan of jij in de ether was, over.'

'Serieus?' Ze klonk stomverbaasd.

'Ja, ik vroeg me af of je zin had om met me te kletsen.'

'Echt?' Nog meer verbazing.

'Zeker… Over.'

'Maar ik… Ik heb je nieuwe callsign niet eens. Waarom dacht je dat ik het toch zou proberen?'

'Ik rekende erop dat je je dat niet op tijd zou realiseren.' Hij lachte plagerig, want hij had gelijk gehad. 'Over.'

'Nou, als je om een praatje verlegen zat, had je me ook gewoon kunnen mailen!' riep ze lachend uit.

'Alsof mijn mailpogingen in het verleden zo geslaagd waren!' Er viel een stilte en zijn hart kromp ineen. 'Bovendien leek het me beter om te wachten… Toen ik vertrok, was de situatie nogal…'

'Ik weet het,' zei ze snel. 'Maar het gaat nu allemaal beter. Over.'

Hij aarzelde. 'Bedoel je daarmee dat de problemen "over" zijn? Of bedoel je "over" als in "over"?' vroeg hij, waarna hij toevoegde: 'Over.'

Haar lach klonk aanstekelijk. 'Ik weet het niet! Allebei.'

'Ja?'

'Ja! Ik verhuis over twee dagen naar Toronto… heb een nieuwe baan.'

'Niet waar! Dus Dolores heeft niet toegegeven en je weer in dienst genomen?'

'Ze was spijkerhard.' Meg giechelde. 'Ik ben hiertoe gedwongen… contract bij Kate Spa… Ik dacht dat… weer terug…' Hij draaide de knop een heel klein beetje naar rechts voor een betere ontvangst.

'Stap in de juiste richting. Hallo? Jonas? Ben je daar? Hoor je me? Over.'

Hij keek door zijn raam naar de donkere hemel, het arctische licht was diepblauw. Hoewel hij zich ver ten zuiden van de poolstreken in het noorden van het land bevond, daar waar de zon twee maanden per jaar helemaal niet opkwam, waren de dagen hier nu kort, met misschien een uur of zes daglicht. Hij lag acht uur voor op haar, maar wist dat haar hemel er nu ongeveer net zo uit zou zien als die bij hem. Het tijdsverschil ten spijt hadden ze dezelfde hemel. Altijd gehad.

'Dus…Toronto?'

Hij hoorde haar opgelucht ademhalen. 'Ja.'

'Dat is niet zo héél ver van Quebec. In elk geval dichterbij dan Banff, over.'

'Wat is er in Quebec?' Haar stem klonk verbaasd.

Hij haalde adem. Het was een gok van zijn kant geweest. Hij wist niet of hij er goed aan deed. Belangrijker nog, hij wist niet wat zij ervan zou vinden. 'Daar ligt het hoofdkwartier van het Canadian Space Agency. Ik ga daar aan het werk. Ik begin volgende maand.'

Even was er wat vertraging. Er klonk veel ruis en de wijzer op zijn display bewoog wild heen en weer. 'Je gaat werken in Quebec?' herhaalde ze perplex.

'Dat klopt. Ongeveer anderhalf uur vliegen van Toronto.'

Weer een stilte.

'Nou, het is in elk geval een hele verbetering ten opzichte van ieder aan een andere kant van de atmosfeer.'

Hij lachte en voelde een golf van opluchting door zich heen gaan. 'Dat is ook zo. We gaan erop vooruit.'

Ze waren allebei even stil door zijn gebruik van het woordje 'we'. Wij. Hij en zij.

'Dan kom je dus mijn nieuwe appartement bekijken,' zei ze. Hij hoorde aan haar stem dat ze glimlachte.

'En jij het mijne, over.'

'Zeg, hoe laat is het daar eigenlijk?'

'Eh...' Hij keek op zijn horloge. 'Kwart voor acht in de ochtend.'

'Dus dan is het voor jou al eerste kerstdag.'

'Ja.'

'Een gelukkig kerstfeest, commandant Solberg.'

Hij glimlachte. 'Jij ook een gelukkig kerstfeest, Meg Saunders... Ik heb een cadeautje voor je.'

Haar adem stokte. 'Meen je dat?'

'Nou, als een mop als cadeautje telt...'

'O god, ik had het kunnen weten,' kreunde ze, en hij hoorde haar lachen, ver weg, aan de andere kant van de wereld. 'Vooruit dan maar. Doe je best.'

Hij haalde diep adem. 'Ken je die van de astronaut die zes jaar lang trainde om de ruimte in te gaan?'

'Ga door.'

'Die leerde na zes weken een meisje kennen en de rest van zijn tijd verlangde hij ernaar om terug te komen... bij haar.'

Een korte stilte. En toen, vanuit het donker: 'Ja,' fluisterde ze, haar glimlach hoorbaar in de duisternis. 'Die ken ik wel.'

EPILOOG

Woensdag 27 december 2017

De wieltjes van haar koffer hobbelden over de grond. De taxichauffeur zwaaide naar haar terwijl hij wegreed en ze zette zich schrap. Het was te laat om nu nog terug te krabbelen. Hoewel er een donkere wolkenlucht hing en het sinds haar landing had gesneeuwd, waren de glimmende klinkers van de straten schoongemaakt. Ze herlas het adres dat ze op de binnenkant van haar pols had geschreven tijdens de wachttijd op het vliegveld.

De stad was groot – de op twee na grootste van Noorwegen, had Jonas haar verteld – maar het huis van zijn familie stond in het oude centrum, en het kwam aardig in de buurt van hoe ze het zich had voorgesteld, hoewel de kenmerkende rode daken op dit moment verborgen lagen onder een dikke laag sneeuw en de steegjes zo smal waren dat de taxichauffeur zijn auto er niet eens doorheen kon manoeuvreren en haar een paar straten van haar bestemming verwijderd had afgezet.

Er waren sparrentakken opgehangen tussen de huizen, er flonkerden lichtjes voor elk raam en elke deur, en de gigantische kerstboom op het stadsplein was met een weefsel van sprookjesachtige lichtjes versierd, als een spinnenweb van zijde.

Het was rustig op straat – de meeste mensen waren binnen met hun familie – en terwijl ze luisterde naar het rollen van haar wieltjes over de klinkers, werd ze zich sterk bewust van haar status hier als reiziger. Onder een bleke maan, die tien keer zo groot leek als de maan die ze kende, liep ze van de lichtpoel onder de ene ouderwetse straatlantaarn naar de volgende, glimlachend toen een paar kinderen van hooguit tien jaar voorbijrenden met een slee en een kleine, opgewonden keffende terriër achter zich aan.

Ze voelde weer een steek van verlangen naar Badger. Hij was tevreden bij Dolores, dat wist ze wel, en hij was eraan gewend dat Meg hem geregeld bij haar achterliet, maar dat had Meg niet getroost toen het tijd was geweest om te vertrekken. Ook híj bleek haar thuis te zijn.

Ze zag de straatnaam die ze zocht en stond stil. Het steegje was een van de smalste tot nu toe, en de witte houten huizen zagen er fris uit tegen de sneeuw, die, afgezien van de voetafdrukken, hier onaangeroerd lag. De sneeuwruimers en strooiwagens waren blijkbaar te groot om hier te komen.

Ze trok haar mouw met haar tanden omhoog om het adres op haar pols te lezen, controleerde het huisnummer op haar huid met de nummers op de deuren en stapte in de diepere sneeuw, waarbij ze haar koffer moest optillen. Dat was lastig, maar ze sloeg er geen acht op terwijl ze de nummers aftelde. Ze probeerde zich voor de geest te halen wat ze in het vliegtuig had geoefend. In beide vliegtuigen. Er waren twee vluchten en een tussenstop van zes uur op Heathrow voor nodig geweest om hier te komen, dus ze had genoeg tijd gehad om erover na te denken. Maar nu ze hier was, leek alles weer uit haar hoofd te zijn gewist.

Lichtjes hijgend liet ze de koffer in de sneeuw vallen terwijl ze naar zijn deur staarde. Eén keer kloppen en het nieuwe leven waar ze naar op zoek was zou beginnen. Ze haalde diep adem en tilde haar hand op, maar ze draaide zich om toen ze stemmen hoorde. Ze zag drie gestalten de straat in komen, van wie er een langer was dan de andere twee.

Hij stopte toen hij haar zag staan en ze slikte. Ze wilde lachen en huilen tegelijk. En toen begon hij te rennen. Hij liet iets van zijn schouder in de sneeuw vallen en er stoven witte sluiers op rond zijn voeten terwijl hij de afstand tussen hen dichtte: de ruimte, een continent, dit steegje... Nu was er niets meer wat hen van elkaar scheidde. Hij zwierde haar rond alsof ze een veertje was en lachte.

'Ik kan niet geloven dat je hier bent! Onaangekondigd!'

'Ik wilde je verrassen.' Ze grijnsde en keek in zijn lichtgroene ogen.

'Dat is dan gelukt!' Hij liet haar weer op de grond zakken en bekeek haar van top tot teen met een zachte uitdrukking op zijn gezicht. 'Dat lukt je steeds weer.'

De twee jongens met wie hij aan was komen lopen kwamen naar hen toe en bleven een beetje verlegen staan kijken. Jonas draaide zich om en trok hen met een armbeweging naar zich toe. 'Hé, dit is nou Meg, over wie ik jullie vertelde.'

Meg glimlachte en stak schuchter een gehandschoende hand op. 'Hoi.'

'Hoi,' zeiden ze met een accent, terwijl ze allebei tegelijk met hun ogen knipperden, net een paar reeën. Ze hadden schaatsen aan veters over hun schouders hangen, de oudste twee paar, en ze keek Jonas aan, denkend aan de dag dat ze op Lake Louise hadden geschaatst. De dag dat ze elkaar eindelijk echt hadden gevonden.

Jonas pakte haar hand en gaf er een kneepje in. 'Dit zijn mijn jongste broers, Matias en Kasper. Matias is vijftien en Kasper is elf.'

'O, hemel, wat zijn jullie lang!' zei ze met een verbaasde lach.

De jongens leken niet te weten wat ze daarop moesten zeggen en knikten allebei beleefd. Een moment later duwden ze de deur open, die kennelijk niet op slot zat, en holden ze samen het huis in. Ze riepen iets naar 'mama' en 'papa' wat Jonas aan het lachen maakte. 'Nou, je bent opgemerkt. Bereid je maar voor op een warm welkom.' Hij trok haar dichter naar zich toe en streek een haarlok uit haar gezicht. 'God, wat heb ik je gemist,' mompelde hij terwijl hij haar wangen met zijn handen omvatte en haar kuste.

'Ik jou ook,' zei ze met een glimlach. Ze sloeg haar armen innig om zijn nek en kuste hem terug. 'Ik kon niet wachten tot Quebec.'

'Quebec? Wacht, ik zou toch eerst naar jou toe komen?'

'Ja.'

Hij fronste. 'Maar...'

Ze glimlachte. 'Nou,' zei ze met een zucht. Ze liet het woordje lekker lang doorklinken en nam rustig de tijd. 'Volgens mij is Quebec net zo'n goede uitvalsbasis als Toronto. Ik heb nog geen huurovereenkomst in Toronto getekend en als zelfstandige kan ik mijn zaak in elke gewenste plaats vestigen.'

Zijn mond ging een stukje open toen hij besefte wat ze hem vertelde. Zijn ogen glansden van opluchting, verlangen en een scala aan andere emoties. 'Ronnie krijgt een hekel aan me nu je voor mij kiest.'

'Ronnie is weg van je.'

'Waarom?'

'Omdat ík weg van je ben.'

Hij knipperde met zijn ogen en liet de rug van zijn hand over haar wang glijden.

'Begrepen. Ik ben ook weg van jou, Danny-Danny.'

WOORD VAN DANK

Mensen vragen me vaak hoe ik aan de ideeën voor mijn boeken kom, en het antwoord is saai: ik lees veel en spits mijn oren als ik gesprekken voer. Maar ik weet nooit waar het idee voor mijn volgende boek vandaan zal komen. Als het eenmaal is geschreven kan het ook lastig zijn om terug te redeneren, de gebeurtenissen te herleiden en me te herinneren hoe het allemaal vanuit het niets vorm kreeg. Maar de oorsprong van dit specifieke boek zal me altijd bijblijven. Op een zaterdagochtend was ik een etentje voor die avond aan het voorbereiden, met BBC Radio 4 op de achtergrond. Astronaute Helen Sharman werd geïnterviewd ter gelegenheid van de lancering van ruimtevaarder Tim Peake de week erna (Sharman was overigens de eerste Britse astronaut die de ruimte in ging, in het jaar 1991, maar dat is een ander verhaal), en zij zei terloops dat ze destijds een tijdelijk amateurzendvergunning had gekregen voor de duur van haar expeditie naar het Mir Space Station. Ze vertelde dat sommige astronauten vriendschap hadden gesloten met enthousiaste radioamateurs met wie ze regelmatig contact hadden. Nou... dat was wel even een eurekamoment! Was dat niet de perfecte manier om twee personages met elkaar te laten kennismaken? Mijn brein begon op volle toeren te werken en binnen een uur had ik een plot bedacht. Ik wist niet of het totaal geschift was om een liefdesverhaal te schrijven waarin een van de personages zich niet eens op de planeet bevond, maar ik was meteen enthousiast en het leek me beslist een poging waard.

Ik wist ook niet, toen ik tussen de toeschouwers van de Banff Mountain Film Festival Tour zat, dat de films die ik die avond zag nog meer inspiratie voor dit verhaal zouden opleveren. Sommige films leidden tot scènes voor mijn personages, zoals *The Ridge* van

Danny MacAskill, waar de mountainbikescène met Tuck in het bos op is gebaseerd, en *Afterglow*, dat ik heb gebruikt als achtergrondfilm in de Toronto Snow Show-scène. Het filmpje dat Tuck van Mitch en Badger maakte, is direct geïnspireerd op de schitterende korte video *Sun Dog* van The Shadow Campaign. Ze zijn allemaal op YouTube te vinden en ik beveel jullie van harte aan om ze te bekijken. Zelf heb ik ze sinds het festival meerdere keren gezien. Ze zijn zo mooi dat het bijna pijn doet en ik er tranen van in mijn ogen krijg (en tegelijkertijd zou willen dat ik beter kon skiën).

Het zal jullie misschien deugd doen dat Badger, de hond, echt bestaat en een fijn leventje leidt in Cornwall, samen met Sally, Ian, Mhairi en Muirne. Zijn wenkbrauwen bieden een wonderlijke aanblik.

Mijn broer Andrew (wiens wenkbrauwen er ook mogen zijn) heeft me de nodige couleur locale verschaft. Hij bracht zijn tussenjaar in Banff door, als skiliftmedewerker, en heeft me een gedetailleerd beeld geschetst van Banff Avenue na middernacht als je een bar uit komt wankelen. Het is trouwens echt waar dat er elanden bij maanlicht over straat wandelen.

Ik wil graag Dan Wagstaff en het hele team van PGC bedanken voor het omarmen van dit boek en hun inspanningen om het bij mijn Canadese lezers onder de aandacht te brengen. Ik hoop dat mijn liefde voor jullie prachtige land van de pagina's spat.

Aan iedereen bij Pan Macmillan: dit is het elfde boek dat we samen maken en ik ben heel trots op wat we hebben bereikt. Op het moment dat ik dit schrijf, zijn jullie Publishers of the Year, en dat verdienen jullie ook. Niet alleen hebben jullie fantastische medewerkers – fris, innovatief, professioneel – maar jullie steun, enthousiasme en waardering voor opkomend talent onderscheidt jullie van de rest. Geen wonder dat jullie worden beloond met niet alleen goed verkopende titels, maar ook loyaliteit. Mijn warme dank gaat uit naar Jeremy Trevathan, Wayne Brookes, James Annal, Jodie Mullish, Katie James, Anna Bond, Daniel Jenkins, Claire Gatzen en Phoebe Taylor. En mijn persklaarmaker Mary Chamberlain en corrector Camilla Rockwood, bedankt. Jullie verdienen een medaille voor het ontrafelen van mijn manuscripten!

Aan mijn agent Amanda Preston en mijn redacteur Caroline Hogg: ik wil jullie beiden bedanken dat jullie je niet rot schrokken toen ik voor het eerst met de woorden 'astronaut', 'ruimte' en 'ISS' op de proppen kwam. Dat jullie kalm bleven en erop vertrouwden dat ik die elementen kon verwerken in een Karen Swan-boek heb ik enorm gewaardeerd. Ik geloof dat het ons gelukt is, toch?

Ten slotte aan mijn lieve, lawaaiige en soms ietwat dwaze familie, Anders, Ollie, Will, Plum, mam en pap, ik hou van jullie allemaal.

Over en uit.